Dirk Wittenborn

Casper

Dirk Wittenborn

Casper

Roman DuMont

Aus dem Englischen
von Angela Praesent

Für Kirsten und Lilo

Erste Auflage 2007

Aus dem Englischen von Angela Praesent
Umschlag: Zero, München
Gesetzt aus der DTL Haarlemmer
Gedruckt auf säurefreiem und chlorfrei gebleichtem Papier
Druck und Verarbeitung: Clausen & Bosse, Leck
Printed in Germany

ISBN 978-3-8321-8034-8

Im Gedenken an J. R. Wittenborn, PhD

Prolog

Ich bin auf der Welt, weil jemand meinen Vater töten wollte. Wäre er nicht erschienen, mit einer Waffe in der Tasche und Bösem im Sinn, gäbe es mich nicht, geschweige denn eine Geschichte, die ich erzählen könnte. Diese tragische Fußnote zu meiner Empfängnis gab mir das Gefühl mit, drei Eltern zu haben, einen Vater, eine Mutter und einen Mörder.

Mein Vater litt unter seltsamen, ihn vorübergehend lähmenden Anfällen von Katatonie, die wir in der Familie, taktvoll, wie wir sind, Dads »Sockenmomente« nannten. Man kam zum Beispiel auf dem Weg zum Frühstück oder zum Bad am Schlafzimmer meiner Eltern vorbei und sah Dad vollständig bekleidet mit übereinandergeschlagenen Beinen auf dem Bettrand sitzen, ein Fuß beschuht, Socke in der Hand, soeben im Begriff, den anderen Schuh anzuziehen. Völlig normal, oder? Bloß dass man ihn, wenn man zehn oder zwanzig Minuten später wieder vorbeischaute, immer noch da sitzen und, Socke in der Hand, auf den leeren Schuh starren sah.

Einmal stoppten ihn meine Schwester und ich mit dem Küchenwecker, der meiner Mutter sagte, wann das Roastbeef, innen noch blutig, aus dem Ofen sollte. Siebenundfünfzig Minuten vergingen, bevor er die zweite Socke anhatte. In Zeit und Raum erstarrt, gedankenverloren, kam Dad einem völlig normal vor, bis auf seinen Blick. Er starrte nicht etwa glasig in die Ferne, sondern sah einen mit zusammengekniffenen Augen ratlos an, als versuche er, etwas zu erkennen, von dem er nicht sicher war, ob es wirklich existierte.

Mein Vater konnte in einer Woche drei solcher Anfälle haben, dann sechs Monate lang keinen. Meistens, aber nicht immer, überkamen ihn diese stillen Momente melancholischer Innerlichkeit des Morgens, wenn er sich fertig machte, um aus dem Haus und zur Arbeit zu gehen. Manchmal jedoch suchten sie ihn auch am Abend heim, wenn er kurz nach oben ging, um das Hemd zu wechseln, sich die Hände zu waschen oder meiner Mutter ihre Handtasche zu bringen. Gelegentlich überfielen sie ihn, meiner Mutter zufolge, sogar nach Mitternacht, wenn er mit trockenem Mund oder aus einem schlechten Traum aufwachte und nach seinen Hausschuhen griff, in der Absicht, hinunterzugehen und sich eine Tasse Tee zu machen oder ein Glas Whisky einzuschenken. Bloß kam er nie dazu. Genau genommen waren das keine Sockenmomente, denn wenn meine Mutter aufwachte, sah sie ihren Mann mit einem Hausschuh in der Hand dasitzen, nicht mit einer Socke. Die Frage jedoch blieb die gleiche: Was ging dabei in Dads Kopf vor?

Einmal, als ich acht war und Dad verloren im Schlafzimmer saß, mit nichts als einer Socke als Kompass, schlüpfte ich durch die Tür und schlich an ihm vorbei in seine große Schrankkammer, die er als Ankleidezimmer nutzte. Dies war das Eleganteste an dem Haus, in dem wir damals wohnten, ein langer, schmaler, erstaunlich spitzwinkliger Raum unter der Treppe zum Dachboden. An seinem Ende gab es ein rundes Fenster, durch das man nur Himmel sah, und es roch darin nach Zedernholz, Schuhcreme und Staub aus Phasen des väterlichen Lebens, die einen kleinen Jungen nichts angingen.

Ich wusste, dass ich mich auf verbotenes Gelände wagte. Die Kammer war Dads Privatbereich, nur auf seine Aufforderung hin zu betreten und nur unter seiner Aufsicht zu erforschen. Es gab dort Messer mit Horngriff, die man auf- und zuschnappen lassen, Angelruten, die man zusammenstecken konnte, und eine Holzkiste, die einst ein Dutzend Flaschen Château d'Yquem enthalten hatte, jetzt aber eine Sammlung indianischer Pfeilspitzen und Tomahawks aus Stein barg, die er in den entbehrungsreichen, freudlosen Jahren seiner Pseudo-Jugend im Mittelwesten auf frisch gepflügten Feldern gefunden und aus spiralförmigen Begräbnishügeln ausgebuddelt hatte. Doch Dads Gastfreundschaft kannte Grenzen. Sogar wenn ich als Winzling zu weit in die Kammer hineingekrabbelt war und versucht hatte, den alten mit Schnappschlössern und Schnallen geschlossenen, unglaublich schweren Überseekoffer zu öffnen, dann war die Besuchszeit vorbei. Mein Vater zerrte mich davon weg, als wäre der Koffer radioaktiv, und in dem erwachsenen Ton, den er anschlug, wenn Doktoren zu uns ins Haus kamen, um mit ihm zu sprechen, erklärte er: »Nichts darin betrifft dich.«

Einmal, das weiß ich noch, habe ich ihn gefragt: »Warum kann ich dann nicht reingucken?«

»Weil ich den Schlüssel verloren habe«, sagte er, aber das glaubte ich ihm nicht. Ich nahm einfach an, Dad bewahre in dem Koffer seinen wahren Schatz auf und wolle nicht, dass jemand davon erführe, weil er fürchtete, bestohlen zu werden.

Als ich mit acht in sein Privatgemach eindrang, hatte ich aus zwei Gründen ein schlechtes Gewissen. Ich tat etwas strikt Verbotenes und, schlimmer noch, ich nutzte unfairerweise etwas aus, das ich noch Jahrzehnte später für die einzige Schwäche meines Vaters halten würde – seine Sockenmomente. Ob nun aus angeborener Fairness oder aus Furcht vor dem großen Mann, der da wie gelähmt auf der Bettkante saß – ich ging nicht geradewegs an den Überseekoffer, der in meiner Fantasie als machtvolles Objekt aufragte, sondern begnügte mich damit, die indianischen Artefakte herauszunehmen. Als ein von Natur aus lautes Kind, das zu Selbstgesprächen neigte, erzählte ich noch einmal die Geschichten, die ich von ihm kannte – von den Indianerstämmen, die, lange bevor er geboren wurde, über den Staat Illinois geherrscht hatten, die Kaskaskia, die Cahokia und Peoria, die von ihren Verwandten, den Irokesen, während der Biberkriege nahezu ausgelöscht worden waren. Aber es war nicht das Gleiche. Ich wollte seine Stimme hören, wollte, dass er zurückkäme von dort, wo er sich in seinem Sockenmoment aufhielt; ich wollte, dass er mich hörte. Alles war besser als die Einsamkeit, die ich empfand, weil er mir so nah und doch so fern zu sein schien.

In dem verzweifelten Versuch, den Bann zu brechen, unter dem er stand, tat ich auf einmal das Schlimmste, was ich mir vorstellen konnte, etwas weitaus Verboteneres, Gefährlicheres und Unverzeihlicheres, als den Überseekoffer zu öffnen – ich stellte mich auf die umgedrehte Weinkiste, zog die quietschende oberste Schublade seiner mannshohen Kommode heraus und bekam den geladenen, langläufigen 38er Smith & Wesson-Revolver zu fassen, den er auf seinen sauberen Taschentüchern aufbewahrte.

Er war so abwesend, dass nicht einmal das Quietschen der verbotenen Revolverschublade ihn weckte. Nicht einmal das Klicken, als ich den Zylinder schloss, riss ihn aus dem Zustand, in dem er gefangen war. *Und wenn Dad nun nie mehr aufwacht, was dann? Wenn er aus seinem Sockenmoment nie wieder hervorkommt? Wenn er für immer so versteinert bleibt?*

Ich vermisste ihn, ich sehnte mich nach ihm, ich brauchte ihn, ich war wütend auf ihn, und darum spannte ich den Hahn der großen Pistole. Meine Hand bebte, als mein Finger sich um den Abzug krümmte. Wenn ich einen Schuss abfeuerte, würde er aufwachen müssen. Wie hart ich auch bestraft werden würde, wenigstens wäre er dann wieder bei mir. Nur noch eine Spur mehr Druck auf den Abzug, und ich hätte den Sockenmoment erledigt. Doch da schoss mir ein anderer Gedanke durch den Kopf: Wenn ich nun abdrücke, und er wacht immer noch nicht auf, was dann?

Dann wüsste ich, dass es keine Hoffnung gab. Ich nahm den Finger vom Abzug, legte die Waffe auf das Taschentuch für den nächsten Tag und schloss die knatschende Schublade. Dann ging ich ins Schlafzimmer zurück, kniete mich hin wie in der Kirche, nahm ihm die wollene Socke aus der Hand und zog sie ihm sanft über den langen, schmalen, weißen Fuß.

Allmählich begannen die Augen meines Vaters von mir Notiz zu nehmen. Sie waren grau und schimmerten feucht wie das Innere einer frisch aus dem Meer geholten Muschel, mit etwas Lebendigem darin.

»Daddy?« Er hatte eine halbmondförmige Narbe auf der Stirn. Sein graues Haar war so kurz geschnitten, dass man die Form seines

Schädels und die Adern sah, die sein Gehirn mit Blut versorgten – wie bei dem Menschenmodell, das zusammenzusetzen er mir geholfen hatte.

»Ja?« Er klang noch immer sehr fern.

»Was überlegst du dir?«

»Ich habe mir gerade überlegt …« Die Socke war angezogen. Den Schuh schnürte er sich jetzt selbst zu. »… was ich von allem halte.«

Keine Frage, meine Mutter hätte ihn zu einem guten Psychologen geschickt, wäre er nicht selbst einer gewesen, sogar ein fast berühmter, Dr. William T. Friedrich. Ich selbst bin zwar im Grundkurs Psychologie durchgefallen, aber ich habe mir sagen lassen, wenn man es bis zum zweiten Semester schafft, wird sein Name meistens einmal erwähnt. Er war Neuropharmakologe; so nannten sie das damals. Falls Sie Muntermacher oder Sonnenscheinbonbons im Badezimmerschränkchen liegen haben, dann hat mein Vater vermutlich auch in Ihrem Kopf herumgepfuscht.

Staatliche Heilanstalt für geisteskranke Straftäter
Goddard Street
Postfach 264
Townsend, Connecticut
10. Juli 1961

1952 war kein gutes Jahr zum Verrücktwerden. Die psychiatrischen Krankenhäuser waren überfüllt mit verstörten Veteranen des Zweiten Weltkriegs und den Frauen, Freundinnen und Kindern, die sie mit ihrem patriotischen Auswurf angesteckt und in die Depression getrieben hatten. Vor kurzem hatte Dr. Egas Moniz den Nobelpreis dafür erhalten, dass er eine erregte Portugiesin nachhaltig beruhigt hatte, indem er ihr die vordere Hirnpartie von der übrigen grauen Masse abtrennte. Sie hat ihn später erstochen. Dr. Freeman, der ziegenbärtige, Nembutalsüchtige Präsident des Amerikanischen Verbands der Psychiater und Neurologen, gurkte in einem schneeweißen Lincoln Cabrio kreuz und quer durch die Vereinigten Staaten und heilte Tausende, die mit irgendeinem mentalen Ungemach geschlagen waren – Schizophrenie, Angstzustände, Depression, Paranoia; vom tobsüchtigen Irren bis zum Onanisten am Gartentor – indem er schlicht ein Lid anhob, durch den Tränenkanal einen sterilisierten vergoldeten Eispickel fünf Zentimeter weit ins Hirn schob und einmal kräftig drehte. Der Eingriff wurde unter Lokalanästhesie vorgenommen. Die Patienten verließen Freemans Praxis mit einem blauen Auge und einer Sonnenbrille. Zu stummen Zombies geworden, waren sie geheilt, weil sie nicht mehr über die geistigen Fähigkeiten verfügten, zu erkennen, dass sie keineswegs geheilt waren. Sie aßen, sie sprachen, sie schliefen; sie waren so leicht zu versorgen wie ein Haustier. Freeman nahm seine Lobotomien vor großem Publikum vor, einmal fand gar eine Fernsehübertragung statt, und die *New York Times* und das *Ladies Home Journal* priesen ihn in den höchsten Tönen.

In diesen aufgeklärten Zeiten hört man oft, störenden Geistern sei es einst noch viel schlimmer ergangen. Der große Naturforscher Erasmus Darwin, Charles Darwins Großvater, erfand ein mechanisches Antidepressivum, »Wirbelstuhl« genannt. Wie der Name schon sagt, wurde man darauf herumgewirbelt. Sobald der Patient auf dem Stuhl festgeschnallt war, wurden Patient und Stuhl sowohl um die Nord-Süd-Achse als auch um die Ost-West-Achse gedreht, bis der Patient sich übergab, sein Schließmuskel versagte, ihm die Haare zu Berge standen und er schwor, er sei genesen. Um die gleiche Zeit setzten die Franzosen ein ähnlich geniales Heilmittel ein, die Tauchmaschine, eine Metallkammer, in die sie den Patienten einschlossen und die sie dann ins Wasser senkten. Wer der Behandlung lang genug standhielt, war vom Leben geheilt, wenn auch nicht von Schizophrenie.

Der Wirbelstuhl und die Ertränkmaschine sind eindeutig human im Vergleich zu dem, was ich sonst zu sehen und zu hören bekommen habe. In Baltimore gibt es einen Arzt, der mit Cyanid behandelt. Und ein Professor in Harvard hat Ruhm dafür erlangt, dass er einen an Kühlschlangen schnallt, die einen auf 26,7 °C abkühlen – Komatherapie. Wenn Sie an meiner Unvoreingenommenheit zweifeln, lesen Sie es selbst nach.

Ärzte, die ebenso ambitioniert waren wie Freeman, jedoch vor seinen blutigen Eispickeln zurückschreckten, bewaffneten sich mit Spritzen. Es ist verlockend, sich zu Großem aufzuschwingen, solange Patienten zahlreicher zur Verfügung stehen als Meerschweinchen, solange auf Einwilligungsformulare verzichtet werden kann und jeder Kunstfehlerprozess eingestellt wird, wenn die Person, die gegen den behandelnden Arzt aussagt, bereits als verrückt diagnostiziert ist. Im Verdun-Hospital in Montreal inspirierte das Verlangen nach einem Heilverfahren Dr. Lehmann dazu, den in seiner Obhut befindlichen, verirrten Seelen eine höllisch schmerzhafte Schwefelemulsion zu injizieren, in der Hoffung, das hierdurch hervorgerufene Fieber mache sie vielleicht weniger verrückt. Als das nicht funktionierte, versuchte er, sie mit Typhus-Gegengiften vollzupumpen. Immer noch keine Besserung? Der spritzfreudige Arzt verabreichte Terpentin direkt in die Bauchmuskeln, weil er vermutete, die großen sterilen Abszesse in der Magenmuskulatur, die diese Injektionen hervorriefen, würden die Zahl der weißen Blutkörperchen erhöhen. Was den Patienten womöglich das Gefühl gäbe, weniger verrückt zu sein, und zwar nicht nur, damit er die Behandlung endlich abbräche. So ging es nicht nur in Kanada zu, sondern auch hier in den Staaten.

Kein Zweifel, Wahnsinn lag in der Luft.

1939 waren eine halbe Million Amerikaner wegen psychischer Störungen in Behandlung. 1952 waren es, meiner Berechnung nach, dreimal so viele. Lag es an der Angst vor dem Atomzeitalter? Am Versagen der Religion? An den Fotos der Gaskammern in Auschwitz, die in der Zeitschrift *Life* abgedruckt worden waren (und die zumindest ich besonders verstörend fand)? Am verderblichen Einfluss von Comic-Heften, deren Helden Tänzertrikots trugen und mit hingebungsvollen jüngeren Gefolgsleuten, ebenfalls in Trikots, den Hausstand teilten? Lag es an den Negerrhythmen? An zu viel Sex? Zu wenig Sex? War irgendetwas Toxisches in der Atmosphäre? In der Milch? Radioaktive Substanzen? Fernsehen, Fluor, UFOs? Wohlstand? Oder lag es schlicht daran, dass wir endlich über die Muße verfügten, uns klarzumachen, wie unglücklich wir immer schon gewesen waren? Worauf das Problem auch beruhen mochte, es handelte sich um eine Epidemie. Irgendetwas musste dagegen unternommen werden, und der Erste, der eine Zauberwaffe gegen Schizophrenie, gegen Depressionen oder, noch besser, gegen die schlichte, altmodische Exzentrik fände, würde so berühmt werden wie Pasteur.

Dr. William T. Friedrichs Ambitionen waren sehr bescheiden. Er suchte nur nach einer Möglichkeit, Glück zu verschreiben.

Fuck him fuck him fuck him fuck him fuck him fuck him fuck him fuck him fuck him fuck him fuck him fuck him fuck him fuckhim fuckhimfuckhim

DAS SIND DIE DREI SEITEN, DIE ICH IHNEN BEREITS AM TELEFON VORGELESEN HABE – GEFUNDEN AM 7.11.61 VORMITTAGS AUF DEM RASEN VOR DER STAATLICHEN HEILANSTALT FÜR GEISTES-

GESTÖRTE STRAFTÄTER, UNTERHALB DES DURCHGESÄGTEN GITTERS VOR DEM FENSTER DER BIBLIOTHEK. MIT EINIGER GEWISSHEIT STEHT ANZUNEHMEN, DASS UNSER FREUND SIE FALLEN GELASSEN HAT. DASS WIR IHN WIEDER EINFANGEN, IST NUR EINE FRAGE DER ZEIT.

LEUTNANT HAROLD F. NEUTCH, STAATSPOLIZEI CONNECTICUT.

I.

Dezember 1951

Dr. Friedrichs erster Sockenmoment lag an diesem Nachmittag noch in ferner Zukunft. Er hatte keine Narbe auf der Stirn und anstelle des zurückweichenden Haaransatzes eine üppige Tolle kastanienbraunen Haars. Will, wie ihn seine Freunde nannten, war damals ein dreiunddreißigjähriger, überarbeiteter, vor Ehrgeiz hohläugiger Assistenzprofessor für Psychologie an der Universität Yale, mit befristetem Vertrag, vier Kindern, einer Hypothek und, bis zum nächsten Gehaltsscheck, siebenundachtzig Dollar auf dem Konto.

Es war die Woche vor der Weihnachtspause. Eine arktische Luftmasse, die einem die Kopfhaut erstarren ließ, hatte alles, was Federn besaß, vom Himmel vertrieben. Die Temperaturen lagen seit Tagen weit unter null. New Haven war tiefgefroren. Wills Auto – das eigentlich keines war, sondern ein Monstrum von einem ehemaligen DeSoto-Krankenwagen, Baujahr 38, den Wills Frau den Weißen Wal getauft hatte – wollte nicht anspringen. Die Straßenbahn, mit der Will zum Campus fahren musste, hatte eine Stunde Verspätung, und als er endlich im Psychologischen Institut ankam, stellte er fest, dass die Wasserleitungen geplatzt waren. Die gute Nachricht lautete: Alle Lehrveranstaltungen fielen aus.

Dr. Friedrich kehrte den Seminararbeiten, die gelesen, und den Klausuren, die benotet werden mussten, den Rücken zu und verbrachte den Nachmittag damit, sich nach Weihnachtsgeschenken für seine Kinder umzusehen. Die Spielsachen, die er sich leisten konnte, waren entweder aus Plastik oder sahen aus, als hätte sie ein Wasserkopf zusammengestoppelt. Es gab begehrenswerte Dinge, für die ihm das Geld fehlte, die er jedoch mit Entzücken unter dem Weihnachtsbaum vorgefunden hätte, selbst wenn er ein Mädchen gewesen wäre: ein Chemielaborkasten, der angeblich alles enthielt, was man »für echte wissenschaftliche Experimente zu Hause« benötigte, einschließlich Quarzsender-Bauteilen und eigenem Lötkolben. Als Dr. Friedrich jedoch die Schachtel öffnete, fand er darin nur ein Sortiment der Chemikalien vor, die unter den meisten Küchenwaschbecken zu finden waren, Draht im Wert von fünf Cent, eine gelochte Hartfaserplatte und einen Lötkolben, der garantiert einen Zimmerbrand verursachen würde.

Eine Verkäuferin tippte ihm auf die Schulter. »Sie haben die Packung geöffnet.«

»Tut mir leid, ich wollte mir nur ansehen, was darin ist.«

»Steht alles auf der Plastikhülle.«

»Schon, aber ich wollte doch einen Blick hineinwerfen.«

»Ja, das haben Sie auch getan. Macht acht Dollar vierundfünfzig.«

Er saß nun in der Bar des Fakultätsclubs, sedierte sich mit einem Bier und versuchte sich auf das zu bringen, was seine Mutter »angenehme Gedanken« nannte, das heißt, sich aufzumuntern, bevor er die Heimfahrt mit der Straßenbahn antrat. Er kam sich ansteckend vor. So mit sich selbst beschäftigt, wie er war, wollte er seine Familie nicht mit seiner Stimmung infizieren; so egozentrisch war er nicht.

Wenn er seinen Kindern nicht kaufen konnte, was ihm passte, dann würde er etwas für sie bauen, was sie nie vergessen würden, etwas schaffen, was ihnen Erinnerungen mitgeben würde, wie er selbst sie gern hätte. Er würde sich Latten, Ziernägel, kleine Messingscharniere und Leim besorgen und ein Puppenhaus errichten. Vor allem für die Mädchen, aber seine Söhne, der Dreijährige wie der fast Zweijährige, dachten gewiss nicht so geschlechtsspezifisch, dass sie sich übergangen oder verweiblicht fühlen würden. Ja, ein wunderbares Puppenhaus, drei Etagen hoch, mit Fenstern so groß, dass kleine Hände hineinfassen konnten, und hochklappbaren Fußböden, damit der Nachwuchs ein Gefühl für die Dreidimensionalität der Welt entwickeln und sich im räumlichen Denken üben konnte.

Doch das Puppenhaus stand in Dr. Friedrichs Kopf noch nicht zur Hälfte, da riss er es bereits wieder ein. Er stellte sich vor, wie sich die Mädchen am Weihnachtsmorgen darum streiten würden und dass Jack an einem der kleinen Plastikbüsche, die er draußen pflanzen wollte, erstickte. Jack steckte alles in den Mund; in der letzten Woche hätte ihn eine Katzenaugenmurmel beinahe umgebracht.

Ganz mit der Klemme beschäftigt, in der er sich befand, rückte Friedrich in Gedanken von dem Puppenhaus ab und versuchte, sich von seiner Melancholie abzulenken, indem er eine vollkommen neue Zukunft für sich ersann. Er konnte aus Yale fortgehen. Warum nicht seinen Doktortitel in Psychologie dorthin tragen, wo das Geld lag: in die Werbung?

Auf seinem Barhocker sah er sich für einen kurzen schwindelerregenden Moment in einer Werbeagentur an der Madison Avenue arbeiten. In einem Penthouse an der Park Avenue wohnend, würde er sein profundes Wissen um die Schwächen des menschlichen Verstandes dazu nutzen, unterschwellig wirkende Anzeigenkampagnen zu schaffen, Fragebögen, die Konsumenten zwangen zu offenbaren, was letztendlich die Bereitschaft in ihnen weckte, für Toilettenpapier mehr zu zahlen.

Warum nicht einfach zusammenpacken und auf Goldsuche gehen … Warum nicht? Ich bin dreiunddreißig, habe eine Frau und Kinder, ich bin zu alt, um eine neue Laufbahn einzuschlagen, und in jedem Fall müsste ich ganz unten anfangen. Ich könnte es mir nicht mal leisten, in Manhattan zu wohnen. Sein Tagtraum erlitt das gleiche Schicksal wie das Puppenhaus – Verbannung in das ungelebte Leben.

Dr. Friedrich versuchte, sich zu erinnern, warum er Psychologe geworden war. Hätte er zwei Bier mehr getrunken oder ein Publikum vor sich gehabt, hätte er auf diese Frage gewandt und nicht völlig wahrheitswidrig geantwortet: »Weil die Weltwirtschaftskrise herrschte und ich nicht das Geld hatte, Medizin zu studieren und ein richtiger Doktor zu werden.«

Stattdessen dachte er an seine Mutter, an seinen älteren Bruder

Homer und an jene Anstalt, in den sie ihren Erstgeborenen umgehend verfrachtet hatte, sobald Will auf dem College gewesen war. Was sie mit Homer gemacht hatte, erfuhr er erst, als er an Thanksgiving wieder nach Hause kam und feststellte, dass seine Mutter in Homers Zimmer eine Seance abhielt. Sie hatte sich in jenem Herbst zu Madame Blavatsky und zur Theosophie bekehrt. Fünf Tage hatte er gebraucht, um zur Landesheilanstalt nach Trenton zu trampen. Dort fand er Homer, Harmonika spielend, in einem käfigartigen Raum vor, während eine nackte Frau, die er heute als klassische Schizophrene diagnostizieren würde, den eigenen Kot als Fingerfarbe verwendete.

Homer wirkte gar nicht sonderlich verändert, bis er den Kopf umwandte. Seine Kinnlade war auf der linken Seite eingedellt. Es sah aus, als hätte jemand mit dem Hohlspatel in seiner Mundhöhle gebuddelt. Dr. Cotton, der Leiter der Heilanstalt, hatte Homer ein halbes Dutzend Zähne gezogen, ausgehend von seiner weithin beachteten und in vielen Veröffentlichungen vertretenen Theorie, dass Demenz durch Bakterien aus faulen Zähnen und aus dem Dünndarm verursacht wurde.

Homer und sein Darm sollten am nächsten Tag unter Dr. Cottons Messer kommen. Seinen Bruder noch vor der Operation aus der Anstalt zu befreien kostete Will den Rest seines Collegegelds. Er wusste noch immer nicht, warum Homer seinen eigenen Namen nicht verlässlich buchstabieren konnte und warum er gar nichts dabei fand, manchmal drei, vier Stunden vor und zurück zu schaukeln und unentwegt denselben Satz zu wiederholen. Einer davon ging Friedrich jetzt durch den Kopf: »Wenn es nicht regnet, brauchst du keinen Schirm.« Er war sich nicht sicher, ob er Psychologe geworden war, um Homer heilen oder um seiner Mutter vergeben zu können; er wusste nur, dass ihm weder das eine noch das andere gelungen war.

Allerdings ging Friedrich in diesem Augenblick einer der Gründe dafür auf, warum er den Glauben an die Psychoanalyse – an das Aufdecken alter Wunden, die Dekonstruktion von Träumen, das Sezieren von Fantasien und Ausdrucksweisen – verloren hatte: weil er in all den Jahren der analytischen Selbstbetrachtung nicht einen Deut glücklicher geworden war. Vom lebenslangen Kratzen an seinen verschorften Schwären erschöpft, ausgelaugt und unbefriedigt, wollte er seine Patienten heilen, nicht ihnen zuhören, wie sie ihr Herzblut vergossen. Davon hatte er im eigenen Kopf genug.

Als sich Friedrich zu diesem jüngsten »angenehmen Gedanken« ein weiteres Bier gönnte, perlte von dem Tisch hinter ihm Gelächter auf. Unter einem Baldachin aus Zigarettenrauch hielt eine Bande von Yale-Professoren Hof. Waren sie hereingekommen, während er das Puppenhaus gebaut oder über Homer nachgegrübelt hatte? Egal. Jedenfalls waren sie bei der zweiten Runde Cocktails angekommen und amüsierten sich weit besser als Friedrich.

Die fünf Fakultätsmitglieder an jenem Tisch gehörten zu einer Untergruppe der akademischen Welt, die Friedrichs Frau die PmGs nannte – Professoren mit Geld, ererbt oder erheiratet. Ihre Aussprache war in Internaten geschliffen worden, sie spielten Tennis und schwammen im New Haven Lawn Club, schickten ihre Kinder auf eine Privatschule namens Hamden Hall und fuhren in die Sommerfrische in Orte, von denen Friedrich nie auch nur gehört, geschweige denn den Wunsch verspürt hatte, dorthin eingeladen zu werden, bevor er »an die Ostküste« gekommen war. Sie waren stolz darauf, mit berühmten Negern bekannt zu sein, beste Freunde zu haben, die zufällig Juden waren, Anti-McCarthy-Petitionen zu unterschreiben und abstrakte Kunst zu lieben. All das zusammen gab ihnen das Gefühl, weit über Snobs der Feld-Wald-und-Wiesen-Sorte zu stehen, gar nicht zu reden von Friedrich und allen übrigen Zeitgenossen.

Die einzige Person in der Runde, deren Namen Friedrich kannte, war Dr. Winton. Selbst wenn sie nicht die erste und einzige Psychiatriedozentin an der medizinischen Fakultät von Yale gewesen wäre, wäre Bunny Winton aufgefallen. Sie war über einen Meter achtzig groß, wenn man den langen roten Zopf mit einrechnete, den sie aufgesteckt trug wie eine eingerollte Schlange. Sie war vierzig, sah jedoch ein Jahrzehnt jünger aus, wohl weil sie im Freien nie ohne Hut zu sehen war. Während ihre Fakultätskollegen Cocktails tranken, hielt sie sich an heißes Wasser; sie hatte ihren eigenen Tee dabei. In ihrem Tweed-Kostüm auf schlichte Weise elegant, trug sie – nur für den Fall, dass man sie nicht als etwas Besonderes erkannte, auch in dieser Runde von Männern, die damit Karriere gemacht hatten, dass sie etwas Besonderes waren – an einer Lederschnur einen goldenen präkolumbianischen Frosch um den Hals.

Sie und ihre Freunde spielten ein Spiel, das ihnen Gelegenheit gab, reihum mit ihrem Reichtum und den Orten, an denen sie gewesen waren, anzugeben.

»Der beste Martini der Welt«, rief einer der Männer aus.

»Im 21.«

»Das 21 ist doch nur was für Touristen … Bath & Tennis, Newport.«

»Harry's Bar«, erklärte Dr. Winton. Die einzige Harry's Bar, die Friedrich kannte, war in Evanston, Illinois. »Die in Venedig natürlich«, sagte sie abschließend, ohne von dem Artikel im *Lancet Medical Journal* aufsehen, den sie las. »Gin zu Vermouth im Verhältnis zehn zu eins.« Wenn die anderen nach Geld rochen, stank sie geradezu danach.

»Woher willst du das denn wissen, Bunny? Du trinkst ja nicht mal.«

»Mein Vater trank. Im übrigen braucht man eine Schwäche nicht zu teilen, um sie an anderen zu schätzen.« Das Spiel langweilte sie. Sie hatte nur mitgemacht, um die Typen an ihrem Tisch daran zu erinnern, dass Bunny Winton sie in ihren eigenen Spielen schlagen konnte. Hätten sie Friedrich zum Mitspielen eingeladen, er hätte passen müssen.

Ein Geschichtsprofessor, den er selbst bei Regen in einem roten Sportwagen mit offenem Verdeck auf dem Campus hatte umherfahren sehen, stellte weise die nächste Frage zur Debatte: »Die glücklichsten Menschen auf der Welt.«

»Nach uns, meinen Sie?« Alle am Tisch lachten. Friedrich sagte lautlos »Arschloch« und ließ sich die Rechnung geben.

»Feuerwehrleute. Sie sind Helden, jeder mag sie und von vier Wochen können sie drei fern von ihren Frauen leben.«

»Zählt nicht, Fred«, warf Bunny ein.

»Wieso nicht?« Fred war der Geschichtsprofessor.

»Weil Frauen nicht Feuerwehrmann werden können. Du hast aber nach den glücklichsten Menschen gefragt.« Dr. Winton hob ihre leere Tasse an, um sich heißes Wasser nachschenken zu lassen.

»Frauen sind Menschen?« Die anderen Professoren fanden das urkomisch. Sogar Friedrich gluckste vor sich hin.

Bunny lachte, wenn auch nicht über den letzten Scherz. »Wir sind gerade so wie ihr, nur gescheiter.«

Der bärtige Professor rührte nachdenklich mit dem Zeigefinger in seinem Glas. »Ich hab's. Die glücklichsten Menschen sind ... Soldaten, Krankenschwestern oder Ärzte beiderlei Geschlechts – noch in Uniform, die auf dem Heimweg von einem gewonnenen Krieg und in Gedanken schon bei dem geliebten Wesen, das zu Hause auf sie wartet, sind, aber noch nicht wissen, dass sie betrogen worden sind.« Er prostete Bunny zu.

»Ich dachte, wir reden über reale Menschen, nicht über Gestalten aus einem Ihrer Romane.« Bunny konnte auf nette Weise dafür sorgen, dass man sich dumm vorkam.

»Na schön, Frau Doktor. Wie lautet die richtige Antwort?«

»Die Bagadong.«

»Jetzt erfinden Sie aber etwas.«

»Nein, im Ernst. Das ist ein Stamm in Borneo. Während des Kriegs hatten wir ein Feldlazarett in der Nähe ihres Dorfes.« Bunny war gleich nach dem Medizinstudium zum Militär gegangen. Als die US-Armee sich zu Anfang des Krieges weigerte, der jungen Ärztin den Einsatz in einem Kampfgebiet zu versprechen, hatte Bunny sich in den Zug nach Kanada gesetzt und der britischen Armee eine Dienstverpflichtung abgeluchst.

»Sprechen Sie etwa von Kannibalen?«

»Das sind sie unter anderem auch.« Lächelnd nippte Bunny an ihrem Tee.

»Heißt das, die Bagadong sind glücklich, weil sie ihre Feinde verspeisen?«

»Ich glaube, es hatte mehr mit fermentierten Orawak-Blättern zu tun. Gaikaudong nennen die Schamanen das Gebräu – das bedeutet ›der Weg nach Hause‹. Die Bagadong nehmen es zu sich, wenn ihnen schlimme Dinge widerfahren sind, wenn sie unter Stress stehen – nachdem ein Kopfjagdausflug schlecht verlaufen ist, ein Kind von einem Krokodil gefressen wurde. Und natürlich geben sie es den Mädchen nach der rituellen Klitorisbeschneidung mit einem Skalpell aus Feuerstein.« Es machte Bunny Winton so viel Spaß, die Männer zu schockieren, dass sie Friedrich nicht bemerkte, der sich auf seiner Cocktail-Serviette Notizen machte.

Februar 1952

Dr. Wintons Tagesablauf litt unter einer gespaltenen Persönlichkeit. Montag-, mittwoch- und freitagvormittags sowie dienstag- und donnerstagnachmittags war sie in der medizinischen Fakultät im säulen- und kuppelgeschmückten Institut für Humanwissenschaften der Universität Yale anzutreffen. Nach sorgsamen Erwägungen hatte der bis dahin rein männliche Lehrkörper beschlossen, ihr gebühre ein Büro, das ihrem Status als erster zur Unterrichtung von Männern angeheuerter Frau entspreche. Ihr Schreibtisch stand eingeklemmt in einem knapp sechs Quadratmeter großen Kabuff, das vor ihrer Ankunft die Eimer, Mopps und Besen des Hausmeisters beherbergt hatte. Doch Dr. Winton beklagte sich nicht. Es machte ihr nicht einmal etwas aus, dass man sie hinter ihrem Rücken »Dr. Bunny« nannte und dass um ihre Telefonnummer herum auf der Herrentoilette über dem Urinal ein schmutziger Limerick gekritzelt stand. So wenig wie das standhaft nachgebetete Gerücht, sie verdanke die Anstellung nur dem Umstand, dass ihr Onkel der Universität bereits Winton Hall gestiftet hatte und dass die Dekane auf einen weiteren Scheck von ihm hofften. Für Bunny Winton zählte nur, dass sie überhaupt hier war. Das Büro am Institut diente ihr lediglich als Brückenkopf.

Ihre Privatpatienten empfing Dr. Winton in eleganten Räumen an der Chapel Street, mit Blick auf den Park, in einem Gebäude voller Anwalts- und Arztpraxen. Sie hatte eine Vollzeitkraft als Sekretärin und Empfangsdame und ein Wartezimmer mit Dalí-Zeichnungen und einer Corbusier-Couch in Leder. Die Psychoanalyse fand in einem Raum statt, der einem futuristischen Uterus glich. Die Wände waren blutrot, die Beleuchtung indirekt, das Mobiliar aus hellem Holz und die Couch, auf der die Patienten sich offenbarten, mit fliederfarbenem Straußenleder bezogen.

Dr. Winton legte gerade eine frische Spule in das Tonbandgerät ein, mit dem sie ihre Sitzungen aufzeichnete. Um eins erwartete sie einen neuen Patienten. Er war von einem Gynäkologen im selben Gebäude an sie verwiesen worden; eine Ehefrau hatte darüber geklagt, dass ihr Mann, ein Versicherungsdirektor, gern Damenunterwäsche trage. Es war halb eins. Die Sekretärin war noch in der Mittagspause, als jemand an Dr. Wintons Tür klopfte. Sie schätzte es nicht, wenn Patienten zu früh kamen, beschloss aber, am Ende der Sitzung zur Sprache zu bringen, was diese Anmaßung wohl bedeute, und ließ ihn mit dem Türsummer ein.

Der Mann war einsachtzig groß und hatte einen kleinen Koffer bei sich. Wie ein Versicherungsdirektor mit einer Vorliebe für Damenunterwäsche sah er nicht aus; eher wie ein Farmerjunge oder Schauermann, der sich als Collegeprofessor verkleidet hatte. Dr. Winton deutete auf die Couch, aber er nahm auf dem modernen dänischen Polstersessel mit Ponyfellbespannung Platz, den normalerweise sie beanspruchte. Derlei nahm sie nicht so genau.

»Nun …« Sie lächelte. »Was führt Sie her?« Sie hatte ein kleines Notizbuch und einen goldenen Stift auf dem Schoß.

»Neugier.« Sein Ton war nicht ohne Schneid. Sie blickte auf seine Hände; sie waren voller Narben. Vermutlich hatte er in seinem Leben schon etliche Leute geschlagen. Auch seine Frau? Dr. Winton war sich durchaus bewusst, dass sie die Vorstellung, ihn nackt in einem Seidenschlüpfer zu sehen, reizvoll fand.

»Und worauf sind Sie neugierig?« Sie betastete den goldenen Frosch an ihrem Hals.

»Auf Depression.«

»Auf was daran?«

»Wie man sie loswerden könnte.«

Winton hatte seine Fetischisierung von Unterwäsche erst am Ende der Sitzung zur Sprache bringen wollen, aber da er anscheinend so direkt darauf zusteuerte, beschloss sie, ebenso vorzugehen.

»Ihre Frau hat mir gesagt, sie habe eine Veränderung an Ihnen wahrgenommen.«

Ungläubig starrte der Mann sie an. »Sie haben mit meiner Frau über mich gesprochen?«

»Ich dachte, das wüssten Sie.«

Verdutzt schüttelte der neue Patient den Kopf. »Und was hatte sie zu sagen?«

»Nun, dass sie verstört und durcheinander ist.«

»Weswegen denn?«

Patienten, die Haken schlugen, waren ihr nicht neu.

»Sie sind nicht der erste Ehemann, der es erregend findet, Frauenunterwäsche zu tragen.«

Der Mann warf den Kopf in den Nacken und lachte dröhnend.

»Warum finden Sie das komisch?«

»Tut mir leid, Dr. Winton, aber ich glaube, Sie verwechseln mich mit einem Patienten. Ich bin Psychologe, William Friedrich. Ich habe mit Ihrer Sekretärin einen Termin ausgemacht.«

Bunny Winton hatte von Friedrich noch nie gehört. Sie warf einen

Blick in den Terminkalender, um sicherzustellen, dass er neben dem, was sie als »erotische Konfusion« zu bezeichnen pflegte, nicht auch noch an Halluzinationen litt.

Zu ihrem Ärger und zu ihrer Enttäuschung stellte sie jedoch fest, dass sie tatsächlich Dr. William T. Friedrich vor sich hatte. Sie machte sich nicht gern lächerlich. Rothaarig, wie sie war, sah man es ihrem Teint an. Außerdem ärgerte es sie, dass sie die Vorstellung von Friedrich in Seidenunterwäsche nicht aus dem Kopf bekam.

»Ich habe über etwas nachgedacht, das ich Sie vor ein paar Monaten im Fakultätsclub habe sagen hören.« Er zog sein Köfferchen auf den Schoß.

»Entschuldigen Sie, aber meines Wissens sind wir uns nie vorgestellt worden, und ich habe nie …«

Friedrich unterbrach sie. »Richtig. Ich habe nur zufällig ein Gespräch mit angehört – es ging um die glücklichsten Menschen auf der Welt. Dabei haben Sie doch etwas erwähnt, das Sie den ›Weg nach Hause‹ nannten?«

»Gaikaudong.« Zwei Fotos standen auf ihrem Schreibtisch. Auf dem einen waren ihr Mann und ihre Stieftochter zu sehen, auf dem anderen, während des Krieges aufgenommen, saß sie in Khaki-Shorts und schlammbedeckten Stiefeln in einem Einbaum, einen Enfield-Dschungelkarabiner auf dem Rücken.

»Was also interessiert Sie am ›Weg nach Hause‹?«

»Woher wissen Sie, dass die Verhaltensänderungen auf dem Pflanzensud beruhen, den Ihre Schamanen hergestellt haben, und nicht auf Aberglaube oder Suggestion?« Bunny Winton war gern diejenige, die auf alles eine Antwort parat hatte, ausfragen ließ sie sich jedoch höchst ungern.

»Im Herbst 1944 hatte ich einen Patienten, einen Leutnant der Königlichen Pioniere. Er litt nicht nur an Malaria, Ruhr und dem üblichen Sortiment von Dschungelparasiten, sondern war auch noch sechs Monate lang Gefangener der Japaner gewesen.« Sie schaute zum Fenster hinaus. Ihre Stimme wurde weicher, als sie weitererzählte. »Und im Lager hatte es einen japanischen Feldwebel gegeben, einen Sadisten wie aus dem Lehrbuch, mit homosexuellen Tendenzen, der meinem Leutnant unaussprechliche Dinge angetan hatte ...« Friedrich registrierte das Possessivpronomen. Dr. Winton selbst ließ es sich nicht durchgehen. »Ich sage ›mein‹, weil wir alle so weit weg von zu Hause waren. Die jungen Männer in den Lazaretten litten so schrecklich, und wir fühlten uns verpflichtet, unsere Patienten zu beschützen.« Friedrich fragte sich, ob der ausgemergelte Offizier, der auf dem Foto vor ihr im Einbaum saß, ihr Leutnant war.

»Ich glaube, das Schlimmste für ihn waren die Dinge, die er anderen hatte zufügen müssen, um zu überleben. Das gab ihm das Gefühl ...« – sie wandte sich wieder Friedrich zu – »es sei nicht gut, dass er noch am Leben war. Er litt unter heftigen Depressionen und hatte schon zwei Suizidversuche hinter sich. Ich musste mich um dreißig Patienten kümmern, es war nur eine Frage der Zeit, wann es ihm gelingen würde. Also gab ich ihm Gaikaudong.«

»Wer hat es ihm denn verabreicht – Sie oder der Schamane?«

»Ich.«

»Wusste der Leutnant, dass die Arznei von einem Zauberheiler kam? Welche mystischen oder magischen Kräfte die Eingeborenen dem Mittel zuschrieben, das Sie ihm gaben?«

»Er wusste nur, dass wir einander mochten. Soldaten, die an den Rand der Welt verschlagen worden sind, haben einen fast religiösen Glauben an Ärzte.«

»Besonders an hübsche Ärztinnen.« Friedrich flirtete nicht mit ihr; er bewies sich nur als guter Kliniker.

»Das auch. Jedenfalls hatte er einige Stunden, nachdem ich ihm die erste Dosis gegeben hatte, leichte Halluzinationen. Ich hatte keine Ahnung, wie stark das Zeug war, darum hielt ich mich an die Anweisungen des Schamanen und gab es meinem Patienten zweimal täglich. Bevor die Woche vorbei war, konnte er offen über die Dinge sprechen, die ihm widerfahren waren. Er erzählte mir entsetzliche Sachen – dass sie mit dem Kopf eines holländischen Offiziers hatten

Fußball spielen müssen, dass er gezwungen worden war, mit den Wärtern sexuelle Akte zu vollziehen. Das Interessante war, dass es ihn nach etwa einer Woche nicht mehr im Mindesten quälte, von den Erniedrigungen in allen Einzelheiten zu sprechen. Als Psychiater kann ich Ihnen nur sagen: Er war anscheinend vollkommen versöhnt mit der Vorstellung, dass er diese Dinge getan hatte, um zu überleben. Fast sprach er davon, als wären sie jemand anderem widerfahren. Jetzt, in Freiheit, war er eine andere Person und hatte keinen Grund, sich zu schämen.«

Friedrich erblickte so aufregende Möglichkeiten in dem, was er da hörte, dass er die Tränen in Dr. Wintons Augen kaum bemerkte. »Haben Sie je daran gedacht, diese Orawak-Blätter zu testen? Die psychotropen Komponenten zu isolieren und zu prüfen, ob sie bei hiesigen Patienten wirken? Ich meine, als Medikament, das Menschen emotional wieder aufrichten könnte, die das Leben zerrüttet hat? Als ein Medikament gegen Depressionen, das tatsächlich funktioniert?«

»Doch, ich habe schon gelegentlich daran gedacht.« Sie hatte an ihren Leutnant gedacht, nicht daran, was ihr Friedrich nahelegte.

»Nun, ich will ja nicht grob sein, aber worauf warten Sie dann?«

»Das Institut für Humanwissenschaften hat es schon schwer genug, sich an eine Psychiaterin zu gewöhnen. Ich glaube, es wäre doch ein bisschen viel verlangt, wenn sie eine Medizinfrau akzeptieren sollten.«

»Wir könnten zusammen daran arbeiten. Sie haben schon früher über Drogen gearbeitet. Ich habe Ihren Artikel darüber gelesen, wie sich mittels Hypnotica die Denkprozesse eines Patienten zum Vorschein bringen lassen. Mit Natriumamytal. Ich habe meine Dissertation über psychologische Testverfahren geschrieben. Während des Kriegs habe ich für die Armee gearbeitet …«

Sie hob die Hand. »Erst einmal: Gaikaudong wird aus Orawak-Blättern hergestellt, die nur in Borneo wachsen. Und wir sind in New Haven.«

»Ich bin Ihnen weit voraus.« Schwungvoll wie ein Staubsaugervertreter klappte Friedrich seinen Koffer auf. Er war mit hellgrünen, gezähnten, wachsartigen Orawak-Blättern gefüllt. Dr. Winton hob eines auf, das auf den Boden gefallen war. Es roch modrig.

»Wo haben Sie die her? Im botanischen Institut haben sie ja nicht einmal …«

»Ich habe einmal einem Botaniker an der Universität von Illinois geholfen, der eine schizophrene Tochter hatte. Der kannte jemanden, der gerade in Borneo Feldstudien trieb.« In Wirklichkeit war es viel komplizierter gewesen, aber Friedrich hielt es im Moment nicht für nötig, ihr die Details mitzuteilen.

»Aber wie haben Sie das Material hierher geschafft?«

»Über Freunde an passenden Schaltstellen. Ein Typ, den ich an der Highschool habe bei mir abschreiben lassen, ist Oberst in der Air Force und auf den Philippinen stationiert. Er kommt überall hin. Ich habe ihn per Telegramm nach Orawak gefragt, er hat sich umgehört, und jetzt habe ich vier große Säcke davon in der Garage stehen. Aber das Allerbeste ist, dass ich auch einen hiervon habe …« Er reichte ihr ein kleines Foto, auf dem ein Bagadong-Schamane neben einer Holzskulptur stand, die ihm bis zur Hüfte reichte.

»Sie haben einen Schamanen nach New Haven geholt?« Dr. Winton sah ihn an, als trüge er doch wieder Frauenunterwäsche.

»Nein, aber mein Schulfreund hat mir eines der Holzgefäße mitgebracht, in denen sie die Blätter gären lassen. Wir müssen das Verfahren exakt übernehmen, dann liefert uns der Bodensatz in dem Gefäß eine Hefekultur. Natürlich könnte die Wirkung auch mit irgendetwas im dortigen Wasser zusammenhängen, aber das glaube ich nicht. Zumindest können wir jetzt erst einmal loslegen.« Friedrich redete mit dem Enthusiasmus eines zwölfjährigen Farmerjungen, der sein schönstes Zuchtschwein bei der Landwirtschaftsschau prämiert sehen möchte.

Dr. Winton konnte sich des Verdachts nicht erwehren, jemand im Institut für Humanwissenschaften habe Friedrich zu diesem Vorstoß angestachelt. »Warum mit mir? Sie kennen doch bestimmt Psychiater, die mehr Erfahrung und Einfluss besitzen.«

»Ehrlich gesagt, nein. Aber selbst wenn ich solche kennen würde, könnte ich mir niemanden vorstellen, der mehr zu beweisen hätte.«

»Sie wollen mit mir arbeiten, weil ich eine Frau bin.«

»Ja. Und da Sie mich auf die Idee gebracht haben, dachte ich, ich sollte Ihnen doch die Chance geben, die Anerkennung zu teilen.«

»Sie sind also nicht nur ein sehr optimistischer Opportunist, sondern auch fair.«

»Ich bin eben ein altmodischer Kerl. Was sagen Sie zu meinem Vorschlag?«

»Ich bin mir nicht ganz sicher, ob ich richtig verstanden habe, was Sie vorschlagen.«

»Eine Partnerschaft. Wollen wir mal sehen, ob's klappt?« Friedrich streckte ihr die Hand entgegen. Erst als sie ihre Übereinkunft bereits durch Handschlag besiegelt hatten, fiel ihm die Frage ein, die er längst hätte stellen sollen. »Wie ist es mit Ihrem Freund, dem englischen Leutnant, dem Sie Gaikaudong gegeben haben, weitergegangen?«

»Er ist gestorben.« Sie sagte das in einem Ton, als nehme sie es dem Leutnant übel, dass er sich ihr entzogen hatte.

»Wegen des Mittels?«

»Bei einem Bombenangriff.«

»Wie traurig«, sagte Friedrich, obwohl er alles andere als traurig war.

13. April 1952

Als er nach der Arbeit ins Auto stieg, um nach Hause zu fahren, ging es ihm mehr als gut. Der Wal war ausnahmsweise angesprungen, ohne dass Friedrich die Motorhaube anheben musste. Die Forsythien blühten, und es war ihm gelungen, einen vielversprechenden Tailback aus dem Football-Team, der verhaftet worden war, als er in Greenwich Village auf der Herrentoilette einer Bar namens Lily Pad auf dem Boden kniete, davon abzuhalten, sich zur Schocktherapie in eine psychiatrische Klinik zu begeben. Es hatte genügt, sich die Beichte des verschreckten Footballers anzuhören und ihm zu sagen: »Ich betrachte Homosexualität nicht als Krankheit, und ich glaube nicht, dass Elektroschocks irgendetwas heilen.« Dafür konnte Will Friedrich gefeuert werden – so waren die Zeiten. Doch er war eine Fackel der Aufklärung. Natürlich auch wieder nicht so aufgeklärt, dass ihm nicht ein bisschen übel geworden wäre, als ihn der Tailback zum Dank in die Arme schloss.

Will Friedrich meinte es gut. Und in der Tat war er an jenem Nachmittag nahezu so glücklich, wie es ein Mensch, der sein Leben der Erforschung des Unglücklichseins widmet, nur sein kann. Als der erste Kilometer seiner Heimfahrt hinter ihm lag, blickte er in den Rückspiegel und sah, dass ein feiner Schweißfilm sein Gesicht überzog. Auf einmal kitzelte es ihn in der Kehle, und seine Augen juckten. Er nieste zweimal, kurbelte das Fenster hoch und murmelte: »Verflixt, ich bekomme eine Erkältung.«

Es war ein zu schöner Tag zum Krankwerden, für ihn oder sonst wen. Der Himmel hatte den Blauton der Bettlaken, die er aus einem Militärkrankenhaus außerhalb von Chicago hatte mitgehen lassen, in dem er während des Kriegs gearbeitet hatte, als er jung verheiratet gewesen war, und die Wolken am Horizont strahlten so einladend weiß wie frisch aufgeschüttelte Kissen.

Als der Verkehr jedoch stockte und Friedrich zu der großen Schaufensterscheibe eines Warenhauses hinüberschaute, verflüchtigte sich das Verheißungsvolle, das dem Tag angehaftet hatte, obwohl das Wagenfenster hochgekurbelt war. Das Geschäft gehörte zu jenen, in denen einzukaufen er sich nicht leisten konnte. Gewöhnlich löste der Anblick der kostspielig gekleideten Schaufensterpuppen in ihm überlegene Gedanken aus wie *Ideen sind wichtig, nicht Dinge*. Oder:

Der Konsum ist Opium für das Volk, nicht die Religion. An diesem Tag aber wurde das Schaufenster aufgrund der Wolken und des Winkels, in dem die Sonne auf die Scheibe fiel, zu einem riesigen Spiegel, und Dr. Friedrich sah nur sich selbst töricht lächelnd hinter dem Steuer eines Fahrzeugs sitzen, das auf den Schrottplatz gehörte und das zu fahren ihm hätte peinlich sein sollen. Und worüber lächelte er eigentlich? Er hatte acht Jahre studiert, und sein Konto war, wie seine Frau am Morgen bemerkt hatte, überzogen – wieder einmal.

Der Verkehr bewegte sich wieder, aber der Anblick seiner selbst ging Friedrich nicht aus dem Kopf. Um sich abzulenken, stellte er das Radio an. Er hatte vergessen, dass die Sendersuche kaputt war. Der einzige Sender, den er empfangen konnte, war der farbige Mittelwellensender aus New York. Meistens verzerrte Rauschen die dunklen Rhythmen, doch heute hörte er sie so klar wie die Glocke, die in seinem Kopf zu dengeln schien. Zwar besserte es sein Befinden nicht, Leadbelly über einen gewissen Doktor Adams jammern zu hören, *There ain't no doctor in all the lan' / can cure the fever of a convict man,* aber es lenkte ihn doch ein wenig ab, sich zu fragen, warum er sich so stark mit einem schwarzen Feldarbeiter identifizierte, der wegen Mordes ins Gefängnis geschickt worden war.

Als Friedrich den Weißen Wal die kurze steile Auffahrt zum Haus hinaufröhren ließ, schlug er gerade noch einen Haken um den altgedienten Tretroller seiner sechsjährigen Tochter Lucy, hatte aber, bis die Bremsen griffen, bereits das neue Schwinn-Fahrrad überrollt, das er Becky gerade zu ihrem achten Geburtstag gekauft hatte.

Er hatte ihr noch am Morgen aufgetragen, das Fahrrad immer in die Garage zu stellen, das wusste er genau. »Warum rede ich überhaupt? Es hört ja ohnehin keiner auf mich«, murmelte er vor sich hin. Natürlich war es unrealistisch, von einer Achtjährigen – selbst von seiner Achtjährigen – so viel Gedächtnisleistung zu erwarten, dass sie die Folgen ihres unverantwortlichen Verhaltens begriff. Hätte er das Geld für ein neues Fahrrad gehabt, hätte er es pädogisch einsetzen können. Wenn er nun seiner Frau und seinem Kind Vorwürfe machte, käme er sich noch blöder vor, das war ihm klar. Wahrscheinlich würde er es dennoch tun. Es war ihm peinlich, wie peinlich er sich fand.

Sich selbst gegenüber wieder einmal weit weniger nachsichtig als seinen Patienten gegenüber, schlug er sich mit der flachen Hand aufs Frontalhirn. Was ist nur mit mir los, wollte er sich gerade fragen, als er aufblickte und einen Schwarm hungriger Papageien in seinem Maulbeerbaum speisen sah.

Hätte sich Dr. Friedrich als Psychologe um die Bewohner von Caracas, Manila oder auch nur Miami gekümmert, wäre der Anblick von elf laut schwatzenden, grell rot, blau, grün, türkis und tropischgoldgelb gefiederten Papageien in seinem vor Früchten strotzenden Baum nichts Ungewöhnliches gewesen. Da sein Maulbeerbaum jedoch im Vorgarten eines kleinen zweistöckigen, den Landvillen von Cape Cod unbefriedigend nachempfundenen Siedlungshauses am Rand von New Haven, Connecticut stand, handelte es sich um ein Ereignis anderer Größenordnung. Dr. Friedrich befand sich fünfzehnhundert Kilometer zu weit nördlich, um seinen Augen zu trauen.

Da er den Morgen in einem schlecht belüfteten, notdürftig ausgestatteten Chemielabor mit den öden ersten Schritten verbracht hatte, die zur Extraktion der psychotropen Bestandteile eines schäbigen, auf der Insel Borneo heimischen Gewächses erforderlich waren, verfiel sein Verstand auf die logisch naheliegende Erklärung. »Ich halluziniere«, sagte er laut und deutlich mit der Genugtuung eines Goldgräbers, der eben fündig geworden ist.

Ohne den Motor abzustellen, stieg er aus dem Wal, ließ die Wagentür offen und schob den Hut in den Nacken. Sein Halstuch flatterte im Wind. Die Welt, in der es kaputte Fahrräder gab, hatte er weit hinter sich gelassen. Die Spinnweben zwischen einer Kletterrose und einem kahlen Apfelbaum, der während des Winters eingegangen war, zerrissen an seinem Gesicht.

Mit der Umsicht des Klinikers rief er sich noch einmal die Umstände vor Augen, unter denen er am Morgen im Kellerlabor der Medizinischen Fakultät die Blätter fermentiert hatte. Dr. Winton hatte im letzten Moment absagen müssen. Er hatte Gummihandschuhe getragen. So tollkühn, seine Lippen zu berühren, war er mit Sicherheit nicht gewesen. Der Wirkstoff musste über die Nasengänge in seinen Blutkreislauf gelangt sein. Er führte einen Finger zur Nase. Richtig, sie lief. Er schmeckte das Sekret. Ein wenig bitter, aber keineswegs unangenehm.

Er zog ein kleines schwarzes Notizbuch mit Stift aus der Tasche, blickte auf die Uhr, notierte die Zeit und hielt seine Anfangsbeobachtungen fest. Die ersten Halluzinationen, die er wahrgenommen hatte, waren gegen 17 Uhr aufgetreten. Oder war schon die Spiegelung, die er in jenem Schaufenster bemerkt hatte, eine Halluzination gewesen? War der Footballspieler tatsächlich wegen Sodomie in Greenwich Village verhaftet worden? Er würde ihn anrufen und sich erkundigen, wie es ihm gehe. Nur zur Sicherheit.

Mit einem Lächeln auf dem Gesicht ging Friedrich auf die kreischenden gefiederten Erscheinungen zu. Genau genommen grinste er von einem Ohr zum andern. Dafür also war Will, nachdem er Homer bei einem blinden Großonkel abgesetzt hatte, der Homer als Blindenhund verwendete, mit siebzehn auf einen Frachtwaggon gestiegen und mit einem Dollar und zwölf Cent in der Tasche westwärts gefahren, zusammen mit Landstreichern, mit Vagabunden, mit Männern, die wahnsinnig wurden, weil sie keine Arbeit fanden, und hatte sich glücklich geschätzt, als er in Kalifornien zwölf Stunden täglich für zwei Dollar Wochenlohn Obst pflücken durfte und schließlich einen Job in einer Konservenfabrik fand – nur, um mit seinen Ersparnissen weiterstudieren zu können.

Dafür war er Psychologe geworden und hatte diese Stelle an der Universität Yale akzeptiert, für ein Gehalt, das ihn zwang, Zahnarztbesuche aufzuschieben und den Snobismus der angeblichen Elite zu ertragen. Ja, dieser Augenblick ließ ihm sogar die unwürdige Pflicht, Statistik für Anfänger zu unterrichten, als gut genutzte Zeit erscheinen. Er, William T. Friedrich, hatte eine Entdeckung gemacht. Er,

Willy Friedrich, der Farmerssohn aus dem Süden von Illinois, war soeben aus den eingefahrenen Geleisen dessen, was in den Lehrbüchern anderer Männer stand, in die unberührte Wildnis des Unbekannten ausgeschert.

Friedrichs Gedanken sprangen zu Hoffmanns zufälliger Entdeckung von LSD im Jahr 1943 zurück, genauer gesagt, am 16. April 1943. Er stellte fest, dass seine Halluzinationen die Wirklichkeit nicht annähernd so verzerrten, wie Hoffmann es erlebt hatte. Die Papageien dort im Maulbeerbaum waren erstaunlich perfekt. Er sah zwei Aras, der eine blau, der andere rot, beide mit gelben Augen; einen grünwangigen Amazonaspapagei; Langschwanzpapageien mit goldenen Köpfen, grünen Flügeln und türkisfarbenen Schweiffedern; Kakadus, die Obszönitäten kreischten und Fragen auf Spanisch und Englisch stellten; drei unzertrennliche Sperlingspapageien und einen unscheinbaren, aber schwatzhaften afrikanischen Graupapagei. Friedrich stellte fest, dass seine Handschrift in nichts auf Verwirrtheit oder Orientierungsverlust hindeutete, sondern adretter war als gewöhnlich.

Sein Verstand arbeitete schärfer denn je. Dass er Hoffmanns Aufsatz gelesen hatte, lag über ein Jahr zurück, doch jetzt, da er unter diesen imaginären Papageien stand und zusah, wie sie zankten und keiften, flirteten und sich aufplusterten – mein Gott, zwei kopulierten gar –, konnte er sich wortwörtlich an alles erinnern: »Ein seltsames Schwindelgefühl überkam mich, mit Rastlosigkeit einhergehend. Alle Gegenstände, wie auch die Gestalten meiner Labormitarbeiter, schienen sich optisch zu verändern. Ich konnte mich nicht auf meine Arbeit konzentrieren.«

Kein Schwindel, keine Angstgefühle, notierte Friedrich. Er stellte sich auf ein Bein, schloss ein Auge, führte langsam den Zeigefinger zur Nasenspitze und setzte danach hinzu: *Kein Verlust motorischer Fähigkeiten.*

Er verband die Vorfälle im Labor mit dem, was im Moment in seinem Kopf vorging, und fragte sich laut: »Warum Papageien?« Weil er mit elf auf der Landesausstellung in Urbana von einem gebissen worden war? Hing es damit zusammen, dass Papageien sprechen können, ohne ein Wort von dem zu verstehen, was sie sagen? Oder schlicht damit, dass seine hennarothaarige Mutter, wenn sie ihn spätabends per R-Gespräch vor Zugunglücken, Autokarambolagen und Bränden warnte, die noch nicht eingetreten waren, den gleichen schrillen, leicht hysterischen Ton an sich hatte, mit dem der Ara im Maulbeerbaum fortwährend »Da kommen sie, da kommen sie« kreischte?

Kein Zweifel, Friedrich war auf etwas Fantastisches gestoßen. Bis ihm der afrikanische Graupapagei auf die Schulter seines einzigen guten Anzugs schiss. Die letzte Hoffnung, es könnte sich bei seinem enttäuschten Ekel um halluzinierte Demütigung handeln, die seinem offenkundigem Selbstzweifel entsprang, schwand dahin, als seine Frau Nora, zweiunddreißig, mit Jack, dem jüngsten, auf der Hüfte aus der Haustür trat, seinen kleinen Sohn Willy wie eine Napfschnecke am Bein und ein Vogelbestimmungsbuch in der Hand.

»Wir beobachten sie schon den ganzen Nachmittag.« Dass Friedrich die verdammten Papageien nicht einmal als Erster gesehen hatte, setzte seiner Demütigung die Dornenkrone auf. Die einzige positive Empfindung in seinem Körper war die Erleichterung darüber, dass er nicht ins Haus gerannt war und sich noch mehr blamiert hatte, indem er Bunny Winton anrief.

»Na, wie findest du sie?«, rief seine Frau, als er nicht reagierte. Sie stellte die Frage beiläufig und vorsichtig amüsiert. Als Einzelkind aufgewachsen, ging Nora mit ihren Meinungen zurückhaltend um. Nicht, weil sie keine gehabt hätte, sondern weil sie sie so stark erlebte, dass sie sich verraten und ein wenig seekrank fühlte, wenn die Menschen, die sie liebte, sie nicht teilten.

Den Blick auf die Papageien gerichtet, nach Worten ringend, die verbergen würden, wie lächerlich er sich wegen seines Anfalls von Größenwahn vorkam, sah Dr. Friedrich nicht den Anflug von Trauer, unter dem Noras vollmundiges Lächeln erstarb, als er sich abwandte. Dr. Friedrich diagnostizierte die Vorsicht seiner Frau fälschlich als Furcht; auch er wollte seine eigenen Gefühle in denen widergespiegelt sehen, die er liebte.

Sie hatten sich über dem Bunsenbrenner kennengelernt, im Kurs für organische Chemie. Eine Flamme loderte noch immer, doch nach neun Ehejahren wärmte sie nicht mehr so wie früher. Noras einst so verführerische Fähigkeit, über das Leben zu lachen, gab ihm mittlerweile das Gefühl, kleiner zu sein, als er war. Sie fand es lustig, Second-Hand-Kleider bei Nearly New zu erstehen, besonders, als die Frau des Dekans das geblümte Kleid, in dem Nora beim Fakultätstee erschienen war, als ein von ihr gestiftetes wiedererkannte. Friedrich verging vor Verlegenheit, wenn seine Frau sich damit brüstete, dass sie wöchentlich fünfundzwanzig Cent einsparte, indem sie ihren Kindern das Haar statt mit Shampoo mit einer im Erlenmeyerkolben gemischten Emulsion aus Geschirrspülmittel und Zitronensaft wusch. Er fand es wundervoll, dass sie anderen mit ihrer Intelligenz Fallen stellen konnte, einem Romanistikprofessor ein unregelmäßiges Verb korrigierte oder schneller als ein Physiker das Atomgewicht von Jod nannte, wenn sie beim Hockey-Match zwischen Harvard und Yale (zu dem sie dem Dekan zuliebe gingen, der großen Wert auf akademischen Lokalpatriotismus legte) in den Pausen Kreuzworträtsel lösten. Friedrich war stolz auf die Klugheit seiner Frau. Außer natürlich, wenn sie ihn damit in die Klemme brachte.

Nora wartete noch immer darauf, dass ihr Mann zeigte, welche Gefühle die Papageien in ihm weckten. »Sind sie nicht wundervoll?« Sie lächelte in einem Rot aus der Palette von Helena Rubenstein, das *Desire* hieß; die einzige eitle Extravaganz, die sie sich gestattete, waren ihre Lippenstifte. Sie hatte Grübchen in den Wangen, ihre Hand ruhte auf der Schulter ihres Mannes, aber sie hatte nur einen Gedanken – *Verflixt und zugenäht, wenn es dich nicht beglückt, beim Nachhausekommen von Papageien begrüßt zu werden, was in Gottes Namen kann dich dann glücklich machen?*

Die Tür war bereits zugeschlagen. Jetzt umtanzten ihn seine

Töchter, verlangten, dass er ihnen Beachtung zollte, und erhoben Ansprüche auf die Papageien über ihren Köpfen. Becky, die älteste, die das lackschwarze Haar ihrer Mutter geerbt hatte. stellte sich auf die Zehenspitzen, um eindrucksvoller zu wirken. »Der rote Ara gehört mir. Er ist in Südamerika heimisch – wusstest du das, Daddy?« Für eine Achtjährige war ihr Wortschatz beachtlich.

»Das ist unfair.« Lucy, blond wie Noras Tante Minnie und mit einer Neigung zu beunruhigenden theologischen Fragen – Wenn Menschen in den Himmel kommen, warum nicht auch Hunde? Und Insekten? Und Gurken? –, protestierte: »Du willst den Ara bloß, weil ich ihn als Erste benannt habe.«

»Ich muss Pipi.« Das war Willy.

Friedrich wünschte, sein Sohn sähe nicht so auffällig Homer ähnlich. Nicht, dass Homer etwa hässlich gewesen wäre oder dass Friedrich seinen älteren Bruder nicht gemocht hätte (Homer sah sogar gut aus, und Friedrich liebte ihn), nur hätte Homer, der jetzt siebenunddreißig war, größte Schwierigkeiten gehabt, Lucy bei einem Stanford-Binet-Intelligenztest zu übertreffen.

»Das Wort heißt urinieren, Willy.«

»Er ist doch noch nicht mal drei, Will.«

»Es ist für ein Kind weniger verwirrend, wenn man ihm gleich das richtige Wort beibringt.« Da Willy bereits in die Hose gemacht hatte, blieb die Sache unentschieden. Um wieder gutzumachen, dass er sich an Homer erinnert gefühlt hatte, hob Will seinen Sohn hoch, drückte ihn an sich und gab ihm einen Kuss.

Nora wollte gerade ins Haus gehen, um eine trockene Hose zu suchen, als Becky aufkreischte. »Mein Fahrrad!« Das hatte Friedrich ganz vergessen.

»Ich hab dir ja gesagt, du sollst es nicht in der Auffahrt liegen lassen.« Zwar hatte er das nicht sagen wollen, aber …

»Wir können es reparieren.« Nora setzte Jack auf dem Rasen ab und zog das verbogene Schwinn-Fahrrad unter dem Wal hervor.

»Es ist meine Schuld. Wir kaufen dir morgen ein neues.«

»Krieg ich auch ein neues Fahrrad?« Wie die meisten mittleren Kinder fühlte Lucy sich leicht übergangen.

»Das können wir uns nicht leisten«, warf Nora ein.

»Ich kann es mir leisten, und ich werde es mir leisten.« Dies war der Wahlspruch, nach dem Friedrich lebte. Er wischte sich die Papageienscheiße von der Schulter, übergab Willy an seine Frau und versuchte mit einem Scherz seine Würde zurückzugewinnen. »Mir scheint, der Graue ist depressiv.«

»Wieso das?« Nora versuchte die Acht aus dem Rad zu biegen.

»Ich entdecke in seinen Augen den gleichen Blick, den ich jeden Morgen beim Rasieren im Spiegel sehe.«

Nora wusste, dass ihr Mann Depression als erstarrte Wut definierte. Sie lachte nur, weil Betty bereits schluchzte, Jack zu weinen begann und sie nicht als Dritte einstimmen wollte. Aber ihr Mund bebte und ihre Augen wurden so feucht wie damals, als sie beim Orthographiewettbewerb das Wort »Ennui« falsch buchstabiert hatte. Kaum war der letzte Buchstabe ihrem Mund entfleucht, da wusste sie, dass ihr ein Fehler unterlaufen war. Zurücknehmen ließ er sich nicht mehr. Sie betrachtete ihre Ehe nicht gern auf die gleiche Weise. »Ist das dein Lebensgefühl?«

Und dann geschah ein kleines, aber wahres Wunder. »Nicht, wenn ich dich anschaue.« Dass sie dies hatte hören wollen, bedeutete nicht, dass es nicht stimmte.

Dr. Friedrichs Träume von Größe waren noch ebenso abenteuerlich verstiegen wie zu der Zeit, als er sich als Neunjähriger in den Kartoffelkeller hinuntergeschlichen hatte, in dem seine Mutter Homer zur Strafe schlafen ließ, wenn er im Sommer ins Bett gemacht hatte. Im Winter war sie weniger grausam. In dem kühlen, dunklen, erdig nach Pastinaken und Kartoffeln riechenden Raum hatte er Homer in den Schlaf gelullt, indem er ihm von all den erstaunlichen Taten erzählte, die sie gemeinsam vollbringen würden, sobald er groß wäre. Einen zerfledderten Atlas auf den Knien, den jemand im Jahre 1903 bei der Weltausstellung in St. Louis erworben hatte, war er mit dem Finger über Karten gefahren, auf denen im Herzen der Kontinente noch weiße Flecken als »unerforscht« gekennzeichnet waren, und hatte Homer anvertraut: »Wenn wir den neuen höchsten Berg der Welt entdeckt haben, dann verleiht uns Präsident Calvin Coolidge persönlich einen Orden und gibt uns das Geld, mit dem wir eine Rakete bauen, wie Buck Rogers, nur besser, nämlich in Wirklichkeit. Und ich, das heißt, wir …«

Kein Territorium auf dem Planeten war 1952 so wenig erforscht wie die achtzehn Zentimeter zwischen den menschlichen Ohren, und die meisten Leute meinten, die Chemie der Gefühle habe mit solider Wissenschaft so wenig zu tun wie Supermans Kryptonit. Ein Dreiunddreißigjähriger, der es sich nicht leisten kann, ein Fahrrad zu ersetzen, und wähnt, eine Schar Papageien in seinem Vorgarten sei ein Zeichen dafür, dass er sich auf dem richtigen Weg befindet, ist nicht nur auf der falschen Spur, sondern unrettbar verloren. In dem Gefühl, vom eisigen Gipfel seines Narzissmus abzurutschen, streckte Friedrich die Arme aus und griff nach seiner Frau wie nach der letzten Sprosse einer ins Nichts baumelnden Strickleiter.

»Warum macht ihr das?« Becky hatte ihre Eltern sich noch nie auf den Mund küssen gesehen. Nicht so, und bestimmt nicht auf dem Rasen vor dem Haus.

»Weil wir glücklich sind.« Nora kicherte, und ihr Mann schmiegte sich mit dem Gesicht an ihren weichen Hals.

»Mama ist Schneewittchen, und Daddy weckt sie auf.« Auch wenn es sich andersherum verhielt, sah Lucy eine gute Gelegenheit, ihr Lieblingsmärchen anzuführen.

»Das ist doch blöd.« Becky sah eifersüchtig zu, wie Lucy die Arme um die Hüften ihrer Eltern schlang und sie noch enger zusammendrückte.

Willy fühlte sich ausgeschlossen und zog seinen Vater am Hosenbein. »Willy hooch!«

»Küsschen.« Jack wollte auch mitspielen. Ihr Knäuel hatte nun mehr Arme als ein Tintenfisch.

Friedrich wollte seiner Frau gerade ins Ohr flüstern, »Wir rufen einen Babysitter und gehen ins Bett«, da fühlte er eine kleine Hand auf seinem Penis. Lucy? Jack? Oh, bitte nicht Willy. Er hoffte, es wäre seine Frau. »Bist du das?«

»Was denn?« Sie hatten seit über einem Monat keinen Sex mehr gehabt. Eine kräftige Erektion beulte seine Hose aus. Nora lachte.

Becky starrte ihm auf den Reißverschluss. Oder weigerte sie sich nur, ihrem Vater in die Augen zu sehen? Will wusste, dass er verrückt war, als er sich bei der Vorstellung ertappte, wie seine Tochter sich zwanzig Jahre und eine Phase anorgastischer Nymphomanie später auf der Couch eines Psychoanalytikers an das Schlüsselerlebnis erinnern würde, das ihrer sexuellen Dysfunktion zugrunde lag.

Eine Hand in der Hosentasche, versuchte Will unauffällig die Erektion mit Hilfe seiner Gürtelschnalle zu bändigen, als jemand mit ausländischem Akzent fragte: »Nach Ihrer Fachkenntnis, Dr. Friedrich, würden Sie davon ausgehen, dass ein Baum voller Papageien auf meine Frau ähnlich wirken könnte?«

Der vierschrötige Mann mit dem blonden Igelkopf strahlte die Wärme eines Ofens aus und war offensichtlich Ausländer (Shorts, Socken zu Sandalen). Er war ein Verhaltensforscher aus Rotterdam, der mit Ratten arbeitete und gegenüber wohnte. Jens war der Erste in der Straße, der von den Papageien Notiz nahm, die immer noch im Maulbeerbaum schnatterten und keiften. Seine Frau Anka und die beiden Zwillingstöchter kamen soeben über die Straße gelaufen, blonde, rotgesichtige Brueghel-Gestalten, die es in einen amerikanischen Vorort verschlagen hatte.

Und ein Stück weiter oben an der Straße ließen sich Fred Mettler, ein Physiker mit einem Glasauge, der in Los Alamos gearbeitet hatte, und seine Frau, die Leiterin von Beckys Pfadfinderinnengruppe, von ihren drei Kindern herbeizerren, von denen das jüngste wegen seiner Neigung, vor Autos zu laufen, an einer Leine gehalten wurde.

Die Nachricht von den Papageien schoss in Hamden umher wie ein Kugelblitz. Sie wirkte elektrisierend und aufmunternd. Sie verbreitete sich durch Zuruf, über das Telefon und über Kinder auf Rollschuhen. Jungen mit Pagenfrisur und Schleudern in der Gesäßtasche und Mädchen in gesmokten Kleidern mit großen Schleifen auf dem Rücken, in denen sie aussahen wie Geschenke, die darauf warten, geöffnet zu werden, flitzten durch Gärten, sprangen über Zäune und trapsten durch frisch bepflanzte Beete, um die Papageien zu erleben, bevor sie davongeflogen wären. Nörglerische, notorisch biestige alte Damen, die auf Veranden und hinter Spitzenvorhängen nur darauf warteten, junge Eindringlinge oder Missetäter anzuschwärzen, raunzten »Johnny, Susie, Bill, Fred, Sam, Wendy, Gus, ich rufe jetzt sofort eure Mutter an und ...«

Mütter stellten den Herd noch einmal ab, um sich das Phänomen selbst anzusehen, und Gatten, die es gewohnt waren, an der Haustür mit einem Highball empfangen zu werden, fanden rätselhafte Zettel vor: *Papageien in einem Maulbeerbaum an der Hamelin Road.*

Und aus der bescheidenen Wohngegend der Friedrichs drang das Gerücht von der gefiederten Unterhaltung den Hang hinauf auf die Anhöhe bis zu den großen alten Anwesen mit Aussicht, Dienstmädchenzimmern und weitläufigen Rasenflächen, auf denen Trauerweiden Schatten spendeten und Buchsbäume prangten, die älter waren als das Jahrhundert. Straßen, an denen PmGs neben Bankdirektoren und Geschäftsleuten wohnten, die von ihren Großvätern begründete Unternehmen leiteten. Eine Welt, durch die Friedrich ein-, zweimal in der Woche fuhr, tief in den Sitz des Weißen Wals gekauert, um nicht erkannt zu werden – nur um sich anzusehen, in welchem Rahmen sich sein Leben einmal abspielen würde, wenn sich sein Name erst in den Lehrbüchern fände.

Eine Stunde, nachdem er die Vögel entdeckt hatte, drängten sich auf Will Friedrichs schütterem Rasen nicht nur akademische Kollegen von Yale, sondern auch Nachbarn, mit denen sie noch nie gesprochen und von denen sie nicht gewusst hatten, dass sie in der Gegend wohnten – Autoverkäufer, Versicherungsvertreter, Bäcker mischten sich mit Psychotherapeuten und Meteorologen, Leuten, die besser oder schlechter als er dafür bezahlt wurden, dass sie Gedichte in fünf Sprachen rezitieren konnten oder genauestens über die Hintergründe des Prager Fenstersturzes Bescheid wussten. Während die Papageien krakeelten und »Hallo! Halt die Klappe! Mach die Tür zu!« riefen und ein Kakadu mit mandarinenfarbenen Flügeln immer und immer wieder sehnsüchtig »Dónde está Marjeta?« nölte, ergingen sich Bürger und Intellektuelle in geistreichen, tiefschürfenden und abwegigen Theorien darüber, was die Vögel nach New Haven führte.

»Im Augenblick ist jemand mit einer Zoohandlung nicht gerade glücklich, da wett' ich einen Zehner drauf«, gab der Autoverkäufer von sich, der Friedrich aufgefordert hatte, doch mal vorbeizukommen und eine Probefahrt mit einem Nash zu machen.

»Ich habe schon Creedmores Tierparadies und den Universitätszoo angerufen – keine Vermissten«, sagte Sergeant Neutch, ein Gemeindepolizist, der wie eine Schildkröte aussah, die ihren Panzer verlegt hat.

Eine Assistentin, die ihre Doktorarbeit über Don Quijote geschrieben hatte, merkte an: »Der Ara spricht Spanisch mit Madrider Akzent.«

»Heute Morgen ist unten am Hafen ein Frachter aus Bolivien entladen worden. Vielleicht waren sie ja im Laderaum eingesperrt.«

»Bolivien ist ringsum von Festland umgeben«, warf Jens ein.

»Na schön, Einstein, und was ist dann Ihre Erklärung?«

»Kommunisten.« Jens zwinkerte Friedrich zu.

»Soll das heißen, die Kommunisten setzen Papageien ein, um bei uns zu spionieren?« Der Bulle fand den Gedanken interessant.

Jens legte einen Finger an die Lippen. »Sie brauchen ja nicht zu wissen, dass wir ihnen auf die Schliche gekommen sind.« All diejenigen, die wussten, dass Jens und seine Frau Kommunisten mit Parteiausweis waren, mussten lachen.

»Vielleicht haben die Wasserstoffbombentests den Vogelzug beeinflusst«, vermutete ein Botaniker, nach dem ein Giftpilz benannt war.

Nun musste sich die Frau des Physikers äußern. »Fred sagt, in zwanzig Jahren werden wir mit Atomenergie angetriebene Staubsauger haben.«

»Was ist das, ein Staubsauger?«, fragte Nora unschuldig. Sie war auf ihren Mangel an hausfraulichen Fähigkeiten stolz.

»Und wenn sie nun eine Krankheit haben?« Eine Mutter zog ihr Kind von dem Baum fort.

»Sie meinen, wie die Papageienkrankheit?«

»Oder wenn sie radioaktiv sind?«

»Sie könnten einen mit Papagenoitis infizieren.«

»Ist das so was wie Bauchfellentzündung?«

Friedrich bat die geistreiche Runde, ihn einen Augenblick zu entschuldigen, um aus dem Wohnzimmer einen Stuhl für eine schwangere Frau zu holen, die aussah, als würde sie gleich ohnmächtig, und zeigte mehreren Kindern den Weg zur Toilette im Erdgeschoss; draußen sagte ein Mann, der mit dem Lieferwagen einer koscheren Metzgerei vorbeigekommen war und den Kakadu nach Marjeta rufen hörte, gerade mit starkem, konsonantenreichem mitteleuropäischem Akzent, »So hieß meine Schwester.«

Was mag mit ihr geschehen sein, dachte Friedrich, fragte aber lieber nicht nach. Er vertrieb seine düsteren Gedanken, indem er Jack in die Arme nahm und dann, auf Anregung seiner Frau, in den Garten hinter dem Haus ging, um die Klappbänke herbeizuholen.

Er schleppte die Bänke eben um die Hausecke, als jemand sagte, »Erstaunlich, finden Sie nicht?« Will brauchte nicht aufzublicken, um Bunny Wintons Stimme zu erkennen. Ihr Höhere-Tochter-Tonfall kränkte ihn nicht mehr, er fand ihn amüsant. So hatte er eher den Eindruck, in einem Theaterstück über ein Forschungsprojekt mitzuspielen, als ein solches durchzuführen.

»Was denn?« Wovon redete sie? Er hatte nicht damit gerechnet, dass sie die Papageien anschauen kommen würde.

»Die Papageien. Ein gutes Omen für unser Projekt.« Sie war verblüffend abergläubisch; an ihrem Schlüsselbund hing ein Hasenfuß, und an ihrem Armband baumelte in einem Kristallherz ein vierblättriges Kleeblatt.

»Wollen wir's hoffen.«

»Tut mir leid, dass ich heute Morgen nicht kommen konnte. Carol hat sich in der Schule den Arm gebrochen, und Thayer konnte sie nicht abholen, also musste ich Mama spielen.« Carol war ihre zwölfjährige Stieftochter, Thayer ihr Mann und »Mama« ein Spiel, das sie nicht interessierte.

»Dr. Petersen hat hereingeschaut. Ich glaube, er war enttäuscht, dass Sie nicht da waren. Unsere Arbeit interessiert ihn sehr.« *Das heißt, du interessierst ihn,* dachte Will.

Kein Zweifel, Bunny Winton wusste, wie die Dinge liefen und wie man sie am Laufen hielt. Professor Petersen war zweiundsiebzig. Sie hatte sich als Sponsor ihres Forschungsprojekts nicht nur den dienstältesten Psychiater am Institut, sondern auch den geilsten ausgesucht. Als sie ihm dargelegt hatte, was sie planten, hatte sie im Schneidersitz zu Füßen des alten Bocks auf dem Boden gesessen; es hätte nicht viel gefehlt, und sie hätte sich schnurrend die Pfoten geleckt. Und als er Ja gesagt hatte, hatte sie ihm gedankt, indem sie ihm persönlich eine Dose mit ofenfrischen Schokoplätzchen vorbeigebracht hatte, die sie, wie Will argwöhnte, keineswegs selbst gebacken hatte.

Thayer Winton lud soeben zwei Kästen Bier aus dem Kofferraum seines Cadillacs. Er war älter als Bunny, groß gewachsen und so braun gebrannt, wie man es nur ist, wenn man während der Frühjahrsferien mit seiner Yacht den Bermuda-Cup gewinnt. Friedrich hatte seinen Steckbrief in dem Altherren-Bulletin von Yale gelesen, das in einer Toilettenkabine liegen geblieben war, in der er sich einmal erleichtert hatte. Dr. Winton hatte ihm erzählt, Thayer habe sie geheiratet, weil seine erste Frau bei Carols Geburt gestorben war und er eine Mutter für seine Tochter brauchte. »Bekommen hat er etwas anderes, aber ich glaube, er hat erkannt, dass er es im Grunde schon immer wollte.« So hatte sie sich ausgedrückt, als sie die erste

Ladung Orawak-Blätter kleingehackt hatten, um sie fermentieren zu lassen.

»Und was war das?«, hatte Friedrich gefragt.

»Freundschaft.«

Ein Witwer, ein Baby, das großgezogen werden musste – Friedrich hätte Mitleid mit ihm gehabt, wenn Thayer nicht der Erbe eines Versicherungsunternehmens in Hartford gewesen wäre.

»Thayer mag Ihre Frau.« Bunny sagte gern Dinge, die Männern zu denken gaben. Friedrich blickte hinüber. Nora hatte ihr offenes Portemonnaie in der Hand und bestand darauf, dass der Millionär für das Bier von ihr Geld annahm.

»Ich habe sie selbst gern.« Als Thayer das Geld nicht entgegennehmen wollte, setzte Nora sich durch, indem sie es ihm in die Tasche schob, als er nicht hinsah.

Da ungefähr kam Jens aus seinem Haus mit einem großen Krug mit Manhattans und einem Stapel Pappbecher zurück. Und auf einmal waren Dr. Friedrich und Frau – deren gesellschaftliche Bemühungen sich normalerweise auf ihren alljährlichen Schinken im Brotteig mit Kartoffeln à la Lyonnaise für acht beschränkten, in der Hoffnung, den Dekan damit zu einem unbegrenzten Anstellungsvertrag zu animieren – die Gastgeber der besten Cocktailparty, an die sich irgendjemand in Hamden erinnern konnte.

Niemand nahm von dem großen, dürren, rundrückigen Siebzehnjährigen Notiz, der sich auf einem alten Mädchenfahrrad mit breiten Reifen den Hügel zu den Friedrichs hinaufquälte. Die 4 x 5-Zoll-Speed-Graphic-Pressekamera, die er um den Hals hängen hatte, schwang vor und zurück wie ein Standuhrpendel.

Die Kamera war geliehen, das Rad mit der rostigen Kette und dem zu niedrigen Sattel gehörte ihm. Jedes Mal wenn er das eine Pedal hinuntertrat, stieß er mit dem anderen Knie gegen die Lenkstange, und das Rad tat einen Schlenker in Richtung des Gegenverkehrs. Für die fünf Kilometer vom Campus hatte er knapp eine Stunde gebraucht. Seine Knie waren wundgeschürft, und seine beiden Handflächen sowie eine Hinterbacke wiesen Blasen auf. Wie er so mit verkniffenem Mund und Schweißtropfen an der Nasenspitze mühselig in die Pedale trat, bot er ein Bild des Jammers auf Rädern.

Er war nach Hamden hinausgeradelt, um Dr. Friedrich und seine Papageien für einen Zweispalter zum selben Thema zu fotografieren, den er noch an diesem Abend für die bunte Seite der Collegezeitung zu verfassen hatte. Es war sein erster Auftrag. Als Studienanfänger gehörte er nicht offiziell zur Redaktion des ehrwürdigen Yale-Blatts, der *Daily News*. Als ein Erstsemester seines Typs – mit Pickeln und einem hellroten Flaum anstelle des Barts, zu schüchtern, jemandem in die Augen zu schauen, es sei denn durch den Sucher einer Kamera, und, besonders unpassend für Yale, mit dem Namen Casper Gedsic geschlagen, den jeder, der nicht russisch-litauischer Abstammung war, kränkenderweise »get sick« aussprach, auch wenn er sich nicht über ihn lustig machen wollte – wusste Casper genau, dass er niemals für die Chefredaktion seiner Universitätszeitung vorgeschlagen würde. Er wusste dies aufgrund seiner enervierenden Art von Intelligenz, die ihn auch in die Lage versetzte, einem den ersten Kometen zu nennen, der im 23. Jahrhundert am Firmament von New Haven in Erscheinung treten würde, und das exakte Datum hierfür anzugeben. Wie viele Kaffees und Zigaretten er für die höheren Semester auch holen ging, wie viele Stunden er auch mit dem Entwickeln der Fotos anderer von erreichten Touchdowns und verfehlten Körben verbrachte, wie viele falsch gesetzte Bestimmungswörter beim Umschreiben der Texte trüberer Geister er auch korrigierte, nie würde er auf dieser Welt für irgendeine Ehre vorgeschlagen werden.

Er betrachtete dies ebenso wenig als unfair oder fair wie den Umstand, dass er das Schmelzen der Polareiskappen nicht mehr erleben würde. Es würde sich ereignen, jedoch nicht für ihn. Es stand einfach nicht in seinen Sternen. Wäre er an ein College wie Choate oder Hotchkiss gegangen, wäre er in Darien aufgewachsen oder hätte es eine Hustenbonbonmarke namens Gedsics gegeben, dann wären seine mangelnde soziale Gewandtheit, sein Vegetariertum, sogar sein altes Mädchenfahrrad als exzentrische Nebensächlichkeiten abgetan worden. Casper war jedoch das einzige Kind einer Witwe aus Vilnius, die sowohl die Nazis als auch die Russen überlebt und sich ins Land der unbegrenzten Möglichkeiten durchgeschlagen hatte, nur um schließlich in den Sümpfen der Holzbarone des südlichen New Jersey Cranberries zu pflücken.

Tests, bei denen man unter mehreren möglichen die richtige Antwort ankreuzen musste, Aufsatzthemen, die ihm abverlangten, Vergleiche anzustellen und Gegensätze aufzudecken, Probleme, bei denen es um Zahlen ging, um Unbekannte, die nicht atmeten, die nicht aus Fleisch und Blut waren, fielen Casper leicht. Schwierig waren für ihn Menschen. So schwierig, dass er aus schierem Zufall begonnen hatte, die Drecksarbeiten für die Unizeitung zu erledigen. An seinem ersten Tag auf dem Campus hatte er nach dem Astronomieclub gesucht und versehentlich an die Tür der *Daily News* geklopft.

Als er gefragt wurde, ob er eine Dunkelkammer einrichten könne, war es für ihn leichter, »Ja« zu sagen als zu erklären, dass er sich verlaufen hatte. Wie sich herausstellte, stand Casper gern in einer Ecke des holzgetäfelten, von Zigarettenrauch erfüllten Redaktionsraums herum, während Typen, die sich für den legendären Ed Murrow hielten, und falsche Hemingways mit Kippen im Mundwinkel Befehle bellten und Pointen spuckten. Staunend und verächtlich beobachtete er, mit welcher Leichtigkeit andere Menschen heiße Luft aufschäumen konnten.

Dass er die letzte Notbesetzung für den Papageien-Artikel war, wusste er, ohne sich daran zu stören. Es war der Freitag vor dem Frühlingsball und bereits nach vier, als Whitney Bouchard, der für Reportagen zuständige Redakteur, der sich beim Spiel gegen Princeton sechs Monate zuvor das Knie ruiniert hatte, von den Papageien draußen in Hamden erfuhr. Er war reich, sportlich und sah auf so dämonische Weise gut aus wie Batman. Während andere gern wie

Whitney gewesen wären und ihn beneideten, sah Casper in diesem WASP ein exotisches Insekt und war schon froh, wenn es ihn nicht stach. Und da Whitney und alle Übrigen von der Zeitung (außer Casper) ihre Balldamen – Mädchen von Vassar, Wellesley und Bryn Mawr in Kamelhaarmänteln und Riemchenschuhen – vom Bahnhof abholen, noch Blumengebinde besorgen und Gummis in ihre Brieftaschen stecken mussten, erhielt Casper seine Chance.

Nur dass er es so nicht sah. Er tat, was in der Redaktion von ihm verlangt wurde, in der gar nicht unvernünftigen Annahme, dass er nur sauber zu bleiben und sich vor jeden Karren spannen zu lassen brauchte, um seiner Mutter bei der Abschlussfeier so viele Fremde mit Vornamen vorstellen zu können, dass sie den Eindruck bekäme, er habe Freunde gefunden.

Als Casper an jenem Nachmittag über den Campus nordwärts geradelt war, verwandelte die Sonne den Sprühdunst aus einem Gartenschlauch in einen Regenbogen und ließ das Jahr 1666 aufleuchten, in dem Newton das Sonnenlicht auf Wellenlängen reduziert hatte. Was Casper an die Schwerkraft denken ließ, die wiederum ihn daran erinnerte, dass anderthalb Stunden vor dem nächsten Sonnenaufgang ein Schwarm von Meteoriten zu sehen sein würde. Dies brachte ihn dazu, die Wahrscheinlichkeit von Ted Williams' mittlerer Trefferquote zu berechnen. Gedanken flitzten über die ruhige Oberfläche seines Geistes wie flache Steine über das Wasser. Derart brillant war Casper Gedsics Gehirn, dass es seine elliptische Gedankenumlaufbahn weiter verfolgt hätte, wäre nicht ein schriller Pfiff ertönt.

Casper blickte über die Schulter und sah ein Mädchen, das mit zwei Fingern der linken Hand ihren lächelnden Mund in ein Musikinstrument verwandelte. Er hatte noch nie ein Mädchen so pfeifen gesehen. Blond; immergrünes Twinset. Nun winkte sie. Im klaren Bewusstsein der Tatsache, dass er solche Mädchen nicht kannte und nie kennen würde, strampelte er gleichmütig weiter.

»He, Sie da, auf dem Fahrrad.«

Casper bremste. »I-i-ich?«

Sie kam auf ihn zu. »Wen sollte ich denn sonst meinen?«

»S-s-stimmt schon … klar.« Er sah ihr gerade lang genug in die Augen, um festzustellen, dass sie eine Nuance blauer waren als grün, wie die Flecken auf dem Schwanz eines Salamanders, dann sank Caspers Blick auf die Perlen um ihren Hals.

»Ich hab die Pressekamera gesehen, da dachte ich, Sie können mir vielleicht weiterhelfen.« Das Mädchen legte den Kopf schräg, um Blickkontakt aufzunehmen. Aus Sorge, sie könnte glauben, er beäuge ihre Brüste, was er tat, ließ er seine Augen über die Reiseaufkleber schweifen, die überall auf ihrem Koffer prangten. Lake Placid, Palm Beach, Val d'Isère.

Während sie auf seinen Scheitel einredete, erwog er kurz, entschied sich jedoch dagegen, die Information einzuflechten, dass Hannibal im Val disserve von seinen Sarazenen-Söldnern im Stich gelassen worden sei. »Womit denn?«

Über seine Schulter hinweg hielt sie bereits nach jemand weniger Sonderbarem Ausschau, der ihr weiterhelfen könnte. »Als ich die Kamera gesehen habe, dachte ich, Sie sind vielleicht von der Zeitung.«

»Ich bin im ersten Semester.« Für Casper die logischste Antwort der Welt.

»Sind Sie Ausländer?«

»Man wird f-f-für die Redaktion erst am Ende des z-z-zweiten Studienjahrs v-v-vorgeschlagen.«

»Dann arbeiten Sie also doch für die Zeitung?«

»Ja.«

»Kennen Sie Whit Bouchard?«

»Ja.«

»Na fein. Wissen Sie vielleicht, wo er steckt?« Er hörte ihre Ungeduld heraus.

»Nein.«

»Spielen wir hier Heiteres Personenraten? Sind wir womöglich auf Sendung?« Da sie lachte, blickte Casper auf.

»Nein … Das heißt, ich könnte ihn suchen gehen.«

»Nett von Ihnen, aber das brauchen Sie nicht.« Sie zündete sich eine Zigarette an. »Ich habe Nina, seiner Schwester – wir teilen uns das Zimmer – gesagt, sie soll Whit anrufen und ihm ausrichten, dass ich einen Zug früher komme. Aber Sie wissen ja, wie Nina ist – zum einen Ohr rein, zum andern raus.«

»I-i-ich kenne Nina gar nicht.«

»Ihr würdet euch aber mögen. Sie ist wahnsinnig gescheit, aber dämlich, wenn's um dämliches Zeug geht. Übrigens, ich bin Alice Wilkerson.«

Casper konnte unmöglich richtig gehört haben. »Casper.«

Sie schüttelten sich die Hand. Er war froh, dass sie Handschuhe trug. Selbst wenn er nicht nervös war, hatte er feuchte Hände. Er litt an Hyperhidrose, übermäßiger chronischer Schweißabsonderung. Auch wenn er sich nicht anstrengte, schwitzte er. Seine Mutter sagte, das käme davon, dass er zu viel denke.

»He, stop – du sollst mir nicht das Mädchen klauen, sondern abzischen und die Papageien interviewen.« Dass Whit ihn nicht Getsick nannte, war schon mal erleichternd. Casper sah zu, wie sie sich umdrehte und mit ausgebreiteten Armen auf Whit zulief. Kurz bevor sie ihn küsste, blickte sie zurück. »Bis später auf dem Ball, Casper.«

Mit der Gewissheit, dass er sie auf dem Ball nicht sehen würde, stieg Casper wieder aufs Rad. Er hatte keinen Smoking, von einer Verabredung ganz zu schweigen. Da er noch nie im Leben ein Rendezvous gehabt hatte, hatte er nicht das Gefühl, etwas zu verpassen. Aber irgendetwas an dem Ton, in dem sie das gesagt hatte – *bis später auf dem Ball* – verschob die Idee in den Bereich des Möglichen. Und als das Licht des Nachmittags den Weg unter seinen Rädern mit Schatten tüpfelte, kam in ihm die Empfindung auf, durch Schicksal und Geburt abgeschnitten zu sein von – Hoffnung.

Und wenn das hier seine große Chance war? Wenn sein Foto und der Zweispalter so hinreißend, so reich an Metaphern und Einsichten ausfiele, dass Whit beeindruckt wäre? Wenn der Artikel Whit so gefallen würde, dass er sich, bei der letzten Zeile angekommen, eine Zigarette anzünden und allen im Redaktionsraum erklären würde, »Da haben wir einen Hund, der apportiert«? Das sagte Whit immer, wenn ihm etwas wirklich gefiel. Casper blieb dem sich verwandelnden Unmöglichen so zäh auf der Spur, als würde er π berechnen, bis er die Kühnheit aufbrachte, sich vorzustellen, wie Whitney seine Schwester Nina anrief und sagte, »Du, ich hab da diesen Kumpel namens Casper. Er hat zwar einen komischen Nachnamen, aber der Typ gefiele dir bestimmt. Wirklich. Und ...«

Auf dem ersten Kilometer spielte er mit Variationen seiner Tagträume wie ein Jazzmusiker. Whits Schwester stellte er sich zuerst brünett vor, dann als Rotschopf. Blaue Augen, grüne, graue – in der Fantasie beförderte er sie, bis sie so grell glühte wie weißer Phosphor. So heiß wie Rita Hayworth, jedoch mit der Schlagfertigkeit von Katherine Hepburn. Und mit der intellektuellen Unerbittlichkeit von Shelleys Frau – *Frankenstein* war Caspers Lieblingsroman.

Das Tagträumen zählte jedoch zu den wenigen Disziplinen, die Casper nicht von Natur her lagen. »Was ist, wenn« war ein Spiel, das er nicht beherrschte. Hoffung war für ihn etwas so Neues, dass sie sich beinah giftig anfühlte. Und obwohl die Sonne noch schien und ihm der Duft von Flieder entgegenwehte, war es, als triebe eine Wolke über ihn hinweg, als er durch die Straßen von New Haven radelte. Ein Zweispalter und ein Schnappschuss von irgendeinem Psychofritzen und seinen Papageien würde Whitney nicht beeindrucken, geschweige denn ihn dazu bewegen, Casper seiner Schwester vorzustellen, besonders, wenn sie den Körper von Rita Hayworth und den Verstand von Marie Curie besaß.

Auf dem dritten Kilometer seiner Expedition fing der Sattel eben an, ihm eine Blase am Hintern zu verpassen. Was ihm wie eine Gelegenheit erschienen war, die Flugbahn seines Lebens zu verändern, kam ihm jetzt wie eine Beleidigung vor. Wenn Whitney ihm zumindest einen ehrenwerten Auftrag gegeben hätte, irgendetwas Wesentliches, ein Interview mit einem Nobelpreisträger, mit jemandem wie

Dr. Waksman, der in der Petrischale den keimtötenden Stoff Streptomycin gezüchtet hatte – er hielt gerade Vorträge an der Universität. Oder mit Adlai Stevenson, oder …

Je weiter Casper nach Hamden hinausradelte, desto mehr erschien ihm seine »große Chance« wie ein grausamer Witz. *Der Scheißkerl hat mir den Auftrag nur gegeben, weil er mich für einen Witz hält.* Plötzlich nahmen die Gedanken, die er über das stille Gewässer seines Geistes springen ließ, die Schwere einer Wut, eines Zorns an, wie Casper ihn nicht mehr empfunden hatte, seit er sich auf der Abschlussfeier zur achten Klasse beim Rezitieren von *Hiawatha* so verheddert hatte, dass er auf der Bühne in die Hose gemacht hatte.

Casper hielt sich nicht lange damit auf, zwischen damals und heute zu unterscheiden. Während er weiterfuhr, lieferte ihm die Erinnerung den Treibstoff für einen Wutausbruch. *Ich scheiß auf dich, Whitney. In Yale haben sie mich nicht wegen meines Nachnamens angenommen. Sondern weil ich den Edison-Nationalpreis für Nachwuchswissenschaftler gewonnen habe! Um in das Höllenloch hier hineinzukommen, musste ich erst einen Test bestehen. Von hundert möglichen Punkten habe ich hundert geholt – besser konnte man gar nicht sein!*

Casper fuhr eine Straße entlang, die er nicht kannte. Mehrere Autos hupten ihn an. »Pass doch auf, wo du hinfährst«, brüllte jemand, aber Casper hörte nichts, denn inzwischen war ihm in den Sinn gekommen, dass ihm sein Ausflug wie ein Witz vorkam, weil er ein Witz war. Es gab überhaupt keine Papageien. Keinen Psychofritzen. Sie hatten das alles nur erfunden, um zu sehen, ob er einfältig genug war, es zu schlucken. Und schlimmer noch, er sah es vor sich, wie Whitney und diese blonde Ziege sich im Taft Hotel miteinander vergnügten und über ihn lachten.

Von Paranoia genährt, erreichte seine Wut Hitzegrade, in denen jede Logik dahinschmolz. Und selbst, als er am Haus der Friedrichs angelangt war und sah, dass die Papageien wirklich existierten, war er noch außer sich. *Was glotzt ihr so?*, brüllte er innerlich, obwohl niemand seine Ankunft bemerkte.

Ohne sich die Mühe zu machen, den Ständer hinunterzutreten, warf er das Rad von sich und riss den Mund auf, um *Hört auf!* zu kreischen. Was er auch getan hätte, wenn sich der Riemen, an dem er die Kamera um den Hals hängen hatte, nicht an der Lenkstange verfangen hätte. Casper stürzte und schlug mit dem Kinn auf dem Trottoir auf. Seine Brille flog auf den Rasen. Von realem Schmerz eingeholt zu werden, den salzigen Geschmack von Blut im Mund wahrzunehmen, zu sehen, wie es ihm auf die Hände tropfte, erleichterte, ja besänftigte ihn so rasch und vollständig, dass er das Gefühl hatte, aus dem Albtraum eines anderen erwacht zu sein. Worüber war er so wütend? Warum hat er je angenommen, dass Whitney ihn seiner Schwester vorstellen würde?

»Ist alles in Ordnung?« Becky Friedrich reichte ihm seine Brille.

»I-i-ich w-weiß nicht so genau.«

Ein Tropfen Blut fiel von seinem Kinn auf Beckys weiße Spangenschuhe. »Sie sollten Jod drauftun.«

»Ich glaub nicht, dass ich daran sterbe.«

»Auf das Trottoir, auf dem Sie sich das Kinn aufgeschlagen haben, pinkeln Hunde. Die Wunde könnte sich infizieren. Sie könnten – ich weiß nicht mehr, wie die Krankheit heißt, aber mein Daddy sagt, wenn man die kriegt, kann man den Mund nicht mehr aufmachen. Nichts mehr essen oder trinken, und dann stirbt man.«

»Wundstarrkrampf. Aber ich bin gegen Tetanus geimpft.« Casper wunderte sich, wie viel leichter es war, mit Kindern zu reden. Nicht dass er sich entsinnen konnte, mit einem geredet zu haben, seit er selbst eines gewesen war. Er nahm sich vor, das öfter zu tun.

Jetzt war Nora Friedrich hinzugekommen. »Kommen Sie mit ins Haus, wir waschen das ab.« Becky nahm ihn bei der Hand und führte ihn zum Haus. Er war interessanter als die Papageien.

Nora trug ihm die Kamera nach. »Sie müssen von der Zeitung sein.«

»Vorher wissen Sie das?«

»Ihr Freund Whitney hat aus der Redaktion angerufen und Sie angekündigt. Ganz schön erstaunlich, nicht?« Sie deutete auf die Papageien, aber Casper dachte an etwas anderes.

Mit bandagiertem Kinn und orangefarbenen Mercurochromflecken im Gesicht ließ Casper nun Friedrich mit erhobenen Armen unter dem Maulbeerbaum posieren, als hätte der die Papageien aus der Luft herbeigezaubert. Nachdem er Casper auf die verschiedenen Arten hingewiesen hatte, auf die beiden, die er sich miteinander hatte paaren sehen, und auf denjenigen, der immer nach Marjeta rief, stellte er Casper den mittlerweile leicht beschwipsten Dozenten und Assistenzprofessoren vor, die zum unerwarteten Erscheinen der Papageien in Hamden gewandt Theorien zum Besten gaben, die von UFOs bis zu Wetterveränderungen aufgrund von Nuklearversuchen reichten.

Friedrich lieferte Casper mehr als genug Material für seinen Zweispalter. Dieses Erstsemester hatte etwas an sich, das Friedrich dazu brachte, ihm mehr mitgeben zu wollen. Vielleicht lag es schlicht daran, dass Friedrich zwei Bier getrunken hatte und die große Pressekamera um Caspers Hals ihn an den Tag erinnerte, an dem seine Mutter Homers Hund Lilly ein totes Huhn um den Hals gebunden hatte, um dem armen Jagdhund beizubringen, dass er keine Hühner jagen durfte. Lilly hatte zwei Wochen gebraucht, um sich mit den Pfoten den verwesenden Vogelkadaver vom Hals zu schaffen. Danach jagte sie nie wieder Hühner, aber ihre Menschenliebe hatte nicht gerade zugenommen. Sie biss jeden, der sie zu streicheln versuchte, außer Homer.

Oder vielleicht lag es an dem Pullover mit dem großen Y darauf, den der Junge trug. Wer immer diesen Pullover in wochenlanger Arbeit mit der Hand gestrickt hatte, hatte Garn in der falschen Farbe ausgesucht. Caspers Pullover war marineblau, während das Yale-Blau demjenigen der Schmucketuis von Tiffany's glich. Friedrichs Mutter wäre imstande gewesen, mit Absicht einen derartigen Fehler zu begehen, der jedem, der mit der Universität zu tun hatte, sofort klarmachte, dass Casper nicht nur mittels Stipendium studierte, sondern so heftig mit dem Außenseiterbazillus infiziert war, dass sogar die anderen Stipendiaten sich von ihm fernhalten würden, aus Furcht, sich anzustecken.

Nun ja. Es war nun halb acht, die Nachbarn hatten sich alle verabschiedet; die Sonne war untergegangen, die Papageien waren verstummt, und Friedrich versuchte sich daran zu erinnern, wo er Caspers unglücklichen Nachnamen schon einmal gehört hatte. Während Casper den Film aufbrauchte, indem er mit blendendem Blitzlicht Schnappschüsse von Nora und den Kindern machte, die nach den ersten Glühwürmchen des Jahres haschten, beobachtete Friedrich den ungelenken Jungen so, wie er in der psychiatrischen Abteilung des Krankenhauses die Patienten durch den Einwegspiegel beobachtete. Auf diese Weise betrachtete er Menschen, die ihm wichtig waren. Er registrierte genauestens alles, was nicht ganz der Normalität entsprach; die Orbicularis-oculi-Muskeln über Caspers rechtem Auge zuckten, und sein Zeigefinger hatte die nervöse Angewohnheit, in kleinen konzentrischen Kreisen durch das Haar über der linken Schläfe zu fahren, sobald man dem Jungen eine Frage stellte. Und als Lucy ihn nun fragte: »Wo kommst du denn her?«, hörte Friedrich ein leichtes Stottern heraus.

»Aus S-s-seabury, New Jersey.« Als Casper zu Friedrich herüberkam, um auf Wiedersehen zu sagen, trat er auf eines seiner verbrauchten Blitzlichter. »Ach Gott, das tut mir aber leid.«

»Macht nichts.«

»Nein, das geht doch nicht.« Friedrich sah zu, wie Casper auf die Knie fiel und die winzigen Glassplitter aufzulesen begann. »Eines der K-k-kinder könnte darauf treten und sich schneiden.«

»Machen Sie sich deswegen keine Sorgen.« Friedrich zog den linkischen Jungen auf die Beine.

Casper war es nicht gewohnt, angefasst zu werden; er empfand die Geste fast wie eine Umarmung. »Ich danke Ihnen, dass ich Ihre Familie kennenlernen durfte. Wirklich, Professor Friedrich, es war mir eine Ehre.«

»Es war uns ein Vergnügen, mein Lieber.« Friedrich hatte Gedsics Vornamen vergessen.

»So, Kinder, sagt Casper gute Nacht.« Nora hatte Jack auf dem Arm.

»Wenn Sie wollen, kann ich für Sie Abzüge von den Fotos machen.« Friedrich antwortete nicht; er versuchte immer noch, sich zu erinnern, wieso ihm Casper bekannt vorkam. »Keine Sorge, es kostet Sie nichts«, setzte Casper nervös hinzu.

Friedrich ließ die Hand des Jungen fallen. Der Gedanke, dass dieses Bürschchen meinte, er könne es sich nicht leisten, für Fotos von seiner Frau und seinen Kindern zu bezahlen, dass jemand, der Gedsic hieß, ihn bemitleidete, ließ Friedrichs Laune abstürzen. Spuren der vorangegangenen Demütigungen des Tages schwelten noch in ihm – der DeSoto-Wal, den er nicht reparieren lassen konnte, das überfahrene Kinderfahrrad, das er nicht ersetzen konnte, die Droge, die er nicht entdeckt hatte. Seine Wangen röteten sich, sein Herz schlug schneller. Jetzt beobachtete er sich selbst. Von dem animalischen Schock jener Mixtur aus Angst und Depression getroffen, die Jens' Laborratten zeigten, wenn sie auf den Futterhebel drückten und statt des erwarteten Napfs voll Hundefutter einen elektrischen Schlag verpasst bekamen, zischte Friedrich: »Ich kann meine Fotos selbst bezahlen.«

Casper hörte die Schärfe in Friedrichs Ton. »S-s-so habe ich es n-n-nicht gemeint.« Sein Zeigefinger durchwühlte kreisend die Haare, als versuche er, ein Loch in die Schläfe zu graben.

Was gesagt worden war, hatte Nora nicht gehört, aber sie spürte, wie aus diesem Tag, der bisher wundervoll gewesen war, alle Freude entwich. Friedrich hatte sein Jackett abgelegt; sein Hemd hing über der Hose. Nora ließ ihre freie Hand seinen Rücken hinaufgleiten. Die Wärme ihrer Hand, ihre Fingerspitzen auf seiner Haut erinnerten Friedrich an all das Gute, das geschehen war und am nächsten Tag auch noch da wäre. Sein Puls verlangsamte sich, die Beklemmung ließ nach und seine Laune hellte sich auf. Könnte er nur Noras

Berührung, den sanften Druck einer Hand auf dem Rücken verschreiben, dann sähe das Leben für die Caspers dieser Welt anders aus.

»Ich wollte sagen: Danke, Casper, das wäre nett. Tut mir leid, wenn ich barsch geklungen habe. So werde ich, wenn ich hungrig bin.«

Nora hatte ihre Hand fortgenommen, aber die Wärme hielt noch an. »Würden Sie gern zum Essen bleiben?«

»I-i-ich m-möchte Ihnen keine Umstände machen.«

»Es macht keine Umstände. Allerdings gibt es nur Rührei mit Schinken.«

»Schinken kann ich nicht essen. Ich bin Vegetarier.«

»Dann gibt es eben Fadenbohnen mit Kartoffeln«, bot Nora an.

Eier wurden aufgeschlagen und zerquirlt. Nora entschuldigte sich dafür, dass die Bohnen aus der Dose kamen. Beim Abendessen gab sie sich große Mühe, Casper dazu zu bringen, von sich zu erzählen, aber er war mehr darauf aus, sie über die Familie auszufragen, als ihre Fragen zu seiner Person zu beantworten. Als sie sich erkundigte, ob er Hobbys habe, erwiderte er: »Dreidimensionales Schach.«

Um neun Uhr dreißig war das Essen beendet, und Casper stand an der Tür und verabschiedete sich.

Becky und Lucy sagten: »Es war nett, Sie kennenzulernen, Casper.« Willy gab ihm die Hand und lud ihn ein, am nächsten Tag wiederzukommen und mehr Glühwürmchen zu fangen.

Aber Jack stahl allen die Show. Mit seinem elfenbeinweißen Haar, der Zahnlücke und unschuldig geröteten Wangen erklärte er, ohne dazu angehalten worden zu sein, »Gute Nacht, Mond, gute Nacht, Sterne, gute Nacht, Mann.« Die Stimme des Kindes war so ernst und feierlich, dass die Friedrichs und Casper davon Gänsehaut bekamen.

Die Kinder schliefen, und Will und Nora lagen im Bett. Sie hatten zweimal miteinander geschlafen; seit vor dem Korea-Krieg hatten sie das nicht mehr getan. Nora dämmerte gerade weg, als Will sich plötzlich aufsetzte. »Er ist der Junge mit der A-Bombe!«

»Was?«

»Ich habe zufällig gehört, wie ein paar Leute vom Physikalischen Institut sich über ihn unterhalten haben. Ich dachte zwar, sie machten da einen Scherz, aber …«

»Wovon redest du eigentlich?«

»Sie sagten, es gäbe da unter den Erstsemestern so einen eigenartigen Jungen, der hätte bei einem naturwissenschaftlichen Schülerwettbewerb den Bauplan für eine Atombombe eingereicht.«

»Woher weißt du, dass sie Casper meinten?«

»Sie haben gesagt, er käme aus New Jersey, und was sein Hobby ist, hast du ja selbst gehört …«

»Ein Wunder, dass er nicht verhaftet worden ist.« Viel später fanden die Friedrichs heraus, dass das FBI sowohl Casper als auch seine Mutter interviewt hatte, nachdem es von den Juroren des Edison-Nationalpreises für Nachwuchswissenschaftler darüber informiert worden war, dass ein am Wettbewerb teilnehmender Schüler das Modell eines thermonuklearen Apparats eingereicht hatte, der, soweit sie es beurteilen konnten, funktionstüchtig wäre. Aus Gründen der nationalen Sicherheit war Casper zwar nicht zum offiziellen Sieger erklärt worden, hatte aber das Stipendium für Yale erhalten.

»Es ist fast so, als fehlten ihm die Rezeptoren für Freude.«

»Ach, wo liegen die im Hirn?«

»Das weiß ich nicht, ich habe sie gerade erfunden.«

»Genies sind immer einsam.« Nora schaltete das Licht aus.

»Ob er ein Genie ist, weiß ich nicht.« Friedrich war eifersüchtig. »Aber warum sagst du das?«

»Weil ich mit einem lebe.« Er wusste, dass es nicht stimmte, aber er hörte es gern.

***

Wie wenig Friedrichs Schwarzweißfoto dem Fermentiergefäß der Bagadong gerecht wurde, machte die Anwesenheit dieses Gegenstands inmitten der Bunsenbrenner und Reagenzglasständer des alten Chemielabors im Keller von Sterling Hall deutlich. Aus dem Stamm eines Eisenbaums gehauen, fast einen Meter hoch, knapp neunzig Kilo schwer, fasste es etwa fünfzehn Liter. Mit Steinäxten behauen und mit glühender Kohle ausgehöhlt, trug es außen Schnitzereien, die auf der einen Seite einen kauernden Mann, auf der anderen eine kauernde Frau darstellten. Die männliche Figur hatte einen langen, knüppeldicken Phallus, dessen Eichel mit gehämmertem Messing von einem zweckentfremdeten Artilleriegeschoss verkleidet war. Die weibliche Figur wies Brüste auf mit Nippeln aus entwendeten Eisennägeln aus Missionarsbeständen, und einer Vagina aus dem Kiefer eines Primaten (nach langen Debatten hatte Dr. Winton erklärt, die Zähne darin seien einmal die eines Orang-Utans gewesen). Friedrich interessierte sich mehr für die ethnopsychologische Bedeutung des Faktums, dass der Kopf von Mann und Frau hier ein und derselbe war – zugleich der Deckel des Fermentiergefäßes.

Auf der Schieferplatte neben dem Laborwaschbecken thronend, die Tabelle des periodischen Systems an der Wand dahinter, schien die Figur einen Schatten auf einen zu werfen, auch wenn dies den Lichtverhältnissen nach nicht der Fall war. Hände und Schweiß hatten die Oberfläche in langem Gebrauch geglättet und dem Holz eine dunkle, feucht schimmernde Patina verliehen. Die Augen des männlich-weiblichen Kopfes waren weit geöffnet; das Weiße der Augäpfel bestand aus Knocheninntarsien, die enorm erweiterten Pupillen aus roten Korallen; Kaurimuscheln bildeten die Lippen. Das männlich-weibliche Wesen lächelte nicht, noch wirkte es böse; es strahlte erhabene Ruhe aus.

Wie Friedrich gehofft hatte, lieferte der Bodensatz von getrocknetem Gaikaudong am Grund des Gefäßes die Hefekultur, die zur Fermentierung der Orawak-Blätter und zur Herstellung eines simplen Gebräus notwendig war. Am siebten Tag verfügten sie über 3,78 Liter des *Wegs-nach-Hause*-Trunks, wie ihn der Bagadong-Schamane verschrieben hätte, um das Leid, die Ängste und die Depressionen einer Witwe, eines verwaisten Kindes, eines verschmähten Liebenden oder eines Kriegers zu lindern, der eine Hand verloren hatte oder den Mut. Um die Verabreichung dieser Droge einfacher, leichter dosierbar und somit wissenschaftlicher zu gestalten wie auch um nachweisen zu können, ob – und wenn ja, in welchem Maße – Orawak psychotrope Eigenschaften besaß, entzogen Friedrich und Winton der Flüssigkeit durch Erhitzen den Alkohol und dem verbleibenden Rest sodann im Vakuum das Wasser.

Am zehnten Tag hatten sie den *Weg-nach-Hause* auf leicht champagnerfarbene Kristalle reduziert, von denen sie nun einen Salzstreuer voll besaßen. Sie gaben Gaikaudong nach den Initialen der Silben die Bezeichnung GKD. Friedrich und Winton waren unterdessen nicht direkt Freunde geworden, aber die Atmosphäre zwischen ihnen war doch so entspannt, dass sie sich eine Zigarette aus dem Päckchen des anderen nehmen konnten, ohne sich bemüßigt zu fühlen, erst zu fragen.

Elfter Tag. Die Kristalle waren in sterilem Wasser im Verhältnis eins zu hundert aufgelöst worden. Farb- und geruchlos, befand sich der *Weg-nach-Hause* nun in Tausend-Milliliter-Erlenmayer-Kolben mit Glasstöpseln. Friedrich und Winton saßen auf Laborhockern und bewunderten die gereinigten Früchte ihrer Mühen. Will hatte die Hemdsärmel hochgekrempelt, die Krawatte gelockert und eine schwarze Gummischürze umgebunden. Zu ihrem frisch gebügelten Laborkittel trug Bunny Winton vernünftige, handgenähte Krokoschuhe. »Wie sollten wir es Ihrer Meinung nach nennen?«

»Gar nicht, bevor wir nicht herausgefunden haben, wie es wirkt.« Will war kein Pessimist. Er hatte nur am eigenen Leib erfahren, dass man nicht enttäuscht wird, wenn man das Schlechteste erwartet. Beide griffen sie gleichzeitig nach dem Zigarettenpäckchen, das auf der Arbeitsfläche lag. Es war nur noch eine Lucky übrig. »Für Sie.« Will hielt sie Bunny Winton hin.

»Teilen wir sie. Schließlich sind wir Partner, Dr. Friedrich.« Sie redeten einander niemals mit Vornamen an. Winton hielt die Zigarette an den Bunsenbrenner, nahm einen Zug und reichte sie Friedrich. Er hatte seiner Frau geschworen, dass er nicht wieder angefangen hätte zu rauchen. Wenn seine Kleidung nach Rauch stank, gab er Winton die Schuld. Er hatte deswegen kein schlechtes Gewissen gehabt, bis er Bunnys rosa Lippenstift am Ende dieser geteilten Zigarette schmeckte.

»Wenn dies alles vorbei ist …«, sie nahm die Zigarette zurück, »… lasse ich Jack & Jill wohl als Blumenkübel weiterdienen.« Das war ihr Spitzname für die Gestalten auf dem Gefäß.

»Tut mir leid, meine Frau hat die erste Option auf sie.«

»Was hat sie denn mit ihnen vor?«

Wie Bunny Winton ›sie‹ sagte, gefiel Friedrich nicht. »Nora liebt primitive Kunst.«

»Darum also fühlt sich Nora zu Ihnen hingezogen?« Sie pflückte einen Tabakkrümel von ihrer Zungenspitze.

»So ungefähr.« Will nahm den letzten Zug von der Zigarette und drückte sie aus. »Für unsere ersten Tests werden wir sechsunddreißig Ratten brauchen.«

»Ich meine, eine oder zwei sollten genügen, um festzustellen, ob es toxisch ist. Die psychischen Effekte von GKD werden wir nur bei Versuchen an Menschen kennenlernen.« Sie hatte einen Teekessel auf den Bunsenbrenner gestellt.

»Mir ist nicht wohl dabei, irgendjemanden dieses Zeug einnehmen zu lassen, bevor ich einen hieb- und stichfesten Beweis dafür habe, dass es wohltuend wirkt.«

»Wollen Sie damit andeuten, dass ich mir die Wirkung auf Leutnant Higgins eingebildet habe?«

»Ich bin nur nicht überzeugt, dass Sie damals objektiv waren.«

»Weshalb?« Sie sah ihn an wie einen Hund, der sie angeknurrt hatte.

»Weil ich glaube, dass Sie in Ihren Patienten verliebt waren und wahrscheinlich mit ihm geschlafen haben. Was ich alles verstehe, und ich verurteile Sie auch in keiner Weise dafür. Aber …«

»Verstanden.« Der Wasserkessel pfiff. »Na schön, Dr. Friedrich, hätten Sie die Güte, mich darüber aufzuklären, wie Sie zu bestimmen gedenken, ob GKD eine Ratte weniger deprimiert macht? Oder, was vielleicht sachdienlicher wäre, wie Sie vorhaben, die Ratten, die an Ihren Tests teilnehmen, depressiv zu machen? Wie Sie ihnen eine unglückliche Kindheit verschaffen wollen? Oder einen Job, in dem sie nicht weiterkommen?«

»Ich werde die Ratten kontrolliert in eine Situation versetzen, die eine generelle Hoffnungslosigkeit erzeugt.« Er sagte das, als würde er an einer Lunchtheke ein Sandwich ordern.

»Als da wäre?«

Friedrich wand sich innerlich, während er mit dem Verstand versuchte, einem Gedanken nachzugehen, der soeben in sein Bewusstsein vorgestoßen war. »Man könnte die Depression als eine Art und Weise verstehen, sich tot zu stellen, wie ein Tier, das seine Kehle zeigt. Und wenn wir hierüber so denken wie die Kannibalen, die sich dieses Zeug ausgedacht haben – um ein guter Kannibale zu sein, kann man keine Abwehrhaltung einnehmen. Was sie in ihrer Gesellschaft funktionieren lässt, ist das Gleiche, was uns gut funktionieren lässt – gezielte Aggression angesichts chronischer, unausweichlicher Widrigkeiten. Also machen wir die Ratten niedergeschlagen, indem wir sie in eine Situation bringen, in der ihnen alle ihre Instinkte sagen, dass sie völlig ausweglos ist.«

»Und wie stellen wir das an?«

»Ich nehme an, die Erwartung zu ertrinken würde ungefähr den Emotionen entsprechen, die im modernen Alltag zu Depressionen führt.«

»Schlau und einfach.«

»Wie ich eben bin.« Friedrich kratzte sich am Kopf und blickte nachdenklich durch ein Kellerfenster auf Füße, die Zielen entgegeneilten, an denen er nie gewesen war.

»Stimmt etwas nicht?«, erkundigte sich Dr. Winton lächelnd und nahm einen Schluck von ihrem Tee.

»Ich habe gerade überlegt, was für ein Wasserbecken wir bauen müssen, um alle Ratten gleichzeitig zu testen.«

»Ich habe bereits eins.«

***

Will hatte im Grunde keine Ahnung gehabt, wer Dr. Winton war, bis sie die Wirkung von GKD auf Ratten in einem überdachten Swimmingpool zu testen begannen. Er befand sich in einem georgianischen Fantasietempel auf dem Terrain des Anwesens ihres Onkels mit Blick auf den Connecticut River. Das Becken war nicht nur der Größe nach von olympischem Format. Das Dach aus einer riesigen, von Tiffany entworfenen Buntglaskuppel vermochte bedeckte Nachmittage in solche mit blauem Himmel zu verwandeln. Man hielt sich darunter in Gesellschaft kopfloser römischer Statuen auf, inmitten von Kübeln mit bis zur Decke ragenden Palmen und in einem Äquatorialklima, das von dem Dampfheizungssystem geschaffen wurde.

Friedrich und Winton arbeiteten in Acht-Stunden- Schichten. Ein Butler brachte zweimal am Tag einen Korb mit Sandwiches und eine frische Thermoskanne Kaffee vorbei. Der Hausverwalter hatte den Wasserspiegel im Becken gesenkt und die Leiter entfernt, sodass die ertrinkenden Ratten nicht hinauskrabbeln konnten. Sie testeten die Ratten in Paaren zu je einem Männchen und einem Weibchen und markierten sie zur leichten Identifizierung auf dem Kopf mit münzgroßen Punkten in Ostereierfarben. Die Ratten mit dem roten Punkt auf dem Kopf hatten je zwanzig Gramm roher Orawak-Blätter, mit Erdnussbutter vermischt, erhalten – wären Orawak-Blätter auch im Rohzustand psychotrop, dann hätte der Bagadong-Schamane, wie Friedrich vermutete, seine Patienten die Blätter kauen lassen oder sie ihnen, mit heißem Wasser aufgebrüht, als Tee verabreicht und sich nicht die Mühe der Fermentierung gemacht.

Die beiden Ratten mit blauer Ostereierfarbe auf dem Kopf waren mit je hundert Millilitern des Alkohols gefüttert worden, den sie dem fermentierten Gaikaudong-Destillat entzogen hatten; Friedrich hielt es zwar für unwahrscheinlich, dass die psychotropen Eigenschaften in den Alkohol gewandert waren, aber er wollte angesichts der großen Chance, die sich ihm bot, kein Risiko eingehen.

Die beiden Ratten mit den grünen Punkten hatten eine Unze fermentiertes Gaikaudong in der Form gefressen, die sich bei Dr. Wintons Leutnant als so heilsam erwiesen hatte.

Die lila markierten Ratten waren diejenigen, auf die Friedrich und Winton eigentlich setzten. Sie hatten zwei Unzen von der Kristalllösung erhalten. Friedrich hatte darauf hingewiesen, dass ein Mensch, um die entsprechende Dosis zu erreichen, vier Liter GKD hätte trinken müssen. Winton hatte argumentiert, da sie daran interessiert seien, die Wirkung klar demonstriert zu bekommen, sollten sie nicht allzu viel Rücksicht auf das Schicksal der Ratten nehmen. Das Paar, dem sie drei Unzen von der Kristallösung verabreicht hatten, wand sich in Krämpfen und hörte auf zu atmen, bevor sie noch entscheiden konnten, ob sie rosa oder schwarz markiert werden sollten.

Die Kontrollgruppe, die zum Frühstück nur Hundefutter gefressen hatte, wurde mit einem gelben Fleck versehen.

Friedrich hatte schon früher mit Ratten gearbeitet – sie bissen. Mit ihren vibrierenden Schneidezähnen sägten sie sich bis zum Knochen vor. Unter den Neonröhren eines verhaltenspsychologischen Labors fiel es einem leicht, ungerührt zu beobachten, wie eine Ratte ertrank oder sich einen tödlichen Elektroschock einhandelte. Und wenn sie einen gerade gebissen hatte, dann war es akzeptabel, sogar natürlich, wenn es einem ein gewisses adoleszentes Vergnügen bereitete, an ihrem Ableben mitgewirkt zu haben. Die Idee jedoch, die Ratten dabei zu beobachten, wie sie sich abquälten, in Panik gerieten, aufgaben und auf den Grund dieses Beckens sanken, das mit dem Mosaikporträt eines Raubkapitalisten geschmückt war, der eine Toga trug und einen Dreizack schwang, kam Friedrich nicht nur wie eine Ironie des Schicksals vor, sondern auch deprimierend. Als Herrscher über Tod und Leben im Bassin spürte er seinen Adrenalinspiegel jedoch so steigen, dass ihn sein Verdacht, er identifiziere sich mit der Ratte, zum Lächeln brachte.

Die Erkenntnis, dass er Partnerschaft mit einer Frau geschlossen hatte, die durch Blutsbande zu den Vermögenden und Mächtigen des Kalibers gehörte, die sich Schwimmbäder bauten, welche nicht benutzt wurden, weil es der Besitzer vorzog, den Frühling tarponfischend im Golf von Mexiko zu verbringen, schüchterte Will Friedrich nicht nur ein, sondern löste am tiefsten Grund seiner Großhirnrinde die Empfindung aus, er sei in eine selbstgestellte Falle getreten und irgendetwas werde nun an ihm getestet.

Einige der Ratten zappelten sich an der Bassinwand ab, bis ihre Schnauzen bluteten. Andere schwammen in immer anderen Winkeln Stunde um Stunde quer durch das Becken hin und her, in der Hoffnung, eine veränderte Route werde sie aus dieser ausweglosen Hölle herausführen, zu der ihr Rattenleben geworden war

Am dritten Tag, kurz nach dem Mittagessen, begannen die Ratten zu sterben. Das erste Paar, das dahinschied, waren die beiden, die mit Alkohol gefüttert worden waren. Friedrich erstaunte das nicht. Ein zweihundertfünzig Gramm wiegendes Tier, das hundert Milliliter Alkohol intus hatte, entsprach einem Menschen, der nach einem Dutzend Martinis den Ärmelkanal zu durchschwimmen versucht. Fünf Stunden und elf Minuten später drehte sich die erste der beiden Ratten, die rohe Orawak-Blätter gefressen hatten, auf den Rücken und ertrank. Das Weibchen gab zwölf Minuten später auf. Wenige Minuten vor zehn zeigte das Kontrollpaar erste Anzeichen dafür, dass sie vor dem Wahnsinn ihrer Lage kapitulierten.

Friedrich wurde es allmählich leid, darauf zu warten, dass die Ratten ertranken. Seine Bemühungen, die Heizung des Schwimmbades abzustellen, waren erfolglos geblieben. Er hatte die Hose ausgezogen und saß in seinen Boxershorts da. Als Dr. Winton früher als geplant zu ihrer Schicht von Mitternacht bis acht Uhr morgens erschien, herrschte eine Temperatur von nahezu siebenunddreißig °Celsius.

Friedrich war zu verschwitzt und müde, um verlegen zu sein. »Tut mir leid, ich habe Sie erst in einer halben Stunde erwartet.«

»Das verstehe ich vollkommen. Sehr vernünftig. Ich hätte selbst Shorts anziehen sollen.« Sie sah ihm zu, wie er in die Hose fuhr und nach seinem Hemd griff. Sie selbst war so adrett und reinlich wie eine Druckseite. Sie übernachtete in einem Gästezimmer ihres Onkels oben im Hauptgebäude; für sie war es leicht, frisch zu bleiben. Wie stets trug sie das geflochtene Haar zu einem schneckenförmigen Knoten aufgesteckt. Für einen Moment sah es so aus, als würde sich das Männchen aus dem Kontrollpaar in das Unausweichliche ergeben, doch in letzter Sekunde folgte es dem Weibchen, das ein weiteres Mal zum gegenüberliegenden Beckenrand aufbrach.

Friedrichs Mund schmeckte wie ein Aschenbecher. Er freute sich auf eine Dusche und ein paar Stunden Schlaf neben seiner Frau. Bunny Winton hielt ein klebriges Rosinenbrötchen in der einen und einen Becher Tee in der anderen Hand. Den Blick hielt sie starr auf die lila markierten Ratten gerichtet.

Wenn diese beiden, die den *Weg-Nach-Hause* erhalten hatten, acht Stunden länger überlebten als die anderen Ratten, dann, hatten Winton und Friedrich beschlossen, waren sie etwas Aussichtsreichem auf der Spur. »Wissen Sie, im Grunde brauchen Sie morgen früh nicht herzukommen. Ich rufe Sie an und berichte Ihnen, wie es ausgeht.«

»Ich glaube, ich bleibe die Nacht über da und sehe es mir selbst an.«

»Heißt das, dass Sie meine Gesellschaft schätzen oder mir keine exakten Notizen zutrauen?«

»Es heißt, dass ich neugierig bin.« Der Butler klopfte. Statt den üblichen Vesperkorb zu bringen, rollte er einen Teewagen herein.

»Ich fand, Sie hätten eine anständige Mahlzeit verdient«, sagte Dr. Winton zur Erklärung. Auf dem Teewagen waren Lammkoteletts mit Papiermanschetten am Knochenende sowie Spargel und ein Kartoffelgratin unter einer silbernen Wärmehaube.

Friedrich hoffte, vom Essen wacher zu werden. Er wartete darauf, dass Dr. Winton sich ihm anschloss. »Bitte keine Förmlichkeiten. Fangen Sie ohne mich an.« Sie spähte jetzt auf die Kontrollratten hinunter. »He, du, Butch«, sagte sie zu der männlichen Kontrollratte, »du mogelst.« Dass Winton Labortieren Spitznamen gab und einseitige Gespräche mit ihnen führte, ging Friedrich langsam auf die Nerven. Als er hinüberblickte, sah er das Männchen gerade auf den Rücken des Weibchens steigen. »Der brutale Kerl ertränkt sie, um selbst am Leben zu bleiben.«

Friedrich nahm sich von den Kartoffeln. »Sie kopulieren«, sagte er mit vollem Mund.

»Keine schlechte Art zu sterben.« Die Ratten kopulierten weiter, während sie auf den Beckenboden sanken.

Um sechs Uhr am folgenden Morgen begannen die beiden Ratten, die den *Weg-nach-Hause* in der gleichen fermentierten Form erhalten hatten, wie die Schamanen sie verschrieben und Wintons Leutnant sie eingenommen hatte, zu ermüden. Mitten im Becken schnappte die eine nach der anderen, was beinahe so aussah, als stritten sie darüber, wann sie aufgeben sollten. Sie ertranken fast gleichzeitig. Die zwei dagegen, die GKD in der reinsten Form, zwei Unzen der Granulatlösung pro Tier, zu sich genommen hatten, schwammen noch immer auf und ab.

Winton reichte Friedrich eine Tasse Kaffee. Er schmeckte, als hätte jemand ihn in einer Socke aufgebrüht. Zusammen verfolgten sie mit den Blicken die schwimmenden Ratten – hin und her, hin und her. Im ersten Licht des Tages glühten die Nageraugen rot. Unerschrocken und gelassen trotzten sie ihrer misslichen Lage, sie hielten durch, sie würden alles überstehen. Dr. Winton schnippte ihre Zigarette in den Pool und klatschte in die Hände. »Wir haben es geschafft.«

Friedrich gähnte und lächelte gleichzeitig. »Sieht ganz so aus, Dr. Winton.« Er überlegte, wie er Nora mit der Neuigkeit überraschen sollte. Blumen? Pralinen? Oder würde er sie in die Irre führen, so tun, als sei der Test gescheitert, damit er ihr leid tat, und sie dann mit seiner guten Nachricht triumphierend ins Bett ziehen? Wenn er noch fünfzehn Minuten wartete, würden die großen Kinder in der Schule sein.

Winton starrte auf eine der Erdbeeren, die auf dem Teewagen vom Abendessen übriggeblieben waren, schob sie sich dann langsam und bedächtig in den Mund, ging zu der Bar am anderen Ende des Pools hinüber und brachte eine Flasche Veuve Cliquot zum Vorschein.

»Was ist denn das?«

»Das Frühstück.« Sie gab ihm die Flasche zum Öffnen und verschlang drei weitere Erdbeeren.

Seit siebenundzwanzig Stunden hatte Friedrich nicht geschlafen. Er war stumpf vor Müdigkeit. Von der Vorstellung, auf schlechten Kaffee Champagner zu trinken, wurde ihm leicht übel. Er ließ den Korken dennoch knallen. Die Ratten, die mit dem konzentrierten *Weg-nach-Hause* gedopt waren, schwammen immer noch. Da sollte er jetzt auch sein, auf dem Weg nach Hause.

Sie tranken den Champagner aus Kaffeetassen. Friedrich betrachtete die unter Drogeneinfluss weiterschwimmenden Ratten. »Glauben Sie, wir können das synthetisch reproduzieren?«

»Wenn unsere Pilotstudie an Menschen hinhaut, lassen wir am Institut für organische Chemie das Komponentenspektrum mit Cromatographie analysieren.« Winton betrachtete ihr Spiegelbild auf der glasartigen Wasseroberfläche des Pools. »Eins steht jedenfalls fest – es ist ein Antihistaminikum.«

»Wie kommen Sie darauf?«

Winton lächelte ihn an. »Ich bin auf Erdbeeren allergisch. Ich mag sie sehr, aber wenn ich welche esse, bekomme ich sofort Ausschlag. Dagegen hilft nur ein Antihistaminikum. Es war nur so eine Vermutung von mir.«

Friedrich brauchte eine Minute, um das alles zu kombinieren. »*Sie* haben den *Weg-nach-Hause* genommen?«

»Wenn ich nicht genügend daran glaubte, um es an mir selbst zu testen, könnte ich es doch wohl kaum meinen Patienten geben, oder?« Ihr Lächeln war Mona-Lisa-träge. Ihre Pupillen waren erweitert. Und ihre Stimme, ihre Bewegungen waren weicher und einladender, als sie Friedrich je erlebt hatte.

Er war außer sich. Das war unwissenschaftlich, unprofessionell, sie hätte eine toxische Reaktion, einen epileptischen Anfall haben können, eine Atemlähmung wie die beiden Ratten, die sie in den Müll geworfen hatten.

»Wie lang ist das her?«

»Etwa, seit Sie die Tasse Kaffee getrunken haben«, antwortete sie lächelnd.

»Wie fühlen Sie sich?« Friedrich beschloss, aus ihrer Leichtfertigkeit einen Nutzen zu ziehen, und begann Notizen zu machen.

»In Feierstimmung.« Friedrich maß ihr den Puls. Schnell, aber im Rahmen des Normalen.

»Irgendwelche paranoischen Wahrnehmungen? Halluzinationen?«

»Nein, nur Lust zu feiern.«

»Den Champagner haben wir bereits geöffnet.«

»Ich dachte mehr an ein Fest der Fleischeslust.« Sie hob eine Hand und zog eine lange gerade Nadel mit einer goldenen Fliege am Ende aus ihrem Knoten. Die rote Schlange fiel ihr bis zur Taille. Sie begann, ihr Kleid aufzuknöpfen. Bevor Friedrich auch nur ihren BH sah, hatte er eine Erektion. Es schockierte ihn, dass sein Körper derart willens war, Nora zu betrügen. Ja, er hatte das Gefühl, mehr zu verdienen, als er erhielt. Ja, ihm war danach, aber …

»Seien Sie ein lieber Junge, ziehen Sie sich aus und legen Sie sich hin.« Sie deutete auf die Chaiselongue. Was ihn dazu brachte, Abstand von ihr und der Situation zu nehmen – sei es, weil sie mit ihm redete wie mit einem Hund, sei es, weil sie sich so sicher war, dass er einwilligen würde.

»Ich habe ein Zuhause, zu dem ich heimkehren will.« Ihre Intensität war ansteckend.

»Sie sagen Nein?«

»Genau.«

»Weil ich die Droge genommen habe? Weil Sie meinen Zustand ausnutzen könnten?«

Friedrich befürchtete mehr als das, sagte jedoch nur »Wir sehen uns um vier im Labor«, und ging zur Tür.

»Was soll das?«, rief sie ihm nach, offenbar ohne eine Spur von Verärgerung oder Groll. Friedrich hörte nicht richtig hin; er wollte sich nur der Falle entziehen, bevor sie zuschnappte. Am hinteren Rand des Pools hielt er an, zog die letzten beiden Ratten am Nackenfell aus dem Wasser und ging hinaus. Als er sie sanft aufs Gras setzte und sie im Park verschwinden sah, glaubte er zu träumen.

Ich habe nichts Falsches getan, sagte er sich, als er nach Hause fuhr, und doch wurde er das Gefühl – *Was habe ich gerade meinem Leben angetan?* – an diesem Morgen nicht mehr los. Der Test war eindeutig erfolgreich verlaufen. Die Ratten waren unter dem Einfluss des *Wegs-nach-Hause* glücklicher, denn ohne die Droge wären sie ertrunken. War das aber das Gleiche wie Glück? Gewiss, das Resultat machte ihn nicht so glücklich, wie er erwartet hatte. Winton hatte das Gefühl, eine Leistung vollbracht zu haben, für ihn gedämpft, es unter Empfindungen von Betrug erstickt. Er wusste, er hätte Bunny Winton bestiegen wie eine ertrinkende Ratte und in Grund und Boden geritten, hätte ihn nicht sein mit Angst befleckter Stolz davor bewahrt.

Er hatte sie nicht abgewiesen, sondern war vor ihr davongelaufen. Eine Siegesbumserei in der Schwimmhalle eines Millionärs gehörte durchaus zu den Dingen, die ein Teil von ihm sich wünschte, ja zu verdienen glaubte. Dass er sich das hatte entgehen lassen, gab ihm das seltsame Gefühl, sich selbst wie seiner Frau untreu gewesen zu sein. Als er nach Süden auf die Route 17 einbog, fragte er sich: *Was ist der Unterschied, der wahre Unterschied zwischen einem vorgestellten und einem ausgeführten Akt? Konformismus? Scham? Willensstärke? Zu schwache Nerven? Zu wenig Testosteron?*

Er war wütend auf Winton, weil sie die Droge genommen hatte, ohne es ihm zu sagen. Das war in doppelter Hinsicht egoistisch gewesen. Indem sie ihm nicht die Chance gelassen hatte, das erste Versuchskaninchen zu sein, hatte sie ihn der Gelegenheit beraubt, in die Ruhmeshalle der Forscher einzugehen, die heroische Größe erlangt hatten, indem sie ihre Wundermittel an sich selbst oder ihren Familien ausprobierten.

Dr. Edward Jenner hatte seinen Sohn erst mit Kuhpocken-, dann mit Windpockenviren geimpft. Carl Wilhelm Scheele hatte die chemischen Substanzen, die er einsetzte, selbst probiert und war mit dreiundvierzig an Quecksilbervergiftung gestorben. Horace Wells, ein Zahnarzt aus Hartford, war 1844 zum Vater der Anästhesie geworden, indem er die schmerztötenden Eigenschaften von Stickstoffoxydul alias Lachgas bewies, indem er große Mengen davon inhalierte und einem Kollegen befahl, ihm einen völlig gesunden Zahn zu ziehen. »Nicht einmal so viel wie einen Nadelstich« habe er gespürt, berichtete er danach. Wells wurde schließlich chloroformsüchtig und nahm sich im Gefängnis das Leben. Wells' Partner und früherer Gehilfe jedoch war durch dessen Erfindung zu Ruhm und Reichtum gelangt, erinnerte sich Friedrich. Das beunruhigte ihn.

Als er sein Gedächtnis nach einer medizinischen Innovation mit glücklicherem Ausgang durchstöberte, fiel ihm Werner Forßmann ein, der nachgewiesen hatte, dass man das menschliche Herz gefahrlos katheterisieren kann, indem er sich den Arm aufschnitt und einen Schlauch bis zu seiner rechten Herzkammer vorschob. Die Johns-Hopkins-Universität hatte ihn für diese akrobatische Nummer zwar gefeuert, aber jetzt wurde er als Anwärter auf einen der nächsten Nobelpreise gehandelt. Auch der Mann von Madame Curie hatte irgendetwas zunächst im Selbstversuch erprobt – im Augenblick war Friedrich zu wütend, um sich an die Einzelheiten zu erinnern.

Fast noch hinterhältiger als Wintons Versuch, ihm den wissenschaftlichen Ruhm zu stehlen, war die Tatsache, dass sie sich eine Ausrede dafür erschlichen hatte, sich gehen zu lassen und zur Feier des Tages Sex zu offerieren. Sie konnte den Vorfall immer auf die Droge schieben und lachend als Nebenwirkung abtun. Er aber hatte keine simple Ausrede, keinen chemischen Sündenbock für den Wust der Impulse, als sie ihre Knöpfe für ihn geöffnet hatte.

Im Umgang mit seinen Patienten war Friedrich, wenn es um Sex ging, klinisch und frei von Hemmungen. In seinen Reaktionen auf ihre Geständnisse lag keine Spur von bürgerlicher Moralität, nichts war pervers, unnatürlich oder beschämend, außer der Scham selbst. In Hinblick auf sein eigenes Sexualleben jedoch war Friedrich uneingestandenermaßen prüde.

Sollte er Nora erzählen, was vorgefallen war? Alles gestehen und dadurch wenn nicht sie, so doch sich selbst davon überzeugen, dass nichts geschehen war? Er stand erst am Anfang seiner Zusammenarbeit mit Bunny Winton. In den kommenden Monaten würden sie immer wieder stundenlang allein sein. Auch in den nächsten Jahren noch, sollten sie tatsächlich erfolgreich sein. Sein Leben würde zur Hölle werden, wenn Nora so früh in der Partie eifersüchtig wurde. Wenn er ihr die Wahrheit sagte – dass er mit einer Erektion davongelaufen war –, wäre es fast so schlimm, wie wenn er dort geblieben wäre und gevögelt hätte.

Auf den ersten zwölf Kilometern der Heimfahrt hatte Friedrich den Entschluss gefasst, Nora alles zu erzählen. Aber gerade, als er die Außenbezirke von New Haven erreichte, fand sein Gehirn, ohne dass er sich irgendeines Sinneswandels bewusst gewesen wäre, einen anderen Zugang zu dem Problem. Wenn er nicht aufrichtig war, belog er Nora nicht, sondern tat nur, was für sie beide gut und richtig war, für seine Karriere, für ihre Ehe, für die Familie, für die Kinder. Seltsam, aber wahr: Er gelangte zu der Ansicht, dass er Nora mit seiner Unaufrichtigkeit schützte. Und von da aus vollzog er in seinen Überlegungen völlig redlich den Sprung zu der Tatsache, dass er auch sich selbst schützte. Was natürlich das Recht eines jeden Menschen ist.

Er fuhr langsam, ließ andere überholen und überdachte das Offensichtliche. Er drehte die Situation herum. Wenn er Nora davon erzählte, was würde sie hindern, ihm das Gleiche anzutun? Ihre

Bluse aufzuknöpfen und ein Fest der Fleischeslust … nun, zum Beispiel Jens vorzuschlagen, dem Verhaltensforscher von gegenüber. Oder, was wahrscheinlicher wäre, Thayer Winton. Bunny Winton hatte gesagt, Nora gefiele ihrem Mann. Sie hatte ihn praktisch gewarnt. Er konnte es sich schon ausmalen: Während er weiterhin in Zusammenarbeit mit Dr. Winton, die er noch nie gemocht hatte und nun erst recht nicht mehr mochte, für seine Familie schuftete, wäre Nora nicht nur frei, sondern hätte sogar das Recht, zu …

Im Laufe der fünfundvierzigminütigen Autofahrt hatte Friedrich sich gedanklich dazu vorgearbeitet, dass die Person, um die er sich Sorgen machen musste, eigentlich Nora war und er der Unschuldige, der des Schutzes bedurfte. Als Friedrich in Hamden angekommen war, hatten sich die Zweifel an ihm selbst, seinen Motiven und dem Weg, auf dem er sich befand, verflüchtigt. Er verdiente es, erfolgreich zu werden. Friedrich suhlte sich in der Wärme seiner neuentdeckten berechtigten Ansprüche und seiner Selbstbewunderung. In seinen Bedürfnissen, seinem Rang war er einzigartig. Das musste geschützt werden. Ohne ihn, so wie er war, wäre die Welt trüber. Eindeutig.

Friedrich trat aufs Gas und kam in Rekordzeit in der Hamelin Road an. Als er den Zündschlüssel umdrehte und der Weiße Wal nicht aufhören wollte zu rumpeln, sondern den Auspuff donnern ließ, war er weder verlegen noch gekränkt. Die braunen Flecken auf seinem Rasen und die abblätternde Farbe an seiner Veranda deprimierten ihn nicht. Mit einem Lächeln hob er die Fahrräder seiner Töchter und Willys Rollschuhe auf.

Die drei ältesten waren in der Schule, Jack schlief; er hörte, dass Nora duschte. Ohne sich auszuziehen, stieg er zu ihr unter die Brause.

»Hast du den Verstand verloren?« Lachend strich sich Nora das Haar aus dem Gesicht und blickte zu ihm auf.

»Im Gegenteil, ich hab ihn endlich gefunden.« Seine Hände strichen über ihren Körper. Wie gut, dass ihre Brüste runder und voller waren als die von Dr. Winton.

»Sag mal, Will – was ist eigentlich los?«

»Ich bin glücklich.«

»Das sehe ich.«

Er küsste sie auf den Mund. »Ich brauche dich.«

Er drehte sie mit dem Gesicht zur Wand. So hatten sie es noch nie getan. Wenn man dem anderen nicht ins Gesicht sehen musste, fiel es einem leichter, sich vorzustellen, man sei mit jemand Unbekanntem zusammen.

Dann gingen sie ins Schlafzimmer, schlossen die Augen und begannen zu flüstern. Wenn sie ihn früher gebeten hatte, sie auf eine bestimmte Weise zu berühren, wenn sie versucht hatte, ihm zu zeigen, was ihr Körper mochte und was nicht, worauf er neugierig war, dann hatte Will gebockt, war eisig geworden und hatte ihre Hinweise als Kritik aufgefasst. In der folgenden Stunde aber hörte ihr Mann ihr zu und nahm, was sie mit ihm teilen wollte, in einer Weise in sich auf, wie er es noch nie getan hatte und wie es ihm in ihren verbleibenden Ehejahren niemals mehr möglich sein würde.

»Das wird alles verändern«, sagte er danach.

Friedrich ahnte nicht, dass sein Kaffee an diesem Morgen so bitter geschmeckt hatte, weil Dr. Winton ihn mit dem *Weg-nach-Hause* gewürzt hatte.

***

Wie geplant, kamen Dr. Friedrich und Dr. Winton um vier im Labor zusammen, um ihre Notizen abzutippen. Sie benahmen sich überaus höflich und korrekt. Nachdem sie ihre Beobachtungen hinsichtlich der Wirkung des *Wegs-nach-Hause* auf die Ratten kollationiert hatten, brachte Friedrich dessen Wirkung auf Dr. Winton zur Sprache.

»Ich möchte Sie keinesfalls in Verlegenheit bringen, Dr. Winton, aber ich meine, es wäre nützlich, Ihre sexuelle Avance mir gegenüber zu erörtern.«

»Ich bin ganz Ihrer Ansicht.« Sie nippte an ihrem Tee und beobachtete ihn. Ihr fiel auf, wie sachlich er war – kühn in seiner Offenheit, fast aggressiv. Sie hatte nie vorgehabt, Dr. Friedrich zu sagen, dass sie ihm die Droge gegeben hatte. Es war viel aufschlussreicher, die Wirkung auf ihn zu beobachten, ohne ihn wissen zu lassen, dass er als Versuchsperson für ihre private Studie diente.

»Halten Sie GKD für ein sexuelles Stimulans?«

»Wenn Sie damit meinen, ob es mich erregt oder meine gerade bestehende Erregung verstärkt hat, müsste ich mit Nein antworten. Aber ich habe weder die Scheu noch die Hemmungen verspürt, die mich unter normalen Umständen davon abgehalten hätten, ein soziales Tabu zu brechen. Und als Sie sich entschieden haben, nicht darauf einzugehen, habe ich auch keine der Nebenwirkungen verspürt, die üblicherweise mit einer Zurückweisung einhergehen.« Friedrich machte sich zu dem, was sie sagte, in einer schwarzen Kladde Notizen. »Finden Sie das nicht positiv, Dr. Friedrich?«

»Weder positiv noch negativ. Nur eine beachtenswerte Erscheinung.«

»Ich habe oft Fantasien, in denen ich mit Fremden intim zusammen bin. Sie nicht?«

»Nein.«

»Dann unterscheiden Sie sich sehr von jedem anderen Mann, mit dem ich je bekannt war, professionell oder privat.« Sie trank ihren Tee aus. »Auf Grundlage dessen, was uns die Ratten gezeigt haben und was ich an mir selbst beobachtet habe, halte ich es für offensichtlich, dass GKD einem das Gefühl gibt, stärker zu sein. Und sich stärker zu fühlen heißt für eine Frau …« Nachdenklich spülte sie ihre Tasse aus. »Vielleicht war ich nicht so sehr daran interessiert, mit Ihnen Sex zu haben, als mir Ihre Gene für meinen Nachwuchs zu sichern.«

»Darauf läuft es letztlich hinaus – jeder hat deswegen Sex.«

»Nicht jeder.«

***

Casper fuhr an diesem Samstagmorgen per Anhalter nach Norden. Wenn er auf den nächsten Wagen, der ihn mitnehmen würde, wartete, vertrieb er sich die Zeit mit dem Berechnen perfekter Zahlen, die gleich der Summe ihrer Divisoren sind: 1 + 2 + 3 = 6; 1 + 2 + 4 + 7 + 14 = 28; 1 + 2 + 4 + 8 + 16 + 31 + 62 + 124 + 248 = 496; 1 + 2 + 4 + 8 + 16 + 32 + 64 + 127 + 254 + 508 + 1016 + 2032 + 4064 = 8128 … Während er den rechten Daumen bittend herausstreckte, hielt er die linke Hand in der Schwebe, schrieb mit seinem dürren Zeigefinger eines Nägelkauers endlose Zahlenreihen in den Äther und löschte sie wieder aus, als sei das ganze Universum seine Wandtafel.

Caspers Lehrer hatten stets behauptet, alle je berechneten perfekten Zahlen seien gerade Zahlen; er rechnete trotzdem weiter, denn sicher wartete irgendwo dort draußen eine ungerade auf ihn. Zahlen perlten in ihm auf wie Kohlensäure in einer geschüttelten Limonadenflasche, lösten in seinem Kopf lautlose Blitze aus, wie unter Wasser explodierendes Feuerwerk, während er die Zahlenreihe so mühelos fortsetzte, wie andere eine Melodie summen.

Casper hatte nicht nur einen Sinn für Zahlen, er fühlte sie. Jede Ziffer hatte für ihn ihre eigene Persönlichkeit. Die Eins war ein strahlendes Licht, die Fünf war laut wie ein Donnerschlag, die Sechs die bescheidenste der ganzen Zahlen, die Neun die stolzeste Zahl. Sie waren Freunde, die er seit der Wiege kannte, mit denen er schon gespielt hatte, bevor er sprechen konnte.

Er jonglierte gerade mit den Divisoren von 2^{88} $(2^{90}-1)$, als der Fahrer eines Mayflower-Umzugswagens, der eben aus der Esso-Tankstelle gegenüber kam, anhielt und ihn auf der Route 1 die ganze Strecke bis nach Providence mitnahm. Als Casper dort ausstieg, kam er auf dem Weg ins Nichts bloße siebenunddreißig perfekte Zahlen weiter, bevor er von einem presbyterianischen Geistlichen und seiner Frau aufgelesen wurde, die zu einem Baseballspiel in Fenway Park unterwegs waren. Die Pfarrersfrau gab ihm ein in Butterbrotpapier gewickeltes Käsesandwich, das Casper verzehrte, obwohl er keinen Hunger hatte und das Brot pappig war.

Als ihn der Geistliche fragte, ob seiner Meinung nach Gott ein Fan der Red Sox oder der Yankees sei, unterbrach Casper für einen Moment seine Jagd nach der ungeraden perfekten Zahl und stotterte hervor: »G-g-gott liebt das Spiel mehr als diejenigen, die es spielen.« Auch wenn Casper dies nicht so gemeint hatte, wie der Geistliche annahm, erklärte der nach einigem Schweigen, er werde diesen Satz in seine nächste Predigt einbauen, und fuhr einen Umweg von drei Kilometern, um Casper am Harvard Square abzusetzen.

Aus Caspers federnden Schritten und seinem Innehalten, um den Duft der gerade aufgegangenen Blüten eines Kirschbaums einzusaugen, hätte man schließen können, Casper habe soeben die ungerade perfekte Zahl entdeckt. In Wirklichkeit hatte er etwas beinahe ebenso Unglaubliches fertiggebracht – er war nach Boston getrampt, um ein Mädchen zu besuchen. Nur dass er es so nicht sah. Für Casper war dieser Ausflug in die weitere Welt ein Experiment an und mit sich selbst.

Als er über den Platz in Richtung des Radcliffe-Studentinnenwohnheims ging, in dem sie wohnte, konnte er noch immer nicht ganz glauben, dass er zu diesem atemberaubend optimistischen, eindeutig uncasperischen Abenteuer aufgebrochen und, noch erstaunlicher, unterwegs nicht umgekehrt war. Nicht nur war er zum ersten Mal getrampt, es war auch das erste Mal überhaupt, dass er es wagte, ein Mädchen irgendwo aufzusuchen. Und das Tollkühnste an dem allen war die Tatsache, dass das Mädchen von seinem Kommen keine Ahnung hatte, ja nicht einmal wusste, dass er existierte. Er wollte seine Vergangenheit nicht auf die chemische Reaktion Einfluss nehmen lassen, die er zu erleben hoffte.

Das Mädchen, das er zu besuchen gedachte, war die Schwester jenes Whitney, der ihn beauftragt hatte, über die Papageien zu berichten, und die Zimmergenossin von Whitneys Freundin Alice Wilkerson, dem Mädchen mit den Salamanderaugen, das Nina Bouchard als »wahnsinnig gescheit, aber dämlich, wenn's um dämliches Zeug geht« beschrieben hatte. Vor allem aber hatte Alice Wilkerson laut und deutlich gesagt: »Ihr würdet einander mögen.« Und da es sich herausgestellt hatte, dass die Papageien real waren und nicht, wie er vermutet hatte, ein böser Streich, da zudem die Friedrichs nicht nur höflich gewesen waren, sondern ihn offenbar sogar gemocht, nämlich zum Abendessen eingeladen hatten, da Mrs. Friedrich, eine gescheite und sehr gut aussehende Frau (obwohl sie nicht viel von sich her machte), ihn aufgefordert hatte, sie Nora zu nennen, bald wieder vorbeizukommen und ihn zum Abschied auf die Wange geküsst hatte, statt ihm bloß die Hand zu geben – aus all diesen Gründen war es nach Caspers Kalkulationen nicht unvernünftig anzunehmen, dass ein »wahnsinnig gescheites« Mädchen vielleicht verrückt genug wäre, ihn wenn nicht zu mögen, so doch nicht abzuschütteln wie Schlick.

Als Casper an jenem Abend von den Friedrichs und den Papageien zurückgeradelt war, hatte er die Kurve seines Lebens neu berechnet und war nach zwei Wochen, in denen er jede unbekannte Variable in die unbekannte Gleichung seines Lebens einbezogen hatte, zu dem Schluss gekommen, die vage Möglichkeit zu erfahren, wie es war, von einem anderen weiblichen Wesen als seiner Mutter geküsst zu werden, könnte die wahrscheinliche Demütigung wert sein.

Um das Risiko eines negativen Ausgangs des Experiments, das er mit seinem Leben anstellte, zu begrenzen, hatte er Whitney nicht gesagt, dass er bei seiner Schwester unangemeldet vorbeischauen werde. Er hatte dem Reportagenredakteur der *Yale Daily News* nicht den leisesten Hinweis auf sein Interesse oder seine Absichten gegeben, sich nur bei der Arbeit am Vervielfältigungsapparat einmal beiläufig erkundigt: »Was hat Alice eigentlich damit gemeint, als sie ges-sagt hat, deine Schwester wäre wahnsinnig gescheit?«

»Was?« Whitney stand auf dem Webster-Wörterbuch und wippte mit den Fersen, um seine Achillessehnen zu dehnen, in der Hoffnung, im nächsten Herbst wieder Football spielen zu können. »Ich weiß nicht so ganz, worum's dir geht.«

»Hat sie gemeint, deine Schwester wäre v-v-verückt und gescheit, oder bloß gescheit auf eine Art, die andere Leute als s-s-sonderbar wahrnehmen?«

»Sonderbar.«

»Wie sonderbar denn?«

»Sie schreibt ihre Englisch-Seminararbeiten rückwärts, damit sie sich dabei weniger langweilt.«

Damals hatte Casper diese Information ohne eine emotionale Regung zur Kenntnis genommen. Jetzt aber, wo Ninas Wohnheim in Sichtweite kam, ging er langsamer, und sein Herz schlug schneller. Kein Zweifel, die Nähe beeinflusste die chemischen Prozesse in seinem Körper. Sein Zeigefinger begann an der gewohnten Stelle über der Schläfe zu kreisen. Sein selbstsicherer Gang wurde zum Schlurfen.

Obwohl in Hinblick auf das andere Geschlecht sexuell völlig unerfahren (abgesehen von der Tochter einer Cranberry-Pflückerin, die in der oberen Hälfte des betriebseigenen Häuschen in Seabury, New Jersey, gewohnt hatte, einer gewissen Dolly King, die Wurzeln aß und ihre Scheide ihm wie jedem anderen Kind aus der Nachbarschaft zeigte), hatte Casper zugehört, wenn seine Kommilitonen, die am Wochenende Verabredungen hatten, über Mädchen redeten und wie man sie dazu brachte, Dummheiten zu begehen, zum Beispiel, einen wirklich gern zu haben. Er hatte den Prahlereien, Lügen und Übertreibungen der jungen Männer gelauscht, die dazu vorgesehen waren, Amerika zu führen, und ihren Äußerungen entnommen, dass an der Maxime »Bei Frauen kommt man mit Ehrlichkeit nicht sehr weit« etwas Wahres war.

Das ganze Werberitual – sich von der besten Seite zu zeigen, höflich und ritterlich zu sein – war in Caspers Augen irreführend und letztlich Betrug. Er hatte erlebt, wie Yalies, die stolz darauf waren, am längsten und lautesten rülpsen zu können und Fürze hervorzubringen, die wie ein totes Tier in einem abgestellten Kühlschrank rochen, als Wochenendkavaliere ihre Freundinnen oder die Mädchen, mit denen sie verabredet waren, täuschten. Dann bohrte man nicht in der Nase, unterdrückte die Fürze und Rülpser, und Typen, die lieber eine Zahnwurzelbehandlung erduldet hätten als ein Seminar in Kunstgeschichte, schlugen ihren Begleiterinnen auf einmal vor, den Nachmittag im Museum zu verbringen. Und selbst wenn sie behaupteten, sie täten das nur, um zum Schuss zu kommen oder eine Handreichung zu ergattern, erkannte Casper, wenn er ihre Lustbarkeiten analysierte, statt sie darum zu beneiden, als der Wissenschaftler, der er war, dass sie in Wirklichkeit darum vorgaben, ein anderer Mensch zu sein, weil sie sonst einsam gewesen wären.

Casper hatte sich in seiner Einsamkeit stets allen überlegen gefühlt. Doch die Ereignisse der letzten Wochen brachten ihn dazu, sich zu fragen, ob das angestrengte Geschiebe und Gezerre, das er zwischen anderen Körpern beobachtete, auch auf ihn womöglich wirken könnte.

Als er vor Ninas Wohnheim auf dem Campus von Radcliffe stand, fiel es ihm zwar schwer, sich vorzustellen, dass auch die jungen Damen an einem feinen Frauencollege wie diesem in ihren zweifarbigen Schuhen, Kaschmirpullovern und Kamelhaarmänteln rülpsen, furzen und in der Nase bohren könnten, aber der Verstand sagte ihm, dass sie ebenso verzweifelt unecht und einsam waren wie die Männer.

Wenn aber jedes auf seinen Hinterbeinen gehende Wesen einsam war, warum nahm man die Empfindung dann nicht als Gegebenheit hin? Das war die Frage, die Casper lähmte. Woher dieser Drang, immer so zu tun, als fühlte man sich anders, als es einem tatsächlich erging? Und obwohl er sich an der Täuschung nicht beteiligen wollte, fühlte er sich doch von einer Kraft, die so real war wie die Schwerkraft, an einen fremden Ort gezogen, um nach einem Mädchen zu suchen, dem er nie begegnet war und das nicht wusste, dass er kommen würde.

Im Erdgeschoss von Ninas Wohnheim gab es eine Halle – Sofas und Sessel in Paaren oder Dreiergruppen, die sich um einen Kamin scharten, in dem kein Feuer brannte und der nur zum Schein vorhanden war. Ein Mädchen mit einer rot gerahmten Brille, die sie wie ein erstauntes Insekt aussehen ließ, saß am Empfangstisch. Casper merkte, wie er sich aufspaltete, als er den Casper beobachtete, der in dem Spiegel an der Wand hinter dem Empfang auf das Insektenmädchen zuging.

»Kann ich Ihnen helfen?« Noch nie hatte Casper es so beschämend gefunden, Mensch zu sein. Bestimmt zählte das Mädchen die Mitesser auf seiner Nase. »Ist A-alice Wilkerson zu Hause?«

Ungläubig legte das Insektenmädchen den Kopf schief. »Sie kennen Alice?«

»Ja. Sozusagen.« Er dachte gar nicht daran, sich zu einer Lüge herabzulassen.

»Na, da haben Sie kein Glück. Sie besucht ihren Freund in Yale.«

»Tja, eigentlich bin ich hier, um ihre Zimmergenossin zu sehen.«

»Kapiert.« Das Mädchen hinter dem Empfangstresen lächelte ihn an, als fände sie ihn möglicherweise ganz in Ordnung. »Sie fährt einen zweifarbigen Buick, rot und schwarz. Den können Sie kaum übersehen.«

»Dürfen die Studentinnen denn Autos halten?«

»Ninas Vater hat das geklärt.« Ein Vater, der so etwas klärte, für besondere Vorrechte sorgte – die wahnsinnig gescheite Nina kam ihm plötzlich wie ein wahnsinnig verwöhntes reiches Mädchen vor. Die Reise würde sich als erhellende Enttäuschung erweisen, sagte er sich, als Fehler, den er nie wieder machen würde.

Bereit, heimwärts zu trampen, verließ er das Gebäude. Da sah er ein Mädchen die Tür eines Buick aufschließen, auf den die Beschreibung passte. Der Abstand zwischen ihren Augen war groß, ihr Mund üppig und geschwungen, ihr Haar von dem Goldbraun eines Maulbeerspinners. Sie war schön – zu schön.

Casper war drauf und dran, das Experiment abzubrechen. Mit einem so reizvollen Mädchen würde es nie klappen. Da sah er die beiden Krücken und die Stahlschienen, in denen ihre Beine steckten. Gebannt schaute er zu, wie mühselig sie die Wagentür öffnete. Sie fasste nach unten, löste die Sperren der Schienen an den Knien und glitt gewandt hinter das Steuer. 99,99 Prozent der Yale-Studenten seines Jahrgangs hätten in der Kinderlähmung, die Nina zum Krüppel gemacht hatte, kein Plus gesehen; für Casper Gedsic bedeutete es, dass er eine Chance hatte.

Überwältigt davon, wie sich das Unwahrscheinliche vor seinen Augen in eine Möglichkeit verwandelte, fiel es Casper erst ein, ihren Namen zu rufen, als der Buick schon losgefahren war.

Casper begann zu rennen. Es war nicht einfach, mit dem Buick Schritt zu halten und gleichzeitig nach dem Weg zur Bibliothek zu fragen. Nachdem er sich zweimal verlaufen hatte und einmal fast von einem Wäschereilieferwagen überfahren worden wäre, lag die Bibliothek noch immer zwei Querstraßen vor ihm. Als er sich vorbeugte, um wieder zu Atem zu kommen, sah er das Heck von Ninas zweifarbigem Buick auf halber Höhe einer Einbahnstraße stehen.

Ein Mann in einer Lederjacke und Holzfällerstiefeln lehnte an der Fahrertür. Sein Haar fiel ihm als Entenschwanz über den Kragen, und seine Wangen wiesen Aknekrater auf. Er blickte die Straße hinauf und hinunter, dann öffnete er Ninas Wagentür. Als ein Polizeiwagen vorbeifuhr, schlug er sie zu, trat von dem Wagen weg und zündete sich eine Zigarette an. Dass Nina einen solchen Freund hatte, fand Casper enttäuschend. Erst ein paar Herzschläge später begriff er, dass da ein junger Krimineller dabei war, Ninas Wagen zu stehlen.

Casper war nun an der Beifahrerseite des Buick angekommen. Er sah, dass der Wagen als Sonderanfertigung mit Hebeln am Lenkrad zur Handbedienung von Gas und Bremse ausgerüstet war. Wichtiger noch waren die Schlüssel, die vom Zündschloss hingen.

Der Kerl mit dem Entenschwanz kehrte Casper plötzlich das Gesicht zu. »Hau ab.«

»I-i-ich will nur noch g-ganz rasch was …« Casper lächelte, als er die Beifahrertür aufzog. Er war im Leben oft genug verprügelt worden, um zu wissen, dass ein Grinsen brutale Typen erst verwirrt, bevor es sie auf die Palme bringt. Bis dahin, hoffte Casper, hätte er …

»Scheiße, was soll das?«

»I-i-ich hab meine Sch-schlüssel vergessen.« Casper hatte sie jetzt in der Hand. Er drückte den Verriegelungsknopf hinunter, bevor der Lederkerl ihn an der Gurgel packen konnte.

»Warum hast du nicht gesagt, dass es dein Auto ist?«

Casper verriegelte die andere Tür. »T-t-tut mir leid, ich w-wusste ja nicht, dass Sie es stehlen wollten.«

Der Lederkerl lachte. Keine Frage, Caspers Lebenskurve hatte sich verändert.

Er fand Nina im Katalograum der Bibliothek zwischen den Karteikartenbatterien HA und HL. Langsam und glubschäugig strich er an ihr vorbei wie ein Fisch in einem benachbarten Aquarium. Sie notierte sich die Katalogziffern von Heideggers Werken; soeben war sie bei *Sein und Zeit* angekommen. Ihre Nasenflügel bebten und sie kitzelte sich mit einer Haarsträhne an der Wange, während sie den Karteikartenkatalog durchblätterte. Die Welt war für Casper nicht nur schön – sie war vollkommen. Er hatte sein Glück genügend herausgefordert für einen einzigen Tag.

Er wollte die Möglichkeiten genießen, die sich für die Zukunft auftaten, er wollte keinen Rückschlag riskieren, und daher erbat er sich von einer jungen Bibliothekarin einen Briefumschlag und schrieb darauf Ninas Namen sowie das Folgende: »Für den Augenblick gestatten Sein und Zeit nicht mehr als diesen Dank dafür, dass Sie mir Gelegenheit gegeben haben, den Diebstahl Ihres Wagens zu verhindern. Was meinen Sie – war Heidegger tatsächlich ein Nazi? Hochachtungsvoll – Casper G.«

Er schob die Wagenschlüssel in den Umschlag, feuchtete mit der Zunge die Gummierung an und gab ihn zugeklebt der jungen Bibliothekarin. »Könnten Sie das bitte dem Mädchen mit dem Stock dort drüben am Katalog geben?«

Als die Bibliothekarin seine Botschaft las, räumte Casper ein: »Ist g-g-ganz schön schwierig, sich über Heidegger lustig zu machen.« Als die Bibliothekarin laut auflachte, legte Casper den Finger auf den

Mund und begab sich heimwärts, um sein verbleibendes Leben neu zu planen.

GESUCHT
FREIWILLIGE FÜR PSYCHOLOGISCHE STUDIE

Dr. Winton und Dr. Friedrich sind an Personen interessiert, die Verlust, Schmerz, Enttäuschung und/oder Depressionen erlebt haben und eine Verbesserung ihrer Lebensqualität erfahren möchten. Die Teilnehmer sollten zwischen dem 15. Mai und dem 15. September einmal wöchentlich für eine Stunde auf dem Campus zur Verfügung stehen und ein knappes Tagebuch über ihre Reaktionen auf die Medikation führen, die sie einnehmen werden. Für die Teilnahme erhalten die ausgewählten Personen 5 Dollar pro Woche, zahlbar nach Abschluss der Studie.
Interessenten werden gebeten, Dr. William T. Friedrich, Psychologisches Institut, Zimmer 307, oder Dr. B. Winton, Institut für Humanwissenschaften, Zimmer 211, zu kontaktieren.

Das Obenstehende hatte Winton getippt, während Casper sich auf dem Heimweg von Radcliffe befand. Es war nun Montag; Friedrich war im Labor dabei, die zweite Ladung GKD zu fermentieren. Beide warteten sie ungeduldig darauf, anfangen zu können. Obwohl sie auf Befragen erklärt hätten, abgesehen von einem wissenschaftlichen Interesse an den chemischen Bedingungen des Unglücklichseins hätten sie nichts gemeinsam, peinigte sie doch der gleiche Stachel: Beide fühlten sich vom Leben hintergangen. Sonderbarerweise meinten sie auch beide, der andere sei auf unfaire Weise im Vorteil. Dr. Winton machte kein Geheimnis aus ihrer Überzeugung, dass sie die Welt, wäre sie als Mann geboren, längst ausgeschlürft hätte wie eine Auster.

Und wenn Friedrich sie auf seinem Bunsenbrenner ihren Tee brauen sah, brodelte es in ihm: *Wenn ich nur ein Zehntel von deinem Geld und deinen Beziehungen hätte, würde ich …* Wäre es jedoch gerecht zugegangen, wäre keiner von beiden zu dem geworden, was er, beziehungsweise sie, war.

Sie planten, vierzig Personen an dem Versuch teilnehmen zu lassen, zwanzig Männer, zwanzig Frauen. Die eine Hälfte würde ein Placebo erhalten, die andere eine tägliche Dosis GKD, mit der Pipette auf einen Zuckerwürfel geträufelt – rund ein Viertel des Quantums, das den beiden von Friedrich im Park freigelassenen Versuchsratten das Leben gerettet hatte. Anders als bei den Ratten würde man den menschlichen Versuchsteilnehmern suggerieren, der Stoff, den sie erhielten, werde ihr Befinden verändern, nämlich verbessern. Friedrich und Winton hätten es vorgezogen, mit einer größeren Versuchsgruppe über eine längere Zeitspanne zu arbeiten, aber sie verfügten kaum über genügend Orawak-Blätter für vier Monate.

Friedrich las den Text, den Bunny Winton getippt hatte, aufmerksam durch. »Wann haben Sie beschlossen, dass wir unsere Versuchspersonen bezahlen?«

»Wenn wir sie am Ende bezahlen, bleiben sie mit höherer Wahrscheinlichkeit dabei. Schließlich haben wir Sommer. Die Freiwilligen, die wir haben wollen, sind unglücklich, und unglückliche Menschen sind unzuverlässig.«

»Aber woher nehmen wir das Geld?« Bei fünf Dollar die Woche würde Friedrichs Anteil 1600 Dollar betragen, und er verdiente nur 6800 im Jahr.

»Ich möchte nicht auf die Genehmigung von Forschungsmitteln warten, und außerdem sind wir in einer viel stärkeren Position, echte Investoren zu finden, sobald wir Daten gesammelt haben.«

»An einen Antrag auf Forschungsmittel habe ich auch nicht gedacht.«

»Ach?« Er sprach die Silbe aus wie Bunny – wie einen gezielten Schlag ins Gesicht.

»Ich steuere die Mittel bei.« Sie wusste also, dass er pleite war.

»Das wäre mir unangenehm.«

»Ich leihe Ihnen Ihren Anteil. Sie können mir das Geld später zurückzahlen. Jetzt kommt es darauf an, den Schwung aufrechtzuerhalten und dafür zu sorgen, dass die Probanden nicht abspringen.«

»Das bringt mich in eine unangenehme Lage.«

»Gut, dann testen wir GKD eben nicht an Freiwilligen. Wenn wir es an psychiatrischen Langzeitpatienten testen, wird die Sache einfacher. Dann fallen die Resultate dramatischer aus, das garantiere ich Ihnen.« Sie hatte von Anfang an so vorgehen wollen.

»Mich interessiert, ob GKD Menschen vor der psychiatrischen Anstalt bewahren kann, ob es ihnen hilft zu funktionieren, solange sie noch dazu fähig sind.« Sein Traum war, dass es in fünf Jahren ein synthetisch hergestelltes GKD auf Rezept gäbe, so wie Penicillin.

»Ohne beeindruckende Versuchsergebnisse werden wir so weit nicht kommen. Wissen Sie, wir sind doch beide auf das Gleiche aus.« Was mehr oder weniger stimmte. »Mit meinem Geld erreichen wir es schneller. Wer weiß, womöglich stellt bereits jemand anderes ähnliche Versuche mit Orawak-Blättern an.«

»Ich garantiere Ihnen, dass dem nicht so ist.«

Wie konnte sich Friedrich so sicher sein? Er war selbstbewusster, entschiedener geworden. Sie fragte sich, ob diese Veränderung mit der GKD-Dosis zusammenhing, die sie ihm verabreicht hatte. Wie ihre eigene Einnahme lag das drei Tage zurück. Friedrich ahnte weiterhin nichts, aber an sich selbst nahm sie den Machtkitzel noch immer wahr.

»Das Geld ist mir egal. Wenn Sie aber zu stolz sind, es anzunehmen, können wir das Ganze schriftlich festhalten. Alle Gelder, die ich in die Forschung investiere, fließen aus den ersten Erträgen an mich zurück.« Bis zu diesem Moment hatte keiner von ihnen je erwähnt, dass dieses Projekt Geld einbringen könnte. »Ich bewahre Quittungen darüber auf, ich berechne Ihnen Zinsen. Sie können mir den Vertrag sogar diktieren. Zufrieden?« Sie zog einen Stift aus ihrer

Handtasche und fand in der Schublade ein Blatt blaues Durchschlagpapier, damit jeder von ihnen ein Exemplar hätte.

Will räusperte sich. »Dr. Winton und Dr. Friedrich erklären, dass sie bei sämtlichen Forschungen, die medizinische Anwendung von Orawak-Blättern und dem fermentierten Getränk Gaikaudong betreffend, gleichberechtigte Partner sind. Alle diese Forschungen betreffenden wissenschaftlichen Publikationen werden unter beider Namen erscheinen, und sämtliche Gewinne, die aus diesen Forschungen hervorgehen, werden 50:50 geteilt, nachdem Dr. Winton 1600 Dollar zurückerhalten hat.«

»Sie vertrauen mir nicht, habe ich recht?«

»Ich vertraue der menschlichen Natur.« Friedrich schob ein Exemplar in seine Brieftasche. Bunny Winton verstaute das andere in ihrer Handtasche. Dass er sie des Verrats für fähig hielt, gab ihr das Gefühl von Macht und damit von Sicherheit.

Von diesem Nachmittag an hing ihre Suche nach Versuchspersonen an den Pinnwänden von Yale, neben Angeboten von Ferienjobs als Segellehrer in Yachtclubs oder als Aufsichtsperson und Wasserskilehrer in Jugendlagern an den Seen der Adirondacks. In der Hoffnung, zwanzig weibliche Versuchskaninchen zu rekrutieren, hängte Dr. Winton den gleichen Anschlag auch im Umkleideraum der Krankenschwestern am New Haven Hospital und in der Halle eines nahen Mädchencolleges aus.

Friedrich hatte die ganze Nacht hindurch Klausuren benotet, damit er und Winton am nächsten Morgen früh im Labor anfangen konnten. Sie verspätete sich. Er mühte sich gerade damit ab, das Fermentiergefäß allein anzuheben, um den Inhalt filtern zu können. Voll wog es gut hundert Kilogramm. Mit einer Hand den Eisenholzpenis umklammernd, die andere an die Brust mit der Brustwarze aus Metall gekrallt, hielt Friedrich die düsteren Figuren, die das Äußere des Gefäßes bildeten, wie in einer *ménage à trois* umfangen, als Bunny Winton endlich hereinrauschte.

»Sie sind spät dran. Helfen Sie mir mal gerade, bevor ich das verdammte Ding hier umwerfe.«

»Werfen Sie es um. Uns ist die Erlaubnis, das Labor zu benutzen, entzogen worden. Wir können den Versuch nicht durchführen. Das hier habe ich heute Morgen in meinem Postfach gefunden.« Während Friedrich ächzend das Gefäß wieder auf die Arbeitsfläche hievte, hielt ihm Bunny Winton ein knapp formuliertes Schreiben von der Hand ihres nun nicht mehr wohlwollenden alten Mentors Dr. Petersen vor die Nase.

Es lautete wie folgt: »Dr. Winton, Sie haben mein Vertrauen missbraucht. Sie betreiben nicht das von Ihnen skizzierte Forschungsprojekt, für welches ich Ihnen die Genehmigung erteilt habe, die Einrichtungen dieses Instituts zu nutzen. Ich erwarte Sie und Friedrich zum Gespräch über anstehende Disziplinarmaßnahmen um zehn Uhr in meinem Büro.«

Friedrich kam sich vor wie weggespült. Seine Endorphine wirbelten ihn abwärts. *Disziplinarmaßnahmen.* Die Zukunft, die er für sich auf der Grundlage des so vielversprechenden *Wegs-nach-Hause* entworfen hatte, krachte unversehens über ihm zusammen. Die Droge wirkte – auch wenn er es noch nicht mit statistischen Daten belegen konnte, war er sich dessen gewiss. Wichtiger noch: Er fühlte es. Weder wollte, noch konnte er zulassen, dass seine Idee von so einem verdammten alten Fossil von Freudianer wie Petersen hinweggespült würde, und damit sein eigenes erstarktes Selbstbild. Friedrich schloss die Augen und stellte sich vor, wie er Petersens Kopf mit beiden Händen packte und immer wieder gegen die Wand schlug. Als in dieser Fantasie mächtig viel imaginäres Blut geflossen war, blinzelte Friedrich und schüttelte das Bild ab wie ein Insekt, das ihm ins Ohr gekrochen war. Winton sagte irgendetwas; es kam bei ihm nicht an.

Disziplinarmaßnahmen. Das hieß, kein unbefristeter Vertrag, keine volle Yale-Professur. An einer Staatsuniversität vielleicht, aber selbst das war ungewiss. Als er in sein Jackett schlüpfte und die Krawatte festzog, fragte er sich, wie er das Nora beibringen sollte. »Womit hat der alte Hund denn bloß Probleme? Wir sind doch genauso vorgegangen, wie wir's ihm angekündigt haben.«

Erst als sie durch das dunkle kühle Treppenhaus zu Petersen hinaufstiegen, fragte Winton: »Sie sind doch an die Orawak-Blätter und das Fermentiergefäß nicht auf eine Weise gekommen, die sich als unethisch oder illegal hinstellen ließe, oder?«

Friedrich blieb stehen. »Nein. Aber es ließe sich als unethisch oder professionell verantwortungslos hinstellen, dass Sie diese Frage nicht gestellt haben, bevor Sie sich auf das Projekt eingelassen haben.«

»Seien Sie versichert, dass ich mich künftig umsichtiger verhalten werde.«

Um zu Professor Petersens Büro zu kommen, mussten sie einen langen, trüb beleuchteten Korridor entlanggehen, den auf beiden Seiten Metallregale säumten, die sich unter dem Gewicht von über hundert großen Glasbehältern bogen, jeder mit einem in Formaldehyd schwimmenden menschlichen Gehirn darin. Jedes war in fiedriger Handschrift sorgsam beschriftet: Carmen Silva, rumänische Dichterfürstin; John McCormick, Erfinder (Stahlpflug); Ephraim Rosenbaum, Pyromane; Thomas Mangan, Alkoholiker; Donata de la Rosa, Opernsängerin; Jim J. Jefferson, Neger und Färber; Reginald Chapelle, Homosexueller; Ian Wainwright, Mörder (vergiftete zwölf Frauen); John J. Seward, Minister; und so weiter und so fort.

Manche der Gehirne waren kohlschwarz, andere rosig und so erfreulich anzusehen wie ein Babypopo. Dasjenige, das Dr. Herbert K. Glenway gehört hatte, dem Phrenologen aus dem 19. Jahrhundert, der die Spezimen für die Sammlung sein Leben lang zusammengebettelt und -gestohlen hatte, sah aus, als wäre damit Football gespielt worden. Was den Tatsachen entsprach.

Dr. Petersen bellte bereits »Herein«, bevor sie noch angeklopft hatten. Der weißhaarige Seelendoktor, dessen Karriere sich auf ein einziges Mittagessen mit Freud gründete, dachte nicht daran, aufzustehen, ihnen die Hand zu geben oder sie zu bitten, Platz zu nehmen. Mit einem feinzähnigen Silberkamm kämmte er sich den Bart, ein

Zeichen von mit Ärger gepaarter Nervosität. Sein Gesicht war leicht gerötet, welk und von Altersflecken übersät. Er erinnerte an einen Schädel in einem Euter. »Wie konnten Sie sich je einbilden, ich würde so etwas zulassen?« Er zerknüllte den Aushang, den sie an die Pinnwände geheftet hatten, und warf ihn in den Papierkorb, der das Yale-Siegel trug.

»Das Psychologische Institut sah kein Problem darin ...«

Petersen fiel ihm ins Wort. »Eine Schande! Für die Psychologen wie für Sie! Haben Sie beide das Zeug selbst genommen?«

»Natürlich nicht, Professor Petersen«, log Bunny Winton sogleich. »Ich bin ein altmodischer Mensch. Gesetze bedeuten mir noch etwas.« Winton sah Friedrich an.

»Sie scheinen der irrigen Ansicht zu sein, ich hätte ein Gesetz gebrochen. Welches wäre das?« Friedrich versuchte, den alten Mann nicht zu reizen.

»Sie sind es, der eine irrige Vorstellung von der Schwere der Lage hat.« Das Euter schüttelte sich vor Empörung über eine solche Unverschämtheit.

»Was haben wir denn getan?« Winton ging einen Schritt auf Petersen zu. Er scheuchte sie zurück.

»Sie haben die Universität in eine schwierige Lage gebracht und das Wohlergehen der Studentenschaft außer Acht gelassen. Sie mögen mich für senil halten, aber das bin ich nicht. Und da Sie darauf bestehen, die Dinge für sich durch Unschuldsbehauptungen schlimmer zu machen, werde ich es Ihnen vorbuchstabieren: Die Studenten, die Sie als Versuchspersonen zu rekrutieren gedenken, sind unter einundzwanzig, nicht wahr?«

»Einige davon.«

»Durch Fermentierung entsteht Alkohol, und es ist gegen das Gesetz, dass Personen unter einundzwanzig alkoholische Getränke zu sich nehmen. Gleichermaßen verstößt ein Erwachsener gegen das Gesetz, der unmündigen Personen Alkohol zugänglich macht.«

Friedrich lächelte. »Wir haben den Alkohol evaporiert.«

»Was?«

»Das war unsere allererste Sorge.« Während sie diese zweite Lüge von sich gab, ergriff Bunny Winton Professor Petersens Hand. Der blickte im Raum umher, als wäre er aus dem Albtraum erwacht, den er immer wieder hatte und in dem er im Hörsaal nackt am Vortragspult stand.

Der alte Mann wusste nicht, wie er von der Klippe seines Zorns hinunterkommen konnte. Friedrich half ihm dabei. »Ich entschuldige mich dafür, das Ihnen gegenüber nicht klar dargelegt zu haben, Professor Petersen.«

»Entschuldigung akzeptiert.« Er wollte die ganze Angelegenheit für immer vergessen.

Doch Bunny Winton war noch nicht am Ende. »Nur für den Fall, dass noch jemand ein Problem mit unserem Forschungsprojekt haben sollte – könnten Sie uns vielleicht kurz schriftlich bestätigen, dass Sie über unsere Tätigkeit informiert sind, und dass wir gemäß Ihren Richtlinien vorgehen?« Während das sie deckende Schreiben zu Papier gebracht wurde, hielt sich Friedrich wartend im Hintergrund.

Als sie über den Gang mit den konservierten Gehirnen zurückgingen, kicherten die Doktoren Winton und Friedrich wie Schulkinder, die unertappt einen Frosch in das Pult ihres Lehrers befördert haben.

***

»Haben Fische Gefühle?« Der Haken machte Lucy Sorge. Die Friedrichs wollten an diesem Sonntag angeln gehen, falls Dr. Friedrich je aus dem Psychologischen Institut herauskäme.

»Nicht so wie Menschen.« Seit nun dreißig – nein, dreiunddreißig – Minuten saß Nora mit ihren vier Kindern im Weißen Wal und wartete auf ihren Mann. Mit jedem Blick auf die Uhr fühlte sie sich mehr als Gefangene der Zeit und der Mutterschaft.

Becky schaute von ihrem Nancy-Drew-Buch auf. Sie fühlte sich auf andere Art als Gefangene – des heißen Autos, der lästigen Niedlichkeit ihrer kleinen Schwester und von Willy, der in der Nase bohrte und sich die Finger an seinem Hosenbein abwischte, das ihr Knie berührte, weil er unbedingt die Angelrute zusammensetzen musste, obwohl seine Mutter schon zweimal gesagt hatte, er solle nicht damit herumspielen. »Das liegt daran, dass Fische kaltblütig sind«, erklärte Becky. Ihre Geschwister daran zu erinnern, dass sie die schlaueste war, erleichterte ihr das Gefangenendasein. Nora fragte sich, was bei ihr selbst den gleichen Effekt haben könnte, ohne ihr das Gefühl zu nehmen, sie werde gebraucht. Das war der Haken, an dem sie zappelte.

»Genau wie ein paar Leute, die wir kennen.« Als ihr Mann und Bunny Winton bekannt gegeben hatten, dass sie Testpersonen suchten, hatten sie befürchtet, keine vierzig Leute zu finden, die willens waren, ihre Traurigkeit für eine Studie zur Verfügung zu stellen; bislang hatten sich jedoch schon siebenundfünfzig mögliche Probanden gemeldet. Bis spät in den Freitagabend und den ganzen Samstag lang hatten Will und Winton diese Leute interviewt. Will hatte Nora versprochen, er werde am Sonntagmorgen nur noch mit vier Studenten reden. Als er in der Frühe aus dem Haus zu Bunny Wintons Cadillac gerannt war, hatte er geschworen, um elf Uhr dreißig draußen auf den Wal zu warten. Jetzt war es nach zwölf. Nora wusste alles über den *Weg-nach-Hause*, wie wichtig der Wirkstoff war und was er für sie bedeuten würde (womit er natürlich meinte, für ihn). Doch für jemanden, der es leid ist, als Selbstverständlichkeit betrachtet zu werden, sind vierzig Minuten des Wartens eine höllisch lange Zeit.

Will hatte keine Ahnung, dass seine Frau ein undatiertes Ticket der Holland-America-Linie für eine Seereise nach Frankreich gekauft hatte, als sie mit Becky im siebten Monat schwanger gewesen war – ein Ticket für eine Person und eine Passage, unbeschränkt gültig, erworben mit den zweihundert geheimen Dollars, die Noras wunderbare ledige Großtante Minnie ihr am Hochzeitsmorgen geschenkt hatte. »Nur damit du's dir jederzeit anders überlegen kannst«, hatte Minnie gesagt. Nora Elizabeth Friedrich, geborene Hughes, verstand sich darauf, etwas verborgen zu halten. Das Ticket lag in ihrer Unterwäsche-Schublade unter einem Negligé, das ihre Mutter ihr für die Hochzeitsnacht geschenkt hatte und das aus Ungeduld nie angelegt worden war.

Schlafend lag Jack auf dem Vordersitz ausgestreckt, den Kopf auf Noras Schoß, in der einen Hand kappenlos den Füllhalter, den sie ihn nicht aus ihrer Handtasche hatte ziehen sehen. Die blaue Tinte, die auf ihr weißgrundiges mexikanisches Kleid ausgelaufen war, würde nie mehr herausgehen, das wusste Nora. Dieses Kleid mit den gestickten roten Blumen am Saum hatte Will ihr geschenkt, als sie noch Studenten gewesen waren. Es gab ihr das Gefühl, jemand anderes zu sein, jemand Exotisches wie diese mexikanische Malerin mit der einen Augenbraue, über die sie in der Zeitung gelesen hatte. Es dauerte einen Moment, bevor Nora der Name wieder einfiel. Aber sie war keine mexikanische Malerin, sie war eine Mutter, und Mütter müssen lernen, gewisse Dinge in der Schublade zu lassen. Willy pikste sie mit der Angelrute in den Rücken, mit der er nicht spielen sollte. Nora hatte es satt, ihm das immer wieder zu sagen. »Willy, lass das.« Sie vergaß den auslaufenden Füllhalter.

Zum dritten Mal fragte Willy: »Wen kennen wir denn, der kaltblütig ist?«

»Niemand, Willy – wir kennen nur nette Leute.« Nora kam sich überhaupt nicht nett vor. Warum ihnen nicht sagen, wie es wirklich ist? Nett sind Menschen nur ausnahmsweise, in der Regel sind sie's nicht. Warum sollten Kinder das erst leidvoll selbst herausfinden?

Becky wartete, bis sie den Blick ihrer Mutter im Rückspiegel eingefangen hatte, um ihr konspirativ anzuvertrauen: »Dr. Winton ist nicht nett.«

»Warum sagst du das?« Nora bemühte sich, weniger Neugier durchklingen zu lassen, als sie empfand.

»Sie hat gesagt, ich wäre vorlaut.«

»Aus ihrem Mund ist das ein Kompliment.«

»Der Fisch in *Der Fischer und seine Frau* hatte aber Gefühle.« Lucy war immer noch besorgt. »Der konnte sprechen. Er hat dem Fischer drei Wünsche geschenkt, weil er nicht gefangen bleiben wollte. Also muss er Gefühle gehabt haben.«

Becky warf Lucy einen vernichtenden Blick zu: »Das ist doch ein Märchen für Babys.«

»Lucy ist ein Baby, Lucy ist ein Baby.« Willy ärgerte Lucy, weil er sich an Becky nicht herantraute.

»Ich bin älter als du, du Baby.«

»Wenn ich einen sprechenden Fisch gefangen hätte, würd ich ihn für ganz viel Geld verkaufen, mir dafür ein Boot kaufen und mehr Fische fangen.« Willy hatte bereits verkündet, er wünsche sich zum Geburtstag eine kleine Registrierkasse.

»Das würd ich dir nicht erlauben«, erklärte Lucy entschieden.

»Es ist mein sprechender Fisch, ich kann damit machen, was ich will … du Baby.«

»Du bist das Baby. Du machst ja noch ins Bett, du Baby.« Lucy lächelte triumphierend. Sie war gern gemein, wenn es der Verteidigung von Wehrlosen und Zauberwesen diente.

»Lucy, mit solchen Dingen ziehen wir niemanden auf. Deinem Bruder ist ein kleines Missgeschick passiert. So etwas passiert jedem.«

»Mir nicht. Becky auch nicht. Mama und Daddy passieren keine Missgeschicke, nur Babys.«

Willy holte mit der Angelrute nach seiner Schwester aus. Lucy drückte sie von sich weg. Die Rutenspitze peitschte an Noras Wange vorbei. Sie hatte das Gefühl, vom Leben überfallen zu werden, für etwas bestraft zu werden, was sie nicht getan hatte.

Willy jaulte auf. Becky hatte ihm gerade ihr Buch aufs Knie geschlagen. »Ich hab dir doch gesagt, du sollst auf deiner Seite bleiben.«

»Seid ihr jetzt alle gefälligst still!«, schrie Nora.

»Er hat mir seine Nasenpopel ans Bein geklebt.«

»Wisch sie ab. Daran stirbst du nicht.«

Nora drehte sich um und wollte nach der Angelrute greifen. Jack rollte von ihrem Schoß, schlug mit dem Kopf gegen das Lenkrad und wachte weinend auf. »Ich hab Hunger!«

»Aufhören!« Hätte jemand gelauscht, er hätte geglaubt, Nora würde angegriffen. Sie schob sich aus dem Auto. Ohne an kleine Finger zu denken, schmetterte sie die Tür zu.

»Mama, wo willst du denn hin?«, rief Lucy. Nora antwortete nicht. Sie wusste nicht, wo sie hinwollte.

Jack streckte die Ärmchen durchs Fenster. »Hab Hunger …«

Becky wollte aussteigen. »Ich komme mit.«

»Niemand kommt mit. Alle bleiben im Wagen.« Sie lief von dem Fahrzeug weg, als würde es gleich explodieren.

»Mama, nicht weggehen!« Willy bekam es mit der Angst. Gerade so wie Nora. »Was ist denn los?«

Immer zwei Stufen auf einmal rannte Nora die Treppe zum Büro ihres Mannes hinauf. Als sie auf der zweiten Etage angekommen war, murmelte sie »Mir reicht's« vor sich hin. Von ihrem mexikanischen Kleid umwogt, stürmte sie den grünen Linoleumflur entlang. Der am wenigsten deprimierte von den vier einsamen Studenten, die darauf warteten, Dr. Friedrich von ihren Problemen zu erzählen, schaute zu Nora auf und dachte *Scharfe Mieze.*

Ohne anzuklopfen riss Nora die Tür auf. Es war ihr gleichgültig, ob sie ihren Mann oder eines seiner verwöhnten Yale-Bälger in Verlegenheit brachte. Nicht gefasst war sie darauf, ihren Mann im Gespräch mit einer hübschen vierzigjährigen Frau vorzufinden, deren Teint schimmerte wie Melasse. Blauer Strohhut, geblümtes Kleid, polierte Schuhe: Sie sah aus, als sei sie auf dem Weg zur Kirche. Nora hatte die farbige Frau die Damentoiletten im Branford College putzen sehen. Aus Respekt vor der Putzfrau, nicht vor Will, sprach sie nicht aus, was sie eigentlich zu ihrem Mann hatte sagen wollen. »Entschuldigen Sie die Störung.« Nora gab der Frau die Hand. »Ich bin Nora Friedrich.«

»Betty Stackhouse.«

Nora drehte den Kopf ihrem Mann zu. »Du hast etwas versprochen.«

»Miss Stackhouse, ich entschuldige mich für meine Frau.« Sein Tonfall war so flach und emotionslos, dass es einen rasend machte. Innerlich war er außer sich: *Wie kannst du es wagen!* Ihr Eindringen betrachtete er als symptomatisch für ihren zunehmenden Mangel an Hochachtung vor ihm und seiner Arbeit. Wo alles so gut lief, wartete er geradezu darauf, dass irgendetwas, irgendwer ihn sabotierte. Warum nicht seine Frau? Er hatte schon Patientinnen behandelt, die ihre Männer sabotierten. »Wie du siehst, gibt es Menschen, die mich dringend sprechen müssen.«

»Deine Kinder müssen dich dringend sprechen. Deine Frau muss dich dringend sprechen.«

»Wie ich das kenne.« Miss Stackhouse sah Friedrich an wie einen Kamm, der in ein Urinal gerutscht ist.

»Hast du mir noch etwas zu sagen, bevor ich gehe?« Nora gab ihm eine letzte Chance.

»Fahr vorsichtig.«

»Es war mir ein Vergnügen, Sie kennenzulernen, Betty.«

Miss Stackhouse warf Friedrich einen strafenden Blick zu. »Sie wollen sie einfach so gehen lassen?«

»Sie geht nur angeln.«

»Klar, aber nach was?«

»Wo waren wir, Miss Stackhouse?«

»Sie haben mich gefragt, warum ich glaube, dass ich so deprimiert bin.«

»Und?«

»Na, wie soll man sich sonst fühlen, wenn man in diesem Leben auf nichts Aussicht hat, außer immer weiter den Dreck hinter anderen wegzuputzen?« Genauso fühlte sich Friedrich oft selbst.

Als Nora zum Auto zurückkam und zu den Kindern sagte, »Daddy muss arbeiten«, zeigte jedes seine Enttäuschung auf andere Weise. Becky schmollte und sagte, sie wolle heim. Lucy begann ein Bild für

Daddy zu malen, weil er ja alles verpasste. Willy wartete, bis sie zum Tanken angehalten hatten und alle auf der Toilette gewesen waren, um sich in die Hose zu machen, und Jack sang die einzige Zeile des einzigen Musical-Songs, den er kannte, *Oh, What a Beautiful Morning,* immer und immer und immer wieder. Nachdem sie an den Rand gefahren waren und Willy die Ersatzjeans angezogen hatten, die Nora für den Fall, dass er ins Wasser fiel, mitgenommen hatte, sangen sie alle gemeinsam mit Jack – »I've got a beautiful feeling … everything's going my way«.

Sie waren mit dem Verhaltensforscher Jens, seiner Frau und deren beiden Töchtern an einer sandigen Stelle des Bachs namens Mill River verabredet, der durch einen Wald aus Eschen, Ahornbäumen und Blutweiden floss, am Fuß eines gut zwei Kilometer langen, pittoresken Felsrückens, Schlafender Riese genannt. Tagsüber wurde an der Stelle gepicknickt, bei Dunkelheit ließen sich dort Liebespaare nieder. Nora und Will hatten darüber gesprochen, dies einmal auszuprobieren, es aber nie getan. Als Nora die lehmige, ausgefahrene Piste zum Bach hinunterfuhr und der Auspuff des Wals über Erde und Steine scharrte, fragte sie sich, ob sie es jemals tun würden.

Jens, um einen Meter fünfzig groß, und Anka, über einen Meter achtzig, waren mit ihren Töchtern, durch deren helle Haut bläulich die Adern schimmerten, schon seit gut einer Stunde da. Die holländische Vorhut hatte ein Lagerfeuer aufgeschichtet, Steine aus dem Bach darum gelegt und Decken ausgebreitet. Anka strickte, die beiden Zwillingsmädchen, Antje und Maite, spielten voller Ernst auf kleinen Geigen *Twinkle, Twinkle Little Star*. Jens versuchte, dem Pudel der Familie, der bereits sitzen, hinlegen, herumwälzen und tot spielen konnte, das Balancieren auf einem Strandball beizubringen. Nora strickte nicht, ihre Kinder konnten keine Musikinstrumente spielen, sie hatten keinen Hund, und das einzige Hobby ihres Mannes war sein Ehrgeiz. Sie selbst war ein Einzelkind gewesen, und das Familienideal, das ihr vorschwebte, wurde offenbar nur in anderen Familien verwirklicht.

Was war Jens' und Ankas Geheimnis? Dass sie Holländer waren? Kommunisten? Hatten die Bomben, die im Zweiten Weltkrieg auf sie gefallen waren, es diesem so ungleichen Paar erleichtert, mit den Enttäuschungen des Lebens Frieden zu schließen?

Nora sah zu, wie ihre Kinder aus dem Wal purzelten und die Idylle verwüsteten. Willy kickte den Ball unter dem Pudel weg, Becky ergriff unter irgendwelchen Drohungen Besitz von einer der Geigen und brachte prompt eine Saite zum Reißen, Lucy blieb mit dem Fuß in Ankas Garn hängen und machte, indem sie zum Bach hinunterschlidderte, die Strickerei eines ganzen Vormittags zunichte.

Und Jack war nackt. »Tut mir leid … Willy, hör damit auf! Nicht, Becky. Lucy, sag, dass es dir leid tut … Oh, Jack …« Ihr Jüngster hatte gerade seine Windeln ins Feuer geworfen.

»Wo steckt eigentlich Ihr Mann?« Jens knabberte an einem der Hundekuchen, die er zur Erziehung des Pudels bei sich hatte.

»Bei der Arbeit.«

»Was für ein mustergültiger Amerikaner.«

»Ja. Obwohl es auch andere Bezeichnungen für ihn gäbe.«

Jens in seinen kurzen Shorts, Socken und Sandalen, seine Frau und Töchter mit ihren Clogs und langen blonden Zöpfen, das im Bach gekühlte holländische Bier – all das kam Nora so europäisch vor, dass sie an das ungenutzte Ticket in ihrer Wäscheschublade und an all die Schiffe denken musste, die ohne sie abgelegt hatten. In diesem Moment fühlte sie sich wie eine Gefangene ihres Mannes, ihrer Kinder, vor allem aber der Liebe. Der Gedanke machte ihr ein schlechtes Gewissen. Sie erkannte die Tyrannei ihrer besten Instinkte, ihres Bauches, an und befürchtete schon, dass sie für ihre unmütterlichen Impulse bestraft werden würde; da streckte Jack die Ärmchen zu ihr hoch. Nora zog ihren Jüngsten auf den Schoß und brach in Tränen aus.

»Tut mir leid, ich weiß nicht, was mit mir los ist.« Dies war das achte Mal, dass sie sich entschuldigte, seit sie angekommen war.

»Geliebt zu werden ist eben anstrengend. Gehen Sie doch ein bisschen spazieren, dann wird es bestimmt gleich besser. Wir passen auf die Kinder auf.«

Nora wischte sich die Tränen ab und folgte dem Pfad, der den Bach entlangführte. Sie hörte Jens noch rufen: »Welches undankbare Kind möchte den ersten Fisch fangen?«

Als sie sich umdrehte und sah, wie ihre Kinder den bierbäuchigen Holländer umringten und »Ich … ich … ich« schrieen, musste Nora wieder weinen, diesmal jedoch aus dem entgegengesetzten Grund. Dass das Leben so an ihr zupfte und zerrte, machte sie wahnsinnig. Dieses Zerren aber nicht zu spüren war noch schlimmer. Sie fragte sich, ob es den Männern wohl genauso ging, vor allem aber ihrem Mann.

Ein paar hundert Meter weiter fühlte sie sich schon besser. Sie hatte auf bemoosten Steinen den Bach überquert, ohne hineinzufallen. Eine springende Forelle verschlang eine Libelle, und ein Chrysippusfalter, der mexikanischer Herkunft sein musste, verwechselte die roten Rosen auf Noras Rock mit echten Blumen.

Als sie gerade zu dem Leben, das sie sich geschaffen hatte, zurückkehren wollte, schaute sie zu dem Schlafenden Riesen hinauf. Sie hatte gar nicht gemerkt, dass sie dem schlummernden Ungeheuer so nah gekommen war – denn das, hatte ihr Mann den Kindern erzählt, verbarg sich nach dem Glauben der Mattabeseck-Indianer in der Formation aus Sandstein und grünem Basalt. Wenn Will ihnen solche Geschichten vom Schlafenden Riesen erzählt, hatte Nora gedacht, träumen die Kinder bestimmt schlecht. Aber er besaß die Gabe, beängstigende Dinge in ein mildes Licht zu tauchen.

Sie vermisste ihren Mann, der den Kindern am Lagerfeuer erzählt hatte: »Laut den Indianern wird der Riese, wenn er aufwacht und seine schmutzige Decke abwirft, als Erstes den gesamten Kaffee der Welt austrinken. Dann isst er alles, was es an Eis nur gibt. Und dann …« Nora legte den Kopf in den Nacken, schirmte ihre Augen mit der einen Hand gegen die blendende Sonne ab und verfolgte den Flug zweier Rotschwanzbussarde. Während sie beobachtete, wie die

Vögel die Luftströmungen nutzten, fiel ihr eine kleine Gestalt ins Auge, die gut dreißig Meter über ihr ein Fahrrad über den Nasenflügel des Riesen schob. Aus diesem Abstand und Winkel war die Gestalt bei dem gleißenden Licht nicht mit Sicherheit zu erkennen, aber es schien ein Kind zu sein. Um besser sehen zu können, trat Nora ein wenig zurück und hielt auf dem Steilhang nach einem Vater oder einer Mutter Ausschau. Es musste doch jemand bei dem Kind dort oben sein? Die Gestalt hatte ein geringeltes T-Shirt an. Wie verrückt, ein Kind ein Fahrrad dort hinaufschleppen zu lassen.

Nora war jetzt seit fünfundvierzig Minuten unterwegs; es wurde Zeit, zu ihren eigenen Kindern zurückzukehren. Doch anders, als sie erwartete, erschien kein Vater, keine Mutter und zog das Kind vorwurfsvoll von der Felskante weg. Und irgendetwas daran, wie der Junge (Nora war sich inzwischen sicher, dass es ein Junge war) immer wieder über die Schulter blickte, nervös, schuldbewusst und zugleich beschämt, beunruhigte sie. Es erinnerte sie an Willy, wenn sie ihn etwas Verbotenes tun sah – wenn er auf der Straße spielte, im Begriff war, ein Streichholz anzuzünden, und sich von niemandem außer Gott beobachtet fühlte.

Sie legte die Hände an den Mund, um etwas Warnendes zu rufen: »Komm zurück … bleib, wo du bist … hast du dich verlaufen? … Wo sind deine Eltern?« Wenn er sie aber hörte, hinunterblickte und Angst bekam, abrutschte oder stürzte? Nora fühlte sich töricht und doch so sicher, wie nur eine Mutter sicher sein kann, dass etwas Entsetzliches passieren würde. Sie begann zu rennen.

Der Pfad zum Haupt des Riesen hinauf war steiler, als sie ihn in Erinnerung hatte. Sie glitt auf Geröll aus. Bis sie oben ankam, war das Kind nicht mehr zu sehen. Sie keuchte, ihr Gesicht war schweißnass und ihr Kleid hatte einen Riss. Der Himmel war schwindelerregend blau. Man konnte bis zum Long Island Sound blicken. Nora widmete sich jedoch nicht der Aussicht. Sobald sie das rostige alte Mädchenfahrrad mit den dicken Reifen sah, wusste sie, dass das Kind, das ihrer Hilfe bedurfte, Casper war.

Sie fand ihn auf dem Felsvorsprung sitzend, der das Kinn des Riesen bildete. Seine Beine baumelten im Wind. Unter seinem Hochsitz gähnten fünfzig Meter freien Falls. Nora wusste weder, was das schwarze Kunstlederetui neben Casper enthielt, noch dass er die darin enthaltenen Instrumente seines Sezierbestecks allesamt sterilisiert hatte, obwohl er nur das Skalpell benötigte, um seine antekubitale Schlagader zu durchtrennen. Er hätte es auch in seinem Wohnheimzimmer tun können, doch dort war ihm die Gefahr, gerettet zu werden, zu groß.

Er plante einen Schnitt am sogenannten Wasserhahn, der Stelle in der Armbeuge, an der Blut abgenommen wird. Da er zu feige war, ein gelähmtes Mädchen in einer Universitätsbibliothek anzusprechen, wusste er, dass er einen Sprung nicht über sich brächte. Sich verbluten lassen konnte er. Sobald er genug Blut verloren hätte, würde die Schwerkraft ihn über den Rand ziehen. Und selbst wenn ihm vom Anblick seines Bluts so übel werden sollte wie vom Schweineblut im Biologieunterricht, würden die damit einhergehenden Schwindelgefühle den Absturz nur erleichtern.

Den Felsen hatte Casper wegen des Blicks bis zum Meer gewählt. Er wollte auf den Ursprung des Lebens schauen, wenn er sein Leben beendete. Vielleicht würde er im Fallen ein Muster in den irrationalen Zahlen entdecken, die in der Summe Enttäuschung ergaben.

Nora stand jetzt hinter ihm. Auf seinem Schoß lag die Zeitung vom Vortag. Nora kannte das Mädchen auf dem Foto nicht, aber sie konnte die Schlagzeilen lesen. »Studentin bei Autounfall getötet«. Jemand namens Nina Bouchard.

»War sie eine Freundin von Ihnen?« Ein weiteres Foto zeigte das Wrack des zweifarbigen Buick an einem Telefonmast. Der Handgashebel am Lenkrad hatte geklemmt.

»S-s-sie wäre eine geworden.«

»Sie kannten sie nicht?« Casper schüttelte den Kopf.

»Warum sind Sie dann so …«

»Es ist m-m-meine Schuld.« Zu diesem Urteil war er mittels exakter Logik gelangt. Wäre er zu Hause geblieben, hätte er den Pockennarbigen das Auto stehlen lassen, hätte er sich nicht danach gesehnt, vor Nina als Held dazustehen, dafür aber den Mut aufgebracht, sie zu einem Rendezvous einzuladen, dann würden sie beide sich geküsst haben und nicht der Buick den Telefonmast. Casper schaute auf. Mrs. Friedrich hatte sichtlich nichts begriffen. »Sie müssten eben ich sein, um es zu verstehen.«

»Casper, bitte steigen Sie mit mir hinunter. Sie sind nicht dafür verantwortlich.«

»W-w-wir sind alle verantwortlich. Die m-m-meisten von uns d-d-denken bloß nicht gern daran.«

»Was ich meine, ist: Sie sind nicht Gott.«

»W-w-wir sind alle Gott.«

»Sie müssen dringend mit meinem Mann sprechen.«

»Er kann doch nichts daran ändern, wie ich mich f-f-fühle.«

»Doch, das kann er. Ich verspreche es Ihnen.« Sie streckte die Hand aus. Das Versprechen, das sie da gab, konnte ihr Mann nicht erfüllen, das wusste sie. Wie Casper gesagt hatte: Wir alle sind verantwortlich.

Casper sagte kein Wort, während Nora ihn vom Schlafenden Riesen hinunterführte. Er solle sein Fahrrad hinten in den Wal legen, trug sie ihm auf. Jens und seine Frau erklärten sich bereit, die Kinder nach Hause mitzunehmen. »Casper fühlt sich nicht gut«, erklärte Nora ihnen. »Ich weiß, er sieht nicht krank aus, aber er ist's.«

Um sich zu beruhigen, berechnete Casper die Zahl der Blätter an dem Ast der Ulme, die über ihm schwankte, dann die Zahl der Äste am Baum, die Zahl der Bäume im Wald, im County, im Bundesstaat, im Land, in der Hemisphäre …

An der ersten Telefonzelle, die Nora sah, hielt sie. Dass Will womöglich nicht mehr im Büro war, fiel ihr erst ein, als sie seine Nummer zu wählen begann. Und wenn er nun auf dem Weg nach Hause war oder mit Winton im Labor? Sollte sie Casper dann zur medizinischen Ambulanz der Universität bringen? Ins Krankenhaus? Sollte sie seine Mutter anrufen? Allein lassen konnte sie ihn nicht. Aber sie musste sich auch um ihre eigenen Kinder kümmern. Jack hatte geweint, als sie abgefahren war.

Casper war nicht ihr Problem. Nicht einmal das ihres Mannes. Während sie das Telefon in Wills Büro läuten ließ, ohne dass jemand abhob, fiel ihr ein Lieblingssatz von Tante Minnie wieder ein: *Mehr als das Menschenmögliche kann niemand tun.*

Friedrich war auf dem Gang und wollte gerade die Treppe hinuntergehen, als das Telefon in seinem Büro klingelte. Nora, nahm er an. Niemand sonst würde ihn an einem Sonntag im Büro anrufen. Er war noch immer aufgebracht darüber, dass sie derart in sein Reich eingedrungen war. Mit Winton hatte er bereits zweimal gesprochen. Er rannte den Gang zurück, suchte an seinem Schlüsselbund nach dem richtigen Schlüssel und griff nach dem Hörer in der Absicht, seine Frau wissen zu lassen, wie stinksauer er war – *glaubte sie vielleicht, es mache ihm Spaß, am Wochenende zu arbeiten? Die Kinder zu enttäuschen? Wenn sie endlich aufhören würde, an sich zu denken und sich als Opfer zu fühlen, dann könnte zur Abwechslung, verdammt noch mal, er das Opfer sein.*

»Gott sei Dank, dass du da bist.«

Sobald er die Panik in ihrer Stimme hörte, vergeistigte sich sein Zorn zu Sorge. »Stimmt mit dir etwas nicht?«

»Nein … doch.« Sie teilte ihm in groben Zügen mit, was geschehen war – Casper, Klippe, Suizid. »Nein, er ist nicht gesprungen, aber er war knapp davor.«

»Bring ihn her, ich kümmere mich um die Sache.«

Genau das wollte sie von ihm hören. »Ich liebe dich … tut mir leid, dass ich so reingeplatzt bin.«

»Ist schon OK. Ich liebe dich auch.« Er wollte auflegen, doch da blubberten in ihm Szenarien des Schlimmstmöglichen auf, wie in Casper die Zahlen, nur weniger beruhigend. »Nora, warte, bleib noch mal dran: Wirkt er erregt?«

Sie warf einen Blick durch die Scheibe der Telefonzelle. Casper malte mit dem Zeigefinger in die Luft. »Nein … das heißt, ich bin mir nicht ganz sicher.«

»Sag ihm, er soll sich hinten in den Wagen legen, wenn du weiterfährst.«

»Warum?«

»Er könnte ja einen neuen Versuch machen, während du fährst.«

»Was denn?«

»Ach, du weißt schon – aus dem Auto springen, dir ins Steuer greifen, dich verletzen, während er sich selbst etwas anzutun versucht.«

»Worauf habe ich mich da nur eingelassen?«

»Ach, wahrscheinlich bin ich bloß paranoid, also nur für alle Fälle.«

»Gut, ich hab's kapiert.« Keiner von ihnen hatte irgendwas kapiert.

Vorsichtig näherte sich Nora wieder dem Wal. »Casper, ich möchte, dass Sie sich hinten im Wagen hinlegen.«

»W-w-warum denn?«

»Mein Mann sagt, es geht Ihnen dann besser.«

Casper gehorchte. Der Wal, der ja ein Krankenwagen gewesen war, bevor ihn Friedrich zu einem neuen Leben als Familienkutsche erweckt hatte, bot genügend Platz für einen ausgestreckten Jungen. »P-p-praktisch, dass D-d-doktor Friedrich und Sie einen Krankenwagen fahren.«

Will hockte wartend auf den Stufen zum Psychologischen Institut, als Nora vorfuhr. Seine Krawatte flatterte im Wind, als er aufstand. Er streckte sich, gähnte und strich sich die Haartolle aus den Augen. Wenn alles gut lief, verlor Noras Mann den Halt. Wenn es jedoch ein Problem gab, war er unnatürlich ruhig, furchterregend ausgeglichen – so distanziert, dass er schon wieder Wärme ausstrahlte.

»Du hast's geschafft.« Friedrich öffnete die Hecktür des Wals und half Casper heraus. »Ich rufe dich an, sobald Casper und ich mit dem Abendessen fertig sind.« Er hielt eine fettgefleckte Papiertüte hoch.

»Ich bin doch V-v-vegetarier«, stotterte Casper, der gerade sein Fahrrad auslud.

»Darum habe ich für Sie auch ein Eiersandwich besorgt.« Er legte eine Hand auf Caspers Schulter und dirigierte den Jungen mit kaum merklichem Druck über die Rasenfläche. »Der Abend ist so mild, da dachte ich, es wäre angenehm, im Freien zu reden.«

Nora bewunderte die leichte Hand ihres Mannes. Mit einem Winken bedeutete er ihr, sie solle abfahren.

Sie setzten sich auf eine Bank im Innenhof der Sterling-Bibliothek, wo fünfzehn neugotische Stockwerke und Millionen von Büchern sie gegen die Außenwelt abschotteten. Die Bibliothek war hell erleuchtet, aber menschenleer. Friedrich ermaß die Gefahr, die Casper potentiell für sich selbst darstellte, indem er beobachtete, wie der Junge sein Eiersandwich aß. Methodisch biss er kleine Stücke davon ab, immer an der Brotkante entlang, von links nach rechts, als würde er einen Maiskolben abknabbern oder Schreibmaschine schreiben.

Der Junge war zwanghaft, aber hungrig. Dr. Friedrich verfügte zwar über keine statistischen Daten dazu, doch seiner Erfahrung nach interessierten sich akut suizidgefährdete Patienten nicht für Essen. Nachdem Casper sein hart gekochtes Ei auf Roggenbrot verputzt hatte, teilte Friedrich sich einen Riegel Hershey-Schokolade mit ihm. Der Blutzuckerspiegel war nun gestiegen, Therapeut und Patient konnten mit der Arbeit beginnen.

»Sind Sie heute zum ersten Mal zum Riesen hinaufgestiegen?«

Casper schaute auf seine Schuhe und nickte.

»Aus einem bestimmten Grund?«

»Hat Ihre F-f-frau Ihnen das nicht erzählt?« Bevor Friedrich sagen konnte, *ich möchte es lieber in Ihren Worten hören,* setzte Casper lässig hinzu: »Ich wollte mich u-umbringen.«

»Haben Sie daran schon oft gedacht?«

»Es gab noch keine Notwendigkeit dafür.« Friedrich verstand es, sich im Gespräch dem anderen auf eine Weise zuzuwenden, dass der das Gefühl hatte, eine Frage gestellt bekommen zu haben, auch wenn dem nicht so war. »Ich hab's mathematisch berechnet«, erklärte Casper.

»Mit welcher mathematischen Methode?«

»Algorithmen. Sind Sie mit Claude Shannons Informationstheorie vertraut?«

Friedrich nickte. »Vage.« Er hatte keine Ahnung, wovon Casper sprach.

»Er lehrt am MIT. Er hat eine Gleichung entwickelt, mit der man den Zufall berechnen, Unvorhersehbares vorhersagen kann.«

Wenn Friedrich mit einem Patienten sprach, der behauptete, mit Napoleon, dem Präsidenten der Vereinigten Staaten oder dem Teufel zu Mittag gegessen zu haben, konnte er sich relativ sicher sein, dass diese Person den Kontakt zur Wirklichkeit eingebüßt hatte. Bei Caspers Intelligenz aber wusste er nie so recht, ob der Junge Unsinn oder etwas besonders Gescheites von sich gab.

»Shannon ist der Vater der Kybernetik.« Wie die meisten Menschen hatte Friedrich das Wort noch nie gehört.

»Wie hängt das alles mit dem Mädchen zusammen, Casper?«

»Sie haben Shannons Arbeiten nicht gelesen, oder?«

»Wie gesagt, ich weiß, worum es geht.«

»Nun, es gibt da diesen Typ namens Kelly, der Shannons Gleichungen aufgegriffen hat und sie für Wetten einsetzt.«

»Für Wetten auf was?«

»Auf alles im Leben, bei dem Glück eine Rolle spielt.« Auf die fettige Sandwichtüte schrieb Casper das Folgende:

$$\mathbb{E} \log K_t = \log K_0 + \sum_{i=1}^{t} H_i$$

»Sie nehmen die Wahrscheinlichkeiten bei jedem Spiel oder jeder Wette, bei der Sie setzen wollen, kalkulieren die Insiderinformationen ein und haben die beste Gewinnstrategie. Das basiert auf der Informationstheorie, wo man es mit Wahrscheinlichkeiten zu tun hat, die über das Rauschen im System in die Informationen einfließen, die man übermitteln will. Können Sie mir folgen?«

Friedrich nickte dümmlich.

»H ist dabei Ihr Vorteil – Insiderinformationen, bekannte, zufällige Faktoide. Ich, ich stottere, wenn ich nervös oder aufgeregt bin.« Jetzt stotterte er nicht. »Ich vergesse, mir die Zähne zu putzen. Ich leide an Hyperhidrose. Das einzige Mädchen, von dem ich mir je vorstellen konnte, dass sie vielleicht mit mir hätte zusammen sein wollen, war ein Krüppel, und sie ist tot. K_t ist das Ergebnis Ihrer Wetten, die Gewinnchance nach so und so vielen Einsätzen. Ob man das Mädchen gewinnt, das andere menschliche Element.«

»Was sagt Ihnen also diese Gleichung?«

»Drücken wir's mal so aus, Dr. Friedrich: I-i-ich hätte eine bessere Chance, als Shortstopper bei den Yankees zu spielen, als noch m-mal ein Mädchen wie Nina zu treffen.«

»Und wie fühlen Sie sich dabei?«

»Na, mathematisch gesehen besteht eine gewisse Wahrscheinlichkeit, dass es auf Bankrott hinausläuft.«

»Ich rede nicht vom mathematischen Aspekt, sondern von Ihnen.«

»Wenn es so w-w-wehtut, jemanden zu verlieren, den ich nie kennengelernt habe, der bloß eine Idee ist, wie wäre es dann erst, jemanden zu verlieren, den ich w-w-wirklich berührt hätte? Wie stark wäre der Schmerz dann? Da kam's mir besser vor, ganz von vorn anzufangen.«

»Als was?«

»Sauerstoff, Kohlenstoff, Wasserstoff, Stickstoff, Kalzium, Phosphor, Kalium, Schwefel, Natrium, Chlor, Magnesium, Jod, Eisen, Chrom, Kobalt, Kupfer, Fluor, Mangan, Molybdän, Selen, Zinn, Vanadium und Zink.«

»Und warum haben Sie den Sprung zurück zu den Elementen nicht getan?«

»Ich w-w-wollte ja nicht springen.«

»Ich dachte …«

Casper klappte sein Sezierbesteck auf. Friedrich blickte auf das Skalpell. Wenn er gewusst hätte, dass Casper bewaffnet war, hätte er ihn nie von seiner Frau in die Stadt bringen lassen.

»Empfinden Sie jetzt Schmerzen, Casper?«

»N-nein.«

»Warum wohl nicht?«

»Ihre Frau hat gesagt, Sie könnten mich heilen.« So hatte sie sich nicht ausgedrückt, das war ihm bewusst.

»Heilen wovon?«

»Vom Ich-selber-Sein.« Während die Sonne freundlich unterging und die Sterne am Abendhimmel erschienen, sprachen Friedrich und Casper darüber, was es bedeute, Casper zu sein. Dr. Friedrich hatte über die Jahre hinweg schon vielen einsamen und verstörten Seelen zugehört, wenn sie schilderten, wie unglücklich sie über die menschliche Natur waren. Doch Casper war der Erste, der seine Entfremdungsgefühle mit den paradoxen Beobachtungen verglich, die ein Physiker namens Fritz Zwicky am Gravitationssog von Galaxienschwärmen gemacht hatte.

»Wenn man ihre Schwerkraft misst, müssten sie eigentlich zehnmal größer sein, als sie sind. Es gibt da eine fehlende Masse. Man kann sie nicht sehen, aber man weiß, dass sie da ist, weil man ihren Sog messen kann. Das Licht in einem wird verschluckt, bevor es ein anderes menschliches Auge erreicht.« Casper befeuchtete mit der Zunge die Spitze seines Bleistifts und fing an, weitere Formeln auf die Sandwichtüte zu schreiben.

Es war nach neun. Sie hatten fast drei Stunden geredet. Zu seiner Erleichterung fühlte sich Friedrich nicht professionell verpflichtet, Casper in eine psychiatrische Klinik einzuweisen. Wenn die Universität Yale vom Selbstmordversuch eines Studenten erfuhr, wurde er relegiert. Und wenn Casper von der Universitätsleitung gezwungen wurde, zu seiner Mutter, der Cranberry-Pflückerin, zurückzukehren (die er kein einziges Mal erwähnt hatte), würde ihn das Licht, das aus seiner fehlenden Masse nicht hervordringen konnte, nur noch depressiver machen, was wiederum die Wahrscheinlichkeit, dass er »ganz von vorn« anzufangen beschloss, erhöhen würde. Friedrich stellte fest, dass er auf Caspers Verstand setzte.

Er legte den Kopf schief, um Caspers Blick einzufangen. »Wir behalten für uns, was heute geschehen ist. Aber unter einer Bedingung: Wir treffen uns in der nächsten Woche wieder – gleiche Stelle, gleiche Zeit – und Sie versprechen mir, dass Sie sich bis dahin keinerlei Leid zufügen.« Friedrich streckte ihm die Hand entgegen.

»Einverstanden.« Casper schlug ein.

Friedrich ließ Caspers Hand nicht los; er war noch nicht mit ihm fertig. »Und wenn Sie glauben, Sie können dieses Versprechen nicht halten, dann werden Sie mich anrufen. Egal, um welche Zeit. Mitten in der Nacht, früh am Morgen, zur Abendessenszeit: egal. Erst rufen Sie mich an.« Er drückte fest zu.

Casper nickte. Friedrich gab seine Hand frei und schrieb die Nummern auf, unter denen er zu Hause und im Büro zu erreichen war. Casper bedankte sich, und sie gaben sich erneut die Hand.

Friedrich war schon unterwegs zur Trambahnhaltestelle, da rief ihm Casper nach: »Wann bekomme ich die Arznei?«

»Hat meine Frau Ihnen davon erzählt?«

»I-i-ich hab den Aushang am Anschlagbrett gesehen.«

»Darüber reden wir ein andermal, Casper.«

***

In der dritten Maiwoche des Jahres 1952 gaben Friedrich und Winton im Laufe von drei Tagen kleine braune Glasflaschen, die je sieben Zuckerwürfel enthielten, an vierzig Personen im Alter von achtzehn bis neunundfünfzig Jahren aus. Sie wurden angewiesen, jeden Morgen nach dem Frühstück einen Würfel einzunehmen und die verbleibenden an einem kühlen Ort aufzubewahren.

Obwohl Friedrich und Winton die potentiellen Versuchsteilnehmer unabhängig voneinander interviewt hatten, waren sie zu Beginn der Studie, bei der Ausgabe der ersten Wochendosis, beide zugegen. Allen Freiwilligen wurde Vertraulichkeit zugesichert, was ihre Teilnahme betreffe wie auch sämtliche Einzelheiten aus ihrem Privatleben, die während des Auswahlverfahrens und während der kommenden vier Monate bei ihren wöchentlichen Sitzungen mit Dr. Winton oder Dr. Friedrich zur Sprache kämen.

Beide waren sich darüber einig, dass es ideal gewesen wäre, wenn jeweils auch der andere bei den wöchentlichen Sitzungen mit jedem Teilnehmer hätte anwesend sein können. Beide hatten sie jedoch Sommerkurse zu geben und konnten kaum zwanzig zusätzliche Einzelsitzungen in ihren Wochenarbeitsplan hineinpressen. So beschlossen sie, dass Friedrich die versuchsbegleitenden Sitzungen mit den Yale-Studenten übernehmen würde und Winton diejenigen mit den neunzehn Krankenschwestern und College-Studentinnen, die sie ausgewählt hatten, sowie mit Betty, der Putzfrau, die es leid war, anderer Leute Mist zu beseitigen.

Die Versuchspersonen wurden aufgefordert, über ihre Teilnahme an der Studie nicht mit Angehörigen oder Freunden zu sprechen. Friedrich befürchtete, ein verändertes Verhalten ihrer Umgebung werde die Erfahrungen färben, die sie unter dem Einfluss des *Wegs-nach-Hause* machten. Friedrich betonte auch, wie wichtig es sei, keine unmittelbar aufeinander folgenden Termine mit Teilnehmern zu vereinbaren. Er wollte, dass sie alles in ihrer Macht Stehende unternahmen, um sicherzustellen, dass die Teilnehmer nicht miteinander in Kontakt kamen oder erfuhren, wer außer ihnen GKD einnahm. Er wollte sich die Testergebnisse nicht dadurch verzerren lassen, dass sich einzelne Teilnehmer über ihre Reaktionen auf die Droge austauschten. Friedrich wollte, dass die Empfindungen, von denen sie berichteten, ihre eigenen waren.

Den Freiwilligen war gesagt worden, das Medikament in den Zuckerwürfeln sei eine organische Substanz. Casper wartete, bis sich der Zuckerwürfel in seinem Mund halb aufgelöst hatte, dann fragte er: »W-w-woraus wird sie denn gewonnen?«

Friedrich lächelte ihm zu. »Aus einer Pflanze, Casper.«

»Aus w-w-welcher denn?«

»Das können wir Ihnen leider nicht sagen, Casper.« Winton gefiel es nicht, dass Casper in letzter Minute von Friedrich in die Studie einbezogen worden war.

»W-w-warum nicht?«

»Weil es gegen eine der Regeln unserer Studie wäre.« Casper hustete bereits, bevor Winton ihre Zigarette angezündet hatte.

»Warum?« Langsam hörte er sich an wie Jack.

»Weil Sie in die Bibliothek gehen und vielleicht etwas darüber lesen würden, das Ihre Reaktionen darauf beeinflussen könnte.« Friedrich hatte Casper zu einem Ferienjob in der Bibliothek verholfen.

Als Casper den Raum verlassen hatte, fragte Winton: »Wird Gedsic ein Problem darstellen?« Friedrich hatte ihr offen mitgeteilt, dass Casper selbstdestruktive Tendenzen hatte, seltsamerweise jedoch nie erwähnt, dass er der Junge war, der für einen naturwissenschaftlichen Schülerwettbewerb eine Atombombe entworfen hatte.

»Ach wo, Winton. Wüssten Sie nicht auch gern, was Sie einnehmen?« Friedrich hatte darauf bestanden, den Jungen in die Studie aufzunehmen. *Der Junge könnte die Welt verändern. Wenn wir bei ihm eine Besserung erzielen können …* So hatte er sich Winton gegenüber geäußert.

»Ich würde mich auch nicht in meiner Studie haben wollen.« In ihrer Offenheit wirkte sie schroffer, als sie war. Sie wollte Friedrich und seine Frau gerade zu einer Party einladen, die sie geben würde, als Casper wieder zur Tür hereinkam.

»I-i-in dem Tagebuch, das ich führen soll – wie lang sollen meine Einträge sein?«

»Eine Zeile oder zwei sind völlig ausreichend.« Winton war in Gedanken bei ihrer Party. Ihr Therapeut vertrat die Theorie, das Attraktive an Friedrich sei für sie dasjenige, was sie über ihn nicht wisse. Vertrautheit erzeugt Verachtung – so lautete seine unausgesprochene These.

»D-d-dafür sind Gefühle m-manchmal zu k-k-kompliziert.«

»Es ist ja kein Test, Casper.« Friedrich hatte sich schon eine ihrer Zigaretten angezündet, als ihm wieder einfiel, dass er das Rauchen aufgegeben hatte.

»Doch.«

»Ja, Sie haben recht, ein Wirkstofftest. Ich wollte aber sagen, es geht um ihre Emotionen. Schreiben Sie einfach auf, was Sie fühlen – es gibt keine richtigen oder falschen Gefühle.« Das war Casper neu.

***

Casper wollte sich wie ein neuer Mensch fühlen. Den ganzen Tag bis in die Nacht hinein wartete er auf eine chemische Hand, die ihn vom Abgrund wegzöge. Er war vom Schlafenden Riesen wieder hinuntergestiegen, weigerte sich jedoch, mit dem Schmerz zu leben. Das Warten und Hoffen wirkte sich aus wie Salz auf seiner Wunde und erschöpfte ihn.

Der erste Eintrag in dem Tagebuch seiner Gefühle, das er für Dr. Friedrich führte, lautete: *13. Mai, 13.30 h. Keine Veränderung. Hoffnungslosigkeit^2 = Sinnlosigkeit^3. Am Leben zu sein fühlt sich wie eine Strafe an.* Nach dem letzten Punkt schaltete er das Licht aus, kroch unter die Decke und sehnte einen traumlosen Schlaf herbei.

Ein Hund bellte, eine Sirene raste mal wieder auf ein im Gang befindliches Verbrechen zu, und die Vorstellung, Nina habe ihre Metallschienen und Kleider auf den Boden geschleudert, liege nun neben ihm und berühre ihn mit ihrer nackten Haut, führte zu einer Erektion und brachte ihn zum Weinen.

Casper versuchte sich abzulenken, indem er durchs Fenster in Richtung der Galaxienschwärme blickte, die für das menschliche Auge nicht sichtbar waren. Er grübelte über die Frage der fehlenden Masse nach, ging damit jedoch nicht um wie mit einem ihn persönlich betreffenden Problem, sondern wie mit einem Rätsel, das seine Gedanken von der Traurigkeit ablenkte, die auf ihm lastete.

In Princeton gab es einen Physiker, der den Ausdruck »dunkle Materie« dafür gebrauchte. Das ließ Casper an ganze Sterne und die sie umkreisenden Welten denken, die weiter und weiter in unsichtbares, unentrinnbares Dunkel hineingesogen wurde. Dann kam die Vorstellung in ihm auf, es gebe dunkle Materie in ihm selbst, die ihn nach innen ziehe und immer kleiner werden lasse, bis seine Existenz nur noch am Verlust zu messen wäre.

Casper machte Licht, griff nach seinem Stift und setzte zu seinem ersten Eintrag hinzu: *Böse Gedanken.* Am nächsten Tag trug er ein: *Keine Verbesserung.* Mit den gleichen beiden Wörtern fasste er während der nächsten zweiundsiebzig Stunden das Unvermögen der Zuckerwürfel, ihm das Leben zu versüßen, zusammen.

Am fünften Tag fürchtete sich Casper so vor der Depression, die mit dem erwachenden Bewusstsein auf ihn eingestürzt war, dass er aus dem Bett sprang und, wie von der Finsternis gehetzt, aus seinem Zimmer in das Bad am Ende des Korridors stürzte. Gut zehn Minuten stand er schon unter der Dusche, bevor er merkte, dass er einen Song mitträllerte, den er noch nie gehört hatte. *Dry those tear drops, don't be so sad … some brand new baby can be had …* Die Musik wehte von einem Radio zu ihm herab, das auf dem Fenstersims des Dreibettzimmers ein Stockwerk über ihm stand.

Wie elend konnte er sich fühlen, wenn er unter der Dusche sang – und gar einen Song, der *Anytime, Anyplace, Anywhere* hieß? Er dachte an Nina, sah das Foto von dem Unfall wieder vor sich und erinnerte sich daran, wie anders alles hätte ausgehen können, wenn er nur zugelassen hätte, dass ihr Auto gestohlen wurde. Oder vielleicht einfach den Mut aufgebracht hätte zu reden, das Mädchen anzusprechen, das sein Herz erobert hatte. Traurig war das immer noch. Und wenn er weiter daran dachte, würde er bestimmt weinen müssen. Nur … warum?

Etwas in ihm hatte sich über Nacht verschoben. Es ging ihm nicht mehr so nah. Es war ihm passiert, doch die Droge rückte ihn gerade weit genug von seinen Gefühlen ab, dass es ihm eher so vorkam, als schaute er sich eine Naturkatastrophe in der Wochenschau an, nicht den Hauptfilm – nicht etwas, das ihm selbst widerfahren war.

Casper trocknete sich sorgfältig ab, putzte sich vorsichtig die Zähne. Was immer sich in seinem Kopf verschoben hatte, es sollte nicht mehr zurückschnellen und ihm den Tag verdüstern. Als er wieder in seinem Zimmer war, schrieb er in sein Tagebuch: *Kein Grund, mich besser zu fühlen, ist aber so.* Das Gefühl von Sicherheit – das heißt, ruhig an Nina denken zu können, ohne sich verantwortlich zu fühlen –, vermehrte, paarte und pflanzte sich während des Tages in ihm fort wie Salzkrebse.

Es war sein zweiter Arbeitstag in der Bibliothek. Während er den Bücherwagen durch die Regalreihen schob und einen Band nach dem anderen an seinen gemäß der Dewey'schen Dezimalweltordnung richtigen Platz zurückstellte, merkte er, dass er schmerzlos imstande war, Empfindungen, Gedanken und Gefühle neu zu sortieren, vor denen er noch am Vortag innerlich zurückgezuckt war – als wäre er in die Haut von jemandem gestiegen, der so war wie er, nur anders.

Auch das Sandwich, das er am Mittag aß, schmeckte anders, knusprig und salzig, viel besser als das gestrige Ei-auf-Roggenbrot-Sandwich. Als die Bibliothekarin ihn darauf hinwies, dass er sich das falsche Sandwich genommen hatte und er entdeckte, dass er gerade Schinken gegessen hatte, wurde ihm überhaupt nicht übel. Nein, der Gedanke, dass ein Tier zur Befriedigung seiner Gelüste geschlachtet worden war, bewegte ihn nur dazu, sich sinnend zu fragen: »Was ist mir alles noch entgangen?«

Am Nachmittag verbrachte er eine ganze Weile damit, Bücher anzulesen, die er immer unter seiner Würde gefunden, nie beachtet oder von denen er noch nie gehört hatte – Melvilles *Typee*, Prousts *Sodom und Gomorrha*, Kenneth Grahames *Der Wind in den Weiden*, Llewellyns *So grün war mein Tal.* Angesichts der Unendlichkeit des Unbekannten kam Casper seine Welt nicht mehr wie eine kahle Kammer vor. Bei einem einsamen Abendessen (Cheddarkäse, Salzkräcker, ein Apfel) ertappte er sich dabei, dass er in sein Tagebuch schrieb: *Fühle mich erstaunlich in Ordnung – glücklich?* Er lernte gerade erst, was dieses Wort für andere bedeutete.

Am nächsten Morgen streckte er die Hand nach seinem Zuckerwürfel aus, bevor er noch aufgestanden war. Als er unter die Dusche stieg, hatte er den Geschmack auf der Zunge; das Einwickelpapier von Lakritzstangen schmeckte so. Da von oben keine Musik kam, sang er die Kampfeshymne von Yale, als würde er gleich ins Stadion stürmen.

Nur eines bereitete Casper Sorge – dass die Verdüsterung wiederkehren könnte. Das war der Wurm in diesem sonst so köstlichen Apfel. War er wirklich davor sicher, oder redete er es sich nur ein? Da er noch immer jemand ziemlich Casper-Ähnliches war, dachte er sich einen Test aus.

***

Er wartete, bis es dunkel wurde, dann stieg er auf sein rostiges Fahrrad und radelte los. Es war ein heißer, windstiller Abend. Die Telefondrähte sirrten, die Laubheuschrecken zirpten, Falter mit samtigen Flügeln umkreisten die Straßenlampen.

Das ägyptische Tor zum Friedhof an der Grove Street war verschlossen. Casper versteckte sein Fahrrad in ein paar Büschen an der High Street und sprang über die Mauer. Welchen besseren Ort gab es, seinen emotionalen Zustand zu testen, seine Fähigkeit, dem Sog der inneren Schwerkraft zu widerstehen, als das Grab seiner verlorenen Liebe? Wenn er sich dem Unwiederbringlichen stellen konnte, hatte er vielleicht eine Chance.

Aus einer alten Ausgabe des New Haven Chronicle wusste er, dass vor zwei Tagen für die Familie Bouchard eine Andacht am Grab stattgefunden hatte. Der Friedhof war größer, als er erwartet hatte; lange Reihen von Grabsteinen aus grauem oder rötlichem Granit, darin eingraviert Geburts- und Todesdaten, manchmal gefolgt von *geliebte Frau, geliebter Gatte, geliebte Tochter oder geliebter Sohn.* Es fanden sich altertümliche Namen wie Jebediah oder Lieselotte, und dreizehn Townshends, so dicht stehend wie Tulpen, Familien, die sich im Tode näher waren als je im Leben.

Casper hatte schon weinen müssen, als er den Marmorengel auf einer Stele sah, die keinen Namen trug, nur das Wort *Sohn* und darunter: *Geboren am 21. Januar 1823, gestorben am selbigen Tag.*

Über eine Stunde durchstreifte er den feierlichen Marmorhain, bevor er Nina Bouchard fand. Ihr Grabstein hatte die Form eines aufgeschlagenen Buches, und darauf stand ein Byron-Vers: *Leiden ist Wissen: wer am meisten weiß, / Beklagt am tiefsten die unsel'ge Wahrheit: / Der Baum des Wissens ist kein Baum des Lebens.*

Casper begann ihn laut zu lesen, kam jedoch nicht bis zum Ende. Bebend stand er da und wartete darauf, in die Traurigkeit zurückgezerrt, wieder von dem Gefühl beherrscht zu werden, dass es seine Schuld sei; dass er, wie Raum und Zeit nun einmal beschaffen waren, damals in der Bibliothek Ninas Lebensbahn eine leicht andere Richtung hätte geben können und ihr zweifarbiger Buick nicht am Telefonmast hätte enden müssen.

Aufs Schlimmste gefasst, wartete er darauf, von der Erkenntnis, dass er seine einzige Chance, glücklich zu werden, verpasst hatte, in die Depression zurückgeschleudert zu werden. Doch anstelle der erwarteten Flut von Selbstbeschuldigungen und Selbsthass überkam Casper eine wohlige Melancholie, die an Fatalismus grenzte: *Es ist tragisch, dass sie gestorben ist, aber jeder hier ist gestorben. Was ist mit dem Kind, das nur einen Tag gelebt hat? Jeder stirbt, das gehört zum Leben, wir haben es nicht in der Hand, ich habe es nicht in der Hand.*

Als Casper sich nun an Nina Bouchards Grab die Tränen abwischte, bereitete es ihm eher Sorge, dass er so nah daran gewesen war, für sie zu sterben, für ein Mädchen, mit dem er kein einziges Wort gewechselt hatte. In der Dunkelheit des Friedhofs war es Casper nun sonnenklar, dass sie nicht das einzige Mädchen auf der Welt war, das Heidegger las. Außer ihr und ihm gab es noch andere »wahnsinnig gescheite« Leute. Im Moment sorgte er sich nur um sich selbst. Er hatte das Leben nie als Aufgabe betrachtet, doch das war es, eine Aufgabe. Jetzt bemühte er sich, »gesunde Gedanken« zu denken, wie Dr. Friedrich sie nannte – am Leben bleiben, aus allem das Beste machen, Glücksfälle nutzen, wenn sie sich ergeben, verändern, was man verändern kann, und das Übrige laufen lassen. Auf die Zukunft kommt es an, die Vergangenheit existiert nicht.

Als Casper bewusst wurde, dass er sich fragte, ob sie Nina mit oder ohne ihre Schienen beerdigt hatten, bekam er einen Schluckauf vor schlechtem Gewissen, den er rasch los wurde, indem er sich vornahm, ihr beim nächsten Besuch einen Blumenstrauß mitzubringen. Nun war Casper bereit, in die Welt zurückzukehren, und er sah sich nach dem kürzesten Weg nach draußen um, als er hörte, wie hinter ihm jemand ein Streichholz anriss.

Es war Ninas Bruder Whitney. In einer Hand hatte er eine Zigarette, in der andern eine halbe Flasche Old Crow. Er hatte denselben Anzug an, den er zwei Tage zuvor zu der Beerdigung getragen hatte.

»Nina war die beste, was?« Whitney schwankte, aber er nuschelte nicht.

Wie Casper jüngst begriffen hatte, war Nina für ihn eine Fremde gewesen. Die korrekte Antwort auf Whitneys Feststellung hätte »Ich kannte sie nicht« gelautet. Er hatte jedoch auch begriffen, dass die Lebenden das Wichtige sind; also nickte er.

»Tut mir leid, dass ich dich nicht zu ihrer Beerdigung eingeladen habe.«

»Das habe ich auch nicht erwartet.« Dass er nicht stotterte, merkte er gar nicht.

»Hätte ich machen sollen.« Whitney nahm einen Schluck Old Crow, dann bekannte er: »Sie hat mir die Nachricht vorgelesen, die du ihr an dem Tag hast zukommen lassen, bevor …« Ein paar Tropfen Bourbon gerieten auf sein Revers, als er sich eine Träne aus dem Auge wischte. »Das hat ihr viel bedeutet. Verflucht viel sogar.«

»Wirklich?«

»Für ein Mädchen bedeutet so was enorm viel. Besonders für ein Mädchen wie Nina.«

»Das freut mich.« Es freute ihn tatsächlich.

»Du bist der erste Typ, der je versucht hat, mit ihr anzubändeln. Die Schienen, die Kinderlähmung … Die meisten Kerle, Arschlöcher wie ich, konnten darüber nicht hinwegsehen.«

»Sie war schön.« Casper lächelte; er erinnerte sich, wie sie sich umgeblickt hatte, als sie in ihren Buick gestiegen war.

»Zu deinem Glück bist du klug genug zu erkennen, worauf es wirklich ankommt – was in einem Menschen steckt.« Whitney nahm noch einen Schluck und bot Casper die Flasche an. Der schüttelte den Kopf. Er fühlte sich schon von der ungewohnten Vertrautheit zwischen ihnen berauscht.

Erst da sah er die Tränen, die Whitney über das Gesicht liefen.

»Gott, wie ich mich schäme.« Whitney Bouchard, den Football-Helden, den Pseudo-Hemingway der Campus-Zeitung, den jungakademischen Batman, so hilflos weinen zu sehen, wie es Casper selbst getan hatte, ließ ihn innerlich jubeln. Auch im Dunkeln sah Casper, dass Whitney doch gar nicht so anders war.

»Es gibt nichts, dessen man sich schämen müsste.«

Whitney ließ den Kopf auf Caspers Schulter fallen. Sein Atem roch nach Erbrochenem und Fusel. »Es war mir peinlich, dass sie ein Krüppel war, ich wollte sie nicht in meiner Nähe haben. Immer habe ich Ausflüchte gefunden, um sie nicht mitnehmen zu müssen. Sie war so viel allein.«

»Sie hatte Heidegger.«

»Was ist das schon?«

»Das ist viel.«

»Du bist in Ordnung, Casper.« Er nannte ihn nicht ›Getsick‹.

Schweigend gingen sie durch den Friedhof, dann halfen sie einander über die Mauer. Whitney bestand darauf, Casper in seinem Packard zum Wohnheim mitzunehmen. Als er sich ans Steuer setzte, zerschellte die Flasche Old Crow auf dem Pflaster. »Vielleicht fährst besser du«, nuschelte er noch, dann kippte er zur Seite, bevor ihm Casper sagen konnte, dass er noch nie ein Auto gefahren hatte ... Natürlich hatte er anderen dabei zugesehen.

Schlüssel ins Zündschloss, Kupplung, Gas, Bremse ... Wie so vieles im Leben war es weniger kompliziert, als Casper angenommen hatte. Als er die Kupplung kommen ließ und der Wagen die High Street entlangruckelte, entdeckte Casper, dass ihm sein Spiegelbild im Rückspiegel zulächelte. Unglaublich, aber wahr – er, Casper, war in Ordnung, Whitney war sein Freund, und er steuerte einen Packard in ein paralleles Universum.

***

Friedrich stand an diesem Abend eine Reise anderer Art bevor, doch auch sie war gleichsam ein Test. Dr. Winton hatte auf ihren Analytiker gehört und beschlossen, die Anziehung, die ihr Forschungspartner auf sie ausübte, zu entmystifizieren, indem sie Friedrich und seine Frau zu ihrer Party einlud.

Erwartet wurden sie um sieben. Es war fünf vor. Der neue Babysitter verspätete sich, und Nora war nicht nur nicht ausgehbereit, sie war noch nicht einmal aus dem Bad gekommen.

In frisch gebügeltem Hemd, neuer Krawatte und gerade aus der Reinigung gekommenem Anzug lungerte Friedrich am Fuß der Treppe herum, warf strafende Blicke auf seine Uhr und brüllte hinauf: »Nora, wo bleibst du bloß, wir kommen zu spät!«

Keine Antwort.

Es war ihm bereits in den Sinn gekommen, sie zahle ihm so heim, dass er sie am letzten Sonntag auf dem Fakultätsparkplatz im Wal mit den Kindern und einer Angelrute hatte warten und dann allein zum Schlafenden Riesen hinausfahren lassen.

Bis zu den Wintons würden sie fünfzehn Minuten brauchen. Zwar hatte er nie physisch den Fuß über die Schwelle dieses oder irgendeines der anderen großen Häuser auf der Anhöhe gesetzt, doch im

Geiste war er schon dort gewesen. Er hatte sich ausgemalt, wie es wäre, über vier-, fünfhundert Quadratmeter Wohnfläche mehr und ein halbes Dutzend funktionstüchtiger Kamine zu verfügen, an denen man sitzen und durch bleigefasste Fenster seinen Kindern beim Spielen auf einem acht Hektar großen Rasen zusehen konnte, der von jemand anderem gemäht wurde.

In diesem Moment befanden sich seine frisch gebadeten und in Schlafanzüge gepackten Kinder in der Küche, aßen Wiener und verschmähten ihr Brokkoligemüse. Er brauchte nicht erst zu einer Party bei Bunny zu gehen, um zu wissen, dass es in ihrem Haus nicht nach Würstchensud und dem Strauß Löwenzahn riechen würde, der in dem Marmeladenglas verrottete, das Lucy vor einer Woche aufs Fensterbrett gestellt hatte. In Bunny Wintons Haus würden frische Schnittblumen in Kristall- (wenn nicht Cloisonné-)Vasen stehen, der Wust des Lebens würde in Kammern, Kommoden und Schränken gebändigt sein, nicht über den Wohnzimmerteppich verstreut.

Um Noras zugegebenermaßen bescheidenen hausfraulichen Fähigkeiten gegenüber fair zu sein: Im Moment sah es im Haus der Friedrichs relativ ordentlich aus. Was stank, war nicht der Unkrautstrauß, sondern die zwei Tage alte dreckige Windel, die Jack unter der Couch versteckt hatte. Und gewiss, die Schreibmaschine auf dem Bridgetisch trug nicht zur Eleganz des Wohnzimmers bei. Sie stand dort, damit Friedrich die Tür hinter sich zumachen und ungestört von der Familie bis in die Nacht arbeiten konnte. Die Papiere, die schmutzigen Kaffeetassen und ungeleerten Aschenbecher waren seine. Und tatsächlich war er es, der vergessen hatte, *Die kleine rote Henne,* die Popcornschale und das Stück Kreide wegzuräumen, in das er gerade getreten war. Doch so sah das Dr. Friedrich nicht. Die Unordnung, die ihm über den Kopf wuchs, entstand durch die Familie, nicht durch ihn.

Ohne hinzusehen, lud er die Kaffetassen, die Popcornschale, das Marmeladenglas und *Die kleine rote Henne* ins Küchenwaschbecken, zog dann fluchend das Lieblingsbuch seiner Kinder wieder aus dem

Spülwasser und riss auf der Suche nach einem Abfalleimer mehrere Schranktüren auf. Der Mülleimer befand sich nicht im Barschrank, doch da der nun geöffnet war, sah sich Friedrich mit weiteren Schlampereien konfrontiert: Warum wurde eine leere Bourbon-Flasche aufgehoben? Und im Gin schwammen Fruchtfliegen. Er trank nicht einmal Gin, dennoch war er empört. Die Vergeudung erbitterte ihn.

Wer da an die Tür klopfte, musste der Babysitter sein. Friedrich rief »Herein«. Die Fünfzehnjährige, die in einem weiten, mit einem Pudel bestickten Rock vor ihm stand, war sichtlich entsetzt. In Anbetracht der Bourbon-Flasche in seiner einen und der halb leeren Gin-Flasche in der anderen Hand konnte sich Friedrich unschwer vorstellen, was sie ihren Eltern berichten würde.

Im Jahre 1952 entsprachen Babysitter in Hamden – wie überall in den Vororten Amerikas – dem KGB. Sie waren die Geheimpolizei, die geringfügigste Normabweichungen an die Nachbarschaft meldeten und ihre Jugend, Kitzelfolter und das Versprechen von Süßigkeiten einsetzten, um Kindern arglose Geständnisse über ihre Eltern zu entlocken. So jedenfalls sah es Friedrich.

Eine der Alkoholflaschen ging in Scherben, als er sie in den Mülleimer fallen ließ. In der Küche war es heiß. Er schwitzte sein Hemd durch. Unter Entschuldigungen riss er das Fenster auf. »Ich weiß gar nicht, warum es hier so warm geworden ist.«

Der Babysitter deutete auf den Herd. Eine Platte brannte auf der höchsten Stufe. »Mein Gott, ich muss ja von Sinnen sein.«

Lucy leistete einen Beitrag. »Wenn es heiß ist, zieht mein Dad die Hose aus.« Der Babysitter wich zur Tür zurück.

»Sie macht nur einen Scherz.«

»Gar nicht«, warf Becky ein. »Du läufst gern nackt herum.« Becky und Lucy quietschten vor Vergnügen. Im Haushalt der Friedrichs wurde über Nacktheit oft gesprochen. »Nachts besonders«, fügte Becky mit geröteten Wangen hinzu. Der Babysitter sah nervös zum Fenster hinaus. Die Sonne ging gerade unter.

Friedrich trat den Rückzug aus der Küche an. »Ich schaue nur mal kurz nach, wo meine Frau so lange bleibt.«

»Haben Sie einen Fernseher?«

»Nein ... oh, Scheiße!« Ihm war Ketchup auf den sauberen Anzug geraten.

»Daddy hat ›Scheiße‹ gesagt.«

»Und er bedauert es zutiefst.« Will sah den Babysitter an. »Sie wissen ja, wie das manchmal so ist.«

Stumm schüttelte das Mädchen den Kopf.

Friedrich flüchtete zum Treppenaufgang und brüllte hinauf: »Wenn wir jetzt nicht losfahren, können wir gleich hierbleiben ... Schatz?« ›Schatz‹ hängte er um des Babysitters willen an.

Keine Antwort. »Wenn du nicht hinwillst, warum hast du's nicht einfach gesagt? Dann hätten wir uns eine Ausrede einfallen lassen können.« Jetzt rannte er die Treppe hinauf.

»Projizier nicht«, rief Nora aus dem Bad, »ich will sehr wohl zu dieser Party.« Friedrich wollte die Badezimmertür aufreißen; sie war abgeschlossen. Er konnte es nicht ausstehen, wenn Nora ihm mit Psycho-Jargon kam.

»Du musst doch eine ambivalente Haltung dazu haben, sonst würdest du nicht dafür sorgen, dass wir zu spät kommen.«

»Wir wollen ja nicht als Erste dort sein.« Sie dachte nicht daran, die Tür aufzuschließen. »Und je eher du aufhörst, am Türknopf zu rütteln, desto schneller bin ich fertig.«

»Wenn du weißt, dass die Party um sieben beginnt und wir fünfzehn Minuten bis dahin brauchen, warum gehst du dann erst um sieben duschen?«

»Weil ich *dein* Hemd bügeln und *deine* Kinder baden musste.«

»Warum konnte sie denn nicht der verdammte Babysitter baden?«

Die Badezimmertür ging einen Spalt auf. »Wanda Flowers.« Wanda war eine Pyromanin, die Friedrich in der Anstalt für kriminelle Geisteskranke von Illinois untersucht hatte und die von ihrem Babysitter beim Baden immer mit einem Stück Ivory-Seife penetriert worden war. Was Paranoia anging, wechselten die Friedrichs sich ab.

»Du hast ja noch nicht mal dein Kleid an.« Nora beendete das Gespräch, indem sie die Tür zuknallte.

Als sie endlich, angezogen und ausgehfertig, herauskam, trug sie einen neuen Lippenstift im Farbton Rote Wüste und hatte sich, in Ermangelung eines Eyeliners, die Augen mit einem Kohlestift aus Beckys Zeichenetui umrandet. Sie bewunderte sich im Spiegel.

Wills Kopf fuhr herum wie ein Geschützturm, und die Kinnlade klappte ihm hinunter.

»So toll?«

»Warum hast du denn kein Kleid an?« Zu Abendeinladungen, bei denen man einen guten Eindruck machen wollte, trugen Dozentenfrauen keine Hosen.

»Ich wollte einmal was anderes bieten. Ich habe sie selbst geschneidert. Mit Stoff und Faden haben sie mich keine zwei Dollar gekostet.« Sie wartete darauf, dass er ihr Make-up zur Kenntnis nahm.

»Du kannst nicht in Hosen zu den Wintons gehen.«

»Hosen sind sehr in Mode.« Ihre waren aus Samt, und jedes Hosenbein war so weit wie ein Rock.

»Wer sagt das?«

»Die *Vogue*. Ich habe darin welche abgebildet gesehen, die genauso aussahen wie die hier. In Dr. Müllers Wartezimmer.« Dr. Müller war ihr Gynäkologe.

»Bist du etwa schwanger?«

»Nein … aber wenn du dein Gesicht sehen könntest …« Sie hatte zu viel Zeit auf ihr Make-up verwendet, um zu weinen.

»Wenn ich ein Gesicht gezogen habe, dann wegen der Hosen, nicht weil du vielleicht schwanger bist.« Auf seinem Gesicht hatte sich Panik abgezeichnet, von Ärger durchzogen.

Friedrich scheuchte seine Frau die Treppe hinunter, wohlwissend, dass sie ihm den Wortwechsel, der eben zwischen ihnen stattgefunden hatte, heimzahlen würde. Heute Nacht? Morgen? Irgendwann im nächsten Jahr? Vermutlich gab es derartige emotionale Tauschhandel bei allen Paaren. Seine von Natur aus sparsame Frau hortete stoisch ihre Enttäuschungen. Manchmal fragte er sich, was sie damit vorhatte.

Als sie zur Haustür gingen, von den Kindern mit Küsschen und Umarmungen bedacht, verkündete der Babysitter: »Alle bekommen eine Gutenachtgeschichte vorgelesen, dann sprechen wir unsere Gebete.«

»Bei uns wird nicht gebetet«, sagte Betty überlegen. Die Fünfzehnjährige fasste nach dem Kreuz, das sie um den Hals hängen hatte, und wich vor den Friedrichs zurück.

Nora wusste weder, dass ihr Mann das Mädchen mit Alkoholflaschen in den Händen empfangen hatte, noch dass Lucy ausgeplaudert hatte, wie gern er nackt umherspazierte, noch dass er ›Scheiße‹ gesagt hatte. Sie hatte vergessen, ihren Mann darüber zu informieren, dass der Vater dieses neuen Babysitters der Pfarrer der unitarischen Gemeinde war; und nun, ahnte Nora, war das Mädchen drauf und dran zu gehen.

»Sind Sie denn Kommunisten?«

Friedrich lachte nervös auf. »Nein, natürlich nicht.«

»Becky wollte sagen, wir sprechen unsere Gebete nicht laut. Beten ist in unserem Haus eine private Sache.«

»Warum denn?«

Nora blickte hilfesuchend zu ihrem Mann hinüber.

»Weil wir Druiden sind.« Er konnte es sich nicht verkneifen.

»Ist das so was wie anglikanisch?«

»So etwa.«

Kaum war die Haustür hinter ihnen zugefallen, da brach Nora in Gelächter aus und konnte nicht mehr aufhören. Tränen liefen ihr über das Gesicht, ihr Make-up zerrann und ihr Bauch schmerzte. Als sie im Auto saßen und der komische Moment vorbei zu sein schien, zog sie die Puderdose hervor, um den Schaden zu reparieren. Doch dann blickte sie ganz ernst zu Will hinüber, sagte »Druiden« und prustete wieder los. Sie gierte nach Gelächter. Und bis sie vor dem Haus der Wintons hielten, hatte der Scherz den Gesichtsausdruck gelöscht, mit dem ihr Mann sie gekränkt hatte, als er befürchtete, ein weiteres Kind sei unterwegs.

Eigentlich war Nora gern die Außenseiterin; oder vielmehr, sie stand gern mit Will zusammen draußen und schaute hinein. Gegen die Epidemie der Fünfziger Jahre, mit den anderen mithalten zu wollen, waren sie immun. Ihre Nachbarn besaßen nichts, was sie auch begehrten. Was sich Will und Nora Friedrich wünschten, war nicht für Geld zu haben; diese Überzeugung teilten sie, nur in einem Punkt waren sie hoffnungslos verschieden. Nora hatte, was sie haben wollte; Will glaubte, es warte darauf, errungen zu werden. Was er schon erhascht hatte, war ihm nie genug. Was er in der Hand hatte, verlor dadurch, dass er es berührte, an Wert. Und das brach seiner Frau von Zeit zu Zeit das Herz.

Bunny Winton wohnte im größten Haus an der besten Straße von Hamden. Im Baustil täuschte es Renaissance vor, aber es war ein richtiges Haus, kein Lustschloss wie das Anwesen ihres Onkels am Connecticut River, wo sie den Versuch an den Ratten durchgeführt hatten. Doch auch hier war die Garage größer als das ganze Haus der Friedrichs. Auf dem Rasen prangten Ulmen, die im Krieg von 1812 jung gewesen waren. Vor einem Zimmer der ersten Etage, dem hausherrlichen Schlafzimmer, wie Friedrich annahm, erstreckte sich eine Veranda, und durch eine halbmondförmige Öffnung in einer hölzernen Pforte konnte man in einen Garten mit dem einzigen Swimmingpool von Hamden spähen.

Friedrich wusste, dass es kindisch von ihm war, aber es munterte ihn auf, dass eine Ulme kränkelte und die Fenster zu klein waren, um wirklich eine Aussicht zu bieten; was Bunny Winton geerbt hatte, konnte er im Geiste verbessern.

Die Haustür ging auf, bevor sie sich bemerkbar machen konnten. Dr. Winton stand vor ihnen. Die ersten Worte aus ihrem Munde lauteten: »Sie sind ja in Hosen!« Will hatte Nora schon einen Ich-hab's-dir-gesagt-Blick zugeworfen, da stellte er fest, dass auch Bunny Hosen trug.

Hätte ein Fotograf Friedrich in dem Moment aufgenommen, als er Bunny und seiner Frau in den Salon folgte, wäre man überzeugt gewesen, das Bild eines entspannten, gelassenen Mannes vor sich zu haben, der sich rundum wohlfühlt. In Wirklichkeit fühlte er sich wie eine Blase, die gleich platzen wird. Alles irritierte ihn. Dass er sich geirrt hatte, was Nora in Hosen anging, gefiel ihm nicht, so wenig wie festzustellen, dass sie nicht die letzten Gäste waren, die eintrafen. Es störte ihn sogar, dass Bunny Winton ihn den Professoren, mit denen sie damals im Fakultätsclub zusammen gewesen war, als er sie zum ersten Mal Gaikaudong hatte erwähnen hören, als »den brillanten Dr. Friedrich« vorstellte, »von dem ich Ihnen so viel erzählt habe.«

Warum ging ihm Winton um den Bart, was führte sie im Schilde? Und es reizte ihn noch mehr, dass sie, nachdem sie ihn groß hervorgehoben hatte, über Nora nur »und seine reizende, sehr schicke junge Frau« bemerkte. Er hörte Nora bereits auf der Heimfahrt fauchen: »Du bist brillant, und ich bin das süße Frauchen. Wenn ich meine Dissertation abgeschlossen hätte, statt deine zu tippen, hätte ich jetzt den verdammten Titel auch.« Voll in Anspruch genommen vom Verdruss über Bunny Wintons Herablassung und Noras Empörung, der sie auf dem Rückweg Ausdruck verleihen würde, fiel ihm überhaupt nicht auf, dass seine Frau es genoss, »reizend«, »jung« und »schick« genannt zu werden. Wenn eine Frau das sagte, fiel es ihr leichter, es selbst zu glauben.

Friedrich trank sein Glas in einem Zug aus. Nur eins ist schlimmer, als nicht beachtet zu werden, dachte er – im Mittelpunkt der Aufmerksamkeit zu stehen. Eine schwangere Frau stellte ihren Gin Tonic ab, zündete sich eine Zigarette an und fragte Friedrich: »Analysieren Sie eigentlich auch kleine Kinder?«

»Nun, da es so etwas wie Erwachsene nicht gibt …« Es war ihm gelungen, alle zum Lachen zu bringen, ohne so tun zu müssen, als glaube er an die Psychoanalyse. Dr. Petersen, der Freudianer, lauerte irgendwo im Hintergrund, und er trug ein neues Hörgerät. »Aber heute Nachmittag ist mir in den Sinn gekommen, dass eine Studie über die Sexualität von Kindern im Vorschulalter interessant sein könnte.« Das Vergnügen, mit dem seine Töchter dem Babysitter verraten hatten, wie gern er bei Hitze die Hose ablegte, hatte ihn auf die Idee gebracht. »Präpubertäre Mädchen strotzen vor Sexualität. Wenn wir das ignorieren und so tun, als gäbe es das nicht, schädigen wir ihr Potential zu einem erfüllten Sexualleben.«

Wie er gehofft hatte, war die Schwangere schockiert. Dass sich Petersen anscheinend für die Idee interessierte, überraschte Friedrich mehr. Wenn sich Gaikaudong als wirksam erwiese, würde er Forschungsmittel für alle möglichen Projekte bekommen. Drogen waren nur Fenster, die Einblicke in den psychischen Apparat gestatteten.

»Sehr interessant. Könnten Sie das wiederholen?« Petersen versuchte, sein neues Hörgerät in Gang zu setzen.

Laut und langsam wiederholte Friedrich: »Ich sagte, ich würde gern eine Studie zur …« Er legte Nora den Arm um die Schultern und lobte sich insgeheim dafür, dass er sie an seinem Moment des Ruhmes teilhaben ließ.

Nora schien konzentriert ein Bild zu betrachten, das eine nackte Frau mit dominanten Brüsten und Zähnen auf einem Feld darstellte, das einem geschmolzenen Regenbogen glich. »Was für ein schöner De Kooning.«

Bunny Winton hörte Friedrich nicht mehr zu. Im Jahre 1952 gab es in kilometerweitem Umkreis sonst niemanden, der je von De Kooning gehört hatte, geschweige denn ein Gemälde von ihm erkannte. »Sie mögen moderne Kunst?«

»Wenn sie gut ist.«

»Sie tragen Hosen und mögen De Kooning!« Sie zog Nora aus Friedrichs Arm und rief ihrem Mann, der sich am anderen Ende des Raums mit einem New Yorker Kunsthändler unterhielt, zu: »Thayer, wir haben eine verwandte Seele gefunden.« Der Kunsthändler, für das Wochenende zu Besuch, trug einen Rollkragenpullover anstelle von Hemd und Krawatte.

Friedrich musste zusehen, wie sich Bunny Winton und seine Frau außer Hörweite dessen begaben, was er über die angeborene Sexualität ihrer Töchter zu sagen hatte. Die schwangere Raucherin folgte ihnen. Dr. Petersen legte Friedrich die Hand auf die Schulter. »Ihre Idee erinnert mich an etwas, das Freud eines Nachmittags beiläufig bemerkt hat …« Es passte Friedrich ganz und gar nicht, dass er sich alle Mühe gab, seine Frau einzubeziehen, nur um zu erleben, dass sie die Konversation an sich riss. Er wurde Petersen los, indem er sich erkundigte, wo die Toilette sei, und bewegte sich im Zickzack auf die Bar zu.

Die Getränke waren umsonst, die Leute waren freundlich, und endlich hatte er es in eines der großen Häuser am Hang geschafft. Und dennoch war die Blase unter seiner Haut so wundgescheuert, dass sie zu nässen begann. Er versuchte, das Gefühl abzuschütteln, indem er die Antiquitäten bewunderte, die überall herumstanden. Er liebte alte Dinge. Als er sich jedoch in einen Chippendale-Sessel setzte, musste er an all die Menschen denken, die hatten sterben müssen, damit dieses Stück in Bunny Wintons Hände gelangen konnte.

Nichts hellte seine Stimmung auf, bis sein Blick auf einen kleinen, düsteren Mann im schwarzen Anzug fiel, der allein draußen auf der Terrasse saß und die Party drinnen so starr beobachtete wie eine Quizsendung im Fernsehen. Er war jünger als Friedrich, höchstens achtundzwanzig, und seine Augen waren groß und wasserhell. Obwohl er über die Vorgänge drinnen vor sich hin lächelte, ja geradezu grinste, gaben ihm seine blassblauen, feuchten Augen den Anschein, als werde er gleich weinen.

Winton bedeutete Friedrich, er solle zu ihnen stoßen – zu ihr, ihrem Mann, Nora, dem Kunsthändler und einem Mann, der für die Rockefeller-Stiftung Geld ausgab. Wäre Friedrich er selbst gewesen, hätte er mit Freuden die Gelegenheit ergriffen, diesen Mann kennenzulernen. Er konnte ihm zu Mitteln für die Erforschung von GKD oder der Sexualität präpubertärer Kinder verhelfen. Doch Friedrich dachte gar nicht daran hinüberzugehen. Er stand auf, wandte alldem den Rücken zu und schloss sich dem kleinen Mann auf der Terrasse an, denn seine Loyalität galt stets zunächst den Unglücklichen. Auch wenn er an einer Droge arbeitete, die ihr Befinden bessern sollte, hielt Friedrich es insgeheim für den natürlichen Zustand des Menschen, unglücklich zu sein.

Der Fremde stellte sich vor, indem er Friedrich eine Zigarette anbot. »Anstrengend, höflich zu sein.« Seine Stimme war rau und sein Akzent osteuropäisch.

»Es kostet aber weniger Energie, als unhöflich zu sein.«

Der kleine Mann fand das komisch. »Stimmt. Und was machen Sie?« Vielleicht, weil seine Englischkenntnisse beschränkt waren, kam er rasch auf den Punkt.

»Ich bin Psychologe.« Etwas an dem Mann kam Friedrich bekannt vor, nicht nur seine Traurigkeit.

»Ist das ein guter Job?«

»Es bedeutet harte Arbeit.«

Der Unbekannte hob die Hand wie ein Lotse an einem Fußgängerübergang. »Tut mir leid, aber einen Graben zu schaufeln, das ist harte Arbeit. Menschen zu helfen …«, er zuckte die Achseln, »ist leicht. Sie umzubringen ist schwerer.« Lächelnd sagte er das, dann stellte er sich als Lazlo vor. »Wenn Ihr Job so hart ist, warum machen Sie ihn dann?«

»Für die Kinder.« Das behauptete er Nora gegenüber.

»Sie wollen ihnen das geben, was Sie nicht hatten.«

»Im Grunde ja.«

»Einfach. Wenn sie sechzehn sind, geben Sie ihnen den Hausschlüssel und kommen Sie nicht wieder. Lassen Sie sie trinken und auf dem Küchentisch bumsen.« In Hamden sagte man nicht »bumsen« in der Öffentlichkeit.

Friedrich behagte nicht einmal, dass seine Töchter unter dem Küchentisch Doktor spielten, und noch viel weniger die Vorstellung, sie könnten darauf Unzucht treiben. »Wünschen Sie sich, Ihre Eltern hätten das getan?«

»Von wegen, wünschen – Wirklichkeit. Prag, Sommer 41 bis Sommer 42, glücklichstes Jahr meines Lebens. War für die übrige Welt nicht so toll.«

»Ihre Eltern haben Ihnen den Hausschlüssel gegeben und sind fortgegangen?«

»Nicht freiwillig. Wegen Nazis.«

»Warum haben die Deutschen Sie dann bleiben lassen?«

»Ich hab für sie gearbeitet. Ich habe den Familien geholfen, zu packen und sich aufs Lager vorzubereiten. War schlau, sich von einem halbwüchsigen Jungen helfen zu lassen. Machte so weniger Angst. So hab ich meine erste Freundin getroffen.« Lazlo hob die Hand und schlug eine Stechmücke tot. »Ich war ihr letztes Abendmahl.« Als Friedrich die eintätowierten Zahlen auf Lazlos Handgelenk sah, wusste er wieder, wo er ihn schon einmal gesehen hatte.

»Sie waren schon mal bei mir.« Friedrich konnte sich nicht zusammenreimen, wie der Fahrer einer koscheren Metzgerei dazu kam, bei Bunny Winton eingeladen zu sein.

»Wenn Ihre Papageien etwas von meiner Schwester Marjeta hören, lassen Sie's mich wissen.«

»Wo ist denn Ihre Schwester?«

»Bei meinen Eltern.«

Friedrich wartete darauf, dass Lazlo mehr sagte. Da nichts folgte, fühlte er sich genötigt, das Thema zu wechseln. »Und was machen Sie heute?«

Lazlo deutete auf ein Mädchen von Mitte zwanzig unter den Gästen. Mit ihrer großen Gestalt und dem blassen Teint glich sie einem Bild von Modigliani, nach einem Besuch beim Optiker gemalt. »Ihr Vater hat eine Galerie in New York.« Sie stand neben ihrem Vater, und hinter den beiden sah Friedrich, dass sich Thayer über Nora beugte; er zeigte ihr etwas in einem Buch. Friedrich hätte ihn im Verdacht gehabt, Nora in den Ausschnitt zu linsen, hätte nicht Bunny die Seiten umgeblättert. Wie ließ sich ein Mann besser entmystifizieren, als indem man sich mit seiner Frau anfreundete?

Die Galeristentochter winkte Lazlo zu. Er anwortete mit einem jungenhaft offenen Lächeln, strich sich das Haar zurück und winkte wie aus einem abfahrenden Zug. Mit dem Ellbogen stieß er Friedrich an. »Diese Frau ... sehr harte Arbeit«, sagte er leise.

»Sind wir das nicht alle?«

***

Mit dem Rücken zur Tafel stand Friedrich am Vortragspult und bemühte sich, nicht gelangweilt zu klingen. »Statistik ist die mathematische Methode, numerische Daten zu sammeln, zu ordnen und zu interpretieren.« Es war der erste Tag seines Sommerkurses. Er mochte statistische Methoden. Durch seine Fähigkeit, Fakten zusammenzutragen, zu korrelieren und auf unanfechtbare Zahlen zu reduzieren, setzte er sich von den Psychoanalytikern und der Tyrannei des Subjektiven ab. Bisher war es ihm nur gelungen, mit statistischen Methoden nachzuweisen, dass Psychiater und Psychoanalytiker ihre Patienten nicht gesund machten. Bald aber würde er mittels Statistik seinen Triumph absichern.

Die Statistik war damals ein neues Instrument im Werkzeugkasten, und niemand hantierte damit so elegant wie Friedrich. Die Anfangsgründe der Statistik unterrichten zu müssen war zwar für einen Mann, der im Kopf eine Standardabweichung berechnen konnte, eine ... nun, was Friedrich am meisten störte, war, vom Dekan gesagt zu bekommen, wenn er im Sommer sechshundert dringend benötigte Dollar zusätzlich verdienen wolle, müsse er Statistik unterrichten.

»In diesem Kurs werden wir uns speziell auf die Verwendung von Statistik und die Analyse von Populationsmerkmalen und sozialen Phänomen konzentrieren. Wie lassen sich aus Stichprobenerhebungen verlässliche Schlüsse ziehen? Sie werden lernen, Korrelationen und Kausalitäten zu erkennen und zu unterscheiden.« Friedrich hatte noch fünfundfünfzig Minuten vor sich, und doch schielte er bereits auf die Uhr und unterdrückte ein Gähnen. Es schien, als sauge er mit seinen Worten die Luft aus dem Hörsaal.

Die Studenten, die 1952 die Sommerkurse besuchten, hatten etwas lähmend Verbissenes an sich. Jeder Platz war besetzt. Diejenigen, die für College-Studenten zu alt aussahen, hatten Jahre in der Armee, bei der Marine oder Air Force verbracht und hatten es nun besonders eilig, ihr staatlich finanziertes Studium zu absolvieren. Die übereifrigen jüngeren, die kerzengerade in der ersten Reihe saßen, waren Offiziersanwärter, die vier Collegejahre in drei pressten, damit sie Yale hinter sich bringen und in Korea fallen konnten.

In der hintersten Reihe saßen Footballspieler, die in Statistik schon einmal durchgefallen waren und hofften, Friedrich habe genügend Sportsgeist, um ihnen die C-minus-Note zu geben, die sie brauchten, um im Herbst weiterspielen zu dürfen. Alle wollten vorwärtskommen, alle hatten Wichtigeres im Sinn, und Friedrich ganz besonders.

Im Saal war es heiß, der Ventilator war kaputt, die Blicke umflorten sich. Ein rotgesichtiger Angriffsspieler, so fleischig und dumpf wie ein Lendensteak, begann bereits zu schnarchen. Friedrich hätte gern mit einem Stück Kreide nach ihm gezielt, brachte jedoch die Energie nicht auf.

»Auch wenn alles, was ich Ihnen heute Nachmittag über Statistik erzähle, für Sie langweilig klingen mag, am Ende des Kurses werden Sie ein Wunder darin erblicken, einen wahren Stein des Weisen.« Friedrich versuchte, seine Aufgabe wenigstens für sich selbst interessant zu machen; es klappte nicht. »Kann mir jemand sagen, warum ich das behaupte?«

Ausdruckslose Gesichter starrten ihm entgegen, niemand hob die Hand. »Nun – weil statistische Methoden uns erlauben, den Wandel zu messen und die Zukunft vorherzusagen. Somit gehört die Zukunft der Statistik.« Friedrich war sich nicht unbedingt sicher, ob diese Vorstellung so erfreulich war. Er ließ sich lieber nicht weiter darüber aus und warf sein Kreidestück auf den schnarchenden Footballspieler. Den er verfehlte. Die Studenten prusteten. Lachten sie ihn aus oder den Stürmer?

Ob dieser Ungewissheit gereizt, schweifte Friedrich ab. »Zum Beispiel kann ich aufgrund der Noten, die jeder von Ihnen in anderen Kursen an dieser Universität erhalten hat, in Kombination mit Ihren Mienen voraussagen, wer diesen Kurs nicht mit Erfolg abschließen wird.« Nun lachten sie nicht mehr. »Natürlich könnten einige von Ihnen mich widerlegen wollen.« Friedrich hasste Dozenten, die mit Gegenständen warfen und großspurige Drohungen von sich gaben.

Er räusperte sich und wich vollends von dem Lehrplan ab, den er dem Dekan vorgelegt hatte. »Wer von Ihnen an zusätzlichen Punkten interessiert ist, um seine Chancen auf eine befriedigende Endnote zu erhöhen, ist eingeladen, für eine statistische Untersuchung, die wir den Sommer über durchführen werden, in seiner Freizeit Daten zur relativen Promiskuität von Vassar-Girls, Wellesley-Girls, Radcliffe-Girls und von Revuegirls zu sammeln.«

Wer von den Studenten nicht applaudierte, klopfte auf sein Pult. Das Gejohle und Hurra-Geschrei brachte Leben in die Hörsaalgruft. Friedrich kam sich vor wie der Pauker in einem erbaulichen Internatsroman.

Dreißig Minuten später gingen die Schwingtüren hinten im Hörsaal auf und die Sekretärin des Institutsleiters, eins fünfzig groß und dreißig Kilo übergewichtig, schnaufte herein. Sie verließ niemals ihren Stuhl, noch weniger das Psychologische Institut, außer um zum Lunch zu gehen oder schlechte Nachrichten zu überbringen. Nora? Die Kinder? Der Dekan konnte von dem Sonderpunkte-Programm doch nicht erfahren haben, es sei denn, dieser sommersprossige Offiziersanwärter, der vorhin durch Handheben gebeten hatte, austreten zu dürfen, hatte …

Bis die Sekretärin das Vortragspult erreichte, war sie völlig außer Atem. Friedrich senkte die Stimme. »Ist etwas nicht in Ordnung?«

»Wären Sie so freundlich, Ihren Patienten zu sagen, dass sie keine Nachrichten für Sie im Büro des Instituts zu hinterlassen haben? Wir sind kein Anrufbeantworterdienst.«

»Welcher Patient?«

»Er wollte seinen Namen nicht nennen, hat aber gesagt, es sei ein Notfall, und Sie wüssten, wer er sei. Wir sollten Ihnen ausrichten, er brauche Hilfe. Sie wüssten, wo Sie ihn finden würden, hat er erklärt.«

Es konnte nur Casper gewesen sein. »Wie hat er geklungen?«

»Ich habe den Anruf nicht selbst entgegengenommen, ich war zu Tisch. Aber der Assistentin zufolge, die ans Telefon gegangen ist, hat er geweint.«

»Wann hat er angerufen?«

»Um die Mittagszeit. Ich habe den Zettel auf meinem Schreibtisch jetzt erst gesehen.« Es war fast fünf.

Friedrich sprang vom Podest hinunter. Er kam sich vor wie ein Mörder. Während er zum Ausgang rannte, rief er: »Lesen Sie heute Abend Kapitel eins und zwei, meine Herren. Und seien Sie auf einen Test vorbereitet.« Er hatte Casper geschworen, für ihn da zu sein, bei Tag oder bei Nacht.

Bis zu der Bank im Hof der Sterling-Bibliothek war es fast ein Kilometer. So weit war Friedrich nicht mehr gerannt, seit ihn axtschwingende Bahnwärter in Salt Lake City über einen Güterbahnhof gejagt hatten. Er war ihrem Zorn entkommen, indem er sich auf dem Boden eines Waggons voller Kälber versteckt hatte, die zum Schlachten transportiert wurden.

Auf der Bank saß niemand. Seit Caspers Hilferuf waren mehr als drei Stunden vergangen. War er wieder zum Riesen hinaufgestiegen, mit dem Skalpell aus seinem Sezierbesteck? Vornübergebeugt, die Hände auf den Knien, versuchte Friedrich, wieder zu Atem zu kommen und nachzudenken. Im Souterrain der Bibliothek gab es ein Münztelefon. Er würde von dort die Polizei anrufen; sie sollten einen Streifenwagen zum Schlafenden Riesen schicken. Friedrich ging in die Hocke, um einen Schnürsenkel neu zu binden. Eine Wanderdrossel pickte einen Wurm aus der Erde. Auf die Schieferplatten des Wegs stand mit Kreide Caspers Botschaft geschrieben.

Dr. Friedrich, habe gewartet, solange ich konnte. Hänge in meinem Zimmer … Hier konnte Friedrich etwas nicht lesen, danach kam nur noch *303 Vanderbilt Hall. C.G.*

Friedrich rannte dorthin, obwohl das Rennen verloren war. Drei Stufen auf einmal hetzte er die Treppe des Wohnheims hinauf, fiel hin, kam wieder auf die Beine und hastete weiter. Der Gang auf Caspers Etage lag verlassen da. Seine Tür war nur angelehnt. Leise drückte Friedrich sie auf. Die Jalousie war heruntergelassen, das Licht ausgeschaltet. Reglos lag Casper auf dem Bett. Die Augen waren geschlossen, der linke Arm baumelte über die Bettkante. Unter seinen Fingerspitzen breiteten sich auf dem Fußboden dunklere Stellen aus. Auf dem Schreibtisch sah Friedrich das Sezierbesteck liegen, daneben die Flasche, in der die Zuckerwürfel gewesen waren. Mit der Studie war es aus. Bei diesem egoistischen Gedanken kam Friedrich sich wie Schmutz vor, der sich nicht von der Sohle abstreifen lassen will, und doch musste er ihm nachgehen. Er war nicht nur gescheitert, er hatte zum Ende dieses traurigen Jungen beigetragen.

Friedrich kämpfte gegen den Drang an, Hilfe zu holen. Er zwang sich dazu, alles in sich aufzunehmen: den spartanisch ordentlichen Schreibtisch, ein an die Wand gepinntes Foto von ihm selbst mit der Familie und den Papageien, darunter ein überbelichteter Schnappschuss von Caspers Mutter, auf dem ihr Gesicht einer Sonneneruption glich; im Waschbecken gewaschene Unterhosen, zum Trocknen aufgehängt; das schwarze Notizheft mit dem Tagebuch, das Friedrich den Jungen hatte führen lassen. Er griff nach dem Lichtschalter. Er musste alles sehen. Das war das wenigste, was er tun konnte.

»Was ist denn los, Dr. Friedrich?«

Casper setzte sich auf. Friedrichs Kopf fuhr herum, als hätte Gott gerade an seiner Kette gezerrt. Er brauchte einen Moment, um emotional umzuschalten. Auf die Welle der Erleichterung folgte eine Ebbe heftigen Ärgers. Friedrich bemühte sich, nichts davon zu zeigen.

»Wie fühlen Sie sich, Casper?«

»Gut.« Es klang verweht.

»Warum haben Sie mich dann angerufen?«

»Weil ich Hilfe brauche.«

»Die Person, die Ihre Nachricht entgegengenommen hat, sagt, Sie hätten geweint.«

»Ich war eben aufgeregt.« Casper wollte Friedrich nicht noch mehr beunruhigen.

»Warum liegen Sie hier im Dunkeln?«

»Ich verschwende nicht gern Energie. Aber wenn Sie wollen, können wir ja Licht machen.«

»Es geht schon. Sie haben also wieder daran gedacht, sich etwas anzutun?«

»Nein.«

»Ja, warum haben Sie dann geschrieben, ich würde Sie in Ihrem Zimmer hängen finden? Bei Ihrer Vorgeschichte wussten Sie doch, dass ich mir Sorgen machen würde.«

»So hab ich's nicht gesehen.« Casper lachte. »Ich hab den Ausdruck bei Whitney Bouchard, Ninas Bruder, aufgeschnappt – ›hängen‹ wie ›herumhängen‹. Das ist Slang.«

»Bei Whitney Bouchard?« Der Herausgeber der Universitätszeitung, der Football-Star, der sich das Bein gebrochen hatte, um Princeton von der Ziellinie fernzuhalten, ein gut aussehender, blonder, reicher Goldjunge: nicht gerade ein Gott, aber im Pantheon der jüngeren Yale-Studenten doch ein Achilles, eine Lichtgestalt.

»Das ist mein neuer Freund.«

Friedrich registrierte, dass Casper eine Bekanntschaft in eine Freundschaft umgedichtet hatte. »Inwiefern brauchen Sie dann Hilfe?«

»Ich habe einen Job.«

»Ich habe Ihnen doch bereits einen in der Bibliothek besorgt.«

»Aber dieser Job ist besser.«

»Was ist es denn für einer?«

»Barmann im Wainscot Yacht Club.« Friedrich war dort nie gewesen, aber Bunny Winton hatte den Club erwähnt; sie und Thayer waren Mitglieder. Selbst Snobs fanden ihn snobistisch. Dass die Bouchards oder dieser Club Casper eine Gunst erwiesen, erschien Friedrich kaum glaubhaft. Allmählich fragte er sich, ob Casper nicht Wahnideen produzierte.

»Whitney hat mir den Job verschafft. Er möchte, dass ich den Sommer über in seiner Nähe bin.«

»Das hat er zu Ihnen gesagt?« Friedrich vermutete eine Nebenwirkung von GKD. Für die Studie bedeutete das keinen irreversiblen Rückschlag. Er hatte Casper als hochgradig funktionsfähigen Zwangsneurotiker mit leichten schizophrenen Tendenzen diagnostiziert, bevor er ihn auf GKD gesetzt hatte. Vielleicht sollte er in Caspers Fall die Dosis reduzieren.

»Aber sicher.«

»Wie ist es eigentlich zu alldem gekommen – zu der Freundschaft mit Whitney, dem Jobangebot und der Einladung für den Sommer?«

Friedrich saß im Dunkeln und lauschte Caspers aufgekratzter Zusammenfassung: sein Ausflug zum Friedhof, Whitneys schlechtes Gewissen wegen seines Verhaltens der behinderten Schwester gegenüber, die Flasche Old Crow, Whitneys Kollaps, wie er Whitney in dessen Wagen heimgefahren und dann die ganze Nacht hindurch mit Whitneys Mutter über Nina gesprochen hatte, der er nie vorgestellt worden war. Friedrich hörte noch lange zu, nachdem sein Befund feststand, dass Casper eindeutig halluzinierte.

Die einzige Frage für Friedrich war: Bedeutete Caspers gelockerter Realitätsbezug, dass er Winton anrufen und sie den Jungen zur Beobachtung in eine psychiatrische Klinik einweisen lassen sollten? Friedrich wollte das nicht; er wollte wirklich das tun, was für Casper das Beste war, nicht, was GKD gut aussehen lassen würde. Andererseits konnte er nicht gänzlich ausblenden, dass es das Ende für die Droge bedeuten würde, wenn Casper unter ihrem Einfluss einen weiteren Suizidversuch unternähme – selbst wenn er ihn überleben sollte. Die einzige Möglichkeit, sowohl GKD wie auch Casper zu schützen, war, auf Nummer sicher zu gehen.

Friedrich dachte daran, Casper irgendwo hinzulocken, wo es ein Telefon gab; allein lassen konnte er ihn in diesem Zustand nicht, wenn er jedoch Winton anrief, konnte sie vielleicht ihre Beziehungen spielen lassen und Casper in einer Privatklinik unterbringen. Friedrich wollte gerade vorschlagen, auf ein paar Burger in einen Diner namens Louie zu gehen, der absurderweise von sich behauptete, den Hamburger erfunden zu haben, als vom Vorplatz unten jemand heraufrief: »He, Casper, soll ich dir helfen, den Koffer zu schleppen?«

Friedrich ließ die Jalousie hochschnellen. Entweder war das Whitney, oder Friedrich litt selbst an Halluzinationen. »Ich helfe ihm. Wir kommen gleich hinunter.«

»Danke, Dr. Friedrich. Ich habe am Tor geparkt.«

Friedrich schaltete das Licht an, um sich seinen Patienten genauer anzusehen. Noch unglaublicher als Caspers an Dickens gemahnende Friedhofsfantasie samt anschließender Aufnahme in den Kreis der Bouchards und für Friedrich wirklich bestürzend war die Tatsache, dass Casper einen marineblauen Blazer mit dem Wappen des Wainscot Yacht Clubs trug.

Casper sah Friedrich auf den Blazer starren. »Whitney hat mir die Sachen geliehen. Weil er sich übergeben musste und meine dadurch schmutzig geworden waren.« Er brauchte nicht zu verraten, dass Whitney ihm zudem ein Badezimmer mit frischer Zahnbürste, duftender Seife, Zahnseide und Shampoo zur Verfügung gestellt hatte, alles Pflegeartikel, die Casper neu, aber keineswegs unangenehm waren. Ja, Casper sah verändert aus. »Whit sagt, ich kann die Sachen behalten. Man muss so etwas tragen, wenn man im Club hinter der Bar steht.«

Casper öffnete seinen Koffer und setzte eine Kapitänsmütze mit Lackschild auf. Sein Lächeln und die verwegen schräg aufgesetzte Mütze hatten etwas so uncasperhaftes, so katzen-, ja raubkatzenartiges, dass Friedrich an Marlene Dietrich denken musste. Diese merkwürdige Assoziation lenkte Friedrich kurz von der Entrüstung ab, die in ihm aufwallte. Wollte ihm dieser kostümierte Undankbare etwa seine Studie verpfuschen, nach allem, was er für ihn getan hatte?

Friedrich hielt den leeren Arzneibehälter in die Höhe, der auf dem Schreibtisch gelegen hatte. »Und was wird aus meinem pharmakologischen Versuch?«

»Den würde ich nie aufgeben, Dr. Friedrich. Sie brauchen mich ja nur anzuschauen, dann wissen Sie, wie das Mittel wirkt.«

»Wie meinen Sie das?«

»Ich weiß es nicht genau, aber es stört mich nicht, dass ich es nicht genau weiß. Das ist doch gut, oder?«

»Ja.«

»Warum sehen Sie dann so unzufrieden aus?«

»Wenn ich mich dafür einsetze, dass Leute einen Job bekommen, schätze ich es nicht, wenn sie ihn gleich wieder an den Nagel hängen. Und wie zum Teufel wollen Sie mich einmal in der Woche aufsuchen, wenn Sie im Wainscot Yacht Club wohnen?«

»Sie sind mir böse.«

»Nein.« Er war es, doch Casper schien das nichts auszumachen.

»Ich werde nicht dort wohnen. Whit hat mich eingeladen, im Gästepavillon hinter ihrer Landhütte zu schlafen. Warum sie wohl ein Haus mit achtunddreißig Zimmern eine Hütte nennen?«

»Das gehört nicht in mein Fachgebiet.«

»Kapiert. Jedenfalls habe ich mir den Fahrplan angesehen. Ich könnte montags mit dem Zug kommen, das ist mein freier Tag. Ich habe gehofft, wir können den Termin verschieben. Deswegen habe ich angerufen. Ich fange morgen im Club an, heute Abend fahren wir hinaus. Ich habe auch gehofft, Sie könnten mir die Arznei für die nächste Woche heute mitgeben. Wegen ihr – wegen Ihnen – bietet sich mir eine Chance, wie ich sie nie herbeizuwünschen gewagt hätte. Aber jetzt, wo sie besteht, möchte ich das Beste daraus machen.«

»Sie sehen da eine Chance, das Beste woraus zu machen?«

»Aus mir.«

Whitney fuhr mit ihnen zum Psychologischen Institut und wartete im Wagen, während Friedrich mit Casper hinaufging, um ihm seine Arznei zu geben. Casper sicherte ihm zu, er werde Whitney nicht erzählen, dass er an dem Drogenversuch teilnahm, und nicht vergessen, jeden Morgen die Substanz einzunehmen.

Das Fermentiergefäß stand in der Ecke. Als Casper fragte, was das sei, antwortete Friedrich »Nichts.« Zum ersten Mal in seinem professionellen Leben empfand er Neid auf einen Patienten.

***

»Wer möchte ein Eis?«, rief Friedrich durch das Fenster des Wals, als er in die Auffahrt einbog. Nora lag auf dem Gras und las T. S. Eliots *Wüstes Land* in einer Erstausgabe, die ihr Thayer Winton bei der Party geschenkt hatte. Die Kinder spielten an den Schaukeln, die Friedrich, von Nora vielfach dazu gedrängt, vor schlechtem Gewissen schließlich aus Vierkanthölzern gezimmert hatte.

Erdbeer, Schokolade und Vanille: In einem Anfall von Verschwendungslust hatte er auf dem Heimweg von jedem Geschmack einen Literbehälter gekauft. Seine Kinder, die von den Schaukeln sprangen, die er eigenhändig gebaut hatte, seine Frau, die T.S. Eliot beiseite warf und ihm mit den Kindern entgegenlief, all das an einem von Geißblattduft und Konditoreis versüßten Sommerabend – es war ein Augenblick von seltener Schönheit, bis Friedrich den leeren Schaukelsitz, von dem Becky gerade abgesprungen war, drei Meter über der Erde seinen höchsten Punkt erreichen und dann, an grausam verdrehten Ketten wieder heruntersausen sah, geradewegs auf Jacks Hinterkopf zu.

Für einen Warnruf blieb keine Zeit, Will konnte nur zusehen und laut ausatmen, als sich Jack plötzlich bückte, um eine Löwenzahnblüte zu pflücken und der Schaukelsitz über seinen Kopf hinwegflog, ohne Schaden anzurichten. Doch von der Vorstellung, dass eine selbstgebaute Schaukel seinen Jüngsten lobotomisieren könnte, war Friedrich so gebannt, dass er vergaß, die rechte Hand vom Türrahmen des Autos zu nehmen, bevor Willy hinter ihm die Tür zuwarf.

Friedrichs Knie gaben nach. Er spürte, wie die Knochen in wenigstens zwei Fingern brachen und seine Handfläche aufplatzte. Seltsamerweise war der Schmerz beim Öffnen der Wagentür mit seinen Fingern darin noch schlimmer als beim Zuschlagen. Er war stolz auf sich, weil er Willy keine Vorwürfe machte. Das Eis wurde im Wagen verspeist, während Nora ihn zum Krankenhaus fuhr.

Bei zwei geschienten Fingern an der rechten Hand, die so prall geschwollen und violett war wie eine unreife Pflaume, war für zwei Monate an Schreiben und Notizenmachen nicht zu denken. Der Schreibtisch in Wintons Praxis im Aalto-Design an der Chapel Street war mit einem Tonbandgerät und einem versteckt eingebauten Mikrofon ausgestattet, das über eine Fußtaste unter dem Teppich eingeschaltet wurde. Winton bestand darauf, dass sie die Arbeitsräume tauschten. Er hatte pro Woche mit zwanzig Versuchspersonen zu sprechen und seine Befunde aufzuzeichnen. Wenn er sie in ihrer Praxis empfinge, argumentierte Bunny Winton, könne er nach jeder Sitzung seine Notizen aufs Tonbandgerät diktieren.

Als sie diese Lösung zum ersten Mal anbot, sagte Friedrich, nein, es komme ihm nicht richtig vor, sie aus ihrer Praxis zu werfen. Im Grunde meinte er damit, dass er seiner Forschungspartnerin nicht noch mehr schuldig sein wollte. Er schuldete ihr bereits das Geld, das sie den Versuchspersonen zahlen würden. Am Samstag hatte sie Nora eingeladen, mit ihr nach New York zu fahren und in einer Galerie die Ausstellung eines Malers namens Pollock zu besuchen. Aus Noras Schilderungen hatte Friedrich den Eindruck gewonnen, es müsse sich bei dem Ereignis um die Kreuzung eines Rorschach-Tests mit einer Cocktailparty gehandelt haben. Nora hatte zwar ihre Bahnfahrkarte selbst bezahlt, aber trotzdem … eigentlich behagte ihm diese neue Freundschaft seiner Frau mit Dr. Winton nicht; und Nora nannte sie auch noch »Bunny«.

Er war sich nicht ganz sicher, welche Möglichkeit ihn nervöser machte – dass Winton ihr Beischlafangebot an ihn oder dass Nora Geheimnisse offenbaren könnte, in die sie ihn nicht eingeweiht hatte.

Und so trafen sich am folgenden und jedem weiteren Montag des Sommers Friedrich und der zum Barmann mutierte Atombomben-Junge statt auf der harten Bank im Innenhof der Sterling-Bibliothek in Wintons Praxis und sprachen darüber, wie GKD und der Wainscot Yacht Club Casper in der vorangegangenen Woche behandelt hatten.

Da das Tonbandgerät nun einmal eingebaut war, beschloss Friedrich, nicht nur seine Berichte auf Band zu diktieren, nachdem Casper oder die jeweilige Versuchsperson gegangen war, sondern die Sitzungen komplett aufzuzeichnen. Den Umstand, dass ein Band mitlief, erwähnte er nicht – Casper entwickelte sich so gut, warum den Jungen befangen machen?

Ein Doktorand tippte die Bänder in zweifacher Ausfertigung ab. Die Abschrift der ersten Sitzung mit Casper in Wintons Praxis ergab siebenundzwanzig Seiten, dazu eine Dreiviertelseite, in einfachem Zeilenabstand geschrieben, mit Friedrichs Notizen. Mit Rotstift markierte Friedrich darin die folgende Passage:

F: Wissen Sie, Casper, dass Sie heute nicht ein einziges Mal gestottert haben?

C: Ach … Ich merke es manchmal gar nicht mehr, wenn ich's tue, oder vielmehr, wenn ich's getan habe. Das ist doch ein gutes Zeichen, oder? Ich bin lockerer geworden.

F: Haben Sie darum gestottert? Weil Sie nervös waren?

C: Nein, na ja, manchmal. Daran lag's wohl. Aber sehr oft stottere ich, weil ich zu viel nachdenke.

F: Worüber?

C: Im großen Webster stehen sechshundertzweiunddreißigtausend Wörter. Wenn man genau sein will, muss man die Bedeutungsnuancen, die Etymologie, die Konnotationen mitbedenken … Hab ich Ihnen schon mal erzählt, dass ich das Wörterbuch in der siebten Klasse auswendig gelernt habe?

F: Nein, aber darauf kommen wir noch zurück. Können Sie mir ein Beispiel für das nennen, worauf Sie eben hinauswollten?

C: Nun – fabelhaft und fantastisch. Sehr beliebte Wörter an der Bar im Yacht Club. ›Fantastisch‹ ist ein aufgeregtes Wort, ›fabelhaft‹ ist passiver. Aber egal, ich glaube, ich wollte sagen: Mir ist klar geworden, dass Wörter gar nicht so wichtig sind. Die Leute achten nicht so sehr auf das, was man sagt, sondern mehr darauf, wie man's sagt. Man muss sich als Schauspieler in einem Film betrachten.

F: Wieso das?

C: Als ich hinter der Bar angefangen habe, war ich nervös. Sehen Sie, ich trinke ja nicht, und ich war überhaupt noch nie in einer Bar gewesen. Ich hatte ein Barmixer-Handbuch gelesen, aber das ist nicht das Gleiche. Jedenfalls, immer wenn mir bang wurde, hab ich an Sie gedacht – wie Sie's verstehen, die Leute dazu zu bringen, Sie gern zu haben, Ihnen zu vertrauen, sich Ihnen zu öffnen. Das gehört zu Ihrem Job.

F: Und wie mache ich das?

C: Wie jetzt – Sie lächeln und neigen sich ihnen zu, achten aber darauf, ihnen nicht zu nahe zu kommen. Ach ja, und noch was ganz Wichtiges: Sie halten still, damit sie den Blickkontakt aufrechterhalten. Sie geben dem andern das Gefühl, er wäre der einzige Mensch auf der Welt. Haben Sie das von Ihrem Vater gelernt?

F: Unterbewusst vielleicht. Er konnte eine Geschichte so erzählen, wie die Leute sie gern hören wollten.

C: Komisch, wenn ich so mit den Leuten dort draußen rede, kann ich sie dazu bringen zu vergessen, dass ich Gedsic heiße. Wussten Sie, dass keine Juden zugelassen werden? Als Gäste schon, aber nicht als Mitglieder.

F: In Ihrer Akte weist nichts darauf hin, dass Sie Jude sind.

C: Mein Vater war's.

F: Und wie empfinden Sie diese Form von Antisemitismus?

C: Nun … wenn man nicht bereit wäre, sich mit Leuten abzugeben, weil sie Ignoranten sind, mit wem könnte man dann noch reden? Mit der mangelnden Intelligenz, der Beschränktheit der Leute ist es wie mit der Schwerkraft. Es ist eine Kraft, mit der man rechnen muss, wenn man vorwärtskommen will.

F: Was ist das, Vorwärts-Kommen?

C: Akzeptiert zu werden, dafür zu sorgen, dass sie einen mögen.

F: Und wie bringen Sie die Leute dazu?

C: Das ist wie beim Dragon-Rennen.

F: Beim was?

C: Das ist eine Klasse von Segelbooten, für die sie dort draußen Rennen veranstalten. Whitney schafft es noch mal zu den Olympischen Spielen. Er ist Segellehrer.

F: Wie kommt's, dass jemand wie Sie sich für Segelregatten interessiert?

C: Manchmal sieht man sie eine Meile in die falsche Richtung segeln, um eine Brise einzufangen, die sie als Erste über die Ziellinie bringt.

F: Ich weiß nicht, ob ich ganz verstehe, was Sie damit …

C: Na, wenn man ehrlich ist … nein, eher unverblümt … und zu jemandem sagt: ›Ich kenne hier keinen und wäre gern dein Freund‹, dann steht man als Schwachkopf da, als hoffnungsloser Außenseiter. Wenn ich aber zunächst mal sage ›Erstaunlich, wie Wainscot sich verändert hat‹ …

F: Waren Sie denn früher schon einmal im Wainscot Yacht Club, Casper?

C: Nein, aber an den alten Fotos, die überall hängen, ist doch auf den ersten Blick zu erkennen, dass er sich verändert hat. Und alle im Club reden unentwegt davon, dass nichts mehr so sei wie früher und wie viele neue Mitglieder es doch gibt. Da gebe ich ihnen also erst mal ein Signal, dass wir den gleichen Blickwinkel haben.

F: Sorgen Sie noch auf andere Art dafür, dass die Leute Sie mögen?

C: Ich verbessere sie nicht, wenn sie falsch liegen, und mit Schmeichelei kommt man sehr weit.

F: Wie das?

C: Ich treffe auf eine Frau, die fünfundvierzig ist, einen Meter fünfzig groß, mehr wiegt als Sie und ich zusammen und Haare im Gesicht hat. Wenn ich zu ihr sage, ›Wissen Sie, Sie sind ja sehr nett, aber wenn Sie nicht ein bisschen abnehmen, müssen Sie mit einem Herzinfarkt rechnen, und wenn Sie schon dabei sind, sollten Sie sich den Damenbart entfernen lassen‹, dann mag sie mich bestimmt nicht. Wenn ich ihr aber sage, im Profil erinnere sie mich an ein Porträt von John Singer Sargent, dann fühlt sie sich besser – so viel besser, dass sie mich mögen muss. Die Menschen glauben das, was sie glauben wollen, warum soll ich ihnen da nicht eine Fehlinformation zukommen lassen, wenn sie etwas Gutes bewirkt?

F: Weil es nicht die Wahrheit ist.

C: Haben Sie noch nie einer fetten Frau gesagt, sie sähe gut aus?

F: Was ich sage oder tue, ist für Ihre Sitzung unerheblich.

C: Akzeptiert.

F: Jedenfalls, wieso sind Sie sich so sicher, das diese Leute, von denen Sie glauben, sie fänden Sie sympathisch, nicht nur so tun?

C: Weil sie mich zum Abendessen zu sich einladen, selbst wenn sie wissen, dass Whitney mit Alice verabredet ist und nicht kommen kann. Ihre Familie wohnt in der Landhütte neben den Bouchards.

Nach der Sitzung diktierte Friedrich einen Bericht von einer Dreiviertelseite, der folgendermaßen beginnt:

CG sucht jetzt mehr direkten Blickkontakt; äußerliches Erscheinungsbild positiv verändert – Gesicht nun ohne Unreinheiten, Haltung und Körperhygiene insgesamt deutlich verbessert. Stottert nicht mehr, wirkt erheblich gelassener und weniger ängstlich. Als ich ihm die Hand gab, war seine trocken. In medizinischer Akte überprüfen, ob bei CG tatsächlich einmal Hyperhidrose diagnostiziert worden ist. Patient ist gebräunt und offenbar in besserer körperlicher Verfassung.

Zwei Sitzungen später markierte Friedrich den folgenden Teil der Abschrift mit blauer Tinte.

F: Nun, wie geht es, Casper?

C: Ich habe ein Mädchen kennengelernt.

F: Großartig.

C: Nein, großartig ist, dass sie mich gern hat. Sie heißt Eloise. Und sie ist ornithophil.

F: Was?

C: Sie ist Vogelbeobachterin, sie interessiert sich für Ornithologie.

Drei Seiten weiter, ebenfalls markiert:

F: Und was tun Sie und Eloise, außer Fischadler beobachten?

C: Es wird sehr viel geschwommen. Abends nach der Arbeit trifft sich die ganze Clique am Strand.

F: Es klingt nicht so, als ob Sie das so spannend fänden.

C: Ich kann nicht schwimmen.

F: Aber Sie gehen dennoch schwimmen?

C: Ich wate ins Wasser, bis es mir zum Kinn reicht, dann tue ich so, als würde ich schwimmen.

F: Warum lernen Sie es nicht?

C: Ich hab's versucht, das können Sie mir glauben. Whitney und ich sind jeden Morgen vor der Arbeit ans Meer gegangen. Er hat versucht, es mir beizubringen, aber es ging nicht. Ich bekomme einfach den Dreh nicht raus. Ich weiß, dass Salzwasser Auftrieb gibt und was beim gegenläufigen Beinschlag und beim Kraulen physikalisch passiert. Das heißt, mit dem Verstand weiß ich, dass mich das Wasser trägt, aber …

F: Aber was?

C: Ich werde einfach das Gefühl nicht los, ich würde, wenn ich keinen Boden mehr unter den Füßen habe, vom Wasser in die Tiefe gesaugt.

F: Finden Sie es nicht gefährlich, als Nichtschwimmer schwimmen zu gehen, besonders bei Dunkelheit?

C: Ich nehme wohl an, wenn ich weit genug hineingehe, lerne ich es mit der Zeit.

Am folgenden Montag war Friedrichs Hand immerhin so weit geheilt, dass er mit einem Bleistift Stärke zwei über die Abschrift des Bandes vom Nachmittag das Wort »Interessant« krakeln konnte.

F: Wie steht es mit Ihrer Freundin?

C: Eloise ist nicht meine Freundin.

F: Was ist geschehen?

C: Es gab am Strand eine Party. Ich bin zu Whitneys Haus hinaufgegangen, um mehr Bier zu holen, und als ich zurückkam, waren Eloise und Whitney fort. Als ich sie suchen ging, tauchte sie draußen an der Mole nach Äpfeln.

F: Sie tauchte wonach?

C: Eloise hatte Whitneys Penis im Mund.

F: Und was haben Sie dann getan?

C: Ich hab zugeschaut, bis sie fertig waren. Mir hat noch niemand einen geblasen, also habe ich wenigstens gelernt, wie's geht.

F: Welche Gefühle hatten Sie dabei?

C: Ich war aufgebracht. Aber ich wollte mich nicht umbringen oder so.

F: Das ist gut. Haben Sie Whitney zur Rede gestellt?

C: Am nächsten Tag.

F: Und was hat er gesagt?

C: Er sei betrunken gewesen und habe nicht gewusst, was er da tat. Es tue ihm ja so leid, aber es habe überhaupt nichts zu bedeuten. Was im Grunde die größte Beleidigung war, auf die er kommen konnte.

F: Was haben Sie darauf gesagt?

C: Dass er nach den Maßstäben des Amerikanischen Ärzteverbands bereits Alkoholiker sei. Whitney trinkt schon morgens.

F: Hat ihn das besorgt gemacht?

C: Sorge machte ihm vor allem, Alice könnte rauskriegen, was zwischen ihm und Eloise gelaufen war.

F: Wer ist noch mal Alice?

C: Als wir das Gespräch über seinen beginnenden Alkoholismus hatten, war Alice noch Whitneys Freundin.

F: Und hat Alice es rausgekriegt?

C: Ja.

F: Wie?

C: Sie hat mich gefragt, ob es stimme, und ich habe es bestätigt.

F: Was passierte dann?

C: Alice und ich haben einen Spaziergang gemacht. Wir haben uns über Whitneys Alkoholproblem unterhalten und überlegt, ob wir mit seiner Mutter darüber reden sollten.

F: Und wie haben Sie sich entschieden?

C: Dass wir abwarten wollten, ob er sich zusammenreißt, wenn das neue Collegejahr beginnt. Wir wohnen zusammen, also werde ich es merken.

F: Das alles scheint Sie nicht besonders aufgeregt zu haben.

C: Es ist auch etwas Gutes dabei herausgekommen.

F: Und zwar?

C: Alice und ich sind jetzt zusammen.

F: Wie kam es dazu?

C: Wir haben gemerkt, dass wir außer unserer Zuneigung zu Whitney noch andere Gemeinsamkeiten haben.

F: Sie wohnen in Whitneys Gästehaus und sind mit seiner Ex-Freundin zusammen? Was sagt denn Whitney dazu?

C: Dass es ihm recht geschieht, dass er selbst schuld ist und dass sie ein tolles Mädchen ist. Was alles stimmt. Er trinkt mehr denn je.

F: Haben Sie das Gefühl, Ihren Freund verraten zu haben?

C: Ich habe seinen Penis ja nicht Eloise in den Mund gesteckt. (Lacht) Das war ein Scherz. Was soll ich sagen, Dr. Friedrich? Es tut mir leid? Aber es tut mir nicht leid. Whitneys Verlust ist mein Gewinn. Mit Alice Sex zu haben ist toll, viel besser als mit Eloise, viel befriedigender … und ich brauche nicht so zu tun, als würde ich mich für Ornithologie interessieren.

F: Das klingt sehr selbstsüchtig.

C: Dass Männer die Frauen und Freundinnen ihrer Freunde vögeln, passiert doch unentwegt.

F: Meinen Erfahrungen entspricht das nicht.

C: Nur weil Sie noch nie im Wainscot Yacht Club gewesen sind. Es gibt da diesen Typ im Club, der eine Concordia-Jolle segelt. Jedes Wochenende legt er mit der Frau eines anderen an …

Der Doktorand, der das Band abgetippt hatte, schrieb unter das Sitzungsprotokoll die folgende Bemerkung:

Dr. Friedrich, ich glaube, Sie haben versehentlich auf die Löschtaste gedrückt. Das Band enthält zwei Minuten und einundvierzig Sekunden Rauschen.

Dieser Teil ihrer Sitzung war nicht versehentlich gelöscht worden. Friedrich hatte es bewusst getan, sobald Caspers Stunde beendet gewesen war. Der Mann mit der Concordia-Jolle, der jedes Wochenende mit der Frau eines anderen vor Anker ging, war Thayer Winton. Einmal hatte Casper eine Flasche Champagner zu ihm hinausgebracht; die Jolle war mit einem bequemen Doppelbett ausgestattet. Ein Detail beunruhigte Friedrich besonders. Casper hatte gesagt: »Jemand an der Bar hat mir erzählt, dass Winton bei jeder dieser Ehefrauen den gleichen Trick einsetzt. Immer eröffnet er die Partie mit einer Erstausgabe von T.S. Eliots *Das wüste Land.*«

September 1952

Seit fast sechs Monaten lebten die Papageien nun in Friedrichs Maulbeerbaum. Sie zogen keine Besucherscharen mehr an und inspirierten nicht mehr zu Artikeln in Studentenzeitungen. Außer hie und da für einen Fremden, der auf die Bremse trat, zurücksetzte, an den

Straßenrand fuhr, an die Haustür klopfte und fragte, »Wissen Sie eigentlich, was Sie da in Ihrem Baum haben?«, stellten sie keine Wundererscheinung mehr dar. Wie es dem Ungewohnten zu ergehen pflegt: Mit wachsender Vertrautheit hatten sie an Pracht verloren.

Nachbarn beklagten sich, die Papageien zwickten ihnen in die Finger, bedienten sich in Gemüsegärten und hätten einmal gar im Sturzflug eine Hauskatze namens Fluffy attackiert. In einer Gemeindeversammlung schlug jemand vor, man solle sie abschießen (wie sie es in einem Jahr mit Staren getan hatten), sonst aber einfangen und in einer anderen Nachbarschaft wieder aussetzen.

Lucy wusste davon nichts, glaubte jedoch zu Recht, dass keiner mehr die Papageien liebte, außer Dad und ihr.

Becky betrachtete nach ihren ersten drei Wochen in der dritten Klasse die Papageien als ein zusätzliches Hindernis bei ihrem Kampf um Anerkennung. Einen Psychologen zum Vater zu haben (der Vater ihrer neuen besten Freundin hatte ihn den Kopfverdreher genannt) machte sie zu jemand Sonderbarem. Einen Vater zu haben, der noch immer in einem abgehalfterten Krankenwagen statt in einem Auto in der Stadt herumfuhr, war peinlich. Und eine Mutter, die darauf bestand, Kleider aus zweiter Hand zu kaufen, und ihrer Tochter das Haar mit Spülmittel wusch, bedeutete fortwährende Demütigungen. Da waren Papageien, die auf ihre Freundinnen schissen, wenn sie zum Spielen kamen, eine Anstößigkeit mehr, als Becky ertragen konnte.

Willy, der jetzt nicht nur ›urinieren‹ sagen, sondern seinen Dad beeindrucken konnte, indem er im Stehen pinkelte, beachtete die Papageien nur, wenn sein Vater in der Nähe war. Wenn man nach ihnen warf, besser noch, sie traf, war einem die professorale Aufmerksamkeit sicher. Als ein gewitzter Vierjähriger wusste Willy bereits, was ein Psychologe unter Strafe verstand: Man wurde gemütlich auf den Schoß genommen und bekam einen ruhigen, unbedrohlichen Vortrag über Freundlichkeit gegenüber Tieren zu hören, dem eine tiefsinnige Frage folgte: »Willy, bist du auf die Papageien wütend oder auf Daddy?« Friedrich behauptete zwar, er glaube nicht an die Psychoanalyse, wandte sie jedoch unentwegt auf seine Kinder an.

Selbst Nora, die doch die Papageien, als sie angekommen waren, zum Wunder erklärt hatte, war jetzt ungeduldig mit ihnen, vor allem mit dem afrikanischen Graupapagei, der den Tonfall ihres Mannes so reizend und vollkommen imitierte, dass sie, wenn er »Nora …« rief, unweigerlich herbeigelaufen kam. Für einen Mann auf Wink und Abruf hin verfügbar zu sein war schon bedenklich genug. Aber für einen Papagei …

Und der Kinderarzt konnte zwar nicht mit Gewissheit sagen, dass der fleckige Ausschlag an Jacks Hals und Achselhöhlen eine allergische Reaktion auf die Vögel war, doch allein der Möglichkeit wegen wünschte Nora, sie flögen davon und alles würde wieder so, wie es einmal gewesen war. Lucy war zusammen mit ihrer Mutter in der Praxis des Kinderarztes gewesen, als der Jack zum zweiten Mal untersuchte. »Wollen Sie nicht einfach mal die Papageien loswerden und sehen, ob der Ausschlag dann verschwindet?«

»Das könnte ich nicht.«

»Warum nicht?«

Lucy fiel auf, dass ihre Mutter so rot wurde wie Jacks Ausschlag.

»Weil sie meinen Mann zum Lachen bringen.« Lucy wusste nicht, dass das Lachen ihres Vaters – seine entspannte, lässige Art, ruckartig den Kopf in den Nacken zu werfen, seine sich in ansteckende Zuversicht verwandelnde Arroganz ihre Mutter betört hatte. Doch die Synapsen in ihrem nun siebenjährigen Gehirn stellten einen Zusammenhang zwischen Opfer und Liebe her.

***

»Ich liebe dich, Grey«, hauchte Lucy durch das Fliegennetz vor dem Küchenfenster dem afrikanischen Graupapagei zu, der auf der Verandabrüstung hockte, während sich aus den Traufen Regen ergoss. Ursprünglich war sie von dem Ara verzückt gewesen, doch dann hatte Becky ihn für sich beansprucht, und Lucy hatte sich von Grey bezaubern lassen. Nur er wagte sich auf die Veranda vor, die anderen Papageien blieben in der Nähe des Maulbeerbaums. Den ganzen Morgen hatte es heftig geregnet. Dass der gleiche Ausschlag, den sich Jack von den Vögeln eingefangen hatte, Lucys Hinterteil so gerötet hatte wie das eines Pavians, ließ sie ihre Mutter nicht wissen, dafür liebte sie Grey zu sehr.

»Einen Vogel kann man nicht lieben.« Becky spielte mit ihren jüngeren Brüdern Arzt. Jack war der Patient, Willy die Krankenschwester. Der Operationstisch war eine große, weiße, raue Platte, die normalerweise an Thanksgiving und Weihnachten zum Tranchieren des Truthahns verwendet wurde und nun für eine schnelle invasive Operation an Jack unter dem Küchentisch stand.

»Ich liebe Grey auch.« Jack liebte alles.

»Jack, halt still, du stirbst doch.« Becky schubste Jack in Bauchlage auf die Truthahnplatte.

»Tut sterben weh?«

»Sobald du tot bist, nicht mehr. Schwester, messen Sie seine Temperatur.« Willy zog Jack die Shorts hinunter.

»Ich heirate mal Grey.« Lucy warf dem Vogel durch das Fliegengitter Küsschen zu.

»Einen Papagei heiraten zu wollen ist ja noch idiotischer, als einen zu lieben.« Becky wusch sich zur OP-Vorbereitung die Hände.

»Grey ist kein Papagei. Er ist ein afrikanischer Prinz, den eine böse Hexe in einen Vogel verwandelt hat.«

»Du kannst doch keinen afrikanischen Prinzen heiraten.«

»Warum denn nicht?«

»Weil er Neger ist. Dann würdest du Negerbabys bekommen und die Leute wären nicht nett zu ihnen.«

»Ich mag kein Patient sein.« Jack mochte es nicht, mit einem Lineal die Temperatur rektal gemessen zu bekommen.

»Wenn wir dir die Temperatur nicht messen, stirbst du«, erklärte Willy so erwachsen, wie er nur konnte.

Jack krabbelte auf die Füße und zog sich das weiße Tischtuch über den Kopf. »Ich bin ein Gespenstchen!« Er streckte die Hände von sich wie ein Zombie.

Willy tat gern so, als hätte er Angst. »Lauft weg, er ist ein Gespenst!«

»Schwester, Sie kommen sofort hierher!« Jack und Willy rannten davon, in der Hoffnung, von Becky verfolgt zu werden.

»Ich zähle bis zehn ... eins, zwei ...«

»Was machen sie denn da im Auto?« Lucy schaute an ihrem gefiederten Prinzen vorbei auf den Weißen Wal, der in der Auffahrt stand. Seit fast fünfundvierzig Minuten hielten ihre Eltern sich auf den Rücksitzen auf. Es hatte aufgehört zu regnen, aber die Autofenster waren so beschlagen, dass Lucy nicht sehen konnte, was da vor sich ging.

»Sie machen Babys.«

Auch wenn Lucy gerade erst sieben war und Becky noch nicht neun, waren sie über das Babymachen genau informiert. Ja, sie wussten über die Kopulation besser Bescheid als 1952 die meisten Highschool-Mädchen in Hamden. Friedrich hatte jede die Reproduktion betreffende Frage taktvoll und sachlich beantwortet. Entschlossen, seine Töchter weder zu beschämen noch zu verwirren oder aufzureizen, sprach er über die Tatsachen des Lebens in dem gleichen gelangweilt-bedächtigen Ton, in dem er die Gebrauchsanweisung eines Küchenmixers vorgelesen hätte. »Der Mann führt seinen Penis in die Scheide der Frau ein.«

Scham, Verwirrung, Aufreizung – all das hatte Friedrichs Mutter in toxischem Maße vermittelt. Jeden Sonntagmorgen vor der Kirche hatte sie sich von ihren Söhnen umarmen lassen, bevor sie sich mit dem Vater wieder ins Schlafzimmer zurückzog, um sich dem Gerangel zu widmen, das in ihrem Haushalt als Eheglück galt. »Kommt, Kinder«, pflegte sie ihren Söhnen fordernd zuzurufen, »wärmt mich an, Daddy versteckt gleich seinen Schwanz in mir!«

Die korrekten Bezeichnungen für die an der Reproduktion beteiligten Organe fand Lucy nicht halb so spannend, wie zu wissen, dass ebendieser Vorgang gerade auf der Rückbank des Krankenwagens ablief, der im Vorgarten geparkt war. Warum eigentlich nicht zuschauen, fragte sie sich, da ihre Mutter gesagt hatte, Babys zu machen sei etwas Schönes.

Becky war wieder beim Doktorspielen. Mit einem Buttermesser als Skalpell und Ketchup als Blut enfernte sie Jacks imaginären Tumor. Lucy schlüpfte zur Haustür hinaus. Grey plusterte sich auf und starrte ihr mit einem gelben Auge nach, als sie auf Zehenspitzen über den durchweichten Rasen trippelte, um sich anzusehen, wie man Liebe macht.

»Sag einfach die Wahrheit.« Ihr Vater redete laut. Dass die Leute beim Babymachen redeten, hatte er Lucy nicht erzählt.

»Will, ich verliere allmählich die Geduld.« Es war komisch, ihre Mutter im gleichen Ton mit ihrem Vater sprechen zu hören wie mit ihr, wenn sie versuchte, Grey zu baden oder in ihren besten und einzigen Abendschuhen durch Pfützen zu gehen. »Ich habe dir die Wahrheit bereits gesagt, und, offen gestanden, ich finde das Ganze traurig und empörend – da sage ich dir, dass ich mit dir glücklich bin, dass ich dich liebe, dass ich mit niemandem außer dir schlafe und es auch gar nicht will – und du weigerst dich, mir zu glauben!« Da Lucy ihre Eltern jeden Morgen weckte und nie jemanden außer ihnen im Bett fand, war sie über den Verdacht ihres Vaters nahezu so verdutzt wie ihre Mutter.

»Nora, gib es zu, dann fühlst du dich besser.« Das war der Trick, mit dem ihr Vater einen dazu brachte zuzugeben, dass man gelogen hatte.

»Sprich für dich selbst – ich fühle mich ausgezeichnet.«

»Na schön – *ich* fühle mich besser, wenn du mir sagst, wer es ist.«

»Du würdest dich wirklich besser fühlen, wenn ich dir einen Namen nenne?«

»Unbedingt.«

Auf der Innenseite der Heckscheibe entstand ein Kreis. Lucys Mutter malte mit dem Zeigefinger ein lustiges Gesicht – zwei Punkte für die Augen, einen Strich als Nase und einen Halbkreis für einen lächelnden Mund. Da flog ein Flugzeug niedrig über den Garten hinweg, und Grey stieß einen besorgten Ruf aus. Den Namen, den ihre Mutter nannte, hörte Lucy nicht, nur den Aufschrei ihres Vaters. »Wie konntest du nur! Ausgerechnet mit ihm!«

»Habe ich ja auch nicht.« Ihre Mutter kicherte. »Aber du hast gesagt, wenn du einen Namen hörst, fühlst du dich besser, also habe ich dir einen genannt. Du benimmst dich lächerlich.« Nora schaute durch das lachende Gesicht hinaus und sah Lucy zu ihnen hinstarren.

»Verflixt, Lucy steht da draußen und hört sich das hier an.« Lucy hörte ihre Mutter niemals wirklich fluchen. ›Verflixt‹ oder ›jetzt schlägt's aber dreizehn‹ waren ihre stärksten Ausdrücke.

»Wie viel hat sie denn mitbekommen?«

»Genug, um zu wissen, dass ihr Vater ... lassen wir's.« Nora machte die Wagentür auf. »Lucy! Dich wollte ich gerade suchen gehen. Hilfst du mir, Plätzchen zu backen?« Es gelang ihr gar nicht schlecht, die Glückliche zu spielen. Was ist eigentlich schlimmer, fragte sie sich, ein Kind zu belügen oder es mit den Enttäuschungen des Erwachsenenlebens zu belasten?

»Warum habt ihr euch denn gestritten?«

Um Lucy abzulenken, nahm Nora sie an der Hand und wirbelte sie herum. »Wir haben uns nicht gestritten, nur ein Spiel gespielt. Dein Vater sagt alberne Sachen, und ich ziehe ihn auf.«

Lucy sah ihren Vater an. »Mit wem schläft Mommy denn?«

Anstelle einer Antwort warf Friedrich seiner Frau einen funkelnden Blick zu und nahm Lucy an der anderen Hand.

»Zufrieden?«, fragte Nora.

So, zwischen ihrem Vater und ihrer Mutter, war Lucy sehr zufrieden; sie stand gern im Mittelpunkt.

Als sie mit ihren Eltern auf die Veranda kam, sauste Becky drinnen in der Küche umher und baute schleunigst den Operationssaal ab. Ohne Hemd, mit Ketchup verschmiert, kam Jack aus der Küchentür. »Ich hab Krebs!«

»Becky hat ihm den Tumor herausgeschnitten. Ich hab ihr gesagt, dass ihr das nicht mögt.« Willy war der geborene Petzer.

»Hat er überhaupt nicht gesagt. Willy lügt. Er wollte Doktor spielen.«

Bevor möglicherweise vorhandene Wahrheitskörnchen von der Spreu des Zweifels geschieden werden konnten, glitt ein nagelneues, glänzend grünes Chrysler-Kabriolett mit Edelholzarmaturen an den Bordstein vor dem Haus. Doris Day sang »Bewitched, bothered and bewildered«.

Der Mann am Steuer war jung, gebräunt und perfekt angezogen – blauer Blazer mit seidenem Taschentuch in der wappengeschmückten Brusttasche, darunter ein cremefarbener irischer Matrosenrollkragenpullover (wie man ihn in den Vereinigten Staaten erst fünfzehn Jahre später würde kaufen können). Mit seiner sportlichen Figur, die viel robuster zu sein schien als seine Kluft, wirkte der Mann so unnatürlich viril wie eine Schaufensterpuppe. Lucy wollte immer noch lieber einen afrikanischen Prinzen heiraten, der in einen Papagei verwandelt worden war, selbst wenn sie schwarze Babys bekäme – sollte sich die Verwünschung aber nicht rückgängig machen lassen, dann würde der junge Mann, der jetzt aus dem Kabriolett stieg, es auch tun.

Erst als Grey »Hallo« rief, nahm Lucy wahr, dass der junge Mann, der nun auf sie zukam, Hand in Hand mit einer älteren Frau ging. In Wirklichkeit mochte sie eine neunzehnjährige Radcliffe-Studentin sein, für Lucy war sie, was alle Frauen für sie werden würden – eine Rivalin. Diese unbekannte weibliche Größe, die sich näherte, hatte Schneewittchens Gesicht, Cinderellas Haar und ein goldenes Wunderkettchen um das Handgelenk, genau wie das Armband, das Dr. Winton klirren ließ, wenn sie so tat, als möge sie Kinder. Der Anblick dieses vollkommenen Paares beschwor in Lucy eine so verwirrende Mixtur aus Wünschen und Vorbehalten herauf, dass sie den

Arm um die Hüften ihres Vaters legte und ihr Gesicht in seiner geflickten Weste verbarg.

»Hallo, Lucy, hallo, Becky.« Keines der Mädchen hatte eine Ahnung, wer der Mann war. Lucy lugte hinter ihrem Vater hervor, der merkwürdig stumm blieb. »Woher wissen Sie denn, wie ich heiße?« Einen Augenblick lang überlegte sie, ob er einer der Frösche war, die Willy gefangen und die sie am Bach hinter dem Haus wieder freigelassen hatte.

»Wir sind uns im Frühjahr begegnet, als ich Fotos von eurem Vater und den Papageien gemacht habe.«

»Sie sehen anders aus«, stellte Becky fest.

»Weil ich mich anders fühle.« Casper sah das Mädchen, dessen Hand er hielt, so an, als hätte sie ihn mit einem Kuss aus einem Frosch in einen gut aussehenden Mann verwandelt.

»Casper, was für eine wunderbare Überraschung.« Vor Staunen über die Verwandlung bemerkte Nora nicht, dass ihr Mann keineswegs so verblüfft war wie sie.

»Hätten Sie beide gern einen Kaffee, einen Tee oder …«

»Nein, danke, wir wollen uns nicht aufdrängen. Ich bin nur vorbeigekommen, um Ihnen ein Geschenk zu bringen.«

»Das ist nicht nötig, Casper.« Lucy merkte, dass ihr Vater Casper so prüfend betrachtete wie sie, bevor er sie fragte: *Hast du Fieber?*

»Es ist für Sie alle, für die Kinder auch.«

Während Nora Friedrich weiter protestierte, lief Casper zu dem Chrysler zurück. Irgendetwas Großes, in braunes Papier Gehülltes lag der Länge nach auf dem Rücksitz. Eine große rote Schleife war darauf, und es war rund und größer als Casper.

»Das ist doch übertrieben, das können wir nicht annehmen«, rief Nora aus.

»Es ist auch unser Geschenk, Mommy«, wandte Lucy ein.

Casper schlang den Arm um das Geschenk und schleifte es über den Rasen, als wäre eine Leiche darin.

»Will, hilf ihm.« Friedrich fasste am anderen Ende an. Das Paket war eher unhandlich als schwer; sogar er war nun neugierig geworden.

»Dürfen wir's aufmachen? Dürfen wir's aufmachen, ja? Bitte, dürfen wir?« Lucy, Willy und Jack hüpften umher, als Friedrich und Casper das Paket auf die Veranda trugen. Becky fand sich zu alt, um sich wie ihre Geschwister aufzuführen, fühlte sich ausgeschlossen und tat, als wäre sie überhaupt nicht gespannt.

»Es sieht imposanter aus, als es ist«, sagte Casper entschuldigend zu ihnen.

»Wir haben es gestern im Fenster eines Antiquitätenladens gesehen«, erklärte Alice, »als wir zu meinem Großvater gefahren sind.« Es sollte noch eine halbe Stunde vergehen, bevor Dr. Friedrich und Frau sich zusammengereimt hatten, dass der Großvater von Alice einmal Gouverneur von Connecticut gewesen war. Lucy, Willy und Jack zerrten das braune Papier herunter und brachten einen riesigen viktorianischen Vogelkäfig zum Vorschein, groß genug, um einen Mann darin gefangen zu halten.

»Wie schön, Casper.« Nora war so entzückt, dass sie ihn auf die Wange küsste.

»Ich habe sofort an Sie gedacht, als ich ihn gesehen habe, Dr. Friedrich.« Die Bemerkung wunderte Friedrich, aber der Käfig war in der Tat schön. Das Gitterwerk bestand aus einem Geflecht von Messing- und Zinkdrähten, die so verarbeitet waren, dass sie ein Bambusgebilde vorspiegelten, durch das sich Ranken wanden.

Casper und Alice blieben zum Tee. Nora und Lucy backten schließlich doch noch Plätzchen. Alice half in der Küche mit, bestand darauf, das Geschirr abzuwaschen, und wurde so unbefangen, dass sie gestand: »Jemandem wie Casper bin ich noch nie begegnet.«

»Ja, er ist ein ungewöhnlicher Mensch.«

»Wir haben sogar schon übers Heiraten gesprochen.«

»Das ist wundervoll«, sagte Nora, obwohl sie ihre eigene Ehe derzeit so nicht empfand.

Beim Tee gab Becky mit ihrem Wortschatz an, indem sie zu Willy

»du Troglodyt« sagte, und Lucy sang »Frère Jacques«, brach jedoch in Tränen aus, als ihr der letzte Vers nicht einfiel.

Friedrich sagte, sie sei übermüdet; Casper sagte, das Gleiche sei ihm auch einmal passiert, nur schlimmer, weil er dazu noch in die Hose gemacht habe. Alle lachten.

Als Casper mit Alice dem Sonnenuntergang entgegenfuhr, legte Friedrich den Arm um seine Frau. »Er scheint sich ganz gut zu machen.«

»Er wirkt wie ein vollkommen anderer Mensch. Ich habe ihn vor einem Monat einmal gesehen, da kam er mir locker und selbstsicher vor, aber längst nicht so wie heute.«

»Du hast mir ja gar nicht erzählt, dass du ihn gesehen hast.«

»Aber ja, ich habe dir gesagt, dass ich ihm zufällig in der Stadt begegnet bin. Wir haben ein sehr merkwürdiges Gespräch geführt.«

»Und worüber?«

»Über *Das wüste Land.*«

»Daran würde ich mich doch erinnern.« Seine Augen wurden schmal; er stellte sich vor, wie seine Frau bei Casper nach Äpfeln tauchte. Im Geiste hatte er sie es schon bei Thayer tun sehen. Er war auf dem besten Weg, sich selbst zu quälen.

»Er hat mir fünf Cent geliehen, damit ich dich anrufen konnte.« Nora schob sich eine Strähne hinter das Ohr. »Komisch, fast vermisse ich den alten Casper.«

»Was soll das heißen?«

»Nur, dass deine Droge wirkt.«

»Woher weißt du denn, dass er sie erhält?«

»Er nimmt sie doch, oder?«

»Es handelt sich um eine Doppelblindstudie. Nicht einmal ich weiß, ob er ein Placebo nimmt.«

»Aber wenn du's wüsstest, würdest du es mir doch sagen, nicht?«

»Das wäre ethisch nicht zu vertreten.«

***

Um 6 Uhr 15 am nächsten Morgen wurde Friedrich vom Schrei eines Kindes aus dem Tiefschlaf gerissen, so durchdringend wie eine Messerklinge auf Glas. Lucy war das. Noch nicht richtig wach, rannte er schon auf das Geräusch zu, von elterlicher Paranoia gepeitscht. Es kam von unten. Brannte es irgendwo? War sie gefallen, hatte sie sich geschnitten? Schleppte ein Eindringling sie aus dem Haus?

Er fand sie auf der Veranda. Sie deutete auf den Käfig. Friedrich wusste nicht, ob sie sich einzeln dazu entschlossen hatten oder alle gleichzeitig in die Gefangenschaft gezogen waren, aber sämtliche Papageien hatten den Maulbeerbaum verlassen und sich in den Käfig gezwängt. Alle außer Grey.

»Daddy, du musst sie freilassen!«

Er hatte die Käfigtür am Abend zugedrückt, das wusste er sicher. »Wie zum Teufel …« Grey saß auf der Brüstung und sträubte seine Federn. Mit manisch funkelnden Augen warf er den Kopf zurück und lachte.

Will öffnete die Käfigtür und versuchte, die Vögel hinauszuscheuchen. Der Kakadu biss ihn in den Daumen und jammerte: »Donde está Marjeta?«

Den ganzen Tag und die folgende Nacht hindurch ließ Friedrich die Käfigtür offen stehen, doch die Papageien rührten sich nicht vom Fleck. Sie konnten nicht, sie wollten nicht hinaus.

Die Tatsache, dass die Vögel Caspers Käfig der Freiheit des Maulbeerbaums im Garten vor seinem Haus vorzogen, deprimierte und ärgerte Friedrich mehr, als er zugegeben hätte. Am Tag darauf versuchte er, sie mit Köstlichkeiten herauszulocken, mit Kürbissamen und Maiskolben. Alle Papageien blieben hinter Gittern, bis auf Grey, der sich ein Festmahl gönnte.

Friedrich gab ihnen fünf Tage Zeit, sich für die Freiheit zu entscheiden. Er wollte einfach nicht glauben, dass sie in der Hoffnung zu ihm gekommen waren, einen Käfig zu finden. Am Ende musste er den Tierschutzverein anrufen, um sie loszuwerden. Der Mann, der sie abholen kam, versprach, es werde gut für sie gesorgt.

Grey behielten sie. Lucy glaubte weiterhin, er sei ein afrikanischer Prinz. Friedrichs Beziehung zu Grey aber veränderte sich. Wenn er Grey ins glänzende Auge sah, wenn er an seinem eigenen Spiegelbild vorbei ins Herz dieses Familientiers schaute, das sich nicht von einem Käfig verführen ließ, dann drängte sich ihm der Gedanke auf, Grey sei der Schuldige gewesen, der seine Brüder und Schwestern in den Käfig gelockt und dann mit dem Schnabel die Tür zugeschlagen hatte. Natürlich wäre das alles nicht passiert, wenn nicht Casper aufgetaucht wäre, um das verfluchte Foto zu machen.

***

Seine – wie sich herausstellen sollte – letzte Sitzung mit Casper hatte Friedrich am Montag, dem 23. September. Casper hatte angerufen und Friedrich gebeten, sich mit ihm auf der Bank im Hof der Sterling-Bibliothek zu treffen. »Lassen Sie uns dort aufhören, wo wir angefangen haben, der guten alten Zeiten wegen.« Als Friedrich die Stimme hörte, hatte er im ersten Moment geglaubt, Thayer rufe an. Denn nicht nur Caspers Erscheinung hatte sich verändert. Sein schrill-nasaler Süd-Jersey-Akzent hatte sich im Laufe seines Sommers hinter dem Mahagonitresen mit der verzinkten Arbeitsfläche im Wainscot Yacht Club zu einem gehaltvollen, berauschenden Tenor veredelt, fruchtig, mit einem Hauch von Süße, wie ein gut gemixter Manhattan.

Friedrich kam zu früh an ihrem alten Treffpunkt an. In den nächsten Monaten würden mit Casper und den übrigen Versuchspersonen noch Kontrollgespräche geführt werden, doch dies würde ihre letzte Sitzung als Therapeut und Patient sein. Friedrich wollte Casper hinter sich bringen.

Das blasse Blau des Himmels ließ Friedrich an einen Blankoscheck denken. Auf dem Campus wimmelte es von neu eingetroffenen Studienanfängern. Friedrich sah zu, wie ratlose Jungen in Mokassins und Tweedjacketts ahnungslos Entscheidungen trafen, die in ihrer Summe den Mann ausmachen würden, mit dem sie nach ihrem Abschluss würden leben müssen. Er verspürte den sonderbaren Drang, sie zu warnen. Doch wovor?

Friedrichs Hand war nicht mehr eingegipst. Die Studie war abgeschlossen, der Sommer der Zuckerwürfel vorbei. Nach dieser letzten Sitzung würde Friedrich in sein Büro zurückkehren und Casper anhand der gleichen Klassifikationsskala evaluieren, die er und Winton zu Beginn der Studie zur Evaluierung von Casper und den neununddreißig anderen Versuchsteilnehmern angewendet hatten, der Psychiatrischen Klassifikationsskala nach Friedrich.

Der Erfassungsbogen zu seiner Klassifikationsskala gab auf neun Seiten zweiundsiebzig verschiedene Verhaltensbereiche, Eigentümlichkeiten der Persönlichkeit und des Verhaltens vor, die zu beobachten und zu beurteilen waren.

Unternimmt keinen Versuch, andere zu beeinflussen oder unter seine/ihre Kontrolle zu bringen.
Versucht andere indirekt zu beeinflussen, z. B. durch Kommentare, Anspielungen, Schmeicheleien etc.
Versucht andere durch direkte Kommentare oder Forderungen zu beeinflussen.
Besteht darauf, andere durch jedes verfügbare Mittel unter seine/ihre Kontrolle zu bringen.

Gruppiert und mit Punktzahlen versehen, wurden die einzelnen Personen auf eine Serie von Zahlen reduziert, die, wenn sie gleichgerichtete Verläufe aufwiesen, zeigten, ob GKD wirksam war oder nicht.

Friedrich und Winton wussten, dass die Substanz wirkte. Im Lauf der letzten vier Monate hatte sich eine von Wintons Krankenschwestern wieder am College eingeschrieben. Eine weitere berichtete, sie sei weniger reizbar; sie schlug ihr Kleinkind nicht mehr. Eine andere hatte zwölf Kilo abgenommen. Die Putzfrau war zur ersten Diakonin in der Geschichte der baptistischen Christ-ist-der-Herr-Gemeinde aufgestiegen. Einer von Friedrichs Studenten, der an leichter Höhenangst litt, war nicht nur in das Cockpit eines Flugzeugs gestiegen, sondern hatte den Flugschein erworben. Selbstgestaltung bedeutete so viel wie Selbsterfüllung.

Von den zwanzig Versuchspersonen, die GKD erhalten hatten, berichteten nur vier von keiner Verbesserung ihrer Lebensqualität. Ein Teilnehmer klagte über Nebenwirkungen im Bereich des Magen-Darm-Trakts; da in seiner Vorgeschichte jedoch eine chronische Kolitis verzeichnet war, blieb offen, ob man mit Diarrhöe als gelegentlicher Nebenwirkung von GKD rechnen musste. Natürlich war bei keinem Teilnehmer eine so exorbitante Verbesserung zu beobachten wie bei Casper, doch er war nun einmal »ein spezieller Fall«, wie Friedrich seiner Kollegin schon zu Anfang erklärt hatte.

Friedrich hatte einen gelben Block samt Stift eingesteckt, um sich Notizen zu machen, aber er wusste bereits, wie er die Fragen der Klassifikationsskala nach Friedrich würde beantworten wüssen. Das Problem war, dass die Friedrich-Skala nicht sämtliche Veränderungen abdeckte, die er an Casper Gedsic beobachtet hatte. Friedrichs Test würde Casper auf eine Punktzahl reduzieren, nach der sein Fall ein Triumph wäre.

Nur dass dies Friedrichs Eindruck von ihm nicht genau beschrieb. Der angenommene Akzent, die geliehene Kleidung, die gestohlene Freundin – gewiss, Casper hatte echte Fortschritte gemacht, aber etwas daran war Hochstapelei. Und dann war da noch die Sache mit dem Käfig.

Casper erschien im Nadelstreifenanzug, sein Hemd hatte Manschetten, und die Manschettenknöpfe waren in Gold gefasste Amethyste. Am Morgen hatte er seinen letzten Zuckerwürfel eingenommen. »Tut mir leid, dass ich zu spät komme, Professor Friedrich.« Friedrich registrierte, dass Casper ihn nicht mehr ›Doktor‹ nannte, notierte es jedoch nicht. »Ich bin beim Mittagessen mit Alices Vater aufgehalten worden.«

»Und wie ist es Ihnen bei diesem Essen ergangen?«

»Wussten Sie, dass er zu seinem Einundzwanzigsten einen Sitz an der New Yorker Börse erhalten hat?«

»Was Sie nicht sagen. Und worum ging es bei Ihrem Gespräch mit Alices Vater?«

»Um Gold. Besonders darum, wie sich die Fluktuation des Goldpreises auf Grundlage marktgeschichtlicher Daten, der aktuellen Ereignisse und der Kriegsgefahr voraussagen lässt. Ich habe eine mathematische Formel dazu entwickelt. Sie ist relativ einfach, aber sie scheint zu funktionieren.«

»Sie haben in der letzten Zeit Gold gekauft und verkauft?«

»Anfangs war's ein Scherz. Na ja, eher eine Wette an der Bar des Yacht Club. Er und ich haben jeder mit hunderttausend Dollar an imaginärem Kapital angefangen und damit spekuliert – Terminbörse, gekauft, short verkauft, was man eben so macht. Und als dann Labor Day kam und ich mein Kapital verdoppelt hatte, da begann's ihn zu interessieren, wie ich das gemacht hatte, und … ach, ich zeig's Ihnen mal.« Casper holte einen in Krokoleder gebundenen Terminkalender mit Futteral für einen silbernen Stift heraus und begann säuberlich eine Folge von Cosinus-Funktionen aufzuschreiben.

Friedrich konzentrierte sich auf das Lächeln dieses eleganten jungen Mannes, der ihm nun auf einem Blatt mit Goldrand die mit silbernem Stift niedergeschriebene Formel reichte. »Probieren Sie es aus, sehen Sie sich's selbst an. Wir haben in den letzten beiden Wochen über siebenundvierzig Mille gemacht.«

»Sie haben siebenundvierzigtausend Dollar Gewinn gemacht?« Friedrich hatte Mühe, die Kinnlade oben zu halten.

»Nein, nicht ich persönlich – Alices Vater. Er hat mir zehn Prozent abgegeben. Was ich sehr fair von ihm fand, denn schließlich war es sein Kapital, das arbeitet. Das Ganze beruht auf einer Extrapolation der Arbeiten von Laplace, dem Philosophen. Sie erinnern sich, Laplaces Dämon – wisse alles über die Vergangenheit und du kannst die Zukunft voraussagen.«

»Die Zukunft ist kein sicherer Boden, Casper. Nur einmal angenommen, jemand würde ein großes Goldvorkommen entdecken. Der Preis würde fallen.«

»Nicht ausgeschlossen. Aber … nach allem, was man von der menschlichen Natur und dem menschlichen Eigennutz weiß, wäre es zwar nicht garantiert, stünde aber zu erwarten, dass Ihr Entdecker seine Entdeckung geheim hielte, um nicht den Markt zu überschwemmen, was den Goldpreis sinken ließe und den Wert dessen, was er in harter Arbeit zutage gefördert hat, mindern würde.«

»Und wenn nun jemand eine Methode zur synthetischen Goldherstellung entdecken würde?«

»Das haben die Alchimisten lange Zeit versucht. Außerdem, wenn es doch einem gelänge, dann würde jemand demjenigen, der das Verfahren entdeckt hat, eine solche Summe dafür zahlen, dass er auf den Ruhm verzichten würde. Er würde die Formel vernichten.«

Friedrich starrte ihn an.

»Sie machen sich ja gar keine Notizen, Professor Friedrich. Stimmt etwas nicht?«

»Nein.« Natürlich stimmte etwas nicht. »Ich verlasse mich auf mein Gedächtnis.«

»Ich gebe die Physik nicht auf, falls Ihnen das Sorge macht.«

»Ich mache mir keine Sorgen, wenn Sie es nicht tun, und Sie scheinen gut zurechtzukommen.«

»Ich bin glücklich. Zwar ist das nicht ganz das richtige Wort für das, was ich empfinde, aber jedenfalls mag ich das Gefühl, und ich verdanke es Ihnen.« Casper zupfte seine Manschetten hervor und bewunderte die Amethyste.

»Sie sind derjenige, der Ihr Leben verändert hat, nicht ich.«

»Wenn nur auch Whitney glücklich wäre. Alice und ich haben mit seiner Mutter gesprochen. Wegen seiner Trinkerei.«

»Und wie ist Whitney damit umgegangen?«

»Indem er mehr trinkt denn je, an allem mir die Schuld gibt, furchtbare Dinge über mich sagt. Er bildet sich ein, er kann mich aus Yale rauswerfen lassen. Wahrscheinlich ruft er Sie an.«

»Um furchtbare Dinge über Sie zu sagen?«

»Ja, und außerdem hat seine Mutter ihm nahegelegt, zu einem Psychologen zu gehen. Ich habe Sie empfohlen.«

Als die Stunde um war, verabschiedete sich Casper mit einem Händedruck von Friedrich. Die zehn Glocken des Glockenspiels im Harkness Tower ließen die Hymne »All Things Bright and Beautiful« erklingen.

»Jetzt können Sie mir doch den Namen der organischen Substanz sagen, die ich eingenommen habe, nicht wahr?« Er ließ Friedrichs Hand nicht los.

»Nein.«

»Das wusste ich.« Er gab Friedrichs Hand frei, wandte sich ab und ging; dann sah er sich lächelnd noch einmal um. »Werden Sie's mir jemals sagen?«

»Wenn wir die Ergebnisse der Studie publizieren, können Sie es nachlesen. Ich sehe Sie in zwei Wochen.«

»Vielleicht können wir uns ja früher schon sehen«, rief Casper noch.

»Vielleicht.« Friedrich wollte Casper Gedsic hinter sich haben.

***

Langsam, aber nicht vorsichtig, fuhr Friedrich heim. Er missachtete gelbe Ampeln, überfuhr durchgezogene Linien und schlenkerte auf die Gegenfahrbahn, ohne es zu merken. Eine Zigarette wartete zwischen seinen Lippen zehn Minuten auf Feuer, bevor er sich an sie erinnerte. Als er in der Tasche nach Streichhölzern suchte, stieß er auf Caspers Goldformel. Er knüllte sie zusammen. Das Fenster war bereits heruntergekurbelt. Er wollte sie hinauswerfen, hielt aber im letzten Moment inne. Und wenn sie nun funktionierte? Die Mathematik darin war ihm zu hoch.

War er schlicht neidisch auf Caspers Grips? Oder darauf, wie er ihn gebrauchte? Friedrich war ehrgeizig, er wollte mehr – ein Haus am Berg, Privatschulen für seine Kinder, einen Terminkalender in Krokoleder. Wurmte ihn, dass Casper rascher mehr ergatterte, dass der Schüler besser war als der Lehrer? Oder dass Casper weder Scham noch Schuldgefühle an den Tag legte, dass er sich völlig ungehemmt neu erfand? So rührend altmodisch es auch erscheinen mag: Aufsteigen zu wollen galt 1951 als schlechter Stil.

Als Friedrich nach Hause kam, schaltete sein Hirn auf das Hier und Jetzt zurück. Ein silberner Jaguar stand am Bordstein. Ausländische Wagen waren in Hamden damals rar. Thayer fuhr einen schwarzen Cadillac, Whitney einen Packard, meinte sich Friedrich zu erinnern. Casper hatte gesagt, Whitney werde anrufen. Allerdings sähe es einem reichen, verwöhnten, aufstrebenden Alkoholiker ähnlich, unangemeldet bei ihm zu Hause aufzutauchen. Laut Casper hatte Whitney jetzt ein Motorrad. Vielleicht hatte er sich ja auch gleich noch einen Jag zugelegt – alles war möglich.

Friedrich kam früher heim als geplant; er hatte Nora angekündigt, er werde bis in den Abend arbeiten. Als er aus dem Wal stieg, begrüßte ihn das Gelächter seiner Frau, das aus dem Fenster des gemeinsamen Schlafzimmers sprudelte, so unbekümmert und mädchenhaft wie ein Kranz von Gänseblümchen. Nach einem Orgasmus lachte sie so.

Und wenn … wer weiß … was weiß man überhaupt … Jetzt war es wieder still. Wo waren eigentlich die Kinder? Was machte sie da oben – mit wem? Wieder fiel ihm Caspers Ausdruck ein, nach Äpfeln tauchen … Und wenn nun sie und Casper …

So leise wie ein Dieb betrat Friedrich sein Haus. Es war ja nur ein Spiel, er glaubte ja nicht wirklich, dass Nora dort oben mit … Nur, warum ging er auf Zehenspitzen, wenn er es nicht glaubte? Sorgsam darauf bedacht, die knarrende Stufe zu meiden, stieg er die Treppe hinauf. Die Schlafzimmertür stand offen. Nora sah ihn nicht. In einem rosa Unterrock, den er noch nie gesehen hatte, stand sie vor dem Spiegel. Im Badezimmer lief Wasser. Er hörte eine Männerstimme.

Langsam drückte er die Tür auf. Der Anblick war abscheulicher als seine Fantasien: Ein Mann saß in Unterwäsche auf der Toilette. Ein langer Moment unbändigen Zorns verging, bevor Friedrich begriff, dass der Mann dort der Tscheche war, mit dem er sich bei den Wintons unterhalten hatte. Sogar der Name fiel ihm nicht gleich ein ... Lazlo hielt *Die kleine rote Henne* aufgeschlagen in den Händen. Wieso hockt dieser Fremde in Unterwäsche in meinem Bad und liest meinen Söhnen, die nackt in der Wanne sitzen, aus der *Kleinen roten Henne* vor!

»Ihre Brut hat mich nassgespritzt, und in der Wanne war für mich kein Platz mehr.« Sein Anzug hing auf einem Kleiderbügel an der Badezimmertür.

Normalerweise wären Friedrichs Gedanken pfeilgerade auf pervers gezischt; in seiner Erleichterung darüber, dass er seine Frau nicht beim Sex überrascht hatte, begrüßte er Lazlo jedoch wie einen seit langem aus den Augen verlorenen Freund. »Wie schön, Sie zu sehen, Lazlo«, rief er aus. Und setzte, Erleichterung hin oder her, hinzu: »Was machen Sie denn hier?« Er bemühte sich, nicht argwöhnisch zu klingen. Alle Psychologen wissen, dass sie verrückt sind, sie wollen es nur möglichst nicht so zeigen.

»Der Metzger, für den ich damals gearbeitet habe, als ich hier angekommen bin, musste sich den Daumen amputieren lassen – Osteomyolitis. Geschieht dem knickrigen Kerl ganz recht. Den kleinen Finger könnte er ruhig verlieren, aber ohne den da ...«, er spreizte den Daumen ab wie ein Anhalter, »... wären wir nie von den Bäumen runtergestiegen. Ich hab ihn heute im Krankenhaus besucht.«

»Entschuldigung, ich freue mich ja, Sie zu sehen, aber ...« Ein Verdacht schwelte immer noch in ihm.

Nora erschien auf der Türschwelle und küsste ihn. »Ich habe dich vermisst.« Sie schlang ihm die Arme um den Hals und küsste ihn noch zweimal.

»Ist das Ihr Jaguar da draußen, Lazlo?«

»Wissen Sie, wie man die in England nennt? Juden-Bentleys.« Lazlo gluckste.

Nora trocknete ihre Söhne ab und funkelte ihn an. »Das ist ja schlimm, was Sie da sagen, Lazlo.«

»Wissen Sie, schlimm ist für mich *Die kleine rote Henne*. Da wird das Brot nicht geteilt. Kapitalistische Propaganda. Und sehr unchristlich. Wenn ein Jude dieses Buch geschrieben hätte, wäre die Henne wenigstens so anständig gewesen, dem Schwein das Brot zu verkaufen.«

Nora fand das nicht komisch. »Warum reden Sie eigentlich wie ein Antisemit?«

»Ich bin ein Anti-alles.« Lazlo fand das ungemein komisch.

Friedrich lachte ebenfalls. »Wo sind denn die Mädchen?«

»Bei Jens und seiner Frau.«

»Lazlo hat uns in seinem neuen Auto mitgenommen«, meldete Willy.

Vor ihnen allen fuhr Lazlo in seine Hose. Was er auch tat, es wirkte bei ihm selbstverständlich. »Der Anzug hier – auch neu. Sehr teuer, Seide mit Mohair. Musste ich haben, wegen dem Jag. Neue Wohnung, neues Hi-Fi dazu. So ein Jaguar ist ein sehr teures Auto.«

»Läuft ja anscheinend gut bei Ihnen.«

Lazlo zuckte die Achseln. »Der Bruder von der Mutter meiner Verlobten ist im Schrottgeschäft. Sie haben den neuen Vizepräsidenten vor sich.«

»Das gibt's nur in Amerika.« Auf einmal hatte Friedrich das Gefühl, alle hätten eine Abkürzung zum Glück gefunden, nur er selbst nicht.

»Läuft auf der ganzen Welt so. Nur hier tun alle so, als ob sie sich verhielten wie *Die kleine rote Henne*.«

Auf dem Weg nach unten erklärte Lazlo, er habe ihnen ein Geschenk mitgebracht. Das Geschenk diente als Vorwand für seinen Besuch bei ihnen. Er war neugierig; Friedrich sah wie der Inbegriff des Amerikaners aus und wirkte doch irgendwie fehl am Platz. Zudem wünschte Lazlo sich eine Familie, wusste aber, dass er nie eine haben würde.

Sie folgten ihm nach draußen, und er öffnete den Kofferraum des Jaguar. Darin lagen drei große Jutesäcke, gefüllt mit Tulpenzwiebeln.

»Lazlo, das hätten Sie nicht tun sollen.«

»Na schön, dann verkauf' ich sie Ihnen.«

Friedrich wusste nicht recht, warum er das so komisch fand. Vielleicht hatte er einfach das Bedürfnis zu lachen.

»Mein Blumenhändler hat sie mir überlassen. Ich kaufe viele Blumen für meine Freundinnen.«

»Ich dachte, Sie hätten eine Verlobte.«

»Essen Sie etwa jeden Abend das Gleiche? Roastbeef, Roastbeef, Rostbeef. Selbst wenn's Filet Mignon ist: langweilig. Ungesund dazu.«

»Das ist ja grauenvoll, was Sie da sagen.«

»Nein, ist für alle gut ... Wenn ich eine Freundin habe, bin ich netter zu meiner Verlobten, solange ich bei ihr bin. Wenn ich zwei Freundinnen habe, bin ich doppelt so nett zu ihr. Es wäre die pure Grausamkeit allen gegenüber, wenn ich treu wäre.«

»Leuchtet mir ein.« Auf einmal war Friedrich guter Laune.

Selbst Nora war belustigt. »Das will ich mal nicht hoffen.«

»Soll ich sie Ihnen nun schenken, oder wollen Sie dafür bezahlen?« Lazlo trug einen der Säcke zum Haus, Friedrich griff nach dem nächsten.

»Wollen Sie denn nicht wenigstens davon ein paar für sich selbst behalten?«

»Ich hasse Tulpen. Widerliche Blumen, als Zwiebeln ganz besonders.«

»Wie kann man nur Tulpen hassen?«

»Versuchen Sie mal, sie ein Jahr lang zu essen.«

***

In den nächsten beiden Nächten wurde Friedrich von dem gleichen Traum wach: Nora tauchte nach Äpfeln. Der imaginäre Raum, in dem dieser Verrat stattfand, lag im Dunkeln; er konnte nicht sehen, wen sie befriedigte. Bevor er etwas sagen oder tun konnte, wachte er jedes Mal auf. In der dritten Nacht hatte er wieder den Äpfeltaucherinnenalbtraum, diesmal aber schlief er lange genug weiter, um nach eine Feuerzange zu greifen und dem Phantomliebhaber seiner Frau ein Loch in die Stirn zu schlagen. Überall war Blut. Als Nora im Traum das Licht anschaltete, um die Schweinerei, die er angerichtet hatte, zu beseitigen, sah Will das Gesicht des Mannes, mit dem sie ihn betrogen hatte – und in dem Moment, in dem er begriff, dass er sich soeben selbst ermordet hatte, wurde er, nach Luft ringend, wach.

Immer wieder hatte Dr. Friedrich zu Patienten gesagt: »Wenn Sie träumen, sprechen Sie mit sich.« Die verbleibenden Nachtstunden lag er wach da, lauschte Noras Atemzügen und analysierte, was er sich mit dem Traum zu sagen versucht hatte. Er fürchtete sich davor, die Augen zu schließen, er fürchtete seine Träume. Er wollte zu einem anderen Lebensgefühl vordringen, wusste jedoch nicht wie. Zum ersten Mal, seit er von dem *Weg-nach-Hause* gehört hatte, war er versucht, das Mittel selbst zu nehmen.

***

Die Füße auf dem Schreibtisch, saß Bunny Winton zwischen zwei Lehrveranstaltungen in ihrer Besenkammer von Büro, rauchte die letzte – das schwor sie sich – Zigarette ihres Lebens und überlegte, welches die beste Vorgehensweise wäre, um die Molekularstruktur von GKD analysiert zu bekommen. Wenn man den offiziellen Dienstweg der Universität einschlug, musste man zunächst einen Antrag beim Lehrstuhl für Psychiatrie einreichen, das seinerseits einen Antrag an den Lehrstuhl für Chemie stellen würde, und dieses wiederum musste … In Anbetracht all der vorhersehbaren universitätspolitischen und protokollarischen Hindernisse konnte es sechs Monate oder ein Jahr dauern, bevor das Massenspektrometer von

Yale ihnen die chemische Zusammensetzung von GKD liefern würde, und dann erst konnten sie auf die synthetische Herstellung hinarbeiten.

Winton war bei ihrer zweiten letzten Zigarette, die sie je in ihrem Leben noch rauchen würde, angelangt, als jemand laut anklopfte.

»Herein.« Sie hatte Friedrich nicht erwartet. Er sah müde aus, und in seinem Gesicht haftete an der Stelle, wo er sich beim Rasieren geschnitten hatte, zur Blutstillung ein Stückchen Toilettenpapier.

»Sind Sie denn schon fertig?«

»Nein. Es geht langsamer voran, als mir lieb ist.«

»Es eilt ja nicht. Nun, im Grunde schon ... Sie bluten noch.« Ein Tropfen Blut lief ihm den Hals hinunter. Sie reichte Friedrich ein Papiertaschentuch.

»Danke.« Er tupfte den Tropfen gerade noch ab, bevor er an seinem Hemdkragen angekommen war.

»Was bringt Sie dann den weiten Weg hierher?«

Friedrich schloss die Tür hinter sich. »Hätten Sie Zeit für einen neuen Patienten?«

»Männlich oder weiblich?«

»Männlich.«

»War er schon einmal in psychiatrischer Behandlung?«

»Nein.«

»Ein naher Freund von Ihnen?«

»Freund ist das falsche Wort. Meine Gefühle ihm gegenüber sind ambivalent. Er leidet unter Größenwahn, ist paranoid und ein unsicherer Narzisst.«

»So. Wie heißt er?« Sie schlug ihren Terminkalender auf.

»Friedrich.«

Ihr Kopf schnellte zurück, als hätte Friedrich gerade einen Schläger gegen sie geschwungen. »Sie wollen mich als Facharzt konsultieren?«

»Ja.« Friedrich war über sein Ansinnen ebenso verblüfft wie sie. Er war noch nie in der Rolle des Therapierten gewesen.

»Bereitet es Ihnen keine Sorge, dass unser professionelles Verhältnis, auch unsere Freundschaft …« – als Freund, als richtigen Freund, hatte sie ihn bis zu diesem Moment nicht betrachtet – »damit in Konflikt geraten könnte?«

»Sie sind der einzige Psychiater, dem ich traue.«

»Das schmeichelt mir, aber …« So etwas auch nur zu erwägen war unprofessionell von ihr. Da sie ihm jedoch bereits, ohne seine Einwilligung einzuholen, GKD verabreicht und sich mit seiner Frau angefreundet hatte, um ihr sexuelles Interesse an ihm – erfolglos – einzudämmen, tat sich hier vielleicht die Möglichkeit auf, den Sog, den dieser Fremde noch immer auf sie ausübte, zu brechen. »Gibt es ein spezifisches Thema?« Friedrich stand noch, und sie sprach bereits mit ihm wie mit einem Patienten.

»Schon … Ich bin auf dem besten Wege, mich unglücklich zu machen.« Er unterdrückte sein Bedürfnis, ihr von seinem Traum zu erzählen, um den Verdacht loszuwerden, der Traum sei eine Wunschvorstellung.

»Wie wäre es am Montag um fünf?«

»Gut.« Er wollte gehen.

»Ich weiß, es ist Ihnen nicht leichtgefallen, Hilfe zu suchen.«

«Das sage ich meinen Patienten auch.»

»Auf mein Honorar verzichte ich.«

»Es wäre mir lieber, Sie täten das nicht. Es fördert den therapeutischen Prozess, wenn man bezahlt.«

»Nur um es festzuhalten: Was wir hier tun, ist nicht korrekt.«

»Das weiß ich längst, Dr. Winton.«

Während Friedrich über den Campus zurückfuhr, betrachtete er sich immer wieder im Rückspiegel. »Jetzt ist es offiziell – du bist wahnsinnig.« Seltsam, nachdem er nun einen Termin ausgemacht und bekannt hatte, dass ihn etwas quälte, ging es ihm schon besser. Genügte das etwa schon? Sollte er den Termin gleich heute Nachmittag absagen oder einfach abwarten, bis … Ein Schatten am Rand seines Gesichtsfeldes überdeckte den Gedankengang. Sein Hirn sandte eine Eilbotschaft an seinen rechten Fuß. Plötzlich stand er mit quietschenden Reifen und blockierenden Rädern auf der Bremse. Friedrichs Hirn interessierte nur mehr eins – den Wal zum Stillstand zu bringen, bevor der das Motorrad plattmachte, das zwei Meter vor ihm beim Einbiegen in den Verkehrsfluss stehen geblieben war.

Whitney war der Fahrer. Er war gerade aus dem Schnapsladen gekommen; ein Karton Old Crow war auf dem Gepäckträger festgezurrt. Er musste bereits einiges getrunken haben, das sah Friedrich an der Umständlichkeit, mit der Whitney die Maschine wieder anwarf. Eine offene Bierdose rutschte ihm aus der Tasche, als die Triumph stotternd ansprang; dann brauste Whitney in Schlangenlinien davon.

Offensichtlich hatte Casper nicht übertrieben, als er behauptet hatte, Whitney entwickle sich zum Säufer. Und wenn das nicht übertrieben gewesen war … Friedrich versuchte sich zu erinnern, wo er die Goldformel gelassen hatte.

***

Sechs Tage darauf, an einem Sonntagmorgen, pflanzten die Friedrichs Tulpen. Der Oktober war eine Woche alt, und der Spätsommer hatte sich so lange hingezogen, dass das Laub sich noch nicht verfärbt hatte. Die Tulpenzwiebeln, die Lazlo ihnen geschenkt hatte, trugen wundervolle Namen – Queen of Marvels, Red Sun, Sweet Lover, Flaming Springgreen, Kingsblood, Mon Amour und, Friedrichs liebste, Marjolein (»große, spitz zulaufende Blütenblätter von sattem Purpur, gelb gesprenkelt und lachsrosa umrandet«).

Die mit Draht an den Säcken befestigten Schildchen, auf denen die Blüten beschrieben waren, die aus den Zwiebeln entstehen würden, inspirierten Friedrich dazu, neue Beete für sie anzulegen. Beim Frühstück zeichnete er dafür seinen Plan auf eine Papierserviette. Jacks Idee war es, eines davon in Form eines Vollmonds anzulegen –

»Tulpenmond« nannte der Dreijährige sein Vorhaben. Die anderen Kinder fanden es nicht fair, dass Jack ein Tulpenbeet für sich bekam.

»Immer tust du, was Jack will.« Becky sprach die herrschende Meinung aus.

»Daddy, warum hast du Jack lieber als uns?« Wie sein Vater fühlte sich Willy von Geburt an übers Ohr gehauen.

»Ich liebe alle meine Kinder in gleichem Maße.« Friedrich wusste selbst, dass das nicht stimmte.

»Warum behandelst du uns dann nicht gleich?« Tulpenzwiebeln hatten für Lucy kein Gewicht, wohl aber Liebesfragen.

»Weil ihr alle verschieden seid. Ich behandle euch als Individuen.«

»Tulpenmond für mich!«, rief Jack triumphierend. Friedrich fragte sich, warum er seinen Jüngsten am meisten liebte. Fand er in den Gesichtern der anderen zu viel von sich selbst wieder? Jack glich Nora. Hoffentlich war es so einfach.

Als sie zu graben begannen, war der Himmel bedeckt gewesen, doch dank einer arktischen Luftmasse, die über den großen Seen kreiste, wurden die grauen Wolken aufs Meer hinausgeweht. Der Himmel weitete sich, und hoch oben trieben auf blauem Grund herrliche, langgezogene Wolkensträhnen. Stutenschweife hatte man solche Wolken genannt, als er noch ein Junge gewesen war, erzählte Friedrich den Kindern.

Mit einem rostigen Spaten grub er die Erde um. Neben ihm zerkleinerte Nora mit einer Hacke die Klumpen und streute dann Händevoll Kalk und Pferdedung darauf. Die Kinder halfen ihnen – vor allem waren sie natürlich im Weg, aber auf liebenswerte Weise. Auf einer Farm aufgewachsen, hatte Friedrich einst seine Eltern so arbeiten gesehen, Schulter an Schulter. Als sich auf seiner Handfläche die erste Blase bildete, fielen ihm die Geschichten wieder ein, die sein Vater erzählt hatte, damit einem die Arbeit weniger hart vorkam; Geschichten von Nachbarn und Kindheitsfreunden, die irgendwann am Liebesende angekommen und mit Zugbremsern durchgebrannt waren oder Mädchen aus dem Kirchenchor geschwängert hatten; von anderen, die mit Schwimmhäuten zwischen den Zehen, mit Hasenscharten oder Klumpfüßen zur Welt gekommen waren, und von solchen, die an Grippe, Tetanus oder gebrochenem Herzen gestorben waren – Geschichten, die seine Mutter Ida schroff zu unterbrechen pflegte: »So wie du klatschst, möchte man meinen, du wärst als Frau geboren.«

Worauf sein Vater stets entgegnete: »Ich klatsche nicht, ich stelle Betrachtungen über die Natur des Menschen an.« Am liebsten erinnerte sich Friedrich an die Momente, wenn sein Vater die Schaufel, Hacke, Sense oder was immer fallen ließ, sich bückte und eine Pfeilspitze aus Feuerstein oder eine Tomahawk-Schneide aus der Erde zog. Dann hatte er darauf gespuckt, den Gegenstand mit dem Hemdzipfel sauber gerieben und ihn seinem Sohn gereicht. »Nichts bleibt für immer begraben.«

Friedrich erinnerte sich auch daran, wie er als Neunjähriger zusammen mit Homer eines Tages auf dem Perron der Bahnstation gestanden und seinem Vater nachgewinkt hatte, der nach Chicago abfuhr, um dort mit jemandem über seinen Plan zu reden, in der Kreisstadt ein Geschäft zu eröffnen und John-Deere-Traktoren zu verkaufen. Ida mochte die Farm nicht.

Zwei Wochen später hatten er und Homer gerade die Hühner gefüttert, als seine Mutter mit einem Brief in der Hand aus dem Haus gekommen war und ihnen mitgeteilt hatte: »Euer Vater ist zusammen mit einer Frau bei einem Hotelbrand gestorben.«

Er hatte lange geweint, erinnerte er sich; dann hatte er seine Mutter umarmt. Sie duftete nach Hyazinthen. An das, was dann folgte, dachte er ungern zurück.

Ihm war schließlich etwas eingefallen, was sie alle ein wenig trösten sollte. »Wenigstens war Daddy nicht allein«, hatte er gesagt, und seine Mutter hatte ihn geohrfeigt. Dann entschuldigte sie sich, sie habe es nicht so gemeint, und bat Will und Homer freundlich, für das Sonntagsessen den Hahn zu schlachten.

Der Tulpenmond hatte einen Durchmesser von drei Metern. In

konzentrischen Kreisen setzten sie Red Sun-, mauvefarbene Sweet-Love- und Kingsblood- und schließlich Mon-Amour-Zwiebeln in dreißig Zentimeter tiefe Löcher mit zerschlagenen Austerschalen am Grund, damit die Tulpenzwiebeln nicht über den Winter von Wühlmäusen und Maulwürfen verspeist wurden.

»Hat dir das dein Dad beigebracht, Schalen unten in die Löcher zu tun?«, fragte Willy. Er würde einmal andere Erinnerungen an seinen Vater haben als Friedrich.

»Nein, Tulpen konnten wir uns nicht leisten.« Für diesen Tag hatte er genug an seinen Vater zurückgedacht.

»Woher weißt du dann, dass man das so macht?«

»Aus einem Buch.«

»Hast du denn alles, was du weißt, aus Büchern gelernt?« Becky lächelte.

»Das meiste. Aber nicht alles.«

»Bring mir doch mal was bei, das du nicht aus einem Buch hast.« Das Lesen fiel Lucy nicht leicht. Sollte sie Legasthenikerin sein?

»Etwas, das ich nicht aus einem Buch habe ...«, wiederholte Friedrich langsam, verblüfft darüber, dass ihm da im Augenblick nicht das Geringste einfiel. »Eine Schlange kann dich noch beißen, nachdem du ihr den Kopf abgeschlagen hast.« Er zog den Ärmel hoch und zeigte Willy die Narbe an seinem Handgelenk, wo ihn eine Kletternatter gebissen hatte.

»Mann«, schnaufte Willy beeindruckt. »Warum hat sie dich denn gebissen?«

»Weil ich die Hand irgendwo hineingesteckt habe, wo ich nichts zu suchen hatte.«

»Jack pflanzt die Tulpen falsch rum«, meldete Becky.

»Vielleicht blühen sie dann ja in China.«

»Sei doch nicht so albern, Daddy«, sagte Lucy lachend.

»Albern zu sein tut Daddy gut«, bemerkte Nora. Ihre Idee war es gewesen, das alte Vogelbad aus Beton, das die Vorbesitzer des Hauses in der Garage stehen gelassen hatten, herbeizuwälzen und in der

Mitte von Jacks Tulpenmond aufzustellen. Friedrich füllte die schwere muschelförmige Zementschale mit dem Gartenschlauch, und prompt kam ein Blauhäher angeflogen, um ein Bad zu nehmen.

Friedrich grub nun mit dem Spaten längs des Gartenweges, der in vager S-Form von der Auffahrt zur Haustür führte, ein neues Beet um. Er schwitzte, an seinen Händen waren weitere Blasen entstanden und geplatzt, und die Hände taten ihm weh. Nora bot ihm ihre Handschuhe an, die er jedoch von sich wies. »Höchste Zeit, dass ich was gegen die Verweichlichung tue«, sagte er.

Als das Telefon zum ersten Mal läutete, lief Nora hin, kam aber nicht rechtzeitig. Ein paar Minuten später läutete es wieder, und Friedrich sauste los. Als er abnahm, war er außer Atem. »Ja?«

»Professor Friedrich?«

»Ja, wer ist da?«

»Whitney Bouchard. Störe ich Sie?«

»Nein … Haben Sie ein Anliegen?« Casper hatte ihm angekündigt, Whitney werde ihn anrufen.

»Ich rufe Sie nicht meinetwegen an, Sir.« Das ›Sir‹ klang verwaschen.

»Whitney, haben Sie getrunken?«

»Sie sollten sich lieber um Casper Sorgen machen.«

»Im Moment mache ich mir Sorgen um Sie.«

»Zu Ihrer Information: Er hat sich eine Liste gemacht.«

Jack hämmerte mit den Fäusten an die Küchentür. »Daddy, komm doch!«

»Eine was?« Jack schlug nun an die Scheibe; sie konnte in Scherben gehen und ihm die Handgelenke aufschlitzen – Friedrich sah es bereits vor sich.

»Eine Liste.«

»Was für eine Liste?« Nora zog Jack von der Tür fort und aus der Reichweite von Friedrichs Unheilsfantasien.

»Von Leuten, die er bestrafen will.« Das Klirren der Eiswürfel in Whitneys Glas war zu hören. Caspers Bemerkungen fielen Friedrich wieder ein, dass Whitney schreckliche Dinge über ihn sagen würde, dass Whitney ihn von der Universität werfen lassen wolle.

»Whitney, Sie sind betrunken.«

»Das ändert nichts daran, dass Sie auf seiner Liste stehen. Ich hab die Karten nicht gemischt.«

»Stört Sie das? Finden Sie, er hätte Ihnen etwas vorzuwerfen, Whitney?« Unbewusst schlüpfte Friedrich in die Therapeutenrolle.

»Ich hab ihm nichts getan.«

»Aber er Ihnen.«

»Er ist immer mehr zum Schleimer geworden. Sie hätten mal sehen sollen, wie er allen im Club in den Arsch gekrochen ist. Hat er denn wirklich geglaubt, die Leute würden nicht merken, was er ist?«

»Und was ist er?«

»Ein Aufsteiger von der allerübelsten Sorte, Doc – einer, der meint, er wäre den Leuten überlegen, denen er hinten reinkriecht.« Friedrich spürte, wie sich ihm die Nackenhaare sträubten. Es war, als spräche Whitney über ihn und nicht von Casper.

»Wen hat denn Casper sonst noch auf seiner Liste?«

»Alfred Griswold.«

»Den Präsidenten von Yale? Haben Sie ihn ebenfalls angerufen?« Wenn Whitney mit Griswold redete, würde Casper aus Yale hinausgeworfen. Vielleicht sogar, wenn nichts von dem stimmte, was er sagte.

»Nein. Meinen Sie, ich sollte?«

»Nur, wenn Sie wollen, dass der Präsident Sie wegen Trunksucht relegiert. Whitney, wenn Sie das Bedürfnis haben, mich zu sprechen, rufen Sie mich doch bitte während der Woche im Büro an.«

»Casper ist derjenige, der Beratung braucht. Er hat mir das Mädchen geklaut, meine Klamotten und Gott weiß was noch. Meine sämtlichen Schubladen hat er durchwühlt.«

»Nach meiner Erinnerung haben Sie ihm Sachen zum Anziehen geliehen, Whitney. Und zunächst haben Sie ihm seine Freundin gestohlen.«

»Welche Freundin denn?«

»Die Vogelbeobachterin.«

»Na, wenn ich ihm die Klamotten geliehen habe, hätte er sie mir zurückgeben müssen. Und nichts von alledem gab ihm das Recht, mein Motorrad zu stehlen.«

»Haben Sie es ihn etwa stehlen sehen?«

»Na, die Schlüssel sind weg, das Motorrad ist weg, jedenfalls steht's nicht da, wo ich es gestern Abend abgestellt habe.«

»Vielleicht waren Sie zu betrunken, um sich zu merken, wo Sie es gelassen haben. Sie sollten nicht voreilig jemanden beschuldigen, Whitney.«

»Sie können jedenfalls nie sagen, ich hätte Sie nicht gewarnt, Doc.«

Friedrich legte auf. Er dachte daran, Whitneys Mutter anzurufen, beschloss aber, zunächst mit Casper zu reden. Er wählte die Nummer von Caspers Wohnheim. Es war besetzt.

Diese Sache mit der Liste gefiel ihm nicht, aber er konnte sich nicht vorstellen, dass Casper eine solche Liste gemacht hatte. Und wenn schon – was konnte Casper ihm vorwerfen? Paranoiker stellen Listen auf. Paranoia war nicht Caspers Problem, sondern seines. Für Casper war die Welt eine geöffnete Auster, nicht seine Feindin. Friedrich kehrte zu seiner Familie und den Tulpen zurück.

Sie waren beinahe alle in der Erde. Nur sechs Tulpen blieben zu pflanzen, eine für jeden der Friedrichs. Nora und die Kinder lagen auf den Knien und versenkten die Zwiebeln in die Löcher, die sie zuletzt ausgehoben hatten – kleine Hände buddelten Frühlingsversprechen ein. Friedrich tat der Rücken weh; er hatte Muskeln strapaziert, von denen er vergessen hatte, dass er sie besaß. Auf einen Spaten gestützt, stand er hinter Nora und den Kindern und blickte lächelnd auf seine Familie hinunter. *Wenn alle Stricke reißen, können wir immer noch Farmer werden,* ging es ihm durch den Sinn.

Er wollte diesen Tag als Fundament betrachten, nicht ihn unterhöhlen, und darum behielt er seine Zweifel für sich und nahm sich vor, das kleine Muttermal auf dem Nacken seiner Frau zu küssen. Gerade wollte er den Spaten fallen lassen, da drang das gemächliche Tuckern einer Einzylindermaschine an sein Ohr.

Als er den Kopf umwandte, sah er Whitneys schwarzes Triumph-Motorrad auf ihr Haus zukommen. Der Fahrer trug Helm und Brille, fuhr jedoch auf der falschen Straßenseite. Er wirkte hilflos, in Gefahr, das Gleichgewicht zu verlieren; das Motorrad schwankte. Wahrscheinlich ist er besoffen und hat vergessen, dass ich ihm gesagt habe, er solle im Büro anrufen und einen Termin ausmachen, dachte Friedrich.

Er wollte nicht mit ihm reden. Als das Motorrad am Haus vorbeifuhr, war er erleichtert. Er ließ den Spaten fallen und kam auf den Einfall zurück, Nora auf den Nacken zu küssen. Aber das Motorrad wendete. Whitney hatte sie gesehen. Zwei Häuser weiter unten auf der gegenüberliegenden Straßenseite hielt es an. Der Fahrer stieg ab, trat den Ständer hinunter, nahm Helm und Motorradbrille ab und fasste in seine Tasche. In ein und demselben Moment begriff Friedrich, dass der Mann Casper war und dass er eine Schusswaffe in der Hand hielt. Zum Fortlaufen war es zu spät.

Friedrich brachte neben seiner Frau ein Knie auf den Boden. Doch statt mit den Lippen den Schönheitsfleck in ihrem Nacken zu berühren, raunte er: »Schau nicht auf und sag kein Wort.«

»Was ist denn das für ein Spiel?« Nora glaubte, er versuche, erotisch zu klingen.

»Es ist Casper.«

»Und …« Sie wollte den Kopf umdrehen.

»Schau nicht hin. Er hat eine Waffe.« Friedrich flüsterte nur, doch Casper schien ihn zu hören. Den Finger weiter am Abzug, schob er den Revolver in die Jackentasche. Aber der Lauf war noch immer auf die Friedrichs gerichtet.

»Was? Warum sollte er …«

»Das ist kein Scherz. Tu einfach, was ich sage.«

»Flüstern ist unhöflich.«

»Stimmt, Becky.« Friedrich tat so, als sähe er Casper nicht. »Los, Kinder, wir gehen jetzt alle ins Haus.«

»Ich will aber nicht ins Haus. Drinnen ist's so langweilig.«

»Was geht eigentlich vor?«

»Whitney hat angerufen. Casper hätte eine Liste von Leuten, die er irgendwie verantwortlich macht.« Friedrich blickte auf, und in dem großen Wohnzimmerfenster sah er das Spiegelbild von Casper, der sie von hinten anstarrte. Jetzt ging er auf sie zu, mit geöffnetem Mund und gefletschten Zähnen wie Homers Hund, wenn er kurz davor war zuzubeißen.

Nora zog die Kinder an sich. »So, wir gehen hinein.«

Lucy stand auf und drehte sich um, bevor Friedrich sie daran hindern konnte. »Hallo, Casper, magst du mit uns Tulpen pflanzen?« Casper stand nun auf dem Rasen, die rechte Hand mit der Pistole weiterhin in der Tasche; offenbar wollte er so nah herankommen, dass er sie nicht verfehlen konnte; nur so konnte Friedrich sein Verhalten deuten. Er bewaffnete sich mit dem Spaten und wartete auf Caspers Reaktion.

Caspers Kleidung war verkrumpelt; an einem Knie hatte er einen Grasfleck. Sein Haar war seit Tagen nicht mit Wasser oder einem Kamm in Berührung gekommen. Ein Finger seiner linken Hand kreiste hektisch auf der Schläfe. Er sah aus wie früher.

Lucy ging zwei Schritte auf ihn zu. »Ist das dort dein Motorrad?«

Casper blieb stehen.

»Darf ich mal mitfahren?«

Langsam schüttelte Casper den Kopf.

Friedrich zwang sich, den Jungen nicht drohend anzuschauen, ihm keinesfalls in die Augen zu sehen. Er hielt den Blick fest auf Caspers Brust gerichtet und bewegte die Hände langsam auf das Ende des Spatengriffs zu. Er würde nur eine einzige Chance haben, ihm mit einem Schlag auf den Kopf den Hals zu brechen. Das hatte er vor. »Lucy, lass Casper jetzt mal in Ruhe.«

In Missverständnissen erstarrt, standen sie alle sieben da, bis Jack auf einmal aufstand, seine Finger zu Krallen krümmte, seine unheimlichste Grimasse aufsetzte und knurrte. Casper machte kehrt und ging zu seinem Motorrad zurück. Er setzte Helm und Brille auf, trat den Motor an, legte den ersten Gang ein und fuhr vom Bordstein weg. Die winkenden und »Bis bald!« rufenden Kinder ignorierte er.

»Was ist denn mit ihm los?«, fragte Becky.

»Das weiß ich auch nicht so genau.« Rücksichtslos zerrte Nora die Kinder ins Haus.

Den Spaten in den Händen, stand Friedrich auf dem Rasen und hyperventilierte noch vor Angst, nachdem Casper und Whitneys Motorrad längst außer Sicht waren.

»Schließ die Türen ab, mach alle Fenster fest zu und bring die Kinder nach oben.« Friedrichs Ton war völlig ruhig. Er wählte die Nummer der Telefonzentrale.

»Gibt's einen Sturm?«, rief Willy.

»Nein … kann sein … ja. – Zentrale? Verbinden Sie mich mit der Polizei.«

»Wie konntest du uns nur da draußen lassen, wenn du wusstest …« Nora schluchzte.

»Ich wusste es nicht.«

»Doch, du wusstest es.« Sie knallte das Fenster so fest zu, dass die Scheibe einen Sprung bekam. Will war nun mit der Polizei verbunden. »Hier Dr. Friedrich. Meine Adresse ist 92 Hamelin Road. Ich möchte einen Jungen auf einem Motorrad anzeigen. Er war eben hier. Er heißt Casper Gedsic.«

»Was hat er denn getan?«

»Er hat ein Motorrad gestohlen, und er ist mit einer Schusswaffe unterwegs.«

»Gehört das gestohlene Motorrad Ihnen?«

»Nein, das Motorrad gehört seinem Zimmergenossen. Schauen Sie, darauf kommt es im Moment nicht an. Das Entscheidende ist – «

»Wem gehört die Schusswaffe?«

»Das weiß ich nicht.«

»Hat er die Waffe auf Sie gerichtet?«

»Das Entscheidende ist Folgendes: Ich bin Psychologe, und er ist einer meiner Patienten. Ich glaube, dass er sich in einer psychotischen Phase befindet und eine Bedrohung für sich und andere darstellt.«

»Hat er Sie bedroht?«

»Er hat eine Liste von Leuten, die er bestrafen will.«

»Wofür?« Der Polizist schrieb mit.

»Er ist unzufrieden damit, wie er behandelt worden ist. Ich weiß, dass der Präsident auf seiner Liste steht – «

»Der Präsident der Vereinigten Staaten?«

»Nein, der Universität Yale. Er heißt Griswold. Und ich meine, Dr. Winton könnte auf der Liste stehen. Ich habe versucht, sie zu erreichen, aber es kommt das Besetztzeichen. Sie wohnt oben an der Ridge Avenue.«

»Wir schicken einen Wagen zu den Wintons.« Friedrich legte auf und wählte Bunny Wintons Nummer. Besetzt.

Eine Stunde später klingelte es an der Tür. Nora las den Kindern aus *Wilbur und Charlotte* vor. Die Spinne hatte gerade zu sprechen begonnen. Friedrich linste zwischen den zugezogenen Vorhängen hindurch, bevor er an die Haustür hinunterging. Zwei schwarzweiße Streifenwagen standen am Bordstein.

Mit Jack in den Armen sah Nora zu, wie Will unten mit dem Polizisten redete, der auf der obersten Eingangsstufe stand. Nach ein paar Worten, höchstens einem zusammenhängenden Satz, schlug sich Friedrich mit der Hand auf die Stirn, taumelte und griff nach dem Treppengeländer, um nicht zu fallen. Langsam ließ er sich auf die Stufen nieder.

Dann kam ihr Mann mit schleppenden Schritten die Treppe hinauf und holte sich ein Sportjackett. »Sobald ich kann, komme ich zurück.«

»Sind wir hier in Sicherheit?«

»Nein.« Einer der Streifenwagen blieb vor dem Haus, während Friedrich mit Sergeant Neutch davonfuhr.

Nora hatte Jack noch immer auf dem Arm. Allmählich wurde er ihr zu schwer. Er gähnte und schmiegte das Gesicht an ihren Hals. Sie sagte zu den anderen Kindern, sie gehe jetzt hinunter und mache Jack ein Erdnussbutter-Sandwich, dann bringe sie ihn zu Bett.

Becky nahm das Buch in die Hand und fuhr in *Wilbur und Charlotte* da fort, wo ihre Mutter aufgehört hatte. Mit ihrer erwachsensten Stimme las sie Willy und Lucy vor.

Als Nora in die Küche kam, fühlte sie sich beängstigend erschöpft und schwindlig. Jack war plötzlich unerträglich schwer. Allein die Kühlschranktür aufzumachen kostete sie alle Kraft. Sie war so unglaublich müde, als dränge das Leben sie von allen Seiten in die Enge. Sie wusste nicht mehr, warum sie hierhergekommen war, wie sie an diesen Punkt in Zeit und Raum gelangt war. Sie setzte Jack ab und lehnte sich an den Herd. Der Druck nahm zu. Jeder Atemzug kam ihr bedrohlich vor. Wenn sie nur keine Lunge hätte. Vor nichts war sie sicher, nicht einmal hiervor. So musste es sich anfühlen, wenn ein Taucher auf dem Meeresgrund wusste, dass er gleich ertrinken würde; ein Taucher, der sich schon aufgegeben hat.

Es war das gleiche Gefühl, das Nora schon einmal überkommen hatte, als sie so überwältigt gewesen war von der Unausweichlichkeit von Enttäuschungen, der Sinnlosigkeit allen Standhaltens, dass sie weder die Hände heben noch den Mund aufmachen konnte, um Jack daran zu hindern, in den Puderzucker zu greifen und die Zwei-Kilo-Tüte auf den Fussboden zu kippen. Nora sah, dass Jack sich umdrehte und sich auf die Küchentür zubewegte. Sie hatte die Augen offen, aber ihr Gehirn meldete ihr nicht, was sie da sah.

***

Als Friedrich und Sergeant Neutch auf die Höhenstraße einbogen, jaulte mit kreisendem Warnlicht und heulender Sirene ein Krankenwagen an ihnen vorüber. Drei Wagen der Staatspolizei und ein weiterer Krankenwagen standen kreuz und quer, mit offenen Türen, auf dem kopfsteingepflasterten Kreisel vor dem Haus der Wintons. Ein Polizeifunkgerät knisterte vor sich hin.

Die Stieftochter saß in einem der Polizeiautos. Friedrich und Sergeant Neutch hörten sie kreischen, als sie unter dem Rascheln der kranken Ulmen hindurchgingen. Das Mädchen trat und schlug nach dem Arzt, der die Beruhigungsspritze hochhielt wie ein Messer.

Neutch brachte Friedrich auf den Stand der Erkenntnisse. Die Stieftochter war von einer Tennisstunde nach Hause gekommen und hatte ihren Vater in der Eingangshalle mit dem Gesicht nach unten zusammengebrochen am Fuß der Treppe vorgefunden. Sie hatte geglaubt, er sei gestürzt und bewusstlos, bis sie ihn herumgedreht hatte.

Thayers Gesicht war blutüberströmt. Eine Kugel Kaliber .22 war links neben der Nase in seinen Kopf eingedrungen und durch den Kiefer ausgetreten – er lag in dem Krankenwagen, der an ihnen vorbeigerast war.

»Tut mir leid, dass wir uns unter solchen Umständen wieder treffen.« Friedrich hörte nur mit halbem Ohr zu.

»Dann sind wir uns schon einmal begegnet?«

»Ich war da, als die Papageien aufgetaucht sind.« Sie schüttelten sich noch einmal die Hand; Friedrich wusste nicht, was er sagen sollte.

Als er hinter Neutch das Haus betrat, deren Besitzer er einst so beneidet hatte, explodierte vor seinem Gesicht ein Blitzlicht. Ein Polizeifotograf nahm den Tatort auf. Mit Kreide war die Stelle markiert, an der Thayer fast an seinem eigenen Blut erstickt wäre. Ein Polizist mit Blumenkohlohren berichtete mehr, als Friedrich wissen wollte. »Er war noch da, als die Tochter heimgekommen ist.«

»Wer?« Blitzlichter, Blut, Angst – Friedrich hatte die Orientierung verloren.

»Casper Gedsic. Der Junge auf dem Motorrad, dessen Namen Sie bei Ihrem Anruf genannt haben.«

»Ach ja, richtig.«

»Glauben Sie, es war sonst noch jemand beteiligt?«

Friedrich starrte durch die Tür zur Bibliothek. Der Polizeifotograf machte nun Aufnahmen von Bunny Winton. Sie hing schlaff auf ihrem Stuhl hinter dem Schreibtisch. Ihr Kopf war zur Seite gekippt, als wollte sie etwas fragen. Die Schreibtischschubladen waren durchwühlt worden. Klassifikationsbögen lagen auf dem Boden verstreut. Einer der Staatspolizisten stand auf einem Blatt, das grafisch den Erfolg von Winton und Friedrich darstellte. Bunny Wintons Augen waren geöffnet. Sie starrte Friedrich so an wie er sie. Sie wirkte … überrascht. Das hatten sie nicht kommen sehen. In ihrer Kehle war ein Einschussloch.

»Dr. Friedrich, ich habe Sie etwas gefragt.« Der Bulle mit den Blumenkohlohren wartete noch auf Antwort.

»Wie bitte?«

»Glauben Sie, dass es noch einen weiteren Tatbeteiligten gibt?«

»Ich weiß nicht, was ich glauben soll.«

Der Polizist, der am Funkgerät gewesen war, kam herein und verkündete: »Sie haben gerade hinter dem Busbahnhof das Motorrad gefunden.«

»Haben Sie vielleicht eine Ahnung, wo er hingefahren sein könnte, Dr. Friedrich?«

Friedrich schüttelte den Kopf.

»Wir haben mit dem jungen Bouchard geredet, dessen Motorrad er gestohlen hat. Er hat gesagt, Gedsic hatte eine Todesliste. Sie waren die Nummer eins, Winton die Nummer zwei. Können Sie sich irgendwie denken, warum er sich nicht zuerst Sie vorgenommen hat?«

Wieder schüttelte Friedrich den Kopf.

»Na ja, da haben Sie jedenfalls Glück gehabt.« So kam es Friedrich nicht vor.

Neutch fuhr ihn nach Hause. Grey sagte »Hallo«, als Friedrich und der Polizist über die frisch angelegten Tulpenbeete gingen. Der andere Polizist, der zur Bewachung der Familie dageblieben war, saß in der Küche und aß mit den Kindern Spaghetti aus der Dose. Willy wollte unbedingt seine Pistole sehen, Becky bestürmte ihn mit Fragen. »Haben Sie schon mal jemanden umgebracht? Könnten Sie das? Und wenn Sie nun einen Unschuldigen erschießen, der zufällig in der Nähe steht?«

Um ihren Vater aufzumuntern, malte Lucy ein Bild von dem Tulpenbeet in voller Blüte. Nora hatte ihnen erzählt, ihr Vater sei jemandem helfen gegangen, der krank sei.

Kaum hatte Friedrich mit seiner Frau Blickkontakt aufgenommen, da begann er zu weinen. Willy brach in Tränen aus, rannte zu ihm hin und klammerte sich an sein Bein. Becky hatte die Arme um seine Hüften geschlungen. Lucy blieb sitzen, wo sie saß; mit Tränen auf den Wangen versuchte sie, ein Bild zu malen, das dafür sorgen würde, dass alle aufhörten zu weinen.

Noras Unterlippe bebte. Eine Träne rollte ihr über die Wange, als sie alle in die Arme schloss. »Wir werden das zusammen durchstehen.« Neutch und der andere Polizist schauten weg, als sie diesen intimen Vorsatz vernahmen.

Lucy starrte aus dem Fenster. »Da ist ein Mann in unserem Garten.«

Neutch lief zum Fenster. »Wo? Da ist nichts.«

»Ich hab nur seinen Schatten gesehen, hinter den Dornenbüschen.«

Für Friedrich drehte sich alles. »Wo ist denn Jack?«

Becky schaute unter den Tisch, Lucy sah im Bad nach, Nora lief in den Hintergarten, Friedrich ihr hinterher. Er rief noch den Namen seines Sohnes, als Nora einen Laut des Jammers ausstieß. »NEIN!«

Das Vogelbad in der Mitte des Tulpenmonds war von seinem Sockel gerissen worden. Es war in einem unerklärlich schiefen Winkel herabgestürzt. Leblos lag Jack mit dem Gesicht in fünf Zentimeter hohem Wasser. Die Prellung an seiner Stirn schwoll noch an und verfärbte sich dunkler, nachdem Jack für tot erklärt worden war.

II.

Ich suche in unserem Familienalbum nach mir; das ist meine frühste deutliche Erinnerung. Ich war vier, und wir hatten das Jahr 1958. Das Fotoalbum war so dick wie eine Bibel, in Leder gebunden, die Schnappschüsse darin auf steife Blätter aus falschem Pergament geklebt, übergroße Märchenbuchseiten mit Kodak-Illustrationen, die auf einen Text warteten.

Ich konnte das Buch kaum in den Händen halten. Homer, der ältere Bruder meines Vaters, saß neben mir auf der Couch. Mein Bruder Willy, damals neun, verfügte über den doppelten Wortschatz von Homer, der zweiundvierzig war, einen Bart trug, der eines Staatsmannes des neunzehnten Jahrhunderts würdig gewesen wäre. Dieser seidig-schwarze Bart verbarg die Delle in seinem Kiefer, wo der wahnsinnige Mediziner ihn durch Zähne-Ziehen von seiner Einfalt zu heilen versucht hatte.

Homer hatte einen Arm um den Leib geschlungen und wippte vor und zurück, während er mir umblättern half. Dabei wiederholte er unentwegt den gleichen Satz: »Vorsicht – wenn die Seite einreißt, hat sie einen Riss.«

An diesem Tag hatte ich mein Lieblingshemd an, das Cowboyhemd. Es hatte perlmuttfarbene Druckknöpfe, und auf die Brusttasche war Roy Rogers gestickt, der über meinem Herzen sein Lasso auswarf. Homer trug Krawatte und Hosenträger, die seine Hose fast bis zu den Achselhöhlen hochzurrten. Becky war damals dreizehn, fast vierzehn. Beim Geschirrabtrocknen war sie am Abend zuvor von meinem Vater zurechtgewiesen worden, weil sie Homer zurückgeblieben genannt hatte. Homer sei anders, sagte mein Vater. Damals wurde diese Ausdrucksweise noch nicht so inflationär verwendet wie heute.

Wie es mit allen Erinnerungen ist, habe ich manches, woran

ich mich zu erinnern glaube, später erfahren; ich habe es ausgeschmückt, mit Informationen verknüpft, die ich unverdaulichen, bei Tisch im Familienkreis wiedergekäuten Geschichten entnahm, Gesprächen und Auseinandersetzungen, die bei Familienausflügen im Auto die Meilen schneller vorbeihuschen ließen, und den Fotos, die mein Vater an jenem Tag knipste, als ich mit Homer und Lucy auf der Couch saß. Die Zukunft fermentiert die Vergangenheit, die berauschende Wirkung mancher Erinnerungen nimmt mit der Zeit zu, andere verflüchtigen sich. Zwischen dem, wovon man meint, es sei geschehen, und dem, was man weiß, ist schwer zu unterscheiden. Besonders in unserer Familie.

Sicher erinnere ich mich bei dieser frühsten Erinnerung nur daran, dass die Couch nach Homer riecht, Gerüche, die ich später als die von Old Spice und Babypuder identifizieren werde. Ein doppelter Leistenbruch zwang Homer, ein Bruchband zu tragen, das bedrohlich aussah und bestimmt scheuerte. Lucy saß auf der anderen Seite neben Homer. Sie sah älter aus als zwölf und hatte mir erzählt, dass sie gerade ihren ersten BH bekommen hatte. Sie war unentschieden, ob es nun tragisch oder ein Glück war, dass Homer nie wissen würde, wie gut er aussah. Tatsächlich hatte Homer zu jener Zeit eine frappante Ähnlichkeit mit Montgomery Clift als Sigmund Freud in dem Film, der dann drei Jahre später unter dem Titel *Freud* in die Kinos kam.

Homer und meine Großmutter waren aus Illinois zu Besuch. Beide waren sie zum ersten Mal an der Ostküste. Ida, wie meine Großmutter genannt werden wollte, hatte hennarotes Haar, ein Exemplar von Kalhil Gibrans *Der Prophet* in der Handtasche und ein Ouija-Brett im Koffer. Sie nannte meinen Vater Sonny Boy. Und obwohl sie ganz ähnlich redete wie die Farmer, die ich in *Million Dollar Movie* (wir hatten mittlerweile ein Fernsehgerät) in Planwagen-Trecks gen Westen ziehen sah, hatte Ida eine schlichte, hochmütige Eleganz, sowie die Angewohnheit, einem das Kinn zwischen Daumen und Zeigerfinger zu nehmen, damit man ihr auch richtig in die Augen sah, während sie durch einen roten Zigarettenhalter aus Bakelit eine Pall Mall nach der anderen rauchte. Ich sah in ihr damals – und sehe noch immer – eine Cruella de Vil aus der Prärie, nur dass sie keine jungen Hunde kidnappte, sondern »alte Seelen« sammelte.

Während Homer und ich im Fotoalbum blätterten, spielte Becky auf unserem neuen Stutzflügel stolz *Für Elise*. Meine Mutter reichte ein Tablett mit Eistee herum. Zwei große, braun-weiß gescheckte Vorstehhunde hielten vor der Haustür Wache und bellten los, als sich der Nachbarsjunge unserem Haus näherte. Er könnte Bud geheißen haben, jedenfalls sollte Willy hinauskommen und mit ihm fangen spielen, das weiß ich noch genau.

Homer lachte, als Grey, der Papagei, der auf unserer Veranda lebte, mit der Stimme meiner Mutter rief: »Distel, Fleck, Still!« Die Hunde hörten besser auf den Papagei als auf meine Mutter. Homer hilft mir weiter, die Albumseiten umzublättern. Sie sind voller kleiner schwarz-weißer Fotos mit gewellten Kanten. Alle tauchen darin auf, nur der nicht, den ich suche – ich.

Homer schien meine Beklemmung zu spüren, oder vielleicht wurde er es auch nur leid, mich vor dem Einreißen der Seiten zu warnen; jedenfalls beruhigte mich seine ernste Baritonstimme. »Wir finden dich. Du bist hier, also bist du hier.«

Und prompt kam, als er die Seite umschlug, eine Fotografie, die größer war als alle sonst im Album. Ich erkannte das Cowboyhemd, das ich anhatte. Mit seinem langen weißen Zeigefinger stupste Homer auf das Bild. »Da ist Zach.« Das war ich – Zachariah Wood Friedrich.

»Guckt mal!«, rief ich in den Raum, »Da bin ich!« Wenn ich mir diesen ersten Augenblick von Selbstwahrnehmung heraufbeschwöre, höre ich manchmal meinen Vater sagen: »Das bist nicht du, das ist dein Bruder Jack.« Manchmal deutet mir auch meine Mutter an, wie viel ich nicht weiß von dem, was ich zu wissen glaube. Sie müssen Jacks Namen schon früher erwähnt haben, doch erst in diesem Moment hörte ich, dass er mein Bruder war.

Homer presste sich die Hände an den Kopf und jammerte »O-weh-o-weh.« Sogar Homer wusste mehr über Jack als ich. Ich weiß noch, wie verwirrt ich war.

»Wenn er mein Bruder ist, warum wohnt er dann nicht bei uns?« Lucy griff herüber und wollte mir das Album wegnehmen, aber ich ließ es nicht los. »Wo ist Jack denn?«, fragte ich.

»O-weh-o-weh, o-weh-o-weh«, jammerte Homer immer wieder, wie ein Plattenspieler, dessen Nadel in einer Rille hängen geblieben ist.

Mein Vater legte ihm die Hand auf die Schulter. »Es ist ja nicht deine Schuld, Homer.« Wessen Schuld dann, fragte ich mich.

Lucy zog immer noch an dem Album; sie wollte mich dazu bringen, dass ich die Seite mit Jack umblätterte. »Schau mal, Zach, da ist ein Foto von dir und mir beim Schlittenfahren.«

»Wo ist Jack?«, fragte ich. Willy schlüpfte hinaus, um fangen zu spielen – was er fast so ungern tat, wie mit mir zu spielen.

»Jack ist auf der anderen Seite«, verkündete Ida, »im himmlischen Königreich.« Sie war Theosophin. Sie streckte die Hand nach mir aus, um mich zu zwingen, ihr in die Augen zu sehen, doch mein Vater schubste sie weg, bevor sie mich in die Krallen bekam.

»Halt du dich da raus, Ida.« Selbst mein Vater nannte sie Ida.

Meine Mutter brachte es auf einmal nicht mehr fertig, das Tablett mit dem Eistee abzusetzen. Sie starrte durch mich hindurch. »Jack …« Sie wollte noch etwas sagen, kam aber über dieses eine Wort nicht hinaus. Für mich klang es so, als redete sie mit ihm, nicht mit mir, obwohl er nicht im Zimmer war.

Die Hunde fangen an zu bellen. Becky am Klavier will uns übertönen und erwischt falsche Tasten. Lucy möchte mir ein Bild aus glücklicheren Zeiten zeigen; wir zerren das Album hin und her. Homer war der Einzige, der die Seite reißen hörte. »Wenn du die Seite eingerissen hast, bleibt sie gerissen.« Jahrzehnte später bestätigte mir Lucy, was meiner Erinnerung nach gesagt worden war. Sie besitzt das absolute Gedächtnis für traurige Dinge.

Mein Vater kniete sich neben mich und sprach mit mir in dem Ton, den er, wie ich später entdeckte, seinen Patienten gegenüber anschlug – so glatt und flach wie eine Öllache. Alles klang darin erträglich. »Jack hatte einen Unfall.« Das war Jacks Tod offiziell, ein Unfall. Dem Staat Connecticut zufolge war nur Dr. Winton ermordet worden, doch das fand ich erst Jahre später heraus.

»Was ist ihm denn passiert?«, fragte ich. Meine Mutter starrte nun durch meinen Vater hindurch; wie wir alle wartete sie auf seine Antwort. Wie viel erzählt man einem Vierjährigen? Wie viel war er bereit, sich einzugestehen – damals, jetzt, jemals? Als Psychologe war er der Überzeugung, das Schlechteste, was ein Vater oder eine Mutter tun könne, sei zu lügen. Wenn der Psychologe jedoch der Vater ist … Nun, man tut, wie man zu sagen pflegt, was man kann.

»Jack ist ertrunken.« So stand es im Autopsiebericht.

»Kommt er nach Hause, wenn er gesund wird?« Meine Mutter stellte das Tablett ab und ging aus dem Raum. Lucy hatte Tränen in den Augen. Becky klappte den Deckel über die Klaviertasten.

»Jack kann nicht mehr gesund werden. Er ist tot.«

»Ist er in der Erde?«

»Ja, er ist beerdigt worden, bevor du geboren wurdest.«

»Ist er da noch?«

»Sein Körper ist dort, Zach.«

»Gibt's sonst noch was von ihm?«

Ida konnte nicht widerstehen. »Sein Geist ist bei uns, hier in diesem Raum …« Die Vorstellung war mir lange nicht so unheimlich wie meine Großmutter.

»Ida, halt den Mund.«

»War er lieb?«

»Sehr lieb.«

»Lieber als ich?«

***

Ich weiß nicht, wie Jack ausgesehen hätte, hätte er erwachsen werden dürfen. Vielleicht hätte es keine Ähnlichkeit gegeben. Als ich erwachsen war, hat man mir gesagt, ich hätte nahezu das Profil meines Großonkels Clyde, eines groß gewachsenen, hohläugigen Schotten, der an einer Rückgratverkrümmung litt, nach Amerika kam, um Brücken zu bauen, und eine Schwäche für Laudanum hatte. Ob man nun glaubt, alles beruhe auf der DNA oder auf Pech, Tatsache ist, dass ich als Kind Jack zum Verwechseln ähnlich sah. Ida lag gar nicht so falsch, wenn sie behauptete, mein toter Bruder sei anwesend. Wann immer mich meine Eltern ansahen, sie sahen Jack. Dad sah manchmal auch Dr. Winton. Ach ja, vergessen wir Casper nicht. Geister, lebende und tote. Alle waren sie zugegen.

***

Casper hatte seinem Verteidiger gesagt, er wolle nicht, dass seine Mutter zum Prozess komme, mit der dunklen Begründung »Ich bin nicht der, den sie kennt«. Der Anwalt teilte Mrs. Gedsic diesen Wunsch telefonisch mit. Sie kam trotzdem. Im Gerichtssaal saß sie ganz in Caspers Nähe. Die Zeitungen beschrieben sie als »schmächtige, dreiundvierzigjährige Ausländerin«. Sie weinte leise vor sich hin, als die Beweise vorgetragen wurden, und flüsterte Casper etwas auf Lettisch zu. Er blickte weg und antwortete nicht. Auf dem Foto, das sie beim Eintreffen vorm Gerichtsgebäude zeigt, sieht man, dass ihr zwei Zähne fehlen und dass sie einen Wintermantel bräuchte. Sie wirkt wie ein Spatz, der in einen Schneesturm geraten ist.

Als der Richter das Urteil verkündete, stieß sie auf Lettisch »Das ist nicht wahr« hervor. Casper sagte nichts und rührte sich auch nicht, als sie ihn in die Arme schloss und küsste. Zum Abschied hatte er nur zu sagen: »Bitte, komm mich nicht besuchen.«

»Du weißt selber, was für dich das Beste ist.« Wie sein Hirn funktionierte, hatte sie noch nie verstanden. »Wenn du es dir aber anders überlegst – ich bin und bleibe deine Mutter.«

Casper verbrachte die Nacht im Gefängnis von New Haven. Am nächsten Morgen wurde er mit dem Krankenwagen in die Staatliche Heilanstalt für geisteskranke Straftäter in Townsend, Connecticut überführt. Man hatte ihm Fuß- und Handschellen angelegt, was freilich in Anbetracht der zwanzig Milligramm Amobarbital, die man ihm kurz vor Verlassen des Gefängnisses in den rechten Arm injiziert hatte, kaum erforderlich gewesen wäre.

Die Fahrt im Krankenwagen dauerte etwas über eine Stunde. Auf Whitneys Motorrad war Casper einmal an der Anstalt vorbeigefahren und hatte sich rund hundert Meter Asphalt lang überlegt, wie es wohl wäre, dort eingeschlossen zu sein. Damals hatte er in Townsend die Bibliothek des Theologischen Seminars besucht. Die Staatliche Heilanstalt für geisteskranke Straftäter war allerdings kein Seminar.

Bei ihrer Gründung im Jahre 1868 hieß sie Irrenanstalt. Damals wie jetzt war sie ein Gefängnis ohne den Komfort von Zellen. Ihre Blüte verdankte sie staatlichen Mitteln und den Vermächtnissen von Familien, die froh waren, peinliche Angehörige irgendwo sicher verwahrt zu wissen. Die Leute aus der Gegend und alle, die in der Psycho-Branche tätig waren, nannten die Anstalt schlicht Townsend.

Als Casper eintraf, bestand sie aus sieben Gebäuden. Mit ihren roten Ziegelsteinfassaden und der Aussicht auf ein neuenglisches College-Städtchen und das Tal konnte sie einen malerischen Eindruck machen – hügelige Rasenflächen, geschwungene Wege, stattliche Ulmen. Das Gelände war von einem Eisenzaun umgeben. Insassen wie Casper, die geisteskranken Straftäter, waren in dem ursprünglichen Gebäude untergebracht, das ein drei Meter hoher Maschendrahtzaun von den übrigen Anstaltsabteilungen trennte.

Als Casper von dem Trio muskulöser Wärter, die er als die Pep Boys kennenlernen sollte, aus dem Krankenwagen geladen wurde, war er ein chemisch benebelter Pudding. Sie wurden so genannt, weil sie Manny, Moe und Jack hießen, so wie die Typen, die im Radio für die Filialen einer Eisenwarenfirma warben. Die Hand- und Fußschellen wurden ihm erst abgenommen, als er sich im Gebäude befand und die Stahltüren hinter ihm abgeschlossen waren. Nackt ausgezogen und kahl geschoren, wurde er mit einem Schlauch abgespritzt, in einen kotzgrünen Pyjama gesteckt und auf Station B gebracht.

Dr. Herbert Shanley, ein Psychiater von siebenunddreißig Jahren, der zu Ekzemausbrüchen und grellen Krawatten neigte, nahm die Aufnahmeuntersuchung vor. Da er es nie verwunden hatte, von Yale abgelehnt worden zu sein, bereitete es ihm ein gewisses Vergnügen, einen ehemaligen Studenten von dort zu traktieren. Mit Caspers Fall war er über das hinaus vertraut, was er in der Zeitung gelesen und dem Tratsch und müßigen Gerede unter seinen auf dem Gebiet der geistigen Gesundheit tätigen Kollegen entnommen hatte. Dr. Friedrich hatte ihm einen siebenseitigen, in einfachem Zeilenabstand getippten Brief zu Casper Gedsic geschickt, in welchem dessen IQ von 173 Erwähnung fand, die Todesliste und die Bedrohung, die er für lebende Personen darstellte. All dies berücksichtigend, beschloss Shanley auf Nummer sicher zu gehen und Casper sogleich die erste seiner von nun an täglichen Dosen von 100 Milligramm Chlorpromazin zu verpassen, auch als Megaphen oder Thorazine bekannt.

Nach Thorazine zu dem Amobarbital, das er am Morgen erhalten hatte, war Casper, als er am Abend angeschnallt im Bett lag, ein lebender Toter. Die Medikamente unterwarfen die großartige Maschine seines Verstands einem chemischen Tyrannen. Seine Hirntätigkeit verlangsamte sich, bis ihm keine Gedanken mehr kamen, nur noch Bilder. Als er die Augen schloss, sah er sich als ein in Bernstein eingeschlossenes Insekt. Woher er so etwas kannte, wo er es gesehen hatte, wusste er nicht mehr. Es war einfach da, in seinem Kopf.

An seinem zweiten Abend auf Station B, nachdem das Licht gedämpft worden war – ganz abgeschaltet wurde es nie –, kroch der Patient aus dem Nebenbett zu ihm auf die Pritsche. Er hieß Sokrates. Später erfuhr Casper, dass Sokrates in seinen früheren Leben griechischer Schnellimbisskoch, griechisch-römischer Ringer und YMCA-Jungen-Vergewaltiger gewesen war. Die Fixierungsgurte machten es dem Ringer leicht, mit Caspers Genitalien und Rektum nach Belieben zu verfahren. Casper war medikamentös so ruhiggestellt, dass er nicht einmal zu der Feststellung *Ich werde vergewaltigt* fähig war. Kategorien wie Frevel oder Ungerechtigkeit entzogen sich seiner Urteilskraft. Woher das Bild *nach Äpfeln tauchen* kam, was es bedeutete – Casper verstand es nicht. Es war in seinem Kopf einfach da und leuchtete in unregelmäßigen Abständen auf, wie eine kaputte Neonreklame.

Im Vergleich zu anderen Anstalten für geisteskranke Straftäter galt Townsend als Fanal der Aufklärung. Man ließ die Patienten nicht in ihren Fäkalien verfaulen. Es gab hier keinen Dr. Cotton, der Zähne ziehend und Darmwindungen stutzend die Station durchstreifte. Gelegentlich wurde geprügelt, jedoch nie auf ärztliche Verordnung. Und wenn die Pep Boys auch Sokrates des Nacht besser hätten im Auge behalten können und sollen, so waren sie doch, verglichen mit den Wärtern, denen Casper in anderen Gefängnisirrenanstalten begegnet wäre, ausgeprochen gutartig.

Strafrechtler und Psychiater hätten einhellig erklärt: Casper wurde nicht bestraft, sondern behandelt. Es stand außer Frage, dass ein Patient, der in einem Anfall von mörderischer Wut eine Frau getötet und einen Mann zum Krüppel geschossen hatte, ein Patient mit Gewalttaten in seiner Vorgeschichte, durch hundert Milligramm eines Tranquilizers wie Thorazine wahrscheinlich weniger zu Gewalt neigen würde. In seinen Jahren in Townsend fügte Casper niemals jemandem physischen Schaden zu, kein einziges Mal. Die herrschende Ansicht jedoch, dass durch Sedierung die Unruhe krimineller Geisteskranker vermindert wird und sie somit besser auf psychiatrische Therapien ansprechen, war, vorsichtig ausgedrückt, fragwürdig. Wie Homer es formuliert hätte: Wenn man nicht ordentlich denken kann, wie soll man da lernen, ordentlich zu denken?

Vielleicht wurde Caspers Gehirn, weil es ein so subtil gestimmtes Instrument, ein so wunderbar komplizierter Apparat war, durch den chemischen Eingriff von Thorazine in seinen Stoffwechsel gravierend verändert. In der richtigen Dosis gegeben, wirkt Chlorpromazin tödlich. Vielleicht kapselte Caspers Verstand sich ab, um das Gift daran zu hindern, sich noch weiter auszubreiten; jedenfalls schlurfte Casper in den folgenden Monaten durch den Alltag auf Station B wie ein Schlafwandler.

Er wusste noch, wann er zu urinieren und sich zu entleeren hatte, er war imstande zu essen, wenn ihm etwas vorgesetzt wurde, er konnte sogar Fragen beantworten. Aber er hatte keinen Begriff von dem, was die Worte, die aus seinem Munde kamen, bedeuteten.

»Wie geht es Ihnen heute, Casper?« Dr. Shanleys Stimme hat etwas Angerautes, wie der Flor eines Flanelltuchs.

»Ganz gut, glaube ich.« Casper hatte acht Kilo zugenommen. Sein Gang war stockend und flach, und er sabberte leicht. Doch das war bei Thorazine zu erwarten.

»Sie sind sich offenbar nicht sicher.«

»Ich weiß.«

»Und wissen Sie einen Grund dafür?«

»Ich kann nicht denken.«

»Wissen Sie, wo Sie sind?«

»Darf ich nach Hause?«

»Wo sind Sie zu Hause?«

»Da bin ich mir nicht sicher.«

»Nun, das ist etwas, woran wir arbeiten müssen.«

Nach diesem frühen Gespräch notierte Dr. Shanley: *Mentaler Zusammenbruch aufgrund von Gedsics Unfähigkeit zu akzeptieren, was er getan hat. Fügt sich gut ein – akzeptiert die Gepflogenheiten auf der Station, kann Anweisungen befolgen. Medikation scheint zu helfen. Weiterhin täglich 100 mg Thorazine.*

Während der Frühling in den Sommer überging, blieb Caspers Verstand im Winterschlaf. Nur nahm er es so nicht wahr. Er wusste, dass er nicht schlief; wusste jedoch auch, dass er nicht wach war. Seine Hirntätigkeit war so weit zurückgefahren, dass er keine Verbindung zwischen den Medikamenten und der Schnecke, zu der er geworden war, herstellen konnte.

Er konnte sich erinnern, dass er zu Dr. Winton ins Haus gegangen war, auch an den Revolver, an das Blut; als eine Kette von Ereignissen konnte er diese Dinge jedoch nicht zusammenfügen. Sie waren in Zeitlosigkeit erstarrt wie das in Bernstein gefangene Insekt (es war übrigens eine Motte), das ihm manchmal vorschwebte. Sein Verstand weigerte sich, die Signale zu senden, die er benötigt hätte, um zu begreifen, wie die Details mit ihm zusammenhingen. Seine Vergangenheit bestand aus einer Reihe von Hieroglyphen, die er nicht zu entziffern vermochte.

Unter dem chemischen Permafrost lauerte jemand anders, der manchmal flüchtig zu erahnen war.

Im Sommer, am Nachmittag des achtzehnten Juni 1953, brachten die Pep Boys ein Radio mit auf die Station, damit sie das Spiel der Red Sox gegen die Tigers verfolgen konnten. Beim siebten Inning hatten es die Sox auf siebzehn Runs gebracht, und als Gene Stephens, der Linksaußen der Sox, zum dritten Mal in diesem Inning traf, sagte der Kommentator: »Sie wohnen der ersten Begegnung in der großartigen Geschichte des Baseballspiels bei, bei der ein Spieler jemals drei Treffer in einem Inning hatte. Kann mir irgendwer vielleicht sagen, mit welcher Wahrscheinlichkeit sich das ereignet?«

»Eins zu einhundertdreiundsechzigtausendvierhundertundzweiundfünfzig«, sagte Casper trocken und rieb mit dem Zeigefinger die Stelle an seiner Schläfe wund.

Mo lachte. »Wie hast du das denn rausgekriegt, Casper?«

»Weiß ich nicht.«

Casper wusste noch, dass er einst intelligent gewesen war. Nur wusste er nicht mehr, was das hieß. Irrationale Zahlen blubberten noch immer in ihm auf und explodierten in seinem Schädel. Aber sie bildeten keine Menge mehr.

Im August rollten die Pep Boys eines Tages einen Wagen voller alter Bücher und Zeitschriften herein, die von Büchereien aussortiert und sorgfältig darauf durchgesehen worden waren, dass sie keine aufreizenden oder zu antisozialem Verhalten anregenden Stellen enthielten. Eine Biografie über William Howard Taft, *The Hardy Boys,* die Geschichte der Pilgerväter, alte Nummern von *National Geographic* ohne die Seiten, auf denen die Brüste von Eingeborenenfrauen und Stammeskrieger mit nacktem Hinterteil zu sehen gewesen waren. Casper erhob auf nichts davon Anspruch, obwohl beim Anblick der Bücher ein Lächeln auf seinem Gesicht erschien. Der Pep Boy namens Jack glaubte, witzig zu sein, als er sagte, »Das hier ist genau das Richtige für dich, Casper« und ihm einen imposanten Band mit dem Titel *Rasenpflege leicht gemacht* überreichte.

Es kostete Casper alle Kraft, auch nur den Buchdeckel anzuheben, nicht weil der so schwer gewesen wäre, sondern weil er merkte, dass er gar nicht mehr wissen wollte, was in dem Buch stand. Zufällig schlug er es bei der Kapitelüberschrift »Unkraut« auf. Langsam, um jedes Wort ringend, las er sich innerlich vor. »Wie jeder Gärtner weiß, ist Unkraut der Feind ...« Warum? Das war eine Frage, die ihm seit sehr langer Zeit nicht mehr in den Sinn gekommen war.

Löwenzahn, Bluthirse, Foniohirse, Perlgras, Fuchsschwanzgras, Pampasgras, Arizona-Wollgras, seidiges Schirmgras und die Fingerhirsen. Queensland Blue Couch, Pangolagras, Schmales Fingergras, Langblättrige Fingerhirse, Jamaika-Fingerhirse, Ragi, Madagassische Fingerhirse, Zweispitzige Fingerhirse, Zwergfingerhirse, Samtfingerhirse, Krause Fingerhirse, Blaufingerhirse, Nackte Fingerhirse ... Die Namen waren nichts als Wörter für Casper und die Fotos von unerwünschten Schösslingen bedeuteten ihm nichts.

Er wollte das Buch schon schließen. Aus Gewohnheit blätterte er die Seite um. Fett gedruckt sah er die Wörter *Gewöhnlicher Stechapfel,* dazu ein Schwarzweiß-Foto. Casper sah es in Farbe – violett die senkrecht aufragenden, sich gabelnden Stängel, goldbraun die unregelmäßig gezahnten Blätter, lila-weiß die trompetenförmigen Blüten, die sich in unregelmäßigen Abständen während der Nacht öffneten und schlossen, daher ihr Spitzname »Mondblumen«.

Er hatte sie schon einmal gesehen, nicht in seiner alten Welt, an die er sich nicht erinnern konnte, sondern in dieser hier. Das Rasenpflegebuch nannte Casper noch einen weiteren Namen für die Pflanze: Narrenkraut. In diesem Moment meldete ihm sein Verstand, dass es Zeit war aufzuwachen.

Während seine Mitinsassen am nächsten Tag draußen auf einem eingezäunten, asphaltierten Quadrat umherschlurften, das als Freiübungshof bezeichnet wurde, stellte Casper fest, dass aus den Rissen in der Teerdecke am Rand des Maschendrahtzauns Datura stramonium wucherte. Eine Vorhut von Stängeln, die dem Geländepflegetrupp entgangen waren, stand über einen halben Meter hoch, mit eiförmigen, stachligen Früchten, so groß und schwer wie Walnüsse. Casper wusste nicht, ob die Samen vom Wind ausgesät oder von den Stärlingen ausgeschieden worden waren, die oben auf dem Maschendrahtkäfig hockten.

Die Pep Boys diskutierten über das Fähnchenrennen. Sokrates bohrte in der Nase, einem Basketball wurde die Luft aus dem Leib gekickt. Niemand sah Casper sich bücken, mit einer raffenden Handbewegung die Blätter ernten und sie sich in den Mund stopfen. Es sah zwar nicht danach aus, doch Casper dachte jetzt klar.

Zehn Minuten nachdem Casper die Hand voll übel schmeckender Blätter verzehrt hatte, verengten sich seine Pupillen auf Punktgröße. Sein Mund war ausgedörrt, seine Zunge eine Wüste. Sein Körper befahl ihm, sich zu übergeben, sein Verstand setzte sich über den Befehl hinweg. Seine Intelligenz hatte so lange stumm vor sich hin geschlummert, dass sie ihm nun, wo sie nachdrücklich zurückkehrte, wie ein eigenes Wesen vorkam. Er hatte das Gefühl, einem lang vermissten alten Freund wiederzubegegnen. Nur … Casper korrigierte sich. Er hatte keine Freunde. Zudem war die Umarmung viel intimer, eher wie die einer lang entbehrten Geliebten. Freilich hatte Casper auch keine Geliebten. (Sokrates zählte nicht.)

Nachdem er Narrenkraut in einer Menge zu sich genommen hatte, die einen fünf Zentner schweren Stier zum Halluzinieren gebracht hätte, konnte er sich alles Mögliche vorstellen. Als er bei seiner Sitzung bei Dr. Shanley an diesem Nachmittag den Psychiater in eine

Schale voller Zuckerwürfel fassen und einen davon in seine Kaffeetasse fallen lassen sah, wuchsen den anderen Würfeln Arme und Beine; sie krabbelten aus der Schale und fingen an, über den Schreibtisch Conga zu tanzen, was in Casper Erinnerungen an süßere Zeiten weckte.

Als seine fünfzig Minuten mit Dr. Shanley vorüber waren, stand Casper auf und versuchte zu gehen. Seine Arme und Beine schienen jemand anderem zu gehören. Sein Gang war extrem ruckhaft. Er bewegte sich den Korridor entlang wie eine Marionette. Doch Casper hatte seine Fäden nun selbst in die Hand genommen.

Dr. Shanleys Notizen nach dieser Sitzung schlossen mit: *Choreoathetose, bisher nicht festgestellt. Beobachten.*

Als Casper sich am Abend zum Essen setzte, musste er sich mit beiden Händen festhalten, um nicht aus der Achterbahn, in der er saß, zu stürzen. Die Pep Boys und die Mitinsassen verwandelten sich in das, was sie waren, Primaten. Sokrates entpuppte sich als Pavian, die Pep Boys wurden zu Gorillas. Und Casper war endlich er selbst.

Seine Atmung wurde flach, sein Herz raste, sein Gesicht fühlte sich erhitzt an, doch am Körper fröstelte er. Schweiß lief ihm über das Gesicht. Casper wusste, dass die Stechapfel-Dosis in seinem Körper genügte, um ihn zu vergiften, aber es war zu spät, um sich darum Sorgen zu machen. Außerdem war ihm nicht zum ersten Mal ein Gift verschrieben worden.

Der erste Anfall überkam ihn, als ihm gerade wieder einfiel, dass die frühen amerikanischen Siedler in Jamestown einen Salat aus Mondblumen eingesetzt hatten, um eine Garnison britischer Soldaten auszuschalten, die ihnen ihre Freiheiten streitig gemacht hatten. Bacons Rebellion, 1676. Casper, ein neuer Mutant des rebellischen Amerikaners, hegte vage patriotische Gefühle, als seine Arme und Beine in spastische Zuckungen verfielen und ihm der Kopf vornüber in den Bohnen-mit-Schweinefleisch-Eintopf auf seinem Blechteller kippte. Casper fragte sich, ob die Pep Boys wohl schlau genug waren, ihn am Verschlucken seiner Zunge zu hindern.

Am nächsten Morgen wachte er in der Krankenstation auf. Von höllischem Kopfweh und Halsschmerzen abgesehen fühlte er sich besser als seit Jahren. Das Kopfweh war ein chemischer Kater. Seine Kehle schmerzte, weil sie ihm einen Schlauch in den Ösophagus eingeführt hatten, um ihm den Magen auszupumpen. Da auf dem Speiseplan für den vorausgegangenen Tag Spinat gestanden hatte, erregte die halb verdaute Masse aus Stechapfelblättern keinen Verdacht.

Die beginnende, am Nachmittag festgestellte Choreoathetose, dann der Kollaps beim Abendessen – flache Atmung, beschleunigter Herzschlag, Krämpfe – waren klassische Symptome einer toxischen Reaktion auf Medikamente. Casper hatte auf Thorazine so gut angesprochen, dass seine plötzliche allergische Reaktion Dr. Shanley überraschte – die Sache war ungewöhnlich, aber so etwas kam vor. Caspers Körpertemperatur stieg auf 40 °C; ab 40,5 ° kommt es zu Hirnschäden.

Shanley war sehr erleichtert, als Casper durchkam. Abgesehen von dem Papierkram, der anfiel, wenn man einen Patienten aufgrund unvorhergesehener Nebenwirkungen verlor, hatte Casper etwas an sich, das Shanley sympathisch war. So verhielt sich Dr. Shanley bei dem gesamten Zwischenfall überlegt und angemessen. Er setzte das Thorazine bei Casper sofort ab und ersetzte es durch eine relativ niedrige Dosis des experimentellen Indolalkaloids Reserpin, das seit neuestem synthetisch hergestellt wurde.

Thorazine war ein chemischer Hammer gewesen; mit Reserpin hatte die Psychiatrie eine sanftere Waffe im Arsenal. Als Derivat der indischen Schlangenwurzel, in ihrem Ursprungsland seit langem von Gestalten wie Gandhi zur Vertiefung des Zustands philosophischer Abgeklärtheit beim Meditieren gekaut, stellte es als Antipsychotikum einen Glücksfall für Casper dar. Unter Reserpin fühlte er sich benommen und oft schwindlig, aber sein Gehirn war so lange misshandelt worden, dass es eine gewisse Widerstandsfähigkeit entwickelt hatte. Caspers Verstand lag noch immer an der Leine, aber sie war gerade lang genug, dass seine Gedanken in eine neue Richtung schweifen konnten.

Ob der ganze Plan von Anfang an in ihm geschlummert hatte, wusste er nicht. Doch jetzt, da er mit einigen, wenn auch nicht mit allen seiner Persönlichkeitsanteile wiedervereint war, wusste er, was er als Nächstes zu tun hatte. Rerserpin machte ihm das Denken nicht leicht, aber mit einem Verstand wie dem seinen war er, selbst bei halber Geschwindigkeit, Shanley um Sprünge und Längen voraus.

In Caspers erster Therapiesitzung nach der Umstellung auf das neue Medikament fragte Shanley als Erstes: »Wie fühlen Sie sich, Casper?«

»Viel besser.«

»Was meinen Sie, woher das kommt?«

»Nun, nachdem Sie mir das Leben gerettet haben, finde ich, dass ich es Ihnen schuldig bin, die Wahrheit zu sagen. Irgendwem muss ich ja vertrauen.«

»Ich bin Ihr Arzt, Casper, Sie können mir vertrauen.«

»Ich möchte … ich muss über das reden, was in Hamden geschehen ist. Ich muss mich endlich den Gründen stellen, warum ich hier bin.«

»Das ist ein gutes Zeichen.«

»Dr. Winton ist tot.«

»Das ist richtig.«

»Ich weiß, wer dafür verantwortlich ist. Davor kann ich mich nicht mehr verstecken. Das wäre krank, und ich will nicht krank sein.«

»Und wer ist Ihrer Ansicht nach dafür verantwortlich?«

»Es ist nicht nur meine Ansicht, sondern eine Tatsache – die unbestreitbare Wahrheit. Die Strafe entspricht dem Verbrechen. Ein Mensch, der Schuld nicht akzeptiert, ist verrückt. Und ich will nicht mehr verrückt sein.«

»Verrückt ist kein Wort, das ich verwende, aber man könnte sagen, ein solcher Mensch verdrängt etwas.«

»Ja.«

»Wer ist denn nun verantwortlich für das, was geschehen ist? Dafür, dass Sie hier sind?«

Casper dachte an Dr. Friedrich; er sah ihn mit dem Kopf nach unten vor sich, so wie er an jenem ersten Tag durch den Sucher der Pressekamera ausgesehen hatte, als in seinem Maulbeerbaum Papageien geschnattert und seine Frau und seine Kinder lächelnd neben ihm gestanden hatten, glücklich und frei. Dr. Shanley glaubte, einen großen Schritt voranzukommen; er beugte sich vor und drängte Casper auf dem Pfad des Lichts weiter, indem er leise die Schlüsselfrage wiederholte: »Und? Wer ist verantwortlich, Casper?«

Casper begann zu weinen. »Ich natürlich.« Er weinte nicht aus Reue, sondern über die Schönheit seines Plans.

***

Ich war vierzehn Jahre alt, als ich schließlich entdeckte, dass ich auf den Tag zwei Jahre nach jenem Sonntag des Tulpenpflanzens und des Todes geboren war. Als Psychologe war mein Vater sorgsam darauf bedacht, mich vor der Tragödie zu beschützen, an die meine Geburt erinnerte. Mit ihrer Intelligenz vermochte meine Mutter ihren Schmerz die meiste Zeit des Jahres über zu zügeln. Sie verbannte ihn kraft ihres Willens, hielt ihn zusammen mit jenem unbenutzten Passage-Ticket in ihrer Unterwäscheschublade verborgen. Nur an meinem Geburtstag lugte ihre Enttäuschung für mich merklich hervor. Keiner sagte je etwas. Ihr Schweigen war wohl gut gemeint. Doch wenn man die Verbindungslinien zwischen den Punkten selbst ziehen muss, unterlaufen einem unweigerlich Fehler.

Mein Vater sorgte verbissen dafür, dass an meinen Geburtstagen so viele Schnitzeljagden, Kim-Spiele, Sackhüpfen und Reisen nach Jerusalem stattfanden, dass er gar nicht dazu kam, an Jack, Bunny Winton oder an sonst etwas aus Caspers schwarzem Loch zu denken, das uns als Familie zusammenhielt. Eistorten, ein Mietclown, der in Wirklichkeit ein Doktorand war, der mit seiner Dissertation nicht fertig wurde, und Geschenke, die sich mein Vater niemals hätte leisten können, als er noch vom Gehalt eines Yale-Assistenzprofessors lebte, machten meine Geschwister nur neidisch und erinnerten meine Eltern daran, wie wenig es in ihrer Macht stand, dem Schatten unserer geheimen Geschichte zu entfliehen.

Wenn ich die Kerzen auspustete, weinte meine Mutter immer – und dann bat sie niemanden oder alle um Verzeihung. Wenn sie mir half, die Torte anzuschneiden, und sich auf dem Griff des silbernen Kuchenmessers ihre Finger mit den meinen verflochten, dann benahm sie sich, als wäre es nun gut. Sie wartete noch ab, bis ich das letzte meiner Geschenke ausgepackt hatte, dann entschuldigte sie sich und zog sich in ihr Schlafzimmer zurück. Als ich klein war, schliefen meine Eltern in verschiedenen Zimmern. Sie behauptete, mein Vater schnarche. Wenn sich meine Mutter jedoch an meinem Geburtstag ins Schlafzimmer zurückzog, dann ging sie nicht ins Bett; sie legte sich darauf und starrte an die Decke, als befürchte sie, das Dach könnte einstürzen, wenn sie die Augen schlösse.

Während meine Mutter meinen Geburtstag nie ohne Tränen durchstand, lächelte mein Vater konstant. Das ganze Jahr lang war er in seinen Launen unberechenbar, an meinem Geburtstag aber von erbarmungsloser Munterkeit. Sein Lächeln wirkte entspannt, aber die Mühe, es aufrechtzuerhalten, brachte ihn zum Schwitzen. Selbst wenn wir mein Geburtstagsfest im Freien abhielten, standen ihm die Schweißperlen auf der Stirn. Wenn er das Jackett auszog, war sein Hemd durchweicht. Ich weiß noch, wie Lazlo ihn einmal ansah und erklärte: »Jetzt weiß ich, warum ich so gern unglücklich bin – glücklich zu sein hat zu viel mit harter Arbeit gemeinsam.« Im Unterschied zu meinem Vater lächelte Lazlo, wenn er traurige Dinge sagte, um einem zu zeigen, dass er einem die Fröhlichkeit nicht übel nahm.

Lazlo, der Freund meines Vaters, der sich als geplatzten Tschechen bezeichnete, sagte zwar oft zu mir, »Das Einzige, was ich noch weniger leiden kann als Kinder, sind Tulpen«, aber er verpasste meinen Geburtstag nie. Er war der einzige Freund, den mein Vater aus der

Zeit in New Haven beibehalten hatte. Der kleine Mann aus Prag, der immer wieder verlobt war, aber nie heiratete und der mit der Syntax und mit Satzmelodien umging wie mit Knetmasse, war durch den Handel mit Altmetall reich geworden. »Ich bin Weltmüllmann«, pflegte er zu sagen.

Wo immer auf der Welt sich Lazlo gerade befand, in Tokyo, Texas oder Teheran, am siebten Oktober tauchte er auf, exotische Geschenke im Gepäck – ein Luftgewehr mit Teleskop zu meinem fünften, eine Kollektion rasierklingenscharfer Ninja-Wurfmesser zu meinem sechsten Geburtstag. Bevor ich noch gelernt hatte, ein Zweirad zu beherrschen, hatte mir Lazlo bereits ein Minimotorrad mit 6-PS-Briggs & Stratton-Motor geschenkt. All das konfiszierten meine Eltern, bevor ich mir damit wehtun konnte.

Ich war gieriger als die meisten Kinder und liebte Lazlo für seine Geschenke. Vor allem aber mochte ich an ihm, dass es einem leichter fiel, sich normal zu fühlen, wenn es jemanden so Sonderbares wie Lazlo gab. Er kam immer früh am Tag, um meinem Vater die Krepppapierdekoration aufhängen zu helfen, und blieb lange, um meinem Vater Gesellschaft zu leisten, nachdem sich meine Mutter mit ihren Tränen zurückgezogen hatte.

Lazlo ging neben uns her, wenn mein Vater mich nach oben trug, und wenn mich mein Vater unter Lazlos Blicken zudeckte, sagte er »Gute Nacht, mein Freund« – nicht »Zach« oder »mein Sohn«, sondern stets »mein Freund«. Das wollte er für mich sein, nehme ich an. Und unweigerlich machte Lazlo dann den immergleichen Scherz, der meinen Vater jedes Mal zum Lachen brachte. »Als dein jüdischer Pate muss ich dich vor Freunden wie deinem Vater warnen.«

»Warum denn?«

»Weil dein Vater kein Christ ist.«

»Was bist du denn dann, Daddy?«, fragte ich.

»Wenn ich's selbst rausgefunden habe, sag ich's dir, mein Freund.«

***

Zwei volle Tage nach dem Mord an Dr. Winton blieb Casper Gedsic unauffindbar. Über eine Woche lang vertrieben der Mordfall und die anschließende Suche nach dem Täter den Korea-Krieg aus den Schlagzeilen der Zeitungen von New England. Die Tatsachen, dass Casper Yale-Student und seine Freundin die Enkelin eines Gouverneurs war, dass Bunny Winton mit ihrem Vermögen im Gesellschaftsregister geführt wurde und dass viel Blut geflossen war, lieferten auch für die New Yorker Boulevardblätter Futter. Als Casper schließlich gefasst wurde, lag er schlafend in der Kajüte im Vorschiff eines sechzehn Meter langen Schoners, der am Wainscot Yacht Club auf dem Trockendock lag.

Vielleicht glaubte er, er sei auf See und endgültig entkommen. Die Todesliste mit dem Namen meines Vaters obenan wurde säuberlich gefaltet in seiner Brieftasche gefunden.

Die Indizien gegen ihn waren erdrückend. Die Stieftochter sagte als Augenzeugin aus, sie habe Casper, eine Pistole in der Hand, über der Leiche ihrer Stiefmutter stehen gesehen. Seine Fingerabdrücke waren auf einem Harrington & Richard-Revolver Kaliber .22, der neben einem Rosenbusch zweihundert Meter entfernt gefunden worden war. Mein Vater wurde nicht dazu aufgefordert, als Zeuge aufzutreten, und er erbot sich auch nicht. Zur Bestellung eines Geschworenengerichts kam es nie.

Drei namhafte Psychiater untersuchten Casper. Zwei erklärten ihn zum paranoiden Schizophrenen, der dritte schätzte ihn als Soziopathen mit schizophrenen Tendenzen ein. Caspers Pflichtverteidiger plädierte auf Unzurechnungsfähigkeit. Casper blieb stumm. Der Richter verurteilte ihn zur lebenslänglichen Verwahrung in der Heilanstalt für geisteskranke Straftäter des Staates Connecticut. Laut den Zeitungsberichten weigerte sich Casper, irgendeine Erklärung für seine Taten zu geben, abgesehen von der Bemerkung, »Sie haben mich dazu gebracht.«

In Psychologen- und Psychiater- Kreisen an den Universitäten war der Fall bekannt, wurde jedoch wenig diskutiert. Sie ordneten Dr.

Wintons Tod so ein wie mein Vater den Tod von Jack – als tragischen Unglücksfall. Doch ist das nicht jeder Mord?

Ein geistesgestörter, unter Wahnvorstellungen leidender Patient tötet den brillanten jungen Mediziner, der ihm zu helfen versucht – ein Berufsrisiko, nicht hoch, aber doch real. Auch vor Dr. Winton waren schon Nervenheilkundler Paranoikern zum Opfer gefallen. Die Forschungen meines Vaters zu Gaikaudong – seine Studie zur Wirksamkeit des Stoffes bei Depressionen, dessen unheimliches Vermögen, den subtilen elektrochemischen Zustand herzustellen, den man gemeinhin Glück nennt – wurden nie abgeschlossen, geschweige denn publiziert.

Mein Vater und Dr. Winton hatten ihre Forschungsergebnisse für sich behalten. Sie, die so erpicht darauf gewesen waren, die Ersten zu sein, endeten, nun ... YALE-IRRER TÖTET NERVENÄRZTIN war nicht die Schlagzeile, die sie sich erhofft hatten. Ihr Mentor bei der Studie, Dr. Wintons zweiundsiebzigjähriger Förderer Dr. Petersen, war die einzige Person an der Universität Yale, der ihre vorläufigen Versuchsergebnisse kannte. Sie lagen in seiner untersten Schreibtischschublade, als sich ein Blutgerinnsel in seiner Halsschlagader bildete und ihm in der linken Hirnhälfte die Lichter ausknipste. Hirnschlag, Koma – er starb an dem Tag nach Caspers Festnahme. Vielleicht hätte er den Ermittlungen etwas hinzuzufügen gehabt.

Trotz der Tatsache, dass Yale als erste der noblen Ivy League Colleges einen Studenten wegen Mordes relegierte, gab es keinen Skandal. Die Yale-Gemeinschaft war damals stärker isoliert als heute, mehr eine hochmütige Trutzburg als ein Elfenbeinturn, immun gegen alles außer Erfolg. Alfred W. Griswold, der Präsident von Yale, stand ebenfalls auf Caspers Liste. Es störte niemanden außer meinem Vater, dass Casper, der Todesengel, ihn, die Nummer eins, an jenem Sonntag übersprungen und sich gleich Bunny Winton vorgenommen hatte.

Als die Tulpen im nächsten Frühjahr geblüht hatten, war Bunny Wintons Mann nicht mehr im Krankenhaus. Thayer konnte sich nur noch daran erinnern, dass die Haustürglocke geläutet hatte. Von der Kugel, die Casper auf ihn abgefeuert hatte, war sein Tränenkanal beschädigt worden. Sein rechtes Auge tränte unaufhörlich. Thayers Wirbelsäule war in Höhe des achten Wirbels gebrochen; ob durch den Sturz auf die Fliesen der Eingangshalle oder durch die Schläge mit einem Hockeyschläger, die Casper ihm versetzt hatte, war nicht mit Sicherheit festzustellen. Wenn er nicht im Rollstuhl saß, ging er an Stöcken. Im nächsten Sommer brachte die Zeitung ein Foto von ihm an der Pinne seines Segelboots, als Regattasieger. Er blieb in Hamden und stiftete ein Stipendium zum Gedenken an seine Frau.

Mein Vater verließ Yale am Ende des akademischen Jahres. Die Universität wollte ihn behalten. Er war vielversprechend, er war auf der richtigen Spur. Er konnte im Kopf eine Standardabweichung berechnen, er war noch am Leben. Der Leiter des Departments führte Dad zum Mittagessen aus und versuchte ihn zum Bleiben zu überreden. Mein Vater sagte immer, er sei gegangen, weil sie ihn nicht zum ordentlichen Professor ernannt hätten. Seine Gründe waren jedoch komplizierter.

Im Juni 1953 gab er den Weißen Wal in Zahlung, erwarb einen nagelneuen taubenblauen Plymouth Station Wagon mit Automatikschaltung und V-8-Motor und fuhr das, was von ihm und seiner Familie übriggeblieben war, nach Süden.

Rutgers, die staatliche Universität von New Jersey in New Brunswick, machte ihn nicht nur zum ordentlichen Professor bei doppeltem Gehalt, er brauchte auch nur während eines Semesters die Doktoranden im letzten Jahr ihres PhD-Studiengangs zu unterrichten – die übrige Zeit konnte er sich der Forschung widmen.

Rutgers war nicht Yale. Abgesehen von dem alten Queens College, einer Handvoll dunkelbrauner Sandsteingebäude aus dem neunzehnten Jahrhundert und einem beeindruckenden schmiedeeisernen Tor prägten den Campus triste, planlos verteilte Häuser, außen verputzt oder mit Holz verkleidet. Die einst glücklichen Heimstätten für die Facharbeiter, die in den Fabriken, welche die Ufer des Raritan säumten und sein Wasser mit Chemikalien blau-grün verschmutzt hatten, tätig gewesen waren, waren von der Universität hastig übernommen worden, als deren Ambitionen wuchs, die Fabriken schlossen und die Arbeiter an weniger vergiftete Orte zogen.

Wir wohnten in Greenwood, jenseits des Flusses, in einem vor dem Ersten Weltkrieg erbauten Wohngebiet, das schon bessere Zeiten gesehen hatte. Ohne Aussicht. Nun, da mein Vater es sich leisten konnte, gab es keinen High Lane Club, dem er hätte beitreten, keine noble Privatschule, auf die er seine Kinder hätte schicken können, kurz nichts, womit sich demonstrieren ließ, dass er sich nur ihretwegen zu Kompromissen bequemt hatte.

Unser Haus in Greenwood war drei Stockwerke hoch, hatte eine kitschig verspielte Fassade und eine weit ausladende, geschwungene Veranda, vor der nie gestutzte Rhododendronbüsche wucherten und alte Ahornbäume zu viel Schatten warfen, um das Gras je grün werden zu lassen. Von Fotos wusste ich, dass unser Haus doppelt so groß war wie die Schachtel, in der sie in Hamden gewohnt hatten. Aber ich habe meinen Vater nie einen freundlichen Satz über unser Zuhause in Greenwood verlieren hören. Manchmal, wenn in meiner Mutter ein wenig Energie aufwallte, redete sie davon, man sollte das Haus herrichten – Wände einreißen, damit größere Räume entstünden, eine Terrasse anbauen, einen Kamin setzen lassen, die Fenster vergrößern , in der Hoffnung, es behaglicher und weniger klaustrophobisch zu machen. Mein Vater sagte dann stets: »Wozu? Richtig gut wird es nie.«

Andere, angesehenere und reizvollere Universitäten warben um meinen Vater. Er hatte Angebote, nach Boston zu gehen, nach Philadelphia, nach San Francisco. Seine Klassifikationsskala und seine Tests wurden überall im Land eingesetzt. Er wusste, welche Fragen man stellen, welche statistischen Formeln man anwenden musste, um Amerika exakt nachzuweisen, wie verrückt es gerade wurde.

New Jersey bedeutete einen strategischen Rückzug. Mein Vater entschied sich für Rutgers, weil in New Jersey, dem Gartenstaat, die

Arzneimittelfirmen saßen. Hoffmann-La Roche, Merck, Sandoz, Johnson & Johnson, Ciba, alle lagen sie zwischem dem Delaware im Westen und dem Passaic im Osten, dem Tigris und Euphrat der Moderne auf Rezept. Der achtzig Kilometer weite Halbmond zwischen den beiden Flüssen bildete das Füllhorn der Pharmakologie.

Ich bin in dem Jahr geboren, in dem Miltown in die Nachbarschaftsapotheken Einzug hielt – $C_9H_{18}N_2O_4$. Es war nach einem Ort in New Jersey benannt. Eine rosa Pille, die einen den Blues vergessen, die alles prima erscheinen ließ, auch wenn man wusste, dass es nicht so war. In den Zeitungen wurde sie die »Glückspille« genannt. Hochgradig suchterregend und bei Hausfrauen der Mittelschicht unglaublich populär, wurde sie manchmal auch als »Mutters kleine Stütze« bezeichnet. Als ich drei wurde, nahm einer von zwanzig Amerikanern Miltown.

Dad war nun nicht mehr nur Psychologe, sondern Neuropharmakologe. Er erfand die Drogen nicht, die dafür sorgten, dass die Welt einen besseren Eindruck von sich gewann, er wählte nur diejenigen aus, die aussichtsreich zu sein schienen, entwarf die Versuche und lieferte die Zahlen, auf deren Grundlage sie am Markt lanciert wurden. Nach Hamden hielt Dad sich vom Labor fern.

Offiziell diente er den Pharmakonzernen als Berater. Im Lauf der Jahre arbeitete er fast für jeden von ihnen. Er schrieb Bücher und Artikel, deren Titel ich bis heute nicht verstehe. Er arbeitete hart und lebte genügsam. Der behavioristische Traum von der magischen Kugel prägte noch immer sein Leben. Streben nach Höherem und Erlösung waren für Dr. Friedrich ein und dasselbe.

Bunny Wintons Name wurde bei uns zu Hause niemals erwähnt. Becky war acht gewesen, als Dr. Winton ermordet wurde, Lucy sieben. Sie erinnerten sich an den Tag, an dem sie die Tulpenzwiebeln vergraben hatten. Sie hatten Sergeant Neutch zu Hause in Hamden gesehen. Sie hatten meine Mutter »Nein!« jammern gehört. Sie hatten Jack mit dem Gesicht nach unten im Vogelbad liegen sehen.

In den Tagen nach dem Mord hatten meine Eltern die Zeitungen versteckt; Becky war bereits eine eifrige Leserin. Ihre Freundin hatte ihr die Schlagzeilen gezeigt, das wusste Lucy noch. Sie hatten Willy eingeweiht. Casper kannten sie; sie wussten, dass der Bösewicht wirklich existierte.

Es muss ihnen schwergefallen sein, der Versuchung zu widerstehen und mir das Geheimnis nicht zu verraten, solange ich klein war. Aber sie hielten dicht, das muss ich ihnen lassen. Dad hatte ihnen eingeschärft, nur eines wäre noch unverzeihlicher, als mir von der dunklen Gestalt in den Dornenbüschen zu erzählen: mit dem großen bläulich schwarzen Revolver zu spielen, den mein Vater geladen in seinem Nachttisch aufbewahrte.

***

Unsere Nachbarn waren keine Universitätsleute, sondern Ärzte, Anwälte, kleine Geschäftsleute oder Manager mittleren Ranges. Ein Verkaufschef namens Rangel, der für eine Farbenfirma arbeitete, wohnte mit seiner Frau June und fünf Kindern direkt gegenüber. Jenseits der Hecke nach Osten lebten die Murphys. Der Vater war Werkleiter bei Squibb; sie hatten drei Jungen.

Hinter uns wohnte Dr. Goodman, ein Kinderarzt, der Töchter in Beckys und Lucys Alter hatte, sowie einen Kirschbaum, der niedrig über unseren Zaun ragte; im Frühling trug er rosa Blüten und im Sommer bogen sich seine Äste unter der Last der Früchte. Wir zogen zwei Jahre vor meiner Geburt nach Greenwood, aber ich stelle mir vor, dass die Nachbarn erfreut waren, als sie hörten, dass ein jüngerer Professor mit Frau, zwei Töchtern und einem Sohn das alte Haus der Conklins an der Ecke gekauft hatte. Sie wollten uns gern kennenlernen und hatten allen Grund anzunehmen, dass wir bestens zu ihnen passten. Und wenn sie im Sommer 1953 durchs Fenster schauten und uns mit dem Umzugswagen ankommen sahen, muss ihnen der Anblick gefallen haben. Meine Eltern und Geschwister waren weiß, adrett, sauber, sahen einigermaßen gut aus, sie hatten alle zehn Finger und zehn Zehen und besaßen einen nagelneuen Plymouth Station Wagon. Was unserer Familie fehlte, konnten die Nachbarn nicht sehen. Jedenfalls nicht gleich.

Mein Vater gab meiner Mutter die Schuld daran, dass wir unseren Auftritt in Greenwood verpatzt hatten. June Rangel, die Vorsitzende des Elternverbands, Pfadfinderinnenführerin, Klavierlehrerin und alles, was eine Mutter im Jahre 1953 noch zu sein hatte, wartete, bis die Männer von der Umzugsfirma unsere Möbel ins Haus geschafft hatten, dann kam sie herüber, um uns mit einem Teller frisch gebackener Brownies in der Nachbarschaft willkommen zu heißen.

Als Mrs. Rangel klopfte, war meine Mutter oben. Sie lief die Treppe hinunter und sah durch die Scheibe der Haustür die lächelnde Nachbarin mit ihrer Backwerkgabe. Meine Mutter zwang sich, zu lächeln und zu winken. Mein Vater hatte ihr erklärt, sie sei offensichtlich im klinischen Sinne depressiv, und sie überreden wollen, sich in Therapie zu begeben. »Ich tu das, wenn du es auch tust«, hatte sie gesagt. Auch wenn ihr ganzes Leben ihr wie eine einzige Fehlgeburt vorkam, war sie doch bereit, die Glückliche zu spielen, die Tür zu öffnen, Mrs. Rangel hereinzubitten, ihr Kaffee anzubieten, die Kinder vorzustellen und all die Dinge zu sagen, die erwartet wurden: »Wie reizend von Ihnen, das wäre doch nicht nötig gewesen, Sie müssen mir das Rezept geben.«

Wenn nur nicht einer der Möbelpacker genau diesen Moment gewählt hätte, um zu fragen: »Wo hätten Sie gern das Kinderbettchen stehen?« Es war Jacks Bettchen. In Hamden hatte meine Mutter den Möbelpackern gesagt, sie sollten es wegwerfen; ihr Mann hatte darauf bestanden, es mitzunehmen. Der Geruch der Matratze war es, was sie aus der Fassung brachte, Jacks Geruch. Von Verlustgefühlen überwältigt, konnte meine Mutter nur auf die Kellertür deuten. Ungläubig sah Mrs. Rangel zu, wie meine Mutter die Treppe wieder hinaufstieg, auf den kleinen, dunklen Raum zu, den sie sich als ihr Schlafzimmer vorbehalten hatte. Sie vergaß die Brownies völlig, bis Willy sie am nächsten Morgen auf der Fußmatte fand.

Meine Mutter wollte über die Straße gehen, an die Tür klopfen und ihr Benehmen erklären. Aber sie wusste, sie konnte Mrs. Rangel nicht sagen, warum ein Kinderbettchen sie zum Wegrennen brachte, ohne ihr von Jack zu erzählen, was hieß, dass sie ihr von Casper erzählen müsste, was wiederum hieß, dass sie eher gar nichts sagen würde als die Unwahrheit über die Dinge, die zum Tod ihres Jüngsten geführt hatten. Als Willy den Teller fallen ließ, gab meine Mutter auf. Sie konnte entweder sich selbst erklären oder den kaputten Teller, beides jedoch nicht.

Als mein Vater von dem Brownie-Zwischenfall erfuhr, ging er in die Stadt, kaufte als Ersatz für die zerbrochene Platte eine handbemalte aus Portugal, ließ sie im Geschäft als Geschenk verpacken und überbrachte sie den Rangels eigenhändig. Er war mit dem Wunsch nach Greenwood gekommen, alles möge gut verlaufen.

Zunächst sah es so aus, als könne er das Geschehene wieder gutmachen. Mr. Rangel kam an die Tür, forderte Dad auf, ihn Chuck zu nennen, und lud ihn ein, auf einen Drink hereinzukommen. Mrs. Rangel fand die Platte wundervoll. Mein Vater war so sehr darauf aus, einen neuen Anfang zu machen, dass er mit Rangel über die Vor- und Nachteile von Rasenmähern mit rotierenden beziehungsweise spiralförmig angeordneten Schnittblättern plauderte. Alles lief bestens, bis Chuck fragte: »Wo in Connecticut haben Sie noch gleich gewohnt?«

Mein Vater hatte nicht erwähnt, dass er aus Connecticut hergezogen war. Vermutlich hatte Chuck das von dem Immobilienmakler. »In der Umgebung von New Haven.«

»Der Herbst in Connecticut muss ja zauberhaft sein.« Mrs. Rangel stellte die Platte auf den Kaminsims.

»Hier ist er bestimmt auch sehr schön. Ihre Zuckerahornbäume sind mir schon ins Auge gefallen.«

»Die kriegen Sie von mir geschenkt, wenn's Ihnen nichts ausmacht, die Blätter zusammenzurechen.«

Friedrich lachte über Rangels Scherz.

»Sie sind der erste Psychologe, dem wir je begegnet sind.« Mrs. Rangel faltete nun das Geschenkpapier zusammen.

»Wir sind Menschen wie alle anderen.«

»Habe ich da nicht was gelesen von einer Psychologin in New Haven, die irgendein durchgedrehter Student ermordet hat?«

Friedrich beobachtete die beiden. *Wissen sie über mich und Casper Bescheid? Wie viel wissen sie? Wer hat ihnen etwas erzählt? Becky, Lucy … wer weiß sonst noch davon? Womöglich alle?* »Das war eine Psychiaterin.«

»Die sind richtige Doktoren, stimmt's?«

Die Frage, was sie möglicherweise über ihn wussten, beschäftigte meinen Vater so, dass er nicht einmal gekränkt war. »Psychiater haben den medizinischen Doktortitel, ich den philosophischen.« Er stellte sein Glas ab und stand auf. »Wir haben noch Berge von Sachen auszupacken. Ich wollte Ihnen nur erklären, warum sich meine Frau so verhalten hat.«

»Ach, da brauchen Sie doch nichts erklären.«

»Nora ist einfach … scheu. Das wollte ich Ihnen nur sagen.«

»Wir von den Kiwanis veranstalten an diesem Samstag unten am Park ein Picknick.«

»Vielleicht ein anderes Mal. Entschuldigen Sie bitte das Missgeschick mit dem Telller. Es tut mir leid, dass Nora nicht an die Tür kommen konnte.«

»Machen Sie sich deswegen bloß keine Gedanken.« Die machte sich mein Vater wegen ganz anderer Dinge. »Wir verstehen das ja.« Natürlich verstanden sie nichts.

An jenem Abend rief Dad meine Mutter und meine Geschwister zu sich an den Esstisch und tat ihnen kund, dass bestimmte Dinge in Greenwood unter Verschluss zu bleiben hätten: Casper, die Wintons, Jack. Hierüber dürften sie mit keinem ihrer neuen Freunde jemals reden.

»Warum denn nicht?«, fragte Becky. Sie sehnte sich bereits nach Hamden zurück.

»Wir sollen also lügen?« Geschichten zu erfinden machte Lucy Spaß.

»Nein. Ihr sollt nicht lügen. Ihr sollt nur nicht darauf zu sprechen kommen.« Will blickte zu Nora hinüber. Sie starrte auf ihren Teller, als studierte sie eine Landkarte.

»Warum? Wir haben doch nichts getan«, sagte Willy.

»Dein Vater will sagen, diese Dinge gehen außer uns niemanden etwas an.« Meine Mutter redete mit ihrem Krautsalat.

»Wir fangen von neuem an. Wir brauchen niemanden wissen zu lassen, was in Hamden passiert ist.«

»Du meinst, sie würden uns nicht mögen, wenn sie's wüssten?« Willy war gut darin, meinen Vater festzunageln.

»Es könnte ihnen jedenfalls zu denken geben.«

»Was denn?«

»Himmel noch mal, sei doch nicht so schwer von Begriff. Die Leute tratschen. Wenn getratscht wird, versteht immer jemand etwas falsch. Ich sage euch, es wird besser für euch laufen, wenn ihr mit Außenstehenden nicht darüber redet.« Das bezog sich auch auf mich, als ich dann geboren war.

Die Leute tratschten dennoch. Die Rangels redeten mit den Murphys, und die erzählten es den Goodmans weiter. Die Friedrichs waren ein »ungewöhnliches« Paar, was so viel hieß wie »merkwürdig« und nach ein paar Wochen als »seltsam« gedeutet wurde.

Laut Becky und Lucy verdammte mein Vater sie dazu, als Spinner zu gelten, als er die Hausnummer am Eingang abschraubte. Hätte er den Nachbarn erklärt, ein Psychopath habe sein Haus einmal heimgesucht und er wolle nicht, dass es wieder passierte, dann hätten sie verstanden, warum er alles unternahm, um es jedem, der nicht in der nächsten Umgebung wohnte, schwer zu machen, das Haus zu finden. So aber fanden die Nachbarn es erst schrullig von ihm, die Hausnummer abzumontieren; als er sich dann über die Post beschwerte, die seine Briefe nicht austrug, hielten sie ihn für verrückt. Unser Familiengeheimnis und der Verfolgungswahn meines Vaters isolierten die Familie ebenso wirkungsvoll, als wenn er auf eine Insel umgezogen wäre oder eine Zugbrücke konstruiert hätte. Wenn jemand aus der Gemeinde, der noch nicht gehört hatte, dass wir seltsame Leute waren, meinen Eltern oder einem meiner Geschwister eine Einladung zu einer Hochzeit, einer Taufe, einer Bar-Mitzwa-Feier oder zu einem Ball schickte, war das Fest vorbei, wenn die Einladung schließlich eintraf, und die Absender nahmen an, wir hätten sie nicht einmal einer Antwort für wert befunden. Die Friedrichs galten als Snobs, die sich an feineren Orten mit feineren Leuten trafen. In Wirklichkeit standen sie unter Quarantäne.

Meine Geschwister sprachen nie von Casper, den Wintons oder Jack. Über Hamden aber redeten sie ständig. Für sie war es ein Ort, an dem meine Eltern Freunde und sympathische Nachbarn gehabt und Cocktailparties gegeben hatten, mit einem Garten hinter dem Haus, in den andere Kinder gern zum Spielen kamen. Normal war unsere Familie zwar nie gewesen, das stellten meine Geschwister klar, und dennoch verklärten sie jenen Ort und jene Zeit zu einem Zauberreich, wo mehr gelacht wurde und aus dem Nichts Papageien angeflogen kamen. Ich kannte nur den sonderbaren Zustand, in einem Haus ohne Adresse zu wohnen und eine Mutter zu haben, die weinte, wenn man seine Geburtstagskerzen auspustete. Es ist schon seltsam, wenn man mit sechs bereits das Gefühl hat, das Schiff verpasst zu haben.

Greenwood wirkte sich auf jedes meiner Geschwister anders aus. Lucy, bestrebt, den Nachbarn unsere Eigenartigkeit zu erklären und sich davon zu distanzieren, erzählte den Rangels, wir seien adoptiert. Bis zum heutigen Tage ist Dr. Goodman der Überzeugung, dass die Schrullen meines Vaters auf einen Hirntumor zurückzuführen seien. Willy sah fern und futterte Oreos. Sehr viele Oreos. So viele sogar, dass er gute zehn Kilo Übergewicht hatte. Ein Elfjähriger mit Brüsten ist nicht gerade die erste Wahl, wenn man mit jemandem herumtollen und Spaß haben möchte. Als Dezemberkind hatte Willy, zu seinem eigenen und zum Zorn meines Vaters, erst ein Jahr später in den Kindergarten von Greenwood gehen dürfen und war der älteste, dickste, schlaueste und traurigste Junge der ganzen Klasse.

Becky glaubte, der Ansteckung entgehen zu können, indem sie in allem vorbildlich war. Sie erhielt nur die besten Noten, gewann Klavierwettbewerbe und freundete sich an der Highschool mit den unbeliebtesten Mitschülern an, um noch tugendhafter dazustehen.

Das Geheimnis blieb sicher verwahrt, oder vielmehr, ich war davor sicher. Ich wusste, dass Jack mit im Raum war. Die anderen Geister aber blieben fern … bis ich schwimmen lernte.

***

Ich war sieben, und alle in der Familie konnten schwimmen, außer mir. Dabei hatte ich gar nichts dagegen, nass zu werden. Ich konnte stundenlang in der Badewanne spielen. Und ich hatte viel dafür übrig, in Seen, Flüsse, Teiche hineinzuwaten – sogar ins Meer. Ich war nicht wasserscheu. Was mich in Panik versetzte, war, den Boden unter den Füßen zu verlieren. Selbst mit einem Schwimmring um den Bauch wagte ich es nie, mich abzustoßen, auf das mir bekannte Element zu verzichten und mich frei treiben zu lassen.

Mein Vater versuchte es mit jedem Motivationsansatz, der einem Psychologen nur zur Verfügung stand. Lob, Bestechung, positives Denken, wissenschaftliche Erklärungen – in Gegenwart meiner Mutter in ihrem schicklichen schwarzen Badeanzug mit Röckchen demonstrierte mein Vater in seinen karierten Schwimmshorts immer und immer wieder, dass der menschliche Körper im Wasser schwebt, solange Luft in der Lunge ist. Nichts was er sagte, konnte mich davon überzeugen, dass ich nicht die Ausnahme von seinen Regeln war und untergehen würde wie ein Stein. In seiner Frustration griff er eines Tages auf die gute, altmodische Beschämung und Demütigung zurück. »Ein Hund kann schwimmen, eine Katze kann schwimmmen. Du meine Güte, sogar ein Hydrocephalus kann schwimmen.«

»Will, das ist grausam«, rügte ihn meine Mutter, und nachdem sie mir erklärt hatte, was ein Hydrocephalus ist, stimmte ich ihr zu.

»Ich will doch bloß nicht, dass der Junge ertrinkt.« Meine Mutter sagte nichts und dachte an Jack. Genau an den dachte ich auch. Wenn Jack in einem Vogelbad ertrunken war, was würde mich dann am Leben halten, wenn ich es wagen sollte, mich bei dieser Wassertiefe abzustoßen?

Ich wollte mindestens so gern schwimmen können wie meinem Vater eine Freude machen. Viele Male stand ich bis zur Brust im kalten Wasser, bis meine Lippen blau und meine Fingerkuppen so schrumplig wurden wie Rosinen, und wartete auf die Courage, die den anderen in meiner Familie Auftrieb verlieh. Doch wenn ich endlich drauf und dran war, das Wagnis einzugehen, rief Willy »Feigling!«

»Er macht das nur, um Aufmerksamkeit zu erregen. Ihr solltet ihn zu einem Kinderpsychologen schicken, der auf Phobien spezialisiert ist.« Das war Becky.

»Keine Sorge, Zach, ich hab ja den Jugendrettungsschwimmerschein.« Das war zwar nicht hilfreich, aber Lucy meinte es gut.

Dann sagte mein Vater: »Vertrau mir, Zach. Dir passiert nichts Schlimmes.«

Das hast du zu Jack auch gesagt, dachte ich, watete aus dem Wasser und kehrte ihnen allen den Rücken zu. Dann versuchte ich, mich mit der Wärme eines feuchten Handtuchs zu trösten.

Verlegen, weil ich nicht schwimmen konnte, beschämt, weil ich meinem eigenen Vater nicht traute, und wohl wissend, dass ich sie alle traurig machen würde, wenn ich etwas erklärte und Jacks Namen aussprach, flüchtete ich mich in Betrug.

Wenn wir an einen See, einen Fluss oder ans Meer fuhren, vergaß ich, meine Badehose mitzunehmen, behauptete, ich bekäme eine Erkältung, oder schwor Stein und Bein, ich hätte Magenschmerzen.

»Wenn du dir so gefällst«, sagte meine Mutter dann. Es gefiel mir nicht, Angst zu haben; ich hatte sie.

In der ersten Juliwoche meines siebten Lebensjahres kündigte mein Vater an, wir würden am nächsten Samstag an die Küste von New Jersey zum Island Beach State Park fahren, einer damals noch unverdorbenen Stelle mit weißen Dünen. Ich wollte natürlich nicht mit. Von meiner Panik wurde ich fantastischer- und unerwarteterweise erlöst, als Becky im letzten Moment anbot, mit mir daheim zu bleiben. »Ich muss unbedingt mein Klavierstück für die Aufführung üben.« Becky war siebzehn.

»Mir ist nicht wohl dabei, wenn ihr beide hier allein bleibt.«

»Wir spielen vierhändig. Gayle kommt vorbei. Wir müssen üben.«

»Aber du passt auf Zach auf.«

»Natürlich.«

Nachdem ich versprochen hatte, brav zu sein, fuhren meine Eltern mit Lucy und Willy auf der Rückbank des Plymouth davon.

Drei Minuten später tauchte ein Ringer der Mittelgewichtsklasse mit Bürstenschnitt auf und begrüßte mich mit einem schlichten »Ein Mucks zu deinen Eltern, und du bist Hackfleisch«. Als ich versuchte, ihnen in den Hobbyraum im Souterrain zu folgen, wo ein Plattenspieler und ein Stapel 45er-Platten darauf warteten, die Geräusche von heftigem Petting und Trockenübungen auf der quietschenden alten Couch neben der Zentralheizung zu übertönen, wurde mir die Tür vor der Nase zugeschlagen. Becky kicherte, als der Türriegel einschnappte, die Platte senkte sich, und Chubby Checker verriet mir, »It's pony time, boogety boogety boogety shoo«. Die Couch begann zu quietschen. Sonst tanzte meine Schwester immer zu diesem Song. Ich fand es eigenartig, dass sie und Joel so heimlich taten, wenn sie Möbel verrücken wollten, und hörte nicht länger zu.

Eine Viertelstunde darauf langweilte ich mich so, dass ich mir wünschte, ich wäre mit zum Strand gefahren. Die Luft im Haus war stickig, eine Klimaanlage gab es nicht. Was tun? Eine Schale mit Zitronen auf der rosa Resopalplatte in der Küche brachte mich auf eine Idee – ich mache einen Limonadestand auf, *fünf Cent für den Becher* … Ich zählte die Pappbecher in der Cellophanpackung – es waren fünfundzwanzig darin – und rechnete. Wenn ich die alle verkaufte, würde ich über einen Dollar einnehmen.

Wenn mein Vater meine älteren Geschwister nach der Schule oder am Samstag fernsehen sah, pflegte er zu sagen: »Warum lässt du dein Gehirn vergammeln, wo du ein Buch lesen, eine Sprache lernen oder Sport treiben könntest? Himmel noch mal, tu etwas! Als ich in deinem Alter war, hatte ich einen Job. Und die fünf Cent, die ich verdient habe, wurden in der Wirtschaftskrise dringend gebraucht.« Um bei der Wahrheit zu bleiben, ich hätte jenen Samstag liebend gern vor dem Fernseher verbracht, wenn mein Vater die Fernsehkommode nicht mit einem Vorhängeschloss versehen hätte.

Mit einem Beweis von Geschäftstüchtigkeit und Zielstrebigkeit – einem Limonadestand – würde ich mein Versagen im Schwimmen bestimmt wettmachen. Also nahm ich ein großes Messer und fing an, Zitronen zu halbieren, wobei ich sorgsam darauf achtete, dem Rezept – vier Zitronen, vier Liter Wasser, fast eine ganze Tüte Rohrzucker und Eis – nicht einen meiner Daumen hinzuzufügen. Mit rotem Buntstift schrieb ich auf Pappe ein Schild: EISKALTE LIMONADE – 5 ¢.

Es war im besten Falle lauwarmes Zuckerwasser, aber ich stellte einen Klapptisch auf den Gehweg vor unserem Haus, und zu meiner großen Verblüffung hielt tatsächlich das eine oder andere Auto an. Ich hatte schon fünfunddreißig Cent eingenommen, als ein Cadillac am Bordstein hielt. Der Mann, der ausstieg, hatte einen sauberen weißen Laborkittel an, genau wie die Ärzte im Krankenhaus von Somerset, der psychiatrischen Heilanstalt des Staates, mit denen mein Vater befreundet war. Manchmal nahm mein Vater uns mit, wenn er dort Patienten besuchte, an denen sie Medikamente testeten. Der Rasen dort war größer als ein Football-Feld. Und wenn mein Vater mit der Arbeit fertig war, fuhr er mit uns zum Angeln an einen Bach, der zu flach war für jeden Versuch, mir schwimmen beizubringen.

Der Mann, der aus dem Cadillac stieg, hatte ein Stethoskop in der

Tasche. So wie er mich ansah, kam er mir mehr wie jemand vor, der sich verfahren hatte als wie jemand, der sich für Limonade interessierte. Nach einer verdutzten Pause sagte er: »Du kannst aber nicht der Junge sein, für den ich dich halte.«

»Ich bin Zach Friedrich. Der Sohn von Dr. Friedrich.«

»Natürlich.« Er angelte eine Dollarnote aus der Tasche und gab sie mir. »Behalt das Kleingeld«, sagte er, aber die Limonade trank er nicht.

»Meine Mom und mein Dad sind mit Willy und Lucy am Strand.« Von der Veranda aus beäugte uns Grey, während er die letzten Kerne aus seinem Maiskolben vom Abend zuvor pickte. Als er den Schnabel voll hatte, sträubte er das Gefieder und rief nach den Hunden.

»Fleck! Distel!« Im Haus sprangen die Vorstehhunde auf die Couch, drückten die Nasen gegen die Fensterscheibe und bellten wild.

»Bist du hier ganz allein?« Der Mann sprach so langsam und ruhig wie mein Vater, wenn er mit einem redete, nachdem man schlecht geträumt hatte, oder wenn er einem darlegte, warum man eine »Beruhigungsphase« brauche, was so viel hieß wie Einzelhaft – Zimmerarrest.

»Meine Schwester passt auf mich auf.« Der Mann im Labormantel trat in den Schatten des Ahorns. »Sie ist mit Joel, ihrem Freund, im Keller, aber ...«

»Aber was, Zach?«

»Joel hat gesagt, wenn ich was verrate, bin ich Hackfleisch.«

»Ich kann schweigen wie ein Grab.«

»Sind Sie ein Freund von meinem Dad?«

»Ein alter Bekannter. Ich kenne eure ganze Familie. Sogar Grey.« Im Unterschied zu den meisten Erwachsenen, mit Ausnahme von Lazlo, interessierte er sich offenbar wirklich für das, was ich zu sagen hatte.

»Warum bist du denn nicht zum Strand mitgefahren?«

»Weil ich nicht schwimmen kann.«

Er lächelte und legte mir die Hand auf die Schulter. Er hatte Finger wie meine Mutter, lang, schmal und rosa. »Willst du's lernen?«

»Ich hab's versucht. Es geht nicht. Ich bin ein hoffnungsloser Fall.«

»Das haben sie über mich auch gesagt.« Sein Lächeln gefiel mir.

»Kein Witz?«

»Kein Witz. Alle haben sich über mich lustig gemacht. Mich abgeschrieben. Es ist hart, wenn man etwas nicht kann, was anderen Leuten so leicht fällt.«

»Wie hast du denn schwimmen gelernt?«

»Mit einer wissenschaftlichen Technik. Die funktioniert immer, aber sie ist geheim. Wenn ich's dir zeige, darfst du's niemandem verraten.«

»Versprochen. Bei Himmel und Erde.«

Er sah auf die Uhr, nur war da keine an seinem Handgelenk. Er hatte wohl vergessen, sie anzuziehen. So zerstreut war mein Vater auch. Die Hunde bellten immer noch. Grey pfiff. »Ich glaube, ich kann dich einschieben.« Genau das sagte mein Vater, wenn er am Telefon mit Patienten redete. »Steig ein.«

»Wir sagen lieber erst meiner Schwester Bescheid.«

»Dann wissen sie, dass ich von Joel weiß, und wir sind beide Hackfleisch.« Wir lachten einverständig, und ich flitzte auf den Cadillac zu. Der Mann öffnete die Fahrertür.

Ich wollte schon einsteigen, da erstarrte ich. »Was ist mit meiner Badehose?«

»Die brauchst du nicht. Das gehört mit zu der Geheimtechnik.« Als wir losfuhren, sagte er: »Schnall dich an.«

Auf Route 1 fuhren wir nach Süden. Im Radio lief ein Baseball-Spiel, die Yankees spielten gegen die Dodgers. Er wusste über den Trefferschnitt verschiedener Spieler und ihre Zeit an der Linie im Vergleich zu der Zeit in Aktion besser Bescheid als die Radioreporter. Als ich ihn fragte, wieso er das so genau wisse, sagte er: »Als ich im Krankenhaus war, habe ich mit den anderen Patienten zusammen viel Radio gehört.«

»Waren Sie denn krank?«

»Sehr. Dort habe ich auch schwimmen gelernt.« Als ich sagte, ich hätte Hunger, hielt er an und kaufte uns riesige Hot Dogs und Orangenlimonade.

Nach einer Weile bogen wir von der Schnellstraße ab und fuhren über einen unasphaltierten Weg lange abwärts. Gelblicher Staub wurde um uns herum aufgewirbelt, und die Luft roch nach Weihnachtsbäumen, was daher kam, dass wir uns mitten in einem Wald aus verkrüppelten Fichten befanden, und als mir gerade durch den Kopf ging, dass wir doch unheimlich weit von zu Hause weg waren, hielt der Mann an. Als sich der Staub setzte, lag vor uns, durch eine Bresche im Wald zu sehen, eine blaue, klare, marmorglatte Wasserfläche.

»Wie heißt denn die Stelle hier?«

»Sie hat keinen Namen, Zach.« Die Vorstellung gefiel mir.

An dem kleinen See war kein Mensch. Es erleichterte mich, dass hier keine Kinder waren, die »Feigling! Wovor hast du eigentlich Angst?« brüllen konnten, keine Erwachsenen, die mich ermutigen wollten. Hier gab es nur den Mann im weißen Kittel, mich und eine Krähe, die einen Singvogel von einem Nest voller Eier verscheuchte, auf denen er gesessen hatte.

Wir gingen um den Rand des Sees herum und blieben stehen, um wilde Blaubeeren zu pflücken. Am Ende des Sees gab es einen langen, moosbewachsenen Betondamm, grün von dem Wasser, das über ihn hinwegfloss.

»Wann bringen Sie mir denn nun Schwimmen bei?«

»Wenn wir auf der anderen Seite sind.« Ich fand es eigenartig, dass er sich nicht die Schuhe auszog, bevor er den Fuß auf die Staumauer setzte. Von dort, wo ich stand, sah es aus, als ginge er über Wasser. Als er halb drüben war, drehte er sich um und sah mich immer noch am Ufer stehen. Auf der anderen Seite des Damms ging es zwei Meter in die Tiefe. Das Wasser war dunkel, der Beton schlüpfrig von schleimigen Algen.

»Hast du Angst?« Seine Stille hallte in der Einöde wider.

»Ein bisschen.« Ich folgte ihm nun auf den Damm hinaus. Er war oben nicht viel breiter als einen halben Meter. Das überfließende Wasser aus dem See schwappte über meine Turnschuhe und stürzte dann als Wasserfall in einen Teich in der Tiefe. Von dort verschwand ein schnell fließender Bach in einem Gehölz, von dem ich noch nicht wusste, dass es Fichtenöde hieß.

Auf einmal nahm ich die Leere um mich herum und den Himmel über mir wahr; ich blieb stehen und rief: »Ich glaub, ich will nach Hause.«

»Bald ist alles vorbei«, hörte ich ihn antworten – zweimal, des Echos wegen. »Sobald du dich mit dem angefreundet hast, wovor dir bange ist, macht es dir keine Angst mehr. Loslassen – das ist das halbe Geheimnis … beim Schwimmen. Dann bist du schon fast am Ziel.« Der Unterricht hatte begonnen.

»Und was ist die andere Hälfte?« Ich beeilte mich nun, ihm zu folgen. Den Blick hielt ich fest auf seinen Rücken gerichtet, um nicht in die Tiefe zu schauen. Der halbe Damm lag hinter mir, und ich kam mir tapfer vor.

»Wovon?«

»Von Ihrem Geheimnis.« Die Krähe krächzte und sauste plötzlich ganz nah über meinen Kopf hinweg. Sie hatte ein winziges gesprenkeltes Ei im Schnabel. Ich fuchtelte mit den Händen, weil ich glaubte, sie werde direkt in mich hineinfliegen. Sie ließ das Ei fallen. Ich sah ihm nach und machte dabei den Fehler, hinunterzublicken.

Meine Turnschuhe rutschten auf dem Schleim aus. Zum Festhalten gab es nichts. Die Schwerkraft erledigte das Übrige. Während ich rücklings vom Damm purzelte, sah ich flüchtig meinen Schwimmlehrer, der mich mit weit aufgerissenen, ausdruckslosen Augen anstarrte, als verfolgte er einen Werbespot im Fernsehen.

Mit einem leisen, entspannten Platschen schlug ich aufs Wasser auf. Als ich den Kopf hin- und her warf, um nach Luft zu schnappen, blickte ich zur Dammkante hinauf – mein Schwimmlehrer war nirgends zu sehen. Jetzt war ich mit dem Kopf unter Wasser. Die Augen hatte ich offen. Sedimente schwebten im Wasser; der See war tief. Ich sank, und der Grund des Sees war ein furchtbarer dunkler Ort, der mich haben wollte. Obwohl ich unter Wasser war, wusste mein Gehirn sich keinen anderen Rat, als mir »Lauf weg!« zu befehlen.

Als ich immer tiefer sank, die Kälte des Wassers spürte und mit dem Sauerstoffmangel Panik einsetzte, konnte ich nur noch auf mich selbst hören, und ich begann zu rennen, als wäre ich auf festem Boden. Meine Arme pumpten, meine Beine, die sich von nichts abstoßen konnten als von der Angst, streckten sich. Den Mund voller Sand und braunem Wasser stieß ich zur Oberfläche durch. Mein Lehrer kniete auf dem Damm und lächelte auf mich hinab. »Hilfe!«, schrie ich, aber er sagte nur: »Du schwimmst.«

Ich schlug um mich, strampelte, rannte immer noch – ich schwamm. Jedenfalls irgendwie.

Ich machte die Augen zu und schwamm/rannte schneller. Ein paar Armlängen kam ich voran. Als ich jedoch in die Nähe des Damms kam und nach der Betonkante greifen wollte, drückte mich das überfließende Wasser weg. Von der Strömung wurde ich zurückgetrieben. Ich war zu erschöpft, um mich festzuhalten. In der letzten Sekunde griff der Mann hinunter, packte mich und zog mich zu sich herauf.

Er zog den Laborkittel aus und legte ihn mir um die Schultern. Die Sonne brannte mir aufs Gesicht. Ich vergaß, dass ich je Angst gehabt hatte – das, fand ich, war das Gleiche wie Tapferkeit. Ohne Vorankündigung schüttelte ich den weißen Kittel von den Schultern, glitt vom Dammrand in den See und schwamm/rann/strampelte im Kreis herum.

»Sie haben mir wirklich Schwimmen beigebracht«, rief ich voller Stolz. Ich konnte es noch selbst kaum glauben.

»Ja … nicht wahr?« Er putzte sich gerade die Brille an seiner Krawatte, und in seinen Augen zeichnete sich ebenso viel Verwunderung ab, wie ich empfand.

Als wir nach Greenwood zurückkamen, war es kurz nach sechs. Die untergehende Sonne ließ den Horizont in einem glücklichen Rosaton aufleuchten, so warm und weich wie ein Stofftier. Zwei Querstraßen vor unserem Haus setzte der Freund meines Vaters mich ab; er sagte, er habe »noch zu tun«. Er schüttelte mir kurz die Hand, dann fügte er hinzu: »Danke für den heutigen Tag, Zach.«

Dass er sich bei mir bedankte, kam mir seltsam vor; ich war doch derjenige, der schwimmen gelernt hatte. Als er den Motor anließ, rief ich ihm zu: »Wann gehen wir wieder schwimmen?«

»Keine Sorge, ich bleibe in der Gegend.« Im Wegfahren rief er durchs Fenster: »Sag deinem Vater, ich melde mich bei ihm.«

Um möglichst schnell heimzukommen, lief ich durch zwei Gärten und sprang über eine Hecke. Es wurde dunkel. Als eben der Schornstein unseres Hauses in Sicht kam, sah ich die Nachbarn mit Taschenlampen ihre Büsche absuchen, und dabei riefen sie meinen Namen. Durch die Hintertür rannte ich ins Haus, ganz wild darauf, meinem Vater die gute Nachricht zu überbringen.

Ich fand die Familie geduckt um den Esstisch vor. Meine Mutter weinte. Becky winselte wie Homer, »O-weh-o-weh.« Lucy betete. Willy aß ein Mars. Mein Vater war am Telefon. Ich wusste nicht, dass vor dem Haus die Polizei stand. Sie hörten mich nicht hereinkommen.

»Dad, Mom, ihr werdet's nicht glauben.« Dies war der beste Augenblick meines Lebens.

»Gottseidank!« Meine Mutter sprang von ihrem Stuhl auf und zog mich so fest an sich, dass es wehtat.

»Der Junge ist hier. Ich lasse Sie wissen, was ich in Erfahrung bringen kann.« Mein Vater hängte ein.

Meine Mutter küsste mich, und mein Vater war so wütend, wie ich ihn noch nie gesehen hatte. »Wo zum Teufel warst du?«

»Wir waren schwimmen.« Ich glaubte, er müsste das so aufregend finden wie ich.

»Du kannst nicht schwimmen. Das ist hier eine ernste Sache, verdammt noch mal. Ich will die Wahrheit wissen.«

»Es ist aber wahr. Ich *kann* jetzt schwimmen.«

»Du schüchterst ihn ein, Will.« Ich war vielleicht eingeschüchtert, aber mein Vater war vor Angst außer sich.

»Warum seid ihr denn so böse auf mich?«

»Ich bin dir nicht mehr böse, wenn du mir genau erzählst, was passiert ist.«

»Dein Freund hat mir in einem riesengroßen Teich Schwimmen beigebracht.«

»Wie hieß der Mann?«

»Casper.«

»WAS?«, schrie mir meine Mutter ins Gesicht. Entsetzt fuhr sie zurück.

»Er hieß Casper – ihr wisst schon, wie der freundliche Geist.« Ich war schwer enttäuscht, dass mein Vater mir nicht zu meinem Sieg über die Angst gratulierte.

»Wie sah Casper denn aus?«

»Wie ein Arzt. Er hatte einen weißen Kittel an und ein Stethoskop dabei.«

»Was genau hat er zu dir gesagt?«

»›Danke‹, hat er gesagt.«

Mein Vater kauerte sich neben mich; sein Gesicht war nur Zentimeter von meinem entfernt. Seine Stimme klang beherrscht, aber seine Hände zitterten. »Danke wofür?«

»Dass ich ihm erlaubt habe, mir Schwimmen beizubringen.«

Meine Mutter warf meinem Vater einen raschen Blick zu. »Was hat das zu bedeuten?«

Stille fordernd, hob mein Vater die Hand. »Hat Casper sonst noch etwas gesagt?«

»Er hat gesagt, ich soll dir ausrichten, dass er sich melden wird.«

Zum Abendessen gab es kalten Aufschnitt und Kartoffelsalat. Während ich aß, stellte mir mein Vater Fragen. Er gab sich ungezwungen und freundlich. Auf seinem Gesicht lag das gleiche Dauerlächeln, das er für meine Geburtstage aufsetzte. Er strengte sich sehr an, zu zeigen, dass er mir nicht böse war. So etwas Ähnliches war er aber trotzdem, denn als meine Mutter sein warmherziges, flockiges Verhör einmal unterbrach und mich fragte, ob ich noch mehr Kakao wollte, da schlug er mit der Hand auf den Tisch und brüllte: »Himmel noch mal, Nora, würdest du jetzt mal die Klappe halten und mich mit dem Jungen reden lassen?«

Zunächst stellte er mir Fragen, die den Schwimmunterricht betrafen. Hatte Casper mir beim Ausziehen geholfen? Hatte er versucht, meinen Penis anzufassen? Hatte er mich gebeten, seinen Penis anzufassen? Ich schluckte einen Mund voll Kartoffelsalat hinunter und berichtete, ich sei in Shorts und T-Shirt geschwommen, weil ich hineingefallen sei.

Als er sich hinlänglich sicher war, dass ich nicht sexuell belästigt worden war, konzentrierte er sich auf das Problem, wie es zu meinem Sturz vom Damm gekommen war. Als ich ihm von der Krähe erzählte, die mir fast an den Kopf geflogen war, was mich zum Ausrutschen gebracht hatte, tat er so, als glaube er mir nicht. Immer wieder fragte er: »Bist du dir sicher, dass dich Casper nicht geschubst hat?« Dreimal ließ er mich beschreiben, wie Casper mich aus dem Wasser gezogen hatte.

Schließlich protestierte ich. »Du fragst, als ob du glaubst, dass ich das alles erfinde.«

»Ich versuche nur, das Ganze zu verstehen.«

Ich weiß noch, dass sich mein Vater auf einem gelben Block Notizen machte, während wir uns unterhielten und ich zwei große Kugeln Pekannusseis in mich hineinlöffelte. Er fragte mich über die Autofahrt aus. Nachdem ich ihm die grüne Markise des Hotdog-Standes beschrieben und die Pommes frites mit Käse erwähnt hatte, wusste er, dass Casper die Route 1 genommen hatte. Mit schwarzem Wachsstift zeichnete er auf einer Landkarte die Strecke ein, die wir gefahren waren. Als ich ihm von dem Staub und den Weihnachtsbäumen erzählte, zog er einen Kreis um die »Fichtenöde«.

Kurz nach acht sagte er zu meiner Mutter, sie solle uns zu Bett bringen, und stand auf, um draußen mit den Polizisten zu reden. Als Becky murrte, sie sei aber noch nicht müde, holte er mit der rechten Hand aus, als wollte er sie ohrfeigen. »Will, mach es nicht noch schlimmer«, rief meine Mutter.

Mein Vater legte den Arm um Beckys Schulter, als hätte er ihr verziehen. »Wenn du nicht müde bist, schlage ich vor, du legst dich hin und denkst darüber nach, was dein Nachmittag der gegenseitigen Masturbation diese Familie beinahe gekostet hätte.«

Meine Mutter brachte mich zu Bett, las mir eine Geschichte vor und gab mir einen Gutenachtkuss. Dann sah sie mich fest an und sagte mit seltsam nüchterner Entschiedenheit zu mir: »Ich werde nicht zulassen, dass dir jemals etwas Böses widerfährt, Zach.«

Ich war es satt zu beteuern, dass mir nichts Böses widerfahren war. »Ich liebe dich«, sagte ich und gähnte.

»Ich dich noch viel mehr«, flüsterte sie und ging hinunter zu meinem Vater und den Polizisten.

Mein Nachtlicht glühte in der Dunkelheit. Als Erste kam Lucy auf Zehenspitzen ins Zimmer geschlichen; Becky folgte, dann Willy. Das war die Stunde, in der mir meine Geschwister im Flüsterton ihre Version vom dem mitteilten, was unserer Familie zugestoßen war. Ich erfuhr, dass Dad an oberster Stelle auf Caspers Todesliste gestanden hatte, dass er auf einem gestohlenen Motorrad zu uns gekommen war, um uns umzubringen, dann aber weggefahren war und stattdessen Dr. Winton ermordet hatte.

»Wer ist Dr. Winton?«, fragte ich.

»Sie war die beste Freundin von Mom und Dad«, antwortete Lucy.

Becky widersprach ihr. Der beste Freund unserer Eltern sei Jens gewesen und Dr. Winton eine Frau, »mit der Daddy gearbeitet hat und auf die Mom eifersüchtig war.« Alle stimmten sie darin überein, dass die Wintons reich waren und dass Casper der Ärztin in den Hals geschossen hatte. Sie waren sich uneins, was die Anzahl der Kugeln anging, die abgefeuert worden waren, aber niemand bestritt, dass Mr. Winton gelähmt überlebt hatte; Willy sagte, Dad habe ihm erzählt, Mr. Winton müsse Windeln tragen. Sie sprachen von Leuten, denen ich nie begegnet war, von denen ich sogar noch nie gehört hatte, von einer Straße, in der ich nie gespielt hatte, von einem Haus, einem Leben, das ich nur von Fotos kannte. Es fiel mir schwer, die Lücken aufzufüllen, zumal wenn es um Jack ging.

»Casper hat auch Jack umgebracht«, sagte Willy.

Becky, die immer pedantisch auf Genauigkeit bestand, korrigierte ihn. »Das wissen wir nicht.«

»Wieso nicht?«

»Es gibt keinen Beweis dafür, nur was Lucy gesehen zu haben glaubt.«

»Ich glaube das nicht, sondern ich weiß es. Ich habe den Schatten eines Mannes in den Dornbüschen gesehen.«

»Das heißt weder, dass es Caspers Schatten war, noch dass er Jack umgebracht hat.« Becky warf ihrer Schwester immer vor, sie ziehe voreilige Schlüsse. Sie hatten Jack gekannt, ich nicht. Ich fand es traurig, dass sie über ihn sprechen konnten, ohne zu weinen. Was ich nun tat.

»Sei kein Baby«, sagte Willy.

Becky erinnerte mich: »Du hast gesagt, du willst alles wissen.« Zum Weinen gebracht hatten mich jedoch die Dinge, von denen ich nichts wissen konnte.

Lucy weinte nun auch. »Ich will nicht glauben, dass Casper Jack getötet hat. Vielleicht ist Jack ganz von selbst mit dem Kopf angestoßen und …«

»Er ist nun mal ein Mörder. Mörder morden eben.« Willy hatte keine Zweifel.

»Er war unheimlich, das habe ich zu Mom und Dad gleich gesagt. Auf einem Mädchenfahrrad bei uns aufzutauchen! Er hatte Pickel und ungewaschene Haare.«

»Schon, aber dann sah er auf einmal gut aus.«

»Aber warum hat er denn die Ärztin erschossen?«

»Du Schwachkopf, hast du nicht zugehört? Er ist eben VER-

RÜCKT.« Willy schaltete mein Nachtlicht an und aus, um mir Angst zu machen.

»Er ist paranoid und schizophren. Deswegen haben sie ihn nicht auf den elektrischen Stuhl geschickt.«

»Mörder haben es verdient, hingerichtet zu werden.«

»Daddy hat uns versprochen, dass er nie wieder aus der Anstalt rauskäme. Es gäbe da Gitter und Wachen, hat Daddy gesagt, da käme er unmöglich raus.«

»Wie ist er dann doch rausgekommen?«, fragte ich.

»Wahrscheinlich hat er einen Wachposten umgebracht oder einen Pfleger erdrosselt«, sagte Willy voller Überzeugung.

»Es ist nicht Dads Schuld, dass er entwischt ist.« Becky hatte wegen Joel ein so schlechtes Gewissen, dass sie für meinen Vater eintrat, obwohl sie ihm die Bemerkung über die gegenseitige Masturbation ihr Leben lang verübeln würde.

»Du hattest Glück, dass Casper dich nicht ertränkt hat. Wahrscheinlich hatte er das vor.« Ich glaubte das nicht.

»Sei doch still, Willy, du machst ihm ja Angst.« Ich weinte nun heftiger.

Becky schaltete auf ihren erwachsenen Tonfall um. »Mom und Dad haben dir tausend Mal gesagt, du sollst nicht mit Fremden reden.« Ich starrte durch mein Fenster in die Dunkelheit hinaus und fühlte mich selbst wie ein Fremder.

»Was hast du dir eigentlich dabei gedacht, als du zu ihm ins Auto gestiegen bist?«

»Ich dachte, er ist ein Freund von Dad.«

»Dad hasst ihn.«

»Ich nicht.«

»Was redest du da?«

»Er hat mir Schwimmen beigebracht.«

Becky sagte, wenn ich erst älter wäre, würde ich das alles verstehen. Lucy sagte, wenn ich Angst bekäme, dürfte ich in ihr Zimmer kommen. Willy erklärte: »Du bist genauso verrückt wie Casper.«

Danach einzuschlafen war nicht so einfach. Alle paar Stunden läutete das Telefon. Als ich aufstand, um pinkeln zu gehen, hörte ich meine Eltern unten miteinander reden. Halb flehentlich, halb zornig sagte mein Vater: »Nora, ich habe getan, was ich kann.«

Leise erwiderte meine Mutter: »Nein, das hast du nicht.«

Als ich wieder ins Bett gehen wollte, hörte ich die Ketten der Schaukel hinter dem Haus im Wind klirren. Als ich ans Fenster ging, sah ich auf der Schaukel einen Mann sitzen, der im Dunkel zu mir aufschaute. Überzeugt, dass es Casper war, öffnete ich das Fenster, um ihn zu warnen. »Lauf weg«, wollte ich ihm zurufen. Doch da zündete sich die dunkle Gestalt eine Zigarette an. Im Schein des Feuerzeugs erkannte ich, dass dort ein Polizist saß, eine Halbautomatik auf dem Schoß.

***

Willy irrte, jedenfalls in Hinblick auf Caspers Flucht aus der Staatlichen Heilanstalt für geisteskranke Straftäter. Niemand wurde erdrosselt, niemand erschossen. Um 6 Uhr 30 weckten die Pep Boys Casper und die dreiundzwanzig weiteren Männer auf Station B. Sie schliefen auf dünnen Matratzen in schmiedeeisernen Betten mit Ösen am Kopf- und Fußende für die Zeiten, in denen eine Fixierung verordnet wurde. Drei Reihen zu acht Betten in einem grünen Saal von der Größe eines Basketball-Feldes. Wie immer roch es im Saal nach Urin und Sperma. Wie immer weckte sie Manny, der leutseligste der Pep Boys, mit seinem üblichen Morgengruß »Steht auf und strahlt, Mädchen.«

Casper lag in seinem Bett, die Fenster waren noch vergittert und alles war genauso wie vor neun Jahren, als er zum ersten Mal hier wach geworden war. Nach dem Frühstück – Hafergrütze, Magermilchpulver und eine dünn mit Margarine bestrichene Scheibe ausgetrockneten Toastbrots – erhielten Casper und seine Stationsgenossen ihre Medikamente. In Caspers Fall vierzig Milligramm Reserpin.

Caspers Führungsakte war makellos; ein mustergültiger Patient, bereit, in Gruppentherapiesitzungen über seine Probleme und Unzulänglichkeiten zu sprechen. »Ich gebrauche große Worte und versuche, andere damit zu beeindrucken, was ich alles weiß und dass ich in Yale war, weil ich tief im Inneren weiß, dass ich schwach und ängstlich bin. Ich will mich ändern, ich muss mich ändern – ich weiß, dass ich mir etwas vormache, wenn ich sage: Ich tue ja, was ich kann.« Doch es war der bemerkenswerte Fortschritt, den er in seinen wöchentlichen, fünfundfünfzig Minuten währenden Therapiesitzungen bei Dr. Shanley an den Tag legte, der für Casper den Schlüssel schmiedete.

Woche für Woche, Jahr um Jahr, blendete und kitzelte Casper seinen Psychiater mit einem gemächlichen psychischen Striptease. In Fortsetzungen offenbarte er eine Lebensgeschichte, die prall gefüllt war mit sexueller Schande, unterdrückter Homosexualität, ödipaler Wut (Dr. Shanley war besonders zufrieden, als er Casper die Erinnerung daran entlocken konnte, wie ihn seine Mutter geschlagen hatte, als er bei einem der Cold-Cream-Einläufe, die sie ihm wegen seiner chronischen Verstopfung verpasste, eine Erektion bekommen hatte), adoleszenter Aggressivität und Grausamkeit gegenüber Tieren, welche sich im Anzünden von Katzen äußerte. Nichts davon war je geschehen.

Casper hätte niemals eine so verführerische Fallgeschichte für sich zusammenrühren können, hätte er nicht einen Rotschwanzbussard zum Helfer gehabt. Dessen Schwungfeder fand Casper nur ein paar Meter von der Stelle, wo er sich mit Narrenkraut versorgt hatte, auf der Erde. Die karamell- bis cremefarben marmorierte Feder war zwanzig Zentimeter lang.

Eine Erinnerung aus einem anderen Leben, an eine kunsthistorische Vorlesung, in der ein Yale-Professor vollmundig die Herrlichkeiten von Neros Vomitorium geschildert hatte, wo sich die Römer der Völlerei hingaben, sich dann mit einer Feder in den Rachen fuhren und die Stimmritze reizten, um sich zu übergeben und von neuem völlen zu können, brachte Casper auf die Idee, mit der vom Himmel gefallenen Bussardfeder auf die Toilette zu gehen, kurz nachdem die Medikamente ausgegeben und vor dem Pfleger pflichtschuldig geschluckt worden waren. Indem er samt seinem Frühstück die vierzig Milligramm Reserpin wieder von sich gab, bevor sie die Klinge seiner Gedanken stumpf machten, konnten sich seine Empfindungen für Dr. Friedrich weiterentwickeln.

Seit Casper mit einer Feder bewaffnet war und den täglichen Kampf gegen das Gift, das in ihn hineingepumpt wurde, nicht mehr bestehen musste, nahm der Rachegedanke die Züge einer berauschenden, noblen Idee an. Jene Feder verlieh Caspers Wut Flügel, sie ermöglichte es ihm, sich zu einer höheren Warte aufzuschwingen und sich dem erhabenen Gedanken zu widmen, dass er, wenn er Friedrich tötete, diesen daran hindern würde, den Geist anderer mit Hoffnung zu kontaminieren.

Nun, da Casper klar denken konnte, war ihm seine Sendung heilig. Wenn er nur eine einzige Seele vor dem eigenen Schicksal würde bewahren können, hätte all sein Leiden einen Sinn.

Casper war sehr darauf bedacht, Shanley das Gefühl zu geben, er schäle Caspers Zwiebel, und nicht umgekehrt. Nie kam er Shanley allzu sehr entgegen. Monatelang kapselte er sich ab, bevor er Shanley mit einem neuen Durchbruch verwöhnte. Casper machte aus sich eine grandiose Fallstudie, einen publikationswürdigen Lehrbuchfall. Tatsächlich hatte Shanley bereits Kontakt zu einem Verleger aufgenommen.

Siebzehn Monate vor seiner Flucht erspähte Casper auf Shanleys Schreibtisch ein Schreiben des Verlegers. Casper las es verkehrt herum und fing an, den Schlüssel zu drehen. Er sagte kein Wort über den Brief; er ließ die Idee nur Wurzeln fassen. »Wissen Sie, nach einer Sitzung mit Ihnen fallen mir manchmal noch Dinge ein, die ich Ihnen hätte sagen sollen.«

»Dinge welcher Art?«

»Meistens peinliche Dinge.«

»Das sind die Dinge, über die wir reden müssen, damit ich Ihnen helfen kann.«

»Ich weiß. Es wäre leichter für mich, Ihnen alles zu sagen, in die Details zu gehen, wenn ich es niederschreiben könnte, statt es laut auszusprechen.«

Und so wurde Casper das Privileg zuteil, jeden Morgen zwei Stunden in der Anstaltsbibliothek zu verbringen, mit einem der gelben linierten Blocks, die auch mein Vater verwendete, und einem dicken, stumpfen Kinderbleistift. Shanley war sich darüber im Klaren, dass Casper noch immer eine Gefahr für sich und andere darstellte. Sein Psychiater war durchaus nicht dumm. Nur hatten Dr. Shanley und alle Übrigen an der Staatlichen Heilanstalt für geisteskranke Straftäter einen IQ, der vierzig Punkte unter dem von Casper lag.

Wachsam sorgte Shanley dafür, dass alle bedrohlichen Gerätschaften Casper Gedsics Zugriff entzogen blieben. Scharfe Gegenstände wurden außer Reichweite aufbewahrt. Metalllöffel, die sich an Beton schärfen ließen, wurden nach jeder Mahlzeit gezählt. Bindfaden, Schnürsenkel, alte Lumpen, zerrissene Bettlaken – alles, was sich zu einer Garrotte oder Henkersschlinge flechten ließ, wurde hinter Schloss und Riegel gehalten.

Das bedrohliche Gerät, das Casper schuf, befand sich in seinem Kopf, somit auf unzugänglichem Terrain für jeden außer ihm. Shanley konnte ihm dorthin nicht folgen. Aus dem Jungen, der mit siebzehn den Bauplan für eine Atombombe gezeichnet hatte, war ein Mann geworden, der sich selbst in eine Geheimwaffe anderer Art verwandelte. Während Casper eine Scheinpersönlichkeit konstruierte, um Dr. Shanley abzulenken und zu entwaffnen, arbeitete er geduldig und der Zeit entrückt daran, sich von innen umzugestalten. Er verkabelte seine Psyche neu, um Dr. Friedrich zu vernichten.

Zunächst war Rache sein Motiv gewesen, altmodische, biblische Rache, Auge um Auge, Zahn um Zahn. *Friedrich hat mich unglücklich gemacht, also tue ich ihm das Gleiche an.* Casper hatte nur Verachtung für den neunzehnjährigen Studenten übrig, der an jenem Nachmittag in Hamden wieder aufs Motorrad gestiegen war und Friedrich weiter seine Tulpen hatte pflanzen lassen. Ein anderer Casper, einer, in dem er sich nicht erkannte, hatte diesem Impuls gehorcht. Gut, Friedrich hatte einen Sohn verloren, Casper jedoch sich selbst.

So hatte er es gesehen, nachdem er mit Hilfe von Stechapfelblättern erreicht hatte, dass seine Medikamente reduziert wurden. Des Nachts, wenn Sokrates ihn besuchen kam und ihm mit seinem Wahnsinn zu nahe rückte, bildeten Rachegedanken eine angenehme Ablenkung. Sokrates konnte er verzeihen; Sokrates war verrückt und konnte nichts dafür. Aber Friedrich …

Im ersten Monat überwachte Shanley persönlich Caspers allmorgendlichen zweistündigen Aufenthalt in der Bibliothek. Der gelbe Block, der stumpfe Bleistift, die Stille in der Bibliothek halfen Casper, die Geschichte seines Wahnsinns zu Papier zu bringen. Dr. Shanley war der Überzeugung, der Akt des Schreibens werde auf Casper heilsam wirken und für das Buch über seinen Patienten, an dem er arbeitete, nützlich sein. Dr. Shanleys Einsichten, belegt an den in der ersten Person Singular aufgezeichneten Erinnerungen eines Genies, das zum geistesgestörten Mörder geworden war. Nach gar nicht allzu langer Zeit spielte Shanley in Gedanken bereits mit der Möglichkeit, dass sein Werk über Casper Gedsic eine breitere Leserschaft erreichen könnte, als sie wissenschaftlichen Publikationen gewöhnlich beschieden war. Spätabends, wenn Casper mit Sokrates rang, träumte Shanley von Bestseller-Ruhm. Beide, Arzt wie Patient, versuchten sie, sich aus dieser finsteren, im 19. Jahrhundert stehen gebliebenen Irrenanstalt hinauszuschreiben.

Vom ersten Tag dieses Experiments gegenseitiger Selbstaufwertung an beobachtete Shanley voll Ehrfurcht Caspers Fähigkeit, sein Leben Sätzen und Worten auszuliefern. Casper musste sich nicht erst sammeln, bevor er seine Gedanken niederschrieb; kein Entwurf, kein Moment des Träumens, kein Zaudern, kein Zweifel. Kaum hatte sich Casper hingesetzt, flog der Stift über das Papier. Dr. Shanley war nicht der erste Seelenkundige, der Casper um seinen Intellekt beneidete. Am Ende der ersten zweistündigen Sitzung hatte Casper in säuberlichen Druckbuchstaben und einwandfreier Orthographie siebenundzwanzig eng beschriebene Seiten gefüllt.

Obwohl noch eingehender erforscht werden muss, in welchem Maße die psychologischen Tendenzen und und emotionalen Vorlieben eines Individuums von Geburt an erblich vorbestimmt sind, bin ich ungeachtet der ausstehenden wissenschaftlichen Erörterung der Ansicht, dass sie in meinem Falle untersuchenswürdig sind.

Mein Vater trat mit sechzehn Jahren der Nazi-Partei bei. Mit vierundzwanzig war er, als Hauptmann der SS, an der Ermordung von Ernst Röhm beteiligt.

Caspers Vater war nichts dergleichen gewesen, sondern ein lettischer Fischer. Doch von der ersten Seite an hatte er Shanley in seinem Bann. Casper hatte bereits über hundert Seiten geschrieben, bevor er auf die imaginären Fälle von Epilepsie, Inzest und Vergewaltigung in der Familie seiner Mutter zu sprechen kam. Seine Produktion war so üppig, so durchwebt von Schuld, Schmach und Phobien, dass er offenkundig von Geburt an zum Wahnsinn bestimmt war, ob Geisteskrankheiten nun erblich waren oder nicht. Shanley kam kaum nach, der Tag hatte gar nicht genug Stunden, um diese Blätter so sorgfältig zu studieren, wie er es gern getan hätte. Als Casper um Erlaubnis bat, die Werke von James, Freud, Jung und besonders Emil Kraepelins sechsbändigen Klassiker von 1899, *Psychiatrie. Ein Lehrbuch für Studirende und Aerzte* zu konsultieren, um sich die Sprache der Psychologie anzueignen, die Terminologie, derer er bedürfe, um sich dem Psychiater klarer verständlich zu machen, sah Shanley keinen Grund, sie zu verweigern – so sparte er sich Arbeit. In diesen Werken versteckte Casper dann die Seiten seiner wahren Chronik, die mit dem Tag begann, an dem er den Fehler begangen hatte, nach Hamden zu radeln, um Friedrich und seine Papageien zu fotografieren.

Mit seiner Arbeit an der Wahrheit kam er weit langsamer und mühseliger voran als mit der Dichtung, die er zusammenflunkerte, um Dr. Shanley einzulullen. Es war ein seltsames Paradox: Je mehr er log, desto wichtiger wurde die Wahrheit für ihn. Nach einer Weile, höchstens drei, vier Wochen, wurde Shanley es leid, Casper beim Schreiben zuzuschauen. An die Pep Boys erging die Anweisung, einer von ihnen solle Casper in die Bibliothek begleiten. Sie fanden es rasch ermüdend, Caspers Fleiß zu überwachen, besonders Manny. »Du kletterst mir doch nicht auf das Bücherregal da, machst einen Köpfer und bringst dich um, wenn ich draußen eine rauchen gehe, oder, Casper?«

Zwei Monate darauf wurde Caspers Antrag auf eine Schreibmaschine bewilligt. Shanley borgte ihm die alte schwarze Underwood-Reiseschreibmaschine, die er als Student benutzt hatte. Als Manny gerade einmal wieder auf eine Zigarette hinausgegangen war, entfernte Casper an der Underwood die am wenigsten gebrauchte Taste – @/¢. Er setzte sie wieder ein, nachdem er die Typenstange herausgenommen hatte, die er sodann spitzfeilte und zurechtbog, um damit das Schloss des Spinds zu öffnen, dem er den Laborkittel entnahm, in dem ich ihn dann sah, als er vor meinem Limonadenstand hielt.

Die Fenster der Bibliothek im ersten Stock waren mit gestrichenen, in die Außenwand einzementierten Metallgittern gesichert. Was ein Problem darstellte, bis Casper die Farbe abkratzte und entdeckte, dass sie aus Bronze waren. Das Fenster in der nordwestlichen Ecke der Bibliothek, neben dem Regal mit Werken über Verhaltensmodifikation, war nur teilweise von dem Sessel aus zu sehen, in dem es sich die Pep Boys bequem machten, während Casper schuftete. Langsam, Millimeter für Millimeter, durchtrennte er das Metallgitter, ein Vorgang, den er mittels der Säure seines eigenen Urins beschleunigte.

Er hätte schon lange entkommen können, bevor er es schließlich tat. Den Labormantel hatte er schon über ein Jahr. Ein leicht verknittertes Oxford-Hemd und eine Krawatte mit Saucenflecken wurden an einem verregneten Novembernachmittag gestohlen. Sie waren noch warm. Dr. Shanley hatte sie gerade abgelegt, um sich in ein frisches Hemd und eine neue Krawatte zu werfen – er fuhr nach New York, um seinen Verleger zu treffen. Besorgt, ob bei dem Regen die Züge nicht Verspätung hätten, wollte er gerade eilig das Büro verlassen, als Pep Boy Moe mit Casper an seiner Tür erschien, der um ein neues Farbband für die Schreibmaschine bitten wollte. Da Moe sich auf der Schwelle vorbeugte, um den Gluteus maximus der neuen Krankenschwester zu beglubschen, die soeben einen Wagen mit den Abendmedikamenten den Korridor entlangschob, schnappte Casper sich Hemd und Krawatte von Shanleys Stuhllehne und verbarg beides flink unter dem losen Oberteil seines schlecht sitzenden grünen Pyjamas aus staatlichen Beständen, während Shanley ihm den Rücken zuwandte und seine Schreibtischschublade aufschloss.

Ein paar Wochen darauf schaute Casper eines Samstagmorgens um 8 Uhr 45 zufällig in der Bibliothek durchs Fenster und sah ein grün-weißes Taxi aus Townsend vor dem Haupttor vorfahren. Die hintere Tür ging langsam auf und der Wagen hob sich erleichtert, als ein Mann, dessen Umfang dem des Michelin-Mannes gleichkam, seinen massigen Leib auf den Gehweg hievte. Er trug einen braunen Mantel, einen grauen Fedorahut und hatte eine Aktentasche bei sich.

Casper wusste nicht, dass es sich um einen vereidigten Buchhalter handelte, der sich um die Buchführung der Anstalt kümmerte. Doch aus der Art und Weise, wie die Wächter ihn grüßten, schloss Casper, dass der fette Mann ein häufiger Besucher war, einer, der erwartet wurde. Von da an hielt Casper jeden Morgen nach ihm Ausschau. An den folgenden sechs Tagen erschien er zu Caspers Enttäuschung nicht. Am siebten Tag aber tauchte genau um 8 Uhr 57 dasselbe grünweiße Taxi wieder auf, und der fette Mann wälzte sich heraus. Bei Sonne oder Regen, selbst bei Schnee fuhr samstagmorgens wenige Minuten vor neun das Taxi mit dem dicken Mann im Fond vor. Wann er wieder ging, wusste Casper nicht; es war ihm auch gleichgültig.

Die marineblaue Gabardinehose, die Casper trug, als ich ihn sah, kam durch schieres Glück kurz vor Weihnachten in seinen Besitz. Rufus, dem schwarzen Koch in der Anstaltsküche, war ein Kessel voll kochender Steckrüben aus den Händen geglitten. Die Hose wurde ihm ausgezogen, damit die Verbrennungen zweiten Grades an seinen Schenkeln behandelt werden konnten. Rufus' Hose wurde in eine braune Papiertüte getan und Manny auf dem Weg zur Bibliothek in die Hand gedrückt, mit der Anweisung, sie auf dem Heimweg von der Arbeit Rufus' Frau auszuhändigen. Manny wusste nicht, dass ein Fünfdollarschein in der Hosentasche steckte, und vergaß das Ganze. Casper nicht.

Bis das Metallgitter vor dem Fenster bereit war, den Weg in Dr. Friedrichs Welt freizugeben, befand sich Caspers Verkleidung ordentlich gefaltet hinter den zehn Bänden der gesammelten Werke von Dr. Cotton.

Casper verweilte sechs Monate länger in der Hölle, als notwendig gewesen wäre. Die Bombe war gebaut, der Zünder gesetzt – worauf also wartete er? Auf insgesamt siebenhundertzweiunddreißig Seiten. Um 11 Uhr 30 am Morgen des vierten Juli schrieb Casper das letzte Wort nieder und ging an jenem Abend mit der Gewissheit schlafen, dass er am folgenden Tag an Dr. Friedrich Rache nehmen würde. Er gab seinem Werk den Titel *Pharmakon*, nach dem griechischen Wort, das sowohl Heilmittel als auch Gift bedeuten kann.

An jenem Morgen brachte ihn Manny in die Bibliothek. Wie üblich fragte Manny nach fünzehn Minuten: »Du brichst mir doch nicht das Herz und bringst dich um, wenn ich eine rauchen gehe?«

»Eines Tages bin ich nicht mehr da, und dann wirst du mich vermissen«, sagte Casper, und sie lachten beide.

Manny schloss ihn ein. Casper wartete, bis er die Halbledersohlen des Pep Boy nicht mehr im Flur hallen hörte, dann stellte er als Barrikade einen Stuhl vor die Eichentür und zog sich um. Dr. Shanleys blaues Hemd passte ihm genau, aber Casper brauchte einen Moment, bis ihm wieder einfiel, wie man eine Krawatte bindet. Die verbrühte Hose des Kochs war ihm zu groß, aber das durfte ihn jetzt nicht scheren. Er setzte das Gewicht von Wilhelm Reichs Klassiker *Die Massenpsychologie des Faschismus* ein, um das korrodierte Gitter wegzuschlagen.

Die Fallhöhe vom ersten Stock zum Boden wirkte relativ einschüchternd, sobald Casper den Kopf im Freien hatte. Aber er war bereits so tief gefallen, was machten da vier Meter mehr noch aus? Also drückte Casper die zwei großen, das Staatswappen von Connecticut tragenden Umschläge, prall mit den 732 Seiten seiner Wahrheit gefüllt, fest an die Brust und sprang – die lang erwartete Wende vom Denken zum Handeln war endlich da.

Casper landete in einem Hortensienbeet. Die Blüten waren nass vom Tau, Hummeln summten ihm um den Kopf. Im Vorwärtstaumeln entglitt ihm sein geheimes Leben. Er hatte versäumt, an einem der Umschläge den Metallverschluss umzubiegen. Blätter – zwei, drei, nicht mehr – flatterten über den Rasen. Während sich Casper aufrappelte und die Umschläge aufhob, sah er zu, wie der Wind den Anfang seines Prologs entführte. Er widerstand dem Drang, den Seiten nachzulaufen, und ging langsam auf den Betonweg zu, der im weiten Bogen über die Rasenfläche zum Haupttor führte.

Ein Wächter winkte soeben einen Krankenwagen herein. Die Krankenschwester, deren Hinterteil Pep Boy Moe so beschäftigt hatte, kam auf Casper zu. Als sie sich näherte, kniff sie in vagem Wiedererkennen die Augen zusammen; ihr Mund ging auf, als wollte sie dem Wächter etwas zurufen – was er dann tun würde, war Casper nicht klar. Doch der Abstand zwischen ihnen wurde geringer, und ihr Mund ging zu. Sie zog Lippenstift und Puderdose aus der Tasche und spitzte die Lippen wie zu einem Abschiedsküsschen.

Er war jetzt nah bei ihr, keine zehn Meter mehr entfernt, höchstens noch zwölf, fünfzehn Schritte. Er rückte seine Krawatte zurecht und dachte daran, wie überrascht Dr. Friedrich wäre, wenn …

»He, Sie«, rief hinter Casper eine Stimme, die er kannte. Er blickte zu Boden; die Krankenhauslatschen an seinen Füßen mussten dem Mann aufgefallen sein. Er wollte losrennen, da landete eine Pranke, so fleischig, fest und behaart wie die von Sokrates, auf seiner rechten Schulter. Loszurennen kam nicht mehr in Frage. Die Pranke gehörte Fred, dem rothaarigen Wächter, der auf dem Gefängnishof Dienst tat, wenn einer der Pep Boys krank war oder gerade einen Patienten, der nicht zur Elektroschock-Therapie wollte, in eine Zwangsjacke stecken musste.

Langsam wandte sich Casper um. Was, fragte er sich, musste geschehen, damit man die Unvermeidlichkeit von Enttäuschungen endlich akzeptierte? Die Bombe war scharf. Wenn er sie explodieren lassen musste, bevor er sein Ziel erreicht hatte, dann war es eben so. Schließlich kann Mord ein suizidärer Akt sein. Das heißt, wenn man an Gerechtigkeit glaubt – Casper hatte seine Wut zu lange gehegt und gepflegt, um nicht zu etwas zu gelangen, das eine gewisse Ähnlichkeit mit einem solchen Glauben hatte. Zwischen den Fingern drehte er den Kugelschreiber in der Brusttasche seines Laborkittels. Wohin in Freds Gesicht würde er als Erstes stechen?

Das Auge wäre die weichste Stelle. Wenn ich Glück habe, könnte ich … Casper verbesserte sich. *Mit Glück hat das nichts zu tun, aber es besteht die Möglichkeit, die Tränendrüse zu durchstoßen … Eine Lobotomie, mit einem Kugelschreiber ausgeführt, das würde Eindruck machen.* Beinahe hätte Casper über seinen Witz gelächelt.

»Gibt's ein Problem?« Casper schloss die Faust um den Kugelschreiber.

»Ich hab das hier auf dem Weg gefunden – gehört das Ihnen?« Ahnungslos, wie nah er daran gewesen war, zum lallenden Zombie zu werden, hielt der rothaarige Wächter Casper ein Stethoskop hin.

»Danke. Ich wusste doch, dass mir etwas fehlt.«

Mit wehendem Laborkittel spazierte Casper, Stethoskop in der Hand, ohne Zwischenfälle zum Tor der Staatlichen Heilanstalt für geisteskranke Straftäter in Townsend, Connecticut, hinaus. Es war 8 Uhr 57. Das grün-weiße Taxi fuhr soeben vor. Casper öffnete die Tür für den Dicken mit der Aktentasche. Einer stieg aus, der andere stieg ein.

Als das Taxi abfuhr, überlegte Casper, ob er nicht möglicherweise doch das Glück auf seiner Seite hatte.

***

Am folgenden Morgen schlief ich lange. Als ich schließlich aufwachte und aus dem Fenster sah, war der bewaffnete Polizist aus unserem Garten verschwunden. Ich rieb mir die Schlafkörnchen aus den Augenwinkeln und nahm alles in mich auf, was in meinem kleinen Zimmer, meiner kleinen Welt vertraut und unverändert war – das Nachtlicht, das wie ein rosa Elefant aussah, das Aquarell vom hässlichen Entlein, den Teddybär, dem ein Glasauge fehlte – und glaubte einen gähnenden Moment lang, der gestrige Tag sei nur ein böser Traum gewesen.

Dann sah ich die Shorts und das T-Shirt, die ich angehabt hatte, als Casper mir das Schwimmen beibrachte. Vor lauter Sorge fahrig, hatte meine Mutter sie nass über dem Fußbrett meines Betts hängen lassen. Sie waren immer noch feucht und rochen nach Teichwasser, sogar schon ein bisschen modrig. Auf dem Holz des Fußbretts hatten sie bereits einen geisterhaften weißen Fleck hinterlassen. Mit der Zeit und ein wenig Möbelpolitur sollte er fast verschwinden, der Stempel jedoch, den Casper mir aufgedrückt hatte, war nicht zu tilgen.

Als ich hinunterkam, machte meine Mutter Rühreier. Meine Schwestern deckten den Frühstückstisch. Willy redete mit einem Polizisten, den ich noch nicht gesehen hatte, weil er auf der Treppe zum Garten saß. Da er kein Gewehr auf dem Schoß liegen hatte, nahm ich an, die Lage sei inzwischen weniger bedrohlich geworden. Seltsamerweise war ich übers Schwimmenlernen zum Optimisten geworden.

Meine Eltern hatten geduscht und sich umgezogen, waren aber nicht zu Bett gegangen. Mein Vater telefonierte mit Neutch, dem Polizisten aus Hamden, der auf die Forderung meines Vaters hin nach

Townsend hinaufgefahren war. Neutch war jetzt Polizeileutnant. Die Anfangsseiten von Caspers Prolog, die der Wind bei seinem Sprung aus dem Fenster der Bibliothek davongetragen hatte, waren gerade gefunden worden. Neutch hatte sie nicht vor sich, versprach aber, sie zu schicken, und fasste den Inhalt zusammen. »Er kommt da mit lauter Quatsch, was ihr den Patienten angeblich so antut, und dann hört er mit ungefähr fünfzig Mal ›fuck you‹ auf.«

»Ich verstehe«, sagte mein Vater zu Neutch, aber das stimmte nicht. Beängstigend unklar blieb, warum Casper seinen Rachefeldzug nicht mit mir begonnen hatte. Mein Vater und meine Mutter wussten, dass Casper über Grund, Gelegenheit und Motiv verfügte. Die ganze Nacht hindurch hatten sie Einsichten und Vorwürfe getauscht, hatten versucht, die Sache zu verstehen. Irgendwann zwischen drei und vier hatte mein Vater die Theorie aufgestellt, Casper habe vorgehabt, mich zu ertränken, es sich dann jedoch anders überlegt und mich heil zurückgebracht, um eine Botschaft zu übermitteln – *du bist jetzt mein Gefangener. Ich kann dir Schaden zufügen, wann immer ich will.*

Für meinen Vater stand das außer Frage. Als die zweite Kanne Kaffee der Nacht überschäumte, erklärte er: »Casper demonstriert seine Macht über mich, verlängert die euphorische Phase seines Allmachtswahns, wir wären seiner Willkür ausgeliefert, wir …«

Meine Mutter unterbrach ihn. »Wir sind ihm ausgeliefert.«

»Nora, sie werden ihn fassen.«

»Und was passiert, wenn er das nächste Mal ausbricht? Dein Name steht noch immer ganz oben auf seiner Liste. Er wird dir nie vergeben.«

»Ich habe ihm zu helfen versucht, verdammt noch mal! Ich habe nichts getan, was vergeben werden müsste.«

»Das glaube ich dir.« Sie tat es nicht, aber sie wäre zu jedem Lug und Trug fähig gewesen, um ihre Kinder zu retten. »Es ist auch meine Schuld.« Das glaubte sie tatsächlich. »Hätte ich ihn sich umbringen lassen, dann wäre Jack nicht tot. Und wir wären nicht … nicht das, was wir geworden sind.« Genauer wollte sie es lieber nicht formulieren.

Was sie leise unter sich beschlossen, als die Sonne über Greenwood aufging, vertrauten sie keinem von uns an. Ebenso wenig sprachen sie darüber, wie im Einzelnen Casper aus Townsend entkommen und schließlich an meinem Limonadenstand angelangt war. Das war so mysteriös, dass man es für schier unmöglich hätte halten können.

Der Taxifahrer, der Casper um neun am Haupttor mitgenommen hatte, sagte, sie hätten zweimal angehalten, das erste Mal an der Bibliothek des Theologischen Seminars von Townsend. Casper sei etwa zehn Minuten lang im Gebäude geblieben. Danach waren sie direkt zum Bahnhof von Townsend gefahren. Casper hatte mit einer neuen Zwanzigdollarnote bezahlt; ein Zug Richtung New York war etwa fünf Minuten später eingelaufen. Nahe gelegen hätte der Schluss, dass Casper eingestiegen sei. Doch die Schaffner konnten sich nicht erinnern, den Fahrschein von jemandem geprüft zu haben, auf den Caspers Foto passte. Vor allem aber wäre er, hätte er für die Fahrt nach New Jersey Züge benutzt, nicht vor 16 Uhr 20 angekommen. Casper fuhr jedoch kurz nach Mittag an meinem Limonadenstand vor.

Niemand hatte in Townsend und Umgebung den Diebstahl eines schwarzen Cadillacs oder sonst einer Limousine mit dunklem Lack angezeigt, doch selbst wenn Casper die Kabel eines Wagens kurzgeschlossen hätte, dessen Besitzer ihn in mittlerweile über achtundvierzig Stunden nicht als gestohlen gemeldet hatte, und damit nach Süden gefahren wäre, hätte er frühestens drei Stunden nach seiner tatsächlichen Ankunft eintreffen können. Er musste geflogen sein, das war die einzige Erklärung. Mit einem Propellerflugzeug, einem Hubschrauber, auf einem Besen … Im Moment überprüfte die Polizei von New Jersey und Connecticut die kleinen Flughäfen und Charterfluganternehmen.

Ein Psychiatriepatient, der zum Tor eines Gefängniskrankenhauses für geistesgestörte Straftäter hinausspazieren, in ein Taxi springen, an einer Bibliothek anhalten, ein Flugzeug besteigen und sich einen Cadillac jüngsten Baujahrs beschaffen konnte, war vielleicht nicht allmächtig, aber doch eine Kraft, mit der man rechnen musste und die Furcht erregen konnte.

In Anbetracht all dessen erscheint das Verhalten meiner Eltern an jenem Morgen doppelt seltsam. Als ich am Abend zuvor vom Schwimmen zurückgekommen war, waren die Äußerungen meines Vaters in seinen Telefongesprächen mit den Männern, die ihm zu helfen versuchten, mit Drohungen und obszönen Worten gespickt gewesen. Er hatte zu meiner Mutter gesagt, sie solle den Mund halten, und einem Staatspolizisten angekündigt, »Wenn Sie diesen Spinner nicht finden, mache ich's mir zur Lebensaufgabe, Ihnen das Leben zu versauen.« So hatte ich ihn noch nie reden hören. Und obwohl er mit mir in seinem leisen, warmen Therapeutenton sprach, fühlte ich mich wie versengt von der Wut, die unter seiner Selbstbeherrschung brodelte. Über Nacht hatte sich daran etwas geändert. An jenem Morgen sagte er unentwegt »Danke schön« und »Das weiß ich zu schätzen« und plauderte über Leutnant Neutchs Frau und Kinder.

Zu unserer größten Überraschung aber ergriff er, als wir uns zum Frühstück setzten, die Hand meiner Mutter und verkündete: »Ich werde mir von einem Mann, dem ich zu helfen versucht habe, nicht das Leben zerstören lassen. Wir lassen uns von ihm nicht besiegen.«

»Und wenn sie ihn nun nicht finden? Vielleicht wartet er ein Jahr oder zwei, dann kommt er wieder und …« Lucy sprudelte hervor, was auch Willy und Becky dachten.

»Selbst wenn sie ihn zu fassen kriegen – er ist doch so gescheit, er war in Yale, er kann wieder ausbrechen. Du bist schließlich nicht Gott.« Becky warf meinem Vater einen Blick zu, der ihm signalisierte, dass es ihr nicht nur um Casper, sondern auch um Joel ging.

»Ich bin nicht Gott, aber bei Gott nicht machtlos. Casper Gedsic wird unschädlich gemacht. Das ist kein Versprechen, sondern eine Tatsache.« Die andern glaubten ihm nicht, ich aber wohl. Ich war der Einzige am Tisch, der sich nicht vor Casper fürchtete. Wer mir nun Angst machte, war mein Vater. Er erinnerte mich an den Film *Die Wikinger*, in den mich Willy mitgenommen hatte. Mein Vater trug zwar keinen Helm und fuchtelte nicht mit einer Kriegsaxt herum, aber er hatte gerade einen Blutschwur geleistet.

Er war mit seinen Überraschungen noch nicht am Ende. »Alle werden wir unser Leben nicht nur weiterführen, wir machen vielmehr das Beste daraus. Eure Mutter und ich reisen nach Philadelphia zu einem psychologischen Kongress, bei dem ich einen Vortrag halten soll.«

»Ihr wollt uns hier allein lassen?« Aus Willys Mund flog ein bisschen Rührei in Richtung meines Vaters.

Meine Mutter übernahm das Wort. »Natürlich nicht. Ihr Kinder werdet ein paar Tage lang bei Lazlo in New York wohnen.«

»Und wenn er uns nun nach New York verfolgt?«

»Das wird er nicht, Lucy.«

»Wenn aber doch?«

»Dann erschießt ihn Slavo.« Lazlo stand plötzlich in der Küchentür. »Kostet dann zwar extra, ist mir aber ein Vergnügen.« Slavo war einer der beiden diplomierten Leibwächter aus Jugoslawien, die Lazlo angeheuert hatte.

Hundertvierzig Kilo Muskelmasse türmten sich knapp zwei Meter hoch hinter Lazlo auf und warfen einen Schatten über den Frühstückstisch. Als Slavo sich hinunterbeugte, um meinem Vater die Hand zu schütteln, sah ich einen Revolver in seinem Schulterholster. Später entdeckte ich, dass er eine weitere Pistole – so winzig, dass sie gar nicht echt aussah – um den Knöchel geschnallt trug.

Willy musste die Waffen auch gesehen haben, denn jetzt war seine Angst weg, und er fing an, sich zu beklagen. »Was sollen wir denn machen in New York?« Willy mochte Lazlo nicht, vor allem, weil ich ihn mochte.

Meine Mutter strich Willy das Haar aus dem Gesicht. »Ihr werdet die Sehenswürdigkeiten besichtigen, in Museen gehen …«

»Ich kann Museen nicht ausstehen.«

»Siehst du gern fern?« Slavo gab Lazlo Feuer. »Bei mir gibt's drei Geräte, alles Farbfernseher.«

Willy war versöhnt. Becky war entzückt. Lazlo wohnte im Greenwich Village; Joel der Ringer und sie hatten ohnehin vorgehabt, sich ins Bitter End hineinzuschleichen, um das Kingston Trio zu sehen. Lucys Gesicht leuchtete auf, als sie aus dem Fenster blickte und, an die Limousine gelehnt, die Lazlo zu unserer Rettung angemietet hatte, den anderen Leibwächter stehen sah. Er sah aus wie William Holden in *Picknick*, nur mit besseren Wangenknochen. Mit ihren fünfzehn Jahren glaubte Lucy noch immer an Märchen, und sie hatte davon geträumt, aus Greenwood in einer Limousine davonzufahren.

Auf einmal wurden Koffer unter Betten hervorgezogen. Wir packten Waschzeug, Sachen zum Anziehen und Unterwäsche zum Wechseln ein, als ob wir in die Ferien führen, nicht vor dem Schatten in den Dornbüschen davonliefen.

Ganz Greenwood wusste inzwischen über Casper Bescheid. Die Polizei hatte ein Foto von ihm, das man per Fernschreiber hatte kommen lassen, herumgezeigt, unsere Nachbarn aufgefordert, nach ihm Ausschau zu halten und vorsichtshalber stets die Türen abzuschließen und die Fenster zu verriegeln. Als ich am Tag zuvor von meinem Limonadenstand verschwunden war, hatten die Rangels, die Murphys und die Goodmans Suchtrupps gebildet und sich bis in den Abend hinein nach mir heiser geschrien. Als ich jedoch unversehrt wieder da war und sie herausfanden, was der einstige Patient meines Vaters in Hamden Dr. Winton angetan hatte, verwandelte sich ihr Wohlwollen in Empörung.

Wie konnte mein Vater es wagen, sie nicht wissen zu lassen, dass ihm ein gefährlicher Wahnsinniger auf den Fersen war? Einen Mörder in die Harrison Street zu lotsen? Und welche unverzeihliche Dreistigkeit von meinen Eltern, uns in einer Limousine nach New

York zu schicken und selbst nach Philadelphia abzuschwirren, damit mein Vater dort bei einem medizinischen Kongress den großen Mann spielen konnte! Und sie sollten sehen, wie sie mit unserem Albtraum fertig wurden!

Nun, da sie wussten, warum wir so seltsam waren, hielten sie noch weniger von uns. Und wenn Casper nun zurückkommen, uns nicht zu Hause vorfinden und eines ihrer Kinder zum Schwimmunterricht entführen sollte? Wenn er ihnen eine Kugel in den Hals jagte? Sie mit einem Hockeyschläger so zusammenschlüge, dass sie danach mit Windeln im Rollstuhl säßen?

Sie standen auf ihren Veranden und linsten über die Hecken, als wir unsere Taschen zu der von Lazlo gemieteten Limousine trugen. Angesichts unserer Dreistigkeit kniffen sie die Augen zusammen, schoben verächtlich das Kinn vor. Kinder kamen auf die Straße geflitzt; sie hätten gern mal die Rücksitze der Limousine ausprobiert und mich nach meinem Irren gefragt. Doch bevor sie auf unserer Seite der Straße ankamen, riefen ihre Eltern sie zurück ins Haus, als hätten wir eine ansteckende Krankheit.

Was erwarteten sie von meinem Vater? Hätten sie ihn eher respektiert, wenn er den Revolver aus dem Nachttisch geholt, Wache geschoben und auf Caspers Rückkehr gewartet hätte? Ich wollte nicht, dass mein Vater Casper etwas zuleide tat, aber dass mein Vater davonlief, wollte ich auch nicht. Wenn ich davonlief, um nicht zu ertrinken, ging das in Ordnung, bei meinem Vater nicht. Wie ein Feigling hatte er beim Frühstück zwar nicht gewirkt, aber ich wurde das Gefühl nicht los, dass wir etwas taten, was nicht richtig war.

Mein Vater nahm den Abscheu der Nachbarn nicht wahr. Meine Mutter stellte uns in einer Reihe auf, und ein Kind nach dem anderen wurde geküsst, umarmt und in die Limousine gesetzt. Der Polizist sagte: »Keine Sorge, in ein paar Tagen wird alles wieder normal sein.« Ich glaubte ihm nicht.

Als wir davonfuhren, schaute ich zurück, um ein letztes Mal zu winken. Meine Eltern hatten uns bereits den Rücken zugekehrt.

***

Ich war auch zuvor schon in New York gewesen, im Museum für Naturgeschichte, im Zoo in der Bronx, im Metropolitan Museum, in Grand Central Station. Es war eine Stadt, in der es gefährlich war, ohne meinen Vater auf die Herrentoilette zu gehen, und wo meine Mutter mich verlegen machte, indem sie darauf bestand, mich an der Hand zu halten, und immer wieder sagte: »Bleib bloß in meiner Nähe, sonst verläufst du dich.« Kurz, New York war der letzte Ort auf der Welt, an den man sich begeben würde, um in Sicherheit zu sein.

Das alles leuchtete mir nicht ein. Wenn sie gewartet hatten, bis ich vier war, um mir zu eröffnen, dass ich einen Bruder gehabt hatte, der in einem Vogelbad ertrunken war; wenn sie gewartet hatten, bis ich sieben wurde, um mir zu sagen, dass ein Mörder hinter uns her war, was hatten sie mir dann noch alles verschwiegen? Wenn ich mich nicht darauf verlassen konnte, dass meine Eltern mir die Wahrheit sagten, auch Becky und Willy nicht, nicht einmal Lucy (die mich doch so gern hatte, dass sie ihr letztes Karamellbonbon mit mir teilte, selbst wenn sie es dazu aus dem Mund nehmen musste), wem konnte ich dann vertrauen? Lazlo? Klar, er kam zu meinen Geburtstagen, brachte mir tolle Geschenke mit, aber gewarnt hatte er mich nicht. Wenn ich wüsste, dass jemand Lazlo etwas Böses antun wollte, wenn sein Name auf einer Todesliste stünde, dann hätte ich ihm das erzählt. Mein siebenjähriger Verstand bockte vor all dem Betrug, der im Leben herrscht.

Während Willy und Lucy sich darüber stritten, wer den Knopf für die Fensterautomatik bedienen durfte, drehte ich mich auf dem Rücksitz um und hielt durch die Heckscheibe nach Casper Ausschau.

Wir kamen gerade rechtzeitig nach New York, um die Stadt Feierabend machen zu sehen. 17 Uhr 05, und plötzlich wuselten, rannten, trippelten und stürzten sie aus den Bürogebäuden und Wolkenkratzern so hektisch auf die sommerlichen Straßen, als wären sie gerade einer riesigen Falle entwischt. Ich weiß ja nicht, wie die anderen es an dem Nachmittag erlebten, aber mich erinnerte es an eine Natursendung im Fernsehen, die *Im Reich der wilden Tiere* hieß. Der Moderator hieß Martin Perkins, glaube ich. Jedenfalls fing er in der Wildnis immer wilde Tiere ein, um ihnen Metallbänder um die Tatzen oder Sender um den Hals zu legen, sodass sie, wenn sie freigelassen wurden, glaubten, sie wären frei, aber in Wirklichkeit waren sie es gar nicht.

Auf den Gehwegen fand eine trübsinnige, wirre Wanderung statt. Dass es so viele unterschiedliche Menschen auf der Welt gab, hatte ich nicht gewusst. Nur, wenn ich sie mir alle zusammen anschaute, kamen sie mir gar nicht wie Menschen vor. Da schubsten und rempelten sie einander an, manche rannten Taxis nach, andere drängten mit gesenkten Köpfen auf die Subway zu, einige stapften ostwärts, andere trampelten nach Westen, und alle waren sie in ihrer Hast angstgetrieben, als setze ihnen ein Raubtier nach, das sie wittern, aber nicht lokalisieren konnten.

Es machte mich einsam, Menschen zu betrachten wie Weißschwanzgnus. Also versuchte ich, mich auf Gesichter zu konzentrieren, suchte mir zur Beobachtung einzelne heraus, die uns entgegenkamen, während die Limousine im Schritttempo auf der 42nd Street quer durch die Stadt ostwärts zockelte. Das Problem war, dass die Menschen, wenn ich sie mir jeden für sich ansah, noch mehr wie Tiere wirkten. Eine kleine Frau im blauen, weiß gepünktelten Kostüm hielt ihre Handtasche mit beiden Händen an die Brust gedrückt und flitzte durch die Menge wie eine Maus, die befürchtete, für ein Stück Käse gehalten zu werden. Eine große Frau, die eine blonde Bienenkorbfrisur und Stöckelabsätze noch größer machten, warf sich wie eine Albinogazelle in den Verkehr, um in einem Taxi zu entkommen. Dort ein Löwe mit Aktentasche; da ein Schakal, der ab und zu einen Schluck aus der Bierdose in seiner Papiertüte nahm und im kühlen Schatten einer Markise auf seine Chance wartete.

Ich wollte mich von diesen Wanderbewegungen nicht noch mehr

verschrecken lassen, und darum verbot ich mir, an das Reich der wilden Tiere zu denken, und konzentrierte mich auf Vertrautes: einen Geschäftsmann, dessen Seersucker-Anzug genauso krumplig war wie der meines Vaters, eine Mutter mit vier Kindern, die genauso zerstreut vor sich hin lächelte wie meine Mutter, wenn sie im Gedränge nicht alle an die Hand nehmen konnte – doch, sie sahen normal, harmlos und wie Menschen aus. Casper allerdings auch.

Zum ersten Mal überkam mich ein Gefühl dafür, wie unheimlich weit die Welt um mich herum war. Besonders beängstigend aber fand ich, dass keiner der Menschen, die ich beobachtete, ahnte, dass ich über sie nachdachte. Und da sie nicht wussten, dass ich am Leben war, würden sie auch nicht erfahren, dass ich tot war. Außer, sie lasen davon in der Zeitung. Was mich wieder an Casper erinnerte.

Ich hatte nun sehr lange nichts gesagt. Lazlo bat mich, den Zigarettenanzünder hinunterzudrücken, und stellte mir eine Frage, die so ähnlich auch mein Vater hätte stellen können. »Woran denkst du, Zach?«

»An unsere Hunde.« Becky las den *Scharlachroten Buchstaben*. Lucy saß auf dem Klappsitz, beugte sich durch die geöffnete Schiebewand nach vorn und plauderte mit dem Leibwächter, der wie William Holden aussah, über Jugoslawien. Willy futterte Oreos.

»Wieso?«

»Wer versorgt sie denn jetzt?«

»Dein Vater hat sie in eine Tierpension gegeben … in einen … wie heißt das noch …« Lazlo zog an einer filterlosen Camel und suchte nach dem Wort »Zwinger«. Auf einmal wurden seine Nasenlöcher so groß, dass man die Haare darin sehen konnte. »*Scheiße*, was stinkt hier denn so?«

Lucy unterbrach ihre Konversation mit Stane (so hieß der jugoslawische Holden) und fauchte: »O Mann, Willy, zieh sofort deine Turnschuhe wieder an.«

Becky verlieh dem Befehl Nachdruck, indem sie Willy ihr Buch an den Hinterkopf schlug.

»Ich kann doch nichts dafür, ich hab eben Schweißfüße.«

»So sehr können Schweißfüße gar nicht stinken. Das riecht ja wie die Kacke von einem Hund, der Katzenscheiße frisst.« Alle fanden das urkomisch. Es war eine lange Autofahrt gewesen.

»Was ist das, *Scheiße*?«, fragte ich.

»So heißt ›shit‹ auf Deutsch.«

»Wie heißt denn ›shit‹ auf Jugoslawisch, Stane?« Hätten meine Eltern in der Limousine gesessen, sie hätten anhalten lassen, um Lucy den Mund mit Seife auszuwaschen.

»Gibt's nicht, Jugoslawisch. Auf Serbisch man sagt *govno*.« Wir wurden zwar verfolgt, aber wir waren frei.

»Oder *sranje*, das ist noch dreckigere Scheiße.« So wie Slavo es aussprach, roch man es beinahe.

»Auf Französisch heißt es *merde*.« Auch wenn Becky es kindisch fand, über Scheiße zu reden, musste sie doch die Gelegenheit nutzen, ihre Französischkenntnisse vorzuführen.

»Wie heißt's auf Tschechisch, Lazlo?«

»*Zboží*. Die Ungarn haben ein tolles Wort dafür: *szar*.«

Willy ließ das Fenster herunter. »He, *Zboží*-Kopf! Verpiss dich und friss *szar*!« Aus seinem Mund klang das richtig lustig, und alle lachten. Willy konnte wirklich komisch sein. Und so brachte Lazlo uns bei, in jeder Sprache der freien Welt »Scheiße« zu sagen, während wir durch die Schluchten von Manhattan nach Downtown fuhren.

Lazlo wohnte in einem Stadthaus an der Horatio Street, mitten in Greenwich Village. Alle vier Etagen hatte er für sich. Von außen erwartete ich Antiquitäten und Spitzendeckchen, als Lazlo jedoch die Tür aufschloss, war einem, als käme man in ein Raumschiff.

Die Treppe bestand nur aus Brettern, die aus der Wand ragten, alle Möbel waren lehnenlos und hatten abgerundete Amöbenformen, und es gab eine durchsichtige, nierenförmige Bar, sodass die Flaschen und Gläser aussahen, als schwebten sie in der Luft. Und alles war weiß, sogar die Fußböden. Und anstelle von Teppichen lagen darauf Zebrafelle. Und was ein Siebenjähriger, der keine Ahnung hatte, dass Lazlos Ästhetik bei Hugh Hefner abgeschaut war, besonders stark fand: In den Couchtisch war ein Fernbedienungsgerät eingebaut, das auf Knopfdruck die Jalousien herabließ, die Beleuchtung dämpfte und Frank Sinatra aus der Hifi-Anlage »I've got the world by a string, pocket full of miracles« singen ließ.

Mit einem Wort, es war das für Kinder am wenigsten geeignete Haus, das jemand hätte entwerfen können. Da meine Eltern nicht zugegen waren, stand es mir frei, auf Barhockern Karussell zu fahren und die geländerlose Treppe hinauf und hinunter zu sausen, ohne dass meine Mutter meine Begeisterung zum Stolpern brachte, indem sie rief: »Lass das, du brichst dir noch den Hals!« Damit brachte sie mich immer zum Hinfallen.

»Wohnen denn in New York alle so?« Ich probierte gerade einen Sessel aus, der einem riesigen Ei glich.

»Nur kurzbeinige, hässliche Männer, die wollen, dass die Mädchen sie mögen.« Lazlo wies Slavo an, auf den Eingangsstufen zu wachen. Stane zog mit einer Flasche Coca-Cola und seinem Revolver an die Rückseite des Hauses. Wir hatten Casper nicht vergessen, wir sprachen bloß nicht über ihn.

»Warum willst du denn, dass sie dich mögen?«, fragte ich.

»Damit sie …« Lazlo wurde abgelenkt; Willy hatte sich der Fernbedienungskonsole bemächtigt und ließ die Jalousien im Rhythmus der Musik hoch- und runterschnurren. » … etwas für mich tun.«

»Wo kann man sich bei dir frisch machen, Lazlo?« Lucy drückte sich Stane zuliebe möglichst erwachsen aus; der zwinkerte ihr zu und knöpfte sich das Hemd auf.

Ich ließ nicht locker. »Was sollen sie denn für dich tun?«

Lazlo bedauerte bereits, die Rolle unseres Babysitters übernommen zu haben, bevor Willy die Fernbedienung kaputt gemacht hatte. »Gulasch kochen.«

Stane fand das äußerst witzig. Die Jalousien waren unten, die Beleuchtung war gedämpft, die Bar-Atmosphäre endgültig.

»Du sagst doch meinem Dad nicht, dass ich das war, oder?«

»Ich bin ja zu manchem fähig, aber verpfeifen tue ich keinen.«

»Was ist an Gulasch-Kochen komisch?«, fragte ich.

Becky klappte den *Scharlachroten Buchstaben* zu. »Das war eine Metapher für Sex, Zach. Lazlo will sagen, er tut das alles, damit Frauen mit ihm schlafen.«

»Ein gutes Gulasch ist viel schwerer zu kriegen als Sex. Schon, weil es siebenundzwanzig Paprikasorten gibt.«

Ich öffnete die Tür zum Bad. Lucy legte einen Finger auf den Mund. Sie stopfte sich gerade Toilettenpapier in den Büstenhalter. »Entschuldigung, Luce.«

Meine Schwestern benahmen sich sehr merkwürdig.

Nachdem Willy die Fernbedienung gekillt hatte, erklärte er, er habe Hunger. Lazlo hatte mehr Eissorten zu bieten, als es bei Howard Johnson's gab. Einen Eisbecher mit Schokochips in der einen Hand, eine frische Tüte Oreos in der anderen, rief Willy: »Ich darf als Erster an den Farbfernseher!« Erleichtert, einen von uns glücklich gemacht zu haben, deutete Lazlo auf die Tür des Fernsehzimmers eine Treppe höher.

Mit deutlich vergrößerter Büste kam Lucy aus dem Bad und ging zu Stane in den Garten. »Wie viele Tätowierungen haben Sie denn so?«

»Vier, die zu sehen sind.« Mit einem Achselzucken erwiderte Stane den Blick, den ihm Lazlo zuwarf.

Becky hatte eigene Pläne. »Ich glaube, ich gehe mal zur Bleecker Street, den Gitarrenladen checken.« Den Ausdruck hatte sie von Maynard G. Krebs in *Dobie Gillis* gelernt. Sie griff nach ihrer Handtasche.

Lazlo nahm sie ihr aus der Hand.

»Was soll das denn?«

»Morgen. Vielleicht.«

»Meine Eltern haben doch gesagt, wir können etwas besichtigen gehen.«

»Sie meinten, das könnt ihr später tun. Vielleicht, kommt drauf an.«

»Meine Eltern lügen doch nicht.«

Lazlo verlor die Geduld. »Jeder lügt.«

»Meine Mutter und mein Vater nicht.« Auf einmal weinte Becky.

»Sei jetzt mal vernünftig, Becky. Du weißt doch, warum wir hier sind. Und was erst noch passieren muss, bevor wir ausgehen und uns amüsieren können. Sobald sie mich angerufen haben, ist mir schnurzegal, was du tust. Solange du mir nicht ausbüchst.«

Vom Garten her griff Lucy ein. »Lazlo meint ja nicht, dass sie in wichtigen Fragen lügen.« Becky weinte heftiger als zuvor. So hatte ich sie noch nie weinen sehen. Als sie beim Schlittschuhlaufen aufs Kinn gefallen war und mit acht Stichen genäht werden musste, hatte sie keine Träne vergossen; und jetzt, wo Lazlo etwas Selbstverständliches aussprach, flennte sie. Ich mochte sie dafür lieber, zugleich aber wollte ich sie zum Aufhören bringen.

Sie zerrte das Telefon an seiner langen Schnur mit ins Bad und schloss sich ein. Ich horchte an der Tür. Becky rief das Hotel in Philadelphia an, in dem meine Eltern wohnen würden; sie waren noch nicht eingetroffen, aber Becky hinterließ ihnen eine Nachricht. »Sagen Sie ihnen bitte, eines ihrer Kinder hat ein Problem.«

Als sie auflegte, klopfte ich an. »Becky, lass mich rein.«

»Geh auf ein anderes Klo.«

»Ich muss nicht pinkeln, nur dir was sagen.« Sie ließ mich herein. »Es geht alles klar.«

»Das wolltest du mir sagen?«

»Mmmh.«

»Du bist sieben, was weißt du denn da schon?«

Es gab nur eine Sache, über die ich mehr wusste als sie alle. »Casper hat's mir gesagt.«

»Was denn?«

»Dass er keinem mehr was antun wird. Nie mehr.« Nichts dergleichen hatte er gesagt.

»Warum hast du das Dad nicht erzählt?«

»Casper hat gesagt, Mom und Dad würden ihm nie glauben. Er ist nur ausgebrochen, um nach uns zu sehen – um rauszukriegen, ob wir auch glücklich sind.« Als ich es ausgesprochen hatte, kam es mir beinahe wahr vor.

»Und was hast du zu ihm gesagt?«

»Dass es allen prima geht.«

Becky putzte sich die Nase und legte den Arm um mich. »Du hast also gelogen.«

In diesem Moment entstand bei mir die schlechte Angewohnheit, die ich noch immer habe, über Dinge zu lachen, über die ich weinen möchte.

Bis wir aus dem Badezimmer kamen, hatte Lazlo bereits Slavo zu dem Gitarrenladen geschickt. Er kam mit einer sechssaitigen Gibson und einem Songbuch zurück, das Becky sämtliche Akkorde zeigte, und sie sagte ungefähr hundert Mal »Dankeschön« und fing an *Wimoweh* zu üben. Da sie Klavier spielen konnte, klimperte sie das Stück bereits, bis Lazlo chinesisches Essen bestellte, mit wechselnden Griffen und sang dazu immer wieder »In the jungle, the mighty jungle, the lion sleeps tonight«. Und statt den Refrain zu singen, sangen wir im Chor »Hör bitte auf, hör bitte auf …«.

Lucy war auf Beckys Gitarre neidisch und hätte das auch gezeigt, hätte sie nicht Stane zum Spielen gehabt. Nach dem Essen beobachtete ich sie vom Küchenfenster aus. Schon bei Tageslicht sah Lucy älter aus als fünfzehn. Im Mondlicht der Stadt aber, mit ausgestopftem BH, toupiertem Haar und herausgeputzt mit Lippenstift, Lidschatten und Maskara – was ihr meine Mutter in Greenwood verbot, weil mein Vater sagte, sie wirke damit ordinär – sah Lucy in meinen siebenjährigen Augen auf einmal erwachsen und nobel aus neben Stane mit seinen Tätowierungen und seinem gebrochenen Englisch.

Dass Lucy versuchte, älter auszusehen, kapierte ich zwar, nur, wenn sie sich anders darstellen wollte, als sie war, warum beugte sie sich dann so weit zu Stane hinüber und redete mit dieser atemlosen

Kleinmädchenstimme auf ihn ein? »Ich wollte immer schon mal nach Jugoslawien«, behauptete sie kindlich-naiv.

»Warum denn?«

»Weil ich Kommunistin bin.« Zu Lazlo hatte sie gesagt, in New York wolle sie nur zwei Dinge sehen, Saks Fifth Avenue und das Plaza Hotel.

»Wie eine Kommunistin siehst du nicht aus.«

»In unserer Familie sind alle Kommunisten. Bist du Tito mal begegnet?«

»Was weißt du denn über Tito?«

»Als Kommunistin finde ich ihn sehr attraktiv.«

»Nein, ich bin dem Hund nie begegnet, aber wenn er mir über den Weg gelaufen wäre, hätt ich ihn abgeknallt.«

»Das höre ich aber gar nicht gern.«

»Was kümmert das denn dich?«

»Als ich dich noch für einen Kommunisten gehalten habe, wollte ich dich küssen.« Ihr Mund war keine Handbreit von seinem entfernt.

»Dass ich Tito nicht leiden kann, heißt ja nicht, dass ich nicht an die kommunistischen Ideale glaube.«

»Das sagst du doch nur, damit du mich küssen kannst.«

»Nein, wirklich, ich schwör's.«

»Ich wünschte, ich könnte dir glauben.«

»Glaub mir.« Er beugte sich vor, sie sich zurück.

»Ich verspüre wohl auch darum eine solche Leidenschaft« – Lucy blähte die Nüstern und schüttelte heftig den Kopf, als sie »Leidenschaft« sagte, und der Effekt gefiel ihr so gut, dass sie ihn wiederholte – »eine so maßlose Leidenschaft für den Kommunismus, weil ich adoptiert worden bin. Meine richtigen Eltern waren berühmte russische Spione. Du hast wahrscheinlich schon mal von den Rosenbergs gehört?«

»Die Typen, die sie auf dem elektrischen Stuhl hingerichtet haben?«

Lucy nickte traurig und zündete sich eine von Stanes Zigaretten am falschen Ende an. Nach zwei Lungenzügen Rauch vom brennenden Filter hustete sie noch immer nicht.

»Das ist eine traurige Geschichte.«

»Eigentlich nicht.«

»Wie meinst du das?«

»Ich hab das nur so dahergesagt.«

»Aber warum?«

»Na, um zu sehen, ob du's mir glaubst, Dummerchen.«

Ich log etwas zusammen, damit es Becky besser ging, und Lucy erzählte Lügen, um zu sehen, ob Stane sie küssen wollte, ohne dass sie ihn küssen musste: Ich konnte Stane nur beipflichten, als er sie mit lüsterner Abscheu ansah. »Ihr seid ja alle verrückt.«

Becky übte nun »Kumbaya«. Lazlo war am Telefon und versuchte einer seiner Freundinnen zu erklären, warum er sie versetzt hatte. »Ich muss Babysitter spielen. Notfall in der Familie.« Er streckte den Hörer weit weg von seinem Ohr, als sie auf ihn einkreischte, und zog ein Gesicht dazu, das mich zum Losprusten brachte, obwohl ich traurig war. »Ja, ich weiß, dass meine Familie tot ist. Das hier ist der Notfall einer anderen Familie.«

Seufzend legte Lazlo auf. »Da sage ich ihr ein einziges Mal die Wahrheit, und sie glaubt mir nicht.«

In meiner Sehnsucht nach irgendetwas Normalem, woran ich mich festhalten konnte, ging ich hinauf ins Fernsehzimmer, um zu schauen, was Willy sich ansah. Als ich die Tür aufmachte, schrie er, »Raus mit dir, Stinktier!« Das munterte mich sogar auf, denn so nannte Willy mich immer. Aber als ich die Tür ganz öffnete, empfing mich nicht der tröstliche Anblick meines zu Bonanza mampfenden Bruders. Der Fernseher lief nicht einmal. Die Oreos und das Eis waren unberührt.

Willy hatte die Hose um die Knöchel und ein Playboy-Heft, bei der doppelseitigen Nackten aufgeschlagen, vor sich. Er schnaufte, und mit der rechten Hand hielt er seinen Pimmel im Würgegriff.

»Was machst du denn da mit dir?«

»Mir einen runterholen. Willst du's mal probieren?«

»Nein, danke.«

Ich ging früh ins Bett. Zum ersten Mal in meinem Leben schlief ich nicht unter demselben Dach wie meine Eltern. Ich vermisste meine Mom. Nicht die, die sie wirklich war, sondern diejenige, die sie gewesen wäre, wenn sie der Mutter aus einem Geschichtenbuch wie *Wilbur und Charlotte* geglichen hätte.

Lazlo schaute noch einmal bei mir herein. »Liest du mir eine Geschichte vor, Lazlo?« Er rauchte eine Zigarre.

»Klar, solange es nicht *Die kleine rote Henne* ist. Was für Bücher hast du denn mitgebracht?«

»Gar keine.«

»Dann lese ich dir eins von meinen vor.« Er sah am Bücherregal entlang, zog einen brüchigen Band hervor und begann zu lesen: »›Es war die beste aller Zeiten, es war die schlechteste aller Zeiten.‹«

»Heißt das, wie jetzt?«

»Wie immer.«

Ich schlief ein, bevor er bis zu der Stelle mit dem Kopfabhacken vorgedrungen war.

Am Morgen ließ Lazlo uns Eiscreme frühstücken. Als Becky herunterkam, umarmte sie mich und gab mir zwei Küsschen. Sie war dankbar für die Lüge, die ich ihr über Casper erzählt hatte, das merkte ich. Wenn ich mir nur eine Geschichte ausdenken könnte, die mir selbst ein besseres Gefühl gäbe.

»Wofür krieg ich die?«

»Das erste war von Mom, das zweite von mir.« Meine Eltern hatten angerufen, als ich schon geschlafen hatte.

Zwischen zwei Löffeln Nougateis erklärte Willy: »Dad sagt, zum Ausgleich für die Gitarre, die Becky bekommen hat, kauft er mir ein Mikroskop.« Ich stellte mir vor, wie Willy in hundertfacher Vergrößerung das Centerfold-Nackedei beglubschte.

Zwei neue Leibwächter hatten Slavo und Stane ersetzt. Den einen hatte Lucy bereits davon überzeugt, dass Albert Schweitzer unser

Großvater war. Betty war in ihrem Songbuch bei einer neuen Seite angekommen – »If I had a hammer, I'd hammer in the morning, I'd hammer in the –«

»Wenn ich einen Hammer hätte, würde ich deine verdammte Gitarre zertrümmern.« Lazlo lachte über Willys Frechheit; er schob gerade Papiere in seine Aktentasche und bereitete sich sichtlich darauf vor, zur Arbeit zu gehen.

»Was soll ich denn den ganzen Tag lang machen«, fragte ich ihn.

»Du kannst mit Willy spielen.«

»Willy spielt lieber mit sich selber.« Lazlo fand das komischer als ich. Er war derjenige, der Willy auf die Playboy-Hefte aufmerksam gemacht hatte.

»Oder du spielst mit Zuza.«

»Ist sie so alt wie ich?«

»Manchmal.« Er winkte mir mit dem Finger; ich sollte ihm folgen. Englisch war Lazlos vierte Sprache, da versuchte er gar nicht erst, alles zu zu erklären.

Er öffnete in der Küche eine Tür, und wir gingen eine enge Treppe hinunter. Dort unten stieß man auf eine mit Kork verkleidete Metalltür.

»Dreißig Zentimeter dick, mit Blei darin, damit ich ihr Geklopfe nicht höre.« Allmählich wurde ich neugierig, obwohl ich nicht so gern mit Mädchen spielte.

Als Lazlo die Tür aufmachte, begrüßte mich eine Schar von Marmorstatuen, die ganz wie nackte Menschen aussahen, nur dass sie in ihren Steinkörpern Augen an Stellen hatten, wo Augen nicht hingehören – am Hinterkopf, auf dem Bauch, innen an den Schenkeln, auf den Füßen oder Handflächen. Manche Augen waren zugekniffen, andere überrascht, einige waren anscheinend bestürzt über das, was sie nicht sahen. Wo man auch hinschaute, sie beobachteten einen.

Überall war Marmorstaub, sogar in der Luft. Und das Licht, das am Ende des Raums durch zwei Fenster in Höhe des Gehwegs draußen hineinfiel, tauchte die Figuren in einen pudrigen Dunst. Ich war so damit beschäftigt, auf die Blicke der vielen Augen zu reagieren, dass ich gar nicht begriff, dass die kalkweiße Figur, die mit hoch erhobenem Hammer zwischen ihnen stand, lebendig war, bis Lazlo fragte: »Zuza, was machst du da?«

»Alle sind *szar*.« Dass dies ein ungarisches Wort war und was es bedeutete, wusste ich noch vom Vortag.

Lazlo nahm ihr den Hammer aus der Hand. »Das hier ist Zach.«

Ich existierte nicht für sie. »Gib mir meinen Hammer wieder, Lazlo, und verdufte.« Sie hatte einen englischen Akzent, aber sie musste woanders herkommen, das war mir klar. Sie war größer als Lazlo, und obwohl sie kürzeres Haar hatte als ich und in einem schmutzigen Männeroverall steckte, war sie hübsch. Durch die Schicht von Steinpulver auf Zuzas Gesicht wirkten ihre Augen wie die einer Katze, und als sie sich nun den Staub von den Lippen wischte, kam ein Mund zum Vorschein, der nicht rot, sondern eher violett war, als hätte sie Maulbeeren gegessen.

Sie versuchte, Lazlo den Hammer abzunehmen, indem sie seine Finger aufbog. Als das nichts half, beugte sie sich mit offenem Mund vor, um Lazlo in die Hand zu beißen. Er lachte. Sie kam mir wie die Kreuzung aus einer Wildkatze und einer Puppe vor. »Verschwinde aus meinem Atelier. Ich habe sie gemacht, ich kann damit tun, was ich will.«

»Erstens: Da du mir seit über zwei Jahren keine Miete gezahlt hast und ich deine verdammten Marmorrechnungen begleiche, gehören die nackten Augenleute und das Atelier mir. Zweitens: Als du das letzte Mal alles kaputt geschlagen hast, ging es dir hinterher schlechter.« Erst da kapierte ich, was sie mit dem Hammer vorhatte.

»Sie wollten die alle kaputt machen?«

»Nur die hier.« Die Skulptur, an der sie Anstoß nahm, war schwanger.

»Was an ihr gefällt Ihnen denn nicht?«

»Zu hübsch.«

»Wieso ist es denn nicht in Ordnung, wenn etwas hübsch ist?«

»Frag Lazlo.« Lazlo kramte in ihrer Handtasche. »Was soll das?«

»Wenn du so bist wie jetzt, heißt das immer, dass du deine Pillen nicht genommen hast.«

»Sie machen mich blöde.«

Um den Hammer nicht ablegen zu müssen, versuchte Lazlo, den Deckel ihres Pillenfläschchens mit den Zähnen zu öffnen und gleichzeitig zu reden. »Ist es vielleicht gescheit, etwas zu zerstören, statt es besser zu machen?« Der Deckel ging ab, die Pillen kullerten auf den Boden und Zuza funkelte Lazlo böse an. Ich ging in die Hocke, um die Pillen aufzulesen. Sie waren lavendelfarben, und als ich den Staub wegpustete und das eingeprägte »L« auf ihnen sah, ging mir auf, dass ich so etwas schon einmal gesehen hatte. »Mein Dad hat so eine, nur viel größer, in einem gläsernen Papierbeschwerer auf seinem Schreibtisch.« Ein Pharmaunternehmen hatte sie ihm zur Feier der millionsten verkauften Pille geschenkt.

»Dann muss dein Vater ja sehr depressiv sein.« Lazlo fand das lustig.

Ich hielt Zuza die Handvoll Pillen hin. Sie nahm eine, schluckte sie trocken hinunter, ließ sich auf ein altes Sofa plumpsen und ging hinter der aufsteigenden Staubwolke in Deckung.

Lazlo gab mir den Hammer. »In einer Stunde kannst du ihn ihr wiedergeben.« Er beugte sich zu ihr hinunter und küsste sie zum Abschied auf die Stirn, als wäre sie ein Kind und er der Vater. Im letzten Moment blickte sie zu ihm auf, ängstlich und wütend zugleich, und küsste ihn auf den Mund. Dann drückte sie Lazlo weg und fauchte etwas, das unfreundlicher klang als ›Scheiße‹ auf Ungarisch. Durch die kleine Tür, die unter den Eingangsstufen des Hauses auf die Straße führte, verließ er das Atelier. Erst als die Tür hinter Lazlo zugefallen war und er Zuza nicht mehr hören konnte, rief sie ihm ein »Entschuldige« hinterher.

Zuza rauchte eine Kent nach der anderen; die Asche ließ sie auf den Boden fallen. Sie legte den Kopf mal auf die eine, mal auf die andere Schulter und starrte ihre marmoräugigen Skulpturen an, als würden sie ihr demnächst verraten, was sie sahen. Ich setzte mich ihr gegenüber und wartete darauf, dass sie etwas sagte. Nach zehn Minuten Schweigen wurde ich kribbelig. »Darf ich mich umsehen?«

Als sie nichts erwiderte, begann ich das Atelier zu erkunden. Am anderen Ende des Raums standen weitere rätselhafte Gegenstände, aus Ton geformt und aus Baumstämmen gehauen. Aus einem riesigen Terrakotta-Ei ragten ein Dutzend Arme, die es allesamt umschlangen; Tonhände mit Flügeln waren in feuchte Tücher gewickelt, und an der Wand hing ein Poster von einer mittelalterlichen Zeichnung, die ein Schloss, Dörfer und Berge so darstellte, als ob die Welt flach wäre und der Grund, aus dem sie aufragten, auf dem Rücken eines gigantischen Nashorns ruhte, das auf dem Rücken eines Elefanten stand, der auf dem Panzer einer enormen Schildkröte ritt, die in einem unterirdischen Meer voll kleiner Meerjungfrauen und Ungeheuer schwamm.

Daneben war eine Zeichnung an die Wand geheftet, die Zuzas Bild vom Universum zeigte. In ihrer flachen Welt gab es Wolkenkratzer und Autos, und sie ruhten nicht auf Riesentieren, sondern auf einer gewaltigen Bombe, die von einem noch größeren Baby hochgehalten wurde, das ein Mann in die Luft hielt, der auf den Schultern einer Frau stand, die zu schwimmen versuchte, aber so aussah, als ertrinke sie gerade.

Ich schaute mir diese Zeichnung lange an. Dann fragte ich Zuza: »Kochst du für Lazlo Gulasch?«

Zuza lächelte und zündete sich die letzte Zigarette aus ihrem Päckchen an. »Früher einmal ja.«

»Hast du ihn schon gekannt, als du klein warst?« Ich gab ihr den Hammer wieder.

»Seit ich sechzehn war. Meine Mutter war Ungarin, mein Vater Tscheche. Lazlo bin ich in Prag begegnet.«

»Warum hast du dann einen englischen Akzent?«

»Nach dem Krieg war ich in London auf der Kunstschule. Lazlo hat mich hingeschickt.«

»Schläfst du auch hier unten?« Ich sah eine Kochplatte und einen kleinen Kühlschrank.

»Manchmal.« Sie hängte ein Tuch über die Skulptur, die sie fast zertrümmert hätte, und stellte den Plattenspieler an. Ein Menuett erklang, und Zuza bewegte sich nun zwischen den Skulpturen umher, als tanze sie mit einem Hammer.

Was genau mein Vater mit der Pille zu tun hatte, die Zuza eingenommen hatte, wusste ich nicht, aber irgendetwas hatte er sicher damit zu tun. Und dass sie Zuza so heiter stimmte, machte mich stolz auf meinen Dad.

»Wo wohnst du dann?«

»In einer winzigen Wohnung.«

»Allein?«

»Mit einem Mann.«

»Bist du mit ihm verheiratet?«

Sie lachte. »Ja. Ich bin altmodischer, als ich aussehe.«

»Lazlo ist nicht altmodisch.«

»Ja, in mancher Hinsicht nicht.« Sie hörte auf zu tanzen und warf ihren Partner, den Hammer, auf die Couch.

»Hat Lazlo dir erzählt, warum wir bei ihm sind?«

»Ja.«

Fünf Minuten lang schwiegen wir. Erst dann brachte ich den Mut auf zu fragen: »Glaubst du, sie fangen ihn?«

»Das weiß ich nicht.« Sie war die erste Erwachsene, die mir nicht erzählte, alles würde gut, ich wäre in Sicherheit und es gäbe keinen Grund, sich Sorgen zu machen. Da ich nun wusste, dass Zuza mir womöglich die Wahrheit sagen würde, fragte ich lieber nicht weiter.

»Magst du etwas anfassen, was es dir leichter macht, manche Dinge nicht zu wissen?«

»Klar.«

Sie nahm meine Hand, zog sie unter ihren Overall und legte sie auf die glatte Melone ihres Bauchs. Mein Vater hatte mich vor fremden Männern gewarnt, die mich berühren wollten, nicht vor fremden

Frauen. Bei ihrem weiten Overall hatte ich gar nicht gemerkt, dass sie schwanger war. »Fühl mal.«

Ich riss die Augen auf und meine Verlegenheit verwandelte sich in Staunen, als Zusas Bauch sich unter meiner Hand bewegte. »Es tritt ja!«, brüllte ich. Aber sie hatte recht; es ging mir wirklich besser.

Wir unterhielten uns darüber, ob sie glaubte, dass es ein Junge oder ein Mädchen sei, und diskutierten über Namen. Dann gab mir Zuza Schmirgelpapier und ließ mich das Hinterteil einer fetten Marmorfrau polieren. Nachdem ich damit fertig war, teilten wir uns ihr Leberwurstsandwich, das mir überraschend gut schmeckte. Aber es kam noch besser. Als meine Geschwister irgendwann herunterkamen, um mal zu schauen, ob ich mich besser amüsierte als sie, gab Zuza ihnen die Hand und schickte sie dann wieder nach oben. »Es wird immer nur ein Atelierbesucher empfangen.«

Nach dem Mittagessen half ich ihr, in einem Mülleimer Ton zu mischen. Wir hatten die Arme bis zu den Ellbogen in sauberem Lehm und ich dachte gerade, dass ich nirgendwo lieber wäre, ob die Welt nun flach war oder rund oder auf dem Rücken eines Tieres balancierte, da blökte mein Bruder die Treppe herunter: »Mom ist am Telefon!«

Ich wollte nicht mit ihr sprechen; egal was meine Mutter sagen würde, ich wusste, dass ich mich schlechter fühlen würde; ich wollte hier bleiben und mit der fremden Frau reden, weil sich keine alte Geschichte zwischen uns drängen konnte. Das heimelige Gefühl, zu dem ich hier im Keller gefunden hatte, verflog.

»Geh schon, sprich mit deiner Mutter, sie vermisst dich.« Zuza tätschelte sich den Bauch. »Wir fliegen nicht davon.« Es klang, als wären sie und ihr Baby eine einzige Person.

Mich und meine Mutter trennten nicht nur ein paar hundert Kilometer knisternder Telefonleitungen. Sie vermisste mich wirklich. Ich hörte sie schniefen und stellte mir Tränen auf ihren Wangen vor, als sie sagte: »Es wird alles gut, Zach. Wir wissen jetzt, wo er ist. In ein, zwei Tagen haben sie ihn gefasst, dann kommen wir alle nach Hause, und alles wird wieder gut.« Als ich gar nichts sagte, fragte sie: »Du glaubst mir doch, nicht wahr?«

Ich sagte immer noch nichts und gab den Hörer an Lucy weiter.

Zuza wartete auf mich. Sie ließ mich helfen, die Luftblasen aus dem Ton zu kneten. Aber es war nicht mehr so wie vorher. Ich hatte ein schlechtes Gewissen, weil ich mit meiner Mutter nicht hatte sprechen wollen; und schlimmer noch, ich war ihr böse, weil sie mir eine Frage gestellt hatte, die ich nur mit einer Lüge hätte beantworten können.

Ich versuchte, mir meine Mutter glücklich vorzustellen – so glücklich, mich in ihrem Bauch zu haben, wie jetzt Zuza. Aber mir fiel nur ein, wie sie immer weinen musste, wenn ich Geburtstag hatte, und wie traurig sie wurde, wenn sie mich betrachtete, weil sie nicht Jack vor sich hatte; was mir doppelt unfair vorkam, denn schließlich war ja auch ich ein Teil von ihr. In dem Verlangen, all diese Gedanken, die mir schlecht vorkamen, in etwas umzuformen, das mir gut erschiene, fragte ich Zuza: »Kannst du mir zeigen, wie ich für meine Mutter etwas machen kann?«

Und so lernte ich, eine Schale herzustellen. Ihre Hände über den meinen, brachte Zuza mir bei, den Ton in lange Schlangen zu rollen und um eine kreisförmige Standfläche zu legen, jede Schicht ein bisschen weiter als die vorhergehende, damit eine Form entstand. Zuza töpferte gleichzeitig eine Schale für sich, damit sie mir jeden Schritt zeigen konnte, ohne irgendwann alles selbst in die Hand zu nehmen, wie es mein Vater getan hätte. Und als die Wölbung meiner Schale auf einmal wabbelig wurde und ich mit dem Hammer dagegen schlug und »Scheiße« rief, da lachte Zuza.

»Jetzt weißt du, wie schwer es ist.«

»Was denn?«

»Aus nichts etwas zu machen.«

Also fing ich noch einmal ganz unten an, und noch einmal, und noch einmal; und am nächsten Nachmittag hatte ich eine Schale fertig, auf die meine Mutter stolz sein konnte. Und am nächsten Tag zeigte mir Zuza, wie ich die Schale mit Glasuren bemalen konnte, die alle wie Grauschattierungen aussahen, die aber, wie Zuza mir versicherte, leuchtend bunt werden würden, sobald die Schale gebrannt war.

Rings um die Außenseite der Schale malte ich meine Familie, alle Hand in Hand; Strichfiguren, aber ich wusste, wer wer war. Und Zuza küsste mich auf den Kopf und nannte mich *drágám*, als ich ihren Bauch und Lazlo in die Kette meines Lebens einfügte. Und als sie den Brennofen anheizte, malte ich noch eine Person hinzu, dann war ich bereit, die Schale aus der Hand zu geben.

»Wer ist denn der da?«

»Jack.«

Als Lazlo an diesem Abend von der Arbeit heimkam, rief er Zuza und mich nach oben und verkündete: »Zur Feier des Tages gehen wir heute Abend alle zusammen zum Essen aus.«

Jeder von uns wusste, was das bedeutete. Becky, Lucy und Willy jubelten und sprangen in die Luft, als hätte ihre Footballmannschaft gerade ein Spiel gewonnen. »Haben sie Casper wehgetan?«, fragte ich.

»Nicht mehr, als sie mussten.«

***

Am nächsten Tag nahm Lazlo sich frei und fuhr uns in seinem Mercedes-Benz-Cabrio nach Hause – mit offenem Verdeck, dröhnendem Radio und Becky samt Gitarre auf dem Beifahrersitz. Ich saß auf der schmalen Rückbank zwischen Willy und Lucy und hielt die Schale, die ich für meine Mutter gemacht hatte, mit beiden Händen fest, als könnte sie von der Aufregung über unsere Heimkehr davongeweht werden. Zuza hatte sie in blaues Seidenpapier eingepackt. Blau war die Lieblingsfarbe meiner Mutter.

Hand in Hand saßen meine Eltern auf den Eingangsstufen, als wir vorgefahren kamen. Meine Mutter hatte den Kopf an die Schulter meines Vaters gelegt. Als sie uns sahen, sprangen sie nervös auf, als hätten wir sie bei etwas erwischt, was wir nicht sehen sollten.

Willy sprang als Erster aus dem Cabrio. »Hast du mir auch das Mikroskop besorgt?«

Becky hielt ihre Gitarre hoch. »Ich habe sogar einen Song geschrieben.«

Lucy ließ ihre neue Weltläufigkeit durchblicken. »Lazlo hat uns zum Essen ins Plaza ausgeführt. Und ich habe Champagner getrunken.«

Als ich mit der Schale nachkam, umarmten und küssten sie sich schon alle. Meine Mutter entzog sich dem Wiedervereinigungsgetümmel und lief mir durch den Vorgarten entgegen. »Alles ist vorbei, Zachy.« Ich war darüber froh, weil sie es war. Vor allem aber freute ich mich darauf, sie mit der Schale zu überraschen.

Sie hatte mich so vermisst, dass sie mich gar nicht sagen hörte, »Du kommst nie drauf, was ich für dich gemacht habe«, sondern mich gleich in die Arme schloss. »Nicht!«, rief ich in dem Augenblick, als sie mich an die Brust drückte.

Es war zu spät. Nur ich hörte, wie die Schale zwischen uns einen Sprung bekam. Erst als ich »Hör auf!« sagte statt »Ich liebe dich« ließ meine Mutter von mir ab.

»Freust du dich denn gar nicht, mich zu sehen?«

Die Schale rutschte mir aus den Händen auf die Steinplatten und ging in ihrer blauen Seidenpapierhülle in Scherben. Ich weinte, während meine Mutter das Unheil auspackte und die Stücke sicherte. »Sie ist wunderschön. Wir können sie wieder zusammensetzen. Wir besorgen uns Klebstoff. Das können wir reparieren.«

»Nein. Können wir nicht.«

***

Wir aßen früh zu Abend. Im Esszimmer, wo wir sonst nur an Weihnachten, Ostern und an Thanksgiving aßen. Meine Mutter sagte, wir hätten ja auch eine Art von Thanksgiving zu feiern. Sie kochte unser

Lieblingsessen: Roastbeef, Kartoffelpüree, frischen Mais am Kolben und Apfelauflauf. Ein Festmahl, um uns nach unserem Aufenthalt in der Wildnis daheim willkommen zu heißen und die Gefangennahme unseres Unterdrückers zu feiern.

Die Schreibmaschine, die sonst am Kopf des Tisches thronte, wurde beurlaubt und die Seminararbeiten, Manuskripte, Referate und Stapel von Computerausdrucken, die gewöhnlich die Tischplatte besetzt hielten und sich auf den Stühlen türmten, wurden irgendwo hingepackt, wo man sie nicht sah und nicht an sie denken musste. Meine Mutter und Lucy entfalteten ein Tischtuch, das meine Großtante Minnie mit Hohlsaumstickerei versehen hatte, und Becky, Willy und ich deckten den Tisch mit Geschirr und Bestecken, die traditionell nur hervorgeholt wurden, um Fremde zu beeindrucken.

Und als wir gerade anfangen wollten zu essen, tat meine Mutter noch etwas, das sie sonst nie tat. »Ich möchte, dass wir alle ein Gebet sprechen.«

Aus der Miene meines Vaters hätte man schließen können, sie fordere ein Blutopfer. Er warf uns einen Blick zu, mit dem er uns stumm zu tun bat, was sie verlangte. Dann wollte meine Mutter, dass sich alle an den Händen fassten. Ein langes Schweigen folgte. Ich war mir nicht ganz sicher, ob sie vergessen hatte, wie man betet, oder ob sie noch überlegte, was sie Gott zu sagen hatte. »Lieber Gott, ich danke dir für diese Chance, die du unserer Familie gegeben hast.« Alle schlossen die Augen, außer mir und Lazlo. »Und vergib uns, wenn wir uns gegen dich vergangen haben.«

Das Schweigen, das dem »Amen« folgte, war bedrückend.

Da hob Lazlo feierlich sein Martiniglas. »L' chaim«, sagte er und setzte sarkastisch hinzu, »was zum Teufel das auch heißen mag.« Das brachte meinen Vater zum Lachen. Dann zündete er sich eine Lucky an und erklärte: »In dieser Woche habe ich euren Kindern allen das Rauchen beigebracht – ich hoffe, es stört euch nicht.« Er bot sogar reihum Zigaretten an, was meine Mutter amüsant fand, bis Lucy sich ihre ansteckte.

»Zu deinem Glück bin ich gerade gut gelaunt, junge Dame.« Meine Mutter schnappte Lucy die Zigarette aus der Hand und rauchte sie selbst weiter.

Mit dem Löffel drückte Willy eine Kuhle in seinen Kartoffelbrei und griff dann an Becky vorbei nach der Sauciere. »Dad, warum hat die Polizei Casper eigentlich nicht einfach erschossen?«

Mein Vater hatte uns bereits mitgeteilt, dass die Polizei Casper bis nach Baltimore verfolgt und ihn in der medizinischen Bibliothek der Johns-Hopkins-Universität festgenommen hatte. »Er hat sich ergeben, Willy.«

Willy hielt die Sauciere gekippt, bis in seinem Kartoffelbrei ein fettiger brauner Kratersee entstanden war. »Wenn du dort gewesen wärst, hättest du ihn erschossen?«

»He, Willy, danke, dass du für uns andere noch ein bisschen Sauce übrig lässt.« Tischmanieren waren Becky wichtig.

»Reden wir nach dem Dessert darüber. Im Moment würde ich gern mein Essen genießen und an nichts denken müssen, was mit Casper zusammenhängt.« Mein Vater strich sich das Haar aus der Stirn und bat mich um das Salz.

»Was ist denn mit deinem Kopf passiert?« Genau am Haaransatz hatte er eine halbmondförmige Schramme.

»Ich habe mich an der Tür des Arzneischränkchens gestoßen, als ich eurer Mutter mitten in der Nacht Pepto-Bismol holen wollte.«

»Hast du Durchfall gehabt?« Willy hatte das oft.

»Ja, wenn du's unbedingt wissen musst. Können wir jetzt das Thema wechseln?«

»Nach dem Krieg hatte ich sechs Monate lang Durchfall.«

»Lazlo, ermutige ihn nicht auch noch.«

»Und was hast du dagegen gemacht?«, fragte ich.

»Mir eine Wohnung mit einem Bad gesucht, von dem aus man die schönste Aussicht von ganz Prag hatte. Da habe ich dann manchmal gegessen, meine Freunde empfangen, Karten gespielt ...«

»Stark!«

»Einmal hab ich auf diesem Klo dreißigtausend Enten gewonnen.«

»Wofür hast du denn Enten gebraucht?«

»Auf Tschechisch sagt man eben Enten, nicht Kröten. Kies, Kohle, Dollars. Bloß als ich sie dann ausgeben wollte, waren sie nur noch so was wie drei Cent wert.« Lazlo tat wirklich alles, um uns von Casper abzulenken.

Als Lazlo nach New York zurückgefahren war, das Geschirr abgeräumt und die Reste des Essens zwischen Kühlschrank und Hunden aufgeteilt waren, kramte meine Mutter eine Tube Alleskleber hervor, breitete eine Zeitung auf dem Tisch aus, und wir begannen, die Trümmer der Schale wieder zusammenzufügen. Meine Mutter erledigte das meiste. Sie hatte nicht so geschickte Hände wie Zuza, doch heute erkenne ich die Anmut, die ihrer Entschlossenheit innewohnte, Brüche zu heilen.

Und während ich ihr beim Nachdenken darüber zusah, wie die Scherben zusammenpassten, hörte ich meinem Vater zu, der meinen Geschwistern im angrenzenden Wohnzimmer versicherte, dass Casper uns nie wieder ängstigen würde. »Von dort, wo Casper Gedsic sich jetzt befindet, kann er nie mehr entkommen.« Zum ersten Mal hörte ich Caspers Nachnamen. Die Stimme meines Vaters klang müde; es war, als läse er einen vorbereiteten Text vor.

»Das hast du in Hamden auch schon gesagt.« Becky blickte von ihrer Gitarre auf, die sie gerade stimmte.

»Er ist nicht mehr in Townsend.«

»Wo ist er dann?«, fragte ich.

»In einem Hochsicherheitstrakt des staatlichen psychiatrischen Krankenhauses in Somerset.«

Lucy ließ die Haarsträhne fallen, die sie auf gesplissene Spitzen untersucht hatte. »Er ist in New Jersey? Na toll!«

Willy schloss sich an. »Wer ist denn auf diese blöde Idee gekommen?«

»Ich. Er ist in einer speziellen, neu entwickelten Zelle und wird dreiundzwanzig Stunden am Tag von Fernsehkameras überwacht.«

»Warum nicht vierundzwanzig Stunden?« Willy hatte kein Mitleid mit Casper.

»Eine Stunde täglich kann er sich auf einem Hof bewegen, den ringsum ein vier Meter hoher Maschendrahtzaun umgibt. Ganz oben ist Rasierklingendraht gespannt.«

»Was ist denn Rasierklingendraht?«

»Wenn du ihn anfasst, schneidest du dich.«

»Stark«, sagte Willy.

»Für den Weg zum und vom Hofgang werden ihm Hand- und Fußschellen angelegt.«

»Was soll er da den ganzen Tag tun?«, fragte ich.

»Er kann fernsehen, Radio hören und Bücher lesen.«

»Darf er denn niemanden sehen und mit keinem Menschen reden?« Anscheinend tat er auch Lucy leid.

»Abgesehen vom psychiatrischen Personal? Nein.«

»Dann wird er verrückt«, sagte Becky ungerührt.

»Das ist er doch schon, du Dummkopf.«

»Ich wäre lieber tot, als so eingesperrt zu sein.« Lucy fing an, die Hunde nach Zecken abzusuchen.

»Wenn er nicht raus kann, warum bewacht man ihn dann mit Kameras?«, fragte Becky.

»Es gibt da neue Medikamente, die wir an ihm erproben werden, und um zu sehen, ob sie wirken, müssen wir ihn beobachten.«

»Du glaubst, du kannst ihn heilen?«

»Nein. Aber ich glaube, wir können von ihm lernen.« Da wir von GKD nichts wussten, entging uns die Ironie des Daseins, zu dem mein Vater ihn verurteilt hatte. »Meine Hoffnung ist, dass wir der Tragödie seines Lebens einen Nutzen abgewinnen können, indem wir etwas entdecken, das anderen helfen könnte, ein produktives Leben zu führen.« Mein Vater wählte seine Worte mit Bedacht. Meine Mutter blickte kein einziges Mal von der zerbrochenen Schale auf.

»Noch nicht einmal wenn du ihn heilen solltest, würdest du ihn freilassen?« Lucy zündete ein Streichholz an und hielt es an eine aufgedunsene Zecke. Die Haut der Zecke platzte, und Hundeblut trat aus.

»Für eine Störung, wie sie bei Casper vorliegt, wird man niemals ein Heilmittel finden.«

Ich protestierte. »Wenn man aber doch eins findet? Wenn die Arznei, die du ihm gibst, wirkt? Wenn er gesund wird und nicht mehr verrückt ist und verspricht, keinem was zu tun?«

Becky riss einen Moll-Akkord an und blickte erst zu mir hin, dann zu meinem Vater.

»Würdest du wollen, dass ich ein solches Risiko eingehe, Zach?«

An diesem Abend fragte ich mich beim Einschlafen, was mein Vater wohl täte, wenn einer von uns so verrückt würde wie Casper. Würde er uns irgendwo einsperren, nur mit Büchern und einem Fernseher zur Gesellschaft? Uns von Kameras und Fremden überwachen lassen? Arzneien an uns ausprobieren, in dem Wissen, dass er uns nie glauben würde, wenn wir irgendwann sagen sollten, es funktioniert, ich bin nicht mehr verrückt?

Als ich am nächsten Morgen aufwachte, beschäftigten mich diese Fragen sogar noch stärker als am Abend zuvor. Über Nacht waren zu meinen unausgesprochenen und unbeantworteten Fragen immer noch weitere hinzugekommen, so viele, dass ich das Gefühl hatte, sie stauten sich und drückten von innen gegen meine Schädeldecke. Als ich jedoch hinunterlief, zu meinem Vater und den Antworten, die er mir hoffentlich geben würde, da fand ich seinen Platz am Frühstückstisch leer vor. »Ich muss mit Dad reden.«

»Er ist oben. Und sag ihm, seine Eier werden kalt.«

Als ich wieder hinaufging und in sein Schlafzimmer kam, sah ich ihn auf dem Bettrand sitzen. »Was würdest du tun, wenn einer von uns verrückt würde?« Ich wartete darauf, dass er etwas sagte, das mir ein besseres Gefühl gäbe. Aber er sagte nichts. Er hatte einen Schuh an und eine Socke in der Hand.

»Dad?« Er starrte durch mich hindurch. Wieder wartete ich auf ein Wort, das all das Unbekannte, das mir das Gehirn verstopfte, verringern würde. Keine Sekunde länger hielte ich das mehr aus. »Dad, sag doch was.«

Er blinzelte zweimal und blickte auf die Socke, die er in der Hand hielt, als gehörte sie jemand anderem. »Was ist los, Zach?«

»Was würdest du tun, wenn einer von uns verrückt würde?«

»Darum müssen wir uns keine Gedanken machen.« Ich tat es aber.

***

Der erste Sockenmoment meines Vaters war im Leben der Familie der Vorbote weiterer Veränderungen, die Caspers Ergreifung mit sich brachte. Nicht alle waren sie so gespenstisch wie Dads schuhlose Erstarrung. Manche ließen mich sogar hoffen, das gelinde Fieber uneingestandener Melancholie, an dem meine Familie litt, könnte endlich weichen.

Später an jenem Tag bat meine Mutter mich, ihr dabei zu helfen, ihre Sachen aus dem kleinen Zimmer unter der Treppe, in dem sie seit meiner Geburt geschlafen hatte, wieder ins Schlafzimmer meines Vaters zu tragen. Ich hatte gar nicht gewusst, wie einsam mich das Wissen machte, dass jeder von ihnen allein schlief, bis mir nach einem schlechten Traum die freudige Erfahrung gegönnt war, mich in das weiche Dunkel zu schmiegen, das auch, wenn sie schliefen, zwischen ihnen klaffte. Meine Mutter sagte, sie sei in Dads Bett zurückgekehrt, weil er aufgehört habe zu schnarchen. Dass das nicht stimmte, wusste ich, denn als ich mich zu ihnen auf das Lager schlich, das wieder zum Ehebett geworden war, entdeckte ich zu meiner Überraschung, dass sie beide schnarchten. Dennoch, die Vorstellung, sie seien verliebt, gefiel mir.

Darin bestand die größte Veränderung. Was mit Casper geschehen war, verstand ich nicht ganz; jedenfalls aber wirkte es sich unmittelbar, auffällig und grundlegend auf den Umgang meiner Eltern miteinander aus. Wenn sie sich nicht an den Händen hielten, saß meine Mutter auf seinem Schoß. Und ich hörte sie sagen, er sehe gut aus, und meinen Vater erwidern, »das liegt daran, dass ich eine so schöne Frau habe«; und oft küsste er sie vor uns auf den Mund, und wenn mein Vater morgens zur Arbeit ging, umarmten sie einander wie im Film die Leute, wenn sie für immer voneinander Abschied nehmen.

Auf ihre öffentlichen Zärtlichkeitsbekundungen reagierte Willy, indem er sich den Finger in den Hals steckte und Würgegeräusche von sich gab.

Beckys Erklärung für den plötzlichen Ausbruch von Intimitäten war wissenschaftlicher. »Offensichtlich möchte Mom noch ein Baby haben.«

Wie alle jüngsten Kinder schätzte ich es zwar nicht, als das Baby der Familie bezeichnet zu werden, war es aber gern. Die Vorstellung, diese Rolle zu verlieren, hätte mich noch mehr geängstigt, hätte Lucy nicht gesagt: »Keine Sorge, Mom nimmt die Pille.«

Ich dachte an das riesige Antidepressivum, das dafür sorgte, dass die Blätter nicht von Dads Tisch geweht wurden; ich dachte an den Stimmungswechsel, den ich bei Zuza erlebt hatte. »Nimmt Mom denn Arznei, die bewirkt, dass sie Dad wieder lieb hat?«

»Nein, du Dummerchen. Sie nimmt *die* Pille. Damit kann man Sex haben, ohne befürchten zu müssen, dass man schwanger wird.« Im Jahr 1961 war es noch gesetzeswidrig, das von G.D. Searle & Co. synthetisch hergestellte Progesteron zum Zwecke der Verhütung einzunehmen; als Mittel gegen »Menstruationsstörungen« war es jedoch erlaubt.

»Wieso will Mom denn Sex haben, wenn sie kein Baby haben will?«

»Weil Sex das Schönste ist, was es auf der Welt gibt«, sagte Lucy feierlich.

»Hast du schon Sex gehabt?«

»Beinahe.« Bevor ich sie fragen konnte, was das heißen solle, sagte Lucy verträumt: »Mom und Dad erleben ihren zweiten Frühling. Ich freue mich sehr für sie.«

»Ich mich auch.« Anfangs freute ich mich wirklich.

Im Gegensatz zu uns fragte sich meine Mutter nicht, ob Casper, dieses dämonische Genie, womöglich wie Spider-Mans Erzfeind, Green Goblin, noch über genügend verborgene Superkräfte verfügte, um die Kameras auszuschalten, seine Psychiater auszutricksen, seine Wärter zu töten und sich dem Einfluss des Medikaments zu entziehen, auf das man sich ohnehin nicht verlassen konnte, selbst wenn es wirkte. Meine Mutter glaubte meinem Vater, als er ihr erklärte, Casper könne sich uns niemals wieder nähern.

Sie war sich dessen sogar so sicher, dass sie in ihrem zweiten Frühling gleichsam über Nacht auf unerwartete, exotische Weise aufblühte, wie um sich für verpasste Blütezeiten zu entschädigen. Sie ging zum Friseur – laut Becky zum allerersten Mal – und ließ sich das Haar fast so kurz schneiden, wie Zuza ihres trug. Sie gab alle ihre alten Kleider weg und kaufte neue. Als meine Mutter bei der Heilsarmee anrief und Jacks altes Kinderbettchen abholen ließ, sah sie wie eine völlig andere Frau aus.

Die Zeiten, in denen meine Mutter sich wieder hingelegt hatte, sobald mein Vater zur Arbeit gefahren war und wir zur Schule aufgebrochen waren, lagen hinter ihr. Die gleiche neu entfachte Inbrunst, die sie meinem Vater gegenüber an den Tag legte, übertrug sich energisch auf die banalsten alltäglichen Dinge. Staubflocken hatten keine Chance mehr, sich unter Sofas und Betten zu vermehren. Die Bücher in den Regalen wurden nach Gebieten neu geordnet, und innerhalb dieser alphabetisch nach den Namen der Autoren. Der Wust, der sich in Wandschränken angesammelt hatte, wurde ausrangiert, der Bodensatz des Lebens in Plastikbehälter sortiert und mit Etiketten versehen.

Meine Mutter, die einst auf ihre mangelnden hausfraulichen Fähigkeiten stolz gewesen war, fing an, Rezepte auszuschneiden, Blumen zu arrangieren und die Doktoranden meines Vaters zu Aufläufen einzuladen, die mit einem Schuss Wein zubereitet waren. Sie lud sogar unsere Nachbarn ein, die uns von Anfang an nicht gemocht, uns die Sache mit Casper noch immer nicht verziehen hatten und uns noch weniger trauten, als meine Mutter ihnen Bœuf Bourguignon auftischte.

Meinem Vater gefielen ihr neuer Haarschnitt, die farbenfrohen Kleider und unser neuerdings so ordentlicher Haushalt, und er genoss es, sich von den Doktoranden, die in der Hoffnung auf ein summa cum laude plötzlich unser Haus überrannten, huldigen zu lassen. Es bereitete ihm sogar ein gewisses verqueres Vergnügen, mittels seiner Gewandtheit als Barmixer wie als Psychologe unsere Nachbarn so beschwipst zu machen, dass sie ihm Dinge gestanden, die ausgesprochen zu haben sie, wie er genau wusste, bereuen würden, wenn sie am nächsten Morgen verkatert aufwachten. Wer hätte je gedacht, dass Dr. Goodman und seine Frau einmal in einem Nudistencamp gewesen waren? Oder dass Mrs. Rangel, die Vorsitzende des Elternverbands, ihren Mann bei dem Fest kennengelernt hatte, das seine Eltern gegeben hatten, um ihre Verlobung mit seinem Zwillingsbruder bekannt zu geben? Oder dass Mr. Murphys Vater und Großvater sich beide mit demselben Revolver erschossen hatten, den sie – noch seltsamer – nicht weggeworfen hatten.

Wenn ein Nachbar wegen der Dinge, die er unter dem Einfluss der Wahrheitsdrogen Alkohol und unerwarteter Gastfreundschaft offenbart hatte, Anzeichen von Verlegenheit oder Beschämung aufwies, dann sagte mein Vater, »Wir sind alle komplizierte Geschöpfe« und brachte sie von neuem aus der Fassung, indem er eines der Fakten zum Besten gab, mit denen er andere gern schockierte. »George Washington litt am Klinefelter-Syndrom.«

»Was versteht man darunter?«, fragte dann sein Gegenüber.

»Er hatte Brüste und atrophierte Genitalien.« Wirklich, mein Vater wusste Dinge, die sonst niemand wusste. Als ich klein war, beeindruckte mich das; als ich jedoch älter wurde, merkte ich, dass er keiner Gelegenheit widerstehen konnte, jedem, der berühmter war als er, den Nimbus zu rauben.

Gandhi trank seinen eigenen Urin; JFK hatte einen Ghostwriter;

Winston Churchill war Trinker. Eleanor Roosevelt kaute mit offenem Mund und war Lesbierin. (Er hatte tatsächlich einmal bei ihr zu Mittag gespeist.) Da er an seine eigene Größe nicht glauben konnte, verbot es sich für ihn, die Größe irgendeines anderen zu akzeptieren.

Die Neuerungen, die meine Mutter in den Wochen und Monaten nach Caspers Ergreifung einführte, begrüßte mein Vater nicht nur, er hob sie lobend hervor. Mit einer Ausnahme.

Kurz nach Halloween weckte uns meine Mutter eines Sonntags früh und verkündete: »Ihr geht heute zur Kirche.«

»Wozu?« Außer zur Hochzeit eines Cousins zweiten Grades hatten Willy und ich noch nie den Fuß in ein Gotteshaus gesetzt. Sie legte uns frisch gebügelte Hemden und Krawatten zurecht.

»Weil der Glaube ein wichtiges Moment im Leben ist.«

»Findest du es nicht ein bisschen heuchlerisch, uns zur Kirche zu schicken, wenn ihr zu Hause bleibt, du und Dad?« Becky war mittlerweile von »Kumbaya« zu »We Shall Overcome« aufgestiegen. Sie schlief in schwarzen Strumpfhosen und einem Rollkragenpullover, in der Hoffnung, am nächsten Morgen als echter Beatnick aufzuwachen.

»Wir gehen alle zur Kirche.« Meine Schwestern stöhnten auf, als meine Mutter ihnen befahl, Kleider anzuziehen und Hüte aufzusetzen.

»Warum denn?« Ich begriff es noch immer nicht.

»Weil ich es sage, und weil ihr euch in eurem Leben einmal danach sehnen werdet zu glauben, dass Gott euch liebt.«

»Nora, hieran werde ich mich nicht beteiligen.« Mein Vater war noch im Pyjama. Er war bereit, mit den Leuten von nebenan Frieden zu schließen, nicht aber mit Gott.

»Ich bleibe mit Dad zu Hause«, sagte Becky, noch in Rollkragenpullover und Strumpfhose.

»Es wird dir schon nicht wehtun, einmal zur Kirche zu gehen.«

»Würde es dir denn wehtun?«

»Ja.«

»Darf ich mir deine Perlenkette leihen?« Lucy war für jeden Anlass, sich herauszuputzen, zu haben, sogar zum Kirchgang.

»Nein.«

»Können wir dann wenigstens in eine katholische Kirche gehen?«

»Wir sind nicht katholisch.«

»Wir sind gar nichts«, wandte Becky ein.

Die Neugier meines Vaters war geweckt. »Warum möchtest du in eine katholische Kirche, Lucy?«

»Ich denke oft, wenn ich mal alt bin und verheiratet war, und mein dritter Mann ist gestorben, dann wär's doch nett, Nonne zu werden und Gott zu heiraten.«

Meine Mutter hatte bereits entschieden, wohin wir pilgern würden. »Wir besuchen die Christ Church.« Dies war eine schmucke episkopalische Kirche aus dem achtzehnten Jahrhundert in einer Wohngegend von New Brunswick, in der nun vorwiegend Schwarze lebten.

»Warum denn dorthin?«, fragte mein Vater.

Meine Mutter lächelte. »Weil sie den hübschesten Friedhof haben.«

Mein Vater blieb zu Hause und schuf Ordnung in seinem Kleiderschrank.

Der Chor sang, der Geistliche hielt eine Predigt, Becky schmollte, Lucy machte dem Altarjungen schöne Augen, und Willy las einen klassischen Comic nach *Moby Dick*, bis meine Mutter ihm das Heft wegnahm. Mich freute es, mehrere Kinder, die ich aus meiner zweiten Klasse kannte, mit ihren Geschwistern und Eltern in den Kirchenbänken zu entdecken. Ich hielt meine Mutter an der Hand und reckte den Kopf, bis mir der Hals steif wurde, um die Lichtstrahlen zu beobachten, die durch die farbigen Fenster fielen, auf denen Wasser zu Wein wurde, Jesus über das Wasser wandelte, ans Kreuz genagelt wurde und von den Toten zurückkehrte; das alles verglich ich mit den Wundern, die ich erlebt hatte. Ein wahnsinniger Mörder bringt mir Schwimmen bei, statt mich umzubringen; meine Eltern schlafen im selben Zimmer; und was noch unglaublicher war: Ich saß in einer Kirche.

Am folgenden Sonntag gingen wir wieder hin. Und am Sonntag darauf gingen Willy und ich zur Sonntagsschule, während Becky und Lucy an der Zusammenkunft der Jugendgruppe teilnahmen, wo Becky Gitarre spielen und *Michael, Row the Boat Ashore* singen durfte. Unterdessen widmete sich Lucy, wie ich Jahrzehnte später erfuhr, mit dem Messdiener in der Garderobe dem Petting. Nach unserem dritten Besuch war sogar davon die Rede, ob wir nicht getauft werden sollten. Alle hatten wir uns schon fast daran gewöhnt, sonntags früh aufzustehen, als wir eine Predigt mit dem Titel »Was Gott von uns erwartet« hörten, worin der Geistliche die Geschichte von Abraham, dem Gottes Stimme befiehlt, seinen Sohn zu töten, als Metapher für die schwierigen Entscheidungen im Leben interpretierte.

Meine Mutter wirkte geistesabwesend, als sie aus der Kirche kam. Sie hatte es so eilig, den Gottesdienst hinter sich zu lassen, dass sie quer über ein Grab ging. Und als sie nach Hause kam, fragte sie meinen Vater als Erstes: »Hältst du es für möglich, dass Abraham depressiv war?«

»Welcher Abraham?«

»Der Mann, der sagte, Gott habe ihm aufgetragen, seinen Sohn zu töten.«

Nun war mein Vater sichtlich besorgt. Seine Mutter hatte ihn im Stich gelassen, um sich der Theosophie zuzuwenden. Befürchtete er, meine Mutter könnte ihn wegen Jesus verlassen?

»Klingt eher nach einem Schizophrenen.«

Meine Mutter zog die Nadel aus ihrem Hut, während sie die Treppe hinaufging. »Vielleicht will Gott uns ja mit Depressionen prüfen – sehen, wozu wir fähig sind. Ich meine, wie schwach wir sind.«

Mein Vater ging direkt hinter ihr, und hinter ihm ich. »Sprechen wir darüber ein andermal.« Sie waren jetzt im Schlafzimmer; er wusste, dass ich horchte.

Sie hörte ihm anscheinend nicht zu. »Vielleicht hattest du ja recht.«

»Womit?«

»Vielleicht sind wir ja wirklich Druiden.« Das verstand ich nicht. Dann aber machte mein Vater die Schlafzimmertür zu und verriegelte sie, was mir zeigte, dass er eine »Ruhepause« verordnet hatte.

Die Bettfedern quietschten. Meine Mutter kicherte. Mein Vater brummte wie ein Bär, der gerade geweckt worden ist, und da begann sie zu schluchzen. »Was hast du denn?«, sagte mein Vater rau.

»Bei der Predigt über Abraham musste ich an Jack denken.«

»Das solltest du nicht.«

»Es war meine Schuld.«

»Nein.«

»Ich hätte es verhindern müssen.«

»Wir haben alles getan, was uns nur möglich war.«

»Du verstehst mich nicht. Manchmal, wenn ich die Augen schließe, sehe ich es kommen, aber ich verhindere es nicht.«

»Die Vergangenheit existiert nicht.«

»Verzeihst du mir?«

»Was denn verzeihen?« Mein Vater klang ungeduldig. »Du hast doch nichts Falsches getan.«

»Du verstehst mich nicht.« So ging's mir auch.

Was sie dann flüsterten, bekam ich nicht mit. Irgendwann hörte ich meinen Vater so mit ihr reden, wie er es mit unserer Hündin tat, wenn es donnerte und sie nicht unter dem Bett hervorkommen wollte. »Wir brauchen nur das hier.«

Meine Mutter stöhnte, schmerzlich und lustvoll zugleich. Mein Vater keuchte. Keiner hatte mir gesagt, dass Sex so traurig klingt. Es kam mir nicht richtig vor, dass ich lauschte. Da aber alle meine Freunde mir erzählten, sie würden ihre Eltern dabei belauschen, nahm ich an, ich hätte endlich gelernt, normal zu sein – wie meine Mutter.

Wir lernten es gemeinsam: Sie hielt das Haus sauber, schlief mit Dad in einem Bett; ich ging zur Sonntagsschule ... Demnächst würde ich wahrscheinlich gar noch in der Kinderliga Baseball spielen. An diesem Tag kam meine Mutter jedoch mit einem neuen Vorsatz aus dem Schlafzimmer. Sie legte ihre Affäre mit Gott und den Ehrgeiz, die perfekte Hausfrau und Mutter im Grünen zu sein, so schnell wieder ab, wie sie beides begonnen hatte, und beging eine Ketzerei, mit der sie sich in Greenwood verdächtiger machte denn je: Sie nahm eine Stelle an.

Offiziell arbeitete sie für die Universität. Ihre Dienstbezeichnung lautete »Forschungsassistentin« – die meines Vaters. Sie hatte ihm schon immer bei seiner Arbeit geholfen, Manuskripte getippt, Druckfahnen korrigiert, doch dass sie bezahlt wurde, eine Berufsbezeichnung hatte, lieferte ihr eine Ausrede dafür, dass sie jeden freien Moment ihrer Tage und Nächte – ihres Lebens – *seinem* Leben widmete. Sie hatte nicht nur eine Vollzeitstelle, sie war immer im Dienst. Und darauf kam es ihr an. Sie ging am Morgen mit meinem Vater zusammen ins Büro und arbeitete mit ihm bis in die Nacht. Damals sah es so aus, als opfere sie ihm ihr Leben. Doch wenn ich es mir heute überlege, glaube ich, dass sie keine Zeit für sich haben wollte. Indem sie die Laufbahn meines Vaters so vollständig zu ihrer eigenen Sache machte, hatte sie einen Weg gefunden, ihrem persönlichen Albtraum zu entkommen. Das Band ihrer Partnerschaft schloss sich zum Kreis. Es hielt uns fest, ohne uns zu berühren.

Außer wenn sie auf die Toilette gingen, waren sie so eng verbunden wie siamesische Zwillinge. Abwechselnd waren sie füreinander Elterngestalt, Kind und Liebesgefährte. Es störte meine Mutter nicht, dass alle Anerkennung meinem Vater zufloss, dass sein Name auf den Buchumschlägen stand. Die Schecks waren auf seinen Namen ausgestellt. Meine Mutter gab ihr Ego nicht preis; sie verschmolz es mit dem seinen. Indem sie sich so untrennbar in das Gewebe seines Daseins einflocht, hielt sie sich davon ab, an Vergangenem herumzuzupfen und ihre Hoffnung auf eine Zukunft zu zerfasern.

Und da sie so viele Abende und Wochenenden arbeitend verbrachten, konnte ich sie beobachten, ohne dass sie es wahrnahmen. Oft stand ich in der Tür, starrte auf ihre von mir abgewandten Köpfe und fragte mich, wie lange es dauern würde, bis sie meine Anwesenheit spürten. Sie spürten sie nicht. Wenn ich jedoch das Warten leid wurde, unterbrach ich sie, selbst wenn ich nichts brauchte; bat sie, mir bei meinen Hausaufgaben zu helfen, auch wenn ich keine Hilfe benötigte – M-I-S-S-I-S-S-I-P-P-I für mich zu buchstabieren, mir zu helfen, eine Freiheitsstatue aus Pappmaché zu basteln oder später ein Gipsmodell des Hoover-Damms für eine imaginäre Rundreise quer durch die Vereinigten Staaten, die wir mit der Klasse unternahmen und zu der wir Anschauungsmaterial beisteuern mussten.

Da sie nun beide glaubten, Arbeit werde sie befreien, ließen sie von dem, was sie gerade taten, immer ab, wenn mein Anliegen mit der Schule zusammenhing. Das Helfen übernahm meine Mutter; mein Vater hingegen warf sich auf seinem Stuhl zurück und rief alle paar Minuten ungehalten: »Wenn du ihm alles abnimmst, lernt er es doch nie!« Oder, wenn er zu Scherzen aufgelegt war: »Nora, du wirst nicht dafür bezahlt, dass du *ihm* die Hausaufgaben machst, sondern mir.«

Meine Mutter kannte sämtliche Tricks, mit denen man erreicht, als guter Schüler zu gelten. Doch wenn mein Vater dann so ungeduldig darauf wartete, dass sie an seine, an ihre gemeinsame Arbeit zurückkehrte, fühlte ich, dass ich das unsichtbare Gewebe gegenseitiger Abhängigkeit, das sie verband, unter Spannung setzte. Ich spürte es – zart, ein wenig unheimlich, wie ein Spinnennetz, das einem das Gesicht berührt; und obwohl man wusste, dass man nicht sehen konnte, was sie verband, so wusste man doch, dass man sich darin verheddert hatte und dass es neu gesponnen würde, sobald man den Raum verließe.

Erstaunlicherweise minderten die Reibungen, die damit einhergingen, dass sie vierundzwanzig Stunden täglich, sieben Tage in der Woche, zweiundfünfzig Wochen im Jahr zusammenarbeiteten, nicht ihre post-Casperianische Glut. Dem Wesen ihrer Forschungstätigkeit entsprechend, flirteten sie manchmal auf unergründlich akademische Weise miteinander. Spätabends hörte ich sie flüsternd, um uns bloß nicht zu wecken, Wörter wie Meprobamat, Diazepam, Chlorpromazin sagen, als bedienten sie sich einer geheimen Liebessprache. Als ich älter wurde und jeden Tag beobachtete, wie sie einander geistig mit Ideen befruchteten, die jenseits meines Interesses und meines Begriffsvermögens lagen, wurde mir klar, dass sie einander auch dann beiwohnten, wenn sie es nicht taten.

Ich hörte sie nie bei der Arbeit streiten. Zu einem leisen Konflikt kam es allenfalls dann, wenn meine Vater meiner Mutter etwas in die Schreibmaschine diktierte. Wie die meisten Wissenschaftler hatte er eine Schwäche für Schachtel- und Bandwurmsätze. Er ließ Kommas und Semikolons aufmarschieren, öffnete und schloss Klammern, verschränkte Haupt- und Nebensätze und musste dreimal Luft holen, bis er nach fünfundsiebzig Wörtern schließlich beim Satzende ankam. Unterdessen hörte meine Mutter zu, ohne auch nur eine Taste anzuschlagen, und wenn er endlich »Punkt« sagte, nickte sie billigend, überlegte einen Moment und tippte dann flugs fünfzehn Wörter – anstelle von fünfundsiebzig. Irgendwann wurde es mein Vater leid, darauf zu warten, dass sie die verbleibenden sechzig zu Papier brachte; er kam auf ihre Seite des Tisches, um herauszufinden, was sie so lange aufhielt, warf einen Blick auf das eingespannte Blatt und protestierte. »Nora, das habe ich aber nicht gesagt.«

Arglos schaute sie dann zu ihm auf und antwortete: »Ich weiß. So ist es besser.«

Und das war es auch – für sie beide. Seit mein Vater meine Mutter neben sich sitzen hatte, die ihm im Wechsel als Publikum, Kritikerin und Groupie diente, erfuhr seine Karriere einen zweiten Frühling. Mit Hilfe meiner Mutter erschienen doppelt so viele Artikel; Dad schrieb ein neues Buch. Da sie die Arbeitslast mit ihm teilte, nahm er weitere Berateraufgaben an. Auf einmal flatterten aus der ganzen Welt Einladungen zu Vorträgen, Kongressen und Kolloquien herein. Und da Casper nicht mehr zu fürchten war, sahen sie keinen Grund, nicht daran teilzunehmen.

Oder, wie ich es meinen Vater eines Abends, als ich acht war, meiner Mutter gegenüber formulieren hörte: »Nora, es ist für uns an der Zeit, das Beste aus unserem Leben zu machen.« Es war an einem Samstag im April, kurz nach dem Abendessen. Wie üblich saßen sie am Esszimmertisch bei der Arbeit. Gegessen wurde in der Küche; Lucy, Becky, Willy und ich waren noch beim Nachtisch.

»Mir war gar nicht bewusst, dass ich nicht das Beste aus meinem Leben mache.« Die letzte halbe Stunde war sie unentwegt zwischen dem Abendessen für uns und meinem Vater und seinem Abgabetermin hin- und hergehuscht. Nun saß sie wieder an der Schreibmaschine.

»Nora, tu nicht so begriffsstutzig, du weißt, wovon ich rede.« Mein Vater war eingeladen, in Frankreich eine Vorlesung zu halten, dann für einen Vortrag nach Genf zu fliegen. Seit Tagen versuchte er, meine Mutter zu überreden, ihn zu begleiten. Meine Geschwister hatten sie dazu gedrängt; zwei Wochen ohne Aufsicht kamen ihnen paradiesisch vor. Willy, dreizehn, würde seine verhassten Französisch-Hausaufgaben nicht erledigen müssen; Becky und Lucy, nun achtzehn und sechzehn, hätten für ein Weilchen nicht mit der Schande zu rechnen, dass mein Vater zu den Jungen, die den Mut aufbrachten, sie zum Ausgehen abzuholen, sagte: »Ich möchte, dass ihr euren Spaß habt, aber Sie sollen auch wissen, dass ich erwarte, meine Töchter pünktlich zurückerstattet zu bekommen, und zwar, was mir noch wichtiger ist, in exakt dem taufrischen Zustand, in dem Sie sie vorgefunden haben.«

Von der Küche aus hörten wir zu, wie mein Vater auf meine Mutter einredete. »Die Tickets für dich sind bezahlt. Nichts hält dich hier.«

»Nichts als unsere vier Kinder.« Meine Mutter dies sagen zu hören erleichterte nur mich.

Der Kessel auf dem Herd pfiff, und meine Mutter eilte zurück in die Küche, um sich eine Tasse Tee aufzugießen.

»Nora, es wird ihnen gut tun«, rief mein Vater ihr hinterher. »Die Mädchen können sich um die Jungen kümmern.«

Dad stand in der Tür und sah uns mit der gereizten Miene an, die auf seinem Gesicht erschien, wenn er im Verkehr hinter einem stehen gebliebenen Fahrzeug festsaß. »Für Becky könnte es besonders förderlich sein, wenn sie einmal für einen Haushalt verantwortlich ist, Kinder versorgt. Damit sie sieht, was sie so hochnäsig verschmäht, wenn sie unbedingt in New York aufs College gehen will.«

Becky hatte sich gegen Vassar und für ein Kunststudium in New York entschieden. Zudem hatte sie zu Dads Verdruss ein Stipendium gewonnen, sodass er ihr nicht vorwerfen konnte, sie lasse ihn für ihre Fehler bezahlen.

Becky war gekränkt. »Was soll denn das heißen?«

»Ganz einfach, dass du in New York niemals einen Mann finden wirst, der sich bemüßigt fühlen wird, dir ein Heim wie dasjenige zu bieten, in dem du aufgewachsen bist.« Mein Vater hegte das Misstrauen eines Jungen vom Land gegenüber der Großstadt. Zudem fühlte er sich betrogen, weil Becky sich für ein College entschieden hatte, mit dem er nicht prahlen konnte.

»Genau deswegen will ich dorthin, Dad.« Becky verstand es, Giftpfeile in der Luft umzudrehen.

Als mein Vater zu Lucy hinüberblickte, deren Kopf hinter dem Übungsbuch für den Test zur Collegezulassung steckte, war er für einen Moment getröstet. Als er jedoch genauer hinsah, klappte sie das Übungsbuch rasch zu, und das Heft der Klatschzeitschrift *Confidential*, das sie darin getarnt hatte, rutschte auf den Boden. Sie hatte gerade einen Artikel über Chuck Berry gelesen, der festgenommen worden war, weil er eine vierzehnjährige Mexikanerin aus unmoralischen Motiven über die Grenze geschmuggelt hatte. »Du schmiedest also Zukunftspläne?«, sagte mein Vater nur, als er ihr das Heft zurückgab. Lucy wurde so rot, als hätte er sie geohrfeigt.

Willy lachte. Ich wusste, das war ein Fehler, wenn mein Vater eine seiner Launen hatte. Er hob eines der sechs Oreos auf, die Willy neben seinem Eis gestapelt hatte. »Willy, weißt du, wie viele Kalorien jeder dieser Wansterzeuger enthält?«

Willy brach ein Oreo auf und leckte die Cremefüllung ab, dann antwortete er: »Fünfundfünfzig.«

Mein Vater warf die Hände in die Luft und ging wieder an die Arbeit. »Ich gebe auf.«

Doch das tat er nicht. Niemals. Kaum hatte sich meine Mutter wieder an die Schreibmaschine gesetzt, bohrte er weiter. »Nora, nenn mir einen guten Grund, warum du mich in dieser Reiseangelegenheit bekämpfst.«

Wenn man nicht Vaters Ansicht war, bekämpfte man ihn. Und wenn man ihn bekämpfte, wusste er einem das Gefühl zu geben, man hätte verloren, auch wenn man gesiegt hatte. Eine der Aufgaben meiner Mutter war es, ihn aus diesen Launen hervorzulocken.

»Zach ist noch zu klein. In ein paar Jahren begleite ich dich.« Sie hielt die Finger über den Tasten in der Schwebe und lächelte ihn an.

»Ich will aber keine paar Jahre mehr warten! Hierauf gewartet habe ich schon viel zu lange, verflucht noch mal!«

Da saß ich unter meinen Geschwistern und versuchte zu erraten, worin dieses »Hierauf« bestehen mochte, das meinen Vater so fest mit der Faust auf den Tisch hauen ließ, dass die Teetasse meiner Mutter überschwappte und ein Stapel Computerausdrucke zu Boden glitt. Während meine Mutter die Sauerei beseitigte, sagte sie: »Du meine Güte, ich habe doch nichts dagegen, dass du fährst. Mach einfach ohne mich weiter.«

»Wenn ich ohne meine Frau weiterleben wollte, hätte ich dich nicht geheiratet.« Aus dem Ton meines Vater ging für mich nicht eindeutig hervor, ob er ihr ein Kompliment machte oder drohte.

Becky vernahm die Doppeldeutigkeit auch. »Heißt das, du lässt dich von Mom scheiden, wenn sie nicht nach Europa mitkommt?«

»Das hier ist ein Privatgespräch.«

Nun war Lucy dran. »Wenn es so privat ist, warum macht ihr dann nicht die Tür zu? Oder geht ins Schlafzimmer?« Lucy lächelte ganz unschuldig. »Oder hinaus ins Auto, wie ihr's in Hamden immer getan habt.«

Meine Schwestern kicherten verschwörerisch. Willy und ich bekamen da etwas nicht mit.

»Zufällig ist das hier mein Haus, und in dem sage ich, was mir passt.« Mein Vater neigte nicht zum Brüllen; im Gegenteil, wenn seine Stimme leise und tonlos wurde, dann wussten wir, dass es an der Zeit war, den Mund zu halten.

Nachdem er die Meute auf den billigen Rängen zum Schweigen gebracht hatte, griff er nach der Hand meiner Mutter und schlug einen weicheren Ton an. »Nora, auf diese Reise, auf eine solche Chance haben wir doch all die Jahre hingearbeitet.«

»*Du* hast darauf hingearbeitet.«

»Ja, wenn es nur um mich geht, warum will ich dich dann dabeihaben?«

»Da bin ich mir nicht sicher.« Meine Mutter war noch nie in Europa gewesen.

»Himmel noch mal, die meisten Frauen würden sich die Finger lecken, wenn sie die Chance hätten, Paris zu sehen. Wieso solltest du hier bleiben wollen, wenn du …« Aufrichtig verdutzt schüttelte mein Vater den Kopf. »Aber worin bist du dir nicht sicher?«

Meine Mutter zog eine Braue in die Höhe. »In sehr vielen Dingen, aber davon ein andermal. Sicher bin ich mir jedenfalls, dass ich Zachs Theateraufführung nicht verpassen möchte.« Vor lauter Bemühen, den Geheimcode zu entziffern, in dem sie sprachen, hatte ich völlig vergessen, dass ich den Rattenfänger von Hameln spielen sollte.

»Du willst eine rundum bezahlte Europareise mit deinem Mann sausen lassen, um dir eine Viertklässler-Aufführung anzusehen?«

»Ja.« Meine Mutter hatte noch nicht die Zeit gefunden, mir bei meinem Kostüm zu helfen oder mit mir den Text zu üben. Jetzt hatte ich ein schlechtes Gewissen, weil ich angenommen hatte, das Ganze sei ihr gleichgültig.

Mein Vater dachte einen Moment nach; dann klatschte er in die Hände. »Nun, da es um Zachs Aufführung geht, lassen wir doch ihn entscheiden, ob er das für eine gute Idee hält.«

»Einverstanden, aber seine Antwort wird dir nicht gefallen.«

Ich wurde aus der Küche hinzugerufen. Meine Mutter lächelte mir zu, als ich zwischen ihnen stand. Mein Vater war auf einmal richtig guter Dinge; er liebte solche Tests. Nicht eine Spur einschüchternd sagte er: »So, Zach, ich möchte, dass du uns ehrlich antwortest. Sprich aus, was du wirklich empfindest.« Meine Geschwister drängten sich in der Tür, um mein Urteil zu hören. »Möchtest du lieber, dass deine Mutter zu deiner Aufführung kommt oder nach Europa reist und all die Dinge sieht, die sie immer schon mal sehen wollte? Und mir bei meiner Arbeit hilft – durch die übrigens das Geld hereinkommt, mit dem hier die Rechnungen bezahlt werden?«

Meine Mutter wusste, was ich wollte. Seit Tagen hatte ich ihr in den Ohren gelegen, sie solle mir helfen, meinen Text auswendig zu lernen. Keine Frage, was mein Herz sagte: Sie sollte in der Mitte der ersten Reihe sitzen, wenn ich die Ratten betörte und die Kinder in die Berge führte, nachdem mich die Bürger der Stadt betrogen hatten. Ich wollte gerade sagen, Bleib, geh nicht fort, ich brauche dich, da lächelte mein Vater mich mit einer Wärme an, die so echt war wie die einer Heizlampe. Doch da ich aus Erfahrung den Moment fürchtete, in dem dieses Lächeln einem so kalten Blick weichen würde, dass man darunter zusammenschrumpfte und das Gefühl hatte, die Sonne habe einem das Recht auf ihre Strahlen entzogen, antwortete ich: »Ich glaube, du solltest mit Dad verreisen.«

Meine Mutter war schockiert. »Das meinst du doch nicht wirklich.« Natürlich hatte sie recht; tatsächlich vermisste ich sie bereits. Mehr als alles andere aber vermisste ich das Strahlen, das nun vom Gesicht meines Vaters ausging. Als ich hinzusetzte, »Ich finde, du solltest auf Dad hören«, gluckste er und zwinkerte mir zu.

»Gescheit, der Junge.« Seine Hand lag auf meiner Schulter; aber ich war in seiner Hand. Mein Vater nannte mich oft seinen Freund; jetzt war ich sein Komplize. Uns verband ein eigenes unsichtbares Gespinst.

Meine Geschwister jubelten so auf wie nach Caspers Ergreifung.

Meine Mutter war verwundert und erleichtert. Der letzte Kampf war vorüber. »Weißt du, Zach, du kannst es dir immer noch anders überlegen.«

»Will ich aber nicht.« Ich hatte sie enttäuscht; ich war ihre letzte Ausflucht gewesen, wenn sie nicht vollständig im Dasein ihres Mannes aufgehen sollte. Ich hatte mich auch selbst enttäuscht, und doch war ich glücklich. Meinen Vater erfreuen zu können war ein so rares, wunderbares Ereignis wie eine Sonnenfinsternis.

***

Und so blieben Willy und ich in der Obhut meiner Schwestern zurück, was ungefähr so war, wie von gutmütigen Wölfen aufgezogen zu werden. Meine Mutter hatte die Küche so reich mit Vorräten versehen hinterlassen, dass man hätte meinen können, sie rechne mit einer Naturkatastrophe.

Mein Frühstück bestand aus einem Schokoriegel, mein Abendessen in telefonisch bestellter Pizza. Die Aufläufe, die meine Mutter vorbereitet hatte, kamen nie auf den Tisch. Willy verblüffte uns; kaum waren meine Eltern zum Flughafen aufgebrochen, nahm er all seine Oreos und spülte sie die Toilette hinunter. Und es kam noch merkwürdiger: Er, der sich nie gern schnell bewegte, rannte zum Supermarkt und kaufte Hühnerbrüste und Brokkoli. Wieder zu Hause, wog er sich Portionen zu je vierhundert Kalorien ab, und in den folgenden zwei Wochen aß er nichts sonst.

Von meinen Eltern frei zu sein, bedeutete für jeden von uns etwas anderes. Ich schlief vor dem Fernseher ein und hörte auf, mich zu waschen. Meine Schwestern waren an jedem Abend in der Woche verabredet. Jungen streiften durch unser Haus, als fände bei uns ein Pfadfindertreffen statt, und Chubby-Checker-Platten liefen auf voller Lautstärke.

Seltsamerweise war meine Theateraufführung der einzige Bereich, in dem sich niemand vor seiner Verantwortung drückte. Lucy half mir, meinen Text auswendig zu lernen, Becky nähte mir aus grünem und gelbem Satin ein Kostüm. Grey, der Papagei, lieferte die Feder für meine Kappe. Gemeinsam brachten sie mir bei, auf der Blockflöte eine aus vier Tönen bestehende Melodie zu spielen. Alle zogen sie sich fein an und saßen in der ersten Reihe. Und alle applaudierten sie, selbst Willy. Und hinterher hörte ich meine Lehrerin sagen, ich sei der beste Rattenfänger, den sie je gehabt hätten; dann seufzte sie und bemerkte noch: »Eine Schande, dass seine Eltern tun und lassen, was ihnen gerade passt.«

Es war schon sonderbar, wie viel besser wir alle miteinander auskamen, während meine Eltern nicht da waren. Dreizehn Tage nach ihrer Abreise verbrachten wir einen ganzen Tag mit Staubsaugen, Fensterputzen und Zusammenleimen der Sachen, die wir zerbrochen hatten. Und am Abend, nachdem wir uns im Fernsehen *Surfside 6* angeschaut hatten, nahmen Becky und Lucy von ihrer kurzlebigen Freiheit Abschied, indem sie sich ein Bier einschenkten und ihre letzten Zigaretten rauchten. Lucy blies Ringe in die Luft. »Wir müssen abmachen, was wir sagen.«

»Wie meinst du das?«, fragte ich.

»Naja, wir können Mom ja schlecht sagen, wir hätten sie vermisst.«

»Wir haben sie aber nicht vermisst«, bemerkte Willy.

»Genau, aber wenn Mom das annimmt, regt sie sich auf und verreist nicht wieder.«

Lucy nahm ihren letzten Schluck Bier und rülpste. »Ich hab's. Sagt einfach zu Mom: Wenn du nicht da bist, ist es nicht das Gleiche.«

»Und was sagen wir zu Dad?«, fragte ich.

Becky dachte einen Moment nach. »Dass ihr viel über euch selbst gelernt habt.«

Das fanden sie alle richtig komisch, und nun begannen sie, Anekdoten auszutauschen, die belegten, wie, so Lucy, »komplett beknackt Dad ist.« Das Fernsehgerät flackerte vor uns wie ein Lagerfeuer und Willy, Lucy und Becky erzählten im dunkel gewordenen Zimmer Geschichten aus ihrer Kindheit. Manche davon kannte ich schon, hatte aber nie richtig zugehört, andere waren vor meiner Geburt passiert oder als ich noch zu klein gewesen war, um mich daran erinnern zu können. Nun lauschte ich, wie sie einander zu überbieten versuchten, indem sie sich als dasjenige Kind hinstellten, dem Dad die verquersten Dinge angetan hatte.

Becky begann damit, dass sie an das Glas voller Kaulquappen erinnerte, die Dad im Schatten des Schlafenden Riesen gefangen hatte. »Das hat er mir neben das Bett gestellt und gesagt: ›Wenn du sie dir jeden Morgen beim Aufwachen ansiehst, erlebst du eines Tages eine Überraschung.‹ Und prompt wache ich eines Morgens auf, schaue hin, und sie sind alle tot. Und als ich zu Dad hinlief und sagte, ›Die Kaulquappen sind tot‹, da hat er erwidert, ›Ich hab dir ja gesagt, du erlebst damit noch eine Überraschung.‹«

»Und?« Ich kapierte da etwas nicht.

»Er wollte, dass ich sie mir jeden Morgen ansehe, damit ich mitbekäme, wie sie zu Fröschen werden – wie in einem Biologieversuch. Und als sie gestorben sind, tat er so, als hätte ich das sehen sollen.« Becky fand das empörend, so viel verstand ich.

Nun war Willy an der Reihe. »Als ich drei war, hat Dad zu mir gesagt, ich könnte alles auf der Welt haben, wenn ich im Stehen pinkle.«

»Wenn du erst drei warst, wüsstest du das doch nicht mehr, Willy«, warf ich ein. Ihre Geschichten machten mir Angst.

»Doch, das war so«, versicherte mir Lucy.

»Und als ich im Stehen pinkeln konnte, habe ich mir einen Besen gewünscht, weil ich so gerne gewesen wäre wie Mom. Willst du wissen, was Dad dann getan hat?« Willy schrie beinahe.

»Nö.«

»Er hat mir ein Paar Boxhandschuhe gekauft und dazu gesagt, die bräuchte ich, wenn ich mich genau wie Mom benehmen würde.«

Lucy aber schoss den Vogel ab. »Erinnert ihr euch noch an die tote Maus in der Orangensaftflasche?«

»Es war ein Milchkarton«, verbesserte sie Becky.

»Egal. Als du noch klein warst, Zach, war Mom eine unglaubliche Schlampe.«

»Wieso?«

»Ich weiß ja auch nicht, sie war irgendwie ständig müde. Andauernd schlief sie, ließ Berge von schmutzigem Geschirr herumstehen und räumte die Essensreste nicht weg. Dad hat das wahnsinnig gemacht. Eines Tages –«

»Erzähl das lieber nicht, Lucy«, unterbrach sie Becky.

»So unheimlich ist's auch wieder nicht. Eines Tages hat er uns etwas zum Abendessen gerichtet –«

»Dad hat euch das Abendessen gemacht?« Ich hatte meinen Vater noch nie kochen sehen.

»So was hat er schon getan, als Mom depressiv war.«

»Mom war depressiv?«

»Lass mich fertig erzählen. Er schmiert uns also Sandwiches mit Erdnussbutter und Gelee –«

»Es waren Schinken-Käse-Sandwiches«, korrigierte Willy sie.

»Na schön, Schinken-Käse-Sandwiches, und er sieht eine Maus über die Arbeitsfläche sausen. Und Dad nimmt ein Messer und wirft es.«

Willy nickte lächelnd. »Toller Treffer. Hat sie glatt durchbohrt, aus vielleicht einem Meter Abstand.«

Lucy fuhr fort. «Und dann hebt er sie auf und hält sie in die Luft. Die Beine zappelten noch. Und er macht den Kühlschrank auf …», hierfür beugte sich Lucy ganz weit vor, « … und lässt sie in den Milchkarton fallen. Zu uns sagt er: »Eine kleine Morgenüberraschung für eure Mutter.«

»Und dann?«

»Mom hat es nie gemerkt.«

»Warum wollte Dad Mom das denn antun?«

Becky nahm einen tiefen Zug von ihrer Zigarette und stieß den Rauch wie ein Drache durch die Nase aus. »Ich nehme an, es war als primitive Schocktherapie gedacht.«

Ich beschloss lieber nicht zu fragen, was eine Schocktherapie ist.

Als meine Eltern am nächsten Tag heimkamen, bedachten sie uns mit Küssen und Geschenken. Ich weiß noch, wie mein Vater meinen Bruder lange starr ansah; dann fragte er: »Willy, hast du abgenommen?«

»Nein«, sagte Willy, obwohl er fünf Kilo weniger wog.

Von da an unternahmen meine Eltern alle paar Monate für eine Woche, manchmal auch zwei oder drei, eine Reise auf Kosten der Pharmaindustrie. Seltsam, am heftigsten vermisste ich sie, wenn sie wieder heimkamen.

***

Casper überlistete die Überwachungskameras nicht, er schlug weder Wärter nieder, noch sandte er uns unheimliche Drohbotschaften. Er entkam nie aus Somerset, und doch gab es vor ihm kein Entkommen. Selbst in seiner undurchdringlichen Isolierung blieb er, was er stets gewesen war – die Kraft, die unser Leben bewegte.

Wäre Casper nicht gewesen, wären wir nie nach Süden in die Einöde von New Jersey mit ihren Pharmakonzernen ausgewandert, hätten uns am PCB-verseuchten Raritan niedergelassen oder versucht, uns an einem Ort wie Greenwood zu Hause zu fühlen. Ich glaube, während all der Jahre, in denen sich die Familie an der Harrison Street verborgen hatte, wusste mein Vater, dass Casper ihn eines Tages aufspüren würde. Der Revolver in seinem Nachttisch; die Hunde, die darauf abgerichtet waren, Fremde zu verbellen; die abmontierte Hausnummer. Mein Vater hatte so unentwegt über die Schulter geblickt, dass er nicht genießen konnte, was er besaß. Jahrelang hatte er darauf gewartet, von der Vergangenheit, die ihn peinigte, in physischer Gestalt endgültig zur Rechenschaft gezogen zu werden; und als das am meisten gefürchtete Ereignis tatsächlich eintrat und er und wir es, zu seiner Verwunderung, überlebten, da hatte er verlernt, sich zu entspannen.

Offensichtlich waren mein Vater wie meine Mutter der Überzeugung, dass von Casper keine physische Bedrohung mehr ausgehen konnte. Die Haustür blieb nun unverschlossen. Die Hunde wurden mit ledernen Maulkörben entschärft und waren den Schikanen der Katzen aus der Nachbarschaft wehrlos ausgeliefert. Der Revolver wurde aus dem Nachtisch genommen und in der obersten Schublade von Vaters Kommode in der Kammer verborgen. Nicht einmal der Arm meines Vaters reichte so weit. Und hätten meine Eltern die leiseste Befürchtung gehegt, Casper könnte der lebenslänglichen Kerkerhaft, zu der mein Vater ihn verurteilt hatte, entfliehen, dann hätten sie uns niemals wochenlang allein gelassen.

Gleichwohl wurde mein Vater die Vorstellung nicht los, die Katastrophe lauere hinter der nächsten Ecke. Obwohl Casper wieder eingesperrt worden war, gemahnte er allein durch seine Existenz unaufhörlich daran, dass schlimme Dinge geschehen können, tatsächlich geschehen und, wenn man Friedrich heißt, aller Wahrscheinlichkeit nach geschehen werden. Zum Teil rührte der schleichende Verfolgungswahn meines Vaters daher, dass er auf einer Farm aufgewachsen war. Er strotzte vor Geschichten von Jungen und Mädchen, die von einem Schal, der sich in den Speichen landwirtschaftlicher Maschinen verheddert hatte, erdrosselt, durch Drescherschlagleisten und herrenlose Traktoren verstümmelt worden waren; von ganzen Familien, denen über Nacht eine Armee von Bazillen – versteckt in einem Glas eingemachter Tomaten, das nicht aus dem kühlen Keller hätte heraufgeholt werden sollen – den Garaus gemacht hatte. In der Weltwirtschaftskrise groß geworden, wusste mein Vater, dass dem Geld nicht zu trauen war. Wer ihm jedoch das Gefühl einimpfte, das Leben trachte ihm nach dem Leben, war Casper.

Wie sehr sich meine Mutter auch bemühte, ihn durch ihre Person und durch Arbeit abzulenken, irgendwie gelang es meinem Vater immer, besonders jedoch beim Abendessen, das Gespräch auf Verhängnisse und deren Vermeidung zu lenken. Wenn Willy sich an einem zu großen Bissen Steak verschluckte, löste das einen Vortrag darüber aus, wie ein Luftröhrenschnitt vorzunehmen sei. Ich weiß noch, wie er meine Finger an seine Kehle führte, um die gerippten Erhebungen der Luftröhre zu demonstrieren, die mit einem Steakmesser aufzuschlitzen wir angewiesen wurden – und nicht die Halsader, was zum Tod durch Verbluten führen würde, selbst wenn man zufällig Nadel und Catgut zur Hand haben sollte. Das Menü hypothetischer Unglücksfälle im Restaurant des Lebens war lang und abwechslungsreich. Das Hauskaninchen eines Nachbarn zu streicheln hieß, eine Tularämie auf sich zu ziehen. Aus einer leicht verdellten Dose Tunfisch zu essen kam dem Wunsch gleich, den Tod durch Botulismus zu suchen. Hätte man uns in einer Quiz-Show mit dem Titel »Was kann im schlimmsten Fall geschehen?« auftreten lassen, wir wären zweifellos als Sieger daraus hervorgegangen. Giftige Schlangen; Spinnen mit Sekreten, die zu Nekrosen führten, Zecken, die einen am Rocky-Mountain-Fleckfieber verenden lassen konnten – Willy behauptete, mein Vater warne uns vor allem und jedem, damit sie kein schlechtes Gewissen zu haben brauchten, falls einer von uns starb, während sie auf Reisen waren.

Wer weiß? Vielleicht haben die Warnungen, Mahnungen und exemplarischen Geschichten meines Vaters uns viele Male das Leben gerettet. Er versuchte uns mittels Wissen zu beschützen. Anders jedoch, als er und ich glaubten, wusste er nicht alles.

Caspers Magie war nicht nur schlecht. Nach meiner Logik hätte sich meine Mutter niemals wieder in meinen Vater verliebt, wäre nicht Casper gewesen. Und gerade so, wie seine erste Inhaftierung in Townsend zu unserem Rückzug südwärts nach Greenwood geführt hatte, so bewegte uns sein kurzer Ausbruch und seine zweckdienliche Einmauerung in Somerset zum nächsten Umzug.

Zwischen uns und Greenwood war nie Liebe aufgekommen. Mein Vater hatte das Gartenstadtleben schon immer gehasst – zwanzig Häuser pro Hektar, Nachbarn, die über Hecken spähten und durch Fenster linsten, unser Leben so beobachteten wie mein Vater in Somerset durch Einwegspiegel Patienten. Die Fläche in Illinois, auf der mein Vater aufgewachsen war, hatte zwar kaum den Lebensunterhalt abgeworfen, war dafür aber hundertzwanzig Hektar groß gewesen. Er verachtete Gehwege, die einem vorschrieben, wo man gehen sollte, und Häuser ohne Scheunen.

Bevor uns Casper entgegenkam, indem er sich in der medizinischen Bibliothek von Johns Hopkins schnell wieder festnehmen ließ, kam ein Leben auf dem Land, ohne Nachbarn, die unsere Hilfeschreie hören konnten, nicht in Frage. Nun aber, da das neue Jahrzehnt, die Swingenden sechziger Jahre, sich vor uns entfaltete, konnten meine Eltern Casper nicht mehr als Ausrede benutzten, warum sie nicht das Leben anstrebten, das meinen Vater glücklich machen würde, wie er sich eingeredet hatte, als er noch im Weißen Wal an den großen Häusern von Hamden vorübergefahren war.

Und somit gestattete Casper Gedsics Wiederergreifung meinem Vater, die Suche nach einem Haus aufzunehmen, das sich als angemessene und ersprießliche Heimstatt seiner Träume erweisen würde. Er tauschte den Plymouth, der uns nach Süden gebracht hatte, gegen einen protzigen neuen roten Buick Skylark Station Wagon, Baujahr 1962, mit Klimaanlage, damit die Suche komfortabler verliefe.

Jeden Sonntag luden meine Eltern den Friedrich-Clan in den neuen Station Wagon und begaben sich auf die Suche nach einem neuen Heim. Ob Norden, Süden, Osten oder Westen, meinem Vater schwebte kein bestimmter Standort vor, solange er nicht weiter als eine Autostunde von seinem Büro entfernt läge und einer Veränderung seiner geistigen Befindlichkeit förderlich wäre.

Wir verfuhren uns, bogen nach links ab, wo wir die Abzweigung nach rechts hätten nehmen sollen, rollten ungezählte Kilometer über schmale Landstraßen und Schotterwege, husteten gegen den Staub der vorausfahrenden Immobilienmakler an, stritten uns um den Radiosender, den wir hören wollten, über den Ort, wo zu Mittag gegessen würde; warum musste Willy immer die Schuhe ausziehen, wo er wusste, dass seine Füße stanken; würde Lucy ein Pferd bekommen;

würde ich endlich das Minimotorrad fahren dürfen, das Lazlo mir geschenkt hatte? (vielleicht); konnte Willy ein Gewehr kriegen und den Jagdschein machen (nein); würde Becky *bitte* aufhören, auf ihrer verdammten Gitarre zu spielen; würden wir einem Country Club beitreten (warum nicht?): ich muss mal (daran hättest du denken sollen, als wir zum Tanken gehalten haben); wenn Lucy ein Pferd kriegt, warum ich dann kein Gewehr (weil du damit schießen würdest). Anfangs machte es Spaß, wenn auch einen Höllenspaß.

Meinem Vater fiel es jedoch nicht leicht, einen Ort zu finden, an dem er sich zu Hause fühlen konnte. Und da meine Mutter uns, sich selbst und jedem, der gerade zuhörte, erklärte, sie wolle nur, dass mein Vater etwas fände, was ihn glücklich mache, kam er nicht umhin, gegen seinen Willen und quälend zögerlich zu offenbaren, dass glücklich sein etwas war, wovon er nichts verstand. Den Maklern freilich machte er entschieden klar, er interessiere sich für ein altes Haus, eines mit Charakter, das heißt, für ein Haus, das eine Vergangenheit ahnen ließ, die nicht die seine war, von der er jedoch spürte, dass er sie gern erfahren hätte.

Wenn ihm elegante Anwesen im Kolonialstil, die bis auf den Unabhängigkeitskrieg zurückgingen, gezeigt wurden oder in den zwanziger Jahren für die Ewigkeit erbaute Landsitze mit weißen Säulen, dann wurde mein Vater zunächst ganz aufgeregt und stellte sich die Antiquitäten vor, die er sammeln würde, um das jeweilige Haus damit auszustatten – er rückte eine Kredenz, die wir nicht besaßen, an die Wand des Speisezimmers, das wir noch nicht gekauft hatten, und imaginäre Ohrensessel wie diejenigen, in denen er einst bei den Wintons gesessen hatte, rechts und links vor einen Kamin, der uns nicht gehörte.

Kaum hatte er uns jedoch zum Schwärmen gebracht von dem Frieden, der Freude und Harmonie des guten Lebens, das in dem jeweiligen Haus auf uns wartete, da begann er, Risse im Fundament, Spalten neben den Fensterrahmen zu entdecken, Ruß, der darauf hindeutete, dass die Zentralheizung ersetzt werden müsste, und dann wandte er sich seufzend an den Makler. »Tja, ich weiß nicht. Es ist eben ein altes Haus.«

»Das suchen Sie doch, nicht wahr?«

Darauf antwortete er betont nicht, sondern sagte: »Ich weiß nicht, so ein Haus zu unterhalten, erfordert eine Menge Aufwand. Allein mit Rasenmähen wäre eine Person voll beschäftigt.«

»Wenn Sie etwas in einer günstigeren Preisklasse sehen möchten ...«

»Es geht mir nicht um das Geld. Nur um die Zeit, die ich damit vergeuden würde, mir Gedanken darum zu machen.«

»Könnten Sie mir das etwas genauer erklären, Mr. Friedrich?«

»Nun, jetzt, wo ich es mir angeschaut habe, kommt es mir nicht so viel besser vor als das, was ich im Moment habe.«

An diesem Punkt stöhnten wir alle auf und riefen, »Du machst wohl Witze« oder »Im Vergleich zu dem hier ist die Harrison Street doch Schrott!«

Was meinen Vater so in Verlegenheit brachte, dass er den Makler fragte: »Haben Sie mir noch etwas Besseres zu zeigen?« Was die Makler stets bejahten. Und nachdem wir besichtigt hatten, wohin uns zusätzliche zehn- oder zwanzigtausend Dollar bringen könnten, entschloss sich Dad »weiterzusuchen«. Was eigentlich bedeutete, dass er noch warten würde, bis er weitere zehn- oder zwanzigtausend Dollar hinlegen konnte. Und in dem Gefühl, betrogen worden zu sein, fuhren wir nach Greenwood zurück, und er ging an die Arbeit, um mehr Geld zu verdienen.

Das Problem war das Folgende. Wenn er die zusätzlichen zehn oder zwanzig Riesen gespart hatte, die er brauchte, um das Haus zu kaufen, das ihm sechs Monate zuvor vollkommen, aber nicht erschwinglich erschienen war, und wir es uns erneut ansahen, dann hatte es in seinen Augen unweigerlich allen Glanz verloren, auch wenn es mittlerweile einen neuen Anstrich erhalten hatte. Selbst wenn ein Tennisplatz oder ein Swimmingpool dazugehörte, fand mein Vater immer Gründe, zu der Überzeugung zu gelangen, dass es letztlich eine unvernünftige, miese Investition darstellte im Vergleich zu dem, was wir haben könnten, wenn wir nur warteten, bis er für seine Fantasie vom guten Leben weitere dreißig- oder vierzigtausend Dollar auf der hohen Kante liegen hätte.

Als wir zwei Jahre lang Lebensstile besichtigt hatten, nach denen wir uns sehnten, in die uns einzukaufen sich mein Vater jedoch weigerte, traten Lucy, Becky und Willy in Streik. Becky und ihre Gitarre waren inzwischen aufs College gezogen. Lucy hatte einen Freund, der selbst in einem Haus mit Pool und Tennisplatz wohnte. Und Willy hatte den Oreos abgeschworen, fünfzehn Kilo abgenommen und gehörte der Langlaufmannschaft seiner Highschool an. Lucy und Becky weigerten sich, in den Skylark zu steigen; Willy rannte vor ihm davon. Ich war glücklich, meine Eltern für mich allein zu haben.

Ich hatte es ebenso satt, Häuser, die doch nicht gekauft würden, anzusehen wie meine Geschwister, aber wenn sie nicht im Auto saßen und sich beschwerten, fiel es mir leichter, meinen Vater zu überreden, an einem aussichtsreich aussehenden Bach oder Flüsschen anzuhalten und angeln zu gehen. Ich war mittlerweile elf und nicht sehr gut im Fliegenfischen; jedenfalls bekam ich sehr viel mehr unschuldige Äste und wehrlose Büsche als Fische an die Leine.

Dennoch angelte ich liebend gern. Zum Teil, weil mein Vater es gern tat, vor allem aber, weil Dad ein anderer war, wenn er mit einer Angelrute in der Hand bis zu den Knien in einem Bach stand. Auf trockenem Boden konnte er Zornesfunken versprühen, als hätte eine unsichtbare Sturmbö in seinem Kopf eine Hochspannungsleitung heruntergerissen. Er war auf eine Art und Weise geerdet, dass er die Stromstöße gar nicht wahrnahm, die er den Menschen in seiner nächsten Umgebung verpasste. Er war imstande, verstörende, ängstigende, manchmal gemeine Dinge von sich zu geben, und merkte nicht, wie sie auf andere wirkten. Und waren erst zehn, fünfzehn Minuten verstrichen, hatte sein Gehirn weitgehend vergessen, dass er Derartiges je gesagt hatte, sodass er sich schließlich fragte, warum sich seine Kinder von ihm fernhielten.

Im Wasser aber, in einer Strömung, die sich abschätzen ließ, ganz darauf konzentriert zu denken wie ein Fisch, konnte sich mein Vater entspannen; er brauchte nicht mehr darüber nachzudenken, was ihn glücklich machen würde, und konnte sogar glücklich sein.

Obwohl ich es damals nicht erkannte, begreife ich jetzt, was ich so liebte, wenn wir bei diesen Ausflügen auf der Suche nach einem Phantomhaus fliegenfischen gingen: Wenn wir im strömenden Wasser standen, musste ich mit keinem außer den Forellen um Dads Aufmerksamkeit konkurrieren. Die eine Sache im Leben meines Vaters, die meine Mutter nicht mit ihm zu teilen wünschte, die eine Leidenschaft, auf die sie keinen Anspruch erhob und in die sie nicht mit Herz und Seele eindrang, war das Angeln. In der abgeschiedenen Arena um Felsen gurgelnder Bäche mit von weit herabhängenden Schierlingstannen und Buchen schattengefleckten tiefen Teichen gab sich meine Mutter damit zufrieden, am Ufer zu sitzen, alte Thriller zu lesen und eine uneingeweihte Betrachterin von Dads Leben zu sein.

Es machte mir nichts aus, wenn sich nur Mücken und keine Fische für mich interessierten, denn am Fluss fühlte ich mich in Dads Nähe sicher. Ich wusste, zu einer der Katastrophen, die er sich ständig ausmalte, würde es kommen, wenn er seinem elfjährigen Sohn hüfthohe Watstiefel kaufte, nur um erleben zu müssen, dass ich ausrutschte, die Stiefel sich mit Wasser füllten und ich in einem Teich voller Forellen ertrank; und daher beklagte ich mich nicht, dass Dad bis zur Brust wohlig trocken in rutschfesten, mit Filzeinlegesohlen versehenen Wathosen aus Gummi steckte, während ich in Shorts und durchweichten Turnschuhen mit nackten Beinen in eisigen Bächen bibbern musste.

Ich erinnere mich, dass wir uns verfuhren, als ich im Sommer 1965 mit meinen Eltern zu einem alten Haus in der Nähe von Chester unterwegs war, das sie besichtigen wollten. Ein Oberst der Unionsarmee hatte es in Form eines Siebenecks erbauen lassen, damit er und seine Braut, wenn er aus dem Krieg zurückkäme, an jedem Wochentag eine andere Aussicht genießen könnten. Ich weiß nicht, ob es daran lag, dass dieses Haus sieben Seiten hatte, oder daran, dass der Oberst nicht lange genug am Leben geblieben war, um jemals darin zu schlafen; jedenfalls meinte mein Vater, dieses noch nicht besichtigte Anwesen wäre vielleicht so sonderbar, dass er sich darin zu Hause fühlen könnte.

Immer, wenn wir falsch abbogen, murmelte mein Vater: »Ich habe ein gutes Gefühl bei diesem Haus.«

Lächelnd blätterte meine Mutter in ihrem Thriller weiter. »Das sagst du jedes Mal.«

»Und wenn's nun darin spukt?« Ich wollte nur Konversation machen, während ich die Landkarte studierte und nach einem Ort zum Angeln suchte.

Mein Vater lachte. »Du glaubst doch nicht an Geister, oder, Zach?«

Bevor ich erwidern konnte, schaute meine Mutter von ihrem Buch auf. »*Ich* glaube an Geister.«

Mein Vater warf ihr einen Blick zu. »Nicht doch.«

»Hast du schon mal einen gesehen, Mom?«

Mein Vater ließ ihr keine Zeit zu einer Antwort. »Wie wär's, wenn wir jetzt angeln gingen.«

Wie das Flüsschen hieß, das er fand, um uns abzulenken, weiß ich nicht mehr, nur dass es schmal und tief und an beiden Seiten dicht von Kastanien und Hornsträuchern gesäumt war, um die sich wilde Weinreben rankten, so dick wie mein Handgelenk.

Wie immer setzten wir die Ruten zusammen und wählten die Köder aus; frisch geschlüpfte Libellen, die über dem Fluss schwebten und Zickzacks flogen, sagten uns, welchen der gefiederten Haken wir nehmen sollten. Meine Mutter breitete eine alte Armeedecke aus und vertiefte sich in ihren Thriller; ich watete meinem Vater hinterher in die Strömung. Manchmal wurde er beim Angeln gesprächig; dann gab er großmütig Geschichten aus seiner Jugend zum Besten oder sprach Gedanken aus, die ihm gerade durch den Kopf gingen. An diesem Tag aber war er still, und ich wusste, es ärgerte ihn, dass meine Mutter gesagt hatte, sie glaube an Geister. Das Rauschen des Wassers, das über Steine floss, die es seit der Eiszeit rundete, und über die Stümpfe von Bäumen, die ein Blitz lange vor unserer Zeit gefällt hatte, würde seine Gedanken an all das, was noch schlimm ausgehen konnte, übertönen, hoffte ich.

In diesem namenlosen Seitengewässer aber, auf das wir zufällig gestoßen waren, hatte es ein elfjähriger Angler schwer. Selbst mein Vater sah sich herausgefordert. Das über das Wasser hängende Dschungelgestrüpp zu beiden Seiten des Bachs machte es mir fast unmöglich, den Köder dorthin auszuwerfen, wo ich ihn haben wollte. Mein Haken blieb an Ästen und Ranken hängen. Wenn ich ihn frei zu bekommen suchte, verhedderte sich jedes Mal die Schnur. Nachdem ich drei Köder verloren hatte und mir die Rute zweimal ins Wasser gefallen war, rief ich meinem Vater, der weiter oben im Bach stand, zu: »Für mich ist das hier zu schwer.«

»Jetzt sind wir nun mal hier.«

»Das heißt ja nicht, dass wir nicht woanders hinfahren können.« Ich holte mir die Landkarte.

»Was hast du vor?«

»Von hier ist es nicht sehr weit bis Somerset.«

»Was hat denn das mit Angeln zu tun?«

»Erinnerst du dich noch an den Bach, zu dem du immer mit uns gefahren bist, bevor ich schwimmen konnte? Der war voller Forellen, und es gab keine Bäume.«

Mein Vater löste den Blick von dem Schatten des Fischs, den er vom Grund heraufl ocken wollte, und starrte mich an. »Das halte ich für keine gute Idee.« Behutsam kam er auf mich zu, als ob ich eine schreckhafte Forelle wäre.

»Wieso?« Ich schlug nach der Bremse, die mich in die Wade gestochen hatte.

»Um dort hinzukommen, müssten wir am Krankenhaus parken.«

»Und? Du kennst die Ärzte dort doch alle.«

»Ich möchte es nicht riskieren.«

»Was denn riskieren – verdammt!« Die Bremse hatte gerade ein Stück aus meiner anderen Wade gebissen.

»Casper könnte aus seinem Zellenfenster schauen und uns sehen. Das könnte zu einem Rückfall führen.«

»Zu einem Rückfall wohin?« Mein Vater redete nicht gern von Casper, das merkte ich ihm an.

»In einen Zustand von Bedrängnis.«

»Hat er eigentlich je gesagt, warum er mich nicht ertränkt hat?« Die Frage schoss in mir hoch wie ein Fisch, der nach dem Wurm an der Angel schnappt.

»Nein.«

»Und warum hat er es deiner Meinung nach nicht getan?«

»Wenn ich das nur wüsste.«

»Glaubst du, er sagt es uns noch mal?«

Mein Vater schüttelte den Kopf, dann legte er mir die Hände auf die Schultern und zog mich nah an sich heran, wie um sicherzustellen, dass ich auch verstand, was er mir zu verstehen geben wollte. »Es wird Zeit, Casper zu vergessen.«

»Und wenn ich das nicht kann?«

»Manchmal hört man auf, über etwas nachzudenken, wenn man nicht mehr darüber spricht.« Das hatten sie bei Jack versucht.

»Heißt das, ich darf ihn nicht mehr erwähnen?«

Seine Hand umklammerte nun meine Schulter. »Nein, wir können jederzeit über ihn reden, du und ich.« Ich war froh, dass er das sagte. Doch dann musste er hinzufügen: »Da dies natürlich kein Thema ist, das ich besonders gern erörtere, solltest du dir vielleicht einmal überlegen, warum du es so hartnäckig zur Sprache bringst.«

»Wie meinst du das?« Wir entfernten uns nun vom Wasser.

»Lass es jedenfalls vor deiner Mutter.«

»Warum?« Ich wusste den Grund, wollte aber hören, was er sagen würde.

»Es bringt sie in Bedrängnis.« Ich hatte schon länger den Verdacht, dass es zwischen ihr und Casper eine Gemeinsamkeit gab.

***

Damals fiel es mir noch leichter, nach den Regeln meines Vaters zu fischen. Das heißt, für eine Weile klappte es. Dadurch dass ich nicht mehr über Casper redete, vergaß ich ihn zwar nicht, aber ich dachte immer weniger an ihn.

Zum großen Erstaunen der ganzen Familie hatte mein Vater im Jahr 1966 ein Haus, in dem er leben konnte, nicht nur gefunden, sondern gekauft. Es war eine Scheune, die einst eine Herde schwarzweißer Milchkühe beherbergt hatte, mit Balken aus dunklem Nussbaumholz, das hundert Jahre zuvor geschlagen und noch mit Doppeläxten in Handarbeit behauen worden war. Sie lag an einem Hang, war vier Stockwerke hoch und ruhte auf einem Fundament aus Feldsteinen, die man von Mauleseln hatte von den Äckern ziehen lassen, als dieser Teil des Hunterdon County erst einmal von den Stümpfen der Hartholzbäume befreit worden war, deren Stämme je zwei Männer mit der Handsäge der Länge nach in fünfeinhalb Meter lange Bretter gesägt hatten, aus denen die Seitenwände gezimmert wurden. Das Gebäude war ein Monument des Schweißes und knochenbrechender Schufterei. Und mein Vater liebte die Mühen, die der Bau gekostet hatte, sogar noch mehr als das kathedralenartig gewölbte Dach über dem Heuboden, den keine Zwischenwände unterteilten, oder als die behaglichen Stallungen mit ihren Mauern aus Naturgestein.

In knapp einem Jahr gelang es meinem Vater, das Geld für den Einbau von Küche, Bädern, Heizung und großen Panoramafenstern aufzubringen, die das Haus im Sommer heiß und im Winter kalt machten, es ihm jedoch erlaubten, Besucher bereits zu erspähen, wenn sie noch gut einen halben Kilometer von unserer Haustür entfernt waren.

Das Spannendste an der Scheune, die mein Vater zum Schutz der Friedrichs erworben hatte, war das tortenstückförmige, fünf Hektar große Gelände, das dazugehörte und dessen längste Grenze ein

Fluss bildete – nun ja, ein Flüsschen. Es war an manchen Stellen fünf Meter breit, und an einem Wasserfall stürzte es fast zwei Meter in ein natürliches Becken, in dem einem das Wasser bis über den Kopf ging und in dem wilde, scheue Bachforellen lebten. Auch wenn es Cold Creek hieß, war dieses Gewässer auf meiner inneren Landkarte ein bedeutender Fluss, der eine Bindung zwischen meinem Vater und mir nicht nur für ein paar Stunden am Wochenende herstellen würde, sondern für immer.

Als mein Vater den Kaufvertrag abschloss, war ich selig. Für mich als Zwölfjährigen war das Fliegenfischen zur liebsten Zerstreuung geworden. Ich war inzwischen fast so gut darin wie mein Vater, mich und meine Sorgen in dem verlässlichen Rauschen des Wassers zu verlieren, das aus dem Landesinneren abwärts strömte, dem unsichtbaren Meer entgegen. In dem Jahr jedoch, das die Errichtung dieses Heiligtums in Anspruch nahm, gab ich mich einer anderen Form von Schwerkraft hin.

Becky hatte mittlerweile das College abgeschlossen und nahm als graduierte Kunststudentin an einem Master-Programm teil, das es ihr ermöglichte, weiter zu malen und in New York zu leben. Ihre Gemälde waren sehr groß, manchmal zwei Meter mal zweieinhalb. Sie malte zum Beispiel eine Familie, Mutter, Vater und ein paar Kinder, überdeckte dann das Ganze mit einem dicken Brei aus Bienenwachs und Pigmenten und spachtelte davon schließlich gerade so viel ab, dass man sich fragte, was sie wohl verdeckt hatte.

Meine Mutter sagte, Becky habe ihren Stil gefunden. Mein Vater fand sich witzig, wenn er wieder einmal sagte: »Ich wünsche mir nur, sie findet mal einen Mann, der bereit ist, die Kosten dafür zu tragen, dass sie Bilder malt, die außer mir und Lazlo keiner kauft.«

Auch Lucy war auf der Suche nach ihrem Stil. An ihrem College war sie die einzige Studentin im letzten Studienjahr, die schon zwei Verlobungsfeste hinter sich hatte und insgeheim an ein drittes dachte. Willy und ich hatten die gesellschaftlichen Aufstiegsträume unseres Vaters erfüllt, indem wir in ein privates Jungeninternat namens

St. Luke aufgenommen wurden, das noch älter und snobistischer war als Hamden Hall.

Meine Eltern, vor allem mein Vater, machten großen Wind darum, wie wichtig es sei, dass wir in St. Luke aufgenommen würden. Dad behauptete nicht gerade, wir blieben ewige Versager, sollte diese erlesene Privatschule uns ablehnen; er stellte lediglich klar, dass wir in diesem Fall als Versager »wahrgenommen« würden. Ausgerechnet die Karriere meines Vaters (neben seiner Angst, zurückgewiesen zu werden) sorgte allerdings dafür, dass meine Eltern unsere Aufnahmeanträge viel zu spät abschickten, nämlich erst, nachdem sie von einem achtwöchigen Aufenthalt in Südamerika zurückgekehrt waren, wo sie Antidepressiva an Personen getestet hatten, die – wie mein Vater nach seiner Rückkehr bemerkte – keine Stimmungsaufheller gebraucht hätten, wären ihre Sanitäranlagen besser gewesen. Vielleicht wollte er es sich selbst zum Vorwurf machen können, wenn wir abgelehnt würden. Jedenfalls trafen unsere Aufnahmebestätigungen nach Monaten nervösen Wartens erst Mitte des Sommers in unserem Briefkasten ein.

Ich war viel zu scharf aufs Angeln, um davon begeistert zu sein, dass ich ab September an St. Luke in die achte Klasse gehen sollte. Schule war für mich Schule. Willy jedoch freute sich noch mehr als Dad. Er sprang in die Luft, klatschte in die Hände und brüllte, »Toll!« Das Langlaufteam von St. Luke hatte vier Jahre hintereinander den Meistertitel für unseren Bundesstaat errungen.

Er dachte anders über die Sache, als mein Vater verkündete: »Willy, nach gründlichem Erwägen bin ich zu dem Schluss gekommen, dass es wohl das Beste wäre, wenn du dein vorletztes Highschool-Jahr wiederholen würdest.« Willy erstarrte. Wie verraten er sich fühlte, sah ich ihm an; seine Wangen wurden rot. Er freute sich auf sein Abschlussjahr an der Highschool – er war ein guter Schüler und wollte so rasch wie möglich von uns fort und aufs College.

»Warum denn?«, fragte er kaum hörbar.

Mein Vater lächelte, als täte er ihm einen Gefallen. »Nun, viele

Jungen, die so große Sportler sind wie du, gönnen sich ein zusätzliches Jahr, wenn sie von einer öffentlichen Schule an eine angesehene Privatschule wechseln.«

»Nur dumme Schüler wiederholen eine Klasse. Und ich bin nicht dumm.«

»Allerdings nicht. Und bei deiner Intelligenz wirst du unschwer einsehen, dass dich ein weiteres Jahr von Wettbewerben auf High-school-Ebene ideal auf die großen Rennen vorbereiten wird, die dir am College bevorstehen.« Ich weiß noch, dass ich dachte: *Gar nicht schlecht gespielt, dieses plötzliche Langlauf-Interesse.* Dad hatte viel für Siege übrig, aber der Weg dorthin langweilte ihn.

Will sah meinen Vater zornig an und lächelte dazu. »Und was ist der wahre Grund?«

Dad betrachtete meinen Bruder, als nehme er an ihm etwas Unsichtbares wahr, das ihn traurig stimmte. Dann legte er je eine Hand auf Willys und meine Schulter. »Nun, Folgendes ist mir durch den Sinn gegangen. Wenn du das vorletzte Schuljahr wiederholen würdest, Willy, wärst du im letzten, wenn Zach mit der Oberstufe beginnt. In einem gemeinsamen High-School-Jahr entdeckt ihr womöglich, dass euch viel mehr verbindet, als ihr euch jetzt vorstellen könnt.«

Willy hatte mich schon zutiefst gehasst, bevor mein Vater sein Leben um meinetwillen bremste. Nun hatte Dad die Kluft zwischen meinem Bruder und mir in wenigen Minuten um ein Vielfaches vergrößert.

Um Willy gegenüber fair zu sein: Es war nicht leicht, mich als jüngeren Bruder am Bein zu haben. Ich legte es darauf an, Streit mit ihm anzufangen, und wenn er dann siegte, stellte ich ihn als tyrannisch hin – ich richtete es also so ein, dass er gar nicht siegen konnte. Doch etwas Tieferes stand zwischen uns. Offenbar zwang uns unser jeweiliges Wesen, den anderen zu verachten. Willy war es zu gleichgültig, wie andere über ihn dachten, mir zu wichtig.

An jenem Tag, an dem die Zusagebriefe eingetroffen waren, führte uns Dad abends in ein Restaurant namens Ryland Inn aus, und Lazlo kam aus New York angefahren, um mit uns zusammen zu essen, ließ Champagner kommen und gab mir ein Geschenk von Zuza, ein kleines geflügeltes Gehirn aus Bronze. Nun, da ich über einen eigenen Fluss verfügte und an St. Luke akzeptiert worden war, schien mir meine Zukunft gesichert. Bis ich von meinem Crevettencocktail aufstand, um zur Toilette zu gehen, und Willy mir nachkam.

»Dein Glück, dass du mich zum Bruder hast.« Am Becken neben mir griff sich Willy an die Krawattennadel, die er als Preis erhalten hatte, nachdem er bei den Staatsmeisterschaften im Geländelauf als Zweiter ans Ziel gekommen war.

»Da haben wir beide Glück.«

»Ich arbeite für das, was ich kriege. Dir fällt alles unverdient in den Schoß.«

»Du bist doch nur eifersüchtig, weil die Fische dich nicht mögen.« Wäre ich nicht so guter Laune gewesen, hätte ich gesagt: *Du bist bloß eifersüchtig, weil Dad mich lieber hat als dich.*

»Ich glaube nicht, dass Fliegenfischen an St. Luke ein Schulfach ist.«

»Was soll das heißen?«

»Du hast mir ja selbst gesagt, dass du bei der Aufnahmeprüfung auf die Hälfte der Fragen nicht die richtige Antwort wusstest.«

»Na und?«

»Und du bist nur deswegen aufgenommen worden, weil der Leichtathletiktrainer mich in seiner Mannschaft haben wollte und Dad gesagt hat, sie müssten uns beide nehmen; du seist wegen Casper psychologisch traumatisiert.«

»Hat Dad dir das erzählt?«

»Das erzählt er allen, bevor du dazukommst. Deswegen sind dann alle so nett zu dem armen kleinen Zach.« Er drückte auf die Spülung und ließ mich zum Grübeln allein.

Am nächsten Morgen fragte ich meinen Vater am Frühstückstisch als Erstes: »Muss ich nach St. Luke?«

»Wir haben dafür bezahlt.« In mehr als nur einer Hinsicht, wollte er damit sagen. »Ist etwas nicht in Ordnung?«

Ich berichtete ihm, was Willy mir gesagt hatte. Mein Vater schaute zum Fenster hinaus. Er sah Willy in Shorts über der langen Winterunterhose den Hügel hinunterrennen.

»Ist das wahr, Dad?«

»Nach Willys Wahrnehmung, ja.«

»Hat er gelogen?«

»Du bist bei der Aufnahmeprüfung nicht durchgefallen.«

»Das sagst du doch nur, weil du nicht willst, dass ich aufgebe.«

»Ich wollte es dir eigentlich nicht sagen, aber dein Ergebnis war das beste von allen deines Jahrgangs, die sich beworben haben.«

»Aber ich hab nur geraten.« Wir wussten beide, dass ich nicht sehr gut in der Schule war.

»Vielleicht weißt du mehr, als du glaubst.«

Der Gedanke gefiel mir. Ich ließ ihn sacken, dann fragte ich: »Warum lässt du Willy meinetwegen ein Jahr zurückgehen?«

»Das tue ich für Willy, nicht deinetwegen. Er braucht noch Zeit, darüber nachzudenken, wer er ist.«

Auch wenn ich Willy nicht leiden konnte, fand ich es gemein von meinem Vater, ihm ein Jahr Schule mehr aufzubrummen. Zugleich ahnte ich, dass Dad nicht gemein sein wollte; er wollte zu seinem erstgeborenen Sohn gütig sein. In diesem Moment aber wünschte ich mir vor allem, dass Dad sich auf mich konzentrierte und noch etwas sagte, wonach ich besser mit mir klarkäme. »Aber Dad, wenn ich mehr weiß, als ich glaube – warum bin ich dann nicht besser in der Schule?«

Dass ich ihn das fragte, passte meinem Vater ins Konzept. »Vielleicht, weil du wütend auf mich bist.«

»Ich – wütend auf dich? Warum denn?«

»Erkläre du es mir.« Wie gesagt, auf trockenem Gelände musste man sich vor meinem Vater in Acht nehmen.

***

Mein Bruder hatte nun den Führerschein. Da mein Vater Willy dazu bringen wollte, sich mir gegenüber freundschaftlich zu verhalten, unternahm er einen gut gemeinten Bestechungsversuch. Er schenkte meinem Bruder unseren inzwischen alten Pontiac Skylark und kaufte sich einen Volvo mit Ledersitzen. Hätte er den Skylark behalten und Willy den Volvo geschenkt, wäre mein Bruder vielleicht kooperativer gewesen.

Eins wusste ich: Willy sagte gern Nein. Und wie alle Väter hörte es mein Vater gern, wenn seine Kinder Ja sagten. Willy sagte Nein, als er meinen Vater auf seiner Haussuche begleiten sollte, er sagte Nein zum Fliegenfischen, und selbst indem er Oreos gefuttert, sich mit einem Wall von Fett umgeben und gewichst hatte, bekundete er meinem Vater sein Nein.

Wenn man zu meinem Vater Ja sagte, kam er auf einen zu. Dann hielt man sich zunächst für etwas Besonderes und fühlte sich geborgen. Man erzählte ihm von seinen Problemen. Doch kaum hatte man das getan, wurden sie zu *seinen* Problemen. Er verschlang einen.

Als er und meine Mutter von ihrer Südamerikareise im Dienste und auf Kosten der Pharmaindustrie zurückkamen, wollte er unbedingt, dass wir alle gemeinsam etwas unternahmen, als Familie. Da Willy und ich uns auf nichts einigen konnten, ließ uns mein Vater schließlich im Fernsehen *60 Minutes* anschauen. Da trat ein Psychiater auf, mit dem er befreundet war und den wir von einem Besuch bei uns kannten; er sprach über Antidepressiva und erwähnte meinen Vater sogar namentlich. Ich fand das beeindruckend und toll, obwohl Dad es mit einem Achselzucken abtat. »Mein Leben wird sich dadurch nicht verändern.«

Nachdem ich gehört hatte, dass mein Vater im Fernsehen erwähnt wurde, begann ich jedoch zu grübeln. Was konnte ich nur tun, um je im Fernsehen erwähnt zu werden? Das machte mir zu schaffen, denn ich wusste, mein Vater erwartete es von mir. Am Abend fragte ich ihn beim Essen: »Worin könnte ich wohl mal etwas Großes leisten?«

Geschwind antwortete meine Mutter an seiner Stelle. »Es gibt viele Gebiete, auf denen ihr Jungen großartig sein könntet.« Aber ich wollte es von Dad hören. Sogar Willy lauschte interessiert. Erwartungsvoll sahen wir meinen Vater an.

Er räusperte sich und seufzte. »Ich hätte erfolgreicher und berühmter werden können, wenn ich keine Kinder gehabt hätte. Aber sie haben mir Freude gemacht. Sie waren mir wichtig.«

Das hörte meine Mutter gar nicht gern. »Zach hat nach Möglichkeiten für sich gefragt, nicht nach deinen.«

»Ich will, dass sie aus meinen Fehlern lernen.«

Willy entschuldigte sich vom Tisch und ging laufen. Ich blieb und verdaute die Bemerkungen meines Vaters. Was er nie erwähnte, war der Umstand, dass sein eigener Auftritt in der *60 Minutes*-Sendung herausgeschnitten worden war.

Alle paar Monate fiel meinen Eltern plötzlich wieder ein, dass sie Eltern waren, und sie versuchten, Willy und mich zu einem, wie meine Mutter es nannte, »Ausflug für die Jungen« zu animieren, sei es zu einem Besuch im Philadelphia Museum of Art, mit einem Zwischenstopp zur Besichtigung der medizinischen Kuriositäten im Mütter-Museum (Präsident Grover Clevelands Tumor; der Schädel eines Mannes mit einem aus der Stirn ragenden Horn; Skelette von Zwergen und mein Lieblingsobjekt, der längste Darm der Welt), oder zu einem langen Wochenende in Lazlos selten genutztem Haus an der Spitze von Long Island. Willy pflegte dann Nein zu sagen, indem er bekannt gab: »Ich muss mich auf ein Rennen vorbereiten.« Nein zu sagen, wie auch zehn Kilometer in 35 Minuten 40 Sekunden zu laufen, gab Willy das Gefühl von Macht. Er behielt damit das letzte Wort und befreite sich von der Tyrannei der sehnsüchtigen Erwartung, geliebt zu werden.

Ich war ein Vierzehnjähriger, der Anklang finden wollte. Das Ärgerliche war, dass ich bei Erwachsenen leichter Anklang fand als bei

Teenagern, und nun, wo meine fast erwachsenen Schwestern aus dem Haus waren, fühlte ich mich einsam. Ich sehnte mich weniger nach Becky und Lucy als danach, jemanden um mich zu haben, den ich zum Lachen bringen konnte, denn andere abzulenken war meine Art und Weise, mich selbst abzulenken. Erwachsene waren für meine Bedürftigkeit blind; Leute meines Alters witterten sie von weitem. Schlimmer noch, gemocht zu werden genügte mir nicht. Ich wollte von allen geliebt werden, sogar von meinem Bruder Willy.

Willy und ich hatten genug Gründe, nicht miteinander auszukommen – der Altersunterschied, die explosive Testosteron-Mischung, die männliche Heranwachsende ausdünsten, die Scherze, die ich jahrelang auf seine Kosten gemacht hatte, um mich daran zu weiden, dass ich meine Schwestern zu grausamem Gegacker bringen konnte; das zusätzliche Highschool-Jahr, mit dem er sich gestraft sah, um seinem kleinen Bruder Gesellschaft zu leisten. Ein Psychologe hat mir einmal gesagt, Willy habe es nach Jacks Tod bestimmt genossen, der einzige Sohn zu sein und mir mein störendes Erscheinen übel genommen. Mag sein. Im Rückblick kommt es mir jedoch so vor, als wäre Willys Nein zu mir nur eine neue Variante des Neins gewesen, das meinem Vater galt.

Wenn er mich offen gepeinigt hätte, mir Nierenschläge verpasst, mich »Schwachkopf«, »Made« oder »Stinker« genannt hätte, wie es die älteren Brüder anderer Jungen an St. Luke taten, dann hätte es mir nicht so viel ausgemacht. Aber Willy wusste, dass die schlimmste Folter für mich, die eine Sache, die ich nicht ertragen konnte, war, ignoriert zu werden; und beim Marathonlaufen hatte er die Disziplin gelernt, mich völlig zu ignorieren. Ich hatte das Gefühl, ausgelöscht zu werden. Vornehmlich von meinem Vater, jedoch unter Willys Mittäterschaft.

Stumm fuhren wir in dem Station Wagon, den er nicht mochte, zur Schule. Wenn ich ihm eine Frage stellte, die zu beantworten er keine Lust hatte, schaltete er das Radio ein. Und wenn schon die halbe Auffahrt zu unserem Haus hinter uns lag und mir wieder mal einfiel, dass ich etwas vergessen hatte – meine Hausaufgaben, ein Schulbuch, ein Referat, eine elterliche Entschuldigung vom Sportunterricht wegen Bindehautentzündung oder die Erlaubnis, an dem Klassenausflug zum Benjamin Townsend Institute teilzunehmen und durch das gigantische Gummiherz dort zu spazieren –, dann sagte Willy natürlich »Nein« und lächelte verkniffen.

Ich flehte ihn an. »Warum denn nicht?«

»Mein Auto, meine Regeln.«

»Aber es ist wichtig!«

»Na, dann bringt dir das jetzt vielleicht bei, dich wie ein Erwachsener zu benehmen.«

Wenn wir in St. Luke angekommen waren, existierte ich noch weniger für ihn. Auf den Fluren ging er glatt an mir vorbei, ohne auch nur zu nicken. Wenn ich das meinen Eltern beim Essen erzählte, dann schwor Willy, er habe mich nicht gesehen. Dann brüllte ich »Quatsch!«, und Willy schenkte meinem Vater diese Grimasse, die ein Lächeln darstellen sollte, und sagte: »Dad, aus welchem Grund sonst sollte ich meinen eigenen Bruder nicht grüßen?«

Wenn ich ihn einen Lügner nannte, wurde alles noch schlimmer. »Er ist mal wieder paranoid«, sagte Willy dann, und mein Vater, der von Paranoia selbst so einiges verstand, betrachtete mich mit argwöhnischem Mitgefühl. Sollte er diesen Zug seinem jüngeren Sohn vererbt haben, zusammen mit der Stirntolle und dem hohen Spann?

Als Sport-As fand Willy sofort Freunde. Wenn ich ihn mit ihnen herumlungern sah, wie sie im Umkleideraum oder unter der Dusche nackt die Muskeln spielen ließen und sich die behaarte Brust abseiften und ich mich näherte, dürr und picklig, die paar Haare, die ich um die Eier hatte, unter meinem Handtuch verborgen, dann sagte Willy »Was gibt's, Brüderchen?« oder, was ich besonders hasste, »Wo klemmt's, Tiger?« Ich wusste, er tat nur freundlich, weil er durch Unfreundlichkeit dem eigenen Bruder gegenüber sonderbar wirken würde, und als sonderbar wollte mein Bruder auf keinen Fall gelten. Da ich spürte, dass er sich mit Disziplin zu einem normalen Verhalten zwang, da ich in seinem Ton keinerlei Ironie mitschwingen hörte, wenn er mich öffentlich mit »Tiger« oder »Brüderchen« anredete, und weil ich den Blick meines Vaters nicht vergessen konnte, nachdem mich Willy als paranoid bezeichnet hatte, begann ich mich bald zu fragen, »Bin ich's etwa?«

Meine Welt erschien mir auf einmal als ein so unerfreulicher Ort, dass ich mich am Rand des Verdachts herumschleichen sah, ich bildete mir all diese emotionalen Untertöne nur ein. Es dauerte nicht mehr lange, bis ich mich unaufhörlich fragte, was wirklich gerade in meinem Kopf und den Schädeln meiner Klassenkameraden vorging. Verstand ich sie denn richtig? Meinten sie wirklich, was sie da sagten? Binnen kurzem warfen Lehrer mir vor, ich sei ein Tagträumer und unkonzentriert. Es ist nun einmal schwer, an zwei Dinge gleichzeitig zu denken, zumal wenn eines davon aus der Frage »Bin ich verrückt?« besteht.

Je mehr Sorge es mir bereitete, ob dasjenige, was ich für real hielt, auch wirklich real war, desto vergesslicher wurde ich. Aus Mangel an Schlaf und infolge meiner angeborenen Abneigung gegen Ordnungsrahmen konnte ich nie aus dem Haus gehen, um zur Schule zu fahren, ohne etwas zu vergessen. Und wenn ich meinen Bruder händeringend bat, anzuhalten und mich holen zu lassen, was ich brauchte, antwortete er natürlich mit seinem freundschaftlichen Nein.

Weil ich eine Hausarbeit einen Tag zu spät abgab, wurde mir ein Punkt abgezogen. Als ich meine Hausaufgaben zweimal hintereinander vergessen hatte, wurden mir ein weiterer Minuspunkt plus eine Rüge aufgebrummt, was bedeutete, dass ich nachsitzen musste, und dies wiederum bedeutete nach einem dritten Vorfall von Vergesslichkeit, dass ich am Samstagmorgen erscheinen und Stellen aus der King-James-Bibel abschreiben musste.

Als mir mein Englischlehrer Mr. Fagin ein Ungenügend für einen Aufsatz über *Stolz und Vorurteil* gab, dessen erste Seiten auf ein Sehr gut hingedeutet hatten, fragte er mich: »Ist zu Hause etwas nicht in Ordnung?«

Ich schüttelte den Kopf, jedoch nur, weil ich nicht wusste, womit ich anfangen sollte. Homer war verrückt, auch wenn mein Vater ihn als »besonderen Menschen« bezeichnete. Ida war Theosophin, was laut meinem Vater so viel wie »unzurechnungsfähig« bedeutete; und dann war da noch die Sache mit Dads Sockenmomenten. Ob mein Leiden nicht in der Familie lag? Mr. Fagin spürte, dass ich etwas verschwieg. »Vielleicht möchtest du lieber mit dem Schulpsychologen darüber sprechen?«

»Mein Vater ist Psychologe.«

»Ach, ich verstehe.«

Ich erwog, meine Ängste meinem Vater zu offenbaren. Inmitten der alle Wände bedeckenden Bücherregale in seinem Schlaf-Arbeitszimmer wartete ich darauf, dass er und meine Mutter von der Universität zurückkämen. Als mir die riesige Pille in dem Papierbeschwerer ins Auge fiel, fragte ich mich, was sie mir wohl verschreiben könnten, damit ich mich weniger verrückt fühlte. Und dann fiel mir Casper wieder ein, der Ort, an den mein Vater ihn verfrachtet hatte. Dass ich in eine Anstalt wie Somerset eingewiesen würde, wollte ich nicht riskieren, und darum lieh ich mir die dicksten medizinischen Lehrbücher, die ich auf Dads Regalen finden konnte, und verzog mich damit auf mein Zimmer.

Die alte Auflage des *Manual of Mental Disorders* ließ mir keine große Auswahl. Im Grunde gab es nur vier Möglichkeiten: imbezil, depressiv, schizophren oder Psychopath – also geisteskranker Straftäter. Schwachsinn schloss ich für mich aus, nicht aus Arroganz oder weil mich St. Luke aufgenommen hatte, sondern einfach weil mein Bruder dann netter zu mir gewesen wäre. Ich versuchte, ein Kapitel über die Schizophrenie bei Heranwachsenden in einem sichtlich oft durchgeblätterten Band aus den vierziger Jahren von einem gewissen Dr. Gunderfeldt zu lesen – *Ambivalenz, Apathie, Weinen aus nur dem Patienten bekannten Gründen.* Das klang nun allerdings ganz so, als rede Dr. G. von mir. Wirklich in Panik geriet ich aber, als ich mir Gunderfeldts Schwarzweiß-Fotos von Geisteskranken ansah, jeder mit einem schwarzen Balken über den Augen, damit er nicht zu identifizieren war. In ihren grimassierenden Gesichtern erkannte ich Partien meiner selbst.

Ich näherte mich gerade dem Gedanken, dass Casper mich nicht ertränkt hatte, weil er in mir sich selber sah – weil er ahnte, dass ich so war wie er, den Wahnsinn witterte, der mir aus Augen, Ohren, Nase und Kehle quoll –, als mein Vater die Tür zu meinem Zimmer öffnete.

»Was liest du gerade?«

Es blieb mir nicht die Zeit, den Wälzer zwischen Sprungfedern und Matratze verschwinden zu lassen, wo die Wichszeitschriften ruhten, die ich von meinem Bruder geerbt hatte. Mein Vater lächelte und nahm sein altes Exemplar des *Manual of Mental Disorders* in die Hand. »Sieh mal da – der Apfel fällt nicht weit vom Stamm.« Dad begriff nichts. Dass er sogar stolz auf mich war, machte es nur noch schlimmer. »Und was ist dein Eindruck von dem allem, Zach?«

»Dass es nicht lustig ist, verrückt zu sein.«

***

Auch wenn ich weder im Index des Gunderfeldt noch in dem des *Manual of Mental Disorders* ein Stichwort »Lauschen, von Heranwachsenden« fand, wusste ich doch, dass meine Neigung, das Ohr an verschlossene Türen zu legen und mich im Gang vor dem Arbeitsschlafzimmer meiner Eltern herumzutreiben, alles andere als gesund war. Diese beiden Lehrbücher über Norm und Abweichung, wie auch die vielen weiteren, unter denen sich die Regalbretter meines Vaters bogen, stellten klar, dass Paranoiker durchknallen, weil sie unaufhörlich meinen, andere redeten schlecht über sie. Aber ich fand nichts über die psychischen Störungen, die auftreten, wenn man vermutet, dass andere beunruhigende Gedanken über einen hegen, und dann feststellt, dass man richtig lag. Wenn man erst einmal so denkt, ist man bereits krank.

Drei, vier unglückliche Monate meines ersten Jahres an St. Luke waren vergangen, als meine Eltern wie gewohnt in ihrem Arbeitsschlafzimmer auf dem früheren Heuboden noch spät bei der Arbeit waren. Die Scheune mit ihren Ritzen, offenen Flächen und nicht isolierten Wänden machte es einem leicht mitzubekommen, was zwischen den beiden vorging, zumal wenn man am Küchentisch direkt unter ihrem Raum Hausaufgaben machte.

Das Tippen meiner Mutter legte sich als Stakkato unter die Platte von Cream, die ich über Kopfhörer hörte. Meine Eltern schätzten es nicht, wenn ich bei Rock-'n'-Roll-Musik Hausaufgaben machte, deswegen hatte ich immer nur einen Hörer im Ohr, damit ich den Kopfhörer rasch verschwinden lassen konnte, wenn ich sie die Treppe hinunterkommen hörte.

Ich hörte ein Stück mit dem Titel *Sunshine of Your Love*. Mein Vater diktierte seine Bandwurmgedanken zur stimmungsverändernden Wirkung von Niacin. Eric Clapton sang mir *I've been waiting so long, to be where I'm going* ins linke Ohr – meine Mutter hörte auf zu tippen.

»Nora, tipp doch um Himmels willen einfach, was ich sage«, hörte ich von oben.

»Ich mache mir Sorgen um Zach.« Ihre Stimme klang, als käme sie von sehr weit weg.

»In seinem Alter war ich auch nicht ganz da. Das ist hormonell bedingt.« Jack Bruce' sechssaitiger Bass donnerte mir in die linke Hirnhälfte. Dä-nänh-näh-näh-nähn-Dah-nah-nah-dä-nahn-nah.

»Ich habe Sorge, dass er so wird wie ich.«

»Wenn er so wäre wie du, dann wäre er Primus.« Mein Vater versuchte sie mit einem Scherz von ihrem Gedankengang abzubringen.

»Ich meine, so, wie es mir gegangen ist. Er driftet von sich ab.«

»Unser Sohn kann nicht an Post-partum-Depression leiden, das ist physiologisch ausgeschlossen.«

»Glaubst du etwa, daran hätte ich die ganzen Jahre gelitten?«

»Allerdings. Ich bin der Ansicht, dass man sich davon viel langsamer erholt, als allgemein angenommen wird.«

»Mein Gott!« Meine Mutter schrie nun beinahe. »Für einen intelligenten Mann sagst du manchmal wirklich dummes Zeug.«

»Wir leiden schließlich beide.«

»Ich spreche über Zach!« Meine Mutter brüllte ihn an.

»Zach fehlt nichts.«

»Das hast du über mich auch gesagt.«

Lange schwieg mein Vater, dann hörte ich ihn seufzen, als gäbe er den Kampf auf. »Ich liebe dich.«

»Das weiß ich ja.« Sie klang so hilflos, wie ich mich fühlte.

»Was denkst du?«

»Das möchtest du doch gar nicht wissen.« Ich wollte es wissen. Statt meine Mutter jedoch zu einer weniger ausweichenden Antwort zu drängen, kam mein Vater hinunter und verordnete sich einen Scotch.

Obwohl er es nicht aussprach, muss er sich ebenfalls Sorgen um mich gemacht haben, denn er erhob keinen Einspruch, als meine Mutter erklärte, sie werde im Dezember zu Hause bleiben und nicht mit ihm zur Jahrestagung der Amerikanischen Neuropsychopharmakologen nach Puerto Rico reisen. Und einen Monat darauf passte sie, als sie zu einem internationalen psychiatrischen Kongress nach Tokyo eingeladen wurden, um eine Publikation vorzustellen, an der sie seit einiger Zeit arbeiteten. In jenem Winter warf sich meine Mutter mit der gleichen Inbrunst in mein Leben, die sie bislang in Dad investiert hatte.

Statt die halbe Nacht aufzubleiben und ihn gewitzter zu machen, konzentrierte sie all ihr Geschick auf mich trübe Tasse – korrigierte mir Grammatik, Satzstruktur und Interpunktion, strich mit Rotstift Wörter durch, warf mir lachend vor, ich hätte die Schwäche meines Vaters für Bandwurmsätze geerbt, und brachte mir ihre Achtung vor der Schönheit eines Aussagesatzes bei. Liebe zur Mathematik flößte sie mir nicht ein, bekam mich jedoch wenigstens dazu, meine Zahlen so ordentlich zu schreiben, dass mein Lehrer sie lesen konnte, falls ich zufällig auf die richtige Lösung gestoßen war.

Und um gegen mein inneres Abdriften vorzugehen, legte sie mir als Halt das Führen von Listen nahe, woraus eine Gewohnheit wurde, die ich bis heute beibehalten habe. Sie stand hinter mir und sah mir über die Schulter, wenn ich vor dem Zubettgehen alles, woran ich am nächsten Tag denken musste, auf einem der Notizblocks notierte, die ihr selbst halfen, nicht den Verstand zu verlieren. Und am Morgen beaufsichtigte sie mich genau, wenn ich die Listen mit der Wirklichkeit abglich, um sicherzustellen, dass ich nicht versehentlich auf eine neue Weise ins Chaos schlidderte, während ich Bücher, Referate, Hausaufgaben, Turnhose etc. etc. in die lederne Aktentasche lud, die sie mir zu Weihnachten geschenkt hatte, mit meinen Initialen in goldenen Lettern versehen. Sie brachte mir bei, dafür zu sorgen, »dass dir der Kopf nicht wegfliegen kann«, wie sie es nannte.

Ja, meine Noten wurden besser; aber Freunde gewann ich deshalb noch lange nicht. Als ich an St. Luke mit der achten Klasse angefangen hatte, war ich der Neue gewesen, der alles vergaß – also ein Versager, der bestimmt bald wieder abgehen würde. Nachdem meine Mutter jedoch meinen Kopf am Davonfliegen gehindert hatte, meine Noten besser wurden und die Lehrer mich als Beispiel dafür hinstellten, was sich durch harte Arbeit alles erreichen lasse, wurde ich zu jemandem, der einer Freundschaft noch weniger würdig war als ein »Versager«. Nun war ich ein listenschreibender Streber und Arschkriecher mit einer Opa-Aktentasche, der die gesamte Klasse zwang, Fußnoten anlegen zu lernen, weil seine Mutter es von ihm verlangte. Und dann war da natürlich noch mein Bruder. Schmal, muskulös und cool, mit einem Bartwuchs, der für einen Fünf-Uhr-am-Nachmittag-Schatten gut war, und der als Langstreckenläufer Siegestrophäen einheimste, die er in der Schulversammlung unter donnerndem Beifall in die Höhe hielt. Für meine Klassenkameraden war der Fall klar. *Wenn der eigene Bruder diesen Waschlappen nicht zur Kenntnis nimmt, warum sollen wir ihn beachten?*

Ich versuchte mir einzureden, es sei mir egal, was die Jungen an St. Luke dachten. Dass dies nicht stimmte, wusste ich nach dem vierten April. Martin Luther King war ermordet worden. Als der Direktor in der Versammlung allen verkündete, die Schule werde für einen Tag der Trauer geschlossen bleiben, klatschten und jubelten alle. Sie freuen sich ja nicht darüber, dass er tot ist, sagte ich mir; sie sind bloß dumm und weiß und froh, den Tag frei zu haben. Dennoch, dass sie geklatscht hatten, kam mir pervers und verrückt vor. Als ich nach Hause ging, hatte ich das Gefühl, ich hätte die Szene erfunden. Sie konnte nicht stattgefunden haben.

Meine Tage waren die Hölle und meine Nächte von Irrlichtern durchflimmert. Wenn ich die letzte Liste fertig hatte, zog ich den Gunderfeldt unter meinem Bett hervor und beglotzte die Schnappschüsse des Wahnsinns mit dem gleichen Blick, den ich an meinem Bruder wahrgenommen hatte, als ich ihn beim Wichsen ertappt hatte, abgestoßen und angezogen zugleich. Inzwischen war ich in meiner Lektüre über Gunderfeldt und das *Manual of Mental Disorders* hinausgelangt, hatte jedoch noch immer nicht schlüssig herausgefunden, unter welcher Form von Geistesgestörtheit genau ich litt, denn die schlimmen Formen gingen allesamt mit Symptomen einher, die der Beschreibung nach auf mich zutrafen. Hat Schwierigkeiten, Freunde zu finden; verbringt übermäßig viel Zeit mit repetitivem, ziellosem Tun (Casting, Fliegenfischen); weist obsessives und zwanghaftes Verhalten auf (das hatte mir meine Mutter vererbt); fantasiert heftig davon, sich selbst und anderen Schaden zuzufügen (jedes Mal, wenn mein Bruder auf der Fahrt zur Schule ein »Nein« griente, verspürte ich den Drang, ihm ins Steuer zu greifen und uns beide in den Graben zu fahren, nur um das Grinsen von seinem Gesicht zu wischen).

Als der Frühling kam, wusste ich noch immer nicht, was mir fehlte, nur dass es mir nicht gut ging. Verzweifelt bestrebt, wenigstens eines meiner Symptome loszuwerden, suchte ich die Freundschaft der beiden unbeliebtesten Jungen in meiner Klasse, der Ortley-Zwillinge. Diese beiden stämmigen Achtklässler waren bereits einmal sitzen geblieben und wären schon mehrfach von der Schule geflogen, hätte ihre Mutter nicht einer reichen Aspirin-Dynastie angehört. Zwischen mir (von schuppenden Ekzemen geplagt und infolge einer lebensbedrohenden Erdnussallergie geradezu aggressiv ängstlich) und den zum Verwechseln gleich unangenehmen Zwillingsbrüdern Chas und Peter gab es keinerlei Gemeinsamkeiten, außer dass sie gern angelten und ich einen Fluss zu bieten hatte.

Sie waren bestens ausgerüstet – Orvis-Ruten, Medaillensieger-Rollen, Watstiefel, ideal geeignet zum Ertrinken. Ich wollte, dass alles gut verliefe; wenn ich mich weniger verrückt fühlen wollte, musste ich mir Mühe geben, das war mir klar. Ich tat sogar so, als fände ich es in Ordnung, dass sie mit Futterködern angelten, mit zwanzig Zentimeter langen Würmern und lebenden Grashüpfern, die sie mit Sekundenkleber am Haken befestigten. Sie hätten schon mit lebenden Mäusen nach Barschen gejagt, erzählten sie. Trotz allem kam ich nicht umhin, ihre Ergebnisse zu bewundern.

Entsetzt sah ich zu, wie sie mit ihren Larven mehr Forellen aus meinem Bach zogen, als ich im ganzen Jahr darin gesehen, geschweige denn – als fairer Sportangler väterlicher Schule und mit Nassfliegen – gefangen hatte. Bei jedem Angelausflug mit den Ortleys wurde ich verdrießlicher und verübelte ihnen mehr, dass sie Erfolge mit Taktiken errangen, die eines Gentleman unwürdig waren. Ich war frustriert und fand es peinlich, dass ich infolge meiner Unfähigkeit, mich in der Schule einzufügen, so tief gesunken war. Natürlich erzählte ich meinem Vater nicht, dass ich in meiner Not nun ebenfalls mit Futterködern angelte.

Am vorletzten Wochenende des Schuljahres standen die Ortleys und ich mitten im Wildbach der Adoleszenz, als Chas auf einmal fragte: »Willst du mal was richtig Scharfes sehen?«

Da mir die Charakterstärke meines Bruders abging, antwortete ich »Klar, denk schon.« Noch ahnte ich nicht, worauf ich mich da eingelassen hatte, da hatte Chas' Zwillingsbruder Peter schon ein Zippo-Feuerzeug und eine knallrote Kirschbombe aus der Tasche gezogen.

Mit Feuerwerkskörpern im Allgemeinen und Kirschbomben im Besonderen legte man es – laut den warnenden Geschichten meines Vaters bei Tisch – darauf an, »ein paar Finger oder ein Auge zu verlieren«. Doch der Reiz des Verbotenen war stärker. Die Kirschbombe wurde an einen großen Stein gebunden. Was dann passierte, verstand ich erst, als es zu spät war. Sie wälzten den Stein samt Kirschbombe in den Teich, in dem ich angelnd stand. Im nächsten Moment erhob sich aus den quellklaren Tiefen ein dreckiges »Wumm«, gefolgt von einem Schwall schlammigen Wassers, rauchgefüllten Blasen und toten Forellen. Das einzige im *Manual of Mental Disorders* aufgeführte Symptom, das ich nicht aufwies, hatte ich nun auch: Neigung zu Tierquälerei.

»Aufhören!«, brüllte ich, doch diese Freunde, die ich nun nicht mehr haben wollte, hörten nicht auf mich. »Verdammt, das ist mein Ernst!«

»Werd bloß nicht zimperlich.« Jetzt banden sie zwei Kirschbomben an einen zweiten Steinbrocken.

»Weg mit dem Ding!« Die Feuerzeugflamme brannte schon. Was meine Lunte auflodern ließ, war das Gelächter der Ortneys, als ich in Tränen ausbrach. Voll Mitleid mit mir und den Fischen, wütend auf mich, zornig der Fische wegen, holte ich mächtig aus. Meine neue Shakespeare-Rute brach knapp über dem Korkgriff ab und peitschte über den Rücken von Chas' Schlägernase.

Das Blut sah ich nicht. Die Bombe war gezündet. Peter Ortney rannte auf meines Vaters liebsten Forellenteich zu. Die beiden Zünder sprühten Funken in die Luft. Ihm in die Eier zu treten war ein Fehler. Stein und Kirschbomben flogen auf meinen Kopf zu; um nicht ins Gesicht getroffen zu werden, hob ich die Hand, eine Reflexhandlung, die mir das Auge rettete. Ich spürte, wie sich die Hitze der Explosion meinen Arm hinauf ausbreitete, während der Knall mich taub machte für das Rauschen des Bachs und für Peters Hilfeschreie.

Meine Hand war blutig und gefühllos. Seine Wathose füllte sich mit Wasser. In beiden Fällen war es genau so, wie mein Vater vorhergesagt hatte. Peter wäre fast ertrunken, und ich büßte die Kuppe des linken Zeigefingers ein.

Alle drei mussten wir ins Krankenhaus. Ich berichtete meinem Vater genau, was sich zugetragen hatte. Dass er nicht wütender auf mich war, überraschte mich. Er hatte mir wohl nicht richtig zugehört. Das wurde mir klar, als ich ihn zu meiner Mutter sagen hörte: »Zumindest zeigt das, dass er ein starkes Selbstwertgefühl besitzt.« Mein Vater ergriff gerade oft genug für seine Kinder Partei, dass man sich selbst die Schuld gab, wenn er es nicht tat.

Die Ortneys wurden von der Schule verwiesen. Der Direktor, selbst Angelsportler und Mitglied des Amerikanischen Tierschutzbundes, ließ mich mit einer Verwarnung davonkommen. Zu all dem Übrigen, was ich an St. Luke noch immer nicht erreicht hatte, war ich nun auch noch der neue Arschkriecher, der so blöd war, dass er eine Fingerkuppe bei dem Versuch verlor, ein paar Fischen das Leben zu retten, das er ihnen an jedem Wochenende zu nehmen trachtete.

Ich war nicht der Einzige, der den Verstand verloren hatte. Am Abend, nachdem mir die Fäden gezogen worden waren, blieben wir lange auf und sahen fern. Wir riefen Hurra, als Bobby Kennedy die kalifornischen Vorwahlen gewonnen hatte. Gerade hatte er seine Dankrede beendet und allen versprochen, man werde sich in Chicago wiedersehen, da war er tot.

***

Zu Beginn meines ersten Highschool-Jahres sehnte ich mich so sehr danach, gesund zu werden, dass ich beschloss, mehr wie mein Bruder zu werden und zum Wahnsinn Nein zu sagen. Als wir im September 1968 am ersten Schultag meines zweiten Jahres an St. Luke von zu Hause abfuhren, fragte ich Willy: »Was ist deiner Meinung nach mein größter Fehler?« Ich wusste, dass ich ein Risiko einging.

Willy verzog das Gesicht, aber wenigstens schaltete er das Radio nicht an. »Dass du nicht ich bist.«

»Ich weiß schon, ich bin ich. Aber ich meine, was könnte jemand in meiner Lage tun, damit du, zum Beispiel, ihn … damit du mich ein bisschen lieber magst?«

»Hat Dad gesagt, du sollst mich das fragen?«

»Nein.« Er sah mich so misstrauisch an, als hielte er es für möglich, dass ich ein Tonbandgerät in meiner Schultasche versteckt hatte.

»Weil es nämlich nicht stimmt, dass ich dich nicht mag, Zach. Du tust mir leid.«

»Warum?« Es war, als ließe ich jemand anders den Schorf von meinen Wunden pulen.

»Weil du glaubst, Mom und Dad wüssten alles.«

»Stimmt ja gar nicht.«

»Warum sagst du dann Ja zu allem, was sie von dir verlangen?«

»Weil es einfacher ist.« Dass ich sie glücklich sehen wollte, mochte ich nicht sagen. Es hätte zu blöd geklungen.

»Du musst anfangen selbst zu denken. Du bist fast fünfzehn. Werd erwachsen. Im Grunde ist dein Problem …« – Willy dachte einen Moment nach – »dass es dir prinzipiell an Charakter fehlt.«

»Wie komme ich zu dem?«

»Zu Charakter kommt man nicht, man erwirbt ihn sich.«

»Wie würdest du reagieren, wenn ich sagen würde, ich bin bereit, ihn mir zu erwerben, mir zu erarbeiten?«

»Dann würde ich sagen, du sagst wieder einmal nur, was der andere hören will.«

»Hypothetisch betrachtet …« Gar nicht schlecht, wie ich meinen Vater nachäffte. »In der Theorie, nur um das einmal durchzuspielen: Was könnte ich tun, damit du Lust hättest, mich mit am Tisch sitzen zu lassen, wenn du mit deinen Freunden mittags isst? Und nicht bloß, damit mir einer von denen den Stuhl unterm Hintern wegziehen kann?«

Willy lachte und drückte den harten, schmutzigen Gummiball zusammen, den er vorne im Auto liegen hatte, um seine Handmuskulatur zu trainieren, wenn er fuhr. »Besorg mir eine Verabredung mit Constance Murdoch.«

»Wer ist das denn?«

»Ein Mädchen.«

»Das hab ich mir gedacht.« In meiner Gegenwart hatte mein Bruder sie noch nie erwähnt. »Was ist denn an ihr so besonders?«

»Alle Typen im Leichtathletik-Team sagen, sie ist das bestaussehende Mädchen in der Gegend. Ich habe vor, an ihnen allen vorbeizuziehen. Wenn sie die beste ist, warum sich dann mit weniger begnügen?« Ich hatte meinen Bruder noch nie davon reden hören, dass er mit einem Mädchen ausgehen wollte. Andererseits war dies auch das längste Gespräch, das wir seit Jahren geführt hatten.

»Warum forderst du sie nicht selbst auf?«

»Sie geht auf ein Internat.« Mein Bruder knetete weiter den Gummiball.

»Du, wie soll ich dich denn einem Mädchen vorstellen, das nicht mal hier zur Schule geht? Vielleicht könntest du ja auch was von mir verlangen, bei dem ich wenigstens eine Chance habe.«

»Fünf unter dreißig.«

»Was?«

»Lauf fünf Meilen in unter einer halben Stunde.«

***

Zu seinem Erstaunen sah mich mein Bruder an diesem Nachmittag hinten in der Schlange von vielleicht zwanzig Jungen aus dem ersten und zweiten Highschool-Jahr stehen, die sich für das Junioren-Langlaufteam einschrieben. Er war noch erstaunter, als ich meine Laufschuhe anzog, in seine Fußstapfen trat und tatsächlich zu laufen begann. Wir fingen mit einem Jogging von drei Meilen an. Ich ging die zweite Meile, und die dritte hinkte ich.

An diesem Abend begehrte jeder Muskel meines Körpers brüllend auf. Ich hatte das Gefühl, in Einzelteile zerlegt und falsch wieder zusammengesetzt worden zu sein. Meine Mutter half mir, meine Beine mit Tigerbalsam einzureiben, und nach Menthol stinkend ging ich ins Bett und las noch einmal nach, was das *Manual of Mental Disorders* über Sadomasochismus zu sagen hatte.

Zu meiner Verblüffung hörten nach zwei Wochen Langlauf-Training meine Lungen zu brennen auf, meine Beine fühlten sich nicht mehr an, als würden sie gehäutet, und endlich konnte ich die drei Meilen, die unser Trainer Wyler einen »kleinen Bummel« nannte, hinter mich bringen, ohne von meinem Mittagessen Abschied zu nehmen. Meine Vater setzte so viel Hoffnung in eine Langstrecken-Annäherung zwischen seinen Söhnen, dass er mir die gleichen teuren Känguruleder-Rennschuhe kaufte, in denen Willy seine Siege erzielte. Ich hatte darin das Gefühl, schneller zu laufen, auch wenn ich immer noch als Letzter ankam.

Geist, Körper oder Herz? Ich weiß noch immer nicht, welcher Teil von mir zum Langlauf am wenigsten geeignet war/ist. Es mangelte mir an Willys Selbstbeherrschung. Wenn die Sonne schien, der Himmel blau war und ich die leiseste Brise im Rücken spürte, konnte ich dem Drang nicht widerstehen, schneller loszulaufen, als klug war. Und bei kaltem Nieselwetter zockelte ich von Anfang an hinterher, als wartete ich zur Inspiration auf einen Wetterumschwung.

Wenn ich mich, was selten genug geschah, tatsächlich einmal an die Spitze setzte und die Chance hatte, jemanden zu schlagen, dann fühlte ich mich auf einmal so ungewöhnlich gut, dass meine Gedanken abschweiften. Ich brauchte nur einen Teich zu sehen, von einer glitzernden Eishaut bedeckt, und schon fragte ich mich, wie viele Schnappschildkröten auf seinem Grund im Schlamm schlafen mochten. Der Kondensstreifen eines zehntausend Meter über mir vorbeifliegenden Düsenflugzeugs ließ mich über mich selbst fantasieren, nicht über den Jungen, der ich war, sondern über den Erste-Klasse-Passagier, zu dem ich werden würde, wenn ich erst Charakter besäße.

Wenn ich bei einem Wettbewerb einen Jungen an mir vorbeiziehen ließ, beschäftigten mich meine Überlegungen, dass als Zweiter ins Ziel zu gehen doch gar nicht so schlecht wäre, so sehr, dass ich bald noch langsamer lief und ein weiterer Junge mich überholte. Und während ich damit kämpfte, meine Ansprüche zu senken und den dritten Platz anzupeilen, zog ein Dritter an mir vorüber. Das Schlimmste war, meinen Vater Beifall klatschen zu sehen, als ich als Letzter ins Ziel ging.

Bei der letzten Begegnung des Herbstes hatte ich meinen besten Lauf und kam als Dreizehnter von sechsundzwanzig an, in der Mitte des Rudels. »Ganz in Ordnung«, sagte Trainer Wyler.

»Du wirst immer besser«, sagte meine Mutter.

Mein Vater wartete, bis ich zu Atem gekommen war, dann fragte er: »Woran denkst du eigentlich, wenn du läufst?«

»Ans Laufen.« Ich dachte nicht daran, meinem Vater die Wahrheit zu sagen, und das wusste er.

»Du bist weich. Mental und physisch.«

»Was?«

Die anderen Väter klopften ihre Söhne auf den Rücken und reichten ihnen Becher mit Kakao. »Mit dir könnte ich sofort mithalten. In Straßenschuhen. Und ich bin fünfzig.« Er war einundfünfzig.

»Nein, könntest du nicht.« Willy mochte zwar keinen von uns beiden, aber wenn er sich entscheiden musste …

Als ich auf den Parkplatz hinauskam, um meine Büchertasche hinten in den Volvo meiner Eltern zu werfen, hörte ich sie miteinander reden. Meine Mutter war sauer auf meinen Vater. »Das hättest du zu Zach nicht sagen sollen.«

»Ich hab das doch nur gesagt, damit Willy ihm die Stange halten konnte. Ich wollte den Jungen Anlass geben, sich miteinander zu verbünden.«

***

Meine scheinbare Gleichgültigkeit entwertete auf sonderbare Weise den Preis, den Titel oder Pokal, den Willy bei jedem Rennen unweigerlich gewann. Mein Bruder war nun auf Bundesstaatsebene der Meister in seiner Klasse. Die Zeitungen brachten Fotos von ihm, wie er mit erhobenen Armen und vorausschnellendem Körper das Band an der Ziellinie zerriss, den Blick bereits auf das nächste Rennen gerichtet.

Im Frühling 1969 war ich keine vier Minuten mehr davon entfernt, die fünf Meilen in unter dreißig Minuten zu laufen. Meine Eltern wussten mittlerweile von Willys Herausforderung, und in der Familie war es zum stehenden Witz geworden, darüber zu spekulieren, was wohl zwischen uns vorgehen würde, falls ich je die Grenze erreichte, die er mir gesetzt hatte.

Mein Vater schlug vor, wir sollten gemeinsam mit zwei Mädchen ausgehen. Da man mich noch in der Pubertät auf eine reine Jungenschule geschickt hatte, waren meine Erfahrungen mit gleichaltrigen Mädchen gleich null. Da ich noch nie mit einem Mädchen ausgegangen war, kam mir die Vorstellung, unter den Blicken meines Bruders jungfräuliches Terrain zu betreten, wie ein Albtraum vor.

Willy war ebenfalls kein Frauenheld. Er kam zwar gut bei den Mädchen an, aber er war vom Laufen so absorbiert, dass er sich nur verabredete, wenn sein Status als Star sein Erscheinen bei einem von St. Luke veranstalteten Ball erforderte und er eine Begleiterin brauchte, um seine Teamkameraden zu beeindrucken. Zu diesen seltenen Anlässen tat er sich, was die Mädchen anging, mit seinem besten Freund Emory Nicholas zusammen, einem Zwei-Zentner-Kerl mit seltsam hoher Stimme, der Hammerwerfer, Speerwerfer und Kugelstoßer war. Ich fand es interessant, dass sie beide den gleichen Typ bevorzugten – blond, vollbusig, allzu bemüht, »sichere Kisten«, wie Emory in seinem fast kastratenhaft hohen Tenor zu sagen pflegte.

Emory hatte Willy auch von Constance Murdock erzählt. Aus unseren wenig eingehenden Gesprächen über diese legendäre Schönheit, der vorgestellt zu werden Willy anfänglich als Gegenleistung für seine Freundschaft vorgeschlagen hatte, schloss ich, dass Constance kein unkompliziertes Geschöpf war. Als ich zudem erfuhr, dass sie die New-England-Juniorenmeisterin über eine Meile war, stellte ich sie mir als weibliches Ebenbild von Willy vor. Willy, der Liebe zu sich selbst hingegeben – das konnte ich mir gut vorstellen.

Sie waren sich im Winter bei einem Leichtathletikwettbewerb in der Nähe von Boston begegnet, an dem Willy mit Emory und Trainer Wyler teilgenommen hatte. Ich war nicht dort gewesen. Sie sei hübsch, sagte meine Mutter. Mein Vater bezeichnete sie als »ungewöhnlich«. Worüber Willy sauer war. Mehr als einmal versuchte ich, Willy zu irgendeiner Äußerung über Constance zu bewegen, doch wenn nur ihr Name fiel, grinste er und sagte »Nein«.

Zu einer Doppelverabredung hatte Willy wenig Lust, aber ich merkte, dass er sich darauf freute, mich zum Freund zu haben, wo nun allen klar war, dass er die Bedingungen für unser Verhältnis vorgegeben hatte.

Als ich in der letzten Märzwoche eines Morgens gerade meine Liste mit dem Inhalt meiner Schultasche verglich, nahm mich mein Vater beiseite und sagte: »Es wird Zeit, dass du aufhörst herumzutrödeln.«

»Ich trödle überhaupt nicht.« Willy wartete draußen am Steuer des Skylark.

»Wir wissen doch beide, du und ich, dass du fünf Meilen in unter dreißig Minuten laufen könntest, wenn du es wirklich wolltest.« Draußen hupte Willy.

»Er tut es schon, sobald er so weit ist.« Meine Mutter achtete immer noch darauf, dass mir nicht der Kopf wegflog.

»Du schiebst es vor dir her, weil deine Empfindungen dazu ambivalent sind.«

»Wozu?«, fragten meine Mutter und ich gleichzeitig.

»Zu einem freundschaftlichen Verhältnis mit seinem Bruder.« Natürlich hatte er recht.

Ich mochte es nicht, wenn mein Vater über mich in der dritten Person sprach, als wäre ich einer seiner Patienten. Monatelang war mir das Laufen heilsam erschienen; und auf einmal, nur auf ein paar Worte meines Vaters hin, hatte mein Gehirn, das glattgestriegelt gehörte, die heilsame Tätigkeit zum Symptom verdreht.

Ich hatte eine Überdosis Familie zu mir genommen; ein empfindliches Gleichgewicht in mir verschob sich – von dem Bedürfnis, Ja zu sagen, zu demjenigen, Nein zu sagen, konterkariert von dem Bedürfnis, mich nicht mehr verrückt zu fühlen. Noch vertrackter wurden meine Empfindungen, als ich an diesem Tag nach dem Mittagessen meinem Bruder auf dem Korridor begegnete und er nicht nur mit mir redete, sondern stehen blieb und fragte: »Stimmt mit dir was nicht?«

»Ich bin nervös.«

»Weswegen denn?«

»Ich will's versuchen. Heute. Fünf Meilen, dreißig Minuten.« Ich bemühte mich, mehr wie Clint Eastwood als wie John Wayne zu klingen.

»Verstehe.« Er verstand zwar nichts, informierte aber Trainer Wyler von dem persönlichen Rekordversuch, den ich mir vorgenommen hatte. Um Punkt drei Uhr nahm mein Bruder seinen Präzisionszeitmesser ab und schnallte ihn mir ums Handgelenk. Das gesamte Leichtathletikteam, alle Altersklassen, war hinter der Umkleide versammelt. Alle wussten sie nun von dem Pakt.

Trainer Wyler zeichnete die Strecke, die ich laufen würde, mit dem Stiel des Eislutschers, den er gerade verputzt hatte, in den Sand. »Meine Herren, da Sie nicht ausdrücklich Steigungen vereinbart haben, schlage ich vor: hoch durch das Schongebiet, zweimal um den Ort, dann runter durch die Zielpfosten.«

Ich schüttelte den Kopf. »Zu viele Ablenkungen. Ich will auf der Straße laufen.« Ich war es leid, in Träumereien von Schnappschildkröten und von Bond-Miezen abzudriften, denen ich helfen sollte, die Welt zu retten. Mein Bruder nickte. »Fünf Meilen sind fünf Meilen.« Trainer Wyler legte eine neue Strecke fest. »Nichts dagegen einzuwenden. Zach läuft hinten aus dem Schulgelände, biegt nach rechts auf die 512 ein, dann nach links auf die Mill Road, weiter über Long Lane, zurück durch den Ort und zum Haupttor wieder herein.« Ich zog den Trainingsanzug aus. Trainer Wyler stieg auf sein Rad. Mein Bruder schüttelte den Kopf.

»Sie brauchen nicht mitzufahren.«

»Ich will ja nicht den Charakter von deinem kleinen Bruder in Zweifel ziehen, aber woher wissen wir auch sicher, dass er fünf volle Meilen gelaufen ist?« Alle lachten, außer mir und Willy.

»Ich vertraue ihm.« Plötzlich, mit diesem Moment, waren wir wirklich Freunde.

Ich lief, wie ich noch nie gelaufen war. Ich dachte nicht mehr an meinen Vater, an meine Mutter und an meines Bruders warmen Händedruck und hörte nur auf den Schlag meines Herzens. Seinem Rhythmus passte ich meine Schritte an und hielt die Augen gesenkt, um mich nicht in den Kondensstreifen von Jets oder den Träumen schlafender Schildkröten zu verlieren. Dass ich gut durchkäme, wusste ich schon, bevor mir Willys Chronometer sagte, dass ich die erste Meile in fünf Minuten und zweiundzwanzig Sekunden hinter mich gebracht hatte. Mit gelöster Atmung, entspannten Muskeln und auf nichts bedacht, als mich emotional so unbeteiligt wie nur menschenmöglich voranzubewegen, legte ich die zweite Meile in fünf siebzehn zurück.

Als ich auf den holprigen Schotter der Mill Road abbog und an dem roten Silo vorüberlief, das den halb errungenen Sieg markierte, besaß ich Charakter. Ich war nicht bloß ein Fünfzehnjähriger, sondern mein eigener Herr. Ich hatte alle meine Zweifel, meine Ambivalenz weit hinter mir gelassen, selbst meiner Familie war ich davongelaufen.

Den Wind im Rücken, rannte ich die Long Lane entlang; alles war möglich. Die Straße wurde schmaler, vom morgendlichen Regen gefüllte Schlaglöcher spiegelten meine behände, flinke Anmut wieder. Gepflügte, noch nicht neu bestellte Äcker und Hecken, aus denen

Forsythienblüten leuchteten, verliehen der Luft, die ich atmete, eine herbe Süße. Als ein Pickup, hoch mit Heuballen beladen, an mir vorbeibretterte, laut trötete und mich mit Pfützenwasser bespritzte, kam ich weder aus dem Tritt noch verlor ich die Konzentration; ich war schon mehr als nur ein guter Läufer.

Alles war in Ordnung, bis ich den Blick von dem verschwommenen Boden unter meinen Füßen hob, um mir das schlammige Wasser vom Gesicht zu wischen ... denn da sah ich sie.

Sie stand auf einer anderthalb Meter hohen Mauer, auf der »Zutritt verboten«-Schilder prangten. Aus der Distanz von einer Viertelmeile wirkte ihre Gestalt fast so reglos wie eine Statue. Neugierig geworden, lief ich schneller, um mir die Erscheinung genauer anzusehen. Ihr Haar war lang und karamellfarben. Obwohl es warm war für Ende März, war sie nicht für einen Frühlingstag, sondern für den bevorstehenden Sommer gekleidet. Ihr Flanellhemd hatte sie ausgezogen. Zunächst dachte ich, sie stünde da oben nur im BH. Jetzt aber war ich nah genug und sah, dass der BH das Oberteils eines Badeanzugs war – eines Bikinis wohl, denn es war knapper als die BHs, die meine Schwestern oder meine Mutter trugen. Ihre Jeans saßen so tief auf ihren Hüften, dass sie nichts darunter anhaben konnte, das bildete ich mir nicht nur ein. Es waren Bell-bottom-Jeans, unten ausgefranst, mit einer Makramé-Schärpe in den Gürtelschlaufen. Meine Kenntnisse über Hippies beschränkten sich im Frühjahr 1969 auf das, was ich in *Rolling Stone* gesehen und in einer *Time*-Ausgabe mit dem Motto »Tune in, Turn on, Drop out« auf dem Titelblatt gelesen hatte; aber dieses Mädchen war ein Hippie, das sagte mir der Instinkt. Sie war barfuß, ihre Füße und Hände waren schmutzig, ihre Augen geschlossen und ihre Arme ausgebreitet. Archaisch reglos stand sie da, wie eine Eidechse, die sich in der Sonne wärmt.

Mit einer Erektion zu rennen, ist schwierig, und dennoch eilten wir voran. Jetzt war ich fast auf ihrer Höhe. Sie musste mein Schnaufen gehört haben, aber sie zeigte es nicht. Sie war jung, aber nicht so jung wie ich. Sechzehn, siebzehn – mir kam sie sehr erwachsen vor.

Im Vorbeilaufen sah ich den hellen Flaum ihrer unrasierten Achselhöhlen. Einen Herzschlag lang war ich so nah, dass ich mir ausmalen konnte, wie es wäre, die Sommersprossen zu zählen, mit denen die Kuhle ihres Bauchs gleich unter der rechten Hüfte gesprenkelt war. Bevor ich noch das Gewicht dieser Fantasie ermessen konnte, hatten meine Beine mich schon vorbeigetragen. Nun gab es nichts mehr als die leere Straße und das Ziel vor mir.

Natürlich musste ich mich umblicken. Ich rannte weiter, doch statt darauf zu achten, wo ich den nächsten Fuß hinsetzte, betrachtete ich noch einmal, was hinter mir lag. Sie schaute nun zu mir hin, dann winkte sie. Wäre es ein freundlich vages Winken gewesen, ein Hallo-bis-bald-mal-wieder-Winken, hätte ich ihm leichter widerstehen können. Es war jedoch ein träges Wackeln mit tief gehaltener Hand, das so viel hieß wie: Kannst du vergessen.

Dennoch, ich rannte weiter. Erst als ich sie lachen hörte, stolperte ich. Zunächst hatte sie gelacht, weil ich an einem schönen Tag meine Energie darauf verschwendete, durch die Gegend zu rennen wie ein Blöder. Nachdem ich hingefallen war, lachte sie, weil ich mit dem Gesicht nach unten in einer Schlammpfütze lag, Als ich mich aufgerappelt hatte und mich umwandte, um »Was ist denn daran so komisch?« zu fragen, war sie nicht mehr da.

Der Chronometer meines Bruders lastete schwer an meinem Handgelenk. Ich checkte die Zeit: Ich hatte weniger als drei Minuten verloren. Ich hatte noch eine Chance, meinen Charakter unter Beweis zu stellen. Was ich tat, indem ich zu dem Mauerstück zurücklief, wo ich das Mädchen hatte stehen sehen. Wenn ich nicht geträumt hatte. Sie war spurlos verschwunden. Ich war enttäuscht und zugleich erleichtert. Zumindest wusste ich nun ein für alle Mal, dass ich eine Schraube locker hatte.

Ich wollte weiterrennen, da hörte ich ihre Stimme hinter einem grasbewachsenen Wall jenseits der Mauer emporhallen. Sie sang *Sunshine of Your Love.*

Erst kam ihr Kopf, dann ihr Körper hinter dem Wall empor. Im

Rhythmus von Cream überquerte sie eine Rasenfläche, so flach und grün und risikoreich wie der Filz eines Pokertischs, und im Gegensatz zu mir blickte sie sich nicht noch einmal um. Ich schaute ihr noch nach, als sie bereits zwischen den Zierbüschen in der Ferne verschwunden war.

Meine dreißig Minuten waren darüber verstrichen. Das Rennen war nicht gelaufen, sondern verloren. Geistig, körperlich und seelisch zu schwach, um Kurs zu halten, machte ich kehrt und ging zurück zur Schule. Als ich zu der Umkleide kam, wartete dort nur noch mein Bruder.

»Was war denn los?«, rief er mir entgegen.

Ich tat so, als hinkte ich. »Hab mir den Knöchel verstaucht.« Ich dachte nicht daran, Willy zu erzählen, was wirklich geschehen war; zum Teil aus Verlegenheit, vor allem aber, weil ich das Mädchen für mich behalten wollte.

»Das nächste Mal machst du's besser.«

»Hoffentlich.«

***

Aufgrund des Knöchels, den ich mir nicht verstaucht hatte, war ich vom Lauftraining befreit. Sobald mein Bruder und die übrige Mannschaft am nächsten Tag hinter Trainer Wyler auf seinem Fahrrad her losgelaufen waren, schlich ich mich vom Schulgelände und lief über die 512 zu dem Straßenabschnitt, wo mir der Sonnenschein meiner Liebe erstmals erschienen war.

Sie war nicht da. Mit den Händen fuhr ich über die Steine, auf denen sie gestanden hatte, barfuß und lebensverändernd, und durchlebte alles von neuem. Als es zu regnen begann, wartete ich noch immer darauf, dass sie erschien. Sie tat es nicht, aber ich war froh, dorthin gepilgert zu sein. Denn hätte ich es nicht getan, wäre ich der festen Überzeugung gewesen, sie warte auf mich und ich hätte eine weitere Charakterpflicht vermasselt.

Am nächsten Tag behielt ich meine Schutzbehauptung bei. Mit Mühe erinnerte ich mich, welcher meiner Knöchel angeblich verstaucht war, und hinkte von einem Schulzimmer zum nächsten. Um drei winkte ich wieder meinem Bruder und den Teamkamaraden nach und verdrückte mich gleich darauf. Um meine Schulkleidung nicht durchzuschwitzen und mich zu verraten, zog ich im Wald Laufshorts an, dann lief ich mein eigenes Rennen zu der Mauer.

Diesmal hatte ich Glück – glaubte ich zumindest. Nachdem ich fünfzehn, zwanzig Minuten über die Mauer gespäht hatte, so angestrengt und nervös wie der achtzehnjährige Scharfschütze der Special Forces, den Dan Rather am Abend zuvor in den Fernsehnachrichten aus Vietnam interviewt hatte, erblickte ich *sie.* »Bill«, hörte ich sie rufen, was mich eifersüchtig machte, bis mir klar wurde, dass Bill ein Hund war, dem Aussehen nach ein Labrador. Sie hatte ihr Bikinioberteil nicht an, aber es war trotzdem schön, sie zu sehen. Ich weiß noch genau, wie ich Bill beneidetete, als sie sich hinunterbeugte und ihn am Bauch kraulte.

Was konnte oder sollte ich zu ihr sagen? In meiner Ratlosigkeit duckte ich mich hinter die Mauer. Sie wusste jedoch, dass ich da war, und bestrafte mich mit einem Song. »In-A-Gadda-Da-Vida, Baby, Don't you know that I'm loving you?« Auch wenn sie Iron Butterfly sang, war sie noch immer der Sonnenschein meiner Liebe.

Unterwürfig wie ein beiseite geschobenes Tier kroch ich auf Händen und Füßen an der Mauer entlang. Ich konnte ihr nicht entgegentreten. Inzwischen wusste ich, dass ich verliebt war – nicht in sie, sondern in die Möglichkeit einer Welt jenseits des Gespinstes der Familie, eines Reichs der Sinne, wo ich mich von den Strapazen des Menschseins befreit und weniger allein fühlen würde.

Nach drei durchhinkten Tagen schwoll mein Knöchel tatsächlich an. Das *Manual of Mental Disorders* erklärte mir, es handle sich um ein hysterisches Symptom, was ich gar nicht lustig fand. Am Samstag fuhr meine Mutter mit mir ins Krankenhaus, um feststellen zu lassen, ob ich nicht eine Haarlinienfraktur hätte. Was mich quälte, zeichnete sich natürlich auf keinem Röntgenbild ab. Der Arzt trug mir auf, den Fuß hochzulegen. Als wir die Main Street hinunterfuhren, hatte ich den Knöchel auf dem Armaturenbrett des Volvos liegen. Wir bogen gerade auf den Parkplatz des Supermarkts ein, da sah ich sie aus dem Drugstore kommen, die neue Nummer von *Rolling Stone* in der Hand.

Barfuß ging sie über das Pflaster, einen Kranz aus Gänseblümchen im Haar. Unangeleint, mit einem bunten Tuch anstelle eines Halsbands, ging ihr Hund neben ihr her. Die Leute, die ihr entgegenkamen, starrten sie an, und nicht nur, weil sie keinen BH unter dem Grateful-Dead-T-Shirt trug. Selbst meine Mutter hätte den Sonnenschein meiner Liebe mit einem scheelen Blick bedacht, wäre sie nicht wegen meines Knöchels so besorgt gewesen.

Wenn die Rede auf Hippies kam, zog meine Mutter immer ein Gesicht, als hätte sie eben in ihrem Tunfischsalat ein Haar entdeckt. Was sie beunruhigte, war nicht der politische Aspekt; meine Mutter war gegen den Krieg und sehr für Frieden und Liebe. Nur war sie während der Weltwirtschaftskrise aufgewachsen und kam nicht darüber hinweg, dass irgendjemand arm aussehen wollte.

Als Mom mich fragte, was ich gern zum Abendessen hätte, sagte ich, »Ist mir gleich.« Sie glaubte, ich wäre wegen des Knöchels bedrückt, und versuchte mich mit der Aussicht auf Roastbeef aufzumuntern. Undankbar zuckte ich die Achseln und erklärte, wegen meines wehen Knöchels würde ich im Auto warten. Kaum hatte sich die automatische Tür des Supermarkts für meine Mutter geöffnet, jagte ich meiner Traumgestalt nach.

Von geparkten Autos gedeckt, flitzte ich über die Straße und beschattete sie, als sie mit ihrem Hund den gegenüberliegenden Gehweg entlangging. Ich hatte mich entschieden, diesmal würde ich sie nicht nur sehen, sondern den Mund aufmachen. Denn wenn ich es wieder verpatzte, wenn ich wieder kniff, dann, so glaubte ich in meiner hysterischen Bedürftigkeit, würde ich mein Leben lang im Versagerkeller stecken bleiben.

Sie bog in eine Seitenstraße ein. Dort war niemand auf den Gehwegen, ein Vorteil für mich, denn vor einem Publikum von mehr als einer Person war ich nie in Hochform. Ich sprintete los, um sie einzuholen. Auf leisen Turnschuhsohlen war ich schon nah genug, um eine Strähne ihres warm ingwerfarbenen Haars zu berühren, da sah der Hund ein Eichhörnchen und sauste hinterher. Ich mochte mich von diesem Rivalen nicht stören lassen und wartete, bis sie ihn an der kurzen Leine hatte, die sie hinten in ihren Jeans bei sich trug. Sie band ihn an einen Fahrradständer. Nun hatte ich endlich den Mut gefasst, etwas zu sagen, da huschte sie in die Eisenwarenhandlung. Verborgen hinter den Kettensägen, die als Sonderangebot im Schaufenster hingen, schaute ich in den Laden und sah sie Hundespielzeug kaufen. Fünf Minuten verstrichen, zehn, und als sie im Hinterraum des Geschäfts verschwand, beschloss ich, hineinzugehen und mit der Wahrheit herauszuplatzen: »Ich muss mit dir reden.«

Ich schwöre, ich war drauf und dran zuzuschlagen, als mich auf einmal Patschuliduft umgab und ich an den Armen Gänsehaut bekam. Und noch bevor ihr Haar meine Haut streifte, wusste ich schon, dass sie hinter mir stand. Ihre blau-grauen Augen lugten aus schmalen Schlitzen hervor, als starrte sie auf etwas Kleines, Lebendiges und Lästiges. Mir war noch gar nicht aufgefallen, dass ihr an einem Schneidezahn ein Stückchen fehlte. Ich hatte die Sprache noch nicht wiedergefunden, geschweige denn den Satz, den ich sagen wollte, als sie mich anfunkelte und direkt fragte: »Warum bist du so ein Spinner?«

Von der anderen Straßenseite schaute eine grauhaarige Frau herüber, als hätte ich mich entblößt. Dabei hatte ich das erst noch vor. »Wegen Casper Gedsic.« Es fiel mir sonst nichts ein. Als ich den Namen aussprach, kippte meine Stimme.

»Was soll das denn heißen?«

»So hieß der Mann, der mich umbringen wollte, als ich noch klein war.« Sehr fern war er nie gewesen; jetzt aber war er wieder da, näher denn je.

In einem Ansturm von Aufrichtigkeit und Adrenalin offenbarte ich mein Geheimnis. Irgendwann während ich erzählte, wann genau weiß ich nicht mehr, veränderte sich die Distanz zwischen uns, und bevor ich am Ende der Geschichte angekommen war, saßen wir Schulter an Schulter auf dem Bordstein, die Füße in der Gosse. Ich vergaß meine Angst vor dem Mysterium, das sie als Mädchen umgab, und entsann mich wieder, wie sehr ich mich vor Casper fürchtete. Ich sprang in der Zeit hin und her – von meinem Ertrinken, das sich in Schwimmunterricht verwandelt hatte, zurück zur Ermordung von Dr. Winton und zu Jacks Tod, dem Unfall, der keiner gewesen war, und wieder vor zu den Jugo-Leibwächtern, die uns in unser Versteck in Greenwich Village begleitet hatten, zu der kameraüberwachten Zelle in Somerset und zu den Medikamenten, die ihm verabreicht wurden, während sie und ich miteinander sprachen.

Reglos und schweigsam hörte sie mir zu und unterbrach mich nur zu Ausrufen des Bedauerns. »Das ist vielleicht krass … Mann, ist ja irre … was für ein Hirnficker.« Der letzte Ausdruck gefiel mir am besten.

Als ich mit Erzählen fertig war, hatte ich das Gefühl, Casper säße direkt neben uns. Sie holte tief Luft, dann atmete sie pfeifend aus und blies damit all das, was ich bei ihr abgeladen hatte, davon. Einen Moment lang sah sie mich forschend an, dann schlang sie ganz unverhofft die Arme um mich, so fest, dass ihre Brüste an meinem dürren Brustkorb flach gedrückt wurden. »Du Armer.«

»Ich weniger.«

»Wie meinst du das?«

»Der arme Kerl ist ja Casper.« Er tat mir auf einmal leid, allein wie er war, während ich mich ihr so unglaublich nahe fühlte.

Dann stand sie auf. »Ich muss los. Mein Mutter bringt mich um, wenn ich zu spät komme.«

»Meine wartet auch.«

»Wollen wir uns mal wieder sehen?«

»Klar.«

»Komm doch an die Mauer. Morgen früh um halb zwei.«

»Das ist ja nicht gerade morgens.«

»Für mich schon.« Sie und der Hund liefen nun die Straße hinunter.

»Hey, wie heißt du denn?«, rief ich ihr nach.

»Sunshine.« Das war zu gut, um wahr zu sein.

»Und ich heiße Zach.«

Sie hielt an und blickte zu mir zurück. »Bis morgen, Z.«

Ein Mädchen, ein Spitzname – egal was mir als Nächstes in den Schoß fallen sollte, ich wollte es haben.

***

Am nächsten Tag sagte ich meinen Eltern, ich ginge angeln, und fuhr mit dem Fahrrad zur Mauer. Unseren Hang hinunter, am Bach entlang, der mich nicht mehr verlockte, durch den Ort – etwas pulsierte in mir, das mir zum ersten Mal im Leben das Gefühl gab, es gäbe niemanden auf der Welt, der ich lieber sein wollte als ich selbst.

Dieses Gefühl ließ ein wenig nach, als ich zu der Mauer kam und Sunshine nicht da war. Dann fing es an zu regnen. Hatte ich irgendetwas an unserem Gespräch nicht richtig verstanden? Hatte ich mir die Zeit falsch gemerkt? War ihr wieder eingefallen, dass ich der kleine Spinner war, der sich hinter Mauern versteckte und ihr durch die Stadt nachlief? War sie zu dem Schluss gekommen, dass ich eines Rendezvous unwürdig war, und des Spitznamens »Z« erst recht?

Es goss jetzt. Vorbeifahrende Autos und Pickups mit Pferdetransportanhängern hupten und bespritzten mich. Der geheime Puls in mir schlug noch, nur kam es mir jetzt blöde vor, daran festzuhalten, nicht fähig zu sein aufzugeben und nach Hause zu fahren. An die Mauer gekauert, bis zu den Knien im Unkraut, den Kopf an das Zutritt-verboten-Schild gelehnt, war ich so in Selbstmitleid versunken, dass ich den Mustang Kabrio nicht sah, der mit blockierter Bremse den schlammigen Weg entlang auf mich zu schlidderte, bis er eine

Armlänge von meinem Kopf entfernt unter metallischem Knirschen zum Stehen kam. Der rechte Vorderreifen hatte mein Fahrrad, das neben mir lag, plattgefahren.

Das Fenster auf der Beifahrerseite des Mustangs senkte sich mit elektrischem Sirren. »Tut mir leid.«

»Ist schon in Ordnung.« Es war mehr als nur in Ordnung, sie war ja da.

Sie setzte ein Stück zurück, dann drückte sie auf einen Knopf, der das Verdeck öffnete. Es regnete in Strömen. »Wozu machst du das Verdeck auf?« Der Mustang war nagelneu.

»Ich hab den Kofferraumschlüssel verloren. Du kannst dein Rad auf den Rücksitz legen.«

»Und der Regen?« Ich hievte mein Fahrrad hinein. »Das sind doch Ledersitze.«

»Scheiß drauf, ist ja bloß das Auto meiner Mutter.« Sie sagte das lachend, sodass ich auch lachen musste. Ich kannte zwar nicht viele Mädchen, aber das hier war eines nach meinem Geschmack, das wusste ich.

Der Regen prasselte herunter, die Zigarette in ihrem Mund war durchweicht, der Mustang ihrer Mutter füllte sich mit Wasser, und zu Led Zeppelins dröhnendem *Been dazed and confused for so long it's not true, wanted a woman, never bargained for you* aus der Stereoanlage schlängelten wir uns durch das Tor zu ihrer Welt.

»Meine Eltern sind zu Hause.« Zwei weitere Wagen waren vor einem Haus geparkt, das so weiß und makellos aussah, als sollte es für Sherwin-Williams-Farben werben. Sie fuhr um das Haus zum Poolgebäude und ließ die Bremsen kreischen. »Sehr lange kannst du nicht bleiben.«

»Soll ich mich dann gleich verziehen?«

»Nein, ich schick dich doch nicht in die Wüste. Es kommt bloß heute Nachmittag noch so ein Typ vorbei.«

Ich schloss das Verdeck. Der Mustang sollte sich nicht so vernachlässigt fühlen wie ich. »Ist er dein Freund?«

»Das wäre er gern.«

»Vielleicht geh ich besser wieder.«

»Magst du vorher was rauchen?«

»Klar.« Ich hatte Shit noch nie gesehen, geschweige denn geraucht. Wir waren nun im Poolhaus; die Vorhänge waren zugezogen, es roch nach Schimmel. Als sie das Licht anschaltete, wirkte der Raum sogar noch dunkler, denn es gab nur Schwarzlichtbirnen; an den Wänden hingen Poster in Leuchtfarben, und in einer Lavalampe blubberten sinnliche Blasen auf. Sunshine holte einen kniehohen Bong aus Plexiglas hervor.

Mein Vater, der Psychopharmakologe, hatte mich vor Marijuana gewarnt, vor Kokain, Heroin, Amphetaminen und den Hirnschäden, die sie unweigerlich nach sich zogen. Er hatte mich vor so vielen Dingen gewarnt, die das Gehirn angreifen: Moskitos übertragen Enzephalitiserreger, Syphilis führt zu Demenz, Schlangengifte befehlen dem Gehirn, keinen Sauerstoff mehr aufzunehmen ... Wenn man darauf konditioniert wird, alles zu fürchten, fürchtet man sich schließlich vor nichts mehr.

Als der erste Zug Cannabis in meine Lunge gelangte, keuchte, spie und würgte ich. »Hast du nicht gesagt, du hast das schon öfter gemacht?«

»Das war gelogen.« Sie fand das irrsinnig komisch. »Also, wer ist dein Freund?«

»Irgend so ein Sportler. Und er ist nicht mein Freund, Z.«

»Warum nennst du mich eigentlich so?«

»Klingt cooler.«

»Warum nicht el Magnifico?« Beide fanden wir das zum Schreien.

»*So* cool bist du auch wieder nicht.« Der Shit war gut.

»Und du – wie bist du zu dem Namen Sunshine gekommen?« Wir zogen abwechselnd an der Wasserpfeife. »Dieser Dealer, mit dem ich auf dem Harvard Square zu tun hatte, hat mich so genannt, weil ich auf Acid stehe.« Ihre Augen funkelten auf wie Wunderkerzen.

»War der dein Freund?«

»Irgendwie schon. Bis er geschnappt wurde und der Polizei meinen richtigen Namen gesteckt hat. Deswegen bin ich vom Internat geflogen.« Sie sagte das voller Stolz. Dann stand sie auf, kehrte mir den Rücken zu, zog ihr nasses T-Shirt aus und griff nach einem Pullover. »OK, du kannst wieder hergucken.« Mein Mund fühlte sich an, als hätte mir jemand den Speichel geklaut. »Erzähl mir was von deinem Freund.« Sie ließ sich wieder neben mich auf die Couch fallen.

»Von welchem Freund?« Der Shit gab mir das Gefühl, durch eine Nebelbank zu schweben.

»Casper.« Als Freund hatte ich ihn eigentlich nicht betrachtet, bevor ich Sunshine begegnet war.

»Was willst du über ihn wissen?«

»Hast du zum Beispiel gemerkt, dass er verrückt war?« Sie zündete ein neues Räucherstäbchen an. Eine Moody-Blues-Platte lief.

»Nein ... na ja, ein bisschen seltsam kam er mir schon vor. Er schaute immer auf sein Handgelenk, dabei hatte er gar keine Uhr an.« Daran hatte ich lange nicht mehr gedacht.

»Hat er dir gesagt, warum er deinen Vater umbringen wollte?«

»Nein.«

»Hast du dich mal gefragt, ob dein Dad ihm Acid gegeben hat? So was haben Ärzte mal getan.« Timothy Leary war in jenem Frühjahr ständig in den Nachrichten.

»Mit solchen Drogen arbeitet mein Vater nicht.« Aber nun fragte ich mich doch. Dass mein Vater irgendetwas getan haben könnte, wodurch Casper verrückt geworden war – die Idee war mir noch nie gekommen. Und wenn nun mein Vater alles ausgelöst hatte? Wenn er schuld daran war? Fragen schossen durch die THC-Wolke in meinem Kopf wie Scheinwerfer, die im Nebel nach einem havarierten Schiff suchen.

Ich war jedoch zu high, um zu erfassen, was da flüchtig vor mir aufgeleuchtet war, und als sie meine Hände in die ihren nahm und meine Handfläche betrachtete, hatte ich meinen Vater und die Vergangenheit vergessen.

»Du hast eine coole Lebenslinie.«

»Wieso?«

»Ganz schön kurz ist die.« Als sie mit dem Prophezeien der Zukunft fertig war, ließ sie meine Hand nicht los. »Ich hatte mal einen schlechten Trip, bei dem ich mir plötzlich sicher war, ich hätte meine Eltern umgebracht, es aber vergessen. Und als ich mich dann daran erinnnerte, war's bloß so ein ›Ach, richtig, ich hab ja meine Eltern umgebracht‹ – du weißt schon, als ob ich meine Tasche bei dir im Auto liegen gelassen hätte.«

»Ich hab kein Auto.« Wie gesagt, ich war high.

»Das ist doch nicht der Punkt. Was mich an dem schlechten Trip so wahnsinnig erschreckt hat, war, dass ich sie umgebracht und es vergessen und sie in der Küche liegen gelassen hatte wie Essensreste – das ist der Punkt.« Sie hatte zu erzählen angefangen, als käme eine komische Geschichte. Und jetzt weinte sie.

»Jeder hat mal verrückte Gedanken.« Ich überlegte mir beispielsweise gerade, wie es wäre, nackt mit ihr unter der Dusche zu stehen.

»Ich hab jetzt einen, glaub ich.«

»So was wie eine Acid-Rückblende?«

»Nein, bloß einen verrückten Gedanken.«

»Welchen denn?«

»Dass du Mädchen nur von Casper erzählst, um an sie ranzukommen.« Mit Tränen auf den Wangen lächelte sie. Dann drückte sie mich auf der Couch nach hinten und fing an, mich am Bauch zu kitzeln.

»Du bist das erste Mädchen, dem ich je davon erzählt hab.« Das hörte sie gern. Sie nagelte mir die Arme hinter dem Kopf fest und küsste mich auf den Mund. Ihre Zunge leckte unsichtbare Wunden.

Als sie meine Hände nahm und sie unter ihren Pullover führte, wusste ich, dass Casper es mir ermöglichte, ihren Nippel mit der Fingerkuppe zu berühren, die mir eine Kirschbombe weggerissen hatte. Caspers Anziehungskraft zog Sunshine zu mir hin.

Als wir uns gegenseitig auszogen, sah ich ihn auf dem kleinen

Bildschirm ganz hinten in meinem Kopf. »Keine Sorge«, hörte ich ihn sagen, »ich bleibe in der Gegend.«

Ich hatte nur noch die Unterhose an – sie trug keine –, als wir jemanden an die Tür klopfen hörten. »Constance, bist du da drinnen?«

Ich war so high, dass ich die Stimme nicht erkannte, bis die Tür aufging und ich meinen Bruder dastehen sah.

***

In dieser Nacht fuhren mein Bruder und Emory nach New York und besoffen sich auf der Heimfahrt so, dass der Skylark auf Route 22 über die Leitplanke sprang. Emory zog sich eine Gehirnerschütterung zu, mein Bruder ein an zwei Stellen gebrochenes Bein – einen Trümmerbruch. Die Polizisten meinten, sie hätten Glück, dass sie mit dem Leben davongekommen seien. Als mein Vater meinen Bruder fragte, warum er das getan habe, hatte mein Bruder dazu nur zu sagen: »Ich wollte mal sehen, was mir entgeht.«

Über Constance sagte mein Bruder nie ein Wort zu mir. Mein Vater glaubte, ich sei aus der Leichtathletikmannschaft ausgestiegen, weil Willy in diesem Jahr nicht laufen konnte. Meine Mutter fand, es sei zu unserem Besten. »Zach spielt lieber im Team« – so drückte sie sich aus.

Sobald sich an St. Luke herumsprach, dass ich mit Constance, auch als Sunshine bekannt, ging, stieg mein Ansehen. Noch aufregender als ihr Verzicht auf Unterwäsche oder die Tatsache, dass sie einmal verhaftet worden war, fanden meine Klassenkameraden die Geschichte, mit der ich ihr Herz erobert hatte (Sunshine erzählte sogar ihrer Mutter davon). Bei handgedrehten Joints und geklautem Bier baten sie mich, ihnen von meinem Unhold zu erzählen. Dass Casper zu meinem Leben gehörte, sprach in den Augen meiner Altersgenossen mehr für meinen Charakter als alle Lauftrophäen meines Bruders zusammen. Ich wurde gut im Erzählen der Geschichte. Indem ich in Gesprächen darauf anspielte und dadurch Fragen beantwortete, die noch gar nicht gestellt worden waren, hielt ich Casper lebendig, denn er hatte mir eine Identität verliehen und mich cool werden lassen.

Meine Eltern nahmen mit Erleichterung zur Kenntnis, dass ich populär geworden war. Nun, da mir der Kopf anscheinend nicht mehr davonfliegen konnte, glaubten sie, sie könnten mich unbesorgt allein zu Hause lassen. Sie irrten sich.

***

Teddy Kennedy dröhnt sich so zu, dass er auf Martha's Vineyard von einer Brücke fährt und seine Freundin ertrinken lässt. Die Manson-Familie verleibt sich Acid ein und weidet dann in den Hügeln von Hollywood einen schwangeren Filmstar aus. Ein Mann geht auf der hellen Seite des Monds spazieren, dann verstopfen ein paar hunderttausend Kids, von Frieden, Liebe und (vor allem) den anderen beduselt, auf ihrem Weg nach Woodstock den New York Thruway. Und dann erfahren wir von jenem Leutnant, der bei einem Ort namens My Lai dreihundert Frauen und Kinder in eine Grube gescheucht und allesamt erschossen hat. Er habe auf Befehl gehandelt, sagt er. Alle in Vietnam kiffen, heißt es. Anders steht man es nicht durch. Wenn sie nicht high waren, bevor sie abdrückten, waren sie es hinterher. So wie es aussah, stand 1969 jeder unter dem Einfluss irgendeiner Substanz.

Sunshine nannte es Kontaktrausch. Wenn man bloß in die Nähe von jemandem komme, der richtig zu sei, versicherte sie mir, dann würde man mit dem abheben, womit der andere abgehoben hatte.

Ich kam nie dazu, fünf Meilen in dreißig Minuten zu laufen, und wenn es mir auch nicht gelang, mir an der Schule die Freundschaft meines Bruders zu verdienen, so wurde ich dafür mit dem Verlust meiner Jungfräulichkeit entschädigt – kein schlechter Handel. Sunshine wurde in diesem Sommer festgenommen, nachdem sie im Washington Square Park von einem verdeckten Ermittler ein Kilo

Acapulco Gold erstanden hatte. Um ihr den Gefängnisaufenthalt zu ersparen, wiesen ihre Eltern sie in eine psychiatrische Privatklinik namens Payne-Whitney ein.

Wenn Drogen nicht zu dem Problem gehörten, mit dem man sich herumschlug, stellten sie einen Teil der Antwort dar, die man darauf gab. Shit, Mescalin, Wodka: Ich zog mir zwar selten alle drei Substanzen gleichzeitig rein, aber zumindest eine davon erschien in der Gleichung, die meine Vorstellung von Wochenendvergnügen bildete. Dass ich Gehirnzellen verbrannte, wusste ich; dank meines Vaters wusste ich jedoch auch, dass ich über hundert Milliarden davon besaß. Die Zeit war auf meiner Seite, wie die Stones sangen.

Mein Dad trug zur Produktion von Drogen bei, ich konsumierte sie. Gemäß der ausgeflippten Logik meines Teenagerverstands kam meine Selbstmedikation mir geradezu wie eine Fortführung seiner Arbeit vor. So ähnlich wie das Raumschiff Enterprise war ich entschlossen, dorthin zu reisen, wo zwar vielleicht schon einmal ein Mensch vor mir gewesen war, wenigstens aber nicht mein Vater.

Im Jahr 1970 trug ich die Haare bis über die Schulter und hatte beim Hausaufgabenmachen den Kopf zwischen Hundert-Watt-Lautsprechern, aus denen die Freuden von Sex und Drogen dröhnten. Da mein Vater laut *Who's Who* eine der international führenden Autoritäten auf dem Gebiet des Lernens, des Gedächtnisses und der Drogen war, könnte man versucht sein, Dad dafür zu kritisieren, dass er mich nicht im Verdacht hatte, eine eigene Drogenstudie durchzuführen. Fairerweise jedoch ist meinen Eltern nicht wirklich vorzuwerfen, dass sie meinen Hang zur Chemie nicht bemerkten.

Als erstklassiger Einschmeichler war ich auch ein exzellenter Lügner. Ich liebte meine Eltern, war jedoch, wie alle Kinder, an jenen Punkt gelangt, von dem an ich nicht mehr an sie glaubte. Meine düsteren Mutmaßungen waren so vielfältig wie verschwommen. Hatte mein Vater Casper irgendetwas verabreicht? Hatte Casper Jack umgebracht? Und wenn mein Vater für Casper verantwortlich war und Casper wiederum für Jack, bedeutete das, dass mein Vater an Jacks

Tod mitschuldig war? Hatte meine Mutter darum lange nicht das Bett mit ihm geteilt? Warum hatte sich durch Caspers Ergreifung zwischen ihnen alles wieder eingerenkt?

Nicht dass sie es nicht verdient hätten, die Wahrheit zu erfahren; ich glaubte nur in meinem tiefsten Inneren nicht, dass meine Eltern sie wissen wollten, jedenfalls nicht, wenn Drogen darin eine Rolle spielten.

Das zwanghafte Listenführen, das meine Mutter mir beigebracht hatte, hielt meinen Kopf immerhin so stabil, dass meine Noten nicht schlechter wurden, doch abends musste ich mir immer mehr Merkzettel schreiben. Nicht nur Schulbücher und Aufsätze durfte ich nicht vergessen, auf meinen Listen standen nun Notizen wie »neues Versteck für Shit finden, Geruchsfresser kaufen, Pfefferminzdrops mitnehmen, Augentropfen verwenden, Joint-Reste immer runterspülen«.

Bis Weihnachten 1970 waren fünf Jungen wegen Drogen von St. Luke geflogen. Der Direktor führe eine Liste von Verdächtigen, hieß es, und ich stünde darauf. Ob ich nun ein Heuchler war oder nur ein Fußsoldat im Kampf um ethische Normen, jedenfalls hatte ich begriffen, dass Drogen kein Problem darstellten, solange man sich nicht mit ihnen erwischen ließ. Da ich auf der Liste des Direktors stand, blieb nur eine Möglichkeit, dem Erwischtwerden zu entgehen, meine Eltern nicht zu enttäuschen und dennoch high werden zu können: Ich musste eine so umfassende, allen Nachforschungen vorgreifende Lüge erzählen, dass niemand mich einer so schamlosen Dreistigkeit für fähig halten würde.

Als ich meinem Vater sagte, ich hätte vor, für die Schulzeitung einen Artikel über die Gefahren von Life-Style-Drogen zu verfassen und bräuchte seine Unterstützung, erschien auf seinem Gesicht das gleiche verträumte Lächeln wie damals, als er mich dabei ertappt hatte, dass ich das *Manual of Mental Disorders* studierte, um herauszufinden, wie verrückt ich sei.

Wie sich zeigte, machten die Recherchen für den Artikel uns beiden Spaß. Mein Vater fuhr mit mir in die Zentrale eines der großen Pharmakonzerne, und wir sahen uns einen 16-mm-Film an, der dokumentierte, wie Versuchsaffen kokainsüchtig wurden. Sie hingen am Tropf, und um an die nächste Dosis Kokain zu kommen, mussten sie nur auf einen Knopf drücken. Nach ein paar Wochen wurden sie so high, dass sie ihre eigenen Finger anzuknabbern begannen. Ich hatte Kokain noch nicht probiert und war froh, dass ich kein Laboraffe in einem Drogentest war.

Wahrscheinlich weil die Tiere allein in Käfige eingesperrt waren und zur Unterhaltung nichts hatten als das Surren der Kamera und die Einflüsterungen des Kokains, musste ich an Casper denken. Auf der Heimfahrt hielten wir an einem Stewart's und bestellten uns Root Beer. Das sei für ihn und meine Mutter damals, als sie sich am Bunsenbrenner kennengelernt hatten, die größte Köstlichkeit gewesen, erzählte mein Vater. Als ich ihn fragte, ob ich mir auch einen der Filme ansehen dürfe, die sie von den Medikamententests an Casper aufgezeichnet hatten, verzog Dad das Gesicht und rieb sich die Stirn.

»Das geht nicht.«

»Warum denn nicht?«

»Weil es unethisch wäre.«

Mein Anti-Drogen-Artikel erschien auf der Titelseite der Schulzeitung. In zwei Zentimeter großen Lettern: »HERUNTER VON DEN HÖHEN«, Untertitel: »Life-Style-Drogen – die heimliche Bedrohung«.

Alle an der Schule, mit denen ich Shit rauchte, sahen in mir das letzte Arschloch, den niederträchtigsten aller Heuchler gleich nach Richard Nixon. Ein Junge spie mich sogar an. Da ich nicht gern allein kiffte und nun niemanden mehr zur Gesellschaft hatte, hätte ich die Drogen wahrscheinlich sein lassen, wäre es dem Direktor nicht eingefallen, den Artikel in der Schulversammlung zu verlesen. Als er zu den letzten Sätzen kam, schnappte seine Stimme über. »Warum hat sich unsere Generation Drogen zugewandt? Warum streben wir ein Ersatzleben an und nicht das wahre? Ich weiß auf diese Fragen keine

Antwort, doch eines hat mich St. Luke gelehrt: Wenn dir deine Welt nicht gefällt, verändere sie. Flüchte nicht vor ihr.«

Als er geendet hatte, zog der Direktor sein Taschentuch hervor. Manche sagen, er habe sich geschneuzt, andere schwören, er habe sich eine Träne fortgewischt. Wie dem auch sei, jedenfalls posaunte er: »Danke, Zach Friedrich!« Langsam begann er zu klatschen und bedeutete mir, ich solle aufstehen. Weitere Händepaare taten es seinen nach; der Applaus schwoll an. Die mich nicht kannten, klatschten, weil sie meinten, ich sei jemand anders, ein noch würdigerer Mitschüler, als mein Bruder einer gewesen war, und die, mit denen ich gekifft hatte, sogar derjenige, der mich angespuckt hatte, grinsten, weil sie meine Heuchelei für höhere Ironie hielten. Sie glaubten, ich hätte es darauf angelegt, den Direktor als Schwachkopf dastehen zu lassen, und nun wären sie in ein weiteres meiner Geheimnisse eingeweiht. Casper, Drogen, die Schule … das alles hatte ich versehentlich in einen gigantischen Witz verwandelt.

Die Kiffer taten es den Spießern nach, der Beifall hallte von den Wänden wider, sie fingen an zu trampeln, zu pfeifen und »Ziiii« zu zischen. Jeder glaubte, was er glauben wollte, mich eingeschlossen.

Der Direktor reichte »Herunter von den Höhen« zum Schülerjournalismus-Wettbewerb des Bundesstaates ein. Schlimmer noch, der Artikel errang den ersten Preis. Mein Selbsthass erreichte den Höhepunkt, als mein Vater die Trophäe, die ich dafür bekam, auf denselben Kaminsims stellte, auf dem all die Schalen und Pokale standen, die Willy als Läufer gewonnen hatte. Universitätsmensch, der mein Vater war, erfüllte ihn mein Preis mehr mit Stolz als sämtliche Auszeichnungen meines Bruders; denn ich hatte nicht mit dem Körper, nicht durch Mut, sondern mit dem Verstand gesiegt.

Eine Psychiaterin, die ich Jahre später einmal aufsuchte, sagte, das Schreiben dieses Artikels sei ein unglaublich feindseliger Akt gewesen. Und obwohl sie vorgab, sich jeden Urteils zu enthalten, war mir klar, dass sie mich nicht leiden konnte. Sie zupfte Katzenhaare von ihrem Rock, ließ sie einzeln in einen Aschenbecher fallen und erklärte mir, ich hätte mich feindselig meinem Vater, meinen Freunden und dem Direktor gegenüber verhalten, der nach dem Kirschbombenvorfall Nachsicht gezeigt und mich nicht der Schule verwiesen hatte; vor allem aber sei es ein Akt der Selbstaggression gewesen, an dem sich erkennen ließe, wie wenig ich mich geachtet hätte.

»Ihnen entgeht das Entscheidende«, sagte ich zu ihr. »Ich wollte ja erwischt werden.«

»Meinten Sie, Sie hätten Strafe verdient?«

»Nein. Ich wollte einfach nur neu anfangen. Beichten.«

»Haben Sie je den Versuch unternommen, Ihrem Vater aufrichtig von Ihrem Drogenproblem zu erzählen?«

»Einmal.«

»Wie war das?«

Es machte mir nichts aus, dass sie über mich zu Gericht saß; dass sie jedoch ein psychologisches Urteil über meinen Vater fällte, ertrug ich nicht. »Dad hatte anderes im Kopf.«

»Sie klingen wütend.«

»So etwas hat mein Vater auch immer gesagt.«

»Was hatte Ihr Vater denn im Kopf?«

»Lassen Sie uns darauf vielleicht in der nächsten Sitzung eingehen.« Tatsächlich war unsere Zeit fast um. Sie schrieb mir ein Rezept über Paroxetin aus, obwohl ich nicht darum gebeten hatte.

***

Nach etwa einer Woche begann mich mein Journalismus-Preis von seinem Ehrenplatz auf dem Kaminsims meiner Eltern herab zu verhöhnen. Wenn ich davorstand und seinen Glanz mit meinem Atemhauch trübte, hörte ich ihn geradezu flüstern: *Nichts davon ist wahr.*

Ich war high an dem Samstagmorgen, an dem mir alles zu viel wurde. Auf einmal schämte ich mich so, dass ich genügend Mut zusammenkratzte, um laut auszurufen: »Mom, Dad, ich muss euch etwas sagen, das ihr nicht gern hören werdet.« Meine Eltern wussten, dass ich mich so nur ausdrückte, wenn ich richtig üblen Stuss gebaut hatte.

Ich wappnete mich gegen die Ausrufe wie »Was ist denn passiert – was hast du jetzt angestellt?«, die zurückschallen würden. Als nichts geschah, war ich zunächst erleichtert. Bis ich merkte, dass außer mir niemand zu Hause war.

Ich blickte durch das Panoramafenster und sah meine Eltern in der Ferne Alfie ausführen, einen Großpudel mit karamellfarbenem Fell und einem langen uncoupierten Schwanz, der sich hinter ihm aufkringelte. Meine Schwester meinte, meine Mutter habe ihn sich zugelegt, weil sie Willy vermisste, der nun auf dem College war.

Wenn ich wartete, bis sie von ihrem Spaziergang zurückkämen, wäre ich zu meinem Bekenntnis nicht mehr imstande, das wusste ich. Die Lüge bereitete mir Magengrimmen, sie vergiftete mich, so kam es mir vor.

Draußen war Maiwetter, mit einem surreal blauen Magritte-Himmel, nur dass die Wolken groß und weiß waren und so luftig wie Zuckerwatte. Der Morgentau war noch nicht verdunstet, und meine Turnschuhe waren durchweicht, bevor ich den Rasen überquert hatte. Ich nahm den Weg, den meine Eltern mit Alfie gegangen waren, zwischen unseren alten, gerade blühenden Apfelbäumen hindurch, in denen Distelfinken zwitscherten und Bienen summten.

Ich durchquerte ein brachliegendes Feld, auf dem sich Lavendel angesiedelt hatte, und blieb nicht stehen, um die wilden Erdbeeren zu pflücken, an denen ich vorbeikam, denn nun hatte ich Mutter, Vater und Hund wiederentdeckt.

Sie wollten zum Bach hinunter. Mein Vater hatte seine Angelrute hingelegt und war stehen geblieben, um ein Gatter zu reparieren, das nicht zubleiben wollte. Ich sah ihn das Gesicht verziehen, als er versuchte, ein Stück Stacheldraht zur Schlaufe zu biegen. Meine Mutter war vorausgegangen, am Rand der Äcker entlang, auf denen hüfthoch Futtermais wuchs, und warf für den Hund einen roten Gummiball. Der Mais stand gerade so hoch, dass der Kopf des Pudels, der dem Ball nachjagte, bei jedem seiner Sätze auftauchte und wieder verschwand.

»Ich muss euch etwas sagen«, rief ich meinem Vater zu.

»Ich bin hier.«

»Ich muss es aber euch beiden sagen.«

Von meinem Tonfall wurde er abgelenkt. Der Stacheldraht drang ihm in die Fingerknöchel. Er fluchte leise und leckte das Blut ab. »Na, dann holst du wohl am besten deine Mutter.«

Sie stand hundert Meter weiter und hielt den Ball hoch, gerade außerhalb der Reichweite des Pudels, der mit hängender Zunge schnappend vor ihr auf den Hinterbeinen tänzelte. Sie redete mit Alfie im gleichen Ton, in dem sie mit mir geredet hatte, als ich noch klein gewesen war: »Braav, mein Großer … jaa, du bist ein richtig wildes Geschöpf.«

»Mom«, rief ich, »ich brauche dich.«

Sie winkte und warf den Ball in unsere Richtung, und Alfie sprang ihm nach, ganz das Tier, das er war. Mein Vater und ich gingen auf meine Mutter zu, und sie näherte sich uns. Lächelnd sah sie mir entgegen und schob sich mit dem Handrücken, weil ihre Finger vom Halten des Balls schmutzig waren, das Haar aus den Augen. Sie wollte etwas sagen, doch plötzlich veränderte sich der Ausdruck ihres Gesichts. Sie sah etwas, das ihren Kopf herumschnellen und sie erbleichen ließ. Ein Windstoß riffelte den Futtermais wie eine Wasserfläche, und da sahen wir es auch.

Am Feldrand dort stand, zu Reglosigkeit erstarrt, ein Reh, eine Ricke. Mit ihrem lohfarbenen, schimmernden Fell und den dunklen Flecken von Augen, Nase und Hufen war sie vor dem Geflirr von Licht und Schatten auf dem von Hornstrauch überwucherten Steinwall der Feldbegrenzung kaum wahrzunehmen. Alles Lebendige war so listig getarnt, dass ein langer Moment verging, bevor unsere Augen das verwirrende Bild erfasst hatten und gleich daneben das Kitz sahen, mit weißen und dunkelbraunen Tupfen gesprenkelt, höchstens zwei Tage alt.

Der Hund schoss wie ein Hai diagonal durch die Maiswellen und raste geradewegs auf die Rehe zu. »Alfie! Hierher! Alfie!«, schrie meine Mutter. Der Hund gehorchte nicht. Das Kitz ahnte nichts von der Gefahr; seine Mutter war gelähmt davon.

Meine Mutter rannte nun. Sie hatte die Hundeleine gezückt und peitschte damit auf den Mais ein, um Alfie abzulenken; sie fuchtelte mit den Armen und schrie. »Alfie, wehe!«

Der Wind trug die Witterung der Rehe von Alfie weg. Sein Kopf verschwand im Mais. Er knurrte und schüttelte etwas. Ich befürchtete das Schlimmste, doch da kam er wieder in Sicht, den feuchten roten Ball im Maul. Er rannte zurück zu meiner Mutter. Ich warf meinem Vater einen Blick zu. Er zog die Brauen hoch und schüttelte erleichtert den Kopf. Wir hatten noch einmal Glück gehabt, es würde gut ausgehen.

Gerade streckte meine Mutter die Hand nach unserem Haustier aus, da drehte der Wind, der Hund schaute sich um und rollte mit den Augen. Seine Nüstern zuckten, der Ball fiel ihm aus dem Maul, und er sauste meiner Mutter davon. Die Ricke und ihr Junges glaubten, die Gefahr sei vorbei, sie seien in Sicherheit, wenn sie sich nur nicht rührten. Doch meine Mutter wusste, dass dieser Trick nicht funktioniert.

Alfie rannte und meine Mutter ihm nach. Sie krallte die ausgestreckte Hand in das Fell auf seinem Rücken, als wollte sie ihm die Haut von den Knochen ziehen. Alfie spürte ihre scharfen Fingernägel und fühlte sich angegriffen. Er verstand die Welt nicht mehr. Die Herrscher Frankreichs hatten Pudel gezüchtet, um mit ihnen an klaren Maienmorgen auf den Feldern Rehe zu erlegen. Der Hund besaß seinen eigenen biochemischen Erinnerungsspeicher, auf dessen Befehle er zu hören hatte.

Alfie spürte die Krallen meiner Mutter an seinem Widerrist, jaulte auf, bog den Kopf zurück, knurrte und schnappte nach ihr. »Mistvieh«, schimpfte meine Mutter ihn, als seine Zähne sich ins Fleisch ihrer rechten Hand gruben. Mein Vater und ich rannten ihr zu Hilfe.

»Fangt ihn ab!«, schrie sie.

Wir waren zu weit weg. Nur sie war nah genug, um den Hund zu fangen, bevor er die Rehe erreichte. Einen Moment lang hatte Alfie die Tiere aus den Augen verloren. Meine Mutter war knapp hinter ihm. Alles passierte in Sekunden, und doch war der Kollisionskurs, den die animalischen Instinkte steuerten, so hoffnungslos unserer Macht entzogen, so zum Greifen nah und doch nicht zu fassen, dass es schien, als liefen die Momente verlangsamt ab, als habe Gott auf Zeitlupe geschaltet – als sollten wir etwas lernen aus dem, was vor unseren Augen geschah.

Die Hand meiner Mutter schloss sich gerade um Alfies Halsband, da regte sich das Kitz. Sie hielt noch daran fest, als Alfie die Zähne in den Hals des jungen Rehs schlug. Hund, Kitz und meine Mutter taumelten ins Gras. Ich hörte Knurren und Schreien; Zähne wurden gefletscht, kleine Hufe zappelten.

Ich musste dem Hund einen Stein auf den Kopf schlagen, um ihn zum Loslassen zu bringen. Die Kehle des kleinen Rehs war aufgerissen. Von dem vielen Blut abgesehen, wirkte es so makellos wie ein Steifftier.

Meine Mutter schluchzte so heftig, dass sie kaum Luft bekam. »Du Mistvieh!«, schrie sie, als mein Vater ihr vom Boden aufhalf. Sie trat den Pudel in die Rippen; mein Vater schüttelte sie.

»Den Hund trifft keine Schuld.«

Ihre Bluse war zerrissen und mit Blut bespritzt. »Wen denn dann?«, jammerte sie.

»Himmel noch mal, Nora, bist du verrückt? Du hattest Glück, dass der verdammte Hund nicht dir an die Gurgel gegangen ist.«

Er drang nicht zu ihr durch. Die Ricke befand sich jetzt am fernen Ende des Feldes. Sie hatte sich gerettet; ohne sich noch einmal umzusehen, verschwand sie. Meine Mutter sah das Kitz an, als wartete sie darauf, dass es etwas sagte. »Ich konnte das nicht noch einmal passieren lassen.«

»Hat Alfie das denn schon mal gemacht?« Als der Pudel seinen Namen hörte, leckte er mir die Hand und wedelte mit dem Schwanz. Er war darüber hinweg, meine Mutter nicht.

Sie blickte zu meinem Vater hin. »Sag's ihm.« Eine Bitte, und zugleich eine Provokation.

»Was soll er mir sagen?«

»Ich glaube, deine Mutter steht unter Schock. Womöglich hat sie sich auch den Kopf angeschlagen. Bring den Hund ins Haus und komm mit dem Wagen her.«

Wie besorgt mein Vater um sie war, merkte ich daran, dass er, um hinten bei meiner Mutter sitzen zu können, mich zur Notaufnahme fahren ließ, obwohl ich noch keinen Führerschein besaß. Im Rückspiegel beobachtete ich die beiden. Er hatte ihren Kopf auf seinen Schoß gebettet und hörte nicht auf zu reden, damit sie nicht einschlief.

Der Arzt sagte, meine Mutter habe eine leichte Gehirnerschütterung. An diesem Abend machte mein Vater eine Suppe für sie warm. Ich stand in der Tür ihres gemeinsamen Arbeitsschlafzimmers und sah meinem Vater dabei zu, wie er ihr beim Löffeln der Suppe zusah. Nach ein paar Schlucken biss sie in einen Salzcracker. »Tut mir leid, dass ich so hysterisch geworden bin.«

Sie solle sich deswegen keine Gedanken machen, sagten wir beide. Als sie die Suppentasse geleert hatte, sah sie mich nachdenklich an. »Dein Vater hat gesagt, du müsstest über etwas mit uns reden.«

»Es war nichts Wichtiges.« Die Trophäe auf dem Kaminsims kam mir auf einmal wie die geringste unserer Sorgen vor.

»Nach etwas Nebensächlichem klang es aber nicht, als du davon angefangen hast.« Mein Vater betrachtete mich forschend.

Ich schaute ihm nicht gern in die Augen, wenn ich log. Ich starrte auf den Fußboden und sah eine Zeitschrift mit Pelé auf dem Titelbild. »Ich hab daran gedacht, mich zum Fußball-Training zu melden.«

»Aber Fußball hast du doch noch nie gespielt.« Selbst mit einer Gehirnerschütterung dachte meine Mutter praktisch.

Wenn es um mich ging, war mein Vater blind optimistisch. »Das heißt ja nicht, dass er nicht gut darin sein kann. An welche Position hast du denn gedacht?«

»Torhüter.«

»Und warum möchtest du Torhüter werden, Zach?« Ich wusste nicht genau, ob meine Mutter das aus echter Neugierde fragte oder nur aus Höflichkeit.

»Ich glaube, das Gefühl, dass ich das Spiel in der Hand habe, würde mir gefallen.«

***

Am Ende wurde ich tatsächlich erwischt, jedoch nicht mit Drogen.

Für das Fußballteam bewarb ich mich in der Hoffnung, wenigstens bei einer der Lügen, mit denen wir zu Hause lebten, das Gefühl zu haben, sie entspräche der Wahrheit. Ich wollte nicht alle meine Herbstnachmittage kiffend verbringen und darüber nachgrübeln, was meine Mutter dazu bewegen mochte, mit dem Hund zu ringen, um ein Rehkitz zu retten. Wie viele Joints ich auch rauchte, ich hatte immer noch ihr flehendes, vorwurfsvolles »Sag's ihm« zu meinem Vater im Ohr. Dass es ein Geheimnis gab, das sie aneinander band, war eine unausweichliche Tatsache. Mein eigener Lug und Trug lastete schwer auf mir, ich wollte nicht auch noch ihren aufgebürdet haben. Denn das, was ich an dem Morgen, an dem das Rehkitz gestorben war, mit angesehen hatte, war nicht Casper Gedsics Schuld.

Als die Fußballsaison begann, war ich der dritte Ersatztorhüter und von so beschränkten Fertigkeiten im Umgang mit dem Ball, dass meine Anwesenheit zwischen den Pfosten nur einen minimalen Vorteil gegenüber einem ganz unbewachten Tor brachte. Normalerweise brauchte der Trainer nur drei Torhüter in der Mannschaft. Er hatte mich nur wegen meiner öffentlichen Stellungnahme gegen Drogen aufgenommen. Absurderweise dachte er, ich würde dafür sorgen, dass die Mannschaft sauber blieb.

Fußball zu spielen war ein netter Zeitvertreib. Abgesehen davon, dass ich mir die schulterlangen Haare, die ich in den letzten zwei Jahren herangezüchtet hatte, abschneiden lassen musste, war ich gern Torhüter. Das Netzgefilde kennt keine Mysterien. Glücklich wird ein Torhüter schlicht dadurch, dass er den Ball vom Netz fernhält. Und ein dritter Ersatz, der weiß, dass er nie aufgestellt werden wird, muss sich nicht einmal darum Sorgen machen.

Wie es jedoch offenbar mein Schicksal wollte, veränderte in der Woche vor dem ersten Spiel der Saison eine Serie von Katastrophen meinen Lebensweg. Der erste Tormann brach sich das Schlüsselbein. Am Tag darauf erkrankte Tormann Nummer zwei an Mononukleose. Am Donnerstag wurde der dritte aus St. Luke herausgeworfen, weil er bei einer Französischarbeit geschummelt hatte. Damit blieb ihnen nur noch ich.

Das Eröffnungsspiel sollte am nächsten Tag um fünfzehn Uhr dreißig beginnen. Es war ein Heimspiel. Nach dem Mittagessen fand in der Schulkantine eine Versammlung statt, um uns anzufeuern; der Fußballtrainer und der Mannschaftskapitän hielten Ansprachen. Dann rannte ich mit der ersten Aufstellung hinaus, während rund fünfhundert Jungen kreischten und »FETZT LAWRENCEVILLE VOM PLATZ!« brüllten. Das war die Mannschaft, gegen die wir spielen würden. Obwohl ich die laute, kumpelhafte Atmosphäre mochte und das Gesunde und Normale an dem Augenblick genoss, hatte ich, wie ich so mit den Händen auf dem Rücken, ganz der Privatschulmacho, dagestanden hatte, doch das Gefühl gehabt, als geschähe dies nicht mir, sondern jemandem, der aussah wie ich, von dem ich aber wusste, dass er ein Hochstapler war.

Wäre ich high gewesen, hätte ich den Teamgeist für eine Astralleib-Erfahrung gehalten; so nüchtern, wie ich war, kam ich mir einfach wie ein Betrüger vor. Das Gefühl hielt an und verstärkte sich, je näher das Spiel kam. Als ich mich mit den anderen von der Mannschaft im Umkleideraum umzog, in mein stahlverstärktes Suspensorium stieg, das rote Hemd und die weißen Shorts überstreifte und die Knieschützer anlegte, hatte ich den Eindruck, jemand anderen für das Spiel auszurüsten.

Innerlich hatte ich keinerlei Kontakt mehr zu meinem Körper und dem Moment meines Lebens, in dem er sich befand. Als ich hinunterschaute, um mir die Stollenschuhe zu schnüren, überkam mich ein Schwindelgefühl, das mir den Magen umdrehte. Der Umkleideraum und meine Mannschaftskameraden begannen, um mich zu kreisen, und obwohl ich saß, hatte ich den Eindruck, innerlich aus großer Höhe abzustürzen. Mir war nicht nur schwindlig, sondern ich fühlte mich wie eine F 16, die vom Himmel fällt und gleich auf feindliches Gebiet niederkrachen und in Flammen aufgehen wird.

Ich raste aus dem Umkleideraum zum Klo am Ende des Gangs. Kalten, galligen Schweiß auf dem Gesicht, zerrte ich Toilettenpapier von der Rolle neben meinem Kopf um mir das Erbrochene von dem weißen »St.« auf meiner Brust zu wischen, als ich jemanden schallend prophezeien hörte, »Die machen dich platt.« Ich blickte auf. Von der Toilette nebenan glotzte Chas Ortley über die Trennwand auf mich hinunter. Wäre sein Haar glatt gewesen, hätte es ihm bis auf die Schultern gereicht. Da es aber kraus und rötlich war, bildete es einen keltischen Afro, der den Jackson Five Ehre gemacht hätte.

»Platt? Schlachten werden sie ihn.« Peter Ortley linste über die andere Trennwand zu mir hinein. »Die von Lawrenceville haben einen Typ aus Gambia im Team, der ist ungefähr eins fünfundneunzig lang und kickt den Ball mit hundertdreißig Stundenkilometern.«

»Der hat in Botswana schon mal einen Tormann alle gemacht.«

»Ich dachte, er kommt aus Gambia.«

»Egal, erledigt bist du jedenfalls.«

»Ich scheiß drauf.« Das Schlimmste war, dass die von Lawrenceville tatsächlich einen Stürmer hatten, der in der Jugendnationalmannschaft von Gambia gespielt hatte. Und wenn ich auch bezweifelte, dass er einen Gegner mit einem Balltreffer getötet hatte, so hielt ich es doch durchaus für möglich, dass er einem die Rippen brechen konnte.

»Hast du dir wenigstens eine Strategie zurechtgelegt?«

»Zu überleben.« Ich zog die Spülung und erhob mich von den Knien.

Gegen Stiftung einer Sporthalle hatte die Ortleys eine weitere Chance erhalten, sich an St. Luke zu bewähren. Sie hatten das Beste daraus gemacht und sich als die Schul-Dealer etabliert. Wir hatten unsere Freundschaft erneuert. In Stereo redeten sie nun auf mich ein. »Du bist ein lahmer, unkoordinierter Weißer, der andere ist ein schneller, agiler Zulu.«

»Zulus kommen nicht aus Gambia.«

»Du musst auf gleicher Höhe mit den Feldspielern sein, Speed in deine Reflexe bringen.«

Das Spiel hatte noch nicht einmal begonnen. Meine Hände und Füße fühlten sich bleiern an. »Wie denn, zum Teufel?«

Chas öffnete die Faust. Auf seiner Handfläche lagen hundert winzige chemische Perlen in allen möglichen Farben. »Na, mit Speed – mit pharmazeutischem natürlich.«

»Wie's die Ostdeutschen bei den Olympischen Spielen nehmen. Wir haben's unserer Mom geklaut.« Ich musste dieses Angebot ernst nehmen – der Familie von Mrs. Ortney gehörte ein Pharmaunternehmen.

»Jede Farbe zündet zu einer anderen Zeit. Für die nächsten zwei Stunden bist du eine lebende Rakete.«

»Davon kriegst du Reflexe wie eine Katze.« Chas schüttete mir das Häufchen Kapseln in die Hand.

Da wir das Spiel mit Sicherheit verlieren würden, hatte ich ja nichts zu verlieren, fand ich, also leckte ich mir mit der Zungenspitze die Kapseln von der Hand.

Als wir auf den Rasen kamen, war ich so zappelig wie ein Staupekranker Hund. Die Tribüne war proppevoll. Meine Eltern hatten Alfie mitgebracht. Mein Mund war trocken, und meine Socken rutschten. Selbst beim mäßigen Tempo der Aufwärmübungen nahm ich den Fußball nur verschwommen wahr. Der Gambier mit den Mörderfüßen dribbelte ihn vor sich her wie ein Jojo. Er war gar nicht eins fünfundneunzig, sondern nur eins neunzig. Immer wieder schickte er den Ball vor sich in die Luft – erst trat er mit den linken Fuß dagegen, dann zweimal mit dem rechten, gab ihm mit dem Knie einen Drall nach oben, ließ ihn von seinem Kopf abprallen, schwang dann die Beine nach hinten und nagelte den Ball mit einem Rückzieher über die eigene rechte Schulter. Man hätte glauben können, eine Kanone hätte den Ball abgefeuert.

Als der Anpfiff kam, passierte mit meinen Neurotransmittern etwas Seltsames. Obwohl ich das Gefühl hatte, mich in Zeitlupe zu bewegen, als ich mich positionierte, um den Schuss aus ein paar Schritten Abstand abzuwehren, stießen Speed und das von meinem pochenden Herz heraufgepumpte Adrenalin zusammen, und die Gewalt der lautlosen Explosion in mir breitete sich über das Spielfeld in Druckwellen aus, die ich beinahe sehen konnte. Plötzlich schienen der Gambier, der Ball und alle Übrigen auf dem Feld langsamer zu werden. Ich war das Maß der Zeit.

Als sich der Ball vom Fuß des Gambiers löste, nahm ich die schwarzen und weißen Sechsecke seiner Oberfläche nicht wie sonst als grauen Nebelfleck wahr, sondern als eine Kugel, die sich so langsam und träumerisch bewegte wie die Blase in einer Lavalampe. Ich konnte die Nähte auf dem Ball sehen, und ich hatte lässig Zeit, mich nach ihm zu recken und ihn zu packen. Und als sich meine Arme um ihn schlossen und ihn an meine Brust zogen, brachen mir nicht einmal die Rippen. Mein Herz blieb nicht stehen.

Wie ich den Ball dann wieder meinen Mannschaftskameraden zuspielte, war zwar keine Glanzleistung (ich kickte ihn kaum bis zur Mittellinie), aber ich hatte ein Tor verhindert. Und nachdem das einmal gelungen war, schaffte ich es wieder, und noch einmal. Und auf einmal kam mir das Tormann-Spielen so einfach vor wie mit jemand Fangen zu spielen, der nicht will, dass man den Ball fängt.

Ich fragte mich, warum das Zeug eigentlich Speed genannt wurde. In den nächsten neunzig Minuten verlangsamten sich der Ball, das

Geschehen auf dem Spielfeld und selbst die Drehgeschwindigkeit des Planeten so deutlich, dass ich wieder in meinen Körper steigen konnte, der mir, als ich mich umgezogen hatte, wie der eines unbeholfenen Fremden vorgekommem war.

Beim Abpfiff stand es 0:0. Das kam einem Sieg gleich, auch wenn das Spiel als unentschieden in die Annalen eingehen sollte. Meine Mannschaftkameraden umarmten mich. Der Trainer klopfte mir so fest auf den Rücken, dass es wehtat, und sagte: »Was immer heute in dich gefahren ist, Zach, füll's in eine Flasche und bring's zum nächsten Spiel mit.«

Über seine Schulter hinweg sah ich die Ortley-Zwillinge mir das Daumen-aufwärts-Zeichen geben. Ich lief zu den rothaarigen Apothekern hinüber. »Euer Speed ist fantastisch.«

»Wir haben dich gut rangekriegt, was?«

»Ich kauf euch alles ab, was ihr eurer Mutter davon klauen könnt.« Die Zwillinge krümmten sich vor Lachen. Chas zog eine ganze Packung Kapseln aus der Tasche. »Nicht hier«, zischte ich. Meine Eltern kamen näher. Alfie bellte.

Vor aller Augen warf mir Chas die Packung zu. Als ich sie fing, sah ich, dass sie Contac-Erkältungskapseln enthielt.

Wäre mein Leben nun ein Walt-Disney-Film gewesen, dann hätte die Erkenntnis, dass ich es ohne Drogen, aus eigener Kraft geschafft hatte, es mir nur noch mehr versüßt. Stattdessen war ich niedergeschlagen. Neunzig Minuten lang hatte ich wirklich geglaubt, ich hätte ein Mittel gefunden, das mich davon befreite, ich zu sein.

Das nächste Spiel verloren wir fünf zu null. Aber die beiden folgenden gewannen wir. Der Trainer sagte, aus mir könnte etwas werden. Was, wusste ich nicht so recht, doch als die halbe Saison vorbei war, gewöhnte ich mich langsam daran, die Person zu sein, die ich in mir entstehen fühlte. Ich war mir nicht sicher, wer das war, aber ich hatte aufgehört, im *Manual of Mental Disorders* zu lesen, und ich suchte nicht mehr in den Gesichtern der Irren, die Gunderfeldt fotografiert hatte, nach mir.

St. Luke stand in Partnerschaft mit einer Mädchenschule, der Essex Academy for Girls. Am zweiten Samstag im Oktober veranstalteten sie dort einen Jahrmarkt mit Buden, Lotterien und Geschicklichkeitsspielen, bei denen man Ringe werfen oder die Anzahl von Jelly Beans in einem Zwanzig-Liter-Glas schätzen sollte, alles, um Geld für den Stipendienfonds zu sammeln. Und da es um einen guten Zweck ging, wurden die älteren Schüler in den Sportmannschaften von St. Luke ermuntert, mit anzufassen.

Es war nicht meine Idee, eine Saftbowle, die ausschließlich für Essex-Mädchen vorgesehen war, mit Äthylalkohol aufzupeppen, aber ich wusste davon. Ich fand die Aussicht reizvoll, mich mit einem Rudel Mädchen heimlich in aller Öffentlichkeit zu beschickern. Seit dem Contac-Zwischenfall hatte ich nicht aufgehört, Shit zu rauchen, immerhin jedoch begriffen, dass ein paar Joints am Vorabend eines Fußballspiels mir nicht halfen, den Ball aus dem Netz zu halten.

Man könnte sagen, ich befand mich auf dem Weg der Besserung. Und wir wären auch bestimmt damit davongekommen, hätte nicht eines der Mädchen das Gerücht in Umlauf gebracht, der Punsch sei mit Acid versetzt gewesen. Was ein anderes Mädchen, das nach drei Gläschen lediglich leicht beschwipst war, dazu brachte, sich einzubilden, die Direktorin habe Hörner, und zu kreischen »Ich hab einen schlechten Trip!«

Um nicht verhaftet zu werden, mussten wir ihnen die Flasche Äthylalkohol zeigen, eine Flüssigkeit, die allerdings so farb- und geschmacklos ist wie Acid. Zwar wurde die Polizei nicht gerufen, aber wir hatten ein Problem von der Größenordnung, die einem an Schulen wie St. Luke den Rauswurf bringen kann.

Das Ehrengericht trat zusammen. Unsere Eltern wurden unterrichtet. Wäre nicht die gesamte Fußballmannschaft involviert gewesen, wir wären alle ohne Rückerstattung des Schulgeldes rausgeflogen. Doch um der peinlichen Notwendigkeit, alle verbleibenden Fußballspiele der Saison absagen zu müssen, zu entgehen und damit den anderen Privatschulen des Bundesstaates gar zu deutlich unseren kollektiven Mangel an Charakter zu signalisieren, wurde beschlossen, uns gnädigerweise an der Schule zu belassen und, falls wir sauber blieben, dass Abschlusszeugnis zu geben.

Die Strafe fiel dennoch bitter aus. Nicht nur büßten wir alle Vorrechte der letzten Schulklasse ein und mussten beim Mittagessen die jüngeren Schüler bedienen; sämtliche Colleges und Universitäten, bei denen wir uns zu bewerben gedachten, würden im Detail über unser schamloses Verhalten unterrichtet werden – mit anderen Worten, keiner von uns hatte die mindeste Chance, auf irgendein College zu kommen, das etwas taugte. Oder in das wir unseren Noten und Zielen nach gepasst hätten.

Mit dem Snobismus eines Mannes, der von einem Club, dem er zugleich Neid und Verachtung entgegenbringt, verschmäht worden ist, hatte mein Vater nur halb im Scherz gesagt: »Wenn du's nicht auf ein Ivy League College schaffst, kannst du gleich nach Vietnam gehen.« Er wollte unbedingt, dass ich von Yale angenommen würde.

Meine Chancen dafür hatten immer schon schlecht gestanden, und nun, da meinen Lebenslauf auch noch der Hinweis schmückte, dass ich mich als Highschool-Torhüter durch das Würzen eines Punschs mit Äthylalkohol hervorgetan hatte, war Yale trotz der erschlichenen Trophäe für Anti-Drogen-Journalismus zur Unmöglichkeit geworden. Als Narzisst war mein Vater überzeugt, ich hätte das alles nur aus Trotz gegen ihn getan. Willy hatte jahrelang zu meinem Vater Nein gesagt; mein Nein jedoch empfand er als herbe Enttäuschung und persönliche Beleidigung.

Am Tag nach dem Urteilsspruch des Direktors holte er mich von der Schule ab (die Erlaubnis, selbst zu fahren, war mir bereits entzogen worden). Dad war allein. Sonst begab er sich ohne meine Mutter nirgendwohin, wenn es nicht um Geld oder einen Preis ging.

Kaum hatte ich die Wagentür geschlossen, legte er los. »Was hast du dir in Gottes Namen bloß dabei gedacht?«

»Gedacht habe ich überhaupt nicht. Ich wollte bloß ein bisschen Spaß haben.«

»Spaß – weißt du, was dich der Spaß gekostet hat? Ist dir eigentlich klar, was du dir damit angetan hast?«

»Irgendwo werde ich schon noch ankommen.«

»Ich habe mich doch nicht jahrzehntelang dafür geschunden, dass du ›irgendwo‹ endest.«

»Ich bin derjenige, der an ein mieses College gehen muss, nicht du.«

»Ich habe in mehr als einer Hinsicht verdammt dafür zahlen müssen – teurer, als du dir vorstellen kannst, Sonny Boy.« Mein Vater fasste es als Beleidigung auf, wenn seine Mutter ihn »Sonny Boy« nannte. So ging's mir auch.

»Mich hat es auch etwas gekostet.«

Der Kopf meines Vaters sackte vornüber und ruckte in meine Richtung wie der eines angeschossenen Wasserbüffels. »Es geht also nur darum?«

»Du bist der Psychologe. Sag du's mir.«

Sein Tonfall veränderte sich. »Ich will doch nur nicht, dass du mit vierzig in den Spiegel schaust und sagst: ›Du Mistkerl, du. Was hast du mir bloß angetan.‹« Er sagte das so, als wäre mein Schicksal bereits besiegelt.

»Dann hab ich mir das angetan, nicht du.«

»Du bist mein Sohn.« Das hörte ich gern. »Du bist eine Verlängerung von mir … von meiner DNA.«

»Himmel noch mal, Dad, warum habt ihr mich denn in die Welt gesetzt?«

»Was?«

»Ich weiß doch, wie's dazu kam. Jack war gestorben, Mom war depressiv, du wolltest bloß ein weiteres Kind als Ersatz für ihn, damit sie wieder zu sich käme.«

Mein Vater sah mich an, als hätte ich ihm einen Schlag versetzt. Mit einem Schlenker fuhr er an den Straßenrand; ein anderes Auto hupte. »Das glaubst du?«

»Ich weiß es seit einer Ewigkeit.«

»Wir haben dich nicht bekommen, damit du Jack ersetzt. Ich wollte noch ein Kind, weil ich einsam war. Und jemand, dem ich zu helfen versucht hatte, wollte mich tot sehen, mich und meine ganze Familie. Und ich habe bei mir gedacht, du Scheißkerl, du willst mein Leben auslöschen. Bei Gott, das wird dir nicht gelingen, ich lasse das nicht zu. Keiner würde mich auslöschen. Ich war am Leben. Und ich würde ein weiteres Kind haben, um es zu beweisen. Dass es dich gab, hat mich dazu gebracht, weiterzumachen. Damit war alles gut. Mehr als gut.«

Schweigend saß mein Vater da, schaute zum Horizont und nickte von Zeit zu Zeit; er führte das Gespräch im Geiste fort. Als könnte ich seine Gedanken lesen, sah ich zu, wie er sich der dunklen Casper-Zeit entsann. Schließlich atmete er tief aus, als habe er durch Gedankenübertragung alles völlig klargestellt. »Verstehst du?«

»Was?«

»Dass ich dich liebe.« Auch das verdankte ich Casper.

In dieser Nacht blieb ich bis zum Morgengrauen wach und schrieb die Aufsätze für meine College-Bewerbungen, an denen ich gearbeitet hatte, um. Ich verstand meinen Vater nicht, aber er hatte mich auf eine Idee gebracht. Mit derjenigen, die er mir zu vermitteln versuchte, hatte sie wenig zu tun.

***

Nach ein paar Tagen, in denen er mich meine College-Bewerbungen absenden sah, wurde die Einstellung meines Vaters zu meinem schändlichen Verhalten ein wenig milder. Jedoch nicht sehr. Einmal hörte ich ihn zu meiner Mutter sagen: »Nun, da er sich seine Chancen auf Yale und die andern Ivy-League-Colleges vermasselt hat, wird er eben so anfangen müssen wie wir – an irgendeinem zweitrangigen staatlichen College.«

»Davon geht die Welt nicht unter, Will.« Meine Mutter wollte ihn an sich ziehen, aber er hielt sie auf Distanz.

»Nein. Zach hätten schlimmere Dinge passieren können ... nehme ich an.«

Mein Vater schätzte es nicht, vom Leben aus dem Hinterhalt überfallen zu werden. Er hatte uns vor Vergiftungen durch verdellte Tunfischdosen und vor dem Ertrinken in tückischen Watstiefeln bewahrt. Er hatte uns beigebracht, Luftröhrenschnitte vorzunehmen und trotz seiner Farmerjungen-Prüderie dafür gesorgt, dass seine Töchter genug von Geburtenkontrolle verstanden und Geschlechtskrankheiten hinlänglich fürchteten, um ungeschwängert die Highschool- und College-Jahre zu überstehen – keine geringe Leistung zur damaligen Zeit. Sogar vor Casper Gedsic hatte er uns beschützt. Dass er uns jedoch nicht vor uns selbst beschützen konnte, empfand er als deprimierende Niederlage.

Während meines letzten Highschool-Jahres wurde er nicht nur von mir enttäuscht. Becky hatte zu jeder Einladung, aufs Land hinauszukommen, eine gute Ausrede gefunden. Im Alter von siebenundzwanzig lebte meine älteste Schwester allein mit Bildern, für die sich keine Galerie fand, und einer Katze, die ihre letzte Mitbewohnerin zusammen mit einem Klappbett zurückgelassen hatte, als sie heiratete.

Kurz nach meinem Sündenfall rief mein Vater Becky an und lud sich zum Abendessen in ihre Wohnung ein. Er wollte Becky allein sehen. Becky willigte ein, fiel ihm dann jedoch in den Rücken, indem sie sofort meine Mutter anrief und darauf bestand, dass sie und ich mitkämen.

Betty wohnte in der Spring Street, im sechsten und obersten Stockwerk eines alten Marinaden-Lagerhauses, in dem es nach Lake roch. Einen Aufzug gab es nicht.

Mein Vater kam zwei Stunden zu früh und erklomm flink die Treppen. Becky war noch nicht auf uns vorbereitet – T-Shirt, zerrissene Shorts, ungewaschene Haare; und selbst für ein Lagergebäude sah es bei ihr schlimm aus. Dad entschuldigte sich, er habe sich die Uhrzeit falsch gemerkt; mir war jedoch klar, dass er sie überrumpeln wollte. Falls mein Vater gehofft hatte, sie mit einem Mann zu ertappen, wurde er enttäuscht.

Keiner von uns war je in ihrem – oder in sonst einem – Loft gewesen. Der Raum war viereinhalb Meter hoch; es gab darin eine Toilette mit Kettenzug und einen Bottich, in dem einmal Gurken eingelegt worden waren, als Badewanne. Am einen Ende lag eine Matratze auf dem Boden, am anderen stand unter den schmutzigen Fenstern eine schäbige alte Couch – es sah so aus, als habe Becky vorübergehend ihr Lager aufgeschlagen, wohne aber eigentlich nicht hier. Mein Vater stellte fest, dass jeder gelenkige Sexualverbrecher die Feuertreppe außen hinaufsteigen konnte; meine Mutter wünschte, es gebe Gitter vor Beckys Fenstern, und äußerte die besorgte Frage, wer ihre Tochter denn hören würde, falls sie um Hilfe riefe. Becky nagelte ihre Leinwände direkt an die Wände, und auf allem, Becky eingeschlossen, waren Farbspritzer.

Als wir ankamen, hatte Becky gerade für unser Abendessen einkaufen gehen wollen. Mein Vater blieb, und meine Mutter und ich gingen die sechs Stockwerke, die wir eben hinaufgestiegen waren, wieder hinunter auf die Straße, um Becky zu helfen. Sie besorgte lauter Dinge, die man auf dem Land nicht bekam und von denen sie wusste, dass mein Vater sie mochte: auf der Canal Street geräucherten Weißfisch, bei einem Metzger in der Mulberry Street einen Ochsenschwanz, und obwohl sie pleite war, ließ sie nicht zu, dass meine Mutter für irgendetwas bezahlte.

Als wir mit den Tüten wieder die Treppe hinaufstiegen, begann Becky *Wimoweh* zu singen. Mom fragte, was wir denn so komisch fänden; es war schön, Becky wiederzusehen. Bis wir zur Tür hereinkamen. Dad stand vor einem großen, unvollendeten Bild, auf dem, wie für ein Gruppenporträt zusammengedrängt, vage eine Familie zu erkennen war, verschleiert von einer Schicht aus Bienenwachs und kackfarbenen Pigmenten. Mein Vater hielt einen Pinsel von Metermaßlänge in der Hand.

»Was machst du da?«, fragte Becky, traurig und wütend zugleich.

»Mit dem Auge stimmte etwas noch nicht.«

»Mein Gott, Will!« Es war meiner Mutter anzuhören, dass sie eigentlich etwas Heftigeres zu ihm sagen wollte.

»Geh bitte nie wieder an eines meiner Bilder.« Becky setzte die Lebensmitteltüten auf einer Arbeitsfläche ab und machte eine Flasche Wein auf.

Mein Vater breitete die Hände aus und warf mir einen *War da was? Galt das mir?*-Blick zu. Ich stieg auf Beckys Fahrrad und fuhr ans andere Ende des Lofts; ich schämte mich für ihn.

»Ich wollte ja nur helfen.« Er wartete ab, ob Becky dazu etwas sagen würde. Als sie es nicht tat, wurde er deutlicher. »Glaubst du, dass du künstlerisch etwas Besonderes zu sagen hast?«

»Wie meinst du das?«

»Nun, weißt du, so wie Picasso oder Matisse oder Jasper Johns oder Rauschenberg?«

»Meinst du, etwas Originelles?«

»Ja. Glaubst du, dass du etwas Originelles zu sagen hast?«

»Wie steht es damit denn bei dir, Vater?«

Meine Mutter hielt beim Geschirrspülen inne. Ich radelte zurück, um mir die Szene aus der Nähe anzusehen.

»Ja, ich glaube schon, dass ich neues Terrain erschlossen habe.«

»Aber nicht in gleichem Maße wie Freud oder Jung oder wie Skinner oder Wilhelm Reich.«

»Reich glaubte an fliegende Untertassen.«

»Bleiben wir mal beim Thema.«

»Du nimmst mir übel, dass ich dein Bild angetastet habe.«

»Stimmt. Allerdings.«

»Nun, ich nehme es nicht übel, dass der Vater in all den Bildern hier mir gleicht. Ich fand bloß, ich sollte wenigstens einem die richtige Augenfarbe geben.«

Bei Beckys Bildern ließ sich schwer sagen, ob mein Vater etwas daran verbessert hatte oder nicht. Beim Abendessen herrschte jedenfalls eindeutig eine gespannte Atmosphäre.

Als wir anderthalb Stunden später die Treppe wieder hinuntergingen und in den Volvo stiegen, wandte mein Vater sich meiner Mutter zu. »Ich möchte ja nur das Beste für meine Kinder.«

Dad war über die Punschbowle und über das Abendessen bei Becky noch nicht hinweg, da traf ein Einschreiben von Lucy ein. Sie war nun fünfundzwanzig und im zweiten Jahr ihres Graduiertenstudiums in Psychologie an der Columbia University, mit dem Ziel der Promotion. Mein Vater hatte kräftig seine Beziehungen zu ehemaligen Kollegen spielen lassen müssen, bevor sie an Columbia akzeptiert wurde. Sobald sie jedoch einmal dort gelandet war, hatte sie ihm alle Ehre gemacht; sie wurde sogar für herausragende Leistungen ausgezeichnet. Lucy fand es noch immer amüsant, anderen Leuten weis zu machen, sie sei ein Adoptivkind; und nach drei Verlobungen wechselte sie die Männer weiterhin so oft wie ihre Unterwäsche. In jüngster Zeit hatte sie es sich zudem angewöhnt, sich alle zwei Wochen das Haar in einem andern Ton zu färben. Als Rothaarige sah sie am besten aus.

Dass sie Psychologin werden sollte, war meines Vaters Idee gewesen. Eigentlich interessierte sich Lucy nicht sonderlich für Psychologie, aber sie verstand genug davon, um vorauszusehen, dass mein Vater sie am ehesten in Ruhe lassen würde, wenn sie in seinem Schatten bliebe. Zu ihren Lieblingsbeschäftigungen zählte es, mit Dad im Psychojargon darüber zu streiten, inwieweit sich seine Verrücktheit auf uns als Kinder schädlich ausgewirkt hatte. Was meinen Vater, wie mir nun im Rückblick klar wird, wahnsinnig machte. Alles in allem aber war er stolz auf sie – stolz darauf, dass sie sich seiner obskuren Zunft anschloss. Er sprach gern von den Forschungsprojekten, die sie eines Tages gemeinsam durchführen würden, und glaubte allen Ernstes, sie sei auf dem Weg zu dem, was er sich unter Glück vorstellte, bis er das Einschreiben öffnete.

Er wollte es mir nicht zeigen, aus der Auseinandersetzung jedoch, die zwischen ihm und meiner Mutter ausbrach, nachdem sie die eine Seite Luftpostpapier gelesen hatte, waren die springenden Punkte darin die folgenden, wenn auch nicht unbedingt in derselben Reihenfolge: A) Lucy liebte Mom und Dad. B) Sie wollte nicht Psychologin werden, weil das deprimierend sei. C) Sie hatte das Studium an den Nagel gehängt und war nach Marokko unterwegs, um dort in einem Waisenhaus zu arbeiten. D) Es tue ihr leid, »aber ich muss mein Leben emotional von Eurem abgrenzen.« Diese Stelle las mein Vater laut vor. Zweimal.

Der Brief enthielt außerdem einen Scheck über 12.153 $, die Summe, die meine Eltern für Studiengebühren, Unterkunft und Verpflegung an die Columbia University überwiesen hatten.

Die Punkte A bis D erregten auf so vielen Ebenen meines Vaters Zorn, dass er beschloss, sich auf den äußerlichsten Teil des Abschiedsbriefs zu stürzen. »Bildet sie sich etwa ein, wenn sie mir einen Scheck schickt, geht das Übrige schon in Ordnung?«

»Ich glaube, Lucy versucht auf diese Weise die Verantwortung für ihr Handeln zu übernehmen.« Mit bebendem Mund gab meine Mutter Dad den Brief zurück. Ihre Augen wurden feucht, aber es fielen keine Tränen.

»Das Studium abzubrechen, das ich ihr überhaupt nur durch viel Bitten ermöglicht habe – zeugt das vielleicht von Verantwortungsbewusstsein? Und in ein afrikanisches Waisenhaus davonzulaufen, heißt das Verantwortung übernehmen? Sie hätte wenigstens den Anstand, den Mumm haben müssen, mir das ins Gesicht zu sagen. So etwas in einem Brief mitzuteilen ist feige.«

»Will, sie schreibt ja, dass sie es bedauert. Sie wusste, du würdest versuchen, es ihr auszureden, und das wäre dir auch gelungen.«

»Hältst du das Ganze etwa für eine gute Idee?«

»Nein, aber sie ist fünfundzwanzig Jahre alt. Und darauf, was wir davon halten, kommt es im Grunde nicht an.«

»Und was soll dieser Quatsch hier – emotionale Abgrenzung?«

»Ich kann nur vermuten, worauf sie damit anspielt.« Meine Mutter blickte kurz in meine Richtung. Was immer ihrer Ansicht nach damit gemeint war, sie wollte es nicht vor mir erörtern. »Da aber nicht ich den verflixten Brief geschrieben habe, solltest du deiner Tochter diese Frage vielleicht selbst stellen.«

»Das würde ich auch, aber anscheinend ist dir entgangen, dass sie vorsichtshalber weder ihre Telefonnummer noch den Namen dieses Waisenhauses angegeben hat. Ist dir die Absenderadresse auf dem Umschlag aufgefallen? American Express, Tanger?«

Nun ließ meine Mutter den Tränen ihren Lauf. »Ich hätte ahnen müssen, dass sie etwas im Schilde führt, als sie mich gebeten hat, ihr ihren Badeanzug zu schicken.«

»Warum hast du mir das nicht erzählt?«

»Es ging doch nur um einen Badeanzug!«

»Ob sie im Waisenhaus im Bikini herumlaufen will?« Zunächst empfand ich es als erleichternd, dass einmal jemand anderes als ich meine Eltern enttäuschte. Der Scheck rutschte aus dem Kuvert. »Was meint ihr, woher sie wohl die zwölftausend Eier hat?«

»Halt du dich hier bitte heraus, Zach.«

»Da hat ihr Bruder doch eine sehr berechtigte Frage aufgeworfen. Wie bringt ein Mädchen, das nicht über die geringste Ausbildung verfügt, deren einzige entlohnte Tätigkeit bis dato in einem Job als Aufsichtsperson in einem Ferienlager bestand, irgendjemanden dazu, ihr zwölftausend Dollar zu geben?« Die Richtung, in die meinen Vater seine Paranoia lenkte, gefiel mir nicht.

Grey plapperte auf dem Fenstersims laut vor sich hin. Mein Vater knallte das Fenster zu, wobei er knapp die Krallen des alten Papageis verfehlte. »Sie wollte doch schon immer einen afrikanischen Prinzen heiraten. Erinnerst du dich, Nora, dass sie einmal zu Weihnachten unbedingt eine schwarze Puppe haben wollte?« Mittels freier Assoziation spürte mein Vater hinter Lucys Verrat ein Muster auf und offenbarte dabei seine eigene Gesinnung.

»Dad, kannst du im Ernst glauben, dass ein schwarzer Prinz Lucy Geld gibt, weil sie mit ihm schläft?« Eigentlich fand ich die Vorstellung schon cool.

»Alles ist möglich. Von irgendwem hat sie das Geld bekommen.

Ihre vermarktbaren Fähigkeiten sind begrenzt. Sie ist hübsch, angenehm, nicht allzu wählerisch …«

Mein Mutter knallte ihre Kaffeetasse so heftig auf den Tisch, dass sie in Scherben ging. »Ich dulde nicht, dass du so über deine eigene Tochter redest!«

»Wenn eine meiner Töchter sich wie eine Kreuzung aus dem Jesuskind, Hiob und Marilyn Monroe gebärdet, was soll ich mir denn sonst denken, verdammt noch mal?« Wie er das sagte, gefiel mir nicht. Ich fragte mich allmählich, was er hinter meinem Rücken über mich sagte.

»Ich find's toll, dass sie in einem Waisenhaus arbeiten will.«

»Leider überrascht mich das nicht, Zach.«

***

Der nächste herbe Schlag, der die Fantasievorstellung meines Vaters von seiner Familie traf, ging von Willy aus. Wie Lucy zog er es vor, ihn nicht persönlich zu führen. Er reichte seinen Rücktritt nicht einmal schriftlich ein, sondern redete am Telefon mit meiner Mutter und bat sie, die schlechte Nachricht an Dad weiterzureichen. Willy hatte sich entschlossen, sein Medizinstudium in Princeton aufzugeben und Kunstgeschichte zu studieren. Schlimmer noch, er würde das nächste Semester in Florenz verbringen.

Meine Mutter glaubte, nicht recht gehört zu haben, und ließ ihn das wiederholen. Ich lauschte am anderen Telefon. »Ich dachte, du wolltest Neurologe werden.«

»Das entspricht meinem Sensorium nicht mehr.« Seit er in Princeton studierte, hatte seine Ausdrucksweise etwas Klassisch-Theatralisches angenommen. »Meine ästhetische Haltung hat sich gewandelt.«

»Willy, gegen Kunstgeschichte ist ja nichts einzuwenden, aber du magst doch Museen nicht einmal.« Genau das dachte ich gerade.

»Jetzt mag ich sie.«

»Aber eine so drastische Veränderung …«

»Ich denke schon seit einer ganzen Weile daran, in diese Richtung zu spurten.« Ganz der Langstreckenläufer.

»Ich bin mir nicht so sicher, ob dein Vater die Kosten für Florenz übernehmen wird.« So wie meine Mutter es betonte, klang es, als wäre die Stadt ein Mädchen.

»Das braucht er auch nicht. Professor de la Rosa hat mir ein Stipendium vermittelt.«

»Wer ist denn dieser Professor de la Soundso?«

»Ein Gastdozent. Er ist Kurator an der Tate. Er sagt, ich hätte ein exzellentes Auge.«

»Das wirst du deinem Vater selbst erklären müssen.« Sie reichte Dad den Hörer.

Mein Vater hörte Willy geduldig an und ließ ihn seinen Plan darlegen, ohne ihn zu unterbrechen. Dann fragte er höflich: »Bist du jetzt fertig?«

»So würde ich es nicht ausdrücken.«

»Willy, als dein Vater, der dich schon lange kennt, bin ich in kleinen wie in großen Fragen auf deiner Seite. Und ich glaube, diese Entscheidung wirst du noch bedauern.«

»Und ich glaube, du glaubst nur, mich zu kennen.«

Als mein Vater auflegte, sagte meine Mutter: »Wenigstens verlässt er Princeton nicht.«

»Du hast recht, Nora. Es könnte schlimmer kommen.« Mein Vater ging zum Barschrank, mixte sich ruhig und bedächtig einen Manhattan und garnierte ihn mit einer frischen Orangenscheibe. Erst als sein Cocktail fertig war, explodierte er. »Allmächtiger! Konzerne zahlen mir fünfstellige Dollarsummen, damit ich ihnen sage, was sie tun sollen. Da könnte man doch erwarten, dass meine eigenen Kinder auf mich hören, wenn ich sie berate.«

»Ich höre auf dich, Dad.«

»Du bemühst dich.«

***

In den folgenden Wochen begann und endete jeder Tag mit einem Sockenmoment. Manchmal verfiel mein Vater mitten am Tag in Reglosigkeit. Meine Mutter ließ ihn zum Beispiel am Schreibtisch zurück, um etwas zu fotokopieren oder eine Tasse Tee zu machen, und wenn sie zurückkam, sah sie ihn mit dem gläsernen Briefbeschwerer in der Hand dasitzen, in dem scharf konturiert die riesige Antidepressivum-Pille ruhte. Mit verzerrtem Gesicht starrte er darauf hinab, als wäre sie ein Dorn, den er nicht klar genug erkennen konnte, um ihn sich aus dem Fleisch zu ziehen. Dann holte ihn meine Mutter von dort, wohin er abgedriftet war, zurück, indem sie ihm die Hand auf die Schulter legte und ihn sanft erinnerte: »Wir haben noch zu tun.«

Nach dem Sack voller Widrigkeiten, den seine Kinder über ihm ausgekippt hatten, war mein Vater auf der Hut. Meine Großmutter Ida pflegte zu sagen, einer schlechten Nachricht kommen stets zwei hinterher. Dad wusste es besser; er blieb jetzt wachsam. Zwar sprach er es nicht aus, aber ich sah ihm an, dass er es für seine Schuld hielt, wenn wir von dem Kurs, den er für unser Leben ausgeklügelt hatte, abgeirrt waren. Satt und selbstzufrieden war er geworden, bürgerlich in seiner edel renovierten Scheune. Und, schlimmer noch, er war in der Lebensmitte angelangt – jedenfalls, wenn es ihm gegönnt sein sollte, hundertvier zu werden.

Mit dreiundfünfzig Jahren kaufte sich mein Vater ein dünnes Buch mit dem Titel *Die Fitness-Übungspläne der Royal Canadian Air Force* und ein paar Hanteln. Dad begann, Liegestütze, Sit-ups, Klappmesser und Curls zu machen, wobei er meiner Mutter atemlos die Forschungsergebnisse zu der neusten endgültigen Keule gegen quälende Gedanken diktierte, zu den Phenothiazinen, auch als trizyklische Antidepressiva bekannt. Sollten Sie je welche genommen haben, sind sie Ihnen vielleicht unter der Bezeichnung Imipramin geläufig.

Lazlo hatte sich in diesem Herbst überwiegend in Europa aufgehalten. Er handelte nicht mehr mit Abfall; er kaufte und verkaufte Firmen. Er sagte gern, er handle mit »Abfall, der nicht weiß, dass er Abfall ist«. Mein Vater rief ihn wegen Lucy an. Lazlo ließ jemanden, der in Tanger arbeitete, nach ihr schauen. Sie arbeitete tatsächlich in einem Waisenhaus.

Auch meine Mutter rief Lazlo an. Nicht wegen Lucy; sie machte sich vielmehr Sorgen um meinen Vater. Als Lazlo von den Hanteln hörte, rief er mich an. »Wie schlimm ist es denn mit ihm?« Lazlo war in Zürich.

»Er ist ziemlich sauer.«

»Nein, ich meine, wie verrückt ist er?«

Als ich Lazlo erzählte, dass mein Vater überzeugt sei, Lucy werde von einem afrikanischen Prinzen ausgehalten, lachte er auf. Über traurige Geschichten lachte Lazlo immer.

Lazlo lud sich für Thanksgiving 1971 zu uns ein, um sich ein Bild vom Zustand meines Vaters zu machen. Er kam schon früh am Tag an, lange bevor der Vogel im Ofen war. In der Woche davor war es kalt gewesen, der Boden hart gefroren, der Fluss eisüberkrustet; über Nacht aber suchte eine warme Luftmasse New Jersey heim. Das Thermometer stieg in Richtung zwanzig Grad. Die gefrorenen Felder dampften, als Lazlo in einem nagelneuen, feuerwehrroten, sechssitzigen Viereinhalb-Liter-Mercedes Benz Cabrio mit offenem Verdeck unsere Zufahrt heraufkam.

Meine Mutter fand es nicht witzig, als mein Vater rief: »Lazlo, im nächsten Leben möchte ich du sein!« Lazlo, jetzt achtundvierzig, trug um eine kahle Stelle herum zottiges Haar und einen Fu-Manchu-Schnurrbart, und an ihn gekuschelt saß eine vierundzwanzigjährige Blondine in einem Schlauchoberteil, Cowboystiefeln und einer Lederjacke mit Fransen.

»Ich fürchte, sie ist zu alt für mich«, verriet uns Lazlo im Bühnenflüsterton, und meine Mutter lachte, vor allem, weil mein Vater das komisch fand und sie ihn seit einem Monat nicht mehr lächeln gesehen hatte.

Das blonde Mädchen hieß Ula, und Lazlo schwor, sie haben einen Hochschulabschluss in Betriebswirtschaft, obwohl er sie als Erste-Klasse-Stewardess für Skandinavian Airlines kennengelernt hatte. Sie warf je einen Blick auf meine Mutter, meinen Vater, mich und die Scheune, dann erklärte sie uns alle mit schwedischem Akzent für »fantástico«.

Ich dachte, mein Vater täte nur so, als ob ihm der rote Mercedes gefiele, damit meine Mutter nicht auf Ula eifersüchtig würde. Aber als Lazlo und seine schwedische Zuckerpuppe ins Haus gingen, blieb Dad draußen auf dem Rasen und starrte Lazlos lackroten Schlitten an. Nach einer Weile öffnete er die Fahrertür, nahm auf dem cremefarbenen Leder Platz, legte die Hände auf das hölzerne Lenkrad und lächelte sich im Rückspiegel zu.

Fünfzehn Minuten später saß mein Vater noch immer in dem stehenden Mercedes.

Lazlo ging hinaus, um nach ihm zu sehen; ich folgte.

»Ich habe mich immer schon gefragt, wie einem die Welt von einem solchen Wagen aus erscheint.«

»Wenn du nicht so knickrig wärst, würdest du dir selbst einen kaufen.« Lazlo legte einen Finger an die Nase und sprayte sich eine Ladung Dristan in jedes Nasenloch.

»Selbst wenn ich's mir verzeihen könnte, derart viel Geld für ein Fahrzeug hinauszuwerfen, das, kaum bezahlt, schon zum Gebrauchtwagen wird, bin ich zu alt, um mich darin sehen zu lassen.«

Lazlo warf ihm die Schlüssel zu. »Dreh mal eine Runde damit.«

Mein Vater schüttelte den Kopf.

»Er hat Angst, es würde ihm gefallen.«

»Los, Zach.« Nicht nur die Punschbowle hatte mein Vater in diesem Moment vergessen, sondern auch, dass ich sein Sohn war. Er trat aufs Gas, schaltete auf Low und schlidderte auf den Rasen. Als er die doppelte S-Furche sah, die er in die im Sommer frisch angelegte Rasenfläche gegraben hatte, lachte er.

Wir blieben auf Nebenstraßen. Mein Vater bat mich, einen Sender zu finden; wir landeten bei Pink Floyd. »Dark Side of the Moon« schien Dad zu gefallen. Die Sonne blendete ihn. Er griff ins Handschuhfach und fand in Lazlos Mütze eine Sonnenbrille. Er setzte Lazlos dunkle Brille und die Baskenmütze auf. Nun sah er wie ein weißer Miles Davis aus. Unterdessen kroch die Tachonadel in die Höhe. Dieser Mercedes war ein roter Panzer. Mit achtzig Sachen bretterten wir Schotterwege entlang, schnitten mit Vollgas Kurven. Dann fuhren wir auf die Interstate. Bei durchgedrücktem Pedal waren unsere Differenzen kaum mehr wahrzunehmen.

Wir hatten zweihundertzwölf Stundenkilometer drauf, als wir die Sirene hörten. Ein Streifenwagen hielt uns an. Sonderbarerweise lächelte mein Vater, als der Polizist nach seinem Führerschein fragte. »Leider nicht dabei.«

Als der Bulle den Fahrzeugschein sehen wollte und ich ihn nicht fand, lachte mein Vater.

Der Polizist sah ihn an. »Was haben Sie sich eigentlich gedacht?«

Mein Vater hatte noch immer Lazlos Sonnenbrille auf. »Ich bin Doktor und bringe einen Patienten in die Psychiatrie zurück.«

Der Bulle beäugte mich. »Was fehlt dem Jungen denn?«

»Nichts. Ich bin der Patient.«

Mein Vater wirkte enttäuscht, als der Polizist ihn mit einer Verwarnung davonkommen ließ. Lachend kehrten wir um und fuhren nach Hause. Als wir unseren Zufahrtsweg hinaufrollten, stellte mein Vater fest: »So einen Wagen werde ich nie besitzen.«

»Eines Tages beschaffe ich dir einen, Dad.«

»Von dir nähme ich ihn an.«

Das Thanksgiving-Abendessen begann um halb sieben. Da Willy in Florenz und Lucy in Marokko mit Waisenkindern beschäftigt war und mein Vater nicht gewusst hatte, dass Lazlo und Ula kommen würden, hatte er, um die Tischrunde aufzufüllen, einen deutschen Ethnobotaniker und einen französischen Chemiker eingeladen, die für ein Pharmaunternehmen tätig waren und die er in der Woche davor bei einem Symposium kennengelernt hatte.

Meine Mutter begann sich für Ula zu erwärmen, als die ehemalige Stewardess ihr Schlauchoberteil ablegte und in einem Bäuerinnenkleid erschien, das züchtiger war als eine Burka. Und als Ula sich erbot, die Kartoffeln zu stampfen und die Sauce zu machen, fand meine Mutter die Sexbombe geradezu sympathisch. Zusammen rissen sie Witze über Lazlos Nasenhaare und seine Hugh-Hefner-artige Wohnung und lachten über schnarchende Männer. Durch all das gewann ich unverhofft einen Schimmer davon, wie meine Mom gewesen sein musste, bevor sie meine Mutter – oder überhaupt eine Mutter – gewesen war; ein flüchtiges, anderes Bild von ihr, ein wenig so, wie der rote Mercedes mir eines von meinem Vater gegeben hatte – es machte mich froh, dass sie nicht immer die Personen gewesen waren, die sie hatten werden müssen.

Meine Mutter und Ula öffneten eine Flasche Wein und rauchten Ulas Zigaretten. Inzwischen hatte Ula das Kochen ganz übernommen, und meine Mutter saß an der Küchentheke und genoss den Augenblick.

»Wo hast du denn deinen Mann aufgelesen?«, fragte Ula mit ihrem melodischen Akzent.

»In Organischer Chemie. Er wollte sich meinen Bunsenbrenner borgen.« Wie meine Mutter das sagte, klang es wie die Pointe eines schmutzigen Witzes. Und Ulas Lachen klang genauso.

»Heißer Typ.«

»Ja, das war er ... ist er noch.«

Mein Vater saß auf dem Heuboden, der zu einem Wohnraum mit sechs Meter hoher Decke geworden war. Scheite knisterten in dem Kamin aus Steinen, die meine Eltern selbst im Bach ausgesucht hatten.

Mein Vater hörte mit Behagen zu, wie der französische Pillendreher dem Ethnobotaniker erzählte, wie brillant Dad sei: »Wissen Sie, Will hat als Erster das Potential der Inhibitoren bei der Wiederaufnahme des Neurotransmitters Serotonin erkannt.«

Normalerweise schaltete ich ab, wenn mein Vater und seine Freunde Fachgespräche führten. Nach der Fahrt im Mercedes aber und nachdem ich verblüfft mit angehört hatte, wie mein Vater mit dem Polizisten redete und wie sich meine Mutter mit Ula über Sex unterhielt, als ob sie noch eine Puppe von vierundzwanzig wäre – das alles brachte mich auf die Idee, mir könnte etwas entgangen sein.

Also hörte ich zu, als mein Vater das Kompliment bescheiden abtat. »In den sechziger Jahren hat mich Diphenhydramin gereizt, und noch davor, als die Synthese des ersten SSRI gelungen war, Zimelidin aus Chlorpheniramin, das auch ein Antihistaminikum ist, aber die Nebenwirkungen haben mir damals Sorge gemacht, und das tun sie heute noch.«

Der französische Chemiker versuchte, mich in das Gespräch einzubeziehen. »Dein Vater macht sich immer um die Nebenwirkungen Sorgen.«

»Nicht dass man auf mich gehört hätte.«

Der Deutsche lauschte aufmerksam. »Haben Sie je mit natürlichen Drogen gearbeitet, Professor Friedrich?«

»Nein«, antwortete meine Mutter für ihn.

Das schien den Deutschen zu verwirren. »Aber ich war der Annahme, Sie hätten mit Dr. Winton zusammengearbeitet.« Mit der Erwähnung dieses Namens war für meine Eltern die Thanksgiving-Atmosphäre zum Teufel.

»Wo mögen Sie das gehört haben?«

»Einer meiner Lehrer, Professor Honner, stand vor vielen Jahren in Korrespondenz mit Dr. Winton. Daraus ging für ihn hervor, dass Sie beide damals eine psychotrope Pflanze untersucht haben – eine Pflanze aus … woher noch gleich?«

»Stark. Dad, warum hast du mir denn davon nie erzählt?«

»Dr. Winton und ich waren an Yale Kollegen, aber von einer Korrespondenz hatte ich keine Kenntnis. Danach werden Sie Ihren Professor fragen müssen.«

»Leider ist er nicht mehr am Leben.« Wenn ich mir dieses Gespräch heute vergegenwärtige, sehe ich Erleichterung über das Gesicht meines Vaters huschen. »Vielleicht können Sie mir sagen, wie ich mit Dr. Winton Kontakt aufnehmen könnte?«

Ich antwortete anstelle meiner Eltern. »Sie ist ermordet worden.«

Scheinwerfer strichen über den Rasen und erleuchteten das Fenster. Becky war mit »einem Freund« aus New York gekommen. Seit Jahren hatte sie keinen Typen mehr mit nach Hause gebracht, und nach dem Essen in ihrem Loft war ich erstaunt gewesen, dass sie kommen sollte.

Wenn ich zurückblicke, wird mir klar, dass Becky Männer aus dem gleichen Grund stets leicht auf Abstand hielt, aus dem Lucy mit ihnen spielte: Die erstickende Übernähe in der Ehe meiner Eltern hatte sie verschreckt. Damals nahm ich einfach an, für Becky sei Sex nicht so wichtig. Ganz falsch lag ich damit nicht.

Als Becky mit ihrem neuen Freund vorfuhr, standen oder saßen wir alle im Wohnraum und schauten durch die vom Fußboden bis zur Decke gehenden Fenster. Sie hielten direkt unter uns; im Schein der Gartenlampen waren sie gut zu sehen. Alle beobachteten wir, wie Beckys »neuer Freund« (so nannte ihn meine Mutter) aus seinem weißen BMW stieg. Er trug einen Tweedanzug mit Fischgrätmuster, ein lilafarbenes Hemd und eine hängende Fliege. Ich schätzte ihn auf dreißig, einunddreißig.

»Doch, nicht übel, aber nicht wirklich mein Typ«, hatte Ula zu bemerken.

»Was haben Amerikaner eigentlich gegen amerikanische Autos?«, lautete der Kommentar des deutschen Ethnobotanikers.

Der französische Chemiker goss sich noch ein Glas Wein ein. »Wie heißt der Verlobte Ihrer Tochter?«

Meine Mutter stellte das richtig. »Er ist nicht ihr Verlobter.«

»Jedenfalls noch nicht.« Mein Vater sah den »neuen Freund« einen Blumenstrauß und ein Geschenkpäckchen vom Rücksitz holen.

Meine Mutter reckte den Hals, um ein besseres Bild zu gewinnen. »Ich glaube, er heißt Michael Charles.«

»Leute mit zwei Vornamen mag ich nicht.« Alle lachten, und Lazlo zündete sich eine neue Zigarette an. »Also, wenn die Blumen für mich sind, finde ich ihn sehr nett.«

Wieder lachten alle, bis auf meinen Vater. Dad knabberte an einem trockenen Kräcker und verfolgte, wie Michael das seidene Einstecktuch aus seiner Jacketttasche zog und damit drei Lehmspritzer von seinem Kotflügel wischte. Er mochte einen Meter fünfundsechzig, achtundsechzig groß sein, wirkte aber seiner guten Haltung wegen größer. Er hatte welliges braunes Haar und ein Profil wie der Indianer auf den alten Fünf-Cent-Münzen.

Wie er so mit Geschenken in den Armen dastand und darauf wartete, dass Becky mit dem Auffrischen ihres Make-ups fertig wurde und ausstieg, sah er an der Scheune hinauf, die abends größer und imposanter wirkte, als sie war, dann zu dem roten Mercedes hinüber, dann in die Richtung des Forellenbachs, der zwischen den kahlen Ästen unseres Wäldchens aufglitzerte; und dann erschien ein Lächeln auf seinem Gesicht, nicht, als fände er alles hübsch, sondern ein Grinsen, und er nickte, als sagte er sich, »für den Anfang nicht schlecht.«

Mein Vater beobachtete ihn genau so, wie er die Waldmurmeltiere, die ihm die Pfirsiche von seinen Bäumen stahlen, beobachtete, bevor er sie abschoss.

Nun ging Beckys neuer Freund um den Wagen zur Beifahrertür, um sie für Becky öffnen, und meine Mutter rief aus: »Sieh an, ein Kavalier! Zwei Punkte mehr!«

Als meine Schwester aufstand, strich ihr Michael Charles langsam das Haar aus dem Gesicht, berührte ihr Kinn, als wäre es ein Schmuckkästchen, drehte ihr leicht den Kopf zur Seite und küsste sie auf den Mund. Nur mir fiel auf, dass er sich dazu auf die Zehenspitzen stellen musste.

Der Franzose und der Deutsche applaudierten, und mein Vater sagte in den Raum hinein: »Er weiß mit Publikum umzugehen.«

Meiner Mutter gefiel diese Bemerkung nicht. »Was soll das heißen?«

»Er weiß, dass wir ihm zusehen. Er tut es für uns, nicht für sie.«

Das Bukett war tatsächlich für meine Mutter. Zwei Dutzend Kallalilien. Das Geschenk war für meinen Vater. Ein gerahmtes Schwarzweißfoto von Becky, das Michael Charles im Sommer aufgenommen hatte. Offensichtlich kannte sie ihn schon länger, als meine Eltern wussten.

Becky gehörte zu den hübschen Frauen, die sich nicht gut fotografieren lassen. Sobald jemand eine Kamera zückte, rutschte das Lächeln von ihrem Gesicht. Ihr Ausdruck veränderte sich, ihre Augen wurden klein, sie streckte das Kinn vor, kippte den Kopf nach hinten und sah an ihrer Nase entlang auf die Person, die den Versuch gewagt hatte, ihr Wesen einzufangen. Wenn man die Schnappschüsse von Becky in unserem Familienalbum betrachtete, die über die Jahre hinweg von ihr entstanden waren, sah man sie geradezu denken: »Das bin ich nicht. Du kriegst mich nie zu fassen.«

Mit diesem Foto jedoch, das Michael von ihr aufgenommen hatte, in einem schattigen Garten, ihr Gesicht halb von Farnen verdeckt, hatte er eine Seite von Becky erfasst, die sanft sinnlich war, geheimnisvoll exotisch und so erbarmungslos gescheit wie eine dieser Insekten fressenden Pflanzen.

Ich spürte, dass Becky selbst sich so, wie Michael sie gesehen hatte, besser gefiel als meinem Vater. Dad bedankte sich und lächelte, als Michael eine Leica aus der Tasche zog und meinen Vater fotografierte, wie er das Porträt von Becky auf den Kaminsims stellte, neben meinen verlogenen Journalismuspreis.

Während mein Vater den Truthahn tranchierte, kam in wenigen Minuten der Konversation zutage, dass Michael Charles in St. Paul, Minnesota, aufgewachsen war, an der Stanford University ein juristisches Studium absolviert hatte und nach New York gekommen war, um in einer, wie er sagte, »altehrwürdigen Sozietät« Unternehmensrecht zu praktizieren. Rasch fügte er jedoch hinzu: »Ich habe erkannt, dass mir das nicht liegt.«

»Weißes oder dunkles Fleisch?«, erkundigte sich mein Vater.

»Beides ist mir recht.«

»Das hört man gern. Und was liegt Ihnen nun, Michael?«

»Ich habe meine eigene Kanzlei gegründet, auf Unterhaltungsmedien spezialisiert. Wir vertreten Schauspieler, Regisseure, Produzenten, auch ein paar Schriftsteller. Nicht viele. Sie sind furchtbar lästig und verdienen nicht genug Geld.« Er redete keck und ungezwungen, mit einer so beiläufigen Offenheit, dass man ihn für aufrichtig hätte halten können.

»Mein Sohn Zach ist Schriftsteller.« Mein Kopf fuhr herum.

Michael sah mich neugierig an. »Was Sie nicht sagen.«

»Er hat den Journalismus-Wettbewerb von New Jersey gewonnen.« Mit seinem Tranchiermesser deutete mein Vater auf den Kaminsims. »Aber ich glaube, eigentlich ist er zum Fabulieren begabt.« Aus Dads Ton ging für mich nicht klar hervor, ob er andeuten wollte, er wisse, dass mein preisgekrönter Essay über die Gefahren des Drogenkonsums nicht meinen tiefsten Überzeugungen entsprungen war, oder ob er nur meinte, ich käme auch mit anderem als der Wahrheit gut zurecht.

»Worum ging es denn in deinem Artikel?«

»Das war so langweilig, dass es sich nicht lohnt, davon zu reden.«

Michael sah mich lächelnd an, nicht weil ich der kleine Bruder war, sondern als könnte es sich lohnen, einen Preisträger wie mich näher kennenzulernen. Ein angenehmes Gefühl für mich. »Schick mir doch einmal etwas von dir.«

Als ich die Erbsen, die ich hereintrug, auf den Tisch stellte, gab er mir seine Visitenkarte.

Becky mischte sich ein. »Er ist *mein* kleiner Bruder, zehn Prozent gehen an mich.« Sie umarmte mich auf ihre Art, mehr Kopfzange als Rückentätscheln.

»Wann ist das denn passiert?« Es gab kein »das«, von dem ich hätte berichten können. Wie die meisten Teenager, die weder in Mathematik noch in Naturwissenschaften gut sind, träumte ich von einem Schriftstellerleben – nicht vom Sitzen an der Schreibmaschine, sondern vom nachträglichen Durchleuchten alles Bösen, wenn nichts mehr daran zu ändern ist, außer indem man es niederschreibt. Diese Fantasie schlug in mir Wurzeln, als ich Michaels Karte in der Hand hielt.

»Tu's«, flüsterte Becky mir ins Ohr, »Michael kennt jeden.«

»Warum die Unterhaltungsbranche, Michael?« Unauffällig hatte mein Vater die Platzkärtchen ausgetauscht, sodass ihm Michael gegenübersaß. Becky und mich hatte er ans andere Tischende gesetzt.

»Auf der persönlichen Ebene, weil ich gern mit kreativen Menschen zusammenarbeite und ihnen helfe, ihre Träume zu verwirklichen. Und unter geschäftlichen Aspekten betrachtet, weil in der Unterhaltung die Zukunft liegt.«

»Wie das?« Mein Vater bedeutete ihm, er solle Platz nehmen.

»Unterhaltung ist das Produkt, von dem Amerika am meisten versteht. Träume, Phantasmen, Film, Fernsehen …«

»*Bonanza* ist in Deutschland sehr beliebt.«

»In Frankreich auch. Und auf jedem Kanal läuft *Columbo*!«

Erfreuliche Nachrichten für Michael. »Genau. Und ich kenne zwar Ihre politische Einstellung nicht, aber ich meine, es ist ehrenwerter, wenn Amerika damit Profit macht, als mit dem Export von Kriegen wie dem in Vietnam und mit der Produktion mieser Autos.«

»Eine interessante Sichtweise. Was aber, wenn wir unsere Ängste exportieren?«

Der französische Chemiker schenkte allen von dem St. Emilion ein, den er mitgebracht hatte. »Deswegen sind wir im Pharmageschäft.«

Mein Vater lachte und wandte seine Aufmerksamkeit einer näherliegenden Frage zu. »Nun, Michael, erzählen Sie mir doch einmal etwas über sich.« Im Verlauf der folgenden drei Gänge stellte Dad ihm so viele Fragen, dass man hätte meinen können, Michael habe sich bei ihm um einen Job beworben. So war es natürlich in gewisser Hinsicht auch.

Unentwegt füllte mein Vater Michaels Weinglas nach und erkundigte sich beiläufig und unzusammenhängend nach scheinbar nebensächlichen, abgelegenen Dingen, doch mir war klar, dass hinter alldem die Absicht stand, Beckys »neuen Freund« systematisch einzulullen und dazu zu bringen, mehr von sich preiszugeben, als ihm bewusst war.

Und wie haben Sie das empfunden? Was hat Ihre Familie davon gehalten? Das ist eine interessante Formulierung.

Besonders listig von meinem Vater fand ich, dass er peinliche Geschichten aus seiner Jugend erzählte, um Michael Anekdoten zu entlocken, die er normalerweise dem Vater einer Freundin nicht dargeboten hätte. Mein Vater war gut darin, den netten Kerl zu spielen.

Als ich mir eine zweite Portion Truthahn holen ging, hörte ich, dass Michael ihm erzählte, wie er einmal an Halloween, als Nonne verkleidet, hundertsiebenundvierzig Dollar für UNICEF gesammelt hatte. Die Pointe war, dass er als Dreizehnjähriger eine so unattraktive Nonne abgegeben hatte, dass die Leute in der Nachbarschaft mehr spendeten, als sie es sonst getan hätten. Anscheinend nahm ihm mein Vater das wahrhaftig ab.

Als ich an meinen Platz zurückkam, berichtete meine Schwester Lazlo und Ula von einer Modekollektion, die sie entwerfe. »Und was ist mit deiner Malerei?«, fragte ich, und Becky erwiderte höhnisch: »Es gibt da etwas, worüber die Friedrichs niemals sprechen. Man nennt es gemeinhin Geldverdienen.« Alle hatten verstanden, nur ich nicht.

»Du nähst also Kleider und so was?« Im Gegensatz zu meiner Mutter war Becky im Nähen immer gut gewesen.

»Männerkleidung.« Bevor ich nachhaken konnte, rief sie: »Michael, Schatz, steh doch mal auf und zeige allen, wie fabelhaft ich bin.«

Michael erhob sich wie befohlen und führte seinen Hahnentrittanzug vor. Alle machten Ooh und Aah, und mein Vater sagte lächelnd: »Ich wollte ihn gerade fragen, wo er dieses Stück gefunden hat.«

Nun fragte Lazlo: »Hast du vielleicht auch Sachen, in denen ich weniger kahl, fett und alt aussehen würde?«

»Lazlo«, sagte Ula laut, »du gehörst zu den Männern, die nackt schöner sind als angezogen.«

»Ula, was musste Lazlo dir dafür zahlen, damit du das sagst?« Alle bogen sich vor Lachen, nicht weil es so komisch war, sondern weil sie den größten Teil einer Kiste Wein getrunken hatten und weil Thanksgiving war und man das Gefühl hatte, sich bei uns am Tisch besser zu vergnügen als an jedem anderen Tisch der Welt.

Ich begleitete Becky zum Wagen, als sie gingen; Michael saß schon am Steuer. Als sie einstieg, hörte ich ihn ihr ins Ohr flüstern: »Wie ich's dir gesagt habe – dein Vater mag mich.«

Ich ging ins Haus zurück, wo sich Lazlo, meine Mutter und Ula um das Geschirr kümmerten. Ich starrte auf die Visitenkarte, die Michael mir gegeben hatte, und hörte mir die Bemerkungen an, die sich die drei zuwarfen. Zwischen Becky und Michael sei es »ernst«, meinte meine Mutter. Für Michael fand Lazlo die beste Formel – »Was wäre da schon nicht zu mögen?«

Mein Vater saß allein am Esstisch und schaute in die traurigen Augen des Pudels, der Bambi die Kehle zerfetzt hatte. Meine Mutter wartete darauf, dass Dad seine Meinung kundtue. Schließlich fragte sie: »Nun, Will, was hältst du von ihrem neuen Freund?«

»Ich halte Michael für intelligent, sehr gut ausgebildet und ehrgeizig, und im Großen und Ganzen mag ich ihn.«

»Gott sei Dank.«

»Nur für Becky mag ich ihn nicht.«

»Warum nicht?« Ich wunderte mich, war aber nicht überrascht.

Mein Vater sprach ganz langsam, wie ein Spion, der eine chiffrierte Nachricht sendet. »Manche … Frauen … könnten … sich in … einer Ehe … mit einem Mann wie Michael Charles … wohlfühlen. Nur … glaube ich nicht … dass Becky … eine solche … Frau ist.«

»Und warum nicht?«, fragte nun meine Mutter.

»So abgeklärt ist sie nicht.«

Das mochte meine Mutter nicht gelten lassen. »Becky hat eine abgeschlossene Kunstausbildung. Sie ist sehr abgeklärt. Warum unterschätzt du deine Kinder?«

»Ich unterschätze meine Kinder nicht, und gewiss nicht Becky oder diesen gottverdammten Michael Charles. Ich habe nur meine auf Beobachtung basierende Meinung geäußert.«

»Na schön, kannst du dich dann konkreter äußern?« Im Ton meiner Mutter lag eine gewisse Schärfe. Ula und Lazlo fragten sich bereits, ob sie mit ihrer Bitte, über Nacht bei uns bleiben zu können, einen Fehler gemacht hatten.

»Ich werde das mit Becky erörtern, wenn und falls ich es an der Zeit finde.«

»Sie sind bereits verlobt.«

»Du meine Güte.« Mein Vater nahm einen fleischlosen Knochen von dem Truthahngerippe, trug ihn nach draußen und gab ihn Grey. Mutter folgte ihm auf die Veranda. Als sie sahen, dass ich lauschte, entfernten sie sich vom Haus, damit ich nicht mitbekäme, was sie sagten. Der Papagei watschelte ihnen nach und rief die Namen derer, die fortgegangen waren. »Becky, Lucy, Willy … Jack …«

Ula ging nach oben, um ins Bad und dann zu Bett zu gehen. Lazlo, der keine Zigaretten mehr hatte, pickte eine zur Hälfte gerauchte Lucky Strike aus dem Aschenbecher.

»Lazlo, was läuft hier eigentlich? Warum kann ihn Dad nicht leiden?«

»Deinem Vater macht's keinen Spaß, ein Mistkerl zu sein. Er kann einfach nicht anders.« Lazlo pustete sich zwei Ladungen Dristan in die Nase, dann zündete er sich die ausgedrückte Zigarette an. Beim Abendessen hatte er allen erzählt, er habe eine Stauballergie entwickelt.

»Wieso kann er nicht anders?«

»Wenn die Leute ihn was fragen, nimmt er an, sie wollten hören, was er wirklich denkt.«

»Er schätzt Menschen nicht immer richtig ein.«

»Nicht immer. Aber wenn er etwas sagt, das einem verrückt vorkommt, und besonders, wenn es einen fuchst, dann stellt es sich irgendwie fast immer als wahr heraus – wahrer, als ihm lieb ist.«

»Du hältst ihm bloß die Stange, weil er dich mag.«

»Mir hat mal eine Firma gehört, ein Teil von einer Firma. Hat Altmetall an die Japaner verkauft. Wir brauchten einen Direktor – einen guten Geschäftsmann. Ich stöbere sechs Typen auf, die mir was zu taugen scheinen. Und ich bitte deinen Vater, sie sich anzusehen und mir zu sagen, was er von ihnen hält.«

»Und er hat dir gesagt, welcher Typ der beste sei. Den hast du eingestellt, er hat sich als großartig erwiesen, und du hast viel Geld verdient.«

»Nein, du Klugscheißer. Dein Vater hat gesagt, der Mann namens Slaussen ist der Beste, aber ich soll ihn nicht einstellen. Ich soll den Zweitbesten nehmen – ich weiß nicht mehr, wie der hieß. Da sage ich zu deinem Vater: ›Bist du verrückt, warum soll ich denn nicht den Besten, den Gescheitesten nehmen?‹ Und dein Vater sieht mir in die Augen und sagt wortwörtlich: ›Slaussen ist zu überdreht. In sechs Monaten hat er entweder einen Herzanfall oder er erschießt sich.‹ Ich lache, sage Danke, auch wenn's mir nichts gebracht hat, und stelle Slaussen ein, den Besten. Die ersten sechs Monate bewährt er sich großartig. Im siebten springt er vor eine Subway.«

»Woher wusste mein Vater das?«

»Mir hat er gesagt, irgendwas daran, wie der Mann sein Steak gegessen hat, hätte ihm gezeigt, dass etwas mit ihm nicht stimmt.«

»Wie er sein Steak geschnitten hat?«

»Frag deinen Vater selbst.«

***

Mein Vater wollte mir nicht sagen, warum er sich so sicher war, dass Becky nicht »abgeklärt genug« sei, Michael Charles zu heiraten. Er sagte, seine Bedenken gingen außer Becky niemanden etwas an. Eine

Woche nach Thanksgiving rief Michael meinen Vater bei der Arbeit an und lud ihn und meine Mutter in ein Restaurant namens Grenouille zum Mittagessen ein. »Becky und ich müssen euch etwas Wichtiges fragen.«

Mein Vater stimmte dem Treffen unter der Bedingung zu, dass Becky zuvor zu einem Gespräch mit ihm aufs Land hinauskäme. Drei Stunden später stand sie vor der Tür. Offensichtlich wollte sie den Handel unter Dach und Fach bringen.

Ein Eissturm hatte die Welt glasiert. Ich kam gerade aus der Schule, als Becky aus dem Haus gestapft kam; sie war kaum fünfzehn Minuten da gewesen. Mit traurigem Gesicht stand meine Mutter auf der Schwelle und musste mit ansehen, wie ihre älteste Tochter vor lauter Eile, von unserem Vater wegzukommen, ausrutschte und stürzte.

Dad bemühte sich nach Kräften, ihr aufzuhelfen, doch im schwindenden Licht dieses kalten Dezembernachmittags sah es aus, als ringe er mit seinem Schatten. Als er sich zu ihr hinunterbückte, brüllte sie: »Bleib mir bloß vom Leib!«

»Wenn ich dich nicht lieben würde, hätte ich kein Wort gesagt.«

»Du tust mir leid.« Becky hatte sich das Knie aufgeschürft und ihre Strumpfhose zerrissen. Auf hohen Absätzen, die im Schnee einsanken, eierte sie auf den BMW zu, den sie sich von Michael geliehen hatte. »Nein – Mom und Zach tun mir leid, weil sie mit dir leben müssen.« Sie fand den richtigen Schlüssel für die Autotür nicht. »Nie kannst du glauben, dass jemand genau das ist, was er zu sein scheint.« Hätte sie das Auto nicht abgeschlossen gehabt, hätte sie nicht noch nachgeschoben: »Du bist so damit beschäftigt, alle Welt zu psychoanalysieren, dass du gar nicht merkst, wie verrückt und paranoid du durch Casper Gedsic geworden bist.«

Ohne mit der Wimper zu zucken, steckte mein Vater ihren Volltreffer weg. In der kalten Luft schien er Dampf auszuatmen. »Du magst recht haben, was mich angeht, aber das bedeutet nicht, dass ich deinen neuen Freund falsch einschätze.«

Becky knallte die Autotür zu, ließ den Motor an und stieß zurück.

»Frag ihn selbst«, rief ihr mein Vater nach.

Becky hielt noch einmal an und kurbelte das Fenster hinunter. »Das hab ich schon.«

Darauf war mein Vater nicht vorbereitet. »Was hat er dazu gesagt?«

»Dass er nicht schwul ist.«

Ich war baff. So gut wie jeden Verdacht hätte ich meinem Vater zugetraut, nur diesen nicht.

»Woher weißt du, dass er die Wahrheit sagt?«

»Weil ich mit ihm geschlafen habe. Oft.«

»Das beweist noch nichts.«

»Hauptsache, du hast recht, das ist dir wichtiger, als mich glücklich zu sehen.«

Mein Vater sah aus, als bräche er gleich in Tränen aus. In dem sicheren Gefühl, dass er noch verrückter war als ich, folgte ich ihm ins Haus.

Um sich abzulenken, entschuldigte sich meine Mutter dafür, dass ihr das Huhn angebrannt war. »Das ist die geringste unserer Sorgen«, sagte mein Vater zu ihr.

Ich war siebzehn, im letzten Highschool-Jahr; wir schrieben das Jahr 1971. »Dad, wenn Becky mit ihm geschlafen hat, kann er doch nicht schwul sein.«

»Das zeigt, wie wenig du von der Welt weißt, Zach.«

»Du könntest dich auch irren, Will.« Meine Mutter hatte mittlerweile die verbrannten Teile vom Huhn abgekratzt.

»Ich wünschte, dem wäre so, aber ich fürchte, ich irre mich nicht. Sie begibt sich in eine Situation, an der sie nur scheitern kann. Er wird Bedürfnisse an sie herantragen, die sie nicht erfüllen kann, und das wird ihr das Herz brechen.«

»Du bist kein Prophet.«

»Wenn er gern Sex mit Typen hat, warum sollte er dann heiraten wollen?«

»Aus allen möglichen Gründen. Aus Scham, oder Schuldgefühlen, weil er davon träumt, eine Ehefrau werde ihn von seinen Neigungen befreien, oder weil er sich ehrlich Kinder wünscht. Wenn er den Mumm hätte, aufrichtig zu sein, hätte ich Respekt vor ihm. Aber sie zu täuschen …« Je mehr mein Vater darüber nachdachte, desto zorniger wurde er. »Ach was – ein Geschäftemacher wie er? Wahrscheinlich geht er davon aus, dass es fürs Geschäft vorteilhaft ist, verheiratet zu sein. Sie liefert ihm die perfekte Tarnung; sie liebt ihn.«

»Warum musst du alles so hässlich machen?« Meine Mutter schob ihren Teller von sich.

»Ich beantworte Zachs Frage. Viele homosexuelle Männer heiraten, Zach. Die weitaus meisten davon machen damit sich und ihre Frauen zutiefst unglücklich.«

Mir kam das so vor, als hätte er mir erzählt, Hunde liefen auf ihren Ohren. Nichts von dem, was ich kannte, legte solche Schlüsse nahe. »Wie wer zum Beispiel?«

Mein Vater leierte eine Liste von Namen herunter. Zwei davon waren Psychologen oder Psychiater, die uns manchmal mit ihren Frauen und Kindern besuchten.

»Woher weißt du denn, dass sie schwul sind?«

»Weil sie es mir gesagt haben.«

»Wieso sind sie zu dir gekommen?«

»Weil mich Außenstehende, im Gegensatz zu meiner Familie, für einen verständnisvollen Menschen halten.«

»Und was hast du ihnen geraten?«

»Keine Lüge zu leben.«

Meine Mutter nahm ihren Teller und ging damit zum Spülbecken. »Das ist leichter gesagt als getan.«

»Ich schäme mich nicht, getan zu haben, was ich tun musste, um meine Kinder zu schützen.« Nun ging es zwischen ihnen nicht mehr darum, ob Michael Charles schwul sei oder nicht.

»Ich glaube, du bist eifersüchtig.« Das war das Gemeinste, was meiner Mutter einfiel.

»Auf einen popeligen Anwalt, der nicht mal genügend Testosteron hat, um zuzugeben, was er ist?«

»Du bist eifersüchtig, weil er ehrgeizig ist, genau wie du es warst. Und weil er jung und erfolgreich ist, weil deine Tochter in ihn verliebt ist, und vor allem, weil das Leben noch vor ihm liegt.«

»Für so kleinlich kannst du mich doch nicht halten?«

»Doch. Weil ich glaube, dass du menschlich bist.«

»Ja, diese Schuld habe ich allerdings auf mich geladen.«

***

Ich wurde nicht zu dem Mittagessen im Grenouille gebeten. Laut meiner Mutter bat Michael Charles bei einem Hummersalat meinen Vater um die Erlaubnis, seine Tochter zu ehelichen, und grimmig erteilte mein Vater ihnen den Segen. Michael überreichte Becky einen Verlobungsring mit Brillanten und Rubinen, den mein Vater, wie er mir sagte, im Verdacht hatte, er sei »so unecht wie der Kerl selbst«.

Erstaunlicherweise besuchten uns Michael und Becky in den Monaten vor der Hochzeit oft. Ich bekam nicht heraus, ob Becky ihm von ihrem Zusammenstoß mit unserem Vater erzählt hatte. Dad war der Meinung, sie und Michael wollten ihn nur ärgern, indem sie so taten, als wäre alles in bester Ordnung.

Michael gegenüber verhielt er sich höflich, aber reserviert, Becky gegenüber übertrieben liebevoll. Auf den Fotos, die Michael vor der Hochzeit weiterhin machte, hat Dad immer den Arm um Beckys Schultern. Und auf vielen blickt sie nicht in die Kamera, sondern auf meines Vaters Hand, und das mit einer Miene, die zum Ausdruck bringt, sie finde, diese Hand gehöre da nicht mehr hin.

Über die Gründe für seinen Verdacht und über Michaels sexuelle Orientierung sprach er nie, jedenfalls nicht in meiner Gegenwart. Wenn Becky und ihr Verlobter jedoch nicht da oder außer Hörweite waren, brachte es mein Vater nicht fertig, Michael ohne das Wort »popelig« zu erwähnen.

Ich mochte Michael. Er ließ mich seinen BMW fahren, lud mich an den Drehort von *Der Pate* ein, erzählte Marlon Brando, ich sei Schriftsteller. Als ich ihm meinen Anti-Drogen-Artikel geschickt hatte und er mich anrief, um zu sagen, er finde ihn »interessant«, wurde er mir noch sympathischer.

Ich hörte heraus, dass er nicht beeindruckt war, und darum sagte ich nervös: »Ich hab mir das alles aus den Fingern gesogen. Ich war stoned, als ich das geschrieben habe.«

»Das ist ja fantastisch! Du hast mich komplett reingelegt. Der Artikel wird viel besser, wenn man das weiß.« Ich mochte Michael auch, weil sein Shit toll war.

Zu meiner Überraschung verbat es sich mein Vater nicht nur, dass Michael sich an den Kosten der Hochzeit beteiligte, sondern bestand sogar darauf, bei dieser Feier, die er nicht geben wollte, keinen Aufwand zu scheuen – ein Partyzelt, ein Festessen für hundertfünfzig Personen, eine achtköpfige Kapelle, Alkohol in rauen Mengen und Veuve-Clicquot in Strömen vom Anfang bis zum Ende.

Die Hochzeit sollte am Samstag, den siebzehnten April stattfinden, nach der Woche, in der die Colleges ihre Aufnahmebenachrichtigungen versandten. Da ich wusste, dass ich ohnehin von keinem, an das ich wollte, angenommen werden würde, ließ ich meine Mutter den Briefkasten für mich im Auge behalten. Am Freitag vor der Hochzeit wartete ich noch immer auf die schlechten Neuigkeiten.

Willy flog an diesem Nachmittag aus Rom ein. Lucy sollte um die gleiche Zeit eintreffen, hatte jedoch in Tanger ihr Flugzeug verpasst und ihre Ankunft für den Morgen des Hochzeitstags angekündigt. Becky sagte, das tue sie absichtlich. Lucy hatte Mutter geschrieben, sie werde ihren »neuen Freund« mitbringen. Wie er hieß, wussten wir nicht.

Als meine Mutter laut überlegte, was sie auf sein Platzkärtchen schreiben sollte, sagte mein Vater, »Schwarzer Prinz«. Mittlerweile war ihm alles gleich. Solange Lucy nur nicht einen weiteren Popel anschleppte.

***

Als ich an diesem Freitag aus der Schule heimkam, wurde gerade das Zelt errichtet. Der Lieferwagen eines Traiteurs und der Laster der Zeltverleihfirma blockierten die Auffahrt. Tische und Stühle wurden abgeladen und aufgestellt. Auf dem abschüssigen Rasen wurde eine Tanzfläche verlegt. Es wimmelte nur so von Floristen und Arbeitern. Zwei Handwerker strichen die Stufen vor der Haustür neu und reparierten nicht richtig schließende Türen und klemmende Fenster. All die kleinen Mängel, über die sich mein Vater seit Jahren beschwerte, ohne dass er je dazu gekommen war, sie selbst zu beseitigen, wurden für die Hochzeit behoben, die Dad lieber gar nicht hätte stattfinden sehen. Zuerst nahm ich an, Dad wolle das Ganze perfekt wirken lassen, weil es das nicht war. Im Verlauf des Wochenendes aber kam der Verdacht in mir auf, dass er das alles unternahm, damit Becky ihm, wenn ihre Ehe erst schiefgegangen war, nie würde vorwerfen können, seinetwegen hätte sie schon unter schlechten Vorzeichen begonnen.

Am meisten überraschte mich, dass mir der Bruder, der von mir seit dem Sunshine-Zwischenfall nur mit einem verbiesterten Grienen oder bestenfalls mit einem muffligen »Hallo« Kenntnis genommen hatte, kaum war ich im Haus, »Ciao, Z!« entgegenrief. Dass Willy mich bei meinem Spitznamen nannte, war völlig neu und klang beinahe so, als hätte er mich vermisst. »Komm, verrat mir, was in der Irrenanstalt hier eigentlich so läuft.«

Willy hatte sich in seinem alten Zimmer einquartiert und zog sich gerade um. Um fünf sollten wir zu der Probe in der Dorfkirche sein. Willy und ich waren die Platzanweiser. Nach der Probe war ein Probeessen geplant. Michael hatte den Ryland Inn komplett für Beckys und seine New Yorker Freunde reserviert, damit sie das Wochenende über bleiben konnten.

In der guten Stunde, seit er nach Hause gekommen war, hatte Willy sämtliche Fotos, die ihn beim Überqueren von Ziellinien und als

Sieger von Rennen zeigten, entfernt. Die Siegesmedaillen, die an Türknäufen und um Lampenschirme gehangen hatten, waren fortgeräumt. Willy hatte nicht nur wieder von seinem alten Zimmer Besitz genommen, er hatte es umgestaltet. Seine Wände waren kahl, bis auf eine alte Zeichnung, auf der ein Mann mit zwei Dutzend Pfeilen im Körper an einen Pfahl gefesselt war. Merkwürdigerweise schien ihm das, nach seiner Miene zu schließen, nichts auszumachen.

Willy umarmte mich. »Gut dich zu sehen, Bruder.«

»Starkes Bild.« Willys Freundlichkeit schüchterte mich so ein, dass ich nicht wusste, was ich sonst sagen sollte.

»Eine Skizze von Jan Mabuse, sechzehntes Jahrhundert. Hab ich in Mailand auf dem Flohmarkt gekauft – für fünf Dollar. Das ist der heilige Sebastian.«

»Der Schutzpatron der Bogenschützen.«

Dass Willy über meinen Scherz tatsächlich lachte, schockierte mich geradezu. »Was hat sich in der Familie denn nun so getan?«

»Hat Mom dir nicht davon erzählt?« Sie hatten miteinander telefoniert.

»Sie hat gesagt, Dad hätte in Hinblick auf Michael gemischte Gefühle.« Willy war ihm noch nicht begegnet.

»Er kann ihn ums Verrecken nicht ausstehen.«

»Was hat er denn getan?«

»Nichts. Außer dass Dad meint, er wäre schwul.« Willy lachte, aber er war nicht belustigt, das sah ich ihm an.

»Wie kommt Dad darauf?«

»Er leidet eben unter Homophobie.« Den Begriff hatte ich aus einem der Psychologiebücher meines Vaters; ich stellte mittlerweile der gesamten Familie Diagnosen.

Willy band sich sorgfältig die Krawatte. »Gegen Dad spricht zwar vieles, das aber nicht.« Gewöhnlich war Willy der Erste, der die Hypothesen unseres Vaters ablehnte.

»Becky hat ihm glatt ins Gesicht gesagt, er sei verrückt.« Ich wollte weniger Klatsch verbreiten, als Willy zum Weitersprechen bringen.

»Die Sache mit Casper hätte ihn plemplem gemacht, hat sie ihm erklärt.«

»Becky ist ganz schön mutig.«

»Meinst du, er spinnt?«

»Das sag ich dir, wenn ich Michael kennengelernt habe.«

Die Probe in der Kirche verlief ereignislos. Michaels Trauzeuge war ein Schauspieler, der für eine Broadway-Rolle einen Tony gewonnen hatte. Er hatte gefärbte Haare und schien ganz nett zu sein. Alle machten großen Wind um ihn, obwohl ich von dem Stück noch nie gehört hatte. Und er war eindeutig nicht schwul, denn er machte Beckys Brautjungfern vor den Augen ihrer Freunde an. Lucy sollte als Ehrenbrautjungfer fungieren, wenn sie nicht wieder ihr Flugzeug verpasste.

Der Geistliche tat, als wäre er ein alter Freund der Familie, und nachdem er etwas davon gebrabbelt hatte, wie wichtig Liebe, ein Heim und Aufrichtigkeit Becky stets gewesen seien, obwohl er ihr gerade zum ersten Mal begegnet war, steckte ihm Dad einen Scheck zu.

Beim Probeessen wurde es lustiger. Michaels beste Freunde aus New York waren interessant, sobald sie aufhörten, von Leuten zu reden, die ich nicht kannte, und von Orten, von denen ich noch nie gehört hatte. St. Bart's, Todi, ein Restaurant namens Elaine's – am ödesten waren die endlosen Gespräche über Immobilienpreise. Aber sie hielten richtig gute Ansprachen, und einige gaben Songs und Gedichte zum Besten, in denen es darum ging, wie Michael und Becky zusammengefunden hatten und die gerade so komisch und anzüglich waren, dass der Geistliche errötete, aber zugleich lachen musste.

Die einzige Person aus Michaels Verwandtschaft, die erschien, war seine Mutter, ein puppenhaft kleines Frauchen mit Nerzstola und Unmengen von Schmuck, den mein Vater mir gegenüber für so falsch erklärte wie den Verlobungsring. Jedes Mal, wenn sie sagte, »Sie werden uns prächtige Enkel bescheren, was, Professor Friedrich?«, verzog mein Vater das Gesicht, als wäre ihm soeben ein Zahn abgebrochen.

Ich hörte ihn meiner Mutter zutuscheln: »Wahrscheinlich hat Michael seine übrige Verwandtschaft daheim gelassen, weil sie alle Hasenscharten und Schwimmhäute haben.«

Er hatte Michaels Mutter neben Ida gesetzt, die ihr Haar immer noch mit Henna färbte und durch eine Zigarettenspitze Chesterfields rauchte. Die Jahre und die Zigaretten hatten ihren Teint so trocken und schrumplig werden lassen wie eine alte Krokohandtasche. Ida verriet Michaels Mutter: »Ich habe geträumt, sie hätten Zwillinge bekommen, einen dunklen, einen hellen. Notieren Sie sich das und schreiben Sie auch das Datum dazu, damit Sie feststellen können, ob ich recht hatte. Es werden die größten, dicksten Babys, die Sie je gesehen haben.«

»Oh Gott, das will ich aber nicht hoffen!«, rief Michaels Mutter aus, die nicht ahnte, dass Ida hellseherische Fähigkeiten zu besitzen glaubte.

Ida nahm kein Blatt vor den Mund. »Was Sie hoffen, ist der Zukunft gleichgültig.«

Homer trug denselben Anzug wie an dem Tag, als ich die Albumseite zerrissen hatte, oder wenigstens sah er genauso aus. Sein Haar hatte den matten Grauton einer Aluminiumpfanne, sein Bart jedoch war noch so schwarz und glänzend wie Lakritze, mit Ausnahme eines weißen Streifens von der Unterlippe bis zum Kinn, der ihm das Aussehen eines sehr klugen Dachses verlieh.

Vor- und zurückschaukelnd, nahm Homer das Schauspiel des Probeabendessens in sich auf und verkündete immer wieder warnend das Offenkundige: »Wenn man verheiratet ist, ist man verheiratet.«

Nachdem er das etwa zehnmal gesagt hatte, fragte Michaels Mutter: »Fühlt er sich auch wohl?«

Ida wandte sich an Homer: »Fühlst du dich auch wohl, mein Sohn?«

Homer dachte lange nach, dann antwortete er: »Nein«.

Als das Dessert aufgetragen wurde, überraschte Michael alle mit einem Trio gitarrezupfender mexikanischer Mariachi-Sänger, in Nationaltracht und mit Sombreros auf den Köpfen. Becky tat ebenfalls überrascht, aber sie musste davon gewusst haben, denn den Tanz, den sie nun zusammen darboten, hatten sie sichtlich einstudiert. Und als das Stück endete, bog er meine älteste Schwester über sein Knie nach hinten, bis ihr Haar den Boden berührte, und küsste sie auf den Hals wie ein Vampir, woraufhin alle klatschten.

Nach dem Essen stand Willy auf und mischte sich unter Michaels und Beckys Freunde. Als er ihnen erzählte, dass er in Florenz Kunst studiere, wurden sie äußerst freundlich. Für mich war das Beste an dem Abend, mich so betrinken zu können, dass ich ganz vergaß, wie sehr mich die Frage der College-Zulassung quälte; was einen tüchtigen Rausch erforderte, denn den ganzen Abend über fragte mich jeder, auf welches College ich gehen wollte. Als Willy zurückkam, erklärte ich gerade: »Ich denke ernstlich daran, die ersten Studienjahre in Saigon zu absolvieren.«

Er flüsterte mir etwas ins Ohr, das ich nicht verstand. Alter Rhythm & Blues dröhnte aus den Lautsprechern, und Becky und Michael führten vor, wie verrucht sie sein konnten. Bestimmt hatte ich meine Schwester noch nie so glücklich gesehen. Oder wenigstens so triumphierend.

»Was hast du gesagt?«, brüllte ich meinem Bruder zu, woraufhin er mich in eine Ecke zog und flüsterte: »Eindeutig schwul.«

»Du machst Witze.«

Willy schüttelte den Kopf. Michael winkte uns zu sich; sie tanzten nun alle in einer Reihe nebeneinander.

»Wie kannst du da so sicher sein?«

Mit der gleichen Miene wie mein Vater, wenn er sich ein Bild von einem Unbekannten machte, sah mich Willy für einen langen Moment fragend an; dann sagte er trocken: »Weil *ich* schwul bin.«

Das warf mich beinahe um, und nicht nur, weil ich betrunken war. »Im Ernst?«

»Es ist ja keine Krankheit.«

»Nein, nein, das meinte ich doch nicht.« Benebelt wie ich war, begann ich all die Punkte, die ich an meinem Bruder nie verstanden hatte, miteinander zu verbinden. »Ich meine, das ist toll. Wenn's für dich stimmt, tut's das auch für mich.« Ich meinte es ehrlich. Er war noch derselbe, nur so viel glücklicher, dass er sogar freundlich zu mir sein konnte. Er hatte mir gefehlt – sogar schon, als er noch zu Hause gelebt und mich abgelehnt hatte.

»Au, Mist – willst du das Dad sagen?« Mein Vater saß an einem der Tische, rauchte eine kubanische Zigarre und unterhielt sich mit Lazlo und Ula.

»Dad weiß seit Jahren, dass ich Männer mag.«

»Wie lange denn schon?«

»Ich hab's ihm gesagt, nachdem ich damals nachts auf der Heimfahrt von New York den Skylark kaputtgefahren habe.«

Auf einmal kam es mir so vor, als wüsste ich so gut wie nichts über meine Familie. Betrunken, wie ich war, fragte ich mich, ob sie sich erst alle als schwul herausstellen müssten, damit sie mir nicht mehr so fremd wären. »Wow. Und was hat Dad gesagt?«

Willy ahmte den bedächtigen, nachdenklichen Tonfall meines Vaters nach. »›Das habe ich seit einer Reihe von Jahren vermutet.‹«

»Mehr nicht?«

»Doch. Ihm sei nur wichtig, dass ich jemanden fände, den ich liebe.« Wir sahen zu, wie meine Mutter meinem Vater die Zigarre aus der Hand nahm, sie zum Fenster hinauswarf und sich auf seinen Schoß setzte.

Michael Charles war mir egal; dass ich jedoch meinen Vater so falsch eingeschätzt und so sehr missverstanden hatte, bekümmerte mich wirklich. Auf einmal war ich den Tränen nah. »Und wie ging's dann weiter?«

»Dad hat's verpatzt.«

»Wie?«

»Indem er zu mir gesagt hat, nur eines würde er mir schwer verzeihen können – wenn ich mich durch meine sexuellen Neigungen von einer Medizinerkarriere abhalten ließe.«

***

Es regnete an ihrem Hochzeitstag. Lucy rief vom Flughafen aus an. Ihr Flugzeug aus Tanger war verspätet gelandet. Sie hatte in Paris ihren Flug verpasst. Sie musste direkt von John F. Kennedy zur Kirche kommen und sich auf dem Rücksitz des Mietwagens umziehen, den ihr Freund fahren würde.

Die Kirche war überfüllt. Um Zeit zu schinden, spielte der Organist *Freude, schöner Götterfunken* zweimal. Willy und ich warteten mit Michaels Trauzeugen und den Brautjungfern draußen. Mit quietschenden Reifen kam Lucys Freund vor der Kirche zum Stehen, als eben mein Vater und die Braut in der Limousine vorfuhren.

Lucy grüßte uns auf Arabisch, »Assalamu alaikum«, dann fragte sie, »Nigel, wo sind meine Schuhe?« So also hieß ihr Freund.

»Ich glaube, im Kofferraum, Liebes.« Nigel war groß, Engländer, krawattenlos und zerzaust. Er steckte in Sandalen und in einer Hose mit Kordelbund; sein Schnurr- und Spitzbart wären der drei Musketiere und sein Haupthaar des Leadsängers von Led Zeppelin würdig gewesen. Nigel zog einen korrekten Stresemann an, drückte sich einen Zylinder auf den Kopf und eilte zum Kofferraum. Vermutlich fand er darin Lucys Schuhe. Ich versuchte zu kapieren, warum aus seinem Kofferraum ein Surfbrett ragte.

»Daddy!« Lucy sauste auf meinen Vater zu.

»Daddy!« Das war Becky. Ihre Schleppe hatte sich an der Tür der Limousine verhakt.

Mein Vater hörte auf, sich um Becky zu sorgen, als Lucy näher kam und er sah, dass sie im sechsten Monat schwanger war. Dad starrte Nigel wütend an. Offenkundig hätte er einen schwarzen Prinzen vorgezogen. Mein Vater weigerte sich, Nigel die Hand zu schütteln, kehrte Lucy, ohne auch nur Hallo zu sagen, den Rücken zu und führte Becky zum Altar.

Meine Mutter weinte während der Zeremonie, mein Vater knirschte mit den Zähnen. Als der Moment kam, an dem der Geistliche fragt,

»Wenn jemand hier von Gründen Kenntnis hat, warum diese beiden nicht rechtmäßig vereint werden sollten, möge er jetzt sprechen oder für immer schweigen«, rechneten Willy und ich fest damit, dass Dad etwas sagen würde. Er tat es nicht.

Mein Vater ignorierte Lucy und ihren englischen Surfer nicht nur, er behandelte sie, als wären sie Luft. Was gar nicht so einfach war angesichts von Lucys Bauchumfang und dem Umstand, dass Nigel in Pyjamahose, Stresemann und Zylinder umherspazierte.

Dad setzte das gleiche angestrengte Lächeln auf wie bei meinen Geburtstagsfesten, als ich noch klein gewesen war. Ich litt mit ihm. Ich wollte etwas für meinen Vater tun. Die Situation für ihn in Ordnung bringen konnte ich nicht, das wusste ich; höchstens sie ihm erträglicher machen.

Dads neuer Schwiegersohn aber machte alles noch schlimmer, indem er mit einer Geste in die Richtung von Lucy und dem Surfer fragte: »Möchtest du, dass ich sie bitte zu gehen?«

Als Lucy hörte, wie Dad meiner Mutter zuzischte, »Halt mir diesen englischen Mistkerl vom Leib«, begann sie zu weinen.

»Ich hasse es hier.«

»Nein, Liebes, das tust du nicht. Es ist ein reizendes Fest.« Während wir anderen an der Peinlichkeit der Situation schier erstickten, segelte Nigel darüber hinweg. »Die Hors d'œuvres sind köstlich … Ja, bitte … Ich danke Ihnen … Wie liebenswürdig von Ihnen.« Er hatte makellose Manieren, schmutzige Fingernägel und einen piekfeinen Akzent. Arrogant aber war er ganz und gar nicht.

»Ich möchte zurück nach Marokko.«

»Ich glaube, du bist deinem Vater gegenüber nicht fair.«

»Der Mistkerl hat dir nicht mal die Hand gegeben.«

»Er weiß, dass ich Brite bin. Wir schütteln keine Hände.« Ich fand Nigel umwerfend. »Wenn du mich fragst, dein Vater nimmt die ganze Szene doch ungemein gelassen. Wenn man berücksichtigt, dass du schwanger bist, das Baby mir bereits ähnlich sieht, er weder eine Pistole gezückt noch die Jagdhunde auf meine tieferen Partien losgelassen hat, würde ich sagen, dass er sich bewunderswert beherrscht verhalten hat. Ein richtig cooler Typ ist das.«

Nigel erzählte mir, er sei nach Marokko gegangen, um gleich südlich von Cadiz zu surfen. »Der Wind von der Wüste her staut die Wellen.« Er hatte Lucy am Strand kennengelernt und selbst im Waisenhaus zu arbeiten begonnen, »um deiner Schwester leichter an die Wäsche gehen zu können«.

Lucy lächelte. »Verstehst du nun, warum ich ihn liebe?«

Ich begann es zu verstehen, als einer von Michaels New Yorker Freunden fragte: »Was tun Sie so, Nigel?«

Nigel antwortete mit Überzeugung: »So wenig wie möglich.« Dann zog er einen Block Haschisch von der Größe eines Zigarettenpäckchens hervor, den er durch den Zoll geschmuggelt hatte, und fragte unschuldig: »Glaubt ihr, es würde jemanden stören, wenn ich vor dem Zelt einen Joint rauchte?«

Nigel und ich rauchten von dem Hasch hinter den Miet-Toiletten. Lucy enthielt sich des Babys wegen. Lazlo kam herbeigeschlendert, als wir unsere Joints anzündeten. Zum ersten, aber nicht zum letzten Mal bekiffte ich mich damals mit ihm.

»Wollt ihr beiden eigentlich heiraten?«, fragte ich und hustete los.

»Hochzeiten sind so öde.«

Das konnte ich nicht widerlegen. »Und was ist mit eurem Kind?«

Lazlo gluckste vor sich hin, dann pustete er seine Nebenhöhlen mit einer Doppelladung aus seiner allgegenwärtigen Dristan-Flasche frei. »Viel verkorkster als du kann es auch nicht werden.«

»Er/sie/es wird bestens gedeihen.«

»Woher weißt du das?«

»Lucy ist eine Zauberin.« Wir sahen ihr zu, wie sie mit ihrem Bauch auf der abschüssigen Tanzfläche tanzte.

Als wir ins Zelt zurückgingen, saß mein Vater dort allein mit meiner Mutter. Alle außer ihnen tanzten – mein Vater hatte es nie gelernt. Meine Mutter winkte mich herbei. Ich konzentrierte mich darauf, mir nicht anmerken zu lassen, wie breit ich war. Mein Vater war zu sehr mit seinem Selbstmitleid beschäftigt, um meinen Zustand zu bemerken. Wir tauschten einen Blick besorgten Missverstehens, als meine Mutter sagte: »Ich habe euch beiden etwas mitzuteilen.«

Mein Vater verdrehte die Augen. »Dass Nigel schwul ist?«

Meine Mutter fand das gar nicht lustig. »Ich wollte eigentlich bis morgen damit warten, aber, nun ja, vielleicht heitert euch das jetzt ein bisschen auf.« Meine Mutter öffnete ihre Handtasche, zog einen dicken Umschlag daraus hervor und reichte ihn mir. Aufgrund des Haschs reagierte ich einen Takt verspätet.

»Herzlichen Glückwunsch, Zach. Ich freue mich für dich und bin stolz auf dich.« Meine Mutter herzte und küsste mich bereits, als ich begriff, dass der Brief von Yale kam. Ich war angenommen. Sie wollten mich. Ich war fassungslos.

Mein Vater warf den Kopf in den Nacken und lachte. Die schiere Freude leuchtete aus seinem Gesicht. Er nahm mich bei der Hand, führte mich zum Podest der Band und bedeutete ihnen, sie sollten aufhören zu spielen. Nun hielt mein Vater unsere Hände hoch über seinen Kopf, als hätten wir als Team ein Ringkampf-Match gewonnen, und räusperte sich vor dem Mikrofon. »Meine Damen und Herren, die Friedrichs haben noch einen Grund zum Feiern. Das Leben hat mich heute nicht nur mit einem Schwiegersohn und der Aussicht auf ein Enkelkind bedacht, sondern soeben habe ich erfahren, dass mein Jüngster, Zach Friedrich, von der Universität Yale angenommen worden ist. Falls Sie den Namen noch nie gehört haben sollten: Das ist die in New Haven.«

Ich war überwältigt – weil ich angenommen worden war und weil ich meinen Vater so glücklich hatte machen können. Alle applaudierten und klopften mir auf den Rücken. Endlich hatte ich für meinen Vater etwas getan, das er für sich allein nicht erreichen konnte. Ich hatte sein Leben erträglicher gemacht. Ich hatte den Tag schließlich doch noch gerettet. Nachdem ich eine Weile in den Komplimenten und beifälligen Bemerkungen von Dad und allen anderen gebadet hatte, fragte er mich: »Wie hast du das geschafft?«

Berauscht vom Hasch und der Chance, glücklich zu werden, antwortete ich: »Es muss an dem neuen Aufsatz gelegen haben, den ich geschrieben habe.«

»Über welches Thema?«

»Wie es ist, mit Casper aufzuwachsen.«

Mein Vater fuhr zurück, als hätte ich ihm soeben einen Dolchstoß versetzt. »Was um Himmels willen hast du ihnen denn erzählt?«

Meine Mutter sah es meinem Vater an, dass etwas Unerfreuliches geschehen war. Als er ihr sagte, was ich getan hatte, sah sie mich an, als wünschte sie, ich wäre nach Vietnam gegangen, und stieß hervor: »Was hast du nur getan?«

III.

November 1992

Was hast du nur getan?

Zwanzig Jahre später versuchte Zach noch immer, das herauszufinden. Im Moment lag er schlafend auf dem Bauch, das Matratzenetikett seines unbezogenen Bettes klebte ihm am Gesicht. Er schnarchte laut und sonderbar melodisch. Durch das Loch, das seine Sucht ihm in die Nasenscheidewand gebrannt hatte, war sein Kopf zu einer Orgel geworden.

In dem kleinen, kahlen Raum, in den er eingeschlossen war, roch es nach Chlor. Es standen nur ein Bett und eine Feldkiste darin. Bettlaken und ein Handtuch wurden einmal wöchentlich gebracht; Zach benutzte das Handtuch, aber das Bett ließ er, wie es war. Er schlief jetzt so, wie er sich vor langer Zeit gebettet hatte. Er nahm seine Strafe an, und im Augenblick versuchte er, sie im Schlaf abzubüßen.

Das Fernsehgerät, das in einer Ecke an Ketten von der Decke hing, war die ganze Nacht gelaufen. Wenn Zach es anließ, drangen in seine Träume manchmal Stimmen aus seiner Vergangenheit. Dann schlug er die Augen auf und sah alte Freunde in irgendeiner Talkshow für ihren neusten Film, ihr jüngstes Buch oder nobles Anliegen werben. Vor seinem Aufenthalt in einer geschlossenen Zelle hatte ihr Anblick ihn neidisch und einsam gemacht und ihn dazu verleitet, mitten in der Nacht ihre geheimen Telefonnummern zu wählen, »um mal wieder zu hören, was so läuft«.

Das verlegene, lang anhaltende Schweigen, das sich dann anstelle eines Gesprächs ergab, war weitaus peinlicher als eine rasche Zurückweisung. Auch wenn es in Zachs Zelle der letzten Monate ein Telefon gab, so wusste er doch, dass sich aufs Laufende zu bringen unmöglich war. Zwei Nächte zuvor hatte er gehört, wie sein alter

Freund und Drogenkumpan Belushi ihn anbrüllte. Als er die Augen öffnete, sah er, dass es nur *The Blues Brothers* auf Kanal 4 waren. Für ihn waren seine Freunde nicht tot, eher im Kampf vermisst.

An diesem Morgen hatte er eine Schriftstellerin, mit der er in einem anderen Leben verlobt gewesen war, in *Good Morning America* sagen gehört: »Z und ich standen uns nie besonders nah. Aber ich hoffe, er findet Beistand im Kampf gegen seine Dämonen.«

Er war nun wach. Jeden Tag versuchte er mit einem positiven Gedanken zu beginnen. Er sagte laut: »Wenn du oberflächliche Leute magst, kannst du es ihnen nicht verübeln, wenn sie sich als oberflächlich erweisen.« Er klang wie Homer. Wie er da in seinen Boxershorts auf dem Rücken lag, mit dem Bauch nach oben, hatte seine Haut den Farbton eines in Formaldehyd ruhenden Froschs. Auch wenn Zach viel von dem Gewicht von der allabendlichen Flasche Weißwein (aus der gewöhnlich zwei wurden), die er immer getrunken hatte, um vom Kokain runterzukommen, wieder losgeworden war – er sah immer noch so aufgedunsen aus wie ein vor zwei Tagen überfahrenes Kaninchen.

Er setzte sich auf, betrachtete sich im Spiegel und dachte: *Was ist mit dir passiert?* Die naheliegende Antwort lautete: Kokain. Nach der tiefergehenden würde er noch suchen müssen. Beim Frühstück – Kit-Kat-Riegel, Diet Coke und eine Marlboro Light – fiel ihm wieder ein, was sein Vater eines Tages zu ihm gesagt hatte: »Ich will doch nur nicht, dass du mit vierzig in den Spiegel schaust und sagst: ›Du Mistkerl, du. Was hast du mir bloß angetan.‹« Mit achtunddreißig war Z dem Zeitplan seines Vaters um zwei Jahre voraus.

Vor gar nicht so vielen Jahren war Zach Friedrich einmal »angesagt« gewesen, wie man damals sagte. Er hatte ein Loft in Tribeca besessen – bezahlt mit dem Honorar für das Drehbuch nach seinem ersten Roman, der zu seinem ständigen Verdruss dann doch nicht verfilmt worden war –, hatte als Studio-Autor die Dialoge von TV-Serien umgeschrieben, wovon er sich ein Zimmer im Château Marmont und einen geleasten BMW hatte leisten können. Nun passte alle seine Habe in den Kasten am Fußende der Matratze, der nichts enthielt als ein paar alte Klamotten und einen Laptop, gefüllt mit Megabytes von dem Klischee, zu dem er geworden war: mit Exposés und Scripts, die keiner lesen wollte, und Romananfängen, die zu Ende zu schreiben er zu high gewesen war.

Als Z sein Kit Kat verzehrt hatte, nahm er einen Stift und strich den Vortag auf dem Kalender durch. Da er in Hinblick auf den Erfolg seiner Kur nicht allzu optimistisch war, wartete er, bis ein Tag wirklich hinter ihm lag, bevor er sich bescheinigte, dass er weitere vierundzwanzig Stunden ohne Rückfall durchgestanden hatte. Dem X, das er eben eingezeichnet hatte, gingen siebenundfünfzig weitere voraus. 1392 Stunden ohne Kokain. Die ersten paar hundert waren Großinquisitor-hart gewesen. Er war ihm vorgekommen, als hätte er Giftsumach auf der Oberfläche seines Gehirns, brennende Pusteln der Angst, die er nicht damit behandeln und unter Kontrolle bringen konnte, dass er sich eine Nase voll ablenkender, kühlender Angst in Pulverform zuführte.

Süchtig war er nach dem Gefühl, alles im Griff zu haben, Meister seiner Emotionen sein, einen Schalter zu haben, der in seinem Kopf verlässlich das Licht angehen ließ. Inzwischen wusste er, warum die Laboraffen, die er gemeinsam mit seinem Vater beobachtet hatte, sich ins eigene Fleisch bissen, wenn das betäubende Alkaloid versiegte – die Schärfe der eigenen Zähne, der Schmerz, den man sich selbst zufügte, war der Hilflosigkeit des Käfigdaseins vorzuziehen.

Zu Beginn seines Entzugs hatte Z die Welt und ihre Heuchelei angeklagt, seine Freunde verdammt, die auf Partys, zu denen er nicht mehr eingeladen wurde, mit ihm zusammengehockt hatten, und Geliebte verflucht, die im Plauderton bedauerten, welches »Potential« mit ihm doch vergeudet werde, während sie sich weiter zudröhnten.

Ein paar Wochen zuvor, genauer gesagt, am neunundzwanzigsten Tag seiner Einkerkerung, hatte er die zweite Epiphanie in der langen Endphase seiner Liebesgeschichte mit dem Kokain erlebt. Nach sechshundertsiebenundneunzig Stunden ohne sein Liebesobjekt war

Z imstande gewesen zu erkennen, dass sich seine Intimfremden nicht von ihm abgewandt hatten, weil er drogensüchtig war. Von Sucht verstanden sie etwas. Er begriff, dass er sich aus purem Narzissmus eingebildet hatte, er werde wegen seiner Verachtung von Geld und Erfolg verschmäht. Vielmehr wollten die Menschen seiner Umgebung nicht akzeptieren, dass er nicht mehr mit ihnen darüber hatte lachen können. Schlimmer noch, er war sich überlegen vorgekommen, weil er die Brücke in Brand setzte, während er noch darauf stand. Ein Drogensüchtiger, der Moralpredigten hält, ist fürwahr ein öder Zeitgenosse.

Nun, am Morgen des neunundfünfzigsten Tages, juckte sein Gehirn nicht mehr. Es war schon über eine Woche her, dass ihn der Drang, sich mit einem Dopaminschub von seinem Verlangen abzulenken, dazu gebracht hatte, sich in die Hand zu beißen und sich vorzustellen, er esse sie auf. Also hatte er nicht mehr den Wunsch, seinen Käfig gegen den eines Laboraffen mit unbeschränktem Zugang zu Kokain einzutauschen.

Was nicht heißen soll, dass Z mit dem Gefühl, ein Mensch zu sein, völlig versöhnt gewesen wäre.

Es kostete ihn all seine Energie, Trainingshose und T-Shirt anzuziehen. Er fragte sich, ob ihm ein zweites Diet Coke den Koffeinkick geben könnte, der ihn in Schwung brächte, als sein Bewusstsein ihm eine dritte Erleuchtung bescherte: Das Schwierigste an dem Vorsatz, die Drogen aufzugeben, der synthetischen Parallelwelt der Sucht zu entkommen, waren nicht die Entzugserscheinungen, nicht der physische Rückzug von den Drogen und den Menschen, mit denen er sie genommen hatte. Am schwersten und mit der meisten Angst verbunden war das Suchen nach einer Möglichkeit, wieder am Leben teilzunehmen und sich darin zu orientieren – ohne die Sicherheit, die sich aus der Illusion ergibt, man müsse, um sich geliebt und geborgen zu fühlen, nur in die Tasche greifen und das Gramm daraus hervorziehen. Wie ersetzt man das Verlangen, nachdem auch das einen im Stich gelassen hat?

Z fühlte sich alt. Als ihn sein Gehirn noch gepeinigt hatte, hatte er unter Panikanfällen gelitten, unter Kurzatmigkeit, die ihn hatte hyperventilieren lassen, bis seine Arme von den Händen aufwärts taub wurden und sein Verstand ihm sagte, er habe einen Herzinfarkt. Das erinnerte ihn an seinen Vater, der zwei, drei Mal am Tag seinen Puls prüfte, um festzustellen, ob er noch am Leben sei.

Das tat Zach nun. Sein Herz schien unregelmäßig zu schlagen, oder bildete er sich das ein? Dass er sich Schäden zugefügt hatte, wusste er; die Frage war nur, ob sie bleibend waren. Außer um sich auf AIDS testen zu lassen – negativ –, war Z seit sieben Jahren nicht mehr beim Arzt gewesen. Z lächelte bei dem Gedanken, dass er mit achtunddreißig Jahren bereits alt genug war, um sich der Zeiten zu entsinnen, da Sex noch als sicher galt und Kokain noch nicht süchtig machte. Er fragte sich, wie er allein die schöne neue Welt der neunziger Jahre durchmessen sollte.

Der Kerker, in den sich Z zur Entgiftung begeben hatte, war ein reetgedecktes Poolhaus, das einst den Ortleys gehört hatte. Lucy hatte deren Anwesen nach dem Autounfall gekauft, bei dem Nigel und ihr gemeinsames Baby umgekommen waren. Die »gute Nachricht«, wie Zach seinen Vater einmal hatte sagen hören, war, dass Lucy noch lebte und sich herausgestellt hatte, dass Nigel ein überaus vermögender Surf-Freak gewesen war. Lucy war schwerreich, und sie nutzte ihr Geld, um der Traurigkeit ihres totgeborenen Lebens zu entkommen, indem sie Kinder adoptierte, die niemand haben wollte.

Sie hatte fünf. Die elfjährige Leila, eine Afghanin mit blauen Augen und der Nase Alexanders des Großen, war fünf gewesen, als sie ein Bein verloren, und sechs, als Lucy sie adoptiert hatte. Annabel, zwölf, war in Kolumbien mit einer Hasenscharte zur Welt gekommen. Lulu, fünfzehn, war das Kind einer kambodschanischen Prostituierten. Die Eltern des blonden neunjährigen Alistair waren Schweizer Heroinabhängige. William, sechzehn und nach Vater Friedrich benannt, war groß, schwarz, gut aussehend und fast völlig taub. Seine Eltern waren während der Soweto-Aufstände von der südafrikanischen Polizei getötet worden. Zu beschädigten Kreaturen hatte sich Lucy schon immer hingezogen gefühlt; Z war der Erste gewesen.

Er hörte den Schlüssel, der sich in seinem Türschloss drehte – Zeit für den Sport. Während er sich den linken Laufschuh schnürte, schaute er zu seinem vergitterten Fenster auf und fluchte. Die Sonne schien, und der Himmel war so wolkenlos und ungetrübt blau wie ein Computerbildschirm. Es fiel Z leichter, seine Lethargie zu überwinden und sich zum Laufen zu bringen, wenn es kalt oder regnerisch war, oder noch besser beides. Er mochte das Gefühl, bestraft zu werden, selbst wenn er sich selbst bestrafen musste.

Knirschend öffnete sich die Tür. Im Allgemeinen schloss Lucy ihrem Bruder auf, doch an diesem Tag war Leila seine Gefängniswärterin. »Mom sagt, ich soll dich heute Morgen zum Laufen abholen.«

Die Morgensonne im Rücken, stand sie in der Tür. Groß, schlank und blitzgescheit, hatte Leila noch nie einen Rock getragen, weil eine Landmine ihr ein Plastikbein eingebracht hatte. Neugierig und misstrauisch beäugte sie ihren Onkel. Dann setzte sie mit einem Blick hinter sich hinzu: »Ich bin mit dem Rad da, damit ich so schnell bin wie du.« Es war ein Mountainbike für Mädchen, das sie gerade zum Geburtstag bekommen hatte.

»Ich glaube, es fragt sich eher, ob ich mit dir mithalten kann.«

»Ich fahr ganz langsam.« Leila war Z das liebste von Lucys Kindern, vielleicht, weil sie ihm nicht traute, vielleicht, weil sie das am sichtbarsten beschädigte war. Jedenfalls schämte er sich bei ihrem Anblick für sein Selbstmitleid. Es war seine Idee gewesen, sich einschließen zu lassen. Als er vor siebenundfünfzig Tagen an der Tür des Palasts seiner Schwester aufgetaucht war, hatte er zu Recht befürchtet, dass sein Verlangen nach der Gesellschaft des Pulvers seine Entschlossenheit untergraben und ihn dazu verleiten würde, sich ein Auto zu leihen, das heißt, zu klauen. Oder aber, wenn der Schlüssel versteckt wäre, auf der Suche nach einer erlösenden Line per Anhalter in die Stadt zu fahren.

Friedrich und seine Frau ahnten nicht, dass Z sich keine fünf Kilometer von ihnen entfernt aufhielt. Seit fast einem Jahr hatten sie nicht mit ihm telefoniert und sich noch länger nicht mehr mit ihm im selben Raum befunden. Bei ihrem letzten Gespräch war es um einen Scheck über tausend Dollar gegangen, für den Friedrich seinem Sohn Bargeld gegeben hatte. Der Scheck war geplatzt. Und geplatzt geblieben.

Z war in der letzten Septemberwoche an Lucys Tür erschienen. Man hatte gerade den Swimmingpool abgelassen. Das Badehaus stand hinter den Stallungen verborgen, vom Hauptgebäude durch einen Fichtenhain und einen Tennisplatz abgeschirmt; und nur Lucy und ihre Kinder wussten, dass Z heimgekehrt war, um sich in Hausarrest zu begeben. Die Stäbe vor den Fenstern hatten die Ortleys anbringen lassen, um es den Einheimischen abzugewöhnen, einzubrechen und das Fernsehgerät zu stehlen, wenn die Eigentümer über Weihnachten nach Süden fuhren.

Z hatte nun seine Laufschuhe geschnürt und sich die Strickmütze tief über die Ohren und das ungewaschene Haar gezogen. Leila sah von der Tür aus zu, wie er seine Achillessehnen dehnte, indem er sich mit den Zehen auf ein Lexikon stellte.

»Mom meint, ich soll dir das hier geben, wo's dir jetzt besser geht.« Das Mädchen hinkte auf ihn zu und hielt ihm auf der flachen Hand bei fest zusammengedrückten Fingern den Schlüssel so hin, wie man einem bissigen Tier eine Karotte anbieten würde. Hätte seine Schwester selbst ihm den Schlüssel gegeben, dann hätte er erklärt, er sei noch nicht so weit. Vor einem Kind aber, dem man gesagt hatte, es könne froh sein, dass ihm unterhalb des Knies noch ein Stumpf geblieben war, mochte Z nicht so furchtsam wirken, und er nahm den Schlüssel.

Durch ein höfliches Gespräch versuchte er, sich von seiner Beschämung abzulenken. »Wie geht's denn Alistair?« Der Neunjährige war heroinsüchtig zur Welt gekommen; jetzt erholte er sich gerade von den Masern.

»Er glaubt, du bist ein Werwolf.«

Z knurrte und zog ein furchterregendes Gesicht. Leila lachte nicht. »Und was glaubst du?«

»Mom sagt, du hast ein Drogenmissbrauchsproblem.«

»Deine Mutter drückt sich sehr höflich aus. Ich war und bin drogensüchtig und werde es immer bleiben.« Sich die Sucht einzugestehen sei einer der wichtigsten Schritte zur Heilung, hatte Z bei einem Anonyme-Narkotiker-Treffen gehört, an dem er vor ein paar Jahren teilgenommen hatte. Die Tatsache, dass man lebenslänglich süchtig blieb, hatte ihn so deprimiert, dass er noch während der Versammlung gegangen war, um sich eine Achtelunze zu beschaffen. Damals hatte er noch Geld.

Der Dealer, zu dem er gegangen war, fiel Z wieder ein, hatte an der Mulberry Street gewohnt und eine Schlange besessen, die mit lebenden Mäusen gefüttert wurde. Z unterbrach die Streckübungen, um sich an den Namen des Dealers zu erinnern, da fragte Leila: »Warum hast du überhaupt mal mit dem Drogennehmen angefangen?«

»Kokain hat mir das Gefühl gegeben, ich wäre gescheit, mutig und ... witzig.« Merkwürdigerweise hatte er nie eine der Drogen genommen, über die sein Vater gearbeitet hatte. Keine Medikamente, auch kein Heroin, kein Methamphetamin, nur Kokain (geschnupft, nie gespritzt oder in erhitzter Form inhaliert). Im Scherz hatte er gern gesagt, er nehme Kokain in homöopathischen Dosen zu sich. Jetzt kam ihm das nicht mehr komisch vor.

»Warum hast du dann aufgehört?«

»Weil es mir nicht mehr gut getan hat.« Ihm war nicht danach, dieses Gespräch mit einer Elfjährigen zu führen; er wollte laufen gehen.

Doch Leila hatte sich auf die Bettkante gesetzt und das eine Hosenbein hochgezogen, um den Sitz ihrer Schienbein- und Fußprothese zu korrigieren. Die Narben an ihrem Stumpf leuchteten zornig rot. »Wie hat's denn dann gewirkt?« Sie holte ein Fläschchen Babypuder aus der Tasche und stäubte ihren Stumpf ein.

»Ich hab mich krank gefühlt.«

»Warum hast du dann nicht früher aufgehört?«

Das war die naheliegende Frage, die zu stellen weder Lucy noch dem Psychiater in der Suchtambulanz in Summit eingefallen war, zu dem sie ihn einmal in der Woche fuhr. Solange sein Blutbild keine Anzeichen für das Wüten des Dämons aufwies, glaubten sie, er mache Fortschritte. Selbst wenn sie ihm die Frage gestellt hätten, er hätte gelogen. Leilas Stumpf hingegen verdiente die Wahrheit. »Ehrlich gesagt, mir war nicht klar, wie krank ich war, bis ich eine Postkarte von einem alten Freund bekam.«

»Was stand denn auf der Postkarte?«

»›Ich mache mir Sorgen um dich.‹« Z war im Büro seines Ex-Agenten vorbeigegangen, um sich den Scheck über ein Resthonorar abzuholen. Das Foto der Postkarte zeigte einen Mann und einen Jungen in der Brandung. »Willkommen an der Küste von New Jersey« stand darüber gedruckt.

»Mehr stand da nicht?«

»Das hat eine Resonanz erzeugt – weißt du, was das ist?«

»Wenn ein Ton in einem zum Klingen gebracht wird, der etwas zu bedeuten hat.« Leila war ein kluges Mädchen. »Wer hat sie dir denn geschickt?«

»Der Mann, der mir das Schwimmen beigebracht hat.« Die Postkarte war mit »CG« unterschrieben. Wenn Casper sich Sorgen um ihn machte, dann steckte er wirklich in der Patsche, so viel wusste Z.

Statt zum Kokain-Kaufen nach Los Feliz zu fahren, hatte Z den Scheck eingelöst, den Bus zum Flughafen von Los Angeles genommen und Lucy angerufen. Die Postkarte hatte er nicht erwähnt, nur gesagt, er müsse nach Hause kommen, um gesund zu werden.

»Hast du dich bei deinem Freund bedankt?«

»Noch nicht.« Wo Casper die Postkarte her hatte, wusste er nicht. Nach dem Datum des Poststempels war sie etwa eine Woche, nachdem in den Boulevardblättern ein Foto von Z's Festnahme wegen Drogenbesitzes erschienen war, abgeschickt worden. Vermutlich hatte Casper die Karte von einem Wärter einwerfen lassen. Z hatte Casper einen Brief geschrieben, an die Psychiatrische Landesheilanstalt in Somerset adressiert.

Vor ein paar Tagen hatte ihn die Anstalt brieflich davon unterrichtet, dass auf Gerichtsbeschluss eingewiesene Patienten ohne schriftliche Genehmigung ihres gesetzlichen Vormundes oder behandelnden Arztes keine Post von Personen empfangen dürften, mit denen sie nicht verwandt seien. Der Brief, den Z an Casper geschrieben hatte, lag ungeöffnet bei.

Leila hatte ihr Bein jetzt wieder angeschnallt. »Ich bin so weit, du auch?«

Das Hosenbein war heruntergerollt, der Turnschuh an dem Plastikfuß geschnürt; Leila stieg auf ihr Rad und radelte mühelos davon. Z rannte ihr hinterher. Wer sie so gesehen hätte, hätte sie beide für heil gehalten.

Er folgte seiner Nichte einen Reitweg hinunter und über eine Weide. Gewandt lenkte sie die dicken Profile ihres rosa Mountainbikes über Furchen und durch Pfützen. Z war bereits außer Atem; er spürte sein Fett wabbeln und bereute das Kit Kat und die Zigarette zum Frühstück. Leila trat stehend auf die Pedale, federte die Bodenwellen mit den Knien ab und nahm Schwung, um den Hügel hinaufzufahren. »Das ist zu steil für mich!«, keuchte Z ihr nach. »Lass uns im Flachen bleiben und einen Bogen schlagen, am Haus vorbei.«

»Da willst du nicht hin.«

»Wieso nicht?«

»Sie würden dich sehen.«

»Wer sind denn ›sie‹?«

»Tante Becky, Onkel Mike, Willy, Großmama … Sie kommen heute morgen alle zu uns, um Großpapas Geburtstagsfest zu besprechen.« Sein Vater würde in ein paar Monaten fünfundsiebzig werden. Lucy hatte Z berichtet, dass der alte Herr nicht nur unmissverständlich geäußert hatte, er wolle keine Feier, sondern sogar angedroht hatte, am Morgen seines Geburtstags in ein Hotel zu ziehen, falls ihm zu Ohren käme, dass etwas Derartiges geplant werde.

»Dem bin ich noch nicht gewachsen.«

»Haben wir uns auch gedacht, Mom und ich.« Und so gab Z seinem Körper einen Schubs und nahm langsam die Steigung in Angriff. Nach all den Jahren lief er noch immer seinem Charakter hinterher. Als er auf dem Kamm des Hügels angelangt war, reckte er triumphierend die Hände über dem Kopf in die Luft und übergab sich.

***

Becky und Lucy hatten sich seit Wochen höflich darum gestritten, ob das große Geburtstagsritual – sie weigerten sich zu glauben, dass ihr Vater keines wollte –, in Beckys Apartment in New York oder in Lucys Haus auf dem Lande stattfinden sollte. Becky hatte argumentiert, da sie und Michael in der Stadt wohnten wie auch sehr viele Freunde ihres Vaters, würde es den Gästen aus der Stadt leichter fallen, lange zu bleiben, wenn das Fest bei ihr zu Hause am Central Park West stattfände. Die meisten Freunde ihres Vaters aus den Pharmakonzernen, hatte Lucy gekontert, lebten in New Jersey, seien alt und würden vielleicht nicht kommen, wenn sie die Kosten und Mühen auf sich nehmen müssten, Hotelzimmer in New York zu reservieren.

Ohne es auszusprechen, dachten beide Schwestern: *Wenn das Fest bei dir stattfindet, fällt die Anerkennung allein dir zu.* Und obwohl sie sich wie zwei Staffelläufer keine Gelegenheit entgehen ließen, ihrem Vater vergangene, jedoch unvergessene Vernachlässigungen, Ungerechtigkeiten und Enttäuschungen vorzuhalten, die Daddy ihnen in ihrer Kindheit bereitet hatte, so war doch jede von ihnen fest entschlossen, sich selbst, wenn schon nicht Daddy, anlässlich seines Geburtstags davon zu überzeugen, dass sie ihn am meisten liebte und sich daher mit mehr Berechtigung in seiner Liebe zu kurz gekommen fühlte.

Lucy, die so viel reicher war als ihre große Schwester, konnte bei dem Wettbewerb eine eher passive Aggressivität an den Tag legen.

»In meinem Haus stehen jede Menge Schlafzimmer zur Verfügung. Du und Michael und eure Kinder und sämtliche Leute aus New York können bei mir übernachten. Und allen, denen das lieber ist, besorge ich Zimmer im Ryland Inn.«

Becky dachte: *Ich will aber mein Apartment vorführen.* Es war elegant, weiß und modern und war vor kurzem im *New York Magazine* vorgestellt worden. *Michael und ich haben uns halb tot gearbeitet, um es zu acht Zimmern mit Blick auf den Park zu bringen. Uns hat keiner siebzehn Millionen Pfund hinterlassen.* Michael hatte sich vom Medienrecht verabschiedet und war nun einer der drei Produzenten der TV-Show mit der elfthöchsten Einschaltquote in den Vereinigten Staaten.

Becky versuchte, ihre Schwester mit einem lässigen Seitenhieb auf ihren Platz zu verweisen. »Lucy, mir ist es ja nicht wichtig, aber wir kriegen interessantere Gäste zusammen, wenn wir es bei mir in der Stadt veranstalten. Du weißt doch, wie gern sich Dad mit einflussreichen Leuten unterhält, die etwas zu sagen haben.«

Woraufhin Lucy ihre Trumpfkarte ausspielte. »Wir könnten ja Mom die Entscheidung überlassen, aber wenn wir's hier machen, zahle ich für das Ganze.«

Becky war stinksauer, als ihr Mann Lucy anrief, um ihr zu sagen: »Ich finde, es ist eine tolle Idee, die Party draußen auf deiner Farm steigen zu lassen.« Tatsächlich war Lucys »Farm« ein pseudo-edwardianisches Herrenhaus mit einem französischen Park. »Ich überrede deine Schwester dazu, aber ich hätte ein ungutes Gefühl, wenn du alles bezahlen würdest. Lass mich wenigstens die Band engagieren.« Becky war reich, aber nicht so reich wie Lucy; das war das eine Kreuz, das sie zu tragen hatte. Das andere bestand darin, dass Ben, Michaels blonder Assistent mit den weit auseinanderstehenden Zähnen, der Geliebte ihres Mannes war. Willy nannte ihn »Ben der Barsch«.

Noch wütender als über Ben war Becky darüber, dass Michael nicht irgendeine Band anheuern würde, sondern eine halb berühmte, die ihn normalerweise zehn-, fünfzehntausend Dollar gekostet hätte, die er jedoch, weil er ein wichtiger Produzent war, dazu bringen würde, umsonst zu spielen; nur dass er es für Lucy und ihre Eltern so aussehen lassen würde, als hätte er die Band aus eigener Tasche bezahlt. Und was Becky besonders wütend machte: Sie würde an der Täuschung mitwirken. Denn mit ihren achtundvierzig Jahren stand Becky noch immer auf den Zehenspitzen und versuchte, einen Schatten zu werfen, der sie größer wirken ließ, als sie sich fühlte.

Während Z zum Kamm des Hügels hinauflief, versuchten Becky und Michael auf der linken Spur der Route 78 ihre Verspätung aufzuholen. Er fuhr noch immer einen BMW, inzwischen einen aus der Siebener-Serie. Laut Tacho fuhr er hundertdreißig, und der Radardetektor war eingeschaltet. Schwarzer Wagen, schwarze Innenausstattung, schwarze Kleidung. Mochte das Leben auch in wechselnden Grauschattierungen daherkommen, Becky und Michael kleideten sich wie die meisten New Yorker tagtäglich so, als stünde eine lässig-schicke Beerdigung an.

Während der Fahrt aufs Land telefonierte Michael die meiste Zeit mit seinem Assistenten-Geliebten. Becky hatte seit Carters Präsidentschaft nicht mehr mit Michael geschlafen. Sie hatte den Kopfhörer ihres Walkman auf, tat aber nur so, als genieße sie die Musik, denn sie hatte ihre Kassetten vergessen. Sie wusste, dass Ben der Barsch nicht der einzige »Freund« ihres Mannes war.

Über Michaels Homosexualität (bisexuell war er nur in Bezug auf sie) hatten sie nicht mehr gestritten, seit Becky ihn eines Nachmittags sechs Monate nach der Hochzeit mit dem Innenarchitekten erwischt hatte, den zu engagieren er sie ermutigt hatte, damit sie sein Apartment mehr als das ihre empfände. Michael hatte damals alles gesagt, was dazu zu sagen war:

»Keiner, der nicht im Gefängnis ist, will jeden Abend das Gleiche essen.«

Der Paartherapeut, den sie aufsuchten, sagte, es gebe keine Regeln für eine Ehe, solange beide Partner einverstanden seien. Beckys

Selbstachtung erholte sich, als sie eine Affäre mit dem Star von Michaels Fernseh-Show begann.

Becky war gleichsam der Boiler in der Wohngemeinschaft der beiden. Einmal im Jahr kochte sie über, brach zusammen und forderte die Scheidung. Dann setzten sie sich mit ihrem Steuerberater an einen Tisch und kamen zu dem Schluss, dass es nicht sinnvoll sei, die gemeinsamen Vermögenswerte aufzuteilen, bevor nicht ihre drei Kinder – zwei Teenager und ein Zwölfjähriger – auf dem College wären. Keine Frage, Becky war abgeklärter geworden, als sie selbst oder ihr Vater es je für möglich gehalten hätten.

Ihre Geschwister glaubten, sie bleibe mit Michael nur zusammen, weil sie nicht zugeben wollte, dass Daddy recht gehabt hatte. Doch im Gegensatz zu dem, was andere annahmen und wie sie sich verhielt, liebte sie Michael noch immer, nicht weil er treu oder aufrichtig gewesen wäre, sondern weil sie ihm glaubte, wenn er ihr erklärte, sie sei die einzige Frau, die er je begehrt habe.

***

Lucy und Willy hatten mit ihrer Mutter schon fast eine Stunde über das Fest gesprochen, als Michael und Becky zu ihnen ins Esszimmer kamen. Nora saß am Kopfende des Tischs, ein Kissen im Rücken, auf das in Perlstich »Man lebt nicht zur Probe« gestickt war.

Lucys Heim war, wie es dem Trend entsprach, schäbig-schick eingerichtet. Sie hatte für ihr Vermögen mit so viel Traurigkeit bezahlt, dass sie ihre Kinder mit Gusto dazu ermutigte, die steife Förmlichkeit der einstigen Ortley-Residenz nach Kräften zu demontieren. Im Ballsaal Rollerblade zu fahren, Federball und Hockey zu spielen war nicht nur gestattet, sondern erwünscht. Für Schulbastelarbeiten wurde auf Aubusson-Teppichen gemalt, geleimt und geschweinigelt. Lucy wollte, dass alle sich vergnügten – auf ihre Art.

Nun fasste sie ein paar Ideen zusammen, die bereits in Erwägung gezogen worden waren. Becky unterbrach sie mit einer Wendung, die sie scharf missbilligte, wenn sie aus dem Mund ihrer siebzehnjährigen Tochter kam: »Meinetwegen … es ist ja ohnehin deine und Dads Party.«

Nora betrachtete ihre Töchter. Das Leben keines ihrer Kinder hatte sich so entwickelt, wie sie es erwartet oder sich gewünscht hatte. Willy hatte sich zum Guten entwickelt, Zach weniger; die Mädchen aber überhaupt nicht. Becky, die zu ihrem Prada-Kostüm jene Ruhe und Abgestumpftheit trug, die Überlegenheit signalisieren sollen, versuchte noch immer, reifer zu wirken, als sie war. Und Lucy – in einer in Kasachstan erworbenen Bluse, einem Sarong aus Madagaskar und vom Handgelenk bis zum Ellbogen mit Kettchen und Armreifen geschmückt, die von den Basaren und Flohmärkten der Zweiten und Dritten Welt stammten, spielte noch immer Sich-Verkleiden und gab sich mit ihren siebenundvierzig Jahren wie ein College-Mädchen.

»Becky, wenn es dich so unglücklich macht, geben wir das Fest eben in deinem Apartment.«

»Es geht nicht um mein Fest, sondern um das von Dad.«

Michael stand auf. »Ich hab etwas im Wagen liegen gelassen.«

»Willst du damit sagen, dass ich dieses Fest für mich gebe?«

Willy sah seine Mutter nervös mit dem Daumen an ihrem Ehering drehen. »Wollt ihr beiden nicht langsam mal erwachsen werden?«

Beide Schwestern wandten ihm den Kopf zu. Lucy giftete als Erste los. »Ich ziehe allein fünf Kinder groß. Damit dürfte ich wohl eindeutiger zu den Erwachsenen zählen als du.«

Becky schloss sich dem Angriff an. »Wenn's dir nicht passt, wie wir das handhaben, warum übernimmst du nicht das Ganze? Gebt ihr doch das Fest für Dad, du und dein Freund.«

»Henry und ich haben eine Zwei-Zimmer-Wohnung. Wenn ihr eine Party für zwanzig statt für zweihundert von *euren* Freunden geben wollt, die Dad nicht im Geringsten interessieren, dann würde ich liebend gern …«

»Ihr hört jetzt sofort auf, ihr drei, sonst gibt es überhaupt kein Fest.« Nora klopfte auf den Tisch. Die Geschwister verstummten und schauten auf ihre Füße. Nora fand es enervierend und rührend zugleich, wie ihre drei erwachsenen Kinder in die familiäre Gruppendynamik von 1952 zurückfielen.

Lucy brach das Eis. »Fährst du jetzt an den Straßenrand, Mom? Oder schickst du uns ohne Abendessen zu Bett?«

»Weißt du noch«, schloss sich Willy an, »wie ich dich einmal mit der Angelrute am Kopf getroffen habe und du uns im Wal eingesperrt hast?«

Nora lachte auf. »Ich habe euch nie im Auto eingeschlossen.«

Becky gefiel dieses Spiel besser als dasjenige, das sie davor gespielt hatten. »Hast du wohl. Heutzutage werden Mütter dafür verhaftet.«

Michael kam ins Zimmer zurück, öffnete seine Aktenmappe, zog die Gästeliste, die sein Assistent zusammengestellt hatte, in mehreren Exemplaren heraus und begann, CDs zu verteilen. »Also, was die Band betrifft ...«

Nora hob die Hand. »Keine Band. Es wird nicht getanzt.«

»Warum denn nicht?«, fragte Becky.

»Euer Vater tanzt nicht gern.«

»Er kann's nicht, willst du sagen.«

»Ich will damit sagen, dass ich einen Entschluss gefasst habe. Es wird nicht getanzt, und das Fest findet in unserem Haus statt. Auf diese Weise kann sich keiner zu kurz gekommen fühlen.«

»Mom, keiner fühlt sich zu kurz gekommen. Wir streiten uns nur gern.«

»Es wird ein Mittagessen vom Buffet geben. Das Essen dürft ihr beisteuern, aber den Kuchen backe ich.«

Lucy blickte auf die Gästeliste, die Michael verteilt hatte. »Warum steht Zach nicht drauf?«

Alle sahen Michael an. »Ich hatte seine Adresse nicht, und ich war mir nicht sicher, ob ihr ihn dabeihaben wollt.«

»Natürlich wollen wir ihn dabeihaben. Er ist unser Bruder«, erklärte Lucy unerschütterlich.

»Als er das letzte Mal bei uns war, hat er die Hälfte der Zeit auf der

Toilette zugebracht, so zu war er, und in der anderen Hälfte hat er unsere Freunde peinlicherweise bedrängt, ihm Arbeit zu besorgen.«

»Es geht ihm inzwischen besser.« Lucy versuchte überzeugend zu klingen.

Willy wurde neugierig. Er hatte seinem jüngeren Bruder in einem langen Brief angeboten, die Kosten einer Entziehungskur zu übernehmen, aber keine Antwort erhalten. »Wann hast du ihn denn gesehen?«

»Vor ein paar Tagen.«

»Mein Gott, warum hast du uns das denn nicht erzählt? Wo ist er?« Immer wenn ihr eigenes Leben Becky bedrückte, munterte es sie auf, an Z zu denken.

»Er will nicht, dass jemand weiß, wo er ist, bevor es ihm wieder gut geht.«

»Also kokst er weiterhin.«

»Nein. Er ist seit siebenundfünfzig Tagen clean.«

Becky rollte mit den Augen. »Das muss er natürlich sagen. Zach ist süchtig. Süchtige lügen.«

»Diesmal lügt er nicht.« Lucy war den Tränen nahe.

»Lucy, ich liebe Zach auch, aber wie er sich zugrunde gerichtet hat, ist so jammervoll und deprimierend, dass ich das Dad an seinem Geburtstag einfach nicht zumuten möchte. Denk doch nur an die Halloween-Party, die wir mal gegeben haben! Da ist er als Casper verkleidet aufgetaucht.« Am Tisch wurde es still. Becky hatte noch nicht ausgeredet. »Unsere Kinder träumen immer noch schlecht davon.«

»Zach auch, verdammt noch mal!« Willy stand auf. »Bei all der Scheiße, die er als Kind durchgemacht hat, ist es doch kein Wunder, dass er drogensüchtig geworden ist.«

»Diese Scheiße hat uns alle verkorkst.«

»Wenn ihr nicht aufhört, ›Scheiße‹ zu sagen, gehe ich«, sagte Nora mit bebender Stimme.

Becky legte nach. »Ich bin nicht drogensüchtig. Ihr habt keine Hunderttausende für Kokain verschleudert.«

»Ich hab's genommen, genauso wie du, Becky.« Die Geschwisterrivalität hatte sich von Lucy-gegen-Becky zu Willy-gegen-Becky verschoben.

»Ich habe noch nie im Leben Kokain genommen.«

»Du lügst.« Lucy schlug sich auf Willys Seite.

Tränen flossen über das Gesicht ihrer Mutter. Lucy reichte ihr eine Serviette. »Gratuliere, Becky, es ist dir gelungen, Mom zum Weinen zu bringen.«

»Zach bringt Mom zum Weinen, nicht ich.«

Nora schüttelte langsam den Kopf. »Man würde so gern denken, man hätte für seine Kinder getan, was man nur konnte. Aber es stimmt nie, und man weiß es.«

»Heißt das nun, dass du Zach dabeihaben möchtest, oder nicht?«

***

Als Z am nächsten Morgen aufwachte, tat ihm alles weh. Der Berg, den er erklommen hatte, um außer Sichtweite seiner Familie zu bleiben, hatte seine Waden gemartert. Bevor er die Augen aufschlug, streckte er sich und gab sich dem Schmerz bewusst hin. Genauso hatte sich sein Körper angefühlt, als er das letzte Mal gerannt war, um Charakterstärke zu erwerben. Da er sie mit fünfzehn nicht gefunden hatte, konnte er realistischerweise nicht erwarten, sie mit achtunddreißig zu erhaschen. Andererseits hatte Zach auch noch keiner jemals vorgeworfen, er sei Realist.

Das Bett in seinem Poolhaus-Kerker kam ihm behaglich vor. Er öffnete die Augen und sah, dass er es am Abend zuvor bezogen hatte. Ein gutes Zeichen? Oder ein Hinweis darauf, dass sein Unbewusstes nicht beabsichtigte, die von Lucy zur Verfügung gestellte Isolierstation zu verlassen? Sein Mantra fiel ihm ein, der Vorsatz, jeden Tag mit einem positiven Gedanken zu beginnen; um einen klaren Kopf zu bekommen, schaute er zur Decke und wartete darauf, was käme. *Ich vermisse meine Eltern.*

Zach wusste im Grunde nicht, was ein positiver Gedanke war. Er stand auf, versuchte, die Poolhaus-Tür zu öffnen, und stellte fest, dass er sich eingeschlossen hatte. Der Schlüssel, den Leila ihm gegeben hatte, lag neben dem Bett auf dem Boden. Wo wollte er eigentlich hin? Warum fand er, er sollte dort nicht hingehen? Er glaubte, kein Verlangen nach der Droge zu verspüren. Das Problem war nur, dass er sich möglicherweise linkte. Von Selbstbetrug verstand er eine Menge.

Er hob den Schlüssel auf und drehte ihn im Schloss. Die Leere, die er noch immer in sich spürte, hing nicht mit einem Dopaminmangel zusammen, auch nicht mit einer Unausgewogenheit in der chemischen Zusammensetzung seines Bluts; zumindest lag seiner Verweigerung nichts Derartiges zugrunde.

Er schob die Tür auf und beäugte vorsichtig den Tag, mit dem er konfrontiert war. Das letzte Herbstlaub wurde von den Bäumen geweht. Der Wald sah fadenscheinig aus. Ein Novemberwind scheuchte die Wolken in einem Tempo über den nahtlos blauen Himmel, das Zach das Gefühl gab, sein Leben geriete plötzlich heftig in Bewegung.

Er drehte sich um und betrachtete sich im Spiegel; kein erfreulicher Anblick. Er holte das Schweizer Armeemesser hervor, das er am Tag zuvor beim Laufen gefunden hatte. Er hatte es Leila angeboten, doch die wollte es nicht haben. »Mom lässt uns nicht mit Sachen spielen, an denen wir uns wehtun können.«

Er klappte die zehn Zentimeter lange Edelstahlklinge heraus, prüfte mit der Daumenkuppe ihre Schärfe, entschied sich dann jedoch für die Schere am anderen Messerende und fing an, sich die Haare zu schneiden. Danach duschte er und rasierte sich, wobei er sich zweimal schnitt.

Er warf den Jogging-Anzug, den er sonst trug, in den Wäschekorb und zog den Cashmerepullover an, den Lucy ihm geschenkt hatte, den er aber noch nicht einmal aus dem Karton genommen hatte. Dann machte er die Seekiste auf und zog das verkrumpelte Jackett und die Jeans heraus, in denen er angekommen war. Seine Kleider rochen wie die Bar eines Nachtclubs, wenn die letzten Gläser geleert werden: nach Alkohol und mit chemischen Stoffen versetztem Schweiß. Seine Jeans waren ihm zwei Nummern zu weit.

In einer Tasche fand er eine zusammengerollte Zwanzig-Dollar-Note, an beiden Enden mit Rotz und einer tüchtigen weißen Schicht von Kokainresten verkrustet. Hätte er sie vor einem Monat gefunden, hätte er sie abgeleckt. Z wusch den Schein mit einem Stück Seife im Waschbecken und steckte ihn, wieder zu Geld geworden, ein. Nachdem er die Turnschuhe zugebunden hatte, sah er sich noch einmal prüfend im Spiegel an. »Schön bist du nicht, aber doch wenigstens menschlich.«

Erst als er schon an den nach Weihnachten duftenden Fichten vorbeigegangen und, bis zu den Knöcheln in raschelndem rostrotem und orangefarbenem Laub, die Rasenfläche halb überquert hatte, fiel ihm ein, dass er den Schlüssel hatte stecken lassen. Vermutlich kein Problem. Hatte er den Werwolf eigentlich einsperren wollen, fragte er sich, oder die Werwölfe fernhalten?

In Lucys Haus war niemand, außer einer illegal eingewanderten guatemaltekischen Köchin, die kein Englisch sprach. Wahrscheinlich brachte seine Schwester die Kinder zur Schule. Die Tochter der Köchin ging zusammen mit Lucys Kindern nach St. Luke, mittlerweile eine gemischte Schule. Lucy zahlte das Schulgeld für alle. Sie trug ihren Teil dazu bei, dass sich die Verhältnisse änderten. Nun war Zach an der Reihe.

Er hatte sich Lucys Fahrrad leihen wollen. Als er sah, dass es einen Platten hatte, stieg er auf das von Leila. Und so radelte er, während er sich die Knie am Lenker stieß, auf einem Mädchenrad hinaus in die Welt, die einmal die seine gewesen war.

Z sagte sich, er wisse noch nicht, wo er an diesem Morgen hinwolle, er sitze nur auf einem Rad, weil er Bewegung brauche und zum Laufen zu viel Muskelkater habe. Aber sein Körper kannte seine Absicht. Seine Arme lenkten nach links, nach rechts und wieder nach links. Mit einem Gefühl der Dringlichkeit trat er in die Pedale. Jockey und Reittier zugleich, strebte er einem Ziel entgegen, von dem er sich nicht sicher war, ob er dort ankommen wollte – nach Hause.

Er wäre gern bis nach Greenwood geradelt, um durch das Haus an der Harrison Street zu gehen, in dem er den Geistern seiner Familie vorgestellt worden war. Lucys Haus lag jedoch dreißig Kilometer Luftlinie von den Ufern des Raritan entfernt. Außerdem hören die Toten nicht auf, einen heimzusuchen, nur weil man weiterzieht.

Als er in die Auffahrt zu seinen Eltern einbog, sagte er sich, er suche nach Versöhnung. Der Werwolf in Z wusste jedoch, dass er hergekommen war, um eine Séance abzuhalten.

Die letzten drei Volvos seiner Eltern standen nebeneinander in der Auffahrt. Sie konnten sich immer schlechter von Dingen trennen. Z lehnte das Rad an einen Hickorybaum und nahm die Veränderungen in sich auf. Zwei der zwölf Birnbäume, die er vor zwanzig Jahren gemeinsam mit seinem Vater gepflanzt hatte, waren abgestorben. Einer war doppelt so groß geworden wie die übrigen; seine Äste reichten fast bis an den zweiten Stock der Scheune. Schließlich hatten seine Eltern doch den Balkon vor ihrem Schlaf-Arbeitszimmer anbauen lassen, den sie schon immer hatten haben wollen. Durch eine neue Stützmauer sah der Weg zur Haustür nun ordentlicher aus, und Zs Vater hatte endlich wahr gemacht, was er den Waldmurmeltieren angedroht hatte, und Maschendraht über seinen Gemüsegarten gespannt; in der Mitte hatte er einen langen Graben ausheben lassen, damit er sich nicht bücken musste, um die Tomaten und Kürbisse zu pflücken, die er nun mit niemandem mehr teilte. Verwundert und geringschätzig schüttelte Z den Kopf. Dass sein Vater willens war, die Früchte seiner Arbeit in einem Käfig zu ernten!

Wie ein Kind hatte Z gehofft, dass alles so abliefe wie im Bilderbuch – dass seine Eltern von der Arbeit aufschauen, ihn erblicken, zur Tür laufen und den verlorenen Sohn des Drogenzeitalters mit offenen Armen empfangen würden. Doch das geschah nicht.

Er klopfte an die Tür und wartete. Grey quakte, flog auf das Geländer des Balkons über der Tür und rief die Namen der Hunde, die seit fast dreißig Jahren tot waren. »Distel, Fleck.«

Z klopfte erneut. Noch immer rührte sich nichts. Dann eben ein andermal, sagte er sich und wollte sich abwenden. Wenn er jedoch jetzt umkehrte, liefe er vor mehr davon als vor sich selbst, das wusste er. Also versuchte er, den Türknauf zu drehen. Sie hatten nicht abgeschlossen.

Er trat ein und rief »Mom ... Dad?«, so zaghaft wie damals in der siebten Klasse, als er mit einem Ungenügend in Mathe nach Hause gekommen war, oder an dem Tag, an dem er das Schreiben bei sich hatte, in dem der Direktor seinen Eltern empfahl, Zach zum Schulpsychologen zu schicken.

»Vater ... Mutter?« Als er in Betracht zu ziehen begann, dass etwas nicht stimmen könnte, wurde er förmlicher und seine Stimme tiefer. Er trat nun in die Küche und stolperte über eine Hundeschüssel, auf der »Fred« stand. Alfie, der Bambi-Mörder, war also wohl abgetreten. Der Haken, an den sie die Hundeleine hängten, war leer. Wahrscheinlich machte Fred mit den Eltern einen Spaziergang.

Z's Anspannung ließ nach. Er ging ins Wohnzimmer. Die Bezüge waren neu, die Möbel aber noch dieselben. Willys Lauftrophäen standen noch auf dem Kaminsims, und da, in der Mitte, stand der Pokal, der ihm für seinen verlogenen Anti-Drogen-Artikel verliehen worden war. »Herunter von den Höhen« – letztlich gar nicht so falsch. Er hatte vieles zu erklären, und noch mehr Grund, sich zu schämen.

Vom Ansturm der Erinnerungen benommen, streifte er durch die Burg seiner Jugend wie ein schlafwandelnder Dieb. Ohne zu wissen, was er suchte oder zu finden erwartete, öffnete er Türen, Schubladen und Schränke. Sein Zimmer war in ein Gästezimmer verwandelt, sein Bett durch eine Ausziehcouch ersetzt worden. Aus den Stofffetzen auf dem Hepplewhite-Tisch vor dem Fenster mit Blick ins Tal schloss er, dass seine Mutter begonnen hatte, Quilts zu nähen.

Langsam driftete Z durch die Etagen der einstigen Scheune wie die Rauchfahne eines seit langem schwelenden Feuers. Das Schlaf-Arbeitszimmer seiner Eltern hatten die Jahre unangetastet gelassen. Es war ihm noch nie aufgefallen, dass ihr massiger Schreibtisch genauso groß war wie ihr Bett. Arbeit und Sex, die Lebensaufgaben. Er hatte seit – fünf? sechs? – Monaten keinen Sex mehr gehabt. Es kam ihm so vor, als schliefe er schon seit Jahren allein. Die Intimität zwischen seinen Eltern war ihm immer beneidenswert und zugleich verdächtig erschienen. Er stellte sich vor, sie säßen nackt an ihrem Schreibtisch und arbeiteten.

Die alte manuelle Underwood-Schreibmaschine mit dem extrabreiten Wagen, damit sich auch Computerausdrucke einspannen ließen, bildete den stämmigen Mittelpunkt der Schreibtischseite seiner Mutter. Auf der Tastatur waren die Vokale vom vielen Gebrauch abgenutzt und nur noch schemenhaft zu erkennen. Artikelentwürfe, in Rohfassung oder schon überarbeitet, durch Gummibänder zusammengehalten und mit Post-its etikettiert, waren zu backsteindicken Stapeln geschichtet. Mappen mit noch zu beantwortenden Briefen ruhten in einem alten hölzernen Abtropfgestell für Geschirr, das sie einmal während eines Symposiums in Oslo erstanden hatte.

Zur Tischmitte zu, gleich hinter den gerahmten Fotografien von ihren Kindern, begann eine ungeordnete Kampfzone, die deutlich machte, wo das Organisationsgeschick seiner Mutter dem Chaos und dem Hang seines Vaters zum simultanen Verfolgen diverser Gedankengänge weichen musste.

Die beiden Tischseiten waren so verschieden und klar definiert wie die beiden Hälften ein- und desselben Gehirns. Ideen zu Büchern, Artikeln und Forschungsprojekten, die Z's Vater spätabends mit rotem Kugelschreiber auf Notizblöcke gekritzelt hatte, lagen zwischen Seiten halbfertiger, abgeschlossener und vergessener Manuskripte. Eine Notiz für ihn selbst, die er auf die Rückseite des Umschlags seiner American-Express-Rechnung geschrieben hatte, lautete:

1. Winterreifen aufziehen.

2. Blumenerde kaufen.

3. Stiftung dazu bringen, Preis für ersten Wisssenschaftler auszuschreiben, der Photosynthese im Lab. repliziert – löst alle Probleme; Nahrung, Energie, Umwelt.

Z fragte sich gerade, ob sein alter Herr an Aufmerksamkeitsdefizitstörung leide, als er die Tür zu seines Vaters Ankleidekammer öffnete. Bis auf das runde Fenster sah es dort genauso aus wie an der Harrison Street. Noch immer roch es darin nach Zedernholz, Schuhcreme und Staub. Die Tomahawks und Pfeilspitzen aus Feuerstein, die sein Vater mit *seinem* Vater gesammelt hatte, ruhten noch immer in der Holzkiste, die das Wappen von Château d'Yquem trug. Die Angelruten aus gespaltenem Bambus, die zum Angeln zu empfindlich waren, standen gebündelt in der Ecke. Die Mahagonikommode kam Z nicht mehr so riesig vor.

So wenig wie damals fähig, dem Sog des Verbotenen zu widerstehen, zog Z die oberste Schublade auf und erwartete den geladenen Smith & Wesson-Revolver auf einem Stapel frischer Taschentücher vorzufinden. Der Revolver lag nicht da. Z fragte sich, wo er abgeblieben sein mochte. Vermutlich hatte sein Vater endlich keine Angst vor Überfällen mehr.

Könnte er das nur auch von sich sagen. Z entsann sich des Morgens, an dem er daran gedacht hatte, seinen Vater mit der nun fehlenden Pistole aus dem Sockenmoment aufzuwecken. Auf einmal fiel Z alles wieder ein, was im Hause Friedrich geheim und verboten war. Er zog die Anzüge und Sportsakkos beiseite, die akkurat auf Kleiderbügeln hingen, kniete sich hin und fasste ins Dunkel nach dem alten Überseekoffer, der ihm einst so mysteriös erschienen war. Er konnte seinen Vater geradezu knurren hören: »Nichts darin betrifft dich.« Doch der Überseekoffer war wie der Revolver verschwunden. Was sonst noch war anders, als Z es in Erinnerung hatte?

Draußen im Flur führte eine schmale, grob gezimmerte Treppe, von Farmerstiefeln ausgetreten, so steil wie eine Leiter zu einem langgezogenen, schmalen Speicher unter dem Schieferdach der Scheune hinauf. In der Mitte befand sich eine Dachluke. Indem Z dort hinaufstieg, ging er der Erinnerung an einen Nachmittag nach, an dem er und Sunshine hier nackt auf dem Rücken gelegen und sich einen Joint geteilt hatten, während es über ihnen donnerte und blitzte.

Der Speicher war jetzt nur noch eine Abstellkammer. Kartons über Kartons standen umher. Auf jedem hatte seine Mutter vermerkt, was sich darin befand, aber ein altes Leck im Dach hatte ihre akkurate Handschrift unleserlich gemacht, bis auf das Wort ZERBRECHLICH. Aus dem Sprossenfenster am Ende der Kammer, das sich nicht öffnen ließ, war eine Glasscheibe herausgefallen. Eine Schwalbe, von Z aufgestört, flitzte aus dem Dunkel dem Licht entgegen. Eine Rattenfalle, gespannt, jedoch ohne das Stück Käse als Köder, stand beutelos neben dem Kopfbrett von Z's altem Bett. Mäuse hatten Löcher in seine Matratze gefressen.

Er nahm die Herrenaktentasche hoch, die seine Mutter ihm gekauft hatte, um Ordnung in sein Leben zu bringen, und machte sie auf. Nichts, bis auf ein Stück Kaugummi. Er schob es sich in den Mund und begann zu kauen. Es schmeckte, wie die Rätsel der Vergangenheit, vage nach Staub, Moder und Fledermauskot.

In der Ecke hatten Eichhörnchen ein Nest in einem Karton voller Fotos angelegt, die offenbar Verwandte mütterlicherseits zeigten. Auf einem erkannte er Großtante Minnie neben seiner Mutter bei deren Highschool-Abschlussfeier. Als Z den Karton anzuheben versuchte, riss der Boden aus.

Und da entdeckte er, inmitten des Eichhörnchennests aus Schnappschüssen von Toten, ein pralles, längliches Kuvert, auf dem getippt der Mädchenname seiner Mutter stand, darunter die Adresse der Friedrichs in Hamden. »Persönlich – per Bote« war darauf geschrieben und doppelt unterstrichen. In dem Umschlag steckte ein unbenutztes Ticket der Holland-America-Linie für eine Schiffspassage nach Frankreich. Z sah sich das Ticket genauer an. Seine Mutter hatte es zwei Monate vor Beckys Geburt bar bezahlt. Sie hatte nur einen Kabinenplatz gebucht – sie hatte beabsichtigt, allein zu reisen.

Z schob sich das unbenutzte Ticket seiner Mutter in die Gesäßtasche. Dann ging er in die Hocke und sammelte die Fotos von Verwandten ein, deren Namen er nicht kannte, die es für sein Empfinden jedoch verdienten, gerettet zu werden. Dabei fiel sein Blick auf den alten Überseekoffer, von dem sein Vater einst behauptet hatte, er könne ihn nicht öffnen, weil er den Schlüssel dazu verloren habe. Dort stand sie, die Schatztruhe seiner Kindheit, verborgen hinter einem Dickicht aus kaputten Möbelstücken und Pappkartons. Sie war an einen anderen Ort geraten, aber noch da.

Nichts darin ginge ihn etwas an, hatte sein Vater gesagt; also musste das Gegenteil wahr sein. War es der Koffer seiner Mutter? Hatte sie bereits gepackt gehabt und war drauf und dran gewesen, mit der Holland-America-Linie abzureisen, fort von ihnen allen? Hatte es einen anderen Mann gegeben? Diesmal war sein Vater nicht zugegen und konnte Z nicht an den Füßen von dem Geheimnis wegziehen.

Kartons platzten und Klebeband zerriss, als Z Schachteln, vollgestopft mit Schneeanzügen, die er gehasst, und Spielsachen, die er einmal zu Weihnachten bekommen und vergessen hatte, beiseite schob und zerrte. Ein kaputter Stuhl, den er auf Fotos aus der Zeit in Hamden gesehen hatte, verlor ein zweites Bein, als er ihn über die Schulter warf, um sich tiefer in die Vergangenheit vorzuwühlen.

Es wurde immer wärmer. Trotz des kaputten Fensters war es auf dem Speicher heiß. Z schwitzte und war außer Atem vom Beiseiteschieben der Trümmer, von denen seine Familie sich nicht trennen konnte. Er fand einen Schraubenzieher, den jemand dazu verwendet hatte, eine Dose mit grüner Farbe durchzurühren. *Der verdammte Schlüssel kann mir gestohlen bleiben,* dachte Z. *Ich breche das Ding auf.*

Als er mit dem Schraubenzieher unter den Schnappriegel fuhr, sprang er von selbst auf. Der Überseekoffer war nie abgeschlossen gewesen. Langsam hob Z den Deckel an; der Tabubruch setzte einen Schwall Adrenalin in ihm frei. Er hatte nicht gewusst, was ihn erwartete, doch als er den offenen Koffer ans Licht zog und den Inhalt sah, war er enttäuscht. Das Geheimnis bestand lediglich aus alten Papieren – aus vier Stapeln von Klassifikationsbögen nach der Friedrich-Skala, mit Patienten-Daten, die 1952 erhoben worden waren, jeder Packen sauber verschnürt.

Als Z acht oder neun gewesen war, hatte sein Vater versucht, ihm zu erklären, wie die Skala funktionierte. Er hatte es damals nicht begriffen und begriff es noch immer nicht. Immerhin verstand er, dass dieses diagnostische Instrument, das sein Vater entwickelt hatte, eine Zahl abwarf, die angeblich besagte, wie glücklich oder unglücklich eine Person war. War aber ein Wert von 8,3 gut oder schlecht?

Die Menschen, denen sein Vater im Jahr 1952 zu helfen versucht hatte, waren zu Initialen verblasst – MV, RS, BT – ihr Geschlecht zu einem Kringel um ein m oder w, ihr Alter zu einem mit Bleistift, Stärke 2, ausgefüllten Kästchen. Die jüngste Versuchsperson war 18, die älteste 57 gewesen. Z's Vater gab stets nur ein sachlich-klinisches Urteil ab.

Stapelweise gebündelt wie die Zeitungen eines Monats, die recycelt werden sollen, waren diese Bögen schwerer, als sie aussahen. Wäre Z nur auf sie gestoßen, hätte er den Deckel des Überseekoffers zugeklappt und es dabei belassen. Unter den Klassifikationsbögen nach der Skala, mit der sein Vater Karriere gemacht hatte, lagen jedoch zwanzig außen schwarz-weiß marmorierte Kladden.

Aus den Initialen wurden Menschen, als Z las, mit welchen Worten sie die Gefühle beschrieben, die sein Vater ihnen über zwölf Versuchswochen hinweg beschert hatte. SV war eine Krankenschwester, die am 21. Mai mit bogenreicher Handschrift notiert hatte: *Aufgewacht. Zuckerwürfel mit schwarzem Kaffee genommen. War hungrig, habe trotzdem nichts gegessen. In der Kantine alle erstaunt, weil ich den Nachtisch stehen ließ. Habe die Kinder ins Bett gebracht und dann meinen Mann an mich herangelassen, obwohl ich meine Tage hatte. Ist sonst gar nicht meine Art.* Vier Wochen später hatte sie geschrieben: *8 Kilo abgenommen! Hurra!*

Das Tagebuch, das Z am meisten anrührte, begann mit einem Eintrag, in säuberlichen Blockbuchstaben mit schwarzem Füller geschrieben: *13. Mai, 13.30 h. Keine Veränderung. Hoffnungslosigkeit*^{2} = *Sinnlosigkeit*^{3}*. Am Leben zu sein fühlt sich wie eine Strafe an.* Z kannte das Gefühl. Er blätterte zur letzten Seite weiter. Der letzte Eintrag lautete:

Lieber Professor Friedrich,
ich hoffe, eines Tages in der Lage zu sein, mich für das, was Sie mir ermöglicht haben, erkenntlich zu erweisen. Ich bin noch immer ich, doch dank Ihnen empfinde ich das nicht mehr als ein so großes Unglück.
Hochachtungsvoll
Ihr Casper Gedsic

Z fand, in eine mottenzerfressene Armeedecke gewickelt, den zweigesichtigen Dämon aus Eisenholz mit den Augen aus Knochen und Korallen. Er wusste nicht, dass er ein Fermentiergefäß vor sich hatte, aber er wollte mehr darüber erfahren. Also öffnete er die verknoteten Schnüre um die Testbögen und blätterte sie durch wie ein glückloser Kartenspieler, der nach den gezinkten Karten sucht, mit denen er übers Ohr gehauen wurde. Er fand den psychiatrischen Klassifizierungsbogen für den Probanden CG. Die erste Auswertung war am 12. Mai, die zweite und letzte in der zweiten Septemberwoche 1952 vorgenommen worden.

Selbst Z, der in seinem ersten Jahr an Yale die Aufnahmeprüfung zum Einführungskurs Psychologie nicht bestanden hatte, konnte erkennen, dass Casper zu Beginn des Versuchs den niedrigsten und am Ende den mit zwei Punkte Abstand höchsten Wert von allen Probanden aufwies. Z, der auf den Tag zwei Jahre nach dem Tod von Jack und Dr. Winton geboren war, wusste, dass Casper nur zehn Tage, nachdem er bei dem zweiten Test spektakulär gut abgeschnitten und seinem Therapeuten für ein verändertes Leben gedankt hatte, sich diesem erkenntlich gezeigt hatte, indem er einen Mord, möglicherweise zwei, beging.

Was war geschehen? Was war schiefgelaufen? Wenn Casper verrückt geworden war, warum hatte er nicht die gesamte Familie umgebracht, als sie beim Tulpenpflanzen waren?

Z schob die Tagebuchkladde in seine alte Schultasche und legte die übrigen Horrordokumente in den Koffer zurück. Er wollte schon den Deckel zuklappen, da sah er den großen braunen Umschlag in der Seitentasche im Futter des Koffers. Darin lagen Tonbandspulen. Die einzigen, die Z interessierten, waren die beiden, auf deren Etikett »Sitzungen CG« stand. Sie betrafen ihn.

Hastig, denn viel Zeit blieb ihm nicht mehr, schob Z den Überseekoffer in seinen dunklen Winkel zurück und deckte ihn sorgfältig wieder mit dem Krimskrams und ausrangierten Lebenszubehör der Friedrichs zu. Z war nicht der Einzige, der das eine oder andere zu erklären hatte. Die Fragen lagen auf der Hand. Sollte er seinen Vater aber wissen lassen, auf wie viele davon er bereits die Anwort wusste, bevor er sie gestellt hatte? Er zauderte noch.

Z starrte im Arbeitszimmer seiner Eltern das alte Tonbandgerät seines Vaters an und fragte sich gerade, ob er die Bänder noch abspielen konnte, da bellte ein Hund. Er blickte durchs Fenster und sah, dass Fred ein Rhodesian Ridgeback war. Z's Eltern hatten ihn bei seinem Auslauf in einem Golfkart mit Vierradantrieb begleitet, das Lucy ihnen zu Weihnachten geschenkt hatte. Nun stiegen sie aus dem Gefährt, und Fred pinkelte in die Chrysanthemen.

Als Z die Tonbänder in seine alte Aktenmappe steckte, fegte der Hund zur Haustür herein, bellte ihn an, schnappte nach ihm, umkreiste ihn. Z drehte sich mit dem Rücken zur Tür und trat nach Fred. Friedrich stellte sich schützend vor seine Frau und hielt einen Regenschirm in die Luft, als wollte er ihn als Keule einsetzen. »Was zum Teufel tun Sie hier?«

»Ich bin's. Ich hätte vorher anrufen sollen, aber – «

»Sitz, Fred!« Der Hund gehorchte.

Nora entwaffnete ihren Mann und fragte, während sie den Regenschirm wegstellte, »Was tust du denn hier, Zach?«

»Es gibt da ein paar Dinge, über die wir reden müssen.«

Sein Vater sah Z nicht an, sondern zu dem Durcheinander auf dem Esszimmertisch hinüber.

»Worüber zum Beispiel?«

»Wie wär's, wenn wir mit ›Schön dich zu sehen‹ anfingen?«

»Was ist so wichtig, dass du dir das Recht herausnimmst, in unser Haus einzudringen?« Seine Mutter sprach für seinen Vater.

»Die Tür war offen. Ich bin hier zu Hause. Ich bin hier aufgewachsen.«

»Zach, du warst schon immer geschickt darin, dich um Antworten auf Fragen herumzudrücken, die dir nicht behagen. Aber wir sind alt, und dass du drogensüchtig bist, tut mir sehr leid, aber es ist nicht unsere Schuld. Ich möchte von dir eine Erklärung hören – worüber müssen wir deiner Meinung nach sprechen?«

Sein Vater hatte die Brille aufgesetzt und sah die Bücher und Häufchen von Post auf dem Tisch durch. Dort sah Z nun das geflügelte Gehirn aus Bronze stehen, das Zuza ihm vor so langer Zeit geschenkt hatte.

»Wir könnten hiermit beginnen.« Zach reichte seiner Mutter das Europa-Ticket.

»Was hat er dir da gegeben?« Lucy hatte Z erzählt, dass die Sehkraft ihres Vaters stark nachließ.

»Nichts.« Nora faltete das Ticket ordentlich zusammen und schob es sich unter den Rockbund.

»Gibt es sonst noch etwas?«

Z zuckte zusammen und legte den Kopf schräg wie ein Hund, der nicht weiß, warum sein Herrchen ihm eben einen Tritt versetzt hat. Bevor er kontern konnte, deutete sein Vater auf den Tisch. »Als wir gegangen sind, lagen hier auf dem Tisch dreihundert Dollar für den Gärtner.«

Z taumelte zurück. Seine Mutter wischte sich eine Träne weg. »Wie kannst du uns das nur antun?«

»Meint ihr denn, ich bin hergekommen, um euch zu bestehlen?«

»Einmal abgesehen von der Tatsache, dass es eine Form von Diebstahl ist, jemandem einen ungedeckten Scheck auszustellen, bist du ein Drogensüchtiger, der nicht gewillt ist, sich behandeln zu lassen.«

Z deutete auf den Boden vor seines Vaters Füßen. »Mach doch die Augen auf.« Drei Hundert-Dollar-Noten lagen auf dem Boden. »Du schuldest mir mehr als eine Entschuldigung.«

Als Z die Hand in Richtung des Tischs ausstreckte, wich Friedrich einen Schritt zurück. Sohn und Vater hatten voreinander Angst. Z griff nach der Bronze. »Was machst du da?« Einen Moment glaubte Friedrich, sein Sohn wolle ihn damit schlagen.

»Mir nehmen, was mir gehört.«

Z war schon zur Tür hinaus, da rief seine Mutter ihm nach: »Kommst du zu dem Fest?«

»Um keinen Preis ließe ich mir das entgehen.«

***

Vom Bahnhof unten im Ort aus rief Z Lucy an. Er entschuldigte sich dafür, dass er sich Leilas Rad geliehen hatte, ohne um Erlaubnis zu fragen, und sagte Lucy, wo er es abgestellt hatte. Seine Schwester hatte sich Sorgen gemacht, als sie von der Schule heimgekommen war und ihn nicht hatte finden können. »Du hattest doch keinen Rückfall, oder?«

»Keinen von der Art, die du meinst. Ich war bei Mom und Dad. Hat mir sogar gut getan. Auch wenn Wut aufkam.«

»Wie ist es denn so gelaufen?«

»So gut, wie's zu erwarten war.«

»So schlecht?«

»Sagen wir, gemischt.« Während er in der Telefonzelle mit ihr sprach, blätterte er in Caspers Tagebuch.

»Du klingst traurig.«

»Nachdenklich.« Was er zu tun hatte, wusste er, nur nicht, wie er es schaffen konnte.

»Was hast du jetzt vor, Z?«

»Weiß ich nicht genau, aber es fühlt sich richtig an.« Der Zug nach New York fuhr ein. »Ich muss los.«

***

Lazlo hatte ein Büro. Genau genommen, hatte er mehrere. In New York, London, LA, Tokyo. In den letzten Jahren jedoch, seit er sechzig geworden war, sah er immer weniger Grund, sie aufzusuchen. Wie den Friedrichs war ihm der Schreibtisch in seinem Schlafzimmer lieber. Dort saß er nun, um vier Uhr sieben am Nachmittag, noch immer in seinem seidenen Pyjama. Er hatte nur einen Straßenmantel darüber angezogen. Die Sonne schien, aber er fror.

Computerbildschirme leuchteten auf seinem Schreibtisch. Die New Yorker Börse hatte soeben geschlossen. In Japan hatte der nächste Tag bereits begonnen, aber der Handel war noch nicht eröffnet. Lazlos Erfolg beruhte darauf, dass es ihm einzigartig leicht fiel, hochriskante Finanzgeschäfte zu machen. Das Zocken war sein Mittel gegen die Ängste, die mit dem Erfolg einhergehen. Lazlo machte sich nur dann Sorgen, wenn es gut lief, denn er wusste, dass es so nicht bleiben konnte.

Er wohnte noch immer in dem Haus an der Horatio Street in Greenwich Village. Als sein Aufstieg begonnen hatte, war für ihn Sex das Wichtigste im Leben gewesen, die Arbeit kam mit großem Abstand an zweiter Stelle. Mit den Jahren holte die Arbeit auf und der Sex fiel zurück. Er hatte noch immer Freundinnen, doch statt mit ihnen zu brechen, wenn er sich zu verlieben begann, und den unglaublich jungen Frauen, die er umwarb, vorzuwerfen, sie leisteten seiner Sucht nach Enttäuschungen Vorschub, dankte er ihnen nun und nahm von ihnen Abschied, indem er sie aufs College schickte, ihnen die Promotion finanzierte oder ihnen Geld gab, damit sie nach Hause fliegen und ihre Verehrer aus der Schulzeit heiraten konnten.

Lazlo zockte noch immer gern, aber er hatte so viel (oder, je nach dem, wie man es betrachtete, so wenig) Geld, dass sich schwer sagen ließ, ob er gerade am Gewinnen oder am Verlieren war. Jetzt zündete er sich an der Zigarette, die er im Mund hatte, eine neue an, griff zum Telefon und kaufte in Chicago ein paar Terminkontrakte.

Mitten im Deal fiel ihm ein, dass Montag war, was ihn an die montagabendlichen Football-Spiele erinnerte, woraufhin er auflegte und seinen Buchmacher anrief. »Wer spielt gegen wen?« Sein Akzent trat mit den Jahren immer deutlicher hervor, genau wie sein Bauch.

»Die Eagles, Heimspiel gegen die Giants.« Lazlo hatte sich nie die Mühe gemacht, die Regeln des Spiels zu lernen. So machte es ihm mehr Spaß zuzuschauen.

»Setz für mich zwanzig Cent darauf, dass die Giants mit mindestens sieben Punkten Vorsprung rausgehen, und fünf Cent aufs Gegenteil.«

»War's das?«

Lazlo wollte mehr Spannung. »Und einen Zehner für das Münze-Werfen. Ich sage ›Kopf‹.«

»Wetten aufs Münze-Werfen nehmen wir nur zum Super-Bowl-Spiel an.«

»Scheiß drauf. Wetten wir trotzdem.«

»Ist gegen die Regeln, Lazlo.« Der Buchmacher war für Lazlo nur eine Telefonnummer und eine Stimme. Sie hatten sich noch nie gesehen.

»Was für Regeln? Du bist doch Buchmacher. Kommt sonst etwa die Buchmacherpolizei und nimmt dich hopps? Nimm gefälligst meine zehn Cent aufs Münze-Werfen an.« Lazlo mochte keine Regeln.

Als der Buchmacher irgendwann »Du mich auch« sagte und auflegte, war für Lazlo nicht klar, auf wen er nun wie viel gewettet hatte. Er wusste gern, wen er anfeuern sollte.

Die Türglocke ging. Das Hausmädchen hatte frei. Lazlo schaute auf den kleinen Bildschirm seiner Überwachungsanlage hinüber und sah auf seiner Schwelle Zach Friedrich stehen. Die Fischaugenlinse verzerrte das Gesicht seines Patensohns ins Gnomenhafte. Er hatte Z seit über einem Jahr nicht mehr gesehen.

Lazlo drückte auf Sprechen und lachte. »Du siehst ja beschissen aus.« Als er zwei Wochen zuvor mit den Friedrichs zu Abend gegessen hatte, war Z mit keinem Wort erwähnt worden.

»Danke, Lazlo.«

»Ich komm gleich runter.« Lazlo warf sich in Anzug und Krawatte. Die Welt sollte nicht erfahren, dass er die Angewohnheit hatte, den ganzen Tag über im Schlafanzug herumzuhängen.

Die Tür ging auf. Lazlo begrüßte Z, indem er ihn in die Arme schloss, so wie es Z sich von seinem Vater erhofft hatte. Aber auch sie feierten kein Wiedersehen wie aus dem Bilderbuch. Lazlo löste sich schnell wieder von Z und ließ ihn wissen, wo er stand. »Ich hab damit aufgehört, weißt du.«

Der alternde Meister der Finanzmärkte war jahrelang eine tüchtige Koksnase gewesen. Er löste den Stoff auf und füllte ihn in die Dristan-Sprayflaschen, die er ständig zur Nase führte. Als Lazlo und Z sich zuletzt gesehen hatten, hatten sie sich im Fernsehen das Damenendspiel der US Open angesehen und sich dabei ein paar Gramm trocken reingezogen.

»Ich auch.« Lazlo lächelte und winkte ihn herein. Beim Wort genommen zu werden, war für Z erleichternd und belastend zugleich. Von ein paar Bildern von Museumsqualität abgesehen, die Lazlo mit Willys Hilfe auf Auktionen gekauft hatte, herrschte in seinem Haus noch immer eine Playboy-bei-Nacht-Ästhetik. Der frühe Hugh-Hefner-Stil wirkte inzwischen eher rührend als erotisch.

Z stellte seine Aktentasche ab und setzte sich nervös auf einen Hocker an der Acrylbar. Die Flaschen schienen noch immer in dünner Luft zu schweben, aber er verspürte nicht mehr den Drang, auf dem Barhocker Karussell zu spielen. Schwindlig war ihm bereits.

Lazlo zog eine Glastür auf und holte eine Flasche Montrachet-Ramonet heraus, auf dreizehn °Celsius gekühlt. »Wie wär's?«

Z schüttelte den Kopf. Wollte Lazlo ihn auf die Probe stellen?

Lazlo schenkte sich ein. »Dann erzähl mal – fehlt dir das Kokain?«

»Nein.«

»Gut zu hören ... mir schon. Die Leute kommen einem interessanter, liebenswerter vor, wenn man high ist. Mit dem Bumsen geht's jetzt allerdings besser. Ich bekam ihn nie richtig hoch. Du?«

»Manchmal.«

»Aber das Reden hinterher ist nicht mehr so gut.« Lazlo drückte seine Zigarette aus und kramte in einer Schublade nach einem neuen Paket. »Die Zigaretten schmecken auch besser, wenn man high ist.«

Z kam zur Sache. »Ich brauche Hilfe.«

Lazlo kaschierte seine Enttäuschung mit einem Lächeln. Immer das Geld – wenn die Leute sich nicht welches leihen wollten, dann wollten sie darüber reden. »Bar oder Scheck?«

Er zückte die Brieftasche. Mehr als einmal hatte Friedrich ihm gesagt: »Wenn er sich an dich wendet, hilf ihm nicht. Er muss ganz unten ankommen.« Da Lazlo sein ganzes Leben dort verbracht hatte, war er anderer Ansicht.

Z schüttelte den Kopf.

»Sag, was du brauchst, und du bekommst es.«

Z griff in die Tasche seiner Jugend und zog Caspers Tagebuch und die Tonbänder hervor. »Ich möchte, dass du mir von Casper Gedsic erzählst.«

»Wie viel weißt du denn bereits?«

Für Z war es undenkbar, dass Lazlo ihm nicht die Wahrheit sagen könnte.

Während Lazlo das Tagebuch las, rauchte er eine Zigarette nach der andern. Auf der letzten Seite angekommen, schnaubte er, als hätte er sich eben eine Line schlechtes Kokain reingezogen. »Sieht ganz so aus, als hätte Casper, wie dein Vater, an die Wirksamkeit des Mittels geglaubt.«

»Was für eines war das denn?«

»Hat er mir nie verraten. Wahrscheinlich dachte er, ich würd's nehmen.«

»Bist du Casper je begegnet?«

»Nein. Dein Vater war und ist ja sehr diskret, sehr professionell. Er hat nie ein Wort davon gesagt, bis die Morde passiert sind. Dann haben wir geredet.«

»Und was hat er gesagt?«

»Er hat sich die Schuld gegeben.«

»Kam alles durch die Droge?«

Lazlo zuckte die Achseln. »Casper war schon komplett verrückt, bevor er sie genommen hat. Auf die schlimmste Art verrückt: intelligent verrückt. Deine Mutter kann's sich bis heute nicht verzeihen, dass sie ihn dran gehindert hat, von der Klippe zu springen.«

Davon stand im Tagebuch nichts. Lazlo berichtete Z, was am Schlafenden Riesen geschehen war, dann schwenkte er seine Zigarette wie einen Zauberstab durch die Luft und setzte hinzu: »Verrückt schon vor der Droge, und als er damit aufgehört hat, erst recht. Denk doch bloß daran, was er dir angetan hat.«

»Casper hat mir nichts angetan, außer mir Schwimmen beizubringen.«

»Wenn der Scheißkerl bloß diese Winton erschossen hätte, könnte ich noch sagen, na, vielleicht ist er eben ein Opfer. Was die Droge mit ihm machte, hat ihm nicht gefallen, also hat er jemanden von denen umgebracht, die sie ihm gegeben haben. Aber das Baby umzubringen … dass er am Leben bleibt, hat er nicht verdient.«

»Ich glaube nicht, dass er Jack umgebracht hat.«

»Wieso nicht?«

»Wenn er die Kinder hätte ermorden wollen, hätte er doch alle im Vorgarten erschossen, bevor er zu den Wintons fuhr. Das passt einfach nicht zusammen.«

»Weißt du, der Krieg und die Nazis haben mich eins gelehrt: Zu versuchen, einen Sinn hinter dem zu erkennen, was verrückte, kranke Typen tun, macht einen bloß verrückt.«

Lazlo hatte noch das alte, große Tonbandgerät, das immer automatisch angesprungen war und Sinatra gespielt hatte, sobald er die

Beleuchtung dämpfte. Während sie die Bandaufnahmen von Friedrichs wöchentlichen Sitzungen mit Casper im Sommer 1952 abhörten, aßen sie das chinesische Essen, das sie hatten kommen lassen.

Irgendwann schloss Z die Augen und hörte nur noch zu. Die körperlosen Stimmen wurden für ihn so lebendig, als wären Casper und Friedrich bei ihnen im Raum. Sein Vater klang jung, Casper noch jünger. Es erstaunte Z, wie viel sein Vater über Casper wusste und wie unbefangen Casper sich ihm offenbarte. Z war eifersüchtig.

Als sie das letzte Band abhörten, war es Mitternacht. Er hatte das Gefühl, über die Beziehung zwischen Therapeut und Patient, der er selbst entsprungen war, alles und nichts zu wissen; und doch kamen ihm sein Vater und Casper menschlicher vor denn je.

Als das Band um die Spule klickte, blieben sie schweigend sitzen. Lazlo war der Erste, der etwas sagte. »Merkwürdig, manchmal hat man den Eindruck, dein Vater hat den Scheißkerl gern, und im nächsten Moment – «

»So ist das mit Dad.«

»So ist das mit allen Vätern.«

***

Weihnachten begann für die Friedrichs früh. Er führte Fred aus, als die Nachricht kam. In der Nacht hatte es geschneit; die Schneekristalle waren getaut und wieder gefroren und hatten die Welt so glatt werden lassen wie Glas.

Friedrichs Frau nutzte den seltenen Moment des Alleinseins, um auf der Schreibtischseite ihres Mannes ein wenig Ordnung zu schaffen. Das Chaos, das seine Privatmethodik hervorbrachte, begann auf den Fußboden überzugreifen und die Ordnung, die sie in ihrer Hälfte des gemeinsamen Lebensraums aufrechtzuerhalten bemüht war, zu bedrohen. Sie musste vorsichtig sein und so aufräumen, dass ihr Mann es nicht merkte, sonst gab er ihr die Schuld, wenn er etwas nicht finden konnte.

Sie musste lächeln, als sie daran dachte, wie oft sie ihn schon hatte blaffen hören: »Mein Gott, Nora, kannst du die Sachen nicht einfach da lassen, wo ich sie hingelegt habe?«

Als das Telefon läutete, suchte sie gerade nach der Seite siebenundzwanzig des Anhangs zur Neuausgabe seines alten Buchs über die Depression. Sie ließ es läuten, bis sich der Anrufbeantworter einschaltete, doch dann hörte sie: »Will? Stan Bender hier. Ich habe Ihnen einen Vorschlag zu machen. Ein Nein von Ihnen kommt nicht in Frage. Für diese Sache brauchen wir Sie.«

Sie kannten Stan seit Jahren. Er war einer von Friedrichs Doktoranden gewesen. Nicht der Beste, aber ehrgeizig und durchsetzungsfähig. Wichtiger war, dass er als Vizepräsident eines der Pharmariesen die Forschungs- und Entwicklungsabteilung unter sich hatte. »Stan, erst neulich haben wir an Sie gedacht.« Seit fünf Jahren haben sie Will nicht mehr gebraucht, hatte sie gedacht.

Stan wollte sich nicht genauer äußern. »Ich erkläre das alles beim Essen.« Er schlug den zwanzigsten vor, im Four Seasons, und erbot sich, einen Wagen zu schicken. Eindeutig, sie brauchten ihren Mann tatsächlich. Nora sah im Kalender nach, sagte für Friedrich zu und erkundigte sich nach Stans Frau.

Als Friedrich zurückkam, empfing sie ihn an der Tür mit einer Umarmung und einem Kuss und teilte ihm die gute Nachricht mit. Er nahm sie mit einem verdrießlichen Achselzucken hin. »Da möchte ich bloß wissen, wessen Mist ich für sie aus der Welt schaffen soll.«

Nora ließ ihm das nicht durchgehen. »Du meine Güte, nun freu dich doch mal. Wie viele Männer deines Alters erhalten denn noch solche Anrufe? Das Four Seasons, eine Limousine?«

»Sie werden ein Taxi schicken.« Friedrich spielte den Gleichgültigen, aber es gab ihm neuen Schwung, dass er noch immer der Einzige war, der für bestimmte Dinge in Frage kam, das merkte Nora. »Lass uns vor dem Mittagessen noch ein, zwei Stündchen arbeiten.«

Er warf Fred seinen Plastikknochen zu, nahm sie an der Hand und führte sie die Treppe hinauf. Sie wollte sich gerade an die Schreibmaschine setzen, als seine Arme sie umfingen und seine rechte Hand sich auf ihre Brust legte.

»Ich dachte, wir hätten zu arbeiten.«

»Haben wir auch.« Seine Augen wurden schlechter. Er hatte Mühe, ihren BH aufzukriegen; die Verschlüsse waren jetzt anders konstruiert. Während sie sich und ihn ausziehen half, blickte sie in das wolkige Blau seiner Augen und fragte sich, wie er sie wohl sah. Sie waren sehr lange nicht mehr so zusammengewesen. Was für ein gutes Gefühl, lebendig zu sein – noch immer.

***

»Habe ich's dir nicht gesagt.« Friedrich sah durchs Fenster. Es war der Morgen des zwanzigsten, und draußen stand tatsächlich ein Taxi. »Bitte, komm mit.« Seit dem Frühstück versuchte er sie dazu zu überreden. »Nach dem Essen gehe ich mit dir Weihnachtsgeschenke kaufen.«

»Ich habe alle meine Besorgungen erledigt.« Für alle hatte sie Geschenke gekauft, nur für Z nicht. Sie wusste weder, was er brauchte, noch wie sie es ihm zukommen lassen sollte.

»Wir kaufen ein Geschenk für dich.«

»Dann wäre es ja keine Überraschung mehr.« Sie half ihm in den Mantel.

»Komm schon, Stan ist sonst enttäuscht.«

»Nun geh aber. Sie haben's auf den Lone Ranger abgesehen, nicht auf Tonto.« Sanft schob sie ihn hinaus. An dem Adventskranz, der an der Haustür hing, bimmelten die Glöckchen.

Die Fahrt verlief ereignislos. Er hielt ein Auge zugekniffen und las die Zeitung. Der Arzt hatte ihm die Diagnose Glaukom gestellt. Dass sich das Dunkel näherte, wusste er seit geraumer Zeit.

Die rechte Seite des Four Seasons lag im Nebel. Sein eingeschränktes Gesichtsfeld raubte ihm viel von dem Vergnügen, an einen prominenten Tisch geleitet zu werden. Stan erwartete ihn.

Sie begannen mit kleinen Spitzen und ein bisschen Konversation. »Haben Sie schon gehört, dass sie ein Buch über Petersen herausbringen wollen?«

An den toten Freudianer hatte Friedrich seit Jahren nicht gedacht. Nun, wo er es tat, wurde ihm klar, dass Petersen zweiundsiebzig gewesen war, als ein Schlaganfall ihm den Garaus machte. Friedrich fragte sich, wie viele Jahre ihm noch bleiben mochten. »Welch unglaublich gute Idee für ein ödes Buch«, bemerkte er. Ob über ihn ein Buch geschrieben würde, wenn er tot war, interessierte ihn nicht; er wollte es sehen, solange er lebte.

Stan lachte. »Wenn gütige Nachsicht gefragt ist, kann man doch immer auf Sie zählen.« Er kam jetzt zum Thema. »In Hinblick auf das Buch bin ich ganz Ihrer Meinung, nur ist der Doktorand, der es verfasst, mein Neffe, also muss ich so tun, als wäre ich interessiert.«

In Friedrich erwachte leiser Zorn. *Nora muss das Ganze missverstanden haben. Er will von mir nur eine Äußerung, die sein Neffe in dem Buch über Petersen zitieren kann.* Er sah dem Kellner beim Filetieren seines Fischs zu. »Ich glaube kaum, dass ich zu dem Werk Ihres Neffen über Petersen viel beitragen kann.«

»Das Buch ist unwichtig. Worüber ich mit Ihnen sprechen wollte, ist Ihre Studie, auf die er beim Durchforsten von Petersens Nachlass gestoßen ist.«

Friedrich verging der Appetit; ein Anflug von Übelkeit überkam ihn. Er konnte sich nicht erinnern, die Resultate der Studie bei Petersen eingereicht zu haben. Seine Zusammenfassung hatte er nie fertig geschrieben. Er wusste noch, dass er Winton eine Rohfassung ausgehändigt hatte. Sie hatte Handschuhe getragen und den Entwurf in eine rote Lederaktentasche mit einem Verschluss in Form einer Alligatorschnauze gesteckt.

Da sich sein Bewusstsein auf die Vergangenheit konzentrierte, hätte er fast überhört, was der Pharmamanager gerade sagte. »Ich war von den Ergebnissen überaus verblüfft.«

»So erging es mir auch.«

»Eine so enorme Verbesserungsquote bei siebzehn der zwanzig Probanden, die tatsächlich die Droge erhalten haben!« Stan hatte eine Kopie des Entwurfs hervorgezogen. »Zugegeben, es war eine kleine Studie, aber als Antidepressivum hat Gaikaudong offenkundig Potential.«

»Wie bitte?«

»Wir sind daran interessiert, zusammen mit Ihnen die Untersuchungen zu GKD weiterzutreiben.«

Friedrich schüttelte den Kopf. »Die Studie vermittelt kein korrektes Bild.«

Stan lehnte sich zurück. »Wollen Sie mir zu verstehen geben, dass die Daten nicht korrekt sind? Ist das der Grund, warum Sie sie nie publiziert haben?«

Friedrich wusste, er sollte nun »Ja« sagen, schwören, die Resultate seien verfälscht, und alles Winton in die Schuhe schieben. Trotz all der Zeit, die seitdem verstrichen war, war er noch immer zwischen Stolz und Scham hin- und hergerissen. Er konnte nicht an einem Teil von sich Verrat üben. »Nein, die Resultate fielen so aus, wie es festgehalten wurde.« Stan war nun wieder zufrieden. »Aber die Studie gibt nicht das Gesamtbild wieder.«

Stan nahm sich sein Steak vor. »Das ist immer so. Aber wenn Sie mit an Bord sind, können wir da fortfahren, wo Sie aufgehört haben … Es könnte sich als unglaublich nutzbringend für …«

Friedrich hob die Hand, wie um einen Schlag abzuwehren. »Zehn Tage nach der letzten Einnahme von GKD stellten sich bei einem der Probanden heftige paranoide Halluzinationen ein, die dazu führten, dass er Dr. Winton und ihren Mann physisch angriff. Sie wurde getötet, er blieb an den Beinen gelähmt.«

Nickend kaute Stan einen halb rohen Bissen Steak klein. »Ich weiß von der Sache mit Casper Gedsic.«

»Nein, das tun Sie nicht.«

»Ich will natürlich sagen, ich weiß, welch einen Schock diese Tragödie für Sie bedeutet haben muss. Ich kann verstehen, dass Sie beschlossen haben, das Projekt beiseite zu legen. Aber Sie sind zu streng mit sich. Nach Ihren Anamnesen der Versuchsteilnehmer war Gedsic schon vorher ein Borderliner.«

»So nannten wir das damals nicht, aber ich würde ihn auch heute nicht in diese Kategorie einordnen. Vor allem aber gab es in seiner Vorgeschichte keine gewalttätigen Episoden.«

»Er hatte einen Suizidversuch hinter sich.« Stan hatte seine Hausaufgaben gemacht. »Wenn ich mich recht entsinne, haben Sie uns eingeschärft, dass Selbstmord ein aggressiver Akt ist.«

»In seinem Fall war es nicht so.«

»Bei jedem Antidepressivum gibt es vereinzelt therapieresistente Patienten.«

»Es gab noch andere Nebenwirkungen, die in der Studie nicht erfasst sind.«

»Zum Beispiel?«

»Verminderte Wahrnehmung der Gefühle anderer, Narzissmus, Verlust des Einfühlungsvermögens, Größenwahn, soziale Aggressivität ...« Während Friedrich seine Warnung vortrug, dachte er daran zurück, mit welchem Stolz Casper davon berichtet hatte, wie meisterhaft er die angewandte Physik der Unehrlichkeit einsetzte, um sich im Wainscot Yacht Club beliebt zu machen; an die Umstände, unter denen er seinem besten Freund das Mädchen ausgespannt hatte, das ganz zufällig die Enkelin eines ehemaligen Gouverneurs gewesen war; an sein Auftreten im maßgeschneiderten Anzug an jenem Tag, an dem er Friedrich seine Formel zum Goldmachen mitgeteilt hatte.

Stan hörte nicht auf zu lächeln. Nichts von dem, was Friedrich sagte, kam bei ihm an. »Eine der Versuchspersonen wies die Hälfte der Merkmale auf, die nach den Kriterien des *Manual of Mental Disorders* einen Soziopathen definieren.«

»Das Gleiche ließe sich über jeden sagen, der die Harvard Business School absolviert hat.« Stans Lächeln war nun milder geworden, aus Mitleid mit einem alten Mann, der nicht begreift, dass die Welt sich verändert hat. »Vielleicht gelten einige der Nebenwirkungen, die

Ihnen 1952 als antisozial erschienen sein mögen, heute nicht mehr als negative Eigenschaften.«

»So sehr hat sich die Welt nicht verändert.«

»Ihre Daten deuten darauf hin, dass GKD den Teilnehmern dazu verholfen hat, sich in ihrer Haut wohler zu fühlen, das Beste aus sich zu machen. Die Krankenschwester nimmt ab und genießt den Sex, dieser andere, der mit der Höhenangst, lernt, ein Flugzeug zu fliegen.«

»Der Mann hieß Bill Taylor, und im Jahr darauf wurde er im Koreakrieg abgeschossen.«

»Daran war ja wohl kaum GKD schuld. Sie haben da etwas aufgetan, das Menschen hilft, sich zu verwirklichen, sich auf Ziele zu konzentrieren, zu vergessen, wie sie einmal waren, und daran zu denken, wie sie sein *können*, wie sie so empfinden können, wie sie es möchten. Ich sage Ihnen, Will, das ist ein Medikament für die Zeit, in der wir leben – nicht bloß ein Antidepressivum, sondern ein Mittel, das zum Erfolg führt.«

»Sie haben mich nicht verstanden. Es hat seine Gründe, dass Kannibalen es entdeckt haben.«

»Lassen Sie uns der Sache doch einfach nachgehen.«

»Ich möchte nicht, dass dieses Medikament entwickelt wird.«

»Schade, dass Sie es so sehen.« Stan schob seinen Teller von sich. Er hatte nur die zartesten Teile des Steaks gegessen. »Ich habe mich darauf gefreut, gemeinsam mit Ihnen große Dinge in Bewegung zu setzen. Aber wenn das wirklich Ihr Standpunkt ist, dann hätten Sie – und ich wünschte, ich könnte mich gewählter ausdrücken – sich GKD patentieren lassen sollen.«

Stan schüttelte Friedrich auf der Straße vor dem Restaurant die Hand und wünschte ihm alles Gute. Friedrich äußerte keinen solchen Wunsch. Der Fahrer hielt ihm die Wagentür auf. Beim Einsteigen fragte er sich, wo er nun hinwollte.

Die Straßen in Richtung Lincoln-Tunnel waren von weihnachtlichem Verkehr verstopft. Als der Fahrer auf die Fifth Avenue einbog, um den Holland-Tunnel anzupeilen, fragte Friedrich: »Haben wir noch die Zeit für einen Zwischenstop?«

In der Horatio Street hielt der Fahrer in der zweiten Reihe. Lazlo hatte Friedrich gesagt, Z wohne bei ihm. Friedrich läutete. Als sich nichts regte, pochte er so fest an die Tür, dass er sich die Knöchel wund stieß. Er legte den Kopf in den Nacken und rief: »Zach, mach auf, ich bin's.«

Niemand reagierte auf seinen Hilferuf. Mit blutigen Knöcheln stieg er wieder ein. Das Medikament, das er wegen seines Herzbefunds nahm, hinderte sein Blut am Gerinnen. Durch sein gespiegeltes Gesicht hindurch starrte er hinaus. Die Welt wirkte verschwommen. Auf dem Trottoir driftete ein Schatten an ihm vorüber, der einen Weihnachtsbaum trug. Friedrich sah nicht, dass es Z war.

IV.

März 1994

Friedrich hatte das Geburtstagsfest überlebt, das er nicht gewollt hatte. Am Ende war sogar getanzt worden. In vier Wochen würde er nun sechsundsiebzig werden, und ein weiteres Fest, das er nicht wollte, stand bevor. Das Glaukom senkte den Schleier vor seinem rechten Auge immer weiter. Dem Lasereingriff hatte er sich noch immer nicht unterzogen. Er hatte die Fachliteratur dazu gelesen. In 98 % der Fälle verlief der Eingriff angeblich erfolgreich. Wie er jedoch zu Nora sagte, »Ich garantiere dir, dass die 2 %, die blind aufwachen, verdammt froh wären, wenn sie ihr Glaukom noch hätten.«

Er saß allein an dem großen Doppelschreibtisch in ihrem gemeinsamen Heuboden-Arbeitsschlafraum. Nora war unterwegs, um Besorgungen zu machen. Gerade hatte er mit einem Psychiater von der Medizinischen Fakultät der Washington University in St. Louis telefoniert. Dreißig Minuten lang hatten sie über Teenager-Suizide und Prozac gesprochen. Sie hatten die Risikofaktoren und statistischen Anomalien so erörtert, wie er sich vorstellte, dass Meteorologen darüber debattierten, ob eine kreisende Luftmasse eine Hurrikanwarnung erforderlich mache oder nicht.

Wiewohl als Universitätsprofessor emeritiert, war er noch immer als Berater für die Pharmabranche tätig. Ein Wort der Billigung von ihm, dem Doyen der Pharmakologie, der in der Pionierzeit der Psychopharmaka einst wahrhaft bahnbrechend gewesen und dann zum hochspezialisierten und -honorierten Berater-Legionär geworden war, galt als unschätzbar. Und selbst wenn er seine Billigung nicht erteilte, erweckte allein die Tatsache, dass man für seine abweichende Meinung bezahlt hatte, den Anschein, man habe der Sorgfaltspflicht Genüge getan.

Friedrich schaute durchs Fenster und wartete darauf, dass der neue Volvo mit Nora am Steuer um die Kurve der Landstraße käme, die sich vom Ort her ihren Berg hinaufschlängelte. Das Dorf hatte vorstädtische Züge angenommen. Ein Rudel neuer herrschaftlicher Villen von der Stange auf Grundstücken von gerade mal zwölf Hektar bedrohte Friedrichs Aussicht. Da erwies sich der Tunnelblick, der mit dem Glaukom einherging, geradezu als Segen. Wenn er, ein Auge zukneifend, nach Westen zu dem Kirchturm hinlinste, der dort, wo der Bach auf ihrem Land in eine Schlucht stürzte, hinter dem hellen Frühlingsgrün des Hügels hervorlugte, dann konnte Friedrich so tun, als wäre sein Reich noch ganz so wie vor zwanzig Jahren, als sie in die Scheune gezogen waren, die sie ihr Zuhause nannten.

Doch dann assoziierte er zu dem Kirchturm die dazugehörige Kirche und erinnerte sich an Beckys Hochzeit mit dem Popel, und daran, wie Lucy eingeflogen war, schwanger und schön, was ihr nicht gesagt zu haben er noch immer bedauerte. Wie er es auch bedauerte, dass er zu Nigel so manches nie gesagt hatte.

Dann dachte er an Zach. Ja, er hätte ihm mehr über Casper erzählen sollen. Alles hätte er seinen Kindern erzählen sollen. Wenn man jedoch die Lüge erst einmal in das Gespinst seines Lebens eingewoben hat, wie entfernt man sie dann wieder daraus, ohne dass alles haltlos wird?

Und zuletzt dachte er an Willy, den er seiner Ansicht nach immer ignoriert hatte; was Friedrich auf einen merkwürdigen Gedanken brachte: *Vielleicht ist er darum der Glücklichste von ihnen allen.*

Und wie jedes Mal, wenn er von seiner Scheune auf den sich verengenden Horizont schaute und die Kette von Ereignissen zurückverfolgte, die ihn zu diesem Moment des Bedauerns geführt hatten, beschimpfte er sich auch an diesem Frühlingsmorgen laut. »Himmel noch mal, Friedrich, du denkst ja wie ein alter Mann.«

In der Tat war Friedrich, bis auf seine Augen, in bemerkenswert guter Verfassung für einen Mann, der das Dasein auf diesem Planeten über siebzig Jahre lang ertragen hatte. Sonnencreme hatte sein

Gesicht vor Altersflecken bewahrt. Sein Haar war silbrig und glatt zurückgekämmt, und er war stolz darauf, noch Anzüge tragen zu können, die er dreißig Jahre zuvor gekauft hatte. Nie ging er irgendwo ohne Krawatte hin. Er wirkte soigniert, nicht alt.

Die Hanteln und die Übungen der Royal Canadian Air Force hatten seinen Körper straff und seinen BMI bei vierundzwanzig gehalten. Er konnte noch immer sechzig Kilo stemmen. Seinen Blutdruck maß er mit seiner eigenen Druckmanschette zweimal am Tag selbst, zum Frühstück nahm er ein Milchshake aus Hefe, Algen, Multivitaminen und Magermilchpulver zu sich, und Sahneeis hatte er seit über einem Jahrzehnt nicht mehr gegessen.

Solange er sein Blut weiterhin täglich mit Rattengift (zehn Milligramm Warfarin) verdünnte und seinen Herzschlag mit fünf Milligramm Digoxin allmorgendlich im Takt hielt, konnte er mit einem gewissen Recht darauf vertrauen, dass er für weitere zehn Jahre vor dem Hirntod infolge eines Schlaganfalls oder eines Herzinfarkts verschont bliebe. Den Tod fürchtete er nicht halb so sehr wie die Verblödung. Wenn ein neuer Intelligenztest herauskam, absolvierte er ihn. Nora machte sich deswegen über ihren Mann lustig, aber es beflügelte ihn, dass er noch immer besser abschnitt als neunundneunzig Prozent der Bevölkerung. Er beantwortete die Fragen, besonders die mathematischen, nicht mehr ganz so schnell wie einst, aber wenn ihn nichts ablenkte, konnte er immer noch im Kopf eine Standardabweichung berechnen.

Wenn er an Tagen wie diesem bedrückt war, weil Nora später, als sie gesagt hatte, vom Einkaufen zurückkam, warf er seinem Gehirn manchmal Zahlen zur Verarbeitung zu, nur um sich zu vergewissern, dass es nicht in einem unbeobachteten Moment erstarrt war.

Auch wenn sein Haaransatz etwas zurückgewichen war, er hatte noch seine Prostata und seine Potenz. Er hatte noch Pläne, und der Verdacht, seine besten Werke könnten noch vor ihm liegen, erfüllte ihn mit einer rastlosen Unzufriedenheit, die er wie eh und je mit Hoffnung verwechselte.

Die pharmazeutische Industrie boomte. Seine Anlageberaterin, eine junge Frau namens Shirley, rief ihn regelmäßig an, um seine Meinung zu Produkten in der Pipeline zu erfahren, zu Medikamenten, die profitversprechend aussahen. Er sprach gern mit ihr, weil sie hörbar aus dem Mittelwesten stammte und ihre flache, nasale Stimme ihn an das Mädchen erinnerte, das in der vierten Klasse neben ihm gesessen hatte und das während der Weihnachtsferien an Meningitis gestorben war. Er hatte nun für einige Millionen Dollar Aktien von Sandoz, Merck, Hoffmann-La Roche und anderen Firmen in seinem Depot. Zu den Zeiten, als er im weißen Wal durch die Straßen von Hamden gefahren war, hätte er sich als reich bezeichnet.

An diesem Tag aber kam sich Friedrich nicht reich vor. Viel hatte er nicht vorzuzeigen, schien ihm, jedenfalls nicht, wenn man die Kompromisse, die Opfer und die Stunden bedachte, die sie an den Schreibtisch gefesselt verbracht hatten, an dessen Furnier er gerade mit einem Brieföffner herumpulte. Er musste den Tisch restaurieren lassen, stellte er fest; und als er an die Zeit und Mühe dachte, die es kosten würde, die Arbeit eines ganzen Lebens aus den Schubladen und Aktenfächern zu entfernen, ging Friedrich der Gedanke durch den Kopf, dass sie in der Tat all die Jahre hindurch gefesselt gewesen waren, Gefangene, die sich selbst zu lebenslänglicher Haft verurteilt hatten, ohne die Chance, in Berufung zu gehen, ohne Hoffnung auf Begnadigung. In diesem Moment fiel Professor Friedrich ein, dass ihr neuer Volvo mit einem Autotelefon ausgerüstet war.

Im Unterschied zu den meisten Menschen seiner Generation, die in der Weltwirtschaftskrise herangewachsen war, ging Friedrich unbefangen und gewandt mit Computern um. Er arbeitete seit den fünfziger Jahren mit ihnen. Seine Enkelkinder kamen zu ihm, wenn ein Programm nicht richtig funktionierte, wenn ein Bildschirm erstarrte oder eine Festplatte ihre Hausaufgaben verschluckt hatte. Mobiltelefone aber waren keine Computer; sie gaben ihm das Gefühl, alt zu sein.

Er wählte Nora im Volvo an und hörte eine automatische Ansage. »Ihr Anbieter ist in dieser Region nicht verfügbar.« Er versuchte es noch einmal. Besetzt. Derselbe Berg, der seine Aussicht vor größeren Veränderungen bewahrte, machte es ihm unmöglich, Nora zu erreichen, wenn er sie sprechen musste. Er hatte sie daran erinnern wollen, eine Flasche Vermouth und eine frische Farbpatrone für den Drucker mitzubringen. Vor allem aber musste er schlicht ihre Stimme hören, um sicher zu sein, dass er in der Gefängnisfestung, die sie errichtet hatten, nicht allein war.

Er wollte gerade auf Wiederwahl drücken, auch so eine technische Errungenschaft der neunziger Jahre, von der er immer vergaß, dass sie ihm zur Verfügung stand, entschied sich dann jedoch dagegen, weil ihn die Vorstellung übermannte, dass Nora in einer Kurve nach dem läutenden Autotelefon griff, den Blick von der Straße abwandte, um mit ihm zu sprechen, und, den Hörer an die Wange gepresst, die er vor kaum einer Stunde geküsst hatte, auf die falsche Straßenseite kam, während sie noch »Nein, Liebes, ich hab den Vermouth und die Patrone nicht vergessen« antwortete, bevor sie frontal auf einen Pick-up, ein Reh oder einen Mülllaster prallte.

Friedrich verspottete sich dafür, dass er der kindischen Idee anhing, er könne, indem er sich das Schlimmste ausmalte, die statistische Wahrscheinlichkeit verringern, dass es tatsächlich eintraf. Das Leben hatte ihn gelehrt, dass die Welt so nicht funktionierte.

Er überprüfte seine Pillendose, um sicherzustellen, dass er am Morgen auch sein Warfarin und Digoxin genommen hatte und nicht nur meinte, beides eingenommen zu haben, als er Noras Stimme nach ihm rufen hörte. »Will … Will …«

Er trat auf den Balkon hinaus und rief mürrisch hinunter: »Wo warst du bloß so lange?«

Grey schaute zu ihm auf. »Will?« Der Vogel ahmte Noras Stimme perfekt nach. Nicht zum ersten Mal hatte der alternde afrikanische Graupapagei ihn auf diese Weise reingelegt.

Grey hatte es alles mit angesehen. Bis auf die Krallen seines rechten Fußes, die einmal in einen Ventilator geraten waren, sah er noch genauso aus wie an dem Tag, als Friedrich ihn in seinem Maulbeerbaum für eine Halluzination gehalten hatte. Damals wie jetzt war Grey ein miserabler Zeuge. Früher hatte die Vorstellung, dass ein Vogel ihn überleben würde, Friedrich amüsiert. Nun verdross sie ihn nur.

Als der Papagei ihn auslachte, knallte Friedrich die Balkontür zu. Er öffnete den CD-Spieler und nahm die CD mit dem Titel *Daheim Tanzen lernen* heraus. Auf der Matte, die man auf dem Fußboden entrollte, waren die nummerierten Foxtrottschritte aufgedruckt. Nach fast einem halben Ehejahrhundert langweilte sich Friedrich endlich so, dass er willens war, Tanzen zu lernen.

Anstelle der Lehr-CD legte er Billie Holiday ein. Vinyl war ihm lieber; die Kratzer auf seinen alten Schallplatten fehlten ihm. Er bemühte sich, keine Alte-Männer-Gedanken mehr zu denken, aber es war unmöglich. Nachdem er Grey mittels der geschlossenen Tür Redeverbot erteilt und den CD-Spieler voll aufgedreht hatte, kam ihm Billies Traurigkeit in einem Stereo-Remix frischer vor als beim ersten Hören. Das musste 1939 gewesen sein. Doch das änderte nichts daran, dass er in kaum einem Monat sechsundsiebzig Jahre alt sein würde.

Er wolle kein weiteres Fest, unter gar keinen Umständen, hatte er seiner Frau und seinen Kindern erklärt. Er sehe keinen Grund, das Alter zu feiern, hatte er erklärt. Das Gleiche hatte er ein Jahr zuvor gesagt, aber sie hörten ja nicht auf ihn … nie hörte jemand auf ihn.

Friedrich versuchte, den Tag aus einem anderen Blickwinkel zu sehen, indem er sich auf den Stuhl seiner Frau setzte. Doch wenn er über den großen Schreibtisch, den sie geteilt hatten, auf seinen leeren Sitz schaute, musste er nur an den Tag denken, an dem er seinen Platz auf diesem Planeten für immer räumen würde.

Er versank in Selbstmitleid, das wusste er. Wenn Nora auf dem Heimweg vom Schreibwarenladen nicht trödeln würde oder nicht noch einmal umgekehrt war, um den Vermouth zu besorgen, oder, schlimmer noch, bei Lucy unten hereingeschaut hatte, um *meinen gottverdammten Geburtstag* zu besprechen, dann wäre sie hier, um ihn aus dem Sog seines Bammels herauszuziehen und zu sagen, *Genug getrödelt, wir haben zu tun, einen Vortrag zu schreiben, ein Kapitel zu verfassen.*

»Wiiiiiill?«, hörte er sie jetzt rufen, schrill und langgezogen; das klang viel zu sehr nach ihr, um nicht wieder der Papagei zu sein, den er vor Jahren schon hätte los werden sollen. Friedrich griff nach der Fernbedienung und stellte Billie Holidays Flehen um emotionalen Beistand lauter.

Ein Dutzend Papierbeschwerer sicherten den Papierwust auf seinem Schreibtisch, riesige, in Acryl eingelassene Pillen, Wunderdrogen, in Plexiglas gegossen aus Anlass der millionsten Verschreibung oder von Verkaufszahlen, die zu Aktiensplits und zur Verdoppelung der Dividende geführt hatten. Diese Trophäen von Friedrichs alchemistischer Kunst standen da wie Schachfiguren in einer unentschieden ausgegangenen Partie. Vielleicht hatten sie Gutes bewirkt, ein paar hunderttausend unglücklichen Gemütern immerhin so viel Distanz zu ihren Gefühlen gegeben, dass sie nicht aus dem Job entlassen wurden, nicht ihre Kinder im Stich ließen und sich nicht von Zügen, Autos oder dem ungelebten Leben überrollen ließen. Ja, vielleicht hatten sie ihnen geholfen, eine Erinnerung an Glück heraufzubeschwören, sie davon abgehalten, sich von Scham und Schuldgefühlen verschlingen zu lassen. Andererseits aber – was sollten Menschen denn empfinden, wenn sie Dinge taten, derer sie sich schämen, die sie bereuen sollten? Synthetisches Wohlgefühl etwa?

Es hatte keine Wunderheilungen gegeben. Die Wunderdrogen für die Seele kamen in Mode und aus der Mode wie die Saumlänge der Damenröcke und die Breite von Männerkrawatten. Letztlich schienen sie einem so töricht wie die Mode des vergangenen Jahres. Friedrich las noch immer die neusten wissenschaftlichen Veröffentlichungen, seinen Rat und Beistand suchten und begehrten junge Männer und Frauen, die neue pharmazeutische Produkte auf den Markt zu bringen hatten. Friedrich war auf dem Laufenden, obwohl er seit Jahren ausgestiegen war.

MRI, Computertomographie, die Injektion eingefärbter radioaktiver Tracer, die zeigten, wie sich Gedanken im Gehirn zusammenballen und sich umherbewegen wie eine vorrückende Armee: All das waren vielversprechende Verfahren. Als Friedrich jedoch an diesem Morgen an seinem Schreibtisch saß, darauf wartete, dass Nora endlich heimkäme, und den Papageien, den Zeugen seines Sündenfalls, mit der Stimme des Wesens, dem er mit Leib und Seele verfallen war – seiner Kette und Kugel, seiner Komplizin, seiner Frau –, »Will … Will … « rufen hörte, da wusste er, dass er selbst und Leute seines Kalibers noch mindestens vierzig Jahre nicht über die Hardware verfügen würden, um zu verstehen, wie sich Gedanken zu jenem auf keiner Karte verzeichneten Strand im Gehirn umdirigieren ließen, den man Glück nennt.

Wenn er im Jahr 2021 einundzwanzig wäre, ja, dann könnte er etwas bewirken, dann hätte er die Chance, ein großer Mann zu werden. Alles, was er angefasst, was er geliebt hatte, wäre besser gediehen, wenn ihm bloß mehr Zeit geblieben wäre. Er wusste, das waren Alte-Männer-Gedanken, aber er konnte sie nicht abstellen. Er *war* ein alter Mann.

Die Sonne stand nun hinter einer Wolke. Er sah deren Schatten über den Hügelhang zu ihm hinaufgleiten. Regen zog heran. Wäre das Wetter anders gewesen, hätte Grey nicht die Appelle der Vergangenheit an ihn herangetragen, dann wäre er aufgestanden, hätte die Hanteln hervorgeholt, einen Spaziergang gemacht. Dies war kein Sockenmoment, es war eine altersbedingte Depression. Er wusste, was dagegen zu tun war – den Blutzuckerspiegel erhöhen, den Körper in Bewegung setzen, auf einen anderen Menschen zugehen. Stattdessen starrte er geradeaus auf die Fotos, die Nora auf ihrer Seite des Schreibtischs stehen hatte, und versank noch tiefer in Schwermut.

Da stand, in Malachit gerahmt, ein hochformatiges Bild von Lucy und ihren fünf Adoptivkindern. Keine zwei hatten die gleiche Hautfarbe; schwarz, braun, von der Farbe ungebrannten Tons, phosphorweiß – er nannte sie Lucys Regenbogenkoalition. Friedrich wünschte, Lucy hätte eigene Kinder, zum Teil, weil ihn die Vorstellung beruhigte, dass sich seine DNA in die Zukunft weiterschrauben würde, aber auch der therapeutischen Wirkung wegen.

Lucy war im achten Monat ihrer Schwangerschaft gewesen, als sie und Nigel zum Surfen nach Rincón, Puerto Rico, gereist waren. Der Wagen, den sie am Flughafen gemietet hatten, sollte einen Dachträger für sein Surfbrett haben. Er hatte keinen. Lucy setzte sich ans Steuer, Nigel auf die Rückbank und hielt das Surfbrett, dessen Enden je aus einem Autofenster ragten, in der Diagonale fest. Es war nicht Lucys Schuld. Sie fuhr umsichtig. Ein Minibus überholte sie rechts und schlug dem Surfbrett die Nase ab. Der Leihwagen schleuderte in einen Graben. Nigel wurde in Höhe des dritten Halswirbels praktisch von seinem Surfbrett geköpft; Lucy war auf dem Fahrersitz eingeklemmt und hatte eine Totgeburt.

Dass Nigel nicht der Mistkerl gewesen war, für den er ihn gehalten hatte, begriff Friedrich erst, als das Testament eröffnet wurde und Lucy das ganze Geld erbte. Dass Lucy ihm verschwiegen hatte, wie reich Nigel war, ihn gar bis nach der Beerdigung hatte glauben lassen, der Vater ihres toten Kindes sei ein nichtsnutziger Surf-Freak gewesen – das war, in Friedrichs Augen, grausam, ungebührlich und sträflich. Ja, wahrscheinlich trank Nora jetzt mit Lucy Kaffee und redete über das Fest, das er nicht verdient hatte.

Billie sang nun *Stormy Weather*, und Friedrich schaute auf Noras Schreibtischfoto von Becky, Michael und ihren drei Kindern, einem Zwillingspaar, der eine blond, der andere dunkel und rundlich, so wie Ida es vorausgesagt hatte, und einem kleinen Mädchen, das so rothaarig war, wie Ida es immer hatte sein wollen. Das Foto war bei der Verleihung der Emmy-Awards aufgenommen worden.

Der popelige Anwalt war nun als Produzent ein großes Tier. Seine unerträgliche Fernseh-Show hatte zum dritten Mal einen Emmy gewonnen. Es war ein gutes Foto. Die Kinder waren hübsch, Becky sah blendend aus, und Michael, den Emmy in der Hand, grinste so herablassend wie jemand, der findet, er hätte einen Oscar verdient. Gleich hinter ihm und Becky lächelte zahnlückig Ben der Barsch.

Lucy hatte ihrem Vater nie vergeben, dass er sich getäuscht hatte, und Becky konnte ihm nicht verzeihen, dass er recht gehabt hatte. Friedrich kam sich nicht gerade vor wie jemand, der unfehlbar ins Schwarze traf. Seine Töchter luden ihn zwar zu den Geburtstagsfesten, Schulaufführungen, Weihnachtsspielen und Fußballmatchs seiner Enkel ein. Aber wenn er hinging, behandelten sie ihn wie einen Eindringling. Und wenn er fernblieb und Nora die Fahne hochhalten ließ, beklagten sie sich über seine Gleichgültigkeit.

Sie waren ihm nicht gleichgültig. Er liebte sie alle, ob adoptiert oder leiblich, jedoch nicht gleich, denn er glaubte nicht, dass je eine Liebe der anderen gleicht. Allerdings, wenn er seine ihn von den Fotos auf Noras Schreibtischseite anlächelnden Enkelkinder sah, meldeten ihm seine Neurotransmitter nicht die warmen, wattigen Gefühle, zu denen Großeltern angeblich neigen.

Er konnte sich noch so bemühen, Stolz oder sentimentale Tränen in sich aufwallen zu lassen, das Glaukom seines Klinikerauges erlaubte ihm nur, Nebenwirkungen festzustellen. Von seinen acht Enkelkindern erhielten fünf Ritalin. Es helfe ihnen, sich in der Schule zu konzentrieren, sagten seine Töchter. Eines der Kinder schnupfte es. Beckys Sohn, bei dem die Diagnose ADS gestellt worden war, nahm Ativan. Und Lulu, jetzt fünfzehn – die von allen den hellsten Verstand hatte, die beim Vortest zur College-Eignung die höchstmögliche Punktezahl in Mathematik erzielt und ihn mit elf beim Schach geschlagen hatte – wurde mit Zyprexa behandelt und hatte zehn Kilo zugenommen. Lucy sagte, die Pubertät sei für sie »besonders hart«. Friedrich sagte sich, dass sie ihm fremd waren, weil sie sich selbst fremd waren.

»Himmel noch mal, das *Leben* ist hart«, brummte er laut vor sich hin.

Wie hielt es seine Frau nur aus, diese Schnappschüsse von falsch gelaufenen Leben Tag für Tag vor Augen zu haben, fragte er sich. Es drängte ihn, sie alle vom Tisch zu fegen und in den Müll zu befördern. Und doch zeigte jedes Foto die Wahrheit. Und so schwer sie auch zu ertragen waren, er konnte den Blick nicht von ihnen abwenden.

Nach all der Enttäuschung, die ihm aus den Bildern seiner Töchter entgegenstrahlte, stellte das Foto von Willy eine Erleichterung dar. Es stammte aus dem Vorjahr. Willys Haar war fast so grau wie seines. Er sitzt irgendwo – in einem Hotel? Apartment? Café? – und weist seinen Freund Henry auf irgendetwas in der Zeitung hin. Das bringt sie beide zum Lächeln, nicht so sehr, weil es komisch ist, sondern weil sie die Sache auf die gleiche Weise sehen. Henry ist Neurologe. Friedrich hat ihn gern; er hätte ihn auch gemocht, wenn er nicht der Geliebte seines Sohnes wäre, mag ihn dadurch aber noch lieber.

Friedrich zog die Schublade auf der Tischseite seiner Frau auf und holte ihr Telefonverzeichnis heraus. Er würde Henry im Krankenhaus anrufen. Willy war auf Reisen. Mit Henry zu sprechen war immer anregend. Sein Forschungsgebiet war der Schläfenlappen, die Gehirnregion, in der religiöser Fanatismus und Gewalt eng beieinander liegen. Wenn er Henry fünfzehn Minuten lang mit seiner vergeistigten Baritonstimme darüber klagen hörte, welche schwachsinnige Zumutung es doch sei, Forschungsmittel zusammentrommeln zu müssen, dann wäre er über sein Stimmungstief hinweg.

Während Friedrich Henrys Nummer wählte, ging ihm durch den Sinn, dass er andere dazu benutzte, um seine Stimmung zu verändern; er wälzte den Gedanken, dass Menschen Heilmittel seien, im Lichte seines Geistes hin und her, untersuchte ihn auf Mängel und Möglichkeiten hin, ähnlich wie ein ausgesetzter Seemann am Strand seiner einsamen Insel ein angeschwemmtes Stück Treibholz auf seine Verwendbarkeit hin untersuchen könnte. Doch er bekam eine aufgezeichnete Ansage zu hören, und mit dem belebenden Schub, auf den er aus war, wurde es nichts. Trotz all der Jahre, die er mit der synthetischen Erzeugung von Emotionen beschäftigt gewesen war, hatte sich Friedrich eine profunde Fehleinschätzung des Faktors Mensch und große Achtung davor bewahrt. Aus der Ansage erfuhr er, dass Henry mit Willy unterwegs war. Friedrich wünschte, er wäre bei ihnen.

Als Friedrich Noras Telefonverzeichnis in ihre Schublade zurücklegte, fiel sein Blick auf Zachs aus einer Zeitschrift – *US? People?* – herausgerissenes Gesicht. Er hatte mit Zach, dem jüngsten seiner Kinder, nicht mehr gesprochen, seit er ihn beschuldigt hatte, dreihundert Dollar vom Esszimmertisch gestohlen zu haben. Das hatte ihm leid getan, doch das Gefühl ließ spürbar nach, seit er vor wenigen Augenblicken auf dieses Foto, das Nora vor ihm verborgen hatte, gestoßen war.

Es zeigte Zach und ein Mädchen von etwa zwanzig mit sehr langen Beinen, wie ihnen Polizisten Handschellen anlegen. Sie stehen in Los Angeles neben dem Porsche, mit dem Zach gegen die Einbahnstraße gefahren und mit einem Polizeifahrzeug kollidiert ist. Das Mädchen ist eine Schauspielerin von der Sorte, die man früher Starlets nannte. Der Porsche musste ihr gehören. Hätte Zach im letzten Jahr mit Schreiben entsprechende Summen verdient, hätten Nora oder Lucy es Friedrich berichtet.

Zach war im Jahr zuvor nicht zu Friedrichs Geburtstagsfest gekommen und hatte sein Nichterscheinen weder in einem Anruf noch einem Brief begründet. Friedrich hatte die verdammte Party nicht gewollt, aber wenn er es schon über sich ergehen lassen musste, fünfundsiebzig zu werden, hätte sein jüngster Sohn doch wenigstens …

Friedrich analysierte seinen Ärger mit diagnostischer Sorgfalt. *Wahrscheinlich haben die Schuldgefühle und die Angst davor, mich und so viele Menschen zu sehen, die so große Hoffnungen in ihn gesetzt hatten, Zach rückfällig werden lassen. Das heißt, falls er je wirklich mit dem Kokain aufgehört hatte.* Er hatte zu Nora gesagt, sie solle sich nicht zu viel Hoffnung machen, dass Zach clean bliebe. Auch wenn aus der wissenschaftlichen Literatur hervorging, dass fünfunddreißig Prozent der Kokainsüchtigen, die sich einem Entzug unterziehen, der

Droge ein Leben lang fernbleiben, so wusste Friedrich doch, dass Statistiken dazu verwendet werden, falsche Hoffnungen in den Menschen zu erwecken. *Ein Fall wie Zach hat bestenfalls eine Chance von eins zu zehn, zu einem vernünftigen Leben zurückzufinden. Nur weil eine Wahrheit deprimierend ist, sollte man sie nicht ignorieren.*

Er kramte in der Schublade nach einer Lupe, um sich den Trümmerhaufen genauer anzusehen. In dem Artikel wurde Zach als »Drehbuchautor/Romancier« bezeichnet. Das war er einmal gewesen. Die Zeitschrift berichtete, er habe 0,73 g Kokain bei sich gehabt. War das noch eine Ordnungswidrigkeit? Ein Glück, dass Zach nicht wieder beruflich Erfolg gehabt und mit dem Schreiben kräftig Geld verdient hatte, sagte sich Friedrich; sonst wäre er wahrscheinlich mit einer Menge festgenommen worden, die glatt als Straftat zählen würde.

Friedrich spähte durch das Vergrößerungsglas wie ein viktorianischer Detektiv. Das Starlet wirkte verängstigt und hielt eine Hand schützend vor das Gesicht. Zach lächelte in die Kamera. Sein Haar war fettig, er hatte sich anscheinend seit zwei Tagen nicht rasiert. Seine zehn Kilo Übergewicht sah man nicht. Wenigstens die Kameras begegneten seinem jüngsten Sohn mit Nachsicht.

Friedrich kannte die Unterhaltungsindustrie gut genug, um zu wissen, dass dieses den Niedergang und Sturz seines Sohnes dokumentierende Foto es nicht bis in die Klatschillustrierten geschafft hätte, wenn er allein verhaftet worden wäre. Zach wurde als »einst vielversprechender Autor« etikettiert; der Name Friedrich war falsch geschrieben.

Michael hatte oben auf der Seite mit der Hand vermerkt: »Du solltest Dad besser vorwarnen.« Nora hatte ihn weder gewarnt noch informiert, sondern den Artikel einfach verschwinden lassen.

Als Friedrich nach dem Erscheinungsdatum der Zeitschrift suchte und entdeckte, dass sie über zwei Jahre alt war, fühlte er sich hintergangen. Was hatte ihm seine Frau sonst noch alles über ihren jüngsten Sohn verschwiegen? Richtig, wenn er voreilig angenommen hatte, der Artikel sei neuesten Datums, hatte er sich getäuscht, aber das bedeutete nicht, dass er sich in seinem Sohn täuschte. Höchstwahrscheinlich war Zach zu den Drogen zurückgekehrt. Die Statistik sprach ohne Frage für Friedrichs Prognose.

Dennoch, es verdross und störte ihn, dass er über das Schicksal seines Sohnes nicht genau unterrichtet war, dass er nicht mit Sicherheit wusste, warum Zach nicht zu seinem verdammten Geburtstag gekommen war, dass er nicht die mindeste Ahnung hatte, wo sich der Junge überhaupt aufhielt. In wessen Poolhaus hielt er sich jetzt versteckt? War er noch am Leben? Tot? Im Gefängnis? Nein, das hätte Nora ihm nicht vorenthalten. Die verstörendste aller Möglichkeiten wäre, dass Zach clean, nüchtern und bester Laune war und seinem Vater die Freude missgönnte, es zu erfahren.

»Ich könnte ihm immer noch helfen«, murmelte Friedrich vor sich hin, »wenn er bloß ...« Es gefiel ihm nicht, dass er Selbstgespräche führte.

Er legte den Zeitschriftenausschnitt wieder dorthin zurück, wo Nora ihn versteckt hatte, und knallte die Schublade zu. Die Einladung zu einem psychiatrischen Symposium in Island flatterte zu Boden. Sie war an ein gerahmtes Foto von Zach gelehnt gewesen, das einen angenehmeren Anblick bot. Michael hatte es vor dreizehn Jahren bei dem Verlagsempfang anlässlich des Erscheinens von Zachs erstem und einzigem Roman geschossen. Friedrich stand darauf neben Zach, den Arm um die Schultern seines Sohnes. Er verkniff es sich, darüber nachzugrübeln, wie viel besser er doch mit zweiundsechzig ausgesehen hatte als nun mit fast sechsundsiebzig, und richtete den lupenverstärkten Blick auf seinen Sohn.

Als das Foto entstanden war, hatten er und alle Übrigen angenommen, Zach sei auf dem besten Wege, Außerordentliches zu leisten; ein Erfolg schien ihm bevorzustehen, den sein Vater nur neidvoll bewundern konnte, denn er war nicht in der Lage, seinem Sohn den Aufstieg in der literarischen Welt durch Beziehungen zu erleichtern. »Zach hat es ganz allein geschafft«, hatte er damals gern erklärt.

Nun, da er sich das hübsche Foto genau betrachtete, sah er den feinen, weißlichen Alkaloidrand um die Nasenlöcher seines Sohnes, das verschwitzte Lächeln, das glasige Misstrauen in seinen Augen – nicht nur seinem »Erfolg«, sondern sich selbst gegenüber. Friedrich hätte wahrhaftig erkennen müssen, dass sein Sohn Selbstmedikation betrieb und sich für die chirurgischen Eingriffe des Lebens betäubte. War Zach nun ein Fall von zu viel zu früh? Oder von nicht genug zu spät? Mit Gewissheit wusste Friedrich nur, dass sein Sohn schon lange gestört gewesen war, bevor die Kameralinse sich über diesem Moment in ihrem Leben geschlossen hatte.

Billie Holiday hatte ihren letzten Song beendet. »Will ... Will ...« In der Stille des Raums suchte ihn der Papagei mit seiner gruseligen Imitation von Noras fernem Rufen um Hilfe heim.

Der Himmel war wieder klar, die Sonne schien. Vom Leben in die Irre geführt und betrogen, wie Friedrich sich fühlte, sagte er sich, es werde ihm gut tun, etwas zu essen, und er ging in die Küche hinunter.

In der Absicht, sich ein Omelett – ohne das Eigelb – zu machen, öffnete er den Kühlschrank. Draußen vor der gläsernen Schiebetür hopste auf seinem einen guten Bein Grey umher und sträubte sein Gefieder. »Will ...«, hörte Friedrich rufen, aber Greys Schnabel war mit einem Kürbissamen beschäftigt. »Will ... Hilfe!«

Nora lag mit dem Gesicht nach unten auf den Steinstufen, die vom Parkplatz herunterführten. Eine Rolle Toilettenpapier auf dem Rasen, eine zerbrochene Vermouthflasche neben ihrem Kopf, eine Packung gefrorener Erbsen ...

Sie war vor über einer Stunde gestürzt. Als er zu ihr hineilte und ihr aufhelfen wollte, schrie sie vor Schmerzen. »Nicht!«, jammerte sie.

Friedrich begann, das Ausmaß des Schadens abzuschätzen. Sie hatte Blut an der Nase. Sie konnte ihr linkes Bein nicht bewegen. Wenigstens war sie nicht gelähmt.

»Bist du ohnmächtig geworden?« Er dachte an einen Herzinfarkt.

»Ich bin auf einer Schnecke ausgerutscht, verflixt noch mal!«

»Wo liegt deiner Ansicht nach das Problem?«

»Etwas ist gebrochen.« Die Diagnose seiner Frau war zutreffend, aber unvollständig.

***

Sirenen jaulten ein beängstigendes Duett. Friedrich sah das kreisende Warnlicht eines Polizeifahrzeugs, das einem Krankenwagen voran den Berg hinauf, dann seine Auffahrt entlangfuhr. Nora verzerrte das Gesicht, als die Sanitäter sie auf die Trage hoben, dann entrang sich ihr ein lang anhaltendes, sprödes Stakkato-Stöhnen, und Friedrich musste an die berstenden Spanten eines Schiffs denken, das im Sturm gegen einen Felsen geschleudert wird.

In dem Versuch, sich dem Wrack in Reichweite zu widmen, nicht demjenigen, das seine Fantasie zu seiner Ablenkung heraufbeschwor, konzentrierte sich Friedrich auf das, was mit seiner Frau geschah. Eine Decke wurde über sie gelegt, die Gurte der Trage wurden festgezurrt: So eingehüllt sah sie so zerbrechlich und alt aus wie die Mumie, die er einmal im Museum von Zagreb gesehen hatte.

Der Polizist machte sich in seinem Bordbuch Notizen. »Was ist passiert?«

»Sie ist hingefallen.«

»Wie kam das?« Er fragte, als nähme er an, jemand habe sie gestoßen, als sei Friedrich verantwortlich.

»Sie hat den Halt verloren.« Sie rollten Nora nun den Weg zum Krankenwagen hinauf. Friedrich sah die Sanitäter mit ihren Stiefeln eine Reihe von Tulpen niedertrampeln, die in ein, zwei Tagen rosa geblüht hätten. Die knotige Wurzel eines Zuckerahornbaums erschütterte die Trage.

Nora warf den Kopf zurück und schloss die Augen vor Schmerzen. »Uhh.«

»Geben Sie ihr zwei Milligramm Morphium«, blaffte Friedrich.

»Sind Sie Arzt?«

»Ja.«

Nora schlug die Augen auf. »Du bist Psychologe, Himmel noch mal.«

»Ich kann's nicht mit ansehen, dass du Schmerzen hast.«

»Halt mir die Hand, statt Doktor zu spielen.«

Als die Sanitäter sie in den Wagen hoben, hatte er plötzlich das Gefühl, sie tatsächlich gestoßen zu haben. »Sobald der Arzt in der Notaufnahme sie untersucht hat, geben sie ihr etwas.«

Friedrich folgte der Trage und stieg hinten in den Krankenwagen.

»Tut mir leid, aber Sie müssen wieder aussteigen.«

Als Friedrich sich nicht rührte, sagte der andere Sanitäter: »Nach dem Gesetz darf sich in einem Krankenwagen niemand aufhalten außer dem Patienten und dem medizinischen Personal.«

»Ich lasse sie nicht allein.« Friedrich sprach mit den Sanitätern in seinem ruhigen Tonfall, ganz hinten in seinem Kopf aber hatte sich die panische Idee eingenistet, wenn sie getrennt würden, wenn er ausstiege und die Sanitäter die Tür hinter ihm zuschlagen ließe, würde Nora ihm sterben. Als er endlich nach ihrer Hand zu greifen versuchte, zog Nora sie fort.

»Er hört nie zu. Fahren Sie einfach los.«

»Warum bist du mir denn böse?« Der Krankenwagen bewegte sich nun.

Vor Schmerzen und Verlegenheit konnte sie nur noch flüstern. »Ich habe eine Stunde lang dagelegen und nach dir gerufen.«

»Ich dachte, du wärst der Papagei. Ich habe mich ehrlich getäuscht.«

Nora schloss die Augen. »Von Menschen verstehst du nicht viel.«

***

Anderthalb Stunden später lag Nora in ihrem Krankenhauszimmer im Morristown Memorial Hospital, an demselben Flur wie die Notaufnahme. Hundert Milligramm Demerol hatten ihr Nervensystem betäubt, und doch kam es ihr so vor, als habe sie noch Schmerzen. Sie fragte sich gerade, woher das kommen könnte, da zog Will seine Lesebrille hervor, um das Röntgenbild zu betrachten, das der Chirurg gegen das Licht hielt. Bildete sie sich den Schmerz nur ein? War er eine Folge des Schocks, den ihr der Sturz versetzt hatte? Oder konnte sie sich nun, da ihr Körper taub war, einfach geistig auf das konzentrieren, was immer dagewesen war?

Ihr rechter Oberschenkelhals war gebrochen. Der Chirurg wollte sie operieren, bevor die Schwellung weiter zunahm. »Schnell reingehen und gleich wieder raus«, sagte er dazu.

Nora spürte, dass ihr Mann den Chirurgen nicht leiden konnte; er war jung und trug einen Pferdeschwanz. Schlimmer noch, er zog Friedrich die Röntgenaufnahmen sanft aus den Händen. »Mrs. Friedrich, Sie haben mehrere Optionen. Aber meiner Meinung nach sollten Sie diese Gelegenheit nutzen und –«

Friedrich trat zwischen seine Frau und den Chirurgen. »Entschuldigen Sie, wenn ich einen Augenblick allein mit meiner Frau sprechen dürfte.«

Der Chirurg trat einen Schritt zurück. Als Friedrich sah, dass er den Raum nicht verlassen würde, beugte er sich nah an Noras Ohr und flüsterte ihr zu: »Ich habe veranlasst, dass sich ein Spezialist in New York um dich kümmert. An dem Krankenhaus, das auf solche Fälle spezialisiert ist.«

»Ich habe einen Oberschenkelhalsbruch. Wie soll ich nach New York kommen?«

»Per Hubschrauber.«

»Nein. Ich mag ihn.«

»Wenn er was taugte, würde er in der Stadt praktizieren.«

Nora äugte hinter ihrem Mann hervor. »Wir sind fertig. Was sagten Sie gerade über meine Optionen?«

»Wir könnten den Knochen nageln. Aber wenn Sie sich das hier ansehen –« Er hielt das Röntgenbild hoch und deutete mit dem Zeigefinger auf den Hüftkopf in der Gelenkpfanne. Er hatte Hände wie Zach. »– dann sehen Sie, dass durch Abnutzung der tragenden

Kopfoberfläche Ihres Oberschenkelknochens der Spielraum reduziert ist.«

»Sie wollen sagen, ich bin allmählich verbraucht.«

»Nicht Sie insgesamt.« Friedrich beobachtete die beiden eifersüchtig. »Aber wenn Sie in fünf, sechs Jahren ohnehin ein neues Hüftgelenk brauchen, warum es nicht gleich ersetzen?«

»Chirurgen greifen immer gern zum Messer«, warf Friedrich ein. Der Arzt ignorierte ihn.

»Wo ist das Einwilligungsformular?«

Der Arzt gab es Nora; Friedrich riss es an sich.

»Was soll denn das?«

»Ich bin immer dafür, die Dinge zunächst zu reparieren, solange sie es wert sind. Ich habe die Literatur zu künstlichen Gelenken gelesen. Sie halten nur zehn bis zwanzig Jahre.«

Nora sah ihren Mann ungläubig an. »Dann bin ich fünfundneunzig.«

»Du wirst dann immer noch fit sein.«

»Im Gegensatz zu dir möchte ich nicht ewig leben.«

»Du musst eine zweite Meinung einholen.«

»Nein, das muss ich nicht.«

»Warum sagst du das?«

»Weil es um meine Hüfte geht, nicht um deine.« Zwei Stunden darauf kam eine Krankenschwester herein und sagte: »Es geht los.« Friedrich stand in einer Ecke des Raums, den Ehering und die Uhr seiner Frau in der Hand, und sah zu, wie die Schwester seiner Frau eine Infusion anlegte. Sie begann, Nora zum Operationssaal zu schieben, dann hielt sie an. »Wollen Sie sich nicht Auf Wiedersehen sagen?«

Nora streckte den Arm aus und ergriff die Hand ihres Mannes. »Leg dich hin. Du siehst müde aus.« Zu ihrer Überraschung küsste Will sie auf den Mund. Während sie den Korridor entlanggerollt wurde, schien ihr Mann kleiner und kleiner zu werden. Das scheue Winken, das er ihr nachschickte, erinnerte sie an ein verängstigtes

Kind. Sie war alt, etwas in ihr war gebrochen, und obwohl sich ihr Körper taub anfühlte, fürchtete sie sich vor Krankenhäusern noch ebenso wie mit acht Jahren, als ihr Blinddarm durchgebrochen war. Und dennoch, selbst als sie das Licht ihres Bewusstseins schon dahinschwinden fühlte, war sie um ihren Mann mehr besorgt als um sich selbst. War das Liebe? Über der Frage, wie sich eine solche Emotion je entwickelt hatte, dämmerte Nora ein.

Während seine Frau unter das Messer kam, fütterte Friedrich ein Münztelefon und versuchte, seine Kinder zu erreichen. Er hatte vergessen, sein Adressbuch einzustecken. Dass er ihre Telefonnummern nicht auswendig wusste, empörte ihn – erste Anzeichen von Alzheimer? Angst? Schuldgefühle?

Er rief die Auskunft an. Beckys Nummer war geheim, Willys Anrufbeantworter war voll und Lucys Köchin weigerte sich, Englisch zu sprechen. Mit seiner letzten Vierteldollarmünze rief er Lazlo an. Einen Freund zu bitten, seine Kinder aufzuspüren, gab ihm ein seltsames Gefühl von Machtlosigkeit.

In der Hoffnung, der steigende Blutzuckerspiegel werde ihn optimistischer stimmen, kaufte er mit einem Dollarschein an einem Automaten einen Hershey-Riegel. Die Schokolade schmeckte muffig und wachsartig. Hätte sie ihm wohl besser gemundet, wenn sie noch fünf Cent gekostet hätte wie einst? Das fragte er sich, als der Chirurg in den Warteraum kam. Auf der Tasche seiner OP-Kluft war ein Tropfen von Noras Blut. »Der Eingriff hätte gar nicht besser verlaufen können. Ihre Frau hält sich gut.«

Kurz nach sieben an diesem Abend führte ihn die Krankenschwester in den Aufwachraum. Der Herzschlag seiner Frau war ein grüner Zacken auf einem Monitor, ihre Haut so weiß und durchsichtig wie Pauspapier. Bläulich-violett zeichneten sich darunter ihre Adern ab. »Du bist ja immer noch da.« Vom Tubus war sie heiser.

»Wo soll ich denn auch hingehen?«

»Nach Hause.« Zu sprechen tat ihr weh.

»Da fühle ich mich sicher allein.«

»Es gibt Schlimmeres.«.

Als er in den Warteraum zurückkam, war Lucy da. Willy und Becky seien unterwegs. Zach werde morgen einfliegen, berichtete sie. »Das ist großartig«, erwiderte Friedrich und fragte sich, als er ins Taxi stieg, *empfinde ich es so oder möchte ich es nur so empfinden?*

Auf dem Weg nach Hause sann er darüber nach, wie schwierig es doch ist, zu wissen, was man von einer Sache hält, wenn man nicht weiß, was man fühlt. Oder war es andersherum? Alles mündete in Konfusion; nur darauf war noch Verlass.

Als Friedrich in ihr gemeinsames Bett stieg, wurde ihm klar, dass er in der Scheune, die er sein Heim nannte, zum ersten Mal allein schlafen würde. Da er sich einen Scotch verschrieben hatte, füllte sich die Leere rasch mit Schlaf.

Friedrich befand sich nun in einem Wald. Er wusste, dass er träumte, denn er ritt auf einem Pony, das in seiner Gegenwart den Gnadenschuss erhalten hatte, als er zehn gewesen war. Obwohl er den Eindruck hatte, irgendetwas schleiche sich an ihn heran, genoss er das Gefühl, sattellos durch die Wälder seiner Kindheit zu reiten. Er zügelte das imaginäre Pony, als er ein Geräusch hörte, das nichts in einem Wald zu suchen hatte – irgendetwas, irgendwer hämmerte gegen eine Tür. Der Klang von Schritten auf Holzdielen hallte in seinem Schädel wider.

Friedrichs Lider schnellten auf wie Schnapprollos. Er schaltete das Licht an, legte den Kopf zur Seite und horchte in die Stille hinein. Nichts. Da, als seine nach dem Lichtschalter suchende Hand gerade gegen den Lampenschirm stieß, hörte er es wieder. Es kam von unten.

Vielleicht kam eines seiner Kinder nach ihm sehen, also rief er ihre Namen. »Lucy, Becky … Willy.« Als er Zachs Namen in die Dunkelheit hinunterrief, ging ihm durch den Kopf, sie könnten gekommen sein, um ihm schlechte Nachrichten zu überbringen. Hatte es eine Komplikation gegeben? Ein Blutgerinnsel? Schlaganfall? Medikationsfehler?

»Wer ist da?«, rief er, aber niemand antwortete.

Auf der Treppe, auf dem Weg nach unten, hörte er es wieder. Das Geräusch kam von der Hintertür. Bei Lucy war schon zweimal eingebrochen worden. Sie hatte ihm in den Ohren gelegen, er müsse eine Alarmanlage installieren lassen.

Friedrich beeilte sich, die Treppe wieder hinaufzusteigen. Da ist nichts, sagte er sich. Aber warum ging er dann auf Zehenspitzen? Warum dachte er an seinen Revolver? Warum stand er nun in der Ankleidekammer und zog die Taschentuchschublade seiner alten Kommode auf? Im Dunkeln tastete er nach der Waffe. Dann fiel ihm ein, dass er sie anderswohin getan hatte, an einen Platz, an den die Enkelkinder nicht heran konnten. Aber wohin? Schuhschachtel, oberstes Regal.

Der Adrenalinschwall, der mit den Gedanken an einen bewaffneten Eindringling einherging, ließ ihn Schachteln mit hochhackigen Pumps durchkramen, die er seine Frau nie hatte tragen sehen. Er brauchte einige Minuten, bis er auf diejenige stieß, in der die Pistole schlummerte. Die Waffe in der Hand, erwog er, was er als Nächstes tun sollte. Er war sich nicht sicher, ob dort draußen jemand war, aber möglich war es. Das Schlimmste konnte jederzeit eintreten; der vergangene Tag hatte ihn daran erinnert. Er kam sich töricht vor, als er den Revolver lud, weniger töricht aber, als er sich vorkäme, wenn sich herausstellen sollte, dass der Eindringling kein Produkt seiner paranoiden Fantasie war und die Kugeln noch in seinem Schrank lägen.

Die Pistole in der Hand, glitt Friedrich zur Haustür hinaus. Das Gras unter seinen unbeschuhten Füßen war nass und kalt. Die Gartenbeleuchtung war ausgeschaltet, der Himmel sternenlos, und selbst wenn er die Kataraktoperation nicht immer wieder aufgeschoben hätte, wäre er nicht imstande gewesen, das Dunkel, das ihm diese Furcht einflößte, zu durchdringen.

Was war dort draußen? An Casper dachte er erst im letzten Moment der Scharade. War er entkommen? Würde er es immer noch auf ihn abgesehen haben? Wie alt war er jetzt eigentlich? Friedrich hatte seit so langer Zeit nicht mehr an seinen Patienten gedacht, dass es ihn fast enttäuschte, als er entdeckte, dass eine vom Wind umgeworfene Mülltonne der Eindringling war.

Wäre Nora da gewesen, hätte sich Friedrich blamiert gefühlt. Doch da er allein und bewaffnet war, konnte er laut lachen.

Er sah auf die Uhr. Es war fast drei. Als er die Mülltonne zurück in den Schuppen trug, hörte er über sich Singvögel zwitschern. Er schaute zum Mond hinauf, der halb von Wolken verhangen war, und sah Hunderte von ihnen mit ihrem Gesang nach Norden fliegen. Irgendwo hatte er gelesen, dass sie, um den räuberischen Falken zu entgehen, des Nachts weiterzogen und ihren Weg in die Sicherheit mit Hilfe ihres Instinkts und der Sterne fanden. Verblüfft hatte ihn die Behauptung eines Ornithologen, dass sie sich, wenn die sie leitenden Sterne nicht sichtbar waren, auf die Lichter der Welt unter ihnen verließen.

Sorgsam darauf bedacht, weder auszurutschen und zu stürzen, noch sich in den Fuß zu schießen, ging Friedrich wieder hinein. Der Revolver wurde entladen, in den Schuhkarton zurückgelegt und wieder auf das oberste Regal befördert. Friedrich öffnete die Balkontür, um die milde Nachtluft einzulassen, schaltete seine Nachttischlampe aus und kroch ins Bett zurück, wobei er sich seufzend selbst zitierte. »Wir sind komplizierte Kreaturen.«

In Erwartung des Schlafs schaute er ins Dunkel des Zimmers. Feuchte Frühlingsdüfte wehten herein. Die durch Chlorophyll und Moder erfrischte Luft brachte ihn mit einem Geruch aus der Vergangenheit in Berührung, dem dunklen, erdigen Geruch des Kartoffelkellers mit Homer darin. Vor allem die Augen verschließend, nur nicht vor der Erinnerung an seinen längst verlorenen Bruder, verspürte Friedrich den überwältigenden Drang zu weinen. Er achtete die therapeutische Wirkung der Tränen und hätte sich gerne von ihnen erweichen lassen, doch seine Augen blieben trocken. Und da ihm der Trost, noch weinen zu können, versagt blieb, fragte Friedrich sich, ob man wohl eines Tages Tränen würde verschreiben können.

Danksagung

Während ich dieses Buch schrieb, haben mir viele Menschen großzügig Zugang zu ihrer Zeit und ihrem Wissen gewährt. Besonders danken möchte ich den folgenden:

Sarah Wittenborn, meiner Mutter, die so offen und großmütig ihre Erinnerungen an meinen Vater, als Mann wie als Psychologe, mit mir geteilt hat;

Donald Klein, MD, für seine Einblicke in die Pionierzeit der Psychopharmakologie;

Andrew Scull, PhD, der mir sein enzyklopädisches Wissen um die Geschichte der Behandlung von Geisteskrankheiten zugänglich gemacht hat;

Philip Bisco, PsyD, für seine Erinnerungen an meinen Vater als Professor und für seine Hilfe beim Aufstöbern längst eingestellter Zeitschriften;

Gretchen und Jim Johnson für ihre innere Großzügigkeit und all die Schuppen, Hütten und Gästezimmer, die sie mir über die Jahre hinweg zum Schreiben zur Verfügung gestellt haben;

Angela Praesent, meiner Lektorin und Übersetzerin, für ihre Weisheit, Geduld und ihre Ermutigungen;

Ephraim Rosenbaum für das Lesen unzähliger Fassungen dieses Romans während der letzten beiden Jahre;

Eric Schnorr für seine Kenntnis von New Haven und Yale;

Sebastian White, PhD, der mich in physikalischen Fragen korrigiert hat;

Jennifer Duke, die mich in ihrem Bootshaus schreiben ließ;

Richard Wittenborn, MD, der Erhellendes zu neurologischen Fragen wie auch zu solchen über die Familie beigetragen hat.

Und am meisten zu Dank verpflichtet bin ich meiner Frau, Kirsten Stoldt Wittenborn, PsyD, für die Ausbildung in den subtilen Wissenschaften der Psychologie und des menschlichen Herzens, die sie mir hat zukommen lassen.